원전으로 읽는 우리 고전 4

이씨 집안 이야기

이씨세대록 ④

이담북스

원전으로 읽는 우리 고전 4

이씨 집안 이야기

이씨세대록 ④

장시광 옮김

역자 서문

<쌍천기봉>을 2020년 2월에 완역, 출간했는데 이제 그 후편인 <이씨세대록>을 번역해 출간한다. <쌍천기봉>을 완역한 그때는 역자가 학교의 지원을 받아 연구년제 연구교수로 유럽에 가 있을 때였다. 연구년은 역자에게 부담 없이 번역에만 전념할 수 있는 환경을 만들어 주었다. 덕분에 역자는 <쌍천기봉>의 완역 이전부터 이미 <이씨세대록>의 기초 작업을 동시에 수행할 수 있었다. 이 번역서 2부의 작업인 원문 탈초와 한자 병기, 주석 작업은 그때 어느 정도 되어 있었다. <쌍천기봉>의 완역 후에는 <이씨세대록>의 기초 작업에 박차를 가했다. 당시에 유럽에 막 퍼지기 시작한 코로나19는 작업에 속도를 내도록 했다. 한국에 우여곡절 끝에 귀국한 7월 중순까지 전염병 덕분(?)에 집안에만 틀어박혀 있을 기회가 많았기 때문이다.

<쌍천기봉>이 역사적 사실에 허구를 덧붙인 연의적 성격이 강한 소설이라면 <이씨세대록>은 가문 내의 부부 갈등에 초점을 맞춘 가문소설이다. 세세한 갈등 국면은 유사한 면이 적지 않지만 이처럼 서술의 양상은 차이가 난다. 조선 후기의 독자들이 각기 18권, 26권이나 되는 연작소설을 흥미롭게 읽을 수 있었던 데에는 이처럼 작품미디 유사하면서도 특징적인 면이 있기 때문이었을 것으로 짐작된다.

역자가 대하소설에 흥미를 가지게 된 것도 이러한 면과 무관하지 않다. 흔히 고전소설을 천편일률적이라고 알고 있는데 꼭 그렇지만은 않다. 같은 유형인 대하소설이라 해도 <유효공선행록>처럼 형제 갈등이 두드러진 작품이 있는가 하면, <완월회맹연>이나 <명주보월빙>처럼 종법제로 인한 갈등을 다룬 작품도 있다. 또한 <임씨삼대록>처럼 여성의 성욕이 강하게 부각되어 있는 작품도 있다. <쌍천기봉> 연작만 해도 전편에는 중국의 역사적 사실을 토대로 군담이 등장하고 <삼국지연의>와의 관련성도 서술되는 가운데 남녀 주인공이 팔찌를 매개로 하여 갖은 갈등 끝에 인연을 맺는 과정이 펼쳐져 있다면, 후편에는 주로 가문 내에서 발생할 수 있는 다양한 부부 갈등이 등장함으로써 흥미의 제고와 함께 가부장제 사회의 질곡이 더욱 적나라하게 드러나게 하는 효과를 내고 있다.

이 책은 현대어역과 '주석 및 교감'의 2부로 구성되어 있다. 책의 순서로는 현대어역이 먼저지만 작업은 주석 및 교감을 먼저 했다. 주석 및 교감 부분에서는 국문으로 된 원문을 탈초하고 모든 한자어에는 한자를 병기했으며 어려운 어휘나 고유명사에는 주석을 달고 문맥이 이상하거나 틀린 부분은 이본을 참조해 바로잡았다. 이 작업은 현대어역을 하는 것보다 훨씬 공력이 많이 든다. 이 작업이 다 이루어지면 현대어역은 한결 수월해진다.

역자는 이러한 토대 작업이 누군가에 의해서는 반드시 이루어져야 한다고 생각한다. 물론 미흡한 점도 있을 것이다. 그러나 이러한 작업이 많아질수록 연구는 활성화하고 대중 독자들은 대하소설에 어렵지 않게 접근할 수 있을 것이다. 일은 고되지만 보람을 찾는다면 바로 그러한 이유에서일 터이다.

<쌍천기봉>을 작업할 때와 마찬가지로 이 작업도 여러 분에게서

도움을 받았다. 해결되지 않은 병기 한자와 주석을 상당 부분 해소해 주신 황의열 선생님께 고마운 마음을 전한다. <쌍천기봉> 작업 때도 많은 도움을 주셨는데 어려운 작업임에도 한결같이 아무 일 아니라는 듯이 도움을 주셨다. 연구실의 김민정 군은 역자가 해외에 있을 때 원문을 스캔해 보내 주고 권20 등의 기초 작업을 해 주었다. 대학원생 남기민, 한지원 님은 권21부터 권26까지의 기초 작업을 해 주었다. 감사드린다. 대학원 때부터 역자를 이끌어 주신 이상택 선생님, 한결같이 역자를 지켜봐 주시고 충고를 아끼지 않으시는 정원표 선생님과 박일용 선생님께는 늘 빚진 마음을 지니고 있다. 못난 자식을 묵묵히 돌봐 주시고 늘 사랑으로 대해 주시는 양가 부모님께 감사드린다. 끝으로 동지이자 아내 서경희에게 사랑과 감사의 마음을 전한다.

차례

제1부

현대어역

이씨세대록 권7

여빙란은 이성문에게 구출되어 아들을 낳고
이경문은 장원급제하고 위홍소는 집을 나가다

이때 이 안무가 강주에 있으며 나랏일을 힘써 다스렸으나 온 마음은 부친의 안부를 몰라 우울한 마음에 병이 날 지경이었다. 오래지 않아 연왕이 즉위했다는 소식을 듣고 바야흐로 마음을 놓고 지냈다.

하루는 한 척의 작은 배를 타고 심양강에 이르러 가을 경치를 구경했는데 이때는 중추 염오간(念五間)[1]이었다. 단풍과 국화는 물 가운데 떨어지고 높은 가을하늘엔 구름 한 점이 없는데 푸른 물결이 일어 끝을 알지 못했다. 안무가 멀리 황성(皇城)을 바라보아 임금과 어버이를 생각하고 맑은 시를 지어 읊으며 거문고를 희롱하니 이는 참으로 순(舜)임금의 남훈곡(南薰曲)[2]과 흡사했다. 이에 사람들이 귀를 귀울여 기이하게 여겼다.

저물도록 놀다가 석양에 배를 저어 강변에 대려 했는데 홀연히 상류로부터 한 주검이 은은히 떠내려와 배에 부딪히며 숨 끊어지는 소리가 조용히 들렸다.

원래 여 소저가 자악산에서 배를 타고 물에 몸을 던지니 하남으로 가는 물길은 잠깐 사이로 들어 흘러가고 바로 흐르는 물결이 심양으

---

1) 염오간(念五間): 이십오일 즈음.
2) 남훈곡(南薰曲): 순(舜)임금이 오현금(五絃琴)을 타며 불렀다는 <남풍가(南風歌)>를 이름.

로 이어졌으므로 몸이 밤낮으로 모진 물결에 밀려 떠내려갔는데 하늘의 도움을 입어 채 숨이 지지는 않았던 것이다.

안대가 이때 그 주검에 숨기운이 있는 것을 보고 일단의 자비심이 생겨 친히 몸을 거두어 배 위에 올렸는데 이는 곧 한 명의 여자였다.

안무가 홀연히 놀라고 난처해했으나 하릴없어 하리(下吏)에게 분부해 교자를 가져오도록 했다. 소저를 태워 관아에 이르러 관비(官婢)3)에게 분부해 소저를 고요한 방에 들여 놓도록 하고 약을 갖추어 구호하라 했다. 모든 여기(女妓)가 명령을 들어 소저를 구호하니 소저가 두어 식경(食頃)4) 후 물을 토하고 정신을 차렸다. 소저가 눈을 떠 여기들을 보고는 매우 괴이하게 여겨 물었다.

"이 집은 어느 곳이며 너희는 어떤 사람들이냐?"

모두 대답했다.

"이곳은 강주 안무사의 관아입니다. 안무 어르신께서 배를 타고 노니시다가 낭자가 물 위에서 떠내려오시는 것을 보고 건져 구하셨습니다."

소저가 이 말을 듣고 매우 놀라 문득 벽에 걸린 칼을 들어 자결하려 하니 모두 크게 놀라 칼을 붙잡고 말렸다. 이에 소저가 말했다.

"내 이미 외간 남자의 손에 몸이 건져졌으니 차마 어찌 세상에 머물 수 있겠느냐? 시원하게 죽는 것이 옳으니 너희는 나를 말리지 마라."

모두가 안무의 명령을 들었으므로 더러는 소저를 붙들고 있고 한 명이 나가서 안무에게 이 사연을 고했다. 안무가 그 뜻을 높이 여겨 말을 전했다.

---

3) 관비(官婢): 관가에서 부리던 여자 종.
4) 식경(食頃): 한 끼의 밥을 먹을 만한 잠깐 동안.

"소생이 비록 물속에서 소저를 구했으나 일찍이 당돌한 죄를 얻지 않았으니 소저께서는 어찌 이처럼 과도하게 구시는 것입니까? 사시는 곳과 겨레를 말씀해 주신다면 소저를 모셔 계신 곳으로 돌려보내고자 합니다."

소저가 즉시 대답했다.

"천첩이 감히 대인을 원망하는 것이 아닙니다. 이미 대인 손에 몸을 잡혔으니 차마 낯을 들어 세상에 있지 못할 것입니다. 대인께서는 원컨대 천첩이 죽는 것을 막지 마시고 전 소사 하남 절도사 여공을 찾아 소첩의 신체를 주소서."

안무가 이 말을 듣고 매우 놀라 다시 물었다.

"여 절도사가 소저께 어떤 사람이며 절도사의 이름이 모(某)입니까?"

소저가 대답했다.

"그렇습니다. 절도사는 곧 첩의 부친입니다. 첩이 하남으로 갈 적에 물에 빠졌다가 겨우 비구니의 구함을 입어 암자에 머물러 있었습니다. 순풍을 좇아 비구니 정심과 함께 하남으로 가다가 도적을 만나 물에 빠졌으니 이 천한 사람이 죽은 후에 어르신께서는 제 아비에게 이 사정을 일러 주소서."

안무가 이 말을 전해 듣고 기쁨과 즐거움이 뒤섞였다. 마음은 비록 철석같았으나 나이가 소년이요, 반평생 사모하던 숙녀를 만나 하루도 편히 앉아 얼굴도 대하지 못하다가 소저의 몸이 속절없이 황천에 떨어지니 한 조각 마음이 베이는 듯해 긴 날 긴 밤에 소저를 한시도 잊지 못하던 터였다. 그러다가 오늘 이 기별을 들으니 반갑고 기쁜 마음에 정신없이 급히 소저가 있는 곳으로 갔다.

소저가 경황이 없는 중에 모든 여기가 수군거리며 어르신이 이르신다 하는 말을 듣고는 낯빛이 변해 혼절해 거꾸러지고 입에서는 피가 무수히 흘렀다. 안무가 이 행동을 보고 참담해 마음이 부숴지는 듯했다. 이에 나아가 소저를 붙들어 친히 피를 씻고 손발을 주무르며 약을 먹였다. 그러나 소저는 숨이 점점 가늘어지고 생기가 없었다. 생은 속으로 소저가 길에서 고통을 많이 겪었으므로 사는 것이 쉽지 않겠다 생각해 겁이 나고 두려웠다. 원기가 실낱 같은 것을 우려해 소저의 몸을 자기 몸에 대니 차기가 얼음보다 더했다.

안무가 더욱 슬퍼 계속해 손을 넣어 친히 소저를 만져 밤이 새도록 있었으나 소저는 조금도 인사를 몰랐다. 밤이 한참 지난 후 소저가 숨을 내쉬고 겨우 눈을 들어 이 모습을 보니, 혼미한 중에 안무를 전혀 몰라보고 다만 어린 남자가 자신을 핍박하는 것인가 해 더욱 죽으려는 마음이 급해 몸을 떨치고 일어나 앉았다. 안무가 매우 기뻐 이에 그 행동을 보니 소저가 다시 노끈을 들어 목을 매려고 하는 것이었다. 생이 웃고 소저의 손을 잡아 위로하며 말했다.

"부인이 비록 액운을 두루 겪고 지금 죽게 되었으나 지아비를 몰라보고 행동이 이처럼 괴이한 것이오? 학생이 비록 어리석으나 부인이 내 처자가 아니라면 이런 행동을 해 세상의 죄인이 되겠소?"

소저가 이 말을 듣고 크게 놀라 눈을 들어 한참을 보고 바야흐로 이 시랑인 줄 분변해 다행으로 여겼다. 그러나 시랑이 자신에게 지나치게 친하게 군 것에 불쾌하고 부끄러워 잠자코 대답하지 않았다. 시랑이 또 웃고 다시 자초지종을 물으니 소저가 억지로 참고 자세히 일렀다. 이에 시랑이 말했다.

"부인이 설사 남에게 구조되었다 해도 비홍(臂紅)[5]이 있은 후에야

---

5) 비홍(臂紅): 팔뚝의 붉은 점. 앵혈(鶯血)을 이름. 장화(張華)의 『박물지(博物志)』에서 그 출처를 찾을 수 있음. 근세 이전에 나이 어린 처녀의 팔뚝에 찍던 처녀성의 표시를 말하는 것으로 도마

무슨 의심을 살 것이라고 그리 급하게 죽어 부모께서 주신 몸을 돌아보지 않으려 한 것이오?"

소저가 정색하고 말했다.

"군자처럼 예의를 중히 여기시는 분이 이러한 말씀을 하신 것은 의외입니다. 첩이 사족 부녀로서 다른 가문 남자의 손에 구함을 입고서 차마 어찌 잠시라도 이 세상에 머물 수 있겠습니까?"

시랑이 이에 미소 지었다. 속으로 떠보았다가 그 열렬한 말을 듣고는 수긍하고 또 그 아리따운 자태가 심간을 녹이니 자연히 은정이 샘솟듯 함을 면치 못했다. 시랑이 소저의 손을 잡고 침상에 나아가 평안히 조리할 것을 권했다. 소저가 몸 수습하는 것을 중히 여겼으나 참으로 몸이 혼곤해 신음하는 소리가 나는 것을 이기지 못했으니 시랑이 감히 소저를 범하지 못하고 다만 평안히 밤을 지냈다.

시랑이 다음 날 의원을 불러 진맥하도록 하고 약물을 갖추어 극진히 구호했다. 소저가 비록 몸이 많이 상했으나 이때 시랑을 만나 마음이 편안해지니 드디어 며칠 뒤에 쾌차했다.

시랑이 매우 기뻐해 내외를 엄히 지키게 하고 모든 여기(女妓)를 시켜 부인 곁에서 심부름하도록 하고 자신은 외당에 있으면서 관아의 일을 다스렸다. 소저가 더욱 뜻에 맞아 매사를 정돈하며 시랑의 의견을 힘써 받드니 시랑이 또한 소저를 극진히 공경하고 침소에 함께 있으면 함부로 대하지 않았다.

한 달이 지나자, 소저의 피부가 예전처럼 되고 골격이 윤택해지니 이는 참으로 가을 연못의 연꽃이 이슬을 마시고 옥연꽃이 향기로운 물에 젖은 듯했다.

뱀에게 주사(朱沙)를 먹여 죽이고 말린 다음 그것을 찧어 어린 처녀의 팔뚝에 찍으면 첫날밤에 남자와 잠자리를 할 때에 없어진다고 함.

시랑이 바야흐로 다른 염려가 없어 이날 밤에 내당에 들어가 소저와 말하다가 밤이 깊으니 함께 침상에 나아가려 했다. 그러자 소저가 놀라고 두려워해 안색이 편안하지 않으니 시랑이 자못 살피고 물었다.

"부인이 무슨 소회가 있는 것이오? 생에게 이르는 것이 해롭지 않을 것이오."

소저가 천천히 대답했다.

"소첩이 비루한 자질을 가지고 군자의 짝이 되는 것이 맞지 않은데, 전에 길에서 떠돌아다니던 몸으로 군자께 애걸해 몸이 구조되도록 했습니다. 그런데 이번 액운은 더욱 뜻밖이라 물고기의 밥이 되는 것을 면치 못하게 되었더니 군자의 넓은 은덕을 입어 한 목숨이 구차히 살아 반석처럼 세상에 머무르게 되었습니다. 부모께서는 불초녀가 죽은 줄로 아셔서 슬퍼하고 계시니 첩이 어찌 마음을 평안히 해 군자의 은혜를 받을 수 있겠습니까? 원컨대 군자께서는 첩의 구구한 사정을 살피소서."

생이 다 듣고 정색해 말했다.

"부인이 비록 길에서 떠돌아다녔으나 그 몸가짐이 백옥 같은데 부질없는 고집을 부려 나의 정을 물리칠 수 있겠소? 전부터 괴이한 고집으로 부인의 액이 이 지경까지 이르렀으니 내 결코 부인의 뜻을 받지 않을 것이니 다시는 괴이한 말을 마시오. 세상 사람이 부인 같으면 누가 아들딸을 낳겠소? 부인이 떠돌아다닌 것을 부끄러움으로 삼았으나 생의 마음은 부인을 밝히 아니 괴이한 말을 그치시오."

말을 마치고는 의관을 풀고 소저를 이끌어 침상에 나아가니 이는 참으로 원앙이 물을 만나고 비취가 수풀에 깃들인 듯했다. 시랑의 애틋한 정은 하해(河海)와 같았으며 연꽃 핀 아름다운 연못 속의 연리지(連理枝)[6]가 된 듯하니 소저가 매우 겁이 나고 두려워 정신을 수습하지 못했다. 시랑이 이전에 임 씨와 동침할 적에 비록 정욕을 돋우지는 않았으나 부부의 정이 흡족하더니, 여 소저의 행동을 보니 그 높은 절개와 맑은 마음을 높게 여기고 세상물정 모르는 것을 가련하게 여겼으나 은정이 깊은 것을 능히 억누를 수 없었다.

두 사람이 이 밤을 지내고서 다음 날 일어나 세수했다. 시랑은 밖으로 나가고 소저는 스스로 옥 같은 팔뚝에 붉은 점이 흔적이 없어진 것을 보고 매우 좋아하지 않아 겨우 화장을 하고 근심스러운 빛으로 단정히 앉아 흥이 사라진 채 있었다.

한참 지난 후에 안무가 들어오니 소저가 일어나 맞았으나 새로이 부끄러워 얼굴에 붉은 빛을 띠고 눈길을 낮추고 눈을 들지 않았다. 시랑이 속으로 우스운 것을 참지 못해 엄격한 낯빛을 잠깐 열어 미소하고 희롱해 말했다.

"부인이 어제의 신부가 아니니 오늘 생을 보고 부끄러운 빛을 띠는 것은 무슨 뜻이오?"

소저가 묵묵히 대답하지 않으니 시랑이 나아가 옥 같은 손을 쥐고 자못 사랑하고 불쌍히 여겨 비록 입으로는 이르지 않았으나 은정을 억제하지 못했다. 여 소저의 기이한 자태와 덕에 이 안무와 같은 군자도 매몰차게 대하지 못하니 여자가 만일 여 소저처럼 기이하다면 탕자는 더욱 마음이 움직이지 않겠는가. 소저가 더욱 불쾌하게 여겨 모습이 냉정해 시랑의 뜻을 조금도 기꺼이 받아들이지 않았다.

이후 시랑이 소저와 즐겁게 지내니 하해와 같은 은정을 억제하지 못해 관청의 일을 다스린 여가에는 소저와 함께 있으며 곁을 떠나지

---

6) 연리지(連理枝): 서로 맞닿은 두 나무의 가지라는 뜻으로 화목한 부부나 남녀 사이를 비유적으로 이르는 말.

않았다.

해가 지나고 오래지 않아 경사에서 차관(差官)7)을 보내 시랑을 이부총재 겸 문연각 태학사에 임명해 역마(驛馬)로 부르셨다. 시랑이 북쪽을 향해 은혜에 감사하고 행장을 차려 북쪽으로 갈 적에 부인과 함께 행렬을 가지런히 해 길에 올랐다. 아름다운 광채가 온 길에 빛나니 어느 누가 공경해 우러러보지 않으리오.

소저가 이미 경사의 조보(朝報)를 보아 여 소사가 상경한 소식을 들었으므로 다시 염려하지 않았다. 자악산 월호암에 이르러 하리에게 명령해 정심 비구니에게 천금으로 사례하도록 해 은혜를 갚았다. 정심이 여 소저가 죽은 줄로 알고 홀로 돌아와 서로 안타까워하며 슬퍼하다가 이 소식을 듣고는 매우 기특하게 여겼다. 소저가 정심을 못 보고 그저 지나친 것은 이 상서가 산의 승려를 서로 접하지 않도록 경계했기 때문이었다.

이런 까닭에 서로 보지 못하고 길을 가 북경에 이르러 상서는 대궐로 가고 소저는 바로 이씨 집안으로 갔다.

이때 이씨 집안에서는 상서가 이르는 것을 매우 기뻐해 그가 오기를 기다리고 있었다. 그런데 문득 좌우 사람들이 어지럽게 한 채의 채색 가마를 내려 놓고 그 안에서 한 여자가 화려한 복색으로 나와 가볍게 당에 오르는 것이었다. 모두 크게 놀라 한꺼번에 눈을 드니 이는 다른 사람이 아니라 이 년 동안을 죽은 줄로 여겼던 여 씨였다. 좌우 사람들이 더욱 놀라 미처 말을 못 하는 가운데 여 씨가 유 부인과 시부모에게 절하기를 마치고 자리에 물러나 고개를 조아리고 죄를 청해 말했다.

---

7) 차관(差官): 임금이 심부름시키러 보낸 관리.

"소첩이 지난 해에 여자의 행실을 잊어 대의를 폐하고 사사로운 정을 참지 못하니 하늘이 미워하셔서 물에 빠져 목숨을 버리게 되었습니다. 겨우 삶을 도모해 산사(山寺)와 길의 숙소를 전전하다가 또 눈썹에 불이 떨어지는 듯한 우환을 만나 한 목숨이 강속의 물고기 밥이 될 처지였습니다. 그러다가 남편을 만나 구함을 입어 두 번 재생해 오늘 어르신 앞에 뵈오니 인생에 목숨이 질긴 줄을 알겠나이다."

말을 마치자, 좌우에서 반기고 기특하게 여기니 더욱이 연왕과 소후의 마음이며 존당 유 부인의 마음이야 이를 수 있겠는가. 유 부인이 바삐 나아오라 해 여 씨의 손을 잡고 말했다.

"우리 며느리의 액운이 무거워 꽃다운 몸이 물에 던져졌으니 누가 오늘 살아 돌아올 줄 알았겠느냐? 속절없이 천대(泉臺)[8]에 영결한 줄로 알아 애통해하는 마음을 이루 기록하지 못했더니 오늘날 다시 만날 줄 생각이나 했겠느냐?"

연왕이 온화한 기운이 눈썹에 가득한 채 일렀다.

"어진 며느리를 얻어 하루도 슬하에 두지 못하고 속절없이 강물고기의 배를 채우게 했으니 당초에 하남으로 보낸 것을 열 번 뉘우치나 어찌할 수 있었겠느냐? 한갓 나의 처사가 너무 가벼움을 한탄했을 뿐이다. 너의 목소리와 행동거지가 눈 앞에 삼삼해 비록 대장부나 지금에 이르기까지 심담(心膽)이 마디마디 끊어지는 것을 참지 못했다. 오늘날 연평(延平)의 칼[9]이 돌아오고 낙창(樂昌)의 거울[10]

---

8) 천대(泉臺): 사람이 죽은 뒤에 그 혼이 가서 산다고 하는 세상.

9) 연평(延平)의 칼: 보검을 이름. 『진서(晉書)』, <장화열전(張華列傳)>에 다음과 같은 이야기가 전함. 장화와 예장 사람 뇌환(雷煥)이 감옥의 터를 파고 땅속으로 네 길 정도를 들어가 석함(石函) 하나를 얻었는데 빛의 기운이 비상하고 속에는 쌍검(雙劍)이 들어 있어 하나는 용천(龍泉)이라 써져 있고 다른 하나는 태아(太阿)라 써져 있음. 장화가 목 베어 죽은 후 검의 소재를 몰랐는데 뇌환이 죽은 후 그 아들 화(華)가 한 고을의 벼슬을 하러 연평진(延平津)을 지나다가 차고 있던 칼이 물에 빠지자, 사람들을 시켜 물에 들어가 찾도록 했으나 검은 보이지 않고 다만 각각 몇 길이나 되는 쌍룡(雙龍)을 봄. 사람들은 <장화열전>의 이야기를 토대로 장화와 뇌

이 온전하게 될 줄을 알았겠느냐? 이는 모두 우리 며느리의 큰 덕을 하늘이 감동하셨기 때문이니 어찌 다행하지 않으냐?"

소후는 옥 같은 얼굴에 기쁜 빛이 가득해 여 씨를 위로하고, 집안의 뭇 겨레가 즐기고 웃는 소리가 물 흐르는 듯해 여 씨 치하하기를 마지않았다. 여 씨가 엎드려 큰 은혜에 감사하고 묻는 말에 대답하니 옥 같은 소리가 낭랑하고 아리따운 자태가 새로이 기이했다. 그러니 시부모의 사랑하는 마음을 어찌 측량할 수 있겠는가.

이윽고 상서가 들어와 모든 어른을 뵙고 자리에 나아갔다. 모두 천 리 먼 길에 무사히 다녀온 것을 치하하고 여 씨와 다시 만난 것을 하례했다. 상서가 이에 자리에서 일어나 사례하며 온화하게 대답했다. 승상이 상서에게 다시 여 씨 얻은 곡절을 묻고 탄식해 말했다.

"우리 며느리가 어린 사람으로서 이토록 화란을 겪었는고? 그러나 여 공이 밤낮으로 노심초사하던 사정이 참담하니 어서 기별하는 것이 옳다."

상서가 속으로 비록 여 공을 불쾌하게 여겼으나 기쁜 빛으로 명령을 듣고 하리를 시켜 여씨 집안에 기별을 고하라 했다. 이에 예부 이흥문이 웃으며 말했다.

"아우는 정말로 사리에 어두운 위인이구나. 나 같으면야 여 공 때문에 여 씨 제수가 물에 빠져 하마터면 너의 거문고 줄이 끊어질 뻔

환이 죽은 후 쌍검이 변해 용이 되어 연평진 속에 있었던 것으로 전함.

10) 낙창(樂昌)의 거울: 부부가 헤어짐을 이름. 낙창공주(樂昌公主)가 깨진 반쪽 거울로 헤어졌던 남편 서덕언(徐德言)을 찾은 이야기에서 유래함. 곧, 중국 진(陳)나라 말에 태자사인(太子舍人) 서덕언이 왕의 누이인 낙창공주 진 씨를 아내로 맞았는데, 진나라가 곧 망할 것임을 예감한 서덕언이 거울을 반으로 갈라 낙창공주와 나눠 가지며 신표로 삼고, 나라가 망한다면 정월 보름에 반쪽의 거울을 도읍의 시장에서 비싼 값으로 팔라고 함. 그후 진나라가 망해 서덕언은 도망하고 낙창공주는 양소(楊素)에게 사로잡히는데, 서덕언이 정월 보름에 도읍의 시장에서 반쪽 거울을 비싼 가격에 파는 사람을 보고 낙창공주를 만나 양소의 배려로 함께 고향으로 돌아감. 『태평광기(太平廣記)』, <양소(楊素)>.

했는데, 이런 기쁜 기별을 알리고 싶겠느냐?"

시랑이 잠시 웃고 대답하지 않으니 연왕이 상서 성문의 뜻을 알고 일렀다.

"조카는 이리 이르지 마라. 부자 천륜에서 비롯된 일이니 여 공이 설사 예전에 잘못해 우리 며느리를 데려갔으나 구태여 며느리를 죽이려 한 것이 아니었다. 내 아들이 당당한 이부상서에 위치해 고서를 읽으니 유감이 있겠느냐? 만일 그러한 마음이 있다면 내 자식이 아니라 할 것이니 조카는 없는 마음을 이르지 마라."

예부가 웃고 자리에서 물러났다. 상서가 당초에는 여 씨를 친정으로 보내지 않을 뜻을 굳이 정했더니 아버지 말을 듣고는 등에서 땀이 줄줄 흘러 자기 뜻을 세우지 못할 줄 알았다.

좌우의 사람들이 각각 말을 다 못 해서 시녀가 여 소사가 이르렀음을 고했다. 연왕이 급히 몸을 일으켜 중헌에 가 서로 보니, 여 공이 기쁜 마음이 동해 미처 인사도 다하지 않아 예의를 차리지 않고 일렀다.

"딸아이는 어디에 있으며 아까 기별한 말이 정말인가?"

왕이 환히 웃고 말했다.

"우리 며느리가 생존한 것이 정말이니 고(孤)[11]가 어찌 거짓말을 하겠는가?"

말을 마치고 소저와 상서를 불렀다. 소저가 이에 이르러 아버지를 보고 기쁨과 슬픔이 지극할 정도로 섞여 눈물이 얼굴에 어리는 줄을 깨닫지 못했다. 그러나 이 자리는 시아버지가 있는 곳이었으므로 안색을 참아 조용히 절하고 곁에서 시립(侍立)[12]했다. 여 공이 바삐 손

---

11) 고(孤): 임금이나 제후가 스스로를 겸손히 일컫는 말.
12) 시립(侍立): 웃어른을 모시고 섬.

을 잡고 도리어 마음이 당황해 다만 상서를 향해 '대은(大恩)' 두 글자를 무수히 일컬었다. 상서가 안색을 자약히 해 공수(拱手)[13]하고 사례해 말했다.

"마침 이 사위가 아내의 급한 지경을 만나 구해 다행함이 저희 가문에 있으니 대인께서 사위를 대해 지나치게 칭찬하실 바가 아닙니다."

소사가 다시 사례하고 웃으며 말했다.

"이 늙은이가 잘못해 딸을 데려다가 죽게 만들었으니 차마 살아서 현보를 볼 낯이 없고, 다시 부녀가 이생에서 목소리와 얼굴을 듣고 보기가 어려워 밤낮으로 한 치의 심장이 에는 듯하더니 오늘날 꿈에도 생각지 못했던, 죽었던 딸아이를 보게 되었으니 어찌 기쁘고 다행한 마음을 이루 말할 수 있겠는가?"

상서가 공수(拱手)해 말을 하지 않고 연왕이 웃으며 말했다.

"며느리를 만일 다른 사람이 구해 돌아왔으면 형의 저 치사(致謝)가 당연하겠으나 우리 며느리가 살아와 그 지아비가 기뻐하는 것이 형보다 덜하겠는가?"

여 공이 크게 웃고 다시 일렀다.

"대왕의 어진 마음에 대해서는 학생이 다시 이를 말이 없네. 다만 내 그윽이 보건대 현보가 나를 불쾌하게 여기는 마음이 깊으니 사죄를 청하고, 딸아이의 귀녕(歸寧)도 청하네."

상서가 자약히 대답했다.

"아내의 이번 운수가 고르지 않아 잘못해 물에 빠졌으나, 사위가 보기에 아내에게 행실에 취할 바가 있고 돌아갈 곳이 없는 것[14]이

---

13) 공수(拱手): 절을 하거나 웃어른을 모실 때, 두 손을 앞으로 모아 포개어 잡음.

14) 행실에~없는 것: 여자에게 칠거지악(七去之惡)이 있어도 내쫓을 수 없는 세 가지 사유, 즉 삼

아니니 어찌 감히 대인을 원망할 것이라고 '사죄' 두 글자를 가볍게 말씀하시는 것입니까? 아내의 거취 결정은 부모님께 있어 사위 소관이 아니니 대인께서는 소생을 대해 부질없는 말씀을 하십니까?"

여 공이 크게 웃고 연왕이 또한 웃고 말했다.

"아들녀석의 말이 옳으니 형은 자질구레한 말을 그치게. 내 우리 며느리와 십여 일 있으면서 이별의 회포를 푼 후에 돌려보내겠네."

공이 사례해 말했다.

"죽은 줄로 알았던 마음이었는데 형이 비록 10년을 보내지 않은들 무슨 한이 있겠는가?"

그러고서 드디어 한나절을 통음(痛飲)[15]하다가 돌아갔다.

연왕이 명령해 여 소저의 신위를 불 지르고 새로이 마음이 슬퍼져 소후와 함께 숙현당에서 자녀를 모아 매우 즐거워했다. 그리고 여 씨의 특출한 골격과 상서의 기이한 풍채가 서로 빛을 다투니 왕의 부부가 더욱 기뻐했다.

이날 여 소저는 옛 침소로 가고 상서는 채운당에 이르러 임 씨와 이별의 회포를 이르고 딸을 희롱하니 온화한 기운이 자약했다. 임 씨가 한참을 생각하다가 여 씨와 다시 합한 것을 하례하니 상서가 미소 짓고 대답하지 않았다.

이날 임 씨와 옛 정을 이루고 대궐에 가 조회에 참석하고 돌아오는 길에 수레를 밀어 여씨 집안에 가 장모를 보았다. 부인이 크게 부끄러워 눈물을 줄줄 흘리고 사죄를 은근히 하니 상서가 자리에서 일어나 온순히 대답하고 기쁜 낯빛으로 위로하다가 돌아갔다. 부인이 적이 마음을 놓아 다만 딸을 어서 데려올 것을 계교했다.

불거(三不去) 중의 하나.

15) 통음(痛飲): 술을 썩 많이 마심.

상서가 여 부인의 행동을 마음에 둔 것은 아니었으나 훗날을 두려워하고, 또 소저가 잉태한 지 네댓 달이었으므로 근심하는 마음이 있었으나 위인이 처자에게 자질구레한 일 하는 것을 꺼렸으므로 부모에게도 고하지 않고 채운당에 삼사 일을 계속해 들어가 밤을 지냈다.

하루는 채성당에 이르니 이때 소저의 유모와 시비 등이 다 여씨 집안에서 와 있었다. 소저는 정신이 피로했으므로 일찌감치 옷을 벗고 이불에 감겨 있다가 상서를 보고 크게 놀라 바삐 몸을 일으켜 앉으며 유모를 돌아보았다. 유모가 옷을 가지고 나오려 하자 상서가 일렀다.

"부인이 먼 길을 오고 갖은 고생을 많이 겪어 질병이 다 낫지 않은 것이 괴이하지 않으니 평안히 쉬게 하라."

유랑이 소저를 여의고 밤낮으로 서러워하다가 이제 서로 만나 다행함을 이기지 못하다가 이제 이 모습을 보고 즐겁고 유쾌한 마음이 샘솟듯 해 웃고 물러났다. 소저가 매우 부끄러워 비췻빛 눈썹을 낮추고 몸 둘 곳을 몰라하니 상서가 웃고 나아가 소저의 손을 쥐고 말했다.

"부부가 비록 공경해야 하나 부인의 행동은 생을 홀대함이 심하구려. 천성이 게을러 나태한 것은 옳지 않으나 이미 몸이 평안하지 않은 후에 평안히 조리하는 것이야 무슨 옳지 않음이 있겠소?"

소저가 더욱 부끄러워 잠자코 있었다. 상서가 안색을 좋게 해 유랑을 불러 이불을 깔도록 하고 의관을 푼 후 소저의 손을 잡아 동침하러 나아가니 은정이 태산과 북해 같았다. 유모가 휘장 밖에서 엿보고 매우 기뻐했으나 또 전날에 그토록 박대하던 뜻을 몰라 괴이하게 여겼다.

이러구러 십여 일이 지나니 여씨 집안에서 연왕에게 간절히 청해 딸을 보내 주기를 빌었다. 왕이 허락하자 소저가 기뻐하며 침소에 돌아와 행장을 차렸다. 상서가 속으로 민망히 여겼으나 계교가 없어 이날 채성당에 들어갔는데 마침 최 숙인이 난간 뒤에 서 있는 것을 보고는 계교가 생각나 소저를 향해 정색하고 말했다.

"학생이 부인의 친정 행차를 막으려 하는 것은 아니오. 다만 부인의 몸은 스스로의 몸이지만 뱃속의 아이는 이씨 집안의 골육이오. 옛사람이 이르기를, 일곱 달이 되기 전에는 움직이는 것이 염려된다 했으니 이제 부인이 잉태한 지 네댓 달이 되었는데 가볍게 움직이려 하는 것이오? 마땅히 몸을 한 곳에 두는 것이 옳으니 익히 헤아리기 바라오."

소저가 다 듣고는 상서가 자신의 잉태를 안 것에 크게 부끄러워 옥 같은 얼굴이 붉어져 감히 대답하지 못했다. 상서가 속으로 실소하고 짐짓 정색해 말했다.

"학생의 말이 어떠하기에 부인이 우습게 여겨 대답하지 않는 것이오?"

소저가 부끄러워 한참 뒤에 대답했다.

"우연히 월경이 고르지 않은 줄 스스로 믿어 해포 어머니를 뵙지 못했거늘 병이 있다고 핑계하겠습니까?"

상서가 미소 짓고 말했다.

"생이 비록 밝지 못하나 잉태한 아내를 잠깐 알아볼 수 있으니 부모께서 비록 허락하셔도 스스로 조심해야 할 것이오."

소저가 근심스러운 기색으로 잠자코 있으니 최 숙인이 이미 다 듣고 서 부부의 행봉을 매우 어여삐 여기고 한편으로는 무슨 일을 일은 듯해 급히 정당에 들어가 모든 사람에게 이 일을 자세히 고했다.

좌우 사람들이 또한 일시에 크게 웃고 왕의 부부가 매우 기뻐해 일렀다.

"그렇다면 며느리를 어찌 보내겠는가? 그러나 아들이 우리에게 이르지 않은 것은 어찌된 일인고?"

하남공이 웃으며 말했다.

"이 일은 쉽게 말할 수 있다. 현보가 비록 기골은 숙성하나 나이가 젊으므로 부끄러운 일이 있어서요, 천성이 자질구레한 것을 신경 쓰지 않아서 그런 것이다."

왕이 웃고 상서를 불러 여 씨 잉태의 적실을 물으니 상서가 자리를 피해 대답했다.

"아내가 신음한 지 오래고 피부가 날로 시들며 뱃속이 점점 실해지니 대강 의심 없는 일인가 하나이다."

왕이 더욱 기뻐하고 예부가 웃으며 말했다.

"아우는 제수씨가 잉태하신 것을 어찌 저리도 자세히 아는고?"

소부가 웃으며 말했다.

"같은 이불을 덮고 자는 사이에 무슨 일을 모르겠느냐?"

이에 좌우 사람들이 크게 웃고 상서도 크게 웃으며 말했다.

"눈이 있고 한 방에서 보니 배 부른 줄을 모르겠습니까?"

소부가 박장대소하고 말했다.

"네 변명하나 여 씨를 멀리하고 어찌 배가 부르겠느냐? 너는 친하지 않았다 하니 여 씨 뱃속에는 반드시 개나 돼지가 들어 있겠구나."

개국공이 또 웃으며 말했다.

"성문이의 말도 옳으니 성문이가 여 씨를 박대한 것은 유명한 일인데 하루아침에 어찌 후하게 대접할 수 있겠는가? 친하지 않았다 한 말이 참으로 옳으니 여 씨 뱃속의 아이에게는 필연 아비가 있을 것이로구나.”

좌우 사람들이 손뼉 쳐 크게 웃고 연왕이 또 웃으며 말했다.

“숙부와 백운은 어찌 말씀을 나는 대로 해 우리 며느리의 신상을 모욕하는 것입니까?”

개국공이 말했다.

“이 아우의 말은 그런 것이 아니라 성문이의 말이 그러하므로 해석한 것입니다.”

왕이 미소하고 유 부인이 웃으며 말했다.

“일없는 아이들이 부질없이 젊은 것들을 보채는 것이냐? 그러나저러나 여 씨가 잉태한 것은 몽창이의 경사로구나.”

왕이 자리에서 일어나 사례했다.

왕이 물러나 여 씨를 불러 위로하고 친정에 보내지 못하겠다고 이르니 여 씨가 비록 놀랐으나 감히 가겠다고 청하지 못했다.

여 공 부부가 이 기별을 듣고 크게 기뻐했다. 부인이 비록 기쁜 중에도 의심이 없지 않아 유랑을 불러 상서가 소저를 후대하는지 박대하는지를 물었다. 이에 유모가 소저에게 향해 구는 상서의 행동을 일일이 전하니 부인이 크게 기뻐해 즐겼다. 그러자 여 시랑 박이 말했다.

“이 현보가 누이와 저러한 정을 가지고 예전에는 그리도 박대했던고?”

유랑이 말했다.

“이 곡절은 비자(婢子)도 알지 못하니 이는 반드시 부부가 합쳐지는 데는 때가 있어서 그런가 하나이다.”

부인이 옳다 하니 군자와 숙녀의 높은 뜻을 누가 알겠는가.

여 소저가 이미 만삭이 되니 여 소사가 소저를 진성에 데려와 애산하게 하도록 왕에게 청했다. 왕이 허락하고 소저를 돌려보내니 상서가 비록 좋지 않은 마음이 있었으나 소저가 가는 것을 막지는 못했다.

소저가 친가에 이르러 모친을 보니 새로운 슬픔이 한량없고, 부인은 소저가 만삭이 된 것에 기뻐해 만사를 다 잊었다.

부인이 하루는 조용히 소저에게 물었다.

"예전에는 이생이 너를 그토록 박대하다가 이제 후대하는 것은 무슨 마음에서냐?"

소저가 부끄러워 대답하지 않으니 부인이 다시 물었다.

"친한 사람이 모녀간 같은 이가 없으니 내 아이는 어미를 속이지 마라."

소저가 한참을 생각하다가 대답했다.

"소녀가 길에서 떠돌아다니던 몸으로 스스로 부끄러워 사정을 애걸하자 그때 이 상서가 허락한 것이니 진정으로 박대한 것이 아닙니다."

부인이 놀라서 말했다.

"이런 연고가 있었다면 나에게 일러 주어 요란한 일이 없게 했더라면 어떠했겠느냐? 네 어미가 대사를 그릇해 졸렬함을 남에게 보인 것이 많으니 지금 상서를 보는 것이 부끄럽구나."

소저가 어물어물하며 대답하지 못했다.

소사가 두어 날 후에 사람을 시켜 연왕에게 상서 보내 주기를 청했다. 왕이 상서를 불러 처가에 가라 하니 상서가 명령을 받들어 여씨 집안으로 갔다.

소사가 자식들과 함께 상서를 반갑게 맞아 지극히 잘 대우하고 상서를 소저의 방으로 인도했다. 소저가 가벼운 옷차림으로 일어나 맞으니 상서가 팔을 밀어 자리를 정해 주고 자기 또한 멀리 자리를 잡아 피차 기색이 단엄하고 생소함이 부부같지 않았다. 이에 여 부인이 매우 의심해 유모에게 말했다.

"이랑의 기색이 전날과 다름이 없으니 네 헛말을 한 것이 아니더냐?"

유모가 또한 의심하더니 상서가 밤이 깊도록 『효경』을 읽으며 조용히 헤아렸다. 소저는 약질이 피곤함을 이기지 못했으나 감히 눕지 못하고 심신을 다잡아 앉아 있더니 자연히 정신이 어리어리하고 손발이 찬 것을 면치 못해 책상에 엎어졌다. 상서가 놀라 책을 덮고 좌우를 둘러보니 인적이 고요하고 경점(更點)16) 소리만 들리는 것이었다. 그래서 사람을 부르지 못할 줄 헤아리고 나아가 소저를 붙들어 자리를 편히 하고 손을 주물렀다. 상서의 초옥(楚玉)17) 같은 섬섬옥수와 소저의 엉긴 기름 같은 손이 속세 밖 사람 같으니 여 부인이 벽 틈에서 유모와 함께 그 모습을 보고 소저의 혼미함을 염려하는 것은 잊은 채 매우 기뻐하며 다시 보았다.

이윽고 소저가 정신을 거두어 상서가 이와 같이 있는 것에 부끄러움을 이기지 못하니 상서가 나직이 말했다.

"기운이 불평하면 편히 쉴 것이지 억지로 참은 것은 어찌해서요?"

소저가 대답하지 않고 원앙 베개에 엎드려 신음소리를 끊임 없이 냈다. 상서가 매우 놀라 등불을 내오게 해 그 손을 잡아 맥을 보다가 놀라고 기뻐 소리를 나직이 해 유랑을 불렀다.

여 부인이 상서가 딸과 몸을 나란히 해 등불 아래에서 손을 들어 그 사랑하는 정이 흘러넘치는 것을 보고 바라던 것 이상이라 크게

---

16) 경점(更點): 북이나 징을 쳐서 알려 주던 시간. 하룻밤의 시간을 다섯 경(更)으로 나누고, 한 경은 다섯 점(點)으로 나누어서, 매 경을 알릴 때에는 북을, 점을 알릴 때에는 징을 침.

17) 초옥(楚玉): 초나라의 옥. 중국 춘추시대 초(楚)나라 형산(荊山)에서 난 화씨벽(和氏璧)을 이름.

기뻐하고 있더니 상서가 유랑을 부르자 유모가 나아가 대답했다. 상서가 이에 말했다.

"네 부인이 평안하지 않으시니 네가 여기에서 구호하라."

유모가 명령을 받들어 소저를 붙드니 소저가 홀연 기절하며 어린아이의 울음 소리가 급히 났다. 유모가 매우 놀라고 상서 또한 놀라 즉시 몸을 일으켜 밖으로 나왔다. 이에 온 집안이 진동해 여 소사와 여생 등이 정신없이 분주하게 다니며 의약을 다스렸다.

이윽고 소저가 정신을 차리고 부인이 들어가 보아 남자아이인 줄 보고 크게 기뻐해 바삐 나와 기쁜 소식을 모든 사람에게 고했다. 소사가 매우 기뻐하고 여생 등이 모두 웃고 상서를 향해 치하하니 상서는 미미히 웃을 뿐이었다. 즉시 연왕부에 소저가 남자아이 낳은 소식을 전하고 상서는 이에 머무르며 약을 살폈다.

이때 이씨 집안에서 여 씨가 자식 낳았다는 말을 듣고 온 집안사람들이 크게 기뻐했다. 연왕이 매우 기뻐 가마를 재촉해 여씨 집안에 이르렀다. 소사가 맞아 인사를 마친 후 왕이 말했다.

"우리 며느리가 온갖 고초를 두루 겪고 해산하게 되어 근심이 적지 않더니 하룻밤 사이에 무사히 해산하고 바라던 바 옥동자를 얻었으니 어찌 기특하고 다행하지 않은가?"

소사가 웃고 사례해 말했다.

"이 모두 전하의 큰 복 덕택이요, 현보의 운수가 통해서이니 홀로 딸아이만 기특하다 하겠는가?"

왕이 웃으며 말했다.

"과인 가문의 운세가 불행해 총부(冢婦)18)가 고생을 심하게 해 밤

---

18) 총부(冢婦): 종자(宗子)나 종손(宗孫)의 아내. 곧 종가(宗家)의 맏며느리.

낮으로 근심하더니 이제 무사히 남아를 낳는 경사가 있게 되었네. 집에는 이와 같은 경사가 없으니 비록 황금이 뫼같이 쌓여 있다 한들 무엇에 쓰겠는가?"

소사가 기쁘게 웃고 겸손히 사양하며 술을 내어와 실컷 마셨다. 소사가 아이의 생긴 모습을 옮겨 이르니 왕이 웃고 말했다.

"형의 날랜 혀가 소진(蘇秦)19)과 장의(張儀)20) 같으나 내 아마도 한번 보는 것만 같지 않으니 칠 일을 하룻밤 내인 것처럼 지내려 하네."

소사가 크게 웃고 말했다.

"전하와 같은 진중한 사람도 손자 향한 마음이 이와 같으니 만일 그 신선과 같은 풍모를 본다면 미치기 쉬울 것이네."

왕이 또한 웃고 말이 없었다.

소저가 산후에 특별한 병이 없어 피부가 전과 같으니 소사 부부가 기쁨을 이기지 못했다.

삼 일 후에 방안을 청소하고 소사가 상서와 함께 산실(産室)에 들어가 새 아이를 보았다. 유랑이 아이를 안아 상서 앞에 놓자, 상서가 잠깐 눈을 드니 그 아이가 기골이 매우 빛나고 기이해 비록 강보의 어린아이였으나 보통사람과 크게 다른 것이 있었다. 그 아비 되어 기쁨이 작지 않을 것이었으나 얼굴빛이 태연하니 여생 등이 웃고 말했다.

"그대 눈에 이 아이가 어떠한고?"

상서가 미소하고 대답하지 않으니 소사가 크게 사랑해 상서에게

---

19) 소진(蘇秦): 중국 전국시대의 유세가(遊說家, ?~?). 진(秦)에 대항하여 산동(山東)의 6국인 연(燕), 조(趙), 한(韓), 위(魏), 제(齊), 초(楚)의 합종(合從)을 설득함.

20) 장의(張儀): 중국 전국시대 위(魏)나라의 유세가(遊說家, ?~B.C.309). 진(秦)나라의 재상이 되어 연횡책을 6국에 유세(遊說)하여 진나라에 복종하도록 힘씀.

말했다.

"이 아이가 이렇듯 기이하니 자네 집의 천리구(千里駒)이거늘 사위는 어찌 무심하고 무정하게 보기만 하는 것인가?"

상서가 잠시 웃고 말했다.

"이 사위가 비록 어리석으나 어찌 골육이 귀한 줄을 모르겠습니까? 다만 장인어른의 말씀이 이와 같으시니 부끄럽습니다."

여 공이 매우 기뻐 아이를 다시금 어루만지며 사랑하고 귀중히 여기는 마음을 이기지 못했다.

이러구러 칠 일이 지나니 연왕이 이르러 손자를 보려 했다. 소사가 맞이해 손님과 주인의 예를 마친 후 왕이 말했다.

"우리 며느리가 약질임에도 산후 피부가 전과 같다 하니 참으로 기쁘네."

소사가 대답했다.

"이는 다 대왕이 돌보며 염려해 준 덕인가 하네."

왕이 새로 생긴 손자의 기이함을 바삐 보려 하니 소사가 기뻐해 함께 소저 침소에 갔다. 소저가 시아버지가 왔다는 말을 듣고 의상을 정돈하고 자리를 가지런히 해 왕을 맞이해 절하고 황공함과 부끄러움을 띠어 나직이 존후(尊候)21)를 물은 후 말석에 꿇어 앉았다. 왕이 흡족한 낯빛으로 몸을 평안히 하라 이르고 두텁게 위로하며 아이를 친히 깃을 헤치고 안아서 자세히 보았다. 기상이 비범하니 참으로 기린과 봉황의 새끼였다. 왕이 십분 기뻐하며 말했다.

"이 아이가 이렇듯 비범하니 우리 가문을 일으킬 것이로다. 며느리가 환란을 겪은 뒤에 이런 기특한 아이를 낳았으니 하늘이 어진

---

21) 존후(尊候): 어른의 건강 상태.

사람 돕는 것이 이와 같구나."

드디어 이름을 지어 봉린이라 하고 소사를 대해 서로 자랑하며 손자 사랑함이 지극하니 소사의 통쾌한 마음이야 더욱 이르겠는가. 기뻐함이 비길 데가 없었다. 여 부인은 본디 임 씨를 밤낮으로 꺼려해 제 행여 아들을 먼저 낳아 종사(宗嗣)[22]를 받들까 하다가 뜻밖에도 딸이 아들을 낳았으니 이후에는 임 씨가 아무리 아들을 낳아도 근심이 없을 것이므로 기뻐서 하늘에도 오를 듯했다.

한 달 후에 이씨 집안에서 소저를 불렀다. 소저가 비록 부모를 떠나는 마음이 슬펐으나 품에 기린을 안아 시가로 가는 영광이 어찌 비할 데가 있겠는가.

소저가 이씨 집안에 이르니 일가 사람들이 봉린을 보고 놀라 칭찬하기를 마지않았고 존당 유 부인과 승상의 사랑이 더욱 비길 곳이 없었다. 소 부인은 그런 부귀영화 가운데도 마음을 펴 즐기는 일이 없다가 손자를 보자 온 마음이 기뻐 종일토록 친히 안아 웃음소리가 낭랑하니 자녀들이 다행으로 여겨 기뻐했다. 화소는 이때 세 살이라 말을 잘하고 영리함이 유달랐으므로 봉린을 지극히 사랑해 쌍으로 부인 앞에서 유희하니 여 소저가 화소를 자기 자식과 간격이 없이 사랑했다. 임 씨가 비록 매섭고 독했으나 천성이 대가(大家)의 자제로서 맑고 고상했으므로 봉린을 매우 사랑하고 여 소저를 극진히 공경했다. 그러나 소저의 마음을 헤아리지 못해 말마다 삼가지 못했다. 그래도 여 소저는 모르는 사람처럼 행동하며 임 씨를 동기처럼 사랑하니 소 부인이 더욱 여 씨를 기특하게 여기고 사랑했다.

상서의 하해와 같은 정이 어이 덜하겠는가마는 겉으로 여 씨를 공

22) 종사(宗嗣): 종가 계통의 후손.

경함은 피차 손님 같고 임 씨 대접하기를 여 씨와 달리하지 않았다. 다만 침석의 은정은 매우 깊어 여 씨를 높이 여기고 심복하는 마음 이 다른 무리와 같지 않았다.

각설. 유 공이 경문과 각정을 데리고 남창에 이르니 위 씨가 취향 과 함께 예를 갖추어 맞이했다. 당초에 경문은 유 공에게 위 씨의 근 본과 위 씨를 첩으로 취한 사실을 고하지 않고 다만 명령을 좇아 아 내를 얻었다고 했다. 유 공이 위 씨를 보고 크게 기뻐 지극히 사랑하 며 경문에게 말했다.

"네 아내가 이처럼 특이하니 가문을 일으키겠구나."

이처럼 위 씨를 칭찬하고 사랑했으나 각정은 그윽이 싫어해 위 씨 없앨 꾀를 생각했다.

이날 생이 침소에 이르니 소저가 일어나 맞아 유 공이 복직해 돌 아온 것을 치하하니 생이 즐거운 빛으로 대답했다.

"임금님의 은혜가 초목에까지 다 미치셔서 대인께서 귀양을 풀어 고향에 돌아오셨으니 학생의 기쁨은 일러 알 바가 아니오."

그러고서 눈을 들어 소저를 보니 소저는 기골이 숙성하고 안색은 보름달 같아 윤택한 얼굴빛이 더욱 특출했다. 생이 자연히 웃음을 참지 못해 나아가 손을 잡고 말했다.

"그대 부모 찾기는 멀었고 생이 건장한 남자로 홀로 있는 것이 괴 로우니 오늘은 마지못해 원앙의 법을 행해야겠소."

소저가 이 말을 듣고 크게 놀라 손을 떨치고 물러앉아 정색하고 말했다.

"군자께서는 당당한 대장부가 되어 전후에 약속을 이처럼 바꾸시 니 첩이 비록 아녀자나 복종할 수 없습니다. 만일 첩의 외로운 뜻을 앗으신다면 풀의 이슬과 같은 쇠잔한 목숨이 끊어지는 날이 될 것입니다. 첩이 군을 좇은 것을 아비가 앎이 없고 어미가 명령한 것이 아니니 훗날 하늘이 도우셔서 부모를 찾는 날 차마 홍점(紅點)을 없애고 무슨 낯으로 부모를 볼 것이며 첩이 그대에게 올 때 예를 차리지 않았고 그대가 빙물(聘物)23)로 예를 차린 것이 없으니 첩이 죽는 것은 달게 받겠으나 이는 결코 듣지 못할 것입니다."

말을 마치자 흐르는 눈물은 오월의 장마 같고 열렬한 말은 옥쟁반의 구슬이 울리는 것 같았으니 생의 마음이 더욱 기뻐 다만 위로해 말했다.

"아까 말은 희롱이오. 내 비록 사리에 어두우나 그대의 뜻을 앗을 것이며 진실로 앗을 것이었다면 신방의 아름다운 밤을 허송했겠소? 그대는 염려 마오."

소저가 묵묵부답하고 눈썹에 일천 가지 서러움을 띠었다. 기이한 자태가 등불 아래 빼어나니 배꽃이 광풍(光風)을 만나며 흰 달이 구름 속에 감춰진 듯해 참으로 기특했다. 소저의 근심어린 기색은 그림을 그려도 모사하기 어려웠으니 경문이 비록 군자요, 심장이 쇠돌 같으나 이 모습을 대해 어찌 매몰찰 수 있겠는가. 바삐 소저의 손을 대어 위로하며 불쌍히 여기고 사랑해 말했다.

"그대가 마침 운수가 불행해 부모를 잃은 일이 있다 한들 지하의 영결이 아닌 후에야 이토록 서러워해서 되겠소? 조만간 경사에 가면 그대 팔에 쓴 것에 의지해 널리 물어보리다."

소저가 잠자코 대답하지 않았다. 공자가 지극히 위로하며 함께 침상에 나아가니 소저를 사랑하는 정이 비길 데가 없었다.

---

23) 빙물(聘物): 결혼할 때 신랑이 신부의 친정에 주던 재물.

이때 경사에서 유 공을 복직시켜 부르는 명령이 성화같았다. 이에 유 공이 가려 하니 경문이 말했다.

"옳지 않습니다. 아버님이 전에 형장 아래 남은 목숨으로, 또 변방에 충군(充軍)24) 했다가 높은 벼슬을 하는 것이 바람직하지 않으니 마땅히 사양하시는 것이 옳습니다."

유 공이 옳게 여겨 경문을 시켜 상소를 짓게 해 급히 올리니 그 상소의 내용은 다음과 같았다.

'죄신(罪臣) 유영걸은 성황성공(誠惶誠恐)25) 고개를 조아리고 백 번 절해 감히 표를 올리나이다. 죄신이 전에 국가에 지은 죄가 터럭을 뽑아 세어도 남을 정도였으니 어찌 죽음을 면하겠나이까마는 성상의 큰 덕을 입어 성상께서 신의 큰 죄를 용서하셨나이다. 신이 형장의 남은 목숨으로 절역(絶域)에 내쳐져 길이 북쪽을 우러러 성상의 은혜를 간뇌도지(肝腦塗地)26)하나 갚을 바를 알지 못했나이다. 그런데 의외에 미친 도적이 창궐해 죄신의 몸이 군대에 있어 요행히 두어 수급(首級)27)을 얻었거늘 성상께서 그 공을 지나치게 아셔서 신에게 큰 벼슬을 주시니 신이 비록 사리에 어두우나 전날의 죄악을 생각건대 황송한 마음이 없겠나이까? 차마 다시 낯을 들어 맑은 조정에 서지 못할 것입니다. 특별히 너그러이 위로하시는 은명(恩命)28)을 좇지 못하온 것을 황공해하고 벌을 기다리나이다. 하물며 신이 나이 늙고 숙병(宿病)29)이 잦은 가운데 절역의 풍토에 익지 못

---

24) 충군(充軍): 죄를 범한 자를 벌로서 군역에 복무하게 하던 제도.
25) 성황성공(誠惶誠恐): 진실로 황공하다는 뜻으로, 임금에게 올리는 글의 첫머리에 쓰는 표현.
26) 간뇌도지(肝腦塗地): 참혹한 죽임을 당하여 간장(肝臟)과 뇌수(腦髓)가 땅에 널려 있다는 뜻으로, 나라를 위하여 목숨을 돌보지 않고 애를 씀을 이르는 말.
27) 수급(首級): 전쟁에서 베어 얻은 적군의 머리.
28) 은명(恩命): 임금이 관리를 임명하거나 용서할 때 내리는 은혜로운 명령.

하고 전쟁터의 고초를 두루 겪어 천한 몸이 이를 이기지 못해 타고난 병이 위독해 목숨이 조석에 있어 능히 움직일 길이 없나이다. 엎드려 바라건대 성상께서는 신의 남은 뼈를 향리에 묻게 하소서. 신이 옛날 죄를 생각하고 지금 폐하의 은명을 목도하니 비록 인면수심(人面獸心)30)이나 터럭과 뼈가 곤두서지 않겠나이까? 신이 이생에 몸 가지기를 그릇해 폐하를 저버림이 많나이다. 다시 대궐을 바라볼 길이 없사오니 길이 북쪽을 바라보며 눈물을 흘리나이다. 신이 성상의 위로하시는 은명을 받자오니 당당히 관을 메고 대궐에서 벌을 기다릴 것입니다. 다만 한 병이 고황(膏肓)31)을 침노(侵撈)32)하니 몸을 일으켜 움직이지 못해 고향 마을에 엎드려 짧은 상소로 대궐을 더럽힌 죄는 만 번 죽어도 오히려 가벼울 것입니다. 피눈물을 흘리며 아뢸 바를 알지 못하겠나이다.'

중서성(中書省)33)이 유 공의 표(表)를 받아 임금께 드리니 임금께서 다 보시고 그 말이 강개하고 절실함을 아름답게 여기셔서 일이 년 동안 병을 조리하라 하셨다.

유 공이 비답(批答)34)으로 위로하신 것에 기뻐 남창에 계속 머물렀다.

---

29) 숙병(宿病): 오래전부터 앓고 있는 병.

30) 인면수심(人面獸心): 사람의 얼굴을 하고 있으나 마음은 짐승과 같다는 뜻으로, 마음이나 행동이 몹시 흉악함을 이르는 말.

31) 고황(膏肓): 심장과 횡격막의 사이. 고는 심장의 아랫부분이고, 황은 횡격막의 윗부분으로, 이 사이에 병이 생기면 낫기 어렵다고 함.

32) 침노(侵撈): 성가시게 달라붙어 손해를 끼치거나 해침.

33) 중서성(中書省): 중국 수나라·당나라·송나라·원나라 때에, 일반 행정을 심의하던 중앙 관아. 삼국 시내에 위(魏)나니에서 치음 두었으며, 원나라 때에 상서성으로 교쳤다가 명나라 처기에 없앰.

34) 비답(批答): 임금이 상주문의 말미에 적는 가부의 대답.

각정이 가권을 잡아 생의 부부를 매우 박대했으나 생의 공순(恭順)함은 이를 것도 없고 위 씨가 기특해 삼 일을 굶어도 견딜 수 있으니 더욱이 아침저녁의 보리죽을 못 견디겠는가. 각정이 저 부부의 공순함을 더욱 미워해 유 공의 귀에 참소(讒訴)35)를 계속했으나 유 공이 화란을 두루 겪고 경문 때문에 몸이 무사했으므로 무조건 받아들이지는 않으니 각정이 원망해 비밀리에 도모하려고 했다.

하루는 유 공이 경문과 함께 근처의 산수를 유람하러 갔다. 각정이 이때를 틈타 위 씨를 잡아다가 철편으로 무수히 치고 죄를 묻기를,

"네가 남자를 잘못 인도해 어미와 아들이 불화하도록 하는 것이냐?"

라고 하니, 이는 그 얼굴이 고운 것을 시기해서 소저를 죽이려 하는 마음에서 나온 것이었다. 소저가 끝까지 말을 않고 각정이 치는 대로 있었다. 소저가 이날 저물도록 굶으니 약질이 견디지 못해 침상에 곤히 누워 있었다.

석양에 생이 돌아와 침소에 들어오니 소저가 겨우 일어나 맞았다. 생이 그 기색을 보니 필시 굶은 줄 알아 소저를 불쌍히 여겨 소매를 더듬어 두어 개의 과일을 내어 위 씨의 손을 잡고 입에 넣어 주며 말했다.

"아버님을 따라가 산수를 유람하다 먹던 것이 남았으니 이를 먹으오."

소저가 억지로 받아 입에 넣었다. 생이 더욱 불쌍히 여겨 소저의 팔을 잡아 어루만지다가 홀연 보니 가죽이 벗겨지고 혈육이 낭자했다. 생이 매우 놀라 두루 보니 성한 곳이 없었다. 생이 놀라서 까닭을

---

35) 참소(讒訴): 남을 헐뜯어서 죄가 있는 것처럼 꾸며 윗사람에게 고하여 바침.

물으니 소저가 미소하고 답하지 않았다. 이에 취향이 나아가 수말을 고하고 눈물을 흘리니 생이 다 듣고는 시비를 않고 즉시 서당에 가 금창약(金瘡藥)36)을 얻어다 붙이고 조심해 조리하라 말할 뿐이었다.

한편 유 공은 현아를 위해 며느리를 구하고 있었다. 이때 전 한림 설최가 정통(正統)37) 황제가 북쪽 변방에서 돌아와 즉위하시고38) 크게 사면하실 적에 놓여나 남창이 고향이므로 여기에 와 있었다. 각정이 유 공을 달래 현아가 첩의 소생임을 속이고 두루 구혼하도록 하니 과연 설최가 곧이듣고 그 셋째딸로써 혼인시켰다. 현아가 유 공의 아들로서 어찌 비상한 데가 있겠는가. 예사로운 평범한 아이요, 설 씨 또한 그리 뛰어나지는 않아 경문의 부부로 비하면 하늘과 땅 같았으니 각정이 크게 애달파 경문 부부를 원수처럼 미워했다. 현아가 또 어미의 어질지 않은 성품을 닮아 경문을 조금도 존대(尊待)하는 일이 없고, 말끝마다 가형(家兄)이라 하며 적자와 서자의 분수를 차리지 않았으나 경문은 모르는 사람처럼 행동했다.

이듬해 봄에 경사에서 알성과(謁聖科)39)를 베푸시니 사방의 어진 선비들이 구름 모이듯 했다. 경문은 스스로 조정에 쓰이는 것이 부끄러워 나가지 않으려 했다. 그런데 각정은 현아를 발적(拔迹)40)시키려 했으나 현아의 글이 겨우 소지(所志)41)를 쓰라 하면 쓰고 고시

---

36) 금창약(金瘡藥): 칼, 창, 화살 따위로 생긴 상처에 바르는 약. 석회를 나무나 풀의 줄기와 잎에 섞어 이겨서 만듦.

37) 정통(正統): 중국 명(明)나라 제6대 황제인 영종(英宗) 때의 연호(1436~1449). 영종의 이름은 주기진(朱祁鎭, 1427~1464)으로, 후에 연호를 천순(天順)으로 바꿈.

38) 북쪽 변방에서~즉위하시고: 정통 황제가 1449년에 오이라트 부족을 토벌하러 가 붙잡혔다가 [토목의 변] 복귀한 일을 이름.

39) 알성과(謁聖科): 황제가 문묘에 참배한 뒤 실시하던 비정규적인 과거 시험.

40) 발적(拔迹): 높은 벼슬에 오름.

41) 소지(所志): 예전에, 청원이 있을 때에 관아에 내던 서면.

(古詩)나 지을 따름이니 어찌 과거 볼 생각이나 하겠는가. 이에 스스로 계교를 생각하고 유 공을 달래 말했다.

"이제 어르신이 시골에 빠져 계시고 현아는 저렇듯 철이 없으니 선조를 빛낼 길이 없습니다. 이제 공자는 이백(李白)[42]처럼 한 말의 술을 마시고 시 백 편을 짓는 재주[43]가 있으니 경사로 보내 과거에 응하도록 하소서."

유 공이 옳게 여기고 또 근본이 공명(功名)을 탐했으므로 즉시 경문을 불러 일렀다.

"아비는 이제 늙고 전 조정에 지은 죄악이 매우 많아 다시는 벼슬길에 나아갈 길이 없다. 조상을 빛내는 일이 너 한 몸에 달려 있으니 네가 과거에 응해 요행히 급제한다면 아비는 오늘 죽어도 한이 없을 것이다."

경문이 그 말에 감동해 두 번 절해 명령을 받들고 행장을 차려 현아와 함께 길을 나섰다. 각정이 공자를 따라 중당(中堂)에 와 공자의 옷깃을 잡고 웃으며 말했다.

"현아가 재주 없는 것은 공자께서 본디 알고 계시니 공자께서는 행여 동기의 정을 살펴 함께 계화(桂花)를 꽂으소서."

공자가 대답했다.

"과거에 급제하는 것이 운수가 있으니 미리 알기 어렵지만 나의 썩은 글귀로 윤색하는 것이 무엇이 어려워 서모의 말을 기다리겠습니까? 염려 마소서."

---

42) 이백(李白): 701~762. 본명은 이태백(李太白)이고 호는 청련(靑蓮). 중국 당나라 때의 시인. 시성(詩聖) 두보(杜甫)에 대하여 시선(詩仙)으로 칭하여짐.

43) 한 말의~재주: 두보(杜甫, 712~770)가 <음중팔선가(飮中八仙歌)>에서 이백을 두고 한 말임. "한 말 술에 시 백 편을 짓는 이백, 장안의 저자 주막에서 잠을 자는구나. 李白一斗詩百篇, 長安市上酒家眠."

각정이 기뻐 웃고 재삼 당부해 말했다.

"위 소저는 내 설 씨와 차이나지 않게 거느릴 것이니 공자는 다만 현아를 발천(發闡)44)하도록 해 주소서."

공자가 응락하고 유 공에게 하직하니 슬픈 마음을 이기지 못했다.

공자가 침소에 들어가 위 씨와 이별하니 피차 떠나는 정이 서운한 것을 어찌 수습하겠는가. 생이 또한 집안의 형세를 돌아보면 소저가 무사할 것이라 보장하지 못했으므로 눈썹을 찡그리고 소저의 손을 잡아 가만히 당부했다.

"생이 집을 떠난 후 그대의 몸이 무사할 것이라 기약하지 못하겠소. 그래도 그대는 지레 몸을 버려 생이 평소에 믿던 바를 저버리지 마오."

소저가 이때 마음이 어지러웠으나 억지로 참고 생을 위로해 말했다.

"첩이 비록 간뇌도지(肝腦塗地)하나 군자의 말씀을 잊지 않을 것이니 군자는 첩을 염려하지 마시고 먼 길에 무탈하게 다녀오소서."

생이 재삼 보중할 것을 당부하고 소매를 떨쳐 밖에 나와 말을 타니 부친을 떠나는 마음이 서글펐다.

생이 밤낮으로 길을 가 경사에 이르렀다. 이때 유 공의 옛 집은 북경 밖에 있었으나 지금은 없어졌으므로 숙소를 잡아 현아와 함께 머무르니 과거일은 아직 많이 남아 있었다.

생이 본디 명가(名家)를 사랑하는 데다 북경은 번화한 곳이라 날마다 현아와 함께 미복(微服)으로 두루 북경을 구경하며 막힌 기운을 시원하게 했다.

---

44) 발천(發闡): 앞길이 열려 세상에 나섬.

하루는 현아가 발이 아파 나가지 못했으므로 생이 스스로 짚신을 동여매고 한 명의 동자와 함께 두루 놀아 한 곳에 이르렀다. 큰 산이 구름에 솟았는데 층암절벽이 깎은 듯했다. 생이 좋게 여겨 칡넝쿨을 잡아 높은 데 오르니 둘레가 십 리는 되어 보였다.

이때는 늦봄 그믐께였다. 복숭아꽃은 점점이 떨어져 푸른 잎 사이로 놀고 나비는 어지러이 왕래하고 다녔으며 맑은 바람은 솔솔 불고 수양버들은 푸른 실을 드리운 듯했으며 폭포에서 흘러내린 물은 잔잔히 흐르고 있었다. 생이 매우 기뻐해 깊이 들어가는 줄을 깨닫지 못하고 점점 들어갔다. 한 곳에 다다르니 큰 정자가 아득히 있어 구름에 닿을 듯하고 채색단청이 영롱하니 햇빛에 눈이 부셨다. 생이 놀라서 헤아렸다.

'아니, 누구의 집 화원(花園)인가. 왕공 대신이 즐기는 곳이겠구나. 보통 사람이야 누가 이처럼 너른 동산을 두겠는가.'

이렇게 생각하고 잠깐 걸음을 멈추고 서서 보았는데 인적이 없으므로 마음을 놓아 또 두어 걸음을 들어갔다. 갈수록 좋은 풍경이 거듭되고 온갖 꽃이 만발했는데 층층이 있는 꽃계단은 본 바 처음이었다. 스스로 기쁨을 이기지 못해 바위 위에 앉아 시구를 읊조렸다.

이때 홀연 세 명의 소년이 흰 도포에 검은 관을 쓴 채 앞서고 뒤에 열 살 남짓한 아이들 일고여덟 명이 소매를 나란히 해 정자로 올라오고 있었다. 생이 매우 놀라 바삐 몸을 푸른 숲 사이에 감추고 자세히 보았다. 그 소년들은 한 명 한 명이 관옥(冠玉)[45]의 아름다움을 다투며 공산(空山)에 샛별이 떨어진 듯했으니 가볍게 날아올라 신선이 될 만한 기상이 있었다.

---

45) 관옥(冠玉): 관의 앞을 꾸미는 옥으로 남자의 아름다운 얼굴을 이르는 말.

생이 칭찬하고 그 모습을 보니 모두 한꺼번에 정자에 올라앉아 구슬발을 걷고 경치를 살피는 것이었다. 동자 10여 명이 술과 술병을 메어 와 각각 앞에 놓으니 사람들이 술을 마시며 담소를 자약히 했다. 그중에 위에 앉은 소년이 눈을 들어서 보다가 말했다.

"이 앞에 사람의 발자취가 있으니 반드시 바깥 사람이 다녀갔는가 보다."

그러고서 즉시 문지기를 부르라 해 바깥 사람과 통한 것을 크게 꾸짖었다. 이에 문지기가 정신없이 고개를 두드리며 말했다.

"소복(小僕)이 별장을 지키고 있으니 어찌 잡사람을 들이겠나이까?"

소년이 성을 내 말했다.

"이 앞에 인적이 있거늘 너는 어찌 속이는 것이냐?"

문지기가 두려워해 두루 살피다가 푸른 숲 사이에 사람의 옷이 비치는 것을 보고 달려들어 생을 끌어내며 말했다.

"이 작은 짐승이 어디에서 들어왔더냐? 네 뉘 화원이라고 방자히 들어온 것이냐?"

이때 경문이 참으로 나갈 길이 없어 민망히 여기다가 문지기가 욕하는 것에 몹시 분해 조용히 일렀다.

"나는 마침 먼 지방 사람인데 길을 그릇 들어 이곳에 온 것이니 용서해 주면 다행이겠네."

문지기가 어지럽게 생을 끌며 꾸짖었다.

"이 짐승이 눈에 구슬이 없는 것이냐? 하마터면 너 때문에 내가 벌을 받을 뻔했으니 어찌 용서할 수 있겠느냐?"

드디어 생을 끌어내 소년의 앞에 두었다. 이 소년은 원래 이 학사 세문이요, 그 나머지는 기문, 궁문, 백문, 원문, 진문 등이 있다. 이 화원은 계양궁 화원과 승상부 화원, 연왕부 화원이 한데 이어져 생긴 것이니 둘레가 바다 같고 경치가 기특하니 산 이름은 채운산이었다. 당초에 승상이 경치를 사랑해 이 아래 집을 이루니 사계절의 기이함과 빼어난 경치는 천하제일의 명승지였다. 그 훤칠하고 기특한 것에는 대궐 후원이라도 조금도 미치지 못할 정도였다. 문정공 등이 당초 소년 시절에 높은 누대를 여럿 세워 계절마다 유람했다. 정자는 계양궁과 승상부, 연왕부에 속해 있는데 정자 이름은 곧 백화정, 난초정, 서류정, 만화정, 만리정, 송죽정이었다. 만화정과 서류정은 계양궁 화원에 있고 송죽정과 만리정은 승상부에 있고 백화정과 난초정은 연왕부에 있으니 그 기특함은 차이가 나지 않았다. 이 정자는 계양궁의 만화정이니 이때는 바야흐로 온갖 꽃이 만발해 경치가 기이했으므로 생들이 날마다 여기에 올라와 구경했는데 오늘도 온 것이었다.

이 학사 세문이 한번 경문을 보니 용의 눈에 봉황의 눈썹을 하고 왼쪽 이마는 우뚝 솟았으며 관옥 같은 안색은 천지의 정기를 타고나 시원스럽고 수려한 기상은 넓고 넓어 구만 리 긴 하늘에 한 점 구름이 없는 듯했고, 빛나고 신이한 골격은 시원하고 한아해 사람의 눈을 놀랬으며 두 팔은 무릎을 지났고 신장이 커서 자기가 본 사람 중에 처음이었다. 두 번 눈을 들어서 보니 연왕과 조금도 다르지 않았으므로 세문이 매우 놀라 이에 물었다.

"너는 어떤 사람이기에 이리도 깊이 들어온 것이냐?"

경문이 천천히 대답했다.

"소생은 먼 지방의 지나가는 객으로 경사에 왔다가 시골의 무딘 눈이 산의 경치를 탐해 깊이 들어왔으나 만일 존택이 가까이 있는 줄 알았다면 죄를 범했겠습니까?"

세문이 그 소리가 한아한 데 마음으로 크게 복종했으나 소년의 호승(好勝)[46]으로 경문을 보채려 해 미미히 웃고 수를 놓은 비단 광삼을 들어 가리켜 말했다.

"너는 눈을 들어 자세히 보라. 저 집이 누구 집이냐?"

경문이 그 소리를 따라 내려다보니 웅장한 누각이 반공(半空)에 솟아 봉황이 날개를 편 듯해 큰 궁궐이 겹쳐져 오 리에 이어져 있었다. 이는 대개 경문이 경치를 탐한 나머지 몰라보았던 것이다. 경문이 이를 보고 매우 놀라 자세히 보니 동네 어귀에 여섯 문이 높기는 하늘 같고 채색단청이 햇빛으로 눈이 부셨다. 금자(金字)로 문마다 붙였으나 그것은 알아보지 못하고 수레와 말이 끊임없이 이어졌으며 사람 소리가 떠들썩했다. 이에 경문이 놀라 생각했다.

'이는 필연 공후(公侯) 대신의 집이로구나.'

그러고서 머뭇거리다가 고개를 조아리고 말했다.

"소생이 눈이 있어도 구슬이 없어 죄를 범했으니 대인께서는 작은 은덕을 베푸셔서 소생을 놓아 보내시는 것이 어떠합니까?"

학사가 미미히 웃고 말했다.

"너의 죄가 크니 어찌 가볍게 놓아 주겠느냐? 마땅히 중한 법으로 다스려야겠다."

경문이 이 말을 듣고는 그 얼굴을 치밀어보니 심술이 곱지 않고 얼굴이 저러함을 개탄하고 문득 노한 마음이 일어나 왈칵 성을 내 말했다.

"상공이 소생을 무슨 법으로 다스리려 하십니까?"

학사가 웃으며 말했다.

"너 다스릴 법이 무슨 법이라고 없겠느냐? 다만 이르라. 네 성명

---

46) 호승(好勝): 남 이기기를 좋아하는 마음.

이 무엇이냐?"

경문이 냉소하고 말했다.

"성명이란 것이 사람을 대해 이르는 것이니 그대는 성명을 이르지 못할 사람이로다."

학사가 거짓으로 성을 내 말했다.

"이 사람이 왕궁 귀택에 와 죄를 짓고 말조차 모지니 좌우는 나를 위해 큰 매를 가져와 시험하라."

모든 시노가 소리에 응해 생을 잡아 꿇리고 팔을 메어 치려 하자 생이 웃으며 말했다.

"내 죄가 이미 깊으니 네 집 노비와 주인은 어쨌거나 치고 나를 빨리 놓아 보내라."

학사가 그 평안한 모습을 보고 더욱 기특하게 여겨 다만 웃고 치는 것을 늦추라 한 후에 일렀다.

"네 매 맞는 것이 두렵다면 조자건(曹子建)[47]의 칠보시(七步詩)[48]를 본받아 내 면전에서 시를 지으라."

경문이 웃으며 말했다.

"아름다운 시구와 훌륭한 문장은 사람과 주고 받을 것이니 어찌 그대와 아까운 글을 의논하겠는가?"

학사가 크게 웃고 말했다.

"네 어떤 놈이기에 조정 중신을 대해 면전에서 욕하는 것이냐?"

경문이 이어 웃고 말했다.

"조정의 재상이라도 위인이 그대 같은 이는 가볍게 여기니 소생

---

47) 조자건(曹子建): 조식(曹植, 192~232)을 이름. 자건은 조식의 자. 중국 삼국시대 위나라 조조의 셋째 아들로 문장이 뛰어났음.

48) 칠보시(七步詩): 조식이 지은 시. 형 문제(文帝)가 일곱 걸음을 걷는 사이에 시 한 수를 짓지 못하면 대법(大法)으로 다스리겠다고 하자, 곧바로 칠보시를 지었다 함.

을 어떤 위인으로 여기는 것인가? 매에 협박당할 자가 아니다."

학사가 잠자코 있다가 말했다.

"너 작은 짐승이 입이 이처럼 사나운 것이냐? 마땅히 무겁게 다스려야겠다."

다시 시노에게 명령해 치라 하니 노자들이 매를 들었다. 그러나 생은 조금도 겁내지 않고 소매를 떨쳐 매 아래 나아가 일렀다.

"대장부가 어찌 작은 매를 못 견디겠는가? 그러나 그대 같은 재상이 조정에 있다면 어진 선비들이 빨리 돌아와 나라를 보익(輔翼)[49] 하는 이가 적지 않을 것이다."

말을 마치자 크게 웃었다.

학사가 문득 당에서 내려 친히 경문을 붙들어 올리며 말했다.

"학생이 일찍이 천하에 본 사람이 적지 않으나 그대 같은 이는 처음입니다. 학생이 비록 사리에 어두우나 글을 읽어 자못 일의 이치를 아니 설사 그대만 못한 사람인들 이처럼 행동하는 일이 있겠습니까? 아까는 잠깐 그대를 시험하려 희롱한 것입니다."

드디어 팔을 밀어 당으로 올라오라고 청했다. 경문이 또한 이 학사의 모습이 관옥 같고 말이 낭랑한 것을 사랑해 사양하지 않고 올랐다. 기문, 중문 등이 일시에 일어나 예를 마친 후 학사가 물었다.

"일찍이 서로 일면식도 없이 오늘 만났으니 평생의 기쁜 일입니다. 높은 성(姓)과 큰 이름을 듣고 싶습니다."

경문이 자리에서 일어나 사양해 말했다.

"소생은 한낱 베옷 입은 선비인데 이처럼 상공의 과도한 대접을 입을 수 있겠습니까? 천한 성명은 유현명입니다."

---

49) 보익(輔翼): 도와서 올바른 데로 이끌어 감.

학사가 문득 놀라서 말했다.

"그렇다면 전에 복직하신 유 승상의 영랑(令郞)이 아니십니까?"

경문이 몸을 굽혀 대답했다.

"그렇습니다."

학사가 속으로 놀라고 의아해 경문의 손을 잡고 탄식하며 말했다.

"공자의 높은 이름은 들은 지 오래입니다. 가형(家兄)과 현보 아우와 교분이 두터우나 우리는 신선 같은 풍모를 우러러보기를 뜻하지 않았더니 오늘날 옥 같은 얼굴을 대할 줄 알았겠습니까? 나는 다른 사람이 아니라 하남공의 둘째아들 태학사 이세문이요, 아래로 둘은 다 학생의 아우들이니 기문, 중문입니다."

또 아이들을 가리켜 말했다.

"위로 셋도 학생의 아우들이니 진문, 유문, 관문이요, 그 나머지는 백문, 창문, 원문, 탕문, 인문이니 현보 성문의 아우들50)과 계부(季父)께서 낳으신 아이들51)입니다."

경문이 이 말을 듣고 바야흐로 깨달아 공수(拱手)하고 사례해 말했다.

"소생이 눈이 있어도 태산을 몰라보아 여러 상공께서 왕부(王府)의 귀인이신 줄을 깨닫지 못했습니다."

학사가 자약히 웃으며 말했다.

"족하의 비범한 모습을 목도하니 바야흐로 바다 밖에 바다가 있음을 깨달으며 우리가 마음으로 복종해 배우기를 원하거늘 티끌 같

---

50) 현보 성문의 아우들: 이백문은 이몽창의 셋째아들이고, 이창문은 이몽창의 넷째아들로 모두 이몽창의 첫째아들 이성문의 아우들임.

51) 계부(季父)께서~아이들: 여기에서 계부는 아버지 이몽현의 막내아우라는 뜻이 아니라 아버지의 동생들이라는 의미로 쓰임. 이원문은 이몽현의 셋째동생 이몽원의 첫째아들이고 이인문은 이몽현의 넷째동생 이몽상의 둘째아들임. 이탕문은 작품의 다른 부분에 나오지 않는 인물임.

은 조그만 공명(功名)을 일컬을 것이 있겠습니까? 가형과 현보 아우가 그대를 밤낮으로 잊지 못하고 있으니 이제 서당에 가서 보는 것이 어떻습니까?"

경문이 대답했다.

"높은 명령을 받들고 싶으나 소생은 시골에 사는 낮은 몸이고 하물며 과거에 응하러 온 손이라 대신의 댁에 가는 것은 옳지 않습니다. 또 상서 형제만 계시다면 해가 없겠으나 이목이 번거로울 것이니 생각컨대 명공네께도 좋지 않을까 하니 마땅히 과거가 지난 후에 나아가 뵙겠습니다."

세문이 그 말을 더욱 높이 여겨 사례해 말했다.

"그대의 말씀이 금옥과 같으니 다시 억지로 청하지 않겠습니다. 머무는 곳을 일러 주시면 내일 형제가 조용히 나아가 뵐까 합니다."

생이 저 사람들의 의기를 기특하게 여겨 성안 옥화교 가에 숙소를 잡았음을 이르고 하직하니 세문이 경문의 손을 잡고 연연해하며 말했다.

"오늘 무슨 행운으로 인형(仁兄)[52] 같은 기이한 재주를 만나 교도(交道)를 여니 평생 막혔던 흉금이 시원해졌습니다. 족하는 우리를 비루히 여기지 말고 사생에 서로 저버리지 않는 것이 어떻습니까?"

경문이 팔을 들어 사례해 말했다.

"상공께서 귀한 집안의 중신으로서 소생 같은 어린아이를 보고 대접하는 높은 뜻이 이와 같으니 소생이 설사 사리에 어두우나 지극한 뜻을 저버리는 일이 있겠습니까? 더욱이 연왕 전하와 이씨 집안의 어른[53]은 소생의 은인이십니다. 상공께서는 그 조카이자 종

---

52) 인형(仁兄): 친구 사이에, 상대편을 높여 이르는 이인칭 대명사.
53) 이씨 집안의 어른: 이성문을 이름.

형54)이시니 길이 은혜에 감사한 마음이 상공께인들 없겠습니까?"

드디어 생들을 향해 예를 하고 천천히 동산의 문을 통해 나갔다.

학사가 속으로 매우 사랑해 즉시 아우들과 집으로 내려가 예부 이흥문과 상서 이성문을 찾으니 모두 연왕부 서당 매죽헌에 있었으므로 학사가 서당에 들어가 웃으며 일렀다.

"오늘 유 씨 놈의 아들 현명이란 사람을 보니 과연 고금에 없는 기이한 재주이니 참으로 개돼지가 봉황을 낳았습니다."

예부가 놀라서 말했다.

"너는 어디에 가 본 것이냐?"

학사가 전말을 고하니 모두 크게 웃고 상서가 말했다.

"과거를 보러 왔다 했는데 모르고 못 찾아보았으니 탄식할 만한 일입니다. 그러나 그 자식이 그 정도로 생겼는데 매양 유 씨 놈이라 하시는 것입니까?"

예부가 크게 웃고 말했다.

"현보는 참으로 고루한 말도 하는구나. 마침 유 씨 아들을 보고, 유 씨 놈 같은 비루하고 음란한 사람을 저들 듣는 데서는 공경한들 안 듣는 데서조차 어르신이라 하는 것이 옳단 말이냐?"

상서가 또한 웃고 말했다.

"아우가 유 공을 형님에게 어르신이라 하라고 하는 것이 아니라 이미 그 아들을 벗으로 대접하면서 그 아비를 매양 욕하는 것이 옳은가 해서 한 말입니다."

예부가 크게 웃고 정론이라고 했다.

이튿날 예부 등 네 명과 상서가 유생이 머무는 곳에 갔다. 현명이

---

54) 조카이자 종형: 이세문이 이몽창의 조카이고 이성문의 종형임을 이른 것임.

현아와 함께 맞아 누추한 곳에 이른 것을 사례하고 함께 말할 적에 예부와 이부가 일렀다.

"족하를 강주에서 이별한 후에 소식이 끊겨 매양 남녘의 구름을 바라보며 높은 풍모를 생각했더니 오늘날 만나 다시 기운을 시원하게 할 줄 어찌 알았겠는가?"

경문이 사례해 말했다.

"소생이 또한 두 상공의 은혜를 입은 것이 등한치 않으니 비록 몸은 시골에 있었으나 마음은 매양 북경에 있었습니다. 썩은 재주를 가지고 과거에 급제하러 경사에 왔으니 즉시 나아가 뵘 직했으나 귀댁이 초라한 선비의 집과 달라 이목이 번거로우므로 나아가 배알하지 못했습니다. 그런데 오늘 귀한 분들이 누추한 집에 행차하시어 소생을 찾으시니 높은 의기를 이생에는 다 갚지 못할까 합니다."

모두 그 말이 이치에 맞음을 더욱 칭찬했다.

상서가 또 말했다.

"근래에 영대인의 안부가 어떠한고?"

생이 대답했다.

"가친께서 전쟁터에서 온갖 고초를 두루 겪으셨으니 묵은 병이 오래도록 낫지 않아 침상을 떠나지 않고 계십니다. 소생의 형제가 모두 떠나와 이렇게 멀리 와 있으니 고향을 생각하는 마음이 날로 더해지고 있습니다."

예부가 현아를 보고 물었다.

"그대의 동복 형제인가?"

대답했다.

"아닙니다. 소생의 일세(一弟)55)입니다."

예부가 고개를 끄덕이고 그 생긴 모습이 불량함을 속으로 탄식했다. 현아는 이 사람들의 신선 같은 용모를 대해 자기의 용모가 이들과 같지 못한 것을 부끄러워했다. 그런 중에 경문이 자신을 서얼이라 이른 것에 크게 분노했다.

사람들이 한나절을 통음하다가 돌아가니 현아가 경문에게 말했다.

"형이 어찌 저를 얼제라 한 것입니까?"

경문이 웃으며 말했다.

"내 집에서는 동생의 지극한 정으로 존비(尊卑)가 없으나 남을 대해서는 구구히 속이겠느냐?"

현아가 말이 없었으나 속으로는 더없이 분노했다.

과거일이 다다르니 경문이 현아와 함께 과거 보는 데 필요한 물건들을 차려 과거장으로 들어갔다. 임금께서 성묘(聖廟)⁵⁶⁾에 배알하시고 인재를 뽑으실 적에, 대궐에 높이 앉아 계시고 그 나머지 백관이 열을 지어 벌여 있으니 상서로운 안개는 대궐을 덮었고 향기로운 안개는 자욱한데 경필(警蹕)⁵⁷⁾ 소리가 낭랑했다.

이부상서 홍문관 태학사 이성문이 글제를 내고 시각패(時刻牌)⁵⁸⁾를 꽂으니 겨우 삼사 시각은 한 가운데 글제는 오운(五韻)을 두고 냈으니 매우 어려웠다. 모든 과거 보는 선비가 글제와 시각을 보고 붓을 꽂고 물러나려 하는데 유생이 홀로 이리저리 걸으며 낯을 우러러 대궐 경치만 구경하니 현아가 초조해 말했다.

"공자께서 이리 하고 시각이 다다르면 어떻게 하려 하십니까?"

공자가 다만 미소하더니 이윽고 대궐문의 북이 크게 울렸다. 생이

---

55) 얼제(孽弟): 서모에게서 난 동생.
56) 성묘(聖廟): 공자를 모신 사당. 문묘(文廟).
57) 경필(警蹕): 임금이 거둥할 때에 경호하기 위하여 통행을 금하던 일.
58) 시각패(時刻牌): 과거 시간을 적은 패.

행낭 속에서 두 폭의 명지(名紙)[59]를 꺼내 채봉묵(彩鳳墨)[60]을 진하게 갈고 산호붓을 떨쳐 순식간에 휘날리니 명지의 글이 자욱해 다시 고칠 것이 없는 것은 말할 것도 없고 글 위에 황룡이 놀며 비단을 펼친 듯해 큰 바다의 푸른 물결 같았다.

현아가 크게 놀라 정신이 오히려 어리어리해 말을 미처 못 하고 있는데 생이 이미 두 장을 다 써 붓을 던지고는 현아를 주어 바치라 했다. 현아가 문득 흉악한 생각을 내어 생의 글을 감추고 제 글만 바치려 했다. 그런데 대궐의 징과 북이 자주 울리고 글 바치는 선비가 한곳에 모여 소리가 진동하니 어수선하고 급한 중에 미처 살피지 못해 도리어 자기 이름 쓴 것을 빼니 어찌 우습지 않은가. 현아는 자신이 제출한 것이 '현명'이라고 쓴 것인 줄로만 여겨 의기양양해 자기 글을 소매에 구겨 넣고 생의 곁에 이르러 서로 술과 과일을 먹었다. 이에 현아가 말했다.

"과거란 것이 지극히 어려운 일이니 형님과 나, 둘 중에 하나라도 뽑히면 어찌 기쁘지 않겠습니까?"

생이 웃으며 말했다.

"네 말이 참으로 옳다. 형제가 한 과거에 높이 급제하는 것이 쉽겠느냐? 더욱이 나는 벼슬에 뜻이 없으니 너나 뽑히면 서모의 기뻐하는 낯을 보게 될 것이니 다행일까 한다."

현아는 생이 태연히 거리낌이 없는 것을 보고 가만히 기뻐해 과거 급제가 제 손에 쥐인 줄로 알고 의기양양해 기쁜 빛을 감추지 못하며 대궐 위를 치밀어보았다.

일곱 명의 각로와 이부상서, 예부상서 등 모든 대신이 한곳에 나

---

59) 명지(名紙): 과거 시험에 쓰던 종이.
60) 채봉묵(彩鳳墨): 빛깔이 곱고 아름다운 봉황새가 그려진 먹.

란히 앉아 의자에 의지해 있었다. 한림학사 이하 당하관들이 붉은 도포를 바로 하고 옥띠를 높이고 각모(角帽)를 바르게 해 앞에 꿇어 명지마다 잡아 읽으니 그 소리가 매우 웅장했다. 일곱 명의 대신이 장년으로 젊지 않은 가운데 두 명의 소년이 금관(金冠)61)과 조복(朝服)으로 의자에 의지해 어깨를 나란히 해 앉아 손에 봉모필(鳳毛筆)62)을 들어 어지럽게 그어 내리치니 짧은 시간에 수천 장이나 보았다. 그 얼굴의 기이함이 천지 강산의 맑은 것을 타고나 맑은 빛이 온 세상에 쏘이니 천만고에 어찌 비할 사람이 있겠는가. 현아가 더욱 침이 마르고 그 모습에 부러워함을 이기지 못해 마음이 매우 초조했다. 또 저들이 낙방을 쉽게 결정하는 것을 의심하니 이른바 제비와 참새가 큰 기러기와 고니의 뜻을 모르는 것과 같았다.

이씨 집안의 형제가 일찍이 스스로 문장을 자부하였으니 눈이 높기가 태산과 같았으므로 눈에 드는 이를 얻는 것이 어찌 쉽겠는가. 한 장도 눈에 들지 않았으므로 다 그어 내리치고 참으로 재주 있는 글을 못 얻어 민망하게 여기다가 현명의 글을 보고 매우 기뻐했다. 훑어보니 글자마다 비단이요, 말마다 옥과 같았다. 명지 위에 긴 강과 큰 바다를 헤친 듯하고 글귀마다 성인의 말을 인용해 보통사람의 생각 밖이었다. 이부가 크게 기뻐해 홍점(紅點)을 자욱히 그어 명지를 말아서 곁에 놓고 또 둘을 겨우 얻어 평가를 마쳤다. 전두관(殿頭官)63)이 붉은 도포와 오사모(烏紗帽)64)를 가지런히 하고 홀(笏)65)을

---

61) 금관(金冠): 문무관이 조복을 입을 때 쓰던 관.
62) 봉모필(鳳毛筆): 매우 귀한 붓. '봉모'는 봉황의 깃털이라는 뜻으로, 진귀하고 희소한 물건을 이르는 말.
63) 전두관(殿頭官): 궁전에서 임금의 명을 받아 널리 알리거나 일을 하는 내시.
64) 오사모(烏紗帽): 벼슬아치들이 관복을 입을 때에 쓰던 모자로, 검은 사(紗)로 만들었음.
65) 홀(笏): 벼슬아치가 임금을 만날 때에 손에 쥐던 물건. 조복(朝服), 제복(祭服), 공복(公服) 따위에 사용함.

꽂고 첫째 비봉(祕封)66)을 떼었다. 현아가 이때 바라보고 매우 기뻐 침이 흐르는 줄을 깨닫지 못하고 있는데 전두관이 높이 외쳤다.

"장원은 남창 사람 유현명이요, 아버지는 전임 승상 유영걸이라."

현아가 이 말을 듣고 대경실색해 낯빛이 흙 같았다. 현명이 또한 놀라 움직이지 않더니 계속해 부르는 소리가 진동하고 중문이 이르러 치하하며 빨리 명령을 들으라 권했다. 생이 선뜻 몸을 일으켜 수많은 사람 무리를 헤치고 천천히 걸어 대궐의 계단 아래에 다다랐다.

이때 경문의 빛나고 신이한 골격이 여러 사람 중에서 빼어나 비할 데가 없고 석양에 낯이 빛나니 아름다운 얼굴이 영롱하고 화려해 연꽃 한 가지가 푸른 물결에 나온 듯했다. 계단 위와 아래에 있던 사람들이 놀라움을 이기지 못하고 매우 칭찬했다.

일을 맡은 사람들이 남색 도포와 계수나무 꽃을 가져와 경문에게 입히고 꽂았다. 경문이 드디어 어전에 나아가 네 번 절하고 머리를 두드리니 임금께서 그 옥 같은 얼굴과 훤칠한 풍채가 무리 중에서 빼어남을 크게 기뻐하시고 두터이 격려하셨다. 그리고 신하들을 돌아보고 이르셨다.

"오늘 또한 이 같은 인재를 얻었으니 국가에 도움이 되는 것이 적지 않을 것이로다."

일곱 명의 각로가 자리에서 일어나 하례했다.

이때 경문이 계화를 꽂고 관복을 몸에 더하자 크고 작은 모습은 비록 다르나 얼굴은 연왕과 추호도 다름이 없으니 곁에서 지키던 사람들이 괴이하게 여겼다. 그러나 연왕은 수염이 길어 가슴까지 내려오고 몸이 장대했으므로 조금 다른 듯했다. 이에 앞서 연왕이 과거

---

66) 비봉(祕封): 남이 보지 못하게 단단히 봉함. 또는 그렇게 한 것.

에 급제해 꽃을 꽂아 이곳에서 진퇴(進退)[67]할 적에 훤칠한 풍채와 준순한 골격이 사람들을 업신여길 정도였으니 임금께서 기이하게 여기시고 화공(畫工)을 시켜 그 얼굴을 그려 병풍을 만들라고 하셨다. 마침 이날 어좌(御座)에 그 병풍을 둘렀는데 임금께서 우연히 눈을 들어 그림을 보시더니 경문을 보시고 크게 놀라 말씀하셨다.

"경의 얼굴이 어찌 예전 연왕의 얼굴과 그리도 닮은 것인고?"

경문이 고개를 조아려 말했다.

"소신처럼 비루한 자질을 가진 이가 연왕 전하의 신선 같은 풍모를 우러러나 볼 것이라고 성교(聖敎)가 이와 같으시나이까?"

곁에 있던 사람들이 임금의 말씀을 듣고 일시에 보니 과연 그림 속의 연왕과 조금도 다름이 없었다. 모두 괴이하게 여기고 연왕은 자주 감상에 젖었으니 대개 경문이 자기와 모습이 같다고 들었으므로 오늘 유생이 경문이 아닌가 의심했기 때문이었다.

또 둘째를 불러들이니 곧 이중문이었다. 임금께서 각각 술을 내려 주시고 신래(新來)[68]를 앞세워 환궁하셨다. 유생의 옥 같은 외모와 훤칠한 풍채에 길가의 사람들이 손등을 두드리며 칭찬해 마지않았다.

임금께서 환궁하신 후 장원이 대궐 문을 나서니 허다한 집사와 관아의 종들이 장원을 호위해 말에 올렸다. 이에 경문이 숙소로 가려 했다.

문득 알도(喝道)[69] 소리가 낭랑하며 이 예부 등의 형제가 수레를

---

67) 진퇴(進退): 과거에 급제한 사람을 축하하는 뜻으로 그 선진(先進)이 찾아와서 과거 급제자에게 세 번 앞으로 나오고 세 번 뒤로 물러나게 했던 일.

68) 신래(新來): 과거에 급제한 사람.

69) 알도(喝道): 갈도. 높은 벼슬아치가 다닐 때 길을 인도하는 하인이 앞에서 소리를 질러 행인들을 비키게 하던 일.

몰아 대궐 문을 나서며 신래를 불러 앞세우고 본가에 이르렀다. 이에 연왕 등 형제가 승상부 대서헌에서 부친을 모시고 나란히 앉아 신래를 보챘다. 또 중문이 득의(得意)했으니 만조백관이 문에 가득해 하남공을 대해 치하하는 소리가 어지러웠다. 수레가 끊임없이 이어지고 온갖 악기가 곡조를 만들어 일시에 연주하니 즐거운 흥이 절로 남을 깨닫지 못했다.

한참을 진퇴하다가 신래를 당에 올려 술과 과일로 대접하고 모두 그 재주를 칭찬했다. 연왕이 유생을 보았으나 각별히 말함이 없고 예사로이 대접하니 이는 남의 이목을 꺼려해서였다.

장원이 또한 말석에 있어 다른 말을 못 하고 있더니 이윽고 벽제(辟除)70) 소리가 나 골짜기를 터지게 하는 듯하는데 문지기가 급히 아뢰었다.

"위 승상께서 이르러 계십니다."

사람들이 모두 일어나 맞으니 경문은 위 승상 세 글자를 듣고 스스로 넋이 아득해 모든 사람에게 하직하고 나가려 했다. 그런데 승상의 아름다운 수레가 벌써 문에 이르렀으니 승상이 경문을 보고 일렀다.

"그대가 여기에 왔는가?"

경문이 체면에 마지못해 수레 앞에서 절하고 몸을 빼 나가려 했다. 그러자 위 공이 웃으며 말했다.

"내 이리 온 것은 그대를 찾아 잠깐 놀리려 해서이네."

그러고서 드디어 생을 데리고 서헌에 들어가 생을 크게 놀렸다. 유생이 비록 마음에 위 승상을 원수로 지목했으나 이 사람은 조정

---

70) 벽제(辟除): 지위가 높은 사람이 행차할 때, 구종(驅從) 별배(別陪)가 잡인의 통행을 금하던 일.

대신이요, 자기 또한 과거에 급제해 백관 중에 수를 채웠으니 사사로운 원한을 오늘 많은 사람이 있는 가운데 드러내는 것이 좋지 않아 다만 그 시키는 대로 했다. 위 공이 한참을 보채다가 생을 당에 올리고 일렀다.

"그대와 손을 나눈 후 매양 그 신선 같은 풍모를 자나깨나 잊지 못하더니 오늘 그대의 이름이 궁궐에 사무치고 베옷을 비단옷으로 바꾸는 영화가 있을 줄 알았겠는가? 이 늙은이가 자네를 위해 치하하네."

장원이 엎드려 다 듣고 다만 자리에서 일어나 겸손히 사양할 뿐 입을 열지 않았다. 그러다가 문득 일어나 하직하며 말했다.

"어린 아우가 집에 있어 소생을 매우 기다릴 것이므로 돌아가기를 고합니다."

그러고서 드디어 돌아가니 위 공이 웃고 연왕에게 일렀다.

"유가 아이가 소제에게 원한을 머금은 것이 이처럼 심해 묻는 말에도 대답하지 않네그려."

왕이 웃으며 말했다.

"아이와 원한을 맺는 것이 부질없으니 내 아니 말리던가?"

위 공이 크게 웃으며 말했다.

"저 어린아이가 장원을 해도 내 마음에는 홍모(鴻毛)[71]처럼 사소한 인물이네. 내 저를 위해 법을 굽혀서야 되겠는가?"

개국공이 웃으며 말했다.

"우리 형님은 온갖 일에 신명하고 영리하시니 사람과 원한 맺을 일도 잘 풀어 스스로 원망하는 마음이 풀어지게 하십니다. 그러나

---

71) 홍모(鴻毛): 기러기의 털이라는 뜻으로 극히 가벼운 사물을 비유한 말.

학생은 존형의 말씀과 같아서 법을 다스리느라 유 씨 아이와 원한을 맺었습니다."

하남공이 천천히 웃으며 말했다.

"셋째아우는 다만 폐하의 명령으로 유 씨 놈을 다스렸으니 유생이 미워하는 것으로 아는 것이 옳지만 위 형처럼 이를 갈아 원망하지는 않을 것이다."

위 공이 크게 웃고 말을 안 했다.

이때 현아가 그 형이 계수나무 꽃에 비단옷으로 영광을 띠어 궁궐 아래 입시(入侍)해 임금이 하사하신, 일산을 받드는 아이들과 풍악을 앞세우고 천천히 걸어가는 것을 보니 분한 기운에 가슴이 막혀 급급히 숙소로 돌아왔다. 비봉(祕封)72)을 뜯고 보니 과연 자기의 이름자였다. 스스로 하늘이 돕지 않은 것을 탄식하니 백번 뉘우친들 할 일이 있겠는가. 다만 가슴을 두드리며 큰소리로 울었다.

석양에 장원이 이에 이르러 현아의 손을 잡고 말했다.

"기약하지 않은 몸이 궁궐의 계단을 밟고 너는 떨어졌으니 천도(天道)가 어찌 괴이하지 않으냐? 그런데 한 손으로 쓴 글이 너는 떨어졌으니 괴이하구나."

현아가 분한 결에 대답했다.

"진실로 형의 말 같으니 한 손에서 나온 글로 형은 뽑히고 이 아우는 떨어지겠는가마는 이는 반드시 이부상서가 인정을 두어서 그런 것입니다."

장원이 다 듣고 두려워 천천히 말했다.

"이성문이 내 필적을 모르니 이럴 리가 있겠느냐?"

---

72) 비봉(祕封): 남이 보지 못하게 단단히 봉한 것.

말을 마치고 눈을 들어서 보니 책상에 명지(名紙) 한 폭이 있었다. 장원이 의심이 생겨 가져다 보니 이는 곧 현아의 명지였다. 당초에 매우 의심하던 차에 이를 보고 그 심술을 크게 깨달아 이에 물었다.

"이를 안 바치고 도로 가져온 것은 어찌해서이냐?"

현아가 심신이 경황이 없는 가운데 미처 흔적을 감추지 못했다가 장원에게 들켰으니 더욱 당황해 거짓으로 웃으며 말했다.

"형이 두 글이 꼭 같으니 아우가 혹여 장원이 될까 좋아하지 않아 바치지 않았습니다. 훗날에라도 과거를 못 보겠습니까?"

장원이 오랫동안 잠자코 있다가 말했다.

"그렇다면 나를 괴이한 데로 미룬 것은 어째서이냐?"

현아가 웃으며 말했다.

"전의 말은 희롱입니다. 동기지간이라 허물없이 말한 것입니다."

장원이 입으로 다시 말을 안 했으나 속으로는 불쾌했다.

장원이 삼일유가(三日遊街)[73]를 마치고 상소해 근친(覲親)[74]을 청하니 임금께서 허락하지 않으시고 조서를 내렸다.

'경의 아버지를 이미 복직시켰으니 마땅히 사신을 시켜 불러올 것이다.'

그러고서 경문을 한림수찬에 임명하시고 집금오 요한을 남창에 보내 유 공을 불러오라고 하셨다. 요 금오가 당일에 남창으로 가니 현아가 또한 따라갔으므로 한림이 부친에게 서간을 부쳤다.

현아가 요 금오와 함께 동행하니 원래 요한의 자는 유앙으로 농서 사람이었다. 올해 스물여덟 살이고 급제한 지는 5년이었다. 사람이 본디 크게 어리석으며 간사했으나 글은 잘 지었다. 현아가 한번 말

---

73) 삼일유가(三日遊街): 과거 급제자가 삼 일 동안 시험관과 선배 급제자, 친척을 방문하던 일.
74) 근친(覲親): 어버이를 뵘.

하니 서로 의기가 통했다.

하루는 가게에 들어 밤을 보냈는데 이때는 초여름 보름이었다. 밝은 달이 비쳐 낮 같고 화창한 바람이 한가하게 불어왔으므로 요 금오가 시흥(詩興)을 내어 칠언율시를 지어 읊으니 소리가 매우 웅장했다. 현아가 재주를 자랑하고 싶어 그 형이 평소에 지은 시를 생각했다. 경문은 어려서부터 사계절의 경치를 두고 지은 글이 무궁했으니 달 아래 앉아 읊은 글도 자못 많았다. 그중에 좋은 것 두어 구를 기억해 맑게 읊으니 요 공이 다 듣고는 크게 놀라서 일렀다.

"족하와 여러 날 동행했으나 시를 짓는 재주가 이처럼 뛰어난 줄은 알지 못했구려."

현아가 사례해 말했다.

"명공(明公)의 큰 재주를 보니 스스로 재주가 섞이는 것을 알지 못하고 시를 짓고 싶은 마음이 생겨 우연히 읊었는데 이처럼 지나친 칭찬을 감당할 수 있겠습니까?"

금오가 다시 칭찬해 말했다.

"만생(晚生)이 재주 사랑하기를 목숨처럼 하고 또 시를 본 것이 적지 않은데 족하 같은 이는 처음이오. 알지는 못하겠으나, 영형(令兄)인 장원에게 배운 적이 있는 것이오?"

현아가 말했다.

"가형은 소생과 글 짓는 법이 다르고 소생이 또 스승을 얻어 수학했습니다."

금오가 말했다.

"만생이 스스로 괴이하게 여기니 이러한 재주를 가지고 이번 과기에 장원을 영청에게 빼앗겼는고? 지은 글이 반드시 기특할 것이니 듣기를 원하오."

현아가 즉시 제 글을 외워 이르니 금오가 크게 칭찬해 말했다.

"이는 고요(皐陶),[75] 직설(稷契)[76]을 인용한 글로, 보통사람의 생각과는 아주 다르니 아무리 눈이 먼 시관인들 낙방시킬 수 있겠소? 영형의 글은 어떠하오?"

현아가 즉시 제 마음대로 꾸며 이르니 그 좁고 괴이한 마음을 헤아릴 수 있겠는가. 금오가 듣고는 웃으며 말했다.

"이 글을 가지고 장원을 한 것이 괴이하오."

현아가 말했다.

"가형의 재주도 덜하지 않지만 이부상서가 인정을 두어 그렇습니다."

금오가 말했다.

"영형이 이성문을 언제 알았소?"

현아가 웃으며 말했다.

"과거에 응하러 경사에 미리 가서 사오 일을 급히 찾아 이성문을 보고 황금을 싸서 드렸습니다. 소생이 대인의 친애하심을 믿어 이 말씀을 드리거니와 누설하지는 마소서."

요 금오가 듣고 매우 괘씸하게 여겨 일렀다.

"이씨 집안이 원래 너무 번성하므로 교만방자하더니 이런 일이 있었구려. 태평성대에 이부상서 대신이 값을 받고 인재를 뽑으며 재주 없는 이를 취하니 만생이 참으로 괘씸하게 여기오. 경사에 돌아가 한 장 표문(表文)[77]을 폐하께 올려야겠소."

현아가 제 일이 드러날까 두려워 급히 말리며 말했다.

---

75) 고요(皐陶): 중국 고대의 전설상의 인물. 순(舜)임금의 신하로, 구관(九官)의 한 사람임. 법을 세우고 형벌을 제정하였으며, 옥(獄)을 만들었다고 함.

76) 직설(稷契): 후직(后稷)과 설(契). 각각 요임금과 순임금 때의 어진 신하로 알려짐.

77) 표문(表文): 임금에게 표로 올리던 글.

"대인께서 정도(正道)를 잡으시는 것에는 감격하나 소생이 형의 단점을 조정에 아뢰는 모양을 차마 볼 수 있겠습니까? 대인께서는 원컨대 소생 형제의 의리를 상하게 하지 마소서."

요 금오가 무릎을 치며 감탄해 말했다.

"그대는 참으로 재주와 덕을 겸비한 군자로구려."

현아가 이어서 눈물을 흘리고 경문의 온갖 허물을 꾸며내 자기의 근심이 쉽게 해결되도록 했다. 계속해서 여우가 사람 홀리듯 말하니 요 금오가 크게 분노해 이에 현아를 위로해 말했다.

"그대가 겪은 일은 인간 세상에 드문 변괴요. 학생이 들으니 놀라움과 이상함을 이기지 못하겠고 이런 재주가 진흙탕에서 곤경을 겪는 것을 아까워하니 마땅히 경사에 돌아가 그대를 청현(淸顯)[78]의 벼슬에 천거해 출세의 길이 트이도록 해 주겠소."

현아가 속으로 매우 기뻐해 이에 사례해 말했다.

"소생이 대인께서 소생을 알아봐 주시는 마음을 믿고 절박한 사유를 고했는데 이처럼 소생을 생각해 주시니 이는 죽은 나무에 잎이 다시 돋아난 것 같습니다."

금오가 말했다.

"이는 학생이 재주 사랑하는 마음이 옅지 않아서 그런 것이니 칭찬을 받을 만한 일이겠소? 그러나 그대 이름자의 '아' 자는 좋지 않으니 유현석이라 하는 것이 어떠하오? 사람이 이름 따라 궁해지기도 하고 출세하기도 하니 '아' 자는 아이로 있는 것이라 그대가 또 익히 헤아릴 수 있을 것이오. 아이로서 높이 된 자가 있었던고?"

현아가 매우 기뻐하며 사례해 말했다.

---

78) 청현(淸顯): 청환(淸宦)과 현직(顯職)을 아울러 이르는 말. '청환'은 학식과 문벌이 높은 사람에게 시키던 벼슬이고 '현직'은 높고 중요한 벼슬임.

"높이 가르치시는 것이 이처럼 지극하시니 어찌 받들어 행하지 않겠습니까?"

그러고서 서로 품은 생각을 이르고 속이는 일이 없었다.

이때 유 공이 남창에 홀로 있으며 아들의 소식을 몰라 밤낮으로 근심했다. 각정은 위 씨 해칠 계책을 생각해 생이 있지 않은 때에 위 씨를 없애려 생각하고 유 공의 귀에 참소를 계속 했다. 그래서 유 공이 비록 위 씨에 대해 불쾌하게 여겼으나 아들이 있지 않았으므로 각정의 참소를 깊이 받아들이지는 않았다. 각정이 이에 한스러워해 흉한 계교를 생각했다.

홀연 좌우에서 도청이 이르렀다고 고했다. 원래 이는 다른 사람이 아니라 근본이 윤양산 소월암에 있는 도인이었다. 각정이 소월암에 자주 다녀 사귀어 도관(道觀)에 공을 드리고 현아를 낳고서 정이 매우 두터워졌다. 이날 이르러 각정과 인사를 마치자 각정이 말했다.

"선생이 어찌 오늘 여기에 이른 것인고?"

도청이 말했다.

"마침 민간에 할 일이 있어 갔다가 귀댁을 지나므로 그저 가지 못해 이르렀습니다."

각정이 차와 과일을 내어 대접하고 민간에 갔던 연고를 물으니 도청이 말했다.

"소도(小道)의 부모가 일찍 죽고 오라비 한 명이 있더니 사오 년 전에 죽었습니다. 오라비에게 한 명의 아들이 있는데 나이가 이제 겨우 열다섯입니다. 오라비와 약속했으므로, 그곳에 있는 장 매파에게 가서 보고 아름다운 규수를 천거하라 이르러 갔던 것입니다."

각정이 이 말을 듣고 매우 기뻐해 일렀다.

"내 일찍이 아름다운 여자를 두었으니 사부가 영질(令姪)79)을 주는 것이 어떠한고?"

도청이 기뻐 근본을 물으니 각정이 말했다.

"내 마침 길가에 버려진 아이를 얻어 기르고 있는데 올해 나이가 열네 살이네. 꽃 같은 얼굴과 달 같은 외모는 고금에 대적할 사람이 없으니 사부는 마땅히 한번 보고 정하길 바라네."

드디어 좌우를 시켜 위 씨를 부르도록 했다. 위 씨가 연고를 알지 못하고 자리에 이르니 도청이 한번 눈을 들어서 보고는 매우 놀라 소리가 나는 줄을 깨닫지 못하다가 말했다.

"소도가 일찍이 여염에 다녀 경국지색을 본 바가 적지 않은데 일찍이 낭자 같은 이는 처음입니다."

위 소저가 각정을 향해 일렀다.

"서모께서 무슨 일로 부르셨습니까?"

각정이 그 서모라 하는 말을 듣고 자기의 자취가 드러날까 두려워 급히 일렀다.

"그대를 부른 것이 아니라 설 씨를 불렀던 것이다. 시녀 아이가 잘못 전했으니 침소로 돌아가라."

위 씨가 즉시 일어나 침소로 돌아갔다. 도청은 그 기상이 당당한 것을 보고 매우 기뻐 사례하고 돌아갔다.

이튿날 폐백 삼백 냥을 가져다 각정에게 주고 택일단자(擇日單子)80)를 전하니 겨우 사오 일 정도 남았다.

각정이 많은 재물을 얻고 위 씨를 없애게 된 일에 크게 다행으로 여겨 약속을 단단히 정했다. 그러나 누가 알겠는가마는 일이 공교하

---

79) 영질(令姪): 상대편의 조카를 높여 이르는 말.
80) 택일단자(擇日單子): 혼인할 날짜를 적은 문서.

게 되어 시녀 난섬이 마침 난간 뒤에서 이 말을 자세히 듣고 매우 놀라 바삐 돌아와 그 아우 난혜에게 가만히 이르고 어찌할 줄을 모르니 난혜가 말했다.

"소저처럼 높은 절개와 맑은 마음을 지니신 분이 상공의 은정도 물리치시는데 이런 욕을 보시고 어찌 살려 하시겠소?"

난섬이 말했다.

"각 씨의 괘씸함이 이 지경에 미쳤으니 주인과 노비가 가만히 남복을 하고 달아나는 것이 상책일까 한다. 소저께 가만히 고해 잘 처리하시도록 해야겠다."

둘이 의논을 정하고 소저에게 고하려 했다. 그런데 요괴로운 각정이 집안에 엿보는 사람을 풀어 만일 집안의 종 무리 중에 말만 해도 그냥 두지 않았다. 그래서 위 씨가 종일토록 있으나 입을 여는 일이 없었고 시비 등도 또한 그렇게 있었다. 그런데 난섬, 난혜는 취향의 딸이었다. 문자에 정통하고 위인이 신중하며 주인 위한 마음이 물이나 불에 들어가라 해도 사양하지 않을 정도였다.

이날 밤에 소저 침소에서 밤 들기를 기다려 휘장 안으로 들어갔다. 등불 그림자가 희미한데 소저는 원앙 베개에 비겨 잠이 막 들었으므로 두 사람이 감히 깨우지 못하고 침상 아래에 앉아 있었다. 한참 지난 후 소저가 문득 깨어 돌아눕기에 잠깐 기침하니 소저가 놀라서 일어나 앉아 눈을 들어서 보고 바야흐로 난섬 등인 줄 알아 정신을 차리고 물었다.

"너희가 무슨 까닭에 자지 않고 여기에 와 요란히 구는 것이냐?"

난섬이 가까이 나아가 소저의 비단치마를 잡고 눈물을 흘리며 말했다.

"급한 화가 닥쳤으므로 저희가 잠을 자지 못하고 있는 것입니다."

소저가 다 듣고 크게 놀라 말했다.

"무슨 일이냐?"

난섬이 드디어 소매에서 적은 것을 내어 소저에게 건넸다. 소저가 한번 보니 각정이 도청에게 은을 받고 서로 약속한 내용이었다. 소저가 다 보지 않아서 얼굴이 흙색이 되고 손발이 떨리는 것을 면치 못해 한참이나 멍하니 있었다. 이에 난섬이 나아가 소저의 몸을 주무르며 울면서 말했다.

"소저는 죽을 마음을 두지 마소서. 상공께서 항상 소저 향하신 뜻을 생각하신다면 소저께서 돌이나 나무 같은 마음을 갖고 계신들 차마 중도에 목숨을 저버리실 수 있겠습니까?"

위 씨가 한참 지난 후에 겨우 일렀다.

"참혹한 욕이 목전에 미쳤고 벗어날 계교가 없으니 한 목숨을 끊는 것 외에는 할 일이 없거늘 너는 어찌 이런 말을 하느냐?"

난혜가 낯빛을 고치고 간했다.

"비자 등의 소견이 변변찮으나 소저께 그릇 아뢰지 않을 것입니다. 이제 소저께서 위로 낳아 주신 부모를 알지 못하시고 속절없이 작은 욕을 참지 못해 몸을 버리신다면 지하의 넋인들 사람 무리에 낄 수 있을 것이며 상공께서 소저의 마음을 아시는 것이 어찌 구태여 아내로서 얼굴에 너무 빠져서이시겠습니까? 소저의 매서운 곧은 마음과 얼음 같은 고운 마음을 무쌍히 여기셔서 백년동락하기를 바라시고 한때의 춘정(春情)을 참으시어 향처럼 따뜻하고 옥처럼 고운 기질을 마침내 멀리하신 것입니다. 소저께서 설사 아녀자이신들 가군의 이와 같은 의기와 지우(知遇)81)를 저버리신다면 귀신도 부끄러

---

81) 지우(知遇): 남이 자신의 인격이나 재능을 알고 잘 대우함.

워할까 합니다. 각 씨가 하는 일이 비루하고 또 큰어르신의 명령이 아니시니 마땅히 남복을 하고 주인과 노비가 달아나 아무 데나 가서 숨어 있읍시다. 소인(小人)도 매양 평안히 있기는 어려울 것이니 훗날 좋은 때를 만날 것입니다. 사물이 성하면 쇠하는 것은 예로부터 떳떳하니 하늘이 차마 소저께 매몰차겠습니까? 옛날에 구천(句踐)[82]이 능욕(凌辱)[83]을 참고 끝내는 패제후(覇諸侯)[84]했거늘 소저께서는 전날 매우 큰 도량을 가지고 이를 생각지 못하시는 것입니까?"

소저가 소리를 머금어 오열하며 말했다.

"너의 식견이 높은 말을 들으니 사리가 진실로 그러하구나. 그러나 나는 규방의 약한 몸으로 일찍이 까닭 없이 지게문[85] 밖을 나가 보지 않았으니 어디를 향해 가겠느냐?"

난섬이 말했다.

"천하는 넓으니 한 목숨을 의지할 곳이 어찌 없을 것이며 소저께서는 비록 여자이시나 남복을 하고 간다면 누가 여자인 줄 알겠습니까?"

소저가 말했다.

"군자는 죽어도 망건을 풀지 않으니 내 비록 여자지만 백희(伯姬)[86]가 불타 죽은 일을 달게 여길지언정 차마 길에서 떠돌아다니지

---

82) 구천(句踐): 중국 춘추시대 월(越)나라의 왕(?~B.C.464). 구천이 오(吳)나라의 왕 합려(闔閭)를 죽이자, 합려의 아들 부차(夫差)가 그 아버지의 원수를 갚기 위하여 섶 위에서 잠을 자며 구천과 싸워 항복시키고, 구사일생으로 살아난 구천은 오왕 부차에게 복수하기로 다짐하고 곰의 쓸개를 핥으며 지내다가 끝내 부차를 죽임.

83) 능욕(凌辱): 남을 업신여겨 욕보임.

84) 패제후(覇諸侯): 제후 중에서 패권을 가진 자가 됨.

85) 지게문: 옛날식 가옥에서, 마루와 방 사이의 문이나 부엌의 바깥문. 흔히 돌쩌귀를 달아 여닫는 문으로 안팎을 두꺼운 종이로 싸서 바름.

86) 백희(伯姬): 중국 춘추시대 노(魯)나라 선공(宣公)의 딸로 송(宋)나라 공공(共公)의 부인이 되어 공희(共姬) 또는 공백희(恭伯姬)라고도 불림. 공공이 죽은 후 수절하다가 경공(景公) 때에 궁전에 불이 났을 때 좌우에서 피하라고 권하였으나 백희는, 부인은 보모와 함께가 아니면 밤에 당 아래로 내려가지 않는다 하며 불에 타 죽음.

는 못할 것이다."

난혜가 다시 간했다.

"이 말씀이 하나를 알고 둘을 모르시는 것입니다. 소저께서 만나신 일은 백희와 다른데 고집을 부려 하나의 도리를 지키시는 것입니까? 다만 내일 마을 노인의 집에 가 의논해 노인과 함께 달아나는 것이 어떠합니까?"

소저가 말했다.

"무릇 상인(常人)이란 것이 이익을 탐하니 나의 열(烈)을 어찌 귀하게 여기겠느냐? 마음을 합해 나의 뜻을 앗을 수 있으니 내 더욱 좇지 못하겠다."

두 여종이 다시 권해도 소저가 듣지 않았다.

이튿날 본관에서 방목(榜目)[87]이 와 경문이 장원급제했음을 기별했다. 자사(刺史)가 친히 이르러 유 공에게 치하하니 온 집안의 사람들이 물 끓듯 했다. 그러니 유 공의 기쁨이야 어찌 헤아릴 수 있겠는가. 그러나 각정은 현아가 떨어졌다는 소식을 듣고 분한 기운이 북받쳐 올라 위 씨를 없애고 싶은 마음이 한층 급해졌다.

소저는 생이 과거에 급제했다는 말을 듣고 기쁨과 서러움이 깊이 섞여 마땅히 생을 한번 보고 죽으려 기약했다.

이튿날 현아가 요 금오와 함께 집에 이르렀다. 유 공이 향안(香案)을 배설하고 전지(傳旨)[88]를 다 읽은 후 북쪽을 향해 네 번 절했다. 현아는 제 어미에게 경문이 글을 지어 주지 않았다는 것을 온갖 말로 꾸며 일렀다. 각정이 이에 크게 노해 절치하며 일렀다.

"내 위 씨를 도청의 조카에게 팔았으니 자기가 비록 급제했으나

---

87) 방목(榜目): 과거에 급제한 사람의 성명을 적은 책.
88) 전지(傳旨): 황제의 명령서.

금슬의 낙은 없을 것이다."

현아가 말했다.

"위 씨를 팔았는데 가서 잘살면 원한을 갚는 것이 아니니 가만히 도적을 보내 죽이는 것이 상책입니다."

각정이 이 말을 듣고 손뼉을 치며 묘하다고 말했다.

이때 난섬이 난간 뒤에서 가만히 듣고 더욱 괘씸하게 여겨 급히 돌아가 소저에게 이 사실을 고했다. 소저가 이에 더욱 경황이 없어 자결하려는 마음이 급했다. 그런데 밖에서 난혜가 생의 편지를 가지고 들어와 소저에게 드렸다. 소저가 편지를 받아 슬픔을 참고 뜯어 보니 편지에 써져 있는 사연이 다 소저의 몸을 근심하는 것이었다.

'비록 위급한 때를 당해도 매미가 허물 벗는 계교에 의지해 한 목숨을 버리지 않는다면 이생에 서로 다시 만나 한스러운 일이 없을까 하오.'

소저가 다 보고 슬피 눈물을 흘리며 말했다.

"상공이 내 몸을 이처럼 생각하니 내 어찌 차마 그 뜻을 저버리겠는가? 가다가 일이 급해져 죽어도 한이 없을 것이다."

그리고서 드디어 마음을 크게 먹고 결연히 심사를 정해 자장(資裝)[89]에서 백금을 취해 큰 자루를 만들어 그 안에 백금을 넣고 단단히 봉했다. 그리고 남자옷 대여섯 벌을 지어 주인과 종이 의논을 정했다.

이날 밤에 각정이 현아와 이별 후의 정을 펴느라 사면이 고요했다. 소저가 생에게 영결(永訣)하는 글을 지어 단단히 봉하고 취향을 부르니 취향이 앞에 이르렀다. 소저가 울고 전후의 사연을 일일이

---

89) 자장(資裝): 시집갈 때 가지고 간 혼수.

이르고서 말했다.

"겨우 붙어 있는 목숨이 이런 위급한 때를 당해 죽는 것이 옳으나 차마 부모를 찾지 못하고 가군의 전날 뜻을 저버리지 못해 한 목숨을 부지해 문을 나서네. 어미는 내 몸을 염려하지 말고 비록 분한 일이 있어도 입을 삼가 상공의 한 몸을 돌아보고 경사에 가 상공을 대해 나의 사정을 일러 주게. 내년에 상공께서 귀양 가는 일이 있을 것이니 유랑은 온갖 분노를 서리담아 집을 떠나지 말고 있다가 상공을 보호해 길한 때를 기다리게."

취향이 이 말을 듣고 매우 놀라 소저를 붙들고 크게 울며 말했다.

"제가 선부인을 여의고 공자를 겨우 길러 소저를 얻으니 용모와 덕행이 낭군과 걸맞으셔서 백 년을 모셔 즐길까 했습니다. 그런데 오늘 화란이 참혹해 소저께서 집을 떠나시게 되었습니다. 노첩의 목숨이 질겨 이런 일을 보게 되었으니 살아 있음을 한스러워하나이다."

말을 마치고는 가슴을 두드리고 소리를 머금어 눈물을 흘렸다. 소저가 또한 눈물을 흘리며 말했다.

"운명이 기박한 인생이 유랑의 은혜를 갚지 못하고 이처럼 유랑의 애를 태우게 하니 저 푸른 하늘이 무슨 일인가? 내 천하를 돌아다녀 부모를 찾은 후에 유랑의 공을 갚을 것이네."

취향이 말했다.

"이런 일을 큰어르신께 고하고 경사로 가신다면 각 씨 자기가 소저를 어떻게 할 수 있겠나이까?"

소저가 말했다.

"그렇지 않네. 큰어르신께서 어찌 우리 말을 들으시겠는가? 이번에 벗어나면 길에서 목숨을 보전하지 못할 수도 있네. 다만 잠깐 혜아려 보니 나의 운수가 3년 뒤면 크게 통할 것이니 그대는 나를 염려하지 말고 상공을 모셔 보중하도록 하게."

말을 마치고 난섬, 난혜와 함께 문을 나섰다. 이때 난섬 등이 취향을 향해 울며 말했다.

"이생에 주인을 위해 자식의 도리를 못 하고 목숨이 어디에 가 마칠지 알지 못하니 후생에 어머니의 딸이 되겠소."

향이 손을 잡고 통곡하며 말했다.

"너는 주인을 모셔 보중하라. 나의 형세가 주인을 보전하지 못하는데 너 천한 자식을 생각할 수 있겠느냐?"

그러고서 주인과 종 네 명이 한바탕 소리 내어 우니 희미한 달빛이 몽롱한 가운데 하늘이 이들을 위해 빛을 감추었다.

겨우 손을 나누고, 난섬이 마굿간에 가 나귀 한 필을 풀어 오니 소저가 말했다.

"시아버지를 두고 도망하는 것도 하늘에 죄를 얻는 것인데 또 어찌 짐승을 훔치겠느냐?"

드디어 걸어서 문을 나섰다.

조금씩 걸어 십여 리는 갔는데 소저는 다리가 부드러워 발바닥이 터지는 듯해 잘 걷지 못했다. 난섬 등이 울며 좌우에서 소저를 붙들어 또 사오 리를 갔다. 동방이 밝아 오며 길에 행인이 드문드문 왕래하니 소저가 스스로 몸에 남복을 입고 두려움을 이기지 못해 낯을 가리고 또 오 리 정도를 갔다. 그러나 다리가 아파 가지 못하고 또 앞에 큰 산이 가려 있어 산을 넘을 길이 없으므로 잠시 바위 위에서 쉬었다.

이때 홀연 난데없이 노인이 석장(錫杖)90)을 끌고 학창의(鶴氅衣)91)를 부치며 천천히 나아오고 있었다. 수염이 무성해 흰 실을 드리운 듯하고 눈썹에는 서리가 맺히고 귀밑이 덥수룩해 표연히 속세에 물들지 않았으니 유생인 줄 알 수 있었다. 소저가 그가 늙은 사람인 줄 알고 마지못해 앞을 향해 손을 꽂고 공순히 인사를 했다. 그러자 그 노인이 걸음을 멈추고서 소저를 한참 보다가 말했다.

"알지 못하겠지만 그대는 사람인가? 얼굴이 이처럼 비상한고?"

소저가 겸손히 사양해 말했다.

"소생은 마침 지나가는 객인데 다리가 아파 잠깐 쉬고 있었습니다."

노인이 바야흐로 석장을 들어 답례하고 함께 바위 위에 앉아 말했다. 그리고 소저의 성명을 물으니 소저가 대답했다.

"소생의 이름은 위홍이니 경사 사람입니다."

노인이 말했다.

"이 늙은이의 이름은 위광협이네. 이 산의 이름은 송현산이니 이 늙은이가 여기에서 산 지 50년이 되었지만 이곳에 사람의 자취가 별로 없고 호랑이와 이리만 거침없이 다니는 곳이네. 그래서 사람 두세 명으로는 왕래하지 못하는 곳인데 그대가 이곳에 이르렀으니 기이해서 아끼는 예를 미처 차리지 못했던 것이네."

소저가 놀라서 대답했다.

"그렇다면 이 산을 누가 넘어서 다녔으며 이곳에서 남창 읍내는 몇 리나 합니까?"

노인이 웃으며 말했다.

"그대는 참으로 인간 세상의 사람이 아니로다. 남자가 되어 길을 오면서 거리를 모르는 겐가? 이 산이 비록 남창에 속한 땅이라도 들어오는 길이 매우 험악하고 길이 백 리나 하니 사람이 다니지 않는

---

90) 석장(錫杖): 승려가 짚고 다니는 지팡이.

91) 학창의(鶴氅衣): 소매가 넓고 뒤 솔기가 갈라진 흰옷의 가를 검은 천으로 넓게 댄 웃옷.

다네. 장사 종남 쪽으로 가는 편한 길이 여기에서 10리만 가면 있거늘 무슨 일로 이곳에 들어오겠는가? 이곳은 불과 부잣집 자제들이 풍경을 구경하러 서로 무리 지어 노는 곳이고 더욱이 밤에는 백여 명의 사람이라도 못 다니는 곳이네. 이 산의 둘레는 40리에 이어 있고 험한 곳이 여기 같은 데가 없는데 그대가 이 밤에 들어왔으니 그대는 필시 신인(神人)이로다."

소저가 다 듣고는 크게 놀라 절하고 말했다.

"소생은 본디 천하에 의지할 곳 없는 어린아이입니다. 자취가 정해진 데가 없어 사방으로 돌아다니며 살기를 도모하니 밤낮으로 다녀도 지명과 거리를 모릅니다. 오늘밤에는 도적에게 쫓겨 동서를 모르고 나아가 여기에 이르러 어디인 줄 알지 못했는데 밝게 가르쳐 주심을 입으니 모골이 송연해지는 것을 깨닫지 못하겠습니다. 또 이 길을 나갈 일을 생각하니 마음이 아득해지는 것을 이기지 못하고, 주머니 속에 돈푼이 있으나 밥을 사 먹을 길이 없나이다."

그리고서 눈물을 흘리니 노인이 불쌍히 여겨 일렀다.

"수재(秀才)가 이런 험한 길에 밤에 염려 없이 들어온 것을 보면 참으로 신인(神人)인 줄을 깨닫겠네. 늙은이가 또한 이 산중에 은거해 좋은 일 하는 것으로 일을 삼으니 홀로 수재만 안 구할 수 있겠는가? 내 집이 멀지 않으니 함께 가서 아침을 먹는 것이 어떠한고?"

소저가 사례하니 노인이 즉시 소저를 데리고 솔 사이로 들어갔다. 옥 같은 바위가 층층하고 낙락장송이 울 서듯 있으며 기이한 난초 떨기와 향내 나는 시내가 있어 깊이 들어갈수록 절승하니 이는 참으로 별천지임을 깨달았다.

소저가 길이 험하므로 잘 걷지 못했으나 겨우 걸음마다 쉬고 조금씩 길을 가 백여 걸음은 가니 바야흐로 여염집이 은은히 보였다. 가까이 가서 자세히 보니 한결같이 대바자[92]와 띠집이 깨끗했으니 수백 호는 되어 보였다.

　노인이 소저와 함께 집에 들어가 초당에 앉으니 좌우로 화초로 울을 삼고 연못은 소담했으며 시냇물이 졸졸 흘렀다. 노인이 시녀를 부르니 안에서 화장한 시녀가 나와 대답했다. 노인이 이에 명령했다.

　"귀한 손님이 산중에 이르셨으니 아침밥을 해 오라."

　시녀가 대답하고 들어가더니 이윽고 상을 가져왔다. 흰 밥이 정갈하고 산나물과 어회(魚膾)가 그릇마다 담겨 있으니 모두 기이한 것들이었다. 소저가 자리에서 일어나 사례하니 노인이 말했다.

　"귀한 손님을 처음 보았을 적에 사랑하는 마음이 절로 나는 것을 면치 못했는데 평범한 아침밥을 이를 것이 있겠는가?"

　그러고서 또 난섬 등에게도 밥을 주어 먹였다.

　소저가 밥상에서 젓가락질하는 것을 마치고 밥상을 물리니 노인이 다시 말했다.

　"수재는 이 늙은이를 속이지 말 것이니 원래 근본이 어떠한 사람인고?"

　소저가 대답했다.

　"진실로 어른을 속이지 않을 것이니 소생은 어려서 부모를 잃고 남의 손에 길리다가 조그만 사연이 있어 그곳을 떠나 사방으로 떠돌아다니고 있으나 한 몸 의지할 데가 없어 서럽습니다."

　노인이 슬픈 빛으로 말했다.

　"참으로 수재의 말이 옳다면 매우 슬픈 일이로다. 정말 본부모를 모르는 것인가?"

---

92) 대바자: 대로 발처럼 엮거나 결어서 만든 물건.

소저가 말했다.

"소생이 어려서부터 글을 읽어 일의 이치를 자못 아니 어찌 노선생을 대해 두 가지로 속이겠습니까? 강보를 면치 못해 다른 사람이 얻어 길렀는데 지금까지 부모를 못 찾아 동서로 분주하게 다니고 있습니다."

노인이 말했다.

"그대의 사정을 들으니 늙은이의 마음이 슬프네. 이제 장차 거취를 어떻게 하려 하는가?"

소저가 고쳐 일어나 절하고 말했다.

"이제 어르신이 계신 곳과 어르신의 높은 절개, 맑은 마음을 목도하니 막혔던 흉금이 시원해지는 것을 깨닫지 못하겠습니다. 문하에 머무르며 빗자루질을 하는 무리에라도 있기를 원하나이다."

노인이 기쁜 빛으로 말했다.

"수재의 기이한 풍채를 보니 백 년을 함께 있고 싶은데 어찌 머무르도록 허락하지 않을 수 있겠는가? 내 또 나이가 늙고, 자식 하나가 있으나 경사에 벼슬하러 가서 노인이 적적함을 이기지 못하고 있었는데 수재의 뜻이 이러하다면 다행일까 하네."

소저가 노인의 은근한 태도를 보고 기쁨을 이기지 못했다. 행장을 초당에 두고 이곳에 머무르니 노인이 매우 후하게 대접했다. 또 집안이 고요했으므로 소저가 안심하고 세월을 보냈다.

이때 취향이 소저와 손을 나눈 후 이생에 다시 만날 기약이 없으므로 제 방에 돌아가 머리를 부딪치며 울었다.

이튿날 병을 핑계하고 일어나지 않으니, 각정이 또한 위 씨가 늦도록 안 나오는 것을 보고 어디를 앓는가 여겨 들이밀어 보지도 않앗다. 그런데 석양이 되도록 난섬 등도 기척이 없는 것을 괴이하게 여겨 친히 들어가 보았다. 소저와 난섬 등의 종적은 없고 벽에 두어 줄 글만 있으니 다음과 같은 내용이었다.

'첩이 비록 천하나 사족(士族)이거늘 서모가 첩과 원한을 맺은 것도 없는데 첩을 도청에게 팔려 하니 욕(辱)을 달게 받지 않으려 문을 하직하고, 가다가 물을 만나면 목숨을 버릴 것입니다.'

각정이 다 보고 크게 꾸짖어 말했다.

"천한 년이 어찌 이처럼 방자하단 말이냐?"

현아가 나아가 일렀다.

"위 씨가 이러나저러나 목숨을 버렸으니 다행입니다."

각정이 말했다.

"내가 또 아는 바이지만 도청의 삼백 금을 속절없이 도로 주게 생겼구나."

현아가 대답했다.

"이는 쉬운 일이니 저 도청에게 택일을 물리라 하고 우리가 경사로 가면 자기가 어떻게 하겠습니까?"

각정이 기뻐하고 즉시 내달아 유 공 앞에 가 발을 구르고 통곡하며 말했다.

"집안에 큰 변이 났습니다."

유 공이 본디 화란을 두루 겪어 정신이 소모되고 더욱 어리석어졌으므로 놀라서 눈이 둥그레져서 말했다.

"금부(禁府)에서 나를 잡으러 왔느냐?"

각정이 말했다.

"그것은 작은 일이니 위 소저가 음분(淫奔)⁹³⁾해 달아났습니다."

유 공이 더욱 놀라 자리에 거꾸러지며 일렀다.

"이것이 진짜란 말이냐?"

말을 마치고는 기절하니 각정이 정신없이 주물러 깨웠다. 유 공이 겨우 정신을 차려 일어나 앉으니 관(冠)이 다 벗겨지고 상투가 풀어져 흰 털이 어지럽고 땀이 물을 부은 듯이 흘렀다. 유 공이 다시 일렀다.

"위 씨가 누구와 몰래 간통해 달아났다는 말이냐?"

각정이 말했다.

"위 소저가 집안의 경보(輕寶)⁹⁴⁾를 다 챙겨서 어젯밤에 어떤 남자를 따라갔다고 하는데 누구인지는 모르겠습니다."

유 공이 말했다.

"그렇다면 잡으면 되는 것 아니냐?"

각정이 하늘을 우러러 냉소하고 말했다.

"위 씨가 나가는 모습을 사람마다 본 것이 아니라 문지기 하나가 보았는데 그 소년이 비수를 두르고 위 씨를 업고 갔다 했으니 어느 누가 항우(項羽)⁹⁵⁾ 같아서 손을 쓸 수 있겠습니까?"

유 공이 우두커니 말을 않다가 일렀다.

"위 씨가 무엇이 서러워 간부(姦夫)를 따라갔으며 아들이 이 소식을 듣는다면 어찌 놀라지 않겠느냐?"

각정이 성을 내 말했다.

"위 씨를 집안 사람이 못살게 굴어 내보낸 것이 아닙니다. 제 행

---

93) 음분(淫奔): 남녀가 음탕한 짓을 함.

94) 경보(輕寶): 몸에 지니고 다니기에 편한 가벼운 보배.

95) 항우(項羽): 중국 진(秦)나라 말기의 무장(B.C.232~B.C.202). 이름은 적(籍)이고 우는 자(字)임. 숙부 항량(項梁)과 함께 군사를 일으켜 유방(劉邦)과 협력하여 진나라를 멸망시키고 스스로 서초(西楚)의 패왕(霸王)이 됨. 그 후 유방과 패권을 다투다가 해하(垓下)에서 포위되어 자살함. 힘이 세기로 유명함.

실이 사나워 늘 불량하게 굴기에 첩이 견디지 못해 어른께 두어 번 고했으나 거짓말이라 하시더니 오늘 일을 보소서."

유 공이 다만 탄식하고 말을 하지 않았다.

며칠 후에 유 공의 일행이 경사에 가게 되자 도청이 이르러 위 씨를 맞이해 갈 일을 일렀다. 이에 각정이 말했다.

"그 여자가 마침 찬바람에 감기가 걸려 신음하니 두어 날 후에 의논해 보세."

도청이 그 말을 곧이듣고 돌아갔다.

유 공이 각정과 함께 경사에 가니 한림이 10리 밖에 나와 맞아 영접하며 부자가 반김을 이기지 못했다.

내행(內行)[96]은 잠깐 떨어져 있었으므로 한림이 부친과 도성에 들어가 임금께 숙배(肅拜)[97]하고 집으로 갔다. 미처 자리를 정하지 않았는데 각정과 설 씨의 교자가 다다라 일시에 들어왔다. 그런데 위 씨의 자리가 없으니 한림이 놀라 낯빛이 변했으나 아직 내색하는 것을 참고 각정과 인사를 마치고서 바야흐로 물었다.

"위 씨는 어디에 갔습니까?"

각정이 급히 내달아 꾸며 일렀다.

"상공께서 이리 오신 후에 첩이 지성으로 보호했는데 어느 날 홀연히 음분해 갔으니 천하에 그런 일이 어디에 있으며 설마 사족의 여자로서 그런 행실이 있을 줄 어찌 알았겠습니까?"

유 공이 말을 이어 탄식하고 말했다.

"가운이 불행해 위 씨가 희한한 행실을 했으니 어찌 한탄스럽지 않으냐? 늙은 아비가 지금까지 심장이 떨려 자고 먹는 것이 달지 않

---

96) 내행(內行): 부녀자가 여행길에 오름. 또는 그 부녀자.
97) 숙배(肅拜): 백성들이 왕이나 왕족에게 절을 하던 일. 또는 그 절.

으니 너는 이 일을 어떻게 여기느냐?"

한림이 말을 듣고 간담이 떨어지는 듯했으나 꾹 참고 낯빛을 온화하게 하고 입을 열어 시비하지 않았다. 그리고 다른 말을 시작하니 각정이 그 뜻을 몰랐다. 유 공이 한참 후에 일렀다.

"하나가 대궐의 계단을 밟은 것도 기쁘니 다 바라는 것이 외람되나 우리 아이는 어찌 현아에게 글을 지어 주지 않은 것이냐?"

한림이 문득 천천히 대답했다.

"이 일은 현아가 고하지 않았나이까?"

현아가 급히 유 공의 말을 막아 말했다.

"이 말은 다시 해 부질없나이다."

유 공이 다시 묻지 않으니 한림도 또한 온 몸이 녹는 듯해 다시 말을 않고 묵묵히 앉아 있었다.

이윽고 날이 저물자 한림이 서당으로 돌아갔다. 보름달은 밝아 굽어진 난간에 빛나고 여름날은 따뜻한데 바야흐로 위 씨의 거처를 생각하니 간장이 아득해졌다. 소매로 낯을 덮고 난간을 베고 누워 말을 안 하고 있으니 문득 취향이 이르러 생을 흔들어 깨웠다. 생이 몸을 일으켜 일어나 앉아 말했다.

"어미가 어찌 심야에 자지 않고 이른 겐가?"

취향이 말했다.

"마침 심사가 평안하지 않으므로 어른을 모시고 말씀드리려 합니다."

생이 기쁜 빛으로 당에 오르라 하고 동자에게 등불을 밝히라 하니 취향이 말했다.

"어른께서는 어찌 그리 적적히 누워 계신 것입니까?"

생이 말했다.

"마침 기운이 불안해 그런 것이네."

향이 말했다.

"위 소저를 생각하신 것입니까?"

한림이 억지로 웃으며 말했다.

"다른 가문에 간 위 씨를 생각해 부질없네. 그러나 다만 나에게 말해 주게. 위 씨가 전날에 매서운 마음을 가졌음을 생각하면 그럴리 만무하니 사연을 듣고 싶네."

취향이 손으로 가슴을 치고 눈물을 흘려 말했다.

"불쌍한 소저를 어른께서 어찌 이렇게 아시는 것입니까?"

드디어 품에서 서간을 내어 주니 한림이 급히 받아서 뜯어 보았다. 먼저 봉황 같은 눈썹에 슬픈 빛이 어리고 얼굴에는 근심스러운 기색을 띤 채 서간을 보니 다음과 같은 내용이었다.

'유씨 가문에 죄를 얻어 몸을 피한 죄인 위 씨는 피눈물을 머금어 감히 경성 유 한림께 서간을 올립니다. 이 천한 사람은 본디 인륜을 모르는 금수입니다. 사람이 세상에 나서 본성을 알지 못하고 몸이 다른 가문에 시집갔으나 예를 차리지 못했으니 천지간에 비루한 자취를 지녔습니다. 당돌히 군(君)에게 빌어 스스로 마음을 지키며 군의 은혜를 폐간(肺肝)에 새겨 저버리지 않기를 원했습니다. 한 번 손을 나눈 후 먼 땅이 앞을 가리고 있으므로 남북 천 리에 소식을 알지 못하다가 군이 높이 대궐의 섬돌을 밟으셨다는 기별이 온 고을에 진동했으니 길이 높은 복록을 치하하나이다. 그런데 비루한 사람의 액운이 매우 커 더러운 치욕이 급하므로 어린 비자 등에게 붙들려 마지못해 문을 나섭니다. 만일 몸을 편안히 할 곳을 얻는다면 큰 다행이요, 그렇지 않는다면 맑은 물 가운데 몸을 감출 것이니 이는 죽이 경결히게 되는 것입니다. 군은 천첩을 생각지 마시고 다른 부인을 얻어 천수를 누리소서.'

한림이 다 보고는 슬피 두어 줄 눈물을 떨어뜨리고 말했다.

"이 사람이 높은 뜻과 늠름한 절개가 이와 같으나 내가 저버린 것이 깊으니 무슨 면목으로 훗날 황천에서 서로 보겠는가? 규방의 아녀자가 몇 명의 시비와 문을 나섰으니 어찌 환란이 없겠는가? 약한 여자가 칼 아래 영혼 되는 것이 손바닥 뒤집듯 쉬울 것이다. 내가 복이 없어 이런 여자를 데리고 있지 못하게 되었구나."

취향이 또 울고 말했다.

"소저께서 길을 떠나실 때 하시던 말씀이 이러이러했습니다. 그러므로 노첩이 입이 있으나 감히 말을 못 하니 소저를 위해 어찌 부끄럽지 않겠나이까?"

생이 슬픈 빛으로 탄식하고 말했다.

"나의 팔자가 그만해서 그런 것이니 어찌 한 위 씨를 마음에 두겠는가? 어미는 부질없이 시비에 참여해 소장(蕭墻)의 화(禍)[98]를 불러오지 말게."

취향이 울고 밤이 깊도록 서로 마음을 이르며 슬퍼했다.

향이 돌아간 후 한림이 홀로 방안으로 들어가니 등불은 희미한데 원앙금침이 무료했다. 홀로 베개에 기대 위 씨의 난초 같은 자질과 꽃과 옥 같은 외모가 눈에 삼삼해 잊으려 해도 잊을 수 없어 길이 탄식하고 말했다.

"하늘이 위 씨를 내게 속하게 하신 것은 무슨 뜻이며 이처럼 헤어지게 한 것은 또 무슨 일인가? 저의 사정이 참혹해 부모를 알지 못하고 바라는 것이 나쁜인데 그 목숨을 보전해 주지 못했으니 조물이

---

98) 소장(蕭墻)의 화(禍): 안으로부터 일어나는 재앙이나 근심. 소장은 원래 임금과 신하가 회견하는 곳에 설치하는 병풍으로, 소장의 화는 노(魯)나라의 계씨(季氏)가 부용국인 전유(顓臾)를 치려 하자 공자가 염유(冉有)와 계로(季路)를 꾸짖으며 "나는 계손의 근심이 전유에 있지 않고 병풍 안에 있을까 두렵다."라 한 데서 유래함.

희지은 것이 이와 같은고?"

그러고서 밤이 새도록 탄식하며 한 잠을 이루지 못했다.

이후 한림이 만사가 꿈과 같았으나 천성이 대의를 알았으므로 자약히 부친을 봉양하고 조정의 일에 힘썼다.

이때 금오가 돌아와 동료들을 대해 이 상서가 유현명에게 돈을 받고 급제시켜 준 것을 이르고 침을 뱉어 이 상서를 꾸짖으니, 이 상서를 모르는 사람은 의논이 분분하고 아는 사람은 괴이하게 여겼다.

요 금오가 또 상소해 유현석의 재주가 뛰어남을 기리고 유생을 거두어 써 줄 것을 두루 아뢰니 임금께서 즉시 이부에 조서해 유현석에게 버슬을 주라 하셨다.

이 상서가 일찍이 현아를 본 적이 있으므로 속으로 괴이하게 여겨 주저했다. 또 강주에서 갓 돌아와 과거에 분주하고 일이 연이어 일어나 임 씨와 위란의 위호를 올리지 않았다. 근래에 일이 조용해지고 연국 군신과 내시며 진상이 이르자 상서가 드디어 부친에게 아뢰니 왕이 깊이 생각하다가 대답했다.

"임 씨는 이름을 갈겠지만 위란은 부질없다."

상서가 꿇어 대답했다.

"가르치심이 옳으시나 위 씨에게 이미 자식이 있으니 박정하게 대하지 못할 것입니다. 또 세월이 오래도록 절개가 소나무와 잣나무 같아 고초를 겪은 것이 많으니 이제 대인께서 영화롭게 되신 날을 맞아 어찌 시녀 등과 같이 대하겠습니까? 다시 명해 주시기를 청하나이다."

왕이 홀연히 짐짓 웃고 마음대로 하라 했다. 상서가 절하고 물러나 예부에 고하고 임 씨를 연국 좌숙빈(左淑嬪)에 봉(封)하고 위란을 우현빈(右賢嬪)에 봉하니 두 사람의 큰 영광을 어찌 헤아릴 수 있겠는가. 이에 사람마다 부러워했으니 더욱이 외로이 심당(深堂)에 있어 사람들로부터 천상의 서왕모처럼 여겨진 교란이야말로 이를 뿐이겠는가.

연왕이 드디어 본국 관료의 조하(朝賀)[99]를 받고 각각 벼슬의 차례를 정해 준 후 상을 주어 돌려보내고 궁궐 내시의 무리를 더러 뽑아 좇아 섬기게 했다. 또 상서가 임 씨와 위란을 높은 집에 머무르게 하고 궁녀 20명씩 배정해 심부름을 하도록 했다. 그리고 진상이 각각 들어왔으니 임 씨와 위란의 존귀함은 이루 이르지 못할 정도였다.

연왕이 비록 아들의 지극한 뜻을 막지 못했으나 법률을 삼엄히 해임 씨와 위란이 감히 교만하지 못하게 했다. 임 씨는 본디 연왕이 총애했거니와 위란이 고초 겪은 것을 슬퍼해 혹 불러 서헌에서 자신을 모시도록 하니 위란이 바란 밖의 일이라 매우 기뻐해 갈수록 덕을 닦는 데 힘썼다. 위란은 위치가 임 씨와 같았으나 임 씨 공경하기를 소후 버금으로 했으며 감히 어깨를 나란히 하지 않았으니 그 천성의 어짊이 이와 같았다. 연왕 부부가 이를 아름답게 여기고 상서의 기쁨은 형언하지 못할 정도였다.

상서가 연일 이처럼 분주했으므로 미처 겨를이 없어 현아를 쓰지 못했다. 그러자 허다한 시비가 일어나니 상서가 곤란함을 겪었다.

---

99) 조하(朝賀): 경축일에 신하들이 조정에 나아가 임금에게 하례하던 일.

이씨세대록 권8

이성문과 이경문은 과거 매매의 누명을 벗고 이경문은 각정 모자의 모함을 받아 귀양 가다

각설. 유현아가 요 금오의 천거를 입어 높은 벼슬에 오르는 것이 쉬울까 하다가 요 금오가 임금께 아뢴 지 10여 일이 되도록 기척이 없었다. 또 어떤 이가 이르기를,

"이부상서가 불쾌하게 여긴다."

라고 하니 현아가 요 금오와 함께 이를 갈고 몹시 분하게 여겼다. 요 금오가 또한 사람들을 보면 이 상서가 은을 받고 과거를 팔았다고 하니 소문이 자자해 모르는 이가 없었다.

한림 여박과 시랑 양철 등이 이 일을 듣고 매우 놀라 모두 이씨 집안으로 갔다. 이 예부 흥문 형제가 마침 왕부 서당에 모여 상서 성문과 담소하며 흥이 높아 있었다. 그러다 사람들이 왔다는 말을 듣고 모두 맞이해 인사를 마쳤다. 여 한림이 이에 상서에게 말했다.

"현보는 몸에 더러운 말을 실어 가지고서 무슨 흥이 이토록 높은 것인가?"

상서가 다 듣고 놀라고 의아해 말했다.

"아우가 일찍이 조정에 은혜를 입어 재상으로 종사하며 조금도 예기 어긴 일을 하지 않았으니 어떤 사람이 아우를 알아보는가? 참으로 감격할 만하네."

여 한림이 다 듣고는 낯빛을 고치고 웃으며 말했다.

"현보는 진실로 세속에서 벗어난 위인이네. 현보가 비록 큰 바다와 같은 도량을 지녔다 해도 이 말을 듣고도 참을 수 있을 것 같은가?"

드디어 자신이 들은 말을 일일이 일렀다. 예부 형제가 낯빛이 변했으나 상서는 웃고 말했다.

"아우가 다른 일은 감수하겠으나 이 일은 아우가 혼자 주장할 것이 아니네. 원임(原任)[1] 대신과 백관들이 다 알 것이라 대궐에서 죄를 내리시는 날 잘잘못을 아뢸 것이니 지금 분노해 어찌하겠는가?"

말을 마치자 예부가 말했다.

"아우의 말이 참으로 일리가 있으니 고어에 이른바, 사람에게는 부끄러우나 하늘과 땅의 신령에게는 부끄럽지 않다고 했으니 이 어찌 지극하신 말씀이 아니겠는가?"

양 시랑이 말했다.

"성보와 현보의 의논이 금옥 같으나 목전의 시비가 괴이하고 중론이 어지러워 참으로 좋지 않으니 일신에 근심되는 일이 아니겠는가?"

상서가 웃고 말했다.

"벌써 일이 그릇된 후에는 근심해 무익하니 작은 일도 운수라 혹 좋은 운수를 만나 벗어나는 날이 있으면 다행이요, 그렇지 못한들 설마 어찌하겠는가?"

여 한림이 말했다.

---

1) 원임(原任): 전에 그 벼슬자리에 있던 벼슬아치.

"그대는 과연 둔한 사람이네. 그 의논도 옳지만 만일 소인이 계교를 꾸며 정위(廷尉)[2]가 그대에게 묻는 날에는 장차 어찌하려 하는가?"

상서가 대답했다.

"아우가 또한 헤아리는 바이나 아우에게 장차 무슨 계교가 있어 벗어날 수 있겠는가?"

말을 마치자 연왕이 이에 이르니 사람들이 당에서 내려가 맞이했다. 왕이 자리를 정하고 말했다.

"내 아까 위씨 집안에 가니 위 후량이 도어부에서 돌아와 이르기를, 십삼 성의 어사가 연계해 내 아이가 돈을 받고 과거를 팔았다 한 죄로 죄목을 들추어내려 하자 후량이 다투어 내 아이의 죄를 벗겨 놓았다고 한다. 뭇 어사가 다투어 계속해 논박하자 후량이 피혐(避嫌)[3] 해 돌아와 참으로 한스럽다고 말하니 어떻게 처치해야 하겠느냐?"

상서가 문득 관을 벗고 죄를 청해 말했다.

"제가 대인의 가르치심을 저버려 조정에서 벼슬하며 몸을 잘못 가져 이런 치욕이 가문에 미치게 되었습니다. 제가 무슨 면목으로 대인 안전에서 저에게 죄가 없음을 아뢰겠나이까? 지금 양 형 등이 이르러 이 일을 일렀으나 저의 소견은 다른 것이 없으니 하늘의 해를 우러러볼 뿐입니다."

왕이 눈썹을 찡그리고 말했다.

"내 아이가 아비를 내외해 소견을 펴지 않는 것이냐?"

말이 끝나지 않아서 금의위(錦衣衛)[4]에서 이르러 상서를 나옥(拿

---

2) 정위(廷尉): 중국 신(秦)나라 때부터, 형벌을 맡아보던 벼슬. 구경(九卿)이 하나였더바, 나중에 대리(大理)로 고침.

3) 피혐(避嫌): 논핵하는 사건에 관련된 벼슬아치가 벼슬에 나가는 것을 피하던 일.

獄)5)함을 고했다. 좌우 사람들이 낯빛이 변하고 집안이 물 끓듯 하니 그 경황이 없는 모양을 어찌 묘사할 수 있겠는가.

하남공 등이 이르러 연고를 묻고는 놀라움을 이기지 못했다. 말을 다 못 했는데 금의위에서 매우 독촉하니 상서가 비단옷을 벗고 베옷에 짚신 차림으로 문을 나설 적에 잠깐 모친을 보고 떠나려 하자 왕이 꾸짖었다.

"임금의 명령이 이와 같으시니 어찌 감히 사사로운 정을 내보일 때이겠느냐? 빨리 가고 여기에 머무르지 마라."

상서가 얼굴을 가다듬고 사죄한 후 나갔다.

왕의 형제가 내당에 들어가니 승상 부부와 유 부인이 모두 연고를 물었다. 왕이 자리에서 일어나 일일이 고하니 승상이 말했다.

"이는 유현명을 시기하는 자가 이 일을 빚어내 드디어 성문이에게 미친 것이다. 그러나 죄 없는 것이 백옥과 같다면 관계가 없을 것이니 너희가 지레 요란히 굴지 마라."

왕이 절해 사례했다.

하남공 등과 상서 등 네 명이 함께 비단옷을 벗고 대궐에 나아가 벌을 기다리니 그 모양이 매우 어지러웠다.

이튿날 임금께서 문화전(文華殿)에 전좌(殿座)6)하시고 상서를 올려 친히 조사해 밝히실 적에 금위가 상서를 이끌어 대궐 계단에 꿇렸다. 임금께서 먼저 뭇 어사의 상소를 보여 주시니 상소의 내용은

---

4) 금의위(錦衣衛): 중국 명나라 때에, 황제 직속으로 있던 정보 보안 기관. 1382년에 설치되어 황제의 시위(侍衛)와 궁정의 수호뿐만 아니라 정보의 수집, 죄인의 체포 및 신문 따위의 일도 맡아보았음.

5) 나옥(拿獄): 붙잡아 감옥에 넣음.

6) 전좌(殿座): 임금 등이 정사를 보거나 조하를 받으려고 정전(正殿)이나 편전(便殿)에 나와 앉던 일. 또는 그 자리.

다음과 같았다.

'신 등이 들으니, 과거란 것은 공평하고 바른 도리로써 인재를 얻는 일입니다. 그런데 이제 이부상서 이성문이 가문의 자제로서 세력을 믿고 이번에 장원이 된 유현명에게서 백은 삼백 냥을 받고 그 재주의 용렬하고 속된 것을 헤아리지 않고 과거에서 급제하도록 해 주었습니다. 사람들의 말이 자자해 침을 뱉으며 꾸짖지 않는 이가 없으니 성문을 정위(廷尉)에 내려 죄를 물으소서.'

상서가 다 보고 천천히 아뢰었다.

"신이 본디 쓸모없는 비루한 자질을 가지고서 배운 것이 용렬한데 성상의 하늘처럼 큰 덕을 입어 지위가 상서 벼슬에 위치해 인재를 뽑으시는 데 참여했습니다. 신이 비록 사리에 밝지 못하나 어려서부터 아비의 밝은 가르침을 받아 그 하나둘을 알고 있으니 이런 황당한 일을 해 스스로 가문을 욕먹이고 천하에 죄인이 되겠나이까? 다만 이제 대간의 의논이 이와 같으니 그 들은 것이 틀림없다는 것을 알 수 있습니다. 유현명이 신에게 뇌물을 줄 때 본 자가 있을 것이니 입증을 얻어 일이 분명하게 된 후에 신이 형벌에 나아가기를 원하나이다."

임금께서 원래 경문의 글을 보았고 이성문이 도학군자인 줄을 알고 계셨으므로 모든 대간의 과격함을 불쾌해해 자세히 알아보려 하시다가 이 말을 듣고는 잠깐 웃으셨다. 그리고 즉시 상소한 어사를 불러 들은 곳을 물으셨다. 모두 일시에 집금오 요한에게서 말이 나왔음을 고하니 임금께서 즉시 금오를 불러 물으셨다.

"경이 이성문이 뇌물을 받을 때 그 현장을 보았는가?"

금오가 대답했다.

"무릇 어리석은 사람도 과거장에서 사사로운 정을 두면 사람 몰래 합니다. 더욱이 이성문은 지혜와 꾀를 지극히 갖추었는데 남이 보도록 하겠나이까? 유현명의 시동을 잡아서 물으신다면 실제의 자취가 나타날 것입니다. 유현명이 이성문과 사귐이 두터운 것은 온 세상이 다 아는 일입니다."

임금께서 즉시 유 한림의 서동(書童)인 난복을 잡아 사실을 물으셨다. 난복은 곧 취향의 아들로서 위인이 강직하고 주인을 위한 정성이 난섬 등보다 위에 있었다. 그러니 오늘 임금의 위엄이 삼엄해 정신이 떨리는 것을 면치 못한들 어찌 아무 턱도 없이 허언을 꾸며 죽기를 면할 자이겠는가. 이에 임금께 고했다.

"우리 주인이 처음으로 경사에 와 시골의 무딘 눈이 경사의 번화한 것을 처음으로 보고 그 흠모하는 마음이 병이 되어 날마다 산수를 유람하러 다녔나이다. 어느 날 이 학사 어른이 잡아 일부러 곤욕하니 우리 주인이 굴복하지 않자 이 학사 어른이 마음으로 복종해당에 올려 주인을 극진히 대접했습니다. 이에 앞서 이 상서가 안무사였을 적에 우리 주인이 참군 어른의 아들로서 군대의 일에 종사했는데 이 안무가 우리 주인의 재주가 뛰어난 것을 사랑해 마음이 서로 통해 우리 주인을 허여함이 있었습니다. 그날 이 학사가 곤욕하자 우리 주인이 적절히 대답하니 이 학사가 그것을 높게 여겨 우리주인을 즉시 돌려보냈습니다. 그러니 이런 일이 어찌 있을 것이며, 우리 주인이 경사에 온 후에 큰어르신이 노자만 차려 주었으니 어디에 가 은을 삼백 냥이나 얻었겠나이까? 집안에 우리 주인을 미워하는 이가 많으니 이는 필시 중간에서 술수를 부린 것입니다. 천지의 부모께서는 살펴 주소서."

임금께서 다 듣고는 그 언어가 격렬하고 간절한 것을 칭찬하시고 다시 요 금오에게 물으셨다.

"저 천한 노비의 소견도 이와 같은데 경이 무슨 까닭으로 말을 망령되게 했는가?"

금오가 황망히 머리를 두드리며 말했다.

"신이 어찌 감히 망언을 하겠나이까? 들은 곳이 확실하므로 참지 못해 두루 전파한 것입니다. 대체 그런 글이 장원에 오를 수 있겠나이까?"

임금께서 웃으며 말씀하셨다.

"경이 외울 수 있겠는가?"

요 금오가 드디어 현아가 이르던 글을 외우니 임금께서 손으로 용상을 치고 크게 웃으며 말씀하셨다.

"대체 저 글을 누가 경에게 일렀는가?"

금오가 말했다.

"장원한 사람의 글을 천하가 어찌 모르겠나이까? 또 이성문에게 공변된 마음이 있었다면, 유현석은 지극한 인재라 이성문에게 뇌물을 주지 않았어도 폐하의 명령이 있으면 그에게 벼슬을 주어야 했을 것입니다. 그런데 폐하의 명령이 있어도 유현석에게 벼슬을 주지 않았으니 이를 보아도 이성문은 공정한 사람이 아닙니다."

임금께서 이 상서에게 물으셨다.

"짐이 이미 유현석에게 벼슬 주는 것을 허락해 경에게 벼슬을 시키라 했는데 받들어 행하지 않은 것은 무슨 뜻에서인가?"

상서가 임금의 말씀을 듣고 바야흐로 현아의 흉계를 깨달아 현아를 매우 음흉하게 여겼다. 그러니 또한 임금 앞에서 조금이라도 인정을 두겠는가. 이에 자신에게 벌 주기를 청하며 말했다.

"무릇 이부에서 추천해 급제 전에 청직(淸職)[7]을 준 사람은 도연명(陶淵明)[8]과 사마상여(司馬相如)[9] 같은 이입니다. 신이 전교를 받들지 못한 것은 마침 전교를 받은 후 아비 봉읍의 내시와 군신이 이르러 일이 많아 이부에 좌기를 베풀지 못했고, 진실로 유현석의 재주가 뛰어남을 목도하지 못했기 때문입니다. 신이 만일 유현명과 문경지교(勿頸之交)까지는 이르지도 말고 유현명에게 뇌물을 많이 받았다면 어찌 그 아우에게 소홀히 했겠나이까? 다만 신이 이미 성상의 알아주심을 입어 큰 벼슬을 하고 있는데 매사를 살피지 못하고, 벼슬을 파는 것이 옳지 않아 성상의 명령에 주저한 죄는 만 번 죽어도 오히려 가볍나이다."

임금께서 다 듣고 말씀하셨다.

"경의 말이 자못 옳으니 유현명 형제를 불러 친히 재주를 시험해야겠다."

자리에 있던 이 승상은 처분을 기다리고 위 승상이 있다가 엎드려 아뢰었다.

"성상께서 만일 유씨 집안의 아이들을 불러 두 사람의 재주를 보려 하신다면 문제가 있습니다. 유현명의 글은 폐하께서 이미 과거 날 아셨고 신이 독부로 있었을 때 유현명을 자세히 알았으니 다시 알 것이 없으나 이제 꼼꼼히 조사하는 것은 마땅히 해야 할 일입니다. 다만 유현명이 만일 성전(聖典)을 읽었다면 어찌 스스로 재주를 자랑해 아우를 구덩이에 빠뜨리겠나이까? 또 나라의 일은 작은 일이

---

7) 청직(淸職): 높은 관직.

8) 도연명(陶淵明): 중국 동진의 시인(365~427). 이름은 잠(潛)이고, 호는 오류선생(五柳先生)이며 연명은 그의 자(字)임. 405년에 팽택현(彭澤縣)의 현령이 되었으나, 80여 일 뒤에 <귀거래사>를 남기고 관직에서 물러나 귀향함. 자연을 노래한 시가 많으며, 당나라 이후 육조(六朝) 최고의 시인이라 불림.

9) 사마상여(司馬相如): 중국 전한(前漢) 사람(B.C.179~B.C.117)으로 자(字)는 장경(長卿). 그가 지은 <자허부(子虛賦)>를 무제가 보고 칭찬해 그를 시종관으로 삼음. 사부(辭賦)를 잘 지은 것으로 유명함.

라도 입증이 있은 후에야 행해져야 할 것이니 성상께서 요한을 힐문하시어 자세한 증거를 얻어 내신 후에 이성문을 다스리시고 유현석은 혼자 불러서 그 재주를 살피소서."

임금께서 매우 옳게 여기셔서 즉시 위사(衛士)[10]를 시켜 현아를 데려오라 하셨다.

이때 유 한림이 집에 있으면서 이 일을 자세히 알고는 매우 놀랐으나 현아는 기뻐서 어쩔 줄 몰랐다. 이윽고 위사가 현아를 데리러 이르자 한림이 연고를 물으니 사자(使者)가 일일이 일렀다. 한림이 이에 탄식하고 들어가 현아를 보고 말했다.

"내 어리석어 일이 이 지경에 이르렀으니 너를 보는 것이 부끄럽지 않을 수 있겠느냐? 성상께서 필시 어려운 시제를 내어 너를 시험하실 것이니 내 잠깐 좁은 소견으로 헤아리건대 시제가 이것밖에는 나오지 않을 것이니 첫 시제에는 이 세 수를 써서 바치고 둘째 시제에는 이 네 수를 써서 올리라. 그렇게 되면 거의 환란은 면할 것이다."

말을 마치고 붓을 들어 총총이 칠언율시 일곱 수를 써 현아의 소매에 넣어 주니 현아가 미처 답하지 못하고 바삐 사자를 따라갔다. 아, 경문의 신이함이여! 연왕과 같이 보지 않은 것을 능히 알아서 이와 같이 하니 임금의 마음을 맞힐 수 있을 것인가.

현아가 사신을 따라 태극전에 이르니 임금께서 자리를 주시고 옥음(玉音)을 열어 말씀하셨다.

"이제 너의 기이한 재주가 조정에 진동하니 짐이 높이 쓰려 한다. 다만 생각건대 진짜 재주가 아닌가 의심해 친히 불러 너를 시험하는

---

10) 위사(衛士): 대궐, 능, 관아, 군영 따위를 지키던 장교.

것이니 너는 짐의 뜻을 좇아 일을 어그러뜨리지 말라."

드디어 친히 시제를 써서 내시니 이는 곧 맹자(孟子)[11]가 공손추(公孫丑)[12]와 함께 관중(管仲)[13]과 안자(晏子)[14]를 의논하는 내용이었다. 임금께서 일부러 현아의 재주를 알아보려 해 이 시제를 내신 것이다. 현아가 비록 한림이 써 준 일곱 수 시를 믿었으나 임금 바로 앞에서 자연히 땀이 등에 맺히는 것을 면치 못하다가 이 글제를 보니 과연 한림이 가르쳐 준 첫 세 수의 글에 공교히 맞았으므로 크게 놀라고 다행하게 여겨 고개를 조아리고서 사은한 후 별 생각도 하지 않고 써서 올렸다. 임금께서 보시니 시가 보통사람의 생각 밖이었다. 글자마다 착상이 뛰어나고 구마다 맑고 빼어나 광대하게 높은 것이 구만 리 높은 하늘 같았다. 이에 임금께서 낯빛이 변해 놀라고 칭찬하시며 신하들에게 보여 주시니 위 승상이 아뢰었다.

"이 사람의 재주가 이러하니 요한이 천거한 것이 괴이하겠나이까? 그러나 이성문이 유현명에게 뇌물을 받은 것이 적실한지 자세히 조사하셔서 만일 옳다면 이성문을 절도(絶島)에 충군(充軍)[15]시켜 후인을 징계하소서."

임금께서 옳게 여기고 요 금오에게 다시 힐문하시니 금오가 참으

---

11) 맹자(孟子 |): 중국 전국시대의 사상가(B.C.372~B.C.289). 자는 자여(子輿)·자거(子車). 공자의 인(仁) 사상을 발전시켜 '성선설'(性善說)을 주장하였으며, 인의의 정치를 권함. 유학의 정통으로 숭앙되며, '아성(亞聖)'이라 불림.

12) 공손추(公孫丑): 중국 전국시대 제(齊)나라 사람. 맹자의 제자로 만장(萬章) 등과 함께 『맹자』를 지음.

13) 관중(管仲): 중국 춘추시대 제(齊)나라의 재상(?~B.C.645). 이름은 이오(夷吾). 중(仲)은 그의 자(字)임. 환공(桓公)을 도와 군사력의 강화, 상공업의 육성을 통하여 부국강병을 꾀하였으며, 환공을 중원(中原)의 패자(霸者)로 만듦.

14) 안자(晏子): 안자. 중국 춘추시대 제(齊)나라의 대부 안영(晏嬰)을 높여 부른 이름. 자는 중(仲)이고, 시호는 평(平)으로 안평중(晏平仲)으로 많이 불림. 춘추시대 4대 현자의 한 명으로 일컬어짐.

15) 충군(充軍): 죄를 범한 자를 벌로서 군역에 복무하게 하던 제도.

로 갑갑해 아뢰었다.

"신이 어찌 이성문이 금 받은 것을 보았겠나이까? 전해지는 말이 그러해 참지 못해 아뢴 것입니다."

이에 임금께서 분노해 말씀하셨다.

"무릇 역적이라도 증거가 있은 후에야 변고를 알리거늘 경은 한 작은 마을의 문사로서 대신을 이처럼 누차 모욕하는 것인가?"

또 유 한림을 명패(命牌)16)해 물으셨다.

"경은 천하의 대단한 선비로서 과거에 뽑힐 적에 무슨 까닭으로 대신과 몰래 연락해 전해 오는 말이 아름답지 않은 것인가? 사실을 숨기지 말라."

한림이 머리를 두드려 벌을 줄 것을 청하며 말했다.

"신의 위인이 어리석은데 성상의 조정에서 은혜를 입었으나 미세한 일로 성상의 은혜를 갚지 못하고 마음을 번뇌하시게 하며 대신에게 감옥의 고초를 받게 했으니 신의 죄는 백 번 죽어도 아깝지 않을 정도입니다. 그러나 신의 집이 죄화(罪禍)를 입은 집안으로서 남은 생명이 길에서 떠돌아다니면서 아침 저녁으로 의식을 잇지 못하는데 어디에 가 금을 얻어 과거를 사겠나이까? 신이 비록 어리석으나 잠깐 옛 글을 읽어 이치를 통하니 차마 대신에게 청탁해 급제를 하겠나이까? 다만 간관(諫官)의 붓끝이 한 번 성상께 이른 후에는 신의 헛된 말이 무익하니 푸른 하늘을 우러러보나 말이 없음을 한스러워 하나이다."

임금께서 말씀하셨다.

"요한이 말하기를, 경이 재주가 없는 것을 이부상서가 인정을 두

---

16) 명패(命牌): 임금이 벼슬아치를 부를 때 보내던 나무패. '命' 자를 쓰고 붉은 칠을 한 것으로, 여기에 부르는 벼슬아치의 이름을 써서 돌림.

어 급제시켰다 하나 또한 입증할 것이 없으니 경이 칠보(七步)의 시(詩)[17]를 지어 과거 날 지은 글과 같이 한다면 짐이 특은을 내릴 것이고 만일 짓지 못한다면 경의 부자에게 죄를 함께 내릴 것이다."

한림이 전교를 듣고 감히 거역하지 못해 명령을 들었다. 글제를 청하니 임금께서 죽림칠현(竹林七賢)[18]을 물으셨다. 경문이 반열에 꿇어 먹을 갈 때 위 공은 원래 상황에 따라 자기 뜻을 굽힐 줄 알았으므로 경문을 거짓으로 속여 말했다.

"그대가 조금이라도 고루하게 짓는다면 그대의 아비를 목벨 것이다."

경문이 이 말을 듣고 매우 대로했으나 임금의 앞이고 위 공이 또 일국의 승상으로 재상의 반열에 있었으므로 노를 참고 잠깐 냉소했다. 분결에 붓을 급히 휘둘러 머리를 돌릴 사이에 칠언장편 두어 수를 써 어전에 바쳤다. 임금께서 다 보시고 즉시 장원의 글을 가져오라 해 한데 놓고 보시니 글자체가 조금도 차이가 나지 않아 진실로 한 손에서 나온 것이었다. 임금께서 위 공에게 글을 주고 말씀하셨다.

"이런 재주로 값을 드리고 벼슬을 살까 싶은가?"

위 공이 아뢰었다.

"그날 이성문이 혼자 주관한 것이 아니라 신 등 일곱 명과 육경(六卿)이 다 함께 보았으니 이성문이 애매한 것이 확실합니다. 또 평소의 위인을 생각해 보면 이런 일을 저질렀다는 말은 참으로 도청도설에서 나온 것인가 하니 원컨대 성상께서는 요한을 형벌로 물으시

---

17) 칠보(七步)의 시(詩): 일곱 걸음을 걸을 동안에 짓는 시. 중국 삼국시대 위나라의 조식(曹植)이 지은 시. 형 문제(文帝)가 일곱 걸음을 걷는 사이에 시 한 수를 짓지 못하면 대법(大法)으로 다스리겠다고 하자, 곧바로 칠보시를 지었다 함.

18) 죽림칠현(竹林七賢): 중국 진(晉)나라 초기에 노자와 장자의 무위 사상을 숭상하여 죽림에 모여 청담으로 세월을 보낸 일곱 명의 선비. 곧 산도(山濤), 왕융(王戎), 유영(劉伶), 완적(阮籍), 완함(阮咸), 혜강(嵇康), 상수(向秀)임.

어 실제 사정을 조사하소서."

임금께서 옳게 여기셨다.

이때 유 한림은 현아의 일이 드러날 것을 민망히 여겨 이에 자리에서 나아가 아뢰었다.

"이제 위 승상이 아뢰는 바가 일리가 있으나 금오는 조정의 중신이니 이런 미세한 일 때문에 가볍게 죄를 주는 것은 옳지 않나이다. 원컨대 성상께서는 신의 죄를 다스리셔서 법을 엄정히 하시기를 바라나이다."

임금께서 옳게 여기시고 이에 이 상서에게 의관을 주어 편전에 오르라 하시고 말씀하셨다.

"이제 유 경의 글을 보니 경의 애매함이 하늘의 해와 같고 무죄한 것이 분명하니 어찌 경을 오랫동안 아래 땅에 있게 하겠는가?"

상서가 머리를 두드려 사양하며 말했다.

"신의 위인이 어리석어 세간의 더러운 말을 몸에 실었습니다. 비록 유현명의 재주가 기특하나 실제의 사정을 밝히기 전에는 차마 이 부총재 문연각 태학사의 큰 벼슬을 감당하지 못할 것이니 원컨대 성상께서는 신의 죄를 다스려 주소서."

임금께서 위로해 말씀하셨다.

"경의 말이 사리에 맞으니 마땅히 모든 대간과 요한에게 벌을 내릴 것이다."

상서가 대답했다.

"옳지 않습니다. 신의 위인이 어리석어 대간이 아뢴 것이니 폐하께서는 어찌하여 신을 편드셔서 애매한 대신을 벌주려 하시나이까? 소신이 스스로 황공히고 부끄러워 감히 조정에 서지 못할 것이니 원컨대 성상께서는 모든 어사에게 상을 내리시고 신을 벌주소서."

임금께서 좋아하지 않으시니 위 공이 아뢰었다.

"이성문의 말이 지극히 마땅합니다. 성문이 비록 애매함이 백옥과 같은들 더러운 이름을 벗기 전에는 이부 벼슬에 있을 수 없으니 그 원하는 바를 좇으시는 것이 좋을 듯합니다. 간악한 계교가 매양 그치지 않을 것이니 세월이 오래 되면 자연히 드러나기 쉬울까 하나이다."

임금께서 옳게 여겨 이 상서의 벼슬을 갈아 주시고 요 금오와 모든 어사를 꾸짖어 물리치신 후에 다시 현아에게 이르셨다.

"너의 재주가 기특한 것을 짐이 많이 사랑하니 너는 또 다시 네 수의 글을 지어 짐의 마음을 기쁘게 하라."

그리고서 또 다시 글제를 내셨다. 현아가 글제를 보니 진실로 그 운수를 만났으므로 즉시 써서 올렸다. 임금께서 크게 칭찬하시고 즉시 조서를 내려 감찰어사에 임명하셨다. 현아가 득의양양해 고개를 조아려 절한 후 물러나고 경문은 속으로 탄식해 말했다.

'동기를 위해 불의로 임금을 속였으니 하늘이 두렵구나.'

그리고서 길이 탄식하기를 마지않았다.

이때 상서가 무사히 놓여 집에 돌아오니 모두 그 고생한 것을 일컬었다. 이때 연왕이 홀로 탄식하며 말했다.

"한 번 더러운 이름을 몸에 실은 후에는 동해를 기울여도 씻기 어렵고 가문에 미친 욕이 가볍지 않으니 차라리 죄를 입은 것만 같지 못하구나."

상서가 공손히 일어나 사죄해 말했다.

"이는 다 제가 몸가짐을 어질게 하지 못해서 벌어진 일이니 무슨 낯으로 이제 조정에 설 수 있겠습니까?"

예부 흥문이 말했다.

"내 유현석이란 자를 보니 매우 흉한 사람이더라. 또 유 공 첩의 자식으로서 요한과 동행했으니 중간에 술수를 부린 것이 있는가 한다."

연왕이 고개를 끄덕였으나 하남공은 정색해 말했다.

"이 아이가 이처럼 허황되구나. 보지 않은 일에 사람을 그릇 의심하는 것이냐?"

예부가 말없이 사죄하자 북주백이 말했다.

"좌중에 있는 사람들이 일가친척도 아니고 다 동기이고 숙친(叔親)인데 몽현이는 매양 매사에 속이려 하니 참으로 의심이 되는구나."

하남공이 자리에서 내려가 죄를 청해 말했다.

"조카가 어찌 감히 동기와 숙부 들을 내외하겠습니까? 다만 성인이 이르시기를, '천하가 다 옳다 하나 눈으로 보기 전에는 그렇게 여기지 말라.'고 하셨으니 이 어찌 지극하신 말씀이 아니겠습니까? 조카가 다만 그 말씀을 따라 아들을 경계한 것인데 숙부 말씀을 들으니 황공합니다."

소부 연성[19]이 잠시 웃고 말을 하지 않았다.

이때는 첫 봄이니 임금께서 각도에 어사를 보내셨다. 마침 철수가 절강 순무어사에 뽑혀 당일에 떠나게 되니 일가 사람들의 염려가 지극했다.

이때 유 한림이 집에 돌아오니 현아가 뒤따라와 거짓으로 사례하고 칭송해 말했다.

"오늘 벼슬을 얻은 것은 오로지 형님 덕분이니 큰 은덕에 감사드립니다."

---

19) 소부 연성: 이몽현의 숙부이자 이관성의 아우. 벼슬이 북주백이면서 태자소부임.

한림이 말했다.

"아우가 마침 복이 많아 이런 경사를 얻은 것이니 이것이 어찌 나의 공이겠느냐?"

현아가 재삼 사례하고 각정의 기쁨은 더욱 지극했다.

현아가 즉시 오사모(烏紗帽)[20]와 자줏빛 도포를 갖추고 청직(淸職)에 거하니 의기양양해했다. 또 유 공이 현아를 매우 사랑해 한림이 미치지 못할 정도였다.

한림은 나이가 차 갈수록 죽은 모친을 생각하고 자기의 일에 슬퍼하며 처자 한 명을 보전하지 못한 것을 탄식했다. 또 위 소저의 성현 같은 풍모와 기이한 얼굴을 이생에서는 다시 보기 어려운 것을 슬퍼해 만사가 꿈만 같았다.

각정의 박대는 날로 심해져 아침 저녁으로 한 그릇 보리죽이 배를 채우지 못했다. 아버지 앞에서 각정의 참소가 연속되어 유 공의 꾸짖음이 그치는 날이 없었다. 그래서 밤낮으로 마음이 아득해 관청의 일을 다스린 여가에는 심회를 이기지 못한 데다 또 굶주림을 견디지 못했으니 모습이 수척해졌다. 취향이 애를 태우고 친히 시장에 가 빌어 혹 부드러운 죽을 해 때로 먹이니 한림이 진실로 먹을 경황이 없었으나 취향의 지성에 감동해 혹 먹는 적이 있었다.

현아 처 설 씨가 그 시어머니가 어질지 않은 것을 개탄해 하루는 각정에게 간했다.

"대상공께서는 가문의 큰 사람인데 어찌 이처럼 대접하시는 것입니까?"

각정은 설 씨가 자신의 며느리지만 어질고 순한 것을 싫어했으므

---

20) 오사모(烏紗帽): 벼슬아치들이 관복을 입을 때에 쓰던 모자로, 검은 사(紗)로 만들었음.

로 다만 말했다.

"어르신이 벼슬을 다니신 지 오래고 집안이 점점 빈곤해지니 억제하는 도리밖에는 없다. 사람마다 어찌 다 배가 차도록 먹을 수 있겠느냐?"

설 씨가 이에 묵묵히 탄식했다.

한림이 10여 일이 지나도록 이씨 집안에 가지 않았더니 이 상서를 오래 못 보아 자연히 사모하는 정을 참지 못했다. 그래서 마음이 우울해 병이 될 지경이었다.

하루는 한림이 이씨 집안에 나아가니 이때 상서가 마침 감기에 걸려 치료하고 있었으므로 모든 형제와 벗들이 다 모이고 위 승상도 마침 와 있었다.

문지기가 한림의 명함을 드리니 상서가 보고 반겨 청했다. 한림이 천천히 걸어 들어가니 좌우로 조정의 명공이 삼을 벌여 놓은 듯 있었다. 그런데 위 공도 있으니 한림이 여기 온 것을 매우 뉘우쳤으나 마지못해 두루 인사를 마쳤다. 이에 상서가 흐뭇한 낯빛으로 말했다.

"형을 오래 보지 못해 더러운 마음[21]이 생겼으나 마침 가벼운 병이 생겨 신음하며 형을 찾지 못했더니 형이 오늘 이르렀으니 많이 고맙네."

한림이 마지못해 대답했다.

"아우가 또한 조정의 일에 분주해 오래 상공을 보지 못했더니 환후가 있는 줄 알았겠습니까?"

말을 마치자 정색하고 묵묵히 있었다. 옥 같은 얼굴과 봉황 같은

---

21) 더러운 마음: 비린지맹(鄙吝之萌). 후한(後漢) 황헌(黃憲)의 인품이 훌륭해서 안자(顏子)에 비유되기까지 하였는데, 그와 같은 고을 사람인 진번(陳蕃)과 주거(周擧) 등이 항상 그를 칭찬하며 "잠시라도 황생(黃生)을 보지 못하면 마음속에 더러운 생각이 싹튼다."라고 했다는 고사가 전함.

모습이 산천의 정기를 띠어 기이한 풍채가 사람들의 이목을 놀라게 했으니 이는 곧 수염이 돋지 않은 문정공이었다. 위 공이 태산 같은 원한을 잊고 문득 한림의 손을 잡아 웃으며 말했다.

"그대의 아름다움이 이와 같으니 나에게 딸이 있다면 어찌 사위로 삼지 않을 수 있겠는가?"

한림이 다 듣고 그 낯이 두꺼움을 놀랍게 여겨 안색이 더욱 엄숙하고 눈길이 몽롱해졌다. 천천히 위 공이 잡은 손을 밀고 모양을 정돈하고 단정히 앉으니 예부상서 이흥문이 문득 정색하고 말했다.

"유 형이 전날과 달리 이제 조정에서 벼슬하니 곧 당하의 낮은 관리라 어찌 감히 대신이 물으시는데 대답하지 않는 것인가?"

한림이 낯빛을 고치고 대답했다.

"소생은 곧 죄를 지은 신하의 자식으로 위 승상이 죽이지 않으신 것이 다행입니다. 아까는 소생이 어찌 감히 말씀을 우러러나 볼 것이라고 승상의 실언이 대단하셔서 놀랍고 의심되어 아무리 대답하려 해도 할 줄 몰라서 그랬으니 합하께서는 괴이하게 여기지 마소서. 대신이 조정에서 공적인 일로 물으실 때 대답하지 않는다면 소생이 죽을죄에 해당하는 벌을 당할 것입니다."

말을 마치자 위 공이 눈을 부릅뜨고 꾸짖었다.

"임금을 배신한 반역자의 자식이 이처럼 방자한 것이냐? 빨리 끌어다 내치라."

상서가 급히 말려 말했다.

"유 형이 소생을 보러 온 것이지 대인께 배알하러 온 것이 아니니 대인은 이를 살피소서."

공이 더욱 노해 말했다.

"저 같은 오만한 것을 조정에 두어 쓸데없으니 제 아비조차 죽이는 것이 내 원이다."

말이 끝나지 않아서 한림이 냉소하고 소매를 떨치고 돌아갔다. 위 공이 대로해 꾸짖기를 마지않고 사람들은 한림의 강직하고 사리가 분명한 모습에 속으로 복종했다.

이 상서가 매우 섭섭하고 불쾌해 이날 저녁에 백문을 보내 한림을 청했다. 한림이 갓 돌아와 위 공에게 분해 서당에 누워 있다가 백문을 보고 그 두터운 정에 감격해 즉시 이씨 집안에 갔다. 상서가 홀로 있다가 크게 반겨 한림의 손을 잡고 일렀다.

"아우가 병이 들어 오랫동안 형을 찾지 못했다가 형이 자리에 와 속으로 매우 기뻐했더니 그처럼 급히 간 것인가?"

한림이 대답했다.

"아우가 또한 형을 사모해 겨우 틈을 얻어 왔는데 위 공의 행동이 놀라워 앉아 있지 못했습니다."

상서가 일렀다.

"위 공이 비록 전날에는 잘못했으나 대장부로서 너무 오래 유감을 지니는 것은 행실에 어긋난 일이 될까 하네."

한림이 문득 눈물을 흘리고 말했다.

"형이 어찌 이런 말을 하는 것입니까? 공이 만일 소제의 몸을 그처럼 했다면 소제가 설사 어리석으나 성인께서 원수를 잊고 은혜를 맺으라 하신 말씀을 생각하면 한결같이 위 공에게 원한을 가지겠습니까? 그러나 천지가 생긴 이래로 부자 사이가 크니 차마 가친을 죽이려 한 사람과 대화할 수 있겠습니까? 관아에 이르러 함께 공적인 일을 의논하는 것은 하겠지만 사사로운 집에서 낯빛을 고쳐 담소를 하는 것은 소제가 결코 하지 않을 것이니 형은 살피소서."

상서가 다 듣고 슬피 탄식해 말했다.

"형의 사정이 이러한 줄 이제 알았네. 위 공이 비록 사납지는 않으나 성품이 너무 고상해서 남에게 미움받는 것이 많으니 소제가 매양 탄식하는 바라네. 그러나 그 아들 후량 등은 어짊이 일세에 뛰어나다네."

한림이 탄식하고 말을 안 했다.

이윽고 연왕이 이에 이르러 상서의 병을 묻고 한림의 손을 잡고 일렀다.

"어느 때 왔던고?"

한림이 대답했다.

"아까 갓 와서 일찍 나아가 뵈려 했더니 자리가 어지러울까 꺼려 주저하고 있었습니다."

왕이 이윽고 물었다.

"네 비록 과거에 급제했으나 나이가 겨우 이칠이니 아내를 얻었느냐?"

생이 대답했다.

"아내를 얻은 지 2년 되었습니다."

왕이 말했다.

"너의 풍채가 이처럼 기이하니 어떤 여자가 너와 쌍이 될 수 있겠느냐?"

한림이 웃고 대답했다.

"조카의 비루한 용모를 이처럼 두둔해 주시니 참으로 우습습니다. 천하에 조카만 한 여자가 어디에 없겠습니까?"

왕이 웃으며 말했다.

"네 말과 같다면 너의 아내가 기이한 줄을 알겠구나. 영대인의 복록을 일컫노라."

한림이 잠시 웃고 절해 사례했다.

이윽고 왕이 돌아가고 예부 등 두 명이 이르러 함께 자는데 지극한 정이 동기와 같았다.

한림이 이튿날 돌아가니 유 공이 갔던 곳을 물었다. 한림이 이에 대답했다.

"이성문이 마침 병들어 소자를 만류하기에 머무르고 왔습니다."

유 공이 이에 잠자코 있었다. 각정이 헤아리기를,

'저의 행동이 저처럼 기특하니 구실을 잡을 길이 없구나. 나의 조카가 장성했으니 저에게 주어 후하게 대우해도 내 계교가 있을 것이고 박대해도 참소하면 될 것이다.'

라 하고 이날 유 공에게 고했다.

"대공자께서 위 씨가 음분한 후로 홀로 계시니 참으로 염려가 됩니다. 첩의 오라비에게 한 딸이 있으니 물고기가 부끄러워 숨고 기러기가 땅으로 떨어질 정도의 얼굴과 달이 숨고 꽃이 부끄러워할 정도의 외모가 있으니 제 조카로써 공자의 회포를 위로하시는 것이 어떠합니까?"

공이 옳게 여겨 생을 불러 이 말로 이르니 생이 놀라고 의아해 말했다.

"소자가 본디 몸에 병이 있어 위 씨도 처녀로 있던 것을 대인께서 보셨을 것입니다. 비록 서시(西施)[22]와 왕장(王嬙)[23] 같은 계집이 있어도 중요한 일이 아닐까 하나이다."

공이 분노해 말했다.

"네 청춘에 무슨 병이 있겠느냐? 비록 불가하다 생각해도 내 명령

---

22) 서시(西施): 중국 춘추(春秋)시대 월(越)나라의 미인.

23) 왕장(王嬙): 중국 전한 원제(元帝)의 후궁. 자는 소군(昭君).

을 따르라."

생이 재삼 옳지 않음을 아뢰니 각정이 곁에서 돋워 말했다.

"어르신께서 너무 풀어져 계셔서 공자가 저렇듯 순종하지 않으시니 첩이 한심함을 이기지 못하겠습니다."

유 공이 이에 대로해 말했다.

"네 비록 몸이 영귀하고 나를 구한 공이 크다 한들 마음대로 내 말을 듣지 않는 것이냐?"

생이 바삐 사죄해 말했다.

"소자가 어찌 감히 대인의 엄명을 거역하는 일이 있겠습니까?"

그리고 각정을 돌아보아 말했다.

"내 평소에 할 말을 품고 말하지 않는 자를 괴이하게 여기니 서모의 조카가 우리 집안에 들어온 후에 장신궁(長信宮)24)의 한이 있어도 나를 한스러워하지 못할 것입니다."

말을 마치고 나가니 각정이 계교를 얻었다 여겨 양양자득해 유 공을 부추겨 제 오라비 각완에게 구혼하도록 했다. 각씨 집에서 매우 기뻐해 허락하고 택일했다. 각정이 이에 스스로 백량(百兩)25)을 차리니 공이 묻자 각정이 말했다.

"대공자께서 다른 데에서 아내를 얻는다면 첩의 형세상 함께 있지 못할 것입니다. 조카딸이 비록 낮은 가문 출신이나 옛날 한 무제가 위(衛) 황후26) 봉하듯이 해 서로 의지해 살고자 합니다."

---

24) 장신궁(長信宮): 중국 한(漢)나라 성제(成帝)의 궁녀 반첩여(班婕妤)가 성제의 총애를 받다가 궁녀 조비연(趙飛燕)의 참소를 받고 물러나 살던 궁의 이름. 반첩여는 장신궁(長信宮)에서 지내며 <자도부(自悼賦)>를 지어 자신의 처지를 하소연함.

25) 백량(百兩): 신부를 맞아 오는 일. 백 대의 수레로 신부를 맞이한다 하여 이와 같이 씀.

26) 위(衛) 황후: 중국 전한 무제의 두 번째 황후(?~B.C.91)로, 자는 자부(子夫). 한미한 집안 출신으로 무제의 누이 평양공주의 집 가희로 있다가 무제의 눈에 떠어 후궁이 됨. 후에 한 무제의 정비 진아교(陳阿嬌)가 위자부를 죽이려 하다가 발각되어 폐출되고 위자부가 황후가 됨.

유 공이 놀라서 말했다.

"네 말도 옳으나 우리 가문이 어떠한 집안이라고 네 조카딸로써 종사(宗嗣)를 받들게 하겠느냐?"

각정이 노해 말했다.

"어르신께서는 하나만 알고 둘을 모르십니다. 조카딸이 만일 아들을 낳는다면 그 아비를 따를 것이니 구태여 외가의 가문을 보겠습니까? 벌써 저 집에 백량으로 데려오겠다고 고했으니 만일 물리친다면 저곳에서 바로 관아에 고할 것입니다. 다시는 이런 세상 물정 모르는 말씀을 하지 마소서."

유 공이 다 듣고는 그럴 듯하게 여겨 다시 근심하지 않고 혼수를 차렸다.

이때 이 상서는 오랫동안 감기가 낫지 않다가 겨우 회복해 한림을 보러 이르렀다. 한림과 서로 보고 유 공을 보아 극진히 존경하고 말마다 기민하게 응대하니 유 공이 어리석은 마음에 자못 감사하게 여겨 사례해 말했다.

"늙은이는 천하에 버려진 사람인데 명공이 어찌 이토록 지나친 말씀을 하시는 것입니까?"

상서가 자리에서 일어나 절하고 말했다.

"소생이 비록 미미한 벼슬이 높으나 현은경문의 자(字) 형과 문경지교를 이루었으니 소생이 어찌 대인의 조카와 다름이 있겠습니까?"

유 공이 겸손히 사양하고 일렀다.

"아들의 혼례가 이번 달 24일이니 명공네가 요객(繞客)[27]이 되는 것이 어떠합니까?"

---

27) 요객(繞客): 혼인 때에 가족 중에서 신랑이나 신부를 데리고 가는 사람.

상서가 몸을 굽혀 말했다.

"감히 청하지 못할지언정 어찌 사양하겠습니까? 다만 전날에 현은 이 이르기를 아내를 얻었다고 하더니 이번 혼인은 재취가 아닙니까?"

유 공이 말했다.

"과연 남창에 있을 때 아내를 얻었더니 며느리가 아름답지 않은 행실이 있어서 나가고 아들이 홀아비로 빈 방에 있지 못할 것이므로 각 처사의 집과 정혼했습니다."

상서가 고개를 끄덕이고 한림을 보고 웃으며 말했다.

"형이 약관에 과거에 급제해 조정의 벼슬을 하고 기러기를 두 번 올리니 그 유복함은 겨룰 자가 없네."

한림이 이때 각 씨를 첩으로 얻는 줄 알았다가 오늘 유 공이 상서를 요객으로 청하는 말과 상대가 각 처사라 하는 말에 크게 놀라 온 마음이 다 요동침을 면치 못했다. 이에 마지못해 잠시 웃었다.

이윽고 이 상서가 돌아간 후에 한림이 부친에게 고했다.

"각 처사는 어떤 사람입니까?"

공이 말했다.

"이는 곧 각완이다."

한림이 또 대답했다.

"우리 집안이 각완의 딸을 요객으로 맞이하는 것이 마땅합니까?"

유 공이 말했다.

"내 또 그렇게 여겼으나 네 서모가 위 황후의 일을 인용하며 혼인시키자 해 내가 벌써 예부에 고하고 빙례(聘禮)[28]를 행했으니 어찌

---

28) 빙례(聘禮): 빙채(聘采)의 예의. 빙채는 빙물(聘物)과 채단(采緞)으로, 빙물은 결혼할 때 신랑이 신부의 친정에 주던 재물이고, 채단은 신랑 집에서 신부 집으로 미리 보내는 푸른색과 붉은색의 비단임.

하겠느냐?"

한림이 다 듣고 도리어 어이없어 말이 나오지 않아 잠자코 물러나니 유 공이 속으로 한림이 말이 없는 것에 기뻐했다.

생이 서당에 돌아와 탄식하며 말했다.

"내 모친을 따라 죽지 못하고 오늘날 이런 일이 있으니 나의 평생을 오늘 알 수 있겠구나."

스스로 눈물이 떨어지는 것을 깨닫지 못하며 종일토록 누워 말을 안 했다.

이러구러 길일이 다다르니 유 공이 행렬을 차려 한림을 보냈다. 예부 이흥문 등 형제 네 명과 상서가 이날 이르니 한림은 부끄러움을 차마 이기지 못했으나 유 공은 매우 기뻐하며 집에 이른 것을 사례했다. 사람들이 이에 자약히 웃고 말했다.

"벗의 사귐은 오륜에 들어 있습니다. 현은이 소생 등과 관포(管鮑)의 지기가 있으니 그 혼례에 불참하겠습니까?"

유 공이 기쁘게 사례했으나 한림은 옥 같은 얼굴이 자주 변했다. 이 상서 등이 한림을 그윽이 살피고 사연이 있음을 스쳐 알았다.

날이 늦어지자 신랑이 길복을 입고 북 치고 피리 부는 행렬을 거느려 갈 적에 이 상서 등이 요객이 되어 각씨 집에 이르렀다.

각 처사라 하는 이가 베옷에 대나무관 차림으로 나와 신랑을 팔밀어 들어가니 예부 흥문이 한 번 보고 크게 놀라 아우들을 붙잡아 말했다.

"너희가 저놈의 짓을 보았느냐? 정 태감의 생질인 각완이 아닌가?"

사람들이 놀라 잠자코 있으니 예부가 말했다.

"우리가 부질없이 가완의 딸 혼사이 요객이 되었으니 천하에 이런 모욕이 어디에 있느냐? 놀라움이 지극하니 빨리 집으로 돌아가는 것이 어떠하냐?"

상서가 말했다.

"옳지 않습니다. 저 각완이 비록 사리에 밝지 못하나 감히 재상 가문과 혼인하겠습니까? 다만 이는 모두 유 공 때문에 일어난 일일 것입니다. 내 전에 들으니 유 공의 첩 각정이 각완의 누이라 하더니 반드시 그 사이에 연고가 있어서 그랬을 것이니 이 일이 어찌 현은의 본심이겠습니까? 또 현은이 부끄러워한 것이 이 때문인가 하니 아직 현은의 낯을 보아 잠자코 나중을 보는 것이 옳을까 합니다."

예부가 그 말을 옳게 여겨 분노를 참았으나 각완의 방자함을 괘씸하게 여겨 잠자코 서 있었다. 이윽고 신랑이 신부 덩을 다 잠그고 밖으로 나오니 정 태감이 예스럽고 괴이한 얼굴에 흰 머리털을 나부끼며 신랑의 뒤에 따라 나오다가 예부 등을 보고 놀라서 물었다.

"어르신네께서 어찌 여기에 와 계시는 것입니까?"

예부가 이 행동을 보니 도리어 우스움을 참지 못해 미미히 웃고 대답하지 않았다. 각완이 또 치밀어보아 이 예부 형제를 알아보고 크게 부끄러워했다. 또한 마지못해 돌아서서 절하니 예부가 손으로 입을 싸고 일렀다.

"네가 전날에는 궁관의 붙이나 오늘은 유 한림의 장인이니 권도(權道)[29]로 우리에게 예를 하지 말라."

말을 마치고는 길이 웃고 수레에 오르며 유생을 보았다. 한림이 비록 천균(千鈞)[30]과 같은 무거움이 있고 하해처럼 넓은 도량이 있은들 무슨 염치로 부끄럽지 않겠는가. 옥 같은 얼굴이 찬 재와 같이 되어 눈도 거들떠보는 일이 없으니 예부 형제가 또한 그 사정을 참

---

29) 권도(權道): 상황에 따라 변통하는 도리.

30) 천균(千鈞): 매우 무거움. '균'은 예전에 쓰던 무게의 단위로, 1균은 30근임.

혹히 여겼다.

유씨 집안에 이르러 함께 교배(交拜)[31]를 마치고 각 씨가 단장을 마치고 폐백을 받들어 유 공과 각정에게 바치니 고운 용모는 저라(苧羅)의 서시(西施)[32]와 초(楚)나라의 무상(無祥)[33]을 비웃을 정도였다. 이에 유 공이 매우 기뻐해 사랑하는 마음이 끝이 없었다.

폐백을 다 받고 유 공이 밖에 나가 손님을 대접했다. 유 공이 오랫동안 벼슬이 없어 아는 이가 없고 또 위인이 취할 것이 없으므로 누가 그리 유 공과 사귀려 하겠는가. 한림은 위인이 현명했으나 심지가 소나무와 잣나무 같아 사람들과 사귀는 일이 없으므로 자리에는 이 예부 형제만 있었다. 예부가 참지 못해 웃음을 머금고 유 공에게 고했다.

"존문(尊門)이 본디 높은 벼슬을 한 집안이요, 국가와 운명을 같이 하는 집안으로서 현은이 새로 과거에 급제해 조정에서 벼슬을 하고 있거늘 어찌 저 각완의 사위로 삼을 수 있겠습니까? 소생들이 의혹을 이기지 못하겠습니다."

유 공이 이 말을 듣고 부끄러웠으나 천천히 대답했다.

"각완이 지금은 천하나 옛날 춘추 적 진나라 원수 각곡(郤縠)[34]의 후예니 본래는 가문이 대단했습니다. 아들이 또 후취를 구했으나 사

---

31) 교배(交拜): 혼인 때, 신랑과 신부가 서로 절을 하는 예.

32) 저라(苧羅)의 서시(西施): 서시는 중국 춘추시대 월(越)나라의 미녀. 저라는 그녀가 저라산(苧羅山) 근처에서 나무장수의 딸로 태어났으므로 그렇게 이른 것임,

33) 초(楚)나라의 무상(無祥): 중국 춘추시대 초나라 평왕(平王)의 부인. 진(秦)나라 목공(穆公)의 딸로 무상(無祥)은 그녀의 어렸을 때 이름. 후에는 백영(伯嬴) 공주로 불림. 애초에 평왕이 자기 아들 태자(太子) 건(建)의 비를 구하려 소부 비무기(費無忌)를 진나라에 보냈는데 비무기가 공주 백영의 아름다움을 보고, 평왕에게 백영을 측실로 삼을 것을 건의하자 평왕이 의견을 받아들여 백영을 측실로 삼고, 후에 후비(后妃)로 삼음

34) 각곡(郤縠): 중국 춘추시대 진(晉)나라의 인물(B.C.682~B.C.632). 진나라에서 첫 번째로 임명된 중군장(中軍將).

람들이 거리껴 허락하지 않아 마지못해 문호가 걸맞지 않은 것을 헤아리지 않았습니다."

상서가 다 듣고는 크게 웃고 마땅한 말이라 일컬으니 나머지 생들이 웃음을 머금었다.

석양에 잔치를 파하니 한림이 서재에 돌아가 일이 이와 같이 된 것에 한탄했다. 그리고 위 씨를 생각하고 슬픈 빛으로 느끼기를 마지않으며 말했다.

"저는 나를 위해 죽음을 달게 여기는데 나는 이제 저를 저버림이 깊으니 어찌 부끄럽지 않은가?"

밤이 깊도록 신방에 갈 생각이 없더니 유 공이 알고 크게 노해 생을 불러 꾸짖어 신방으로 보냈다.

한림이 마지못해 영설정에 이르니 각 씨가 안석에 기대 있다가 일어나 맞았다. 머리에 쓴 봉관(鳳冠)에는 다섯 가지 빛이 어른어른하고 무궁히 얽은 구슬과 비취는 야명주(夜明珠)와 벽진주(璧珍珠)였다. 어깨에는 백화수원삼(百花繡圓衫)[35]을 입고 허리에는 붉은 비단 치마를 끌었으니 패옥(珮玉)[36]은 옷 사이에서 쟁쟁 울리고 향기는 멀리 쏘였다. 한림이 속으로 제 한낱 천인으로 부귀와 복색이 이와 같음을 참으로 괘씸해하고 끝내 가문이 보전되지 못할까 두려운 마음이 일어났다. 그래서 각 씨에 대한 정이 찬 재와 같고 각 씨를 뱀과 전갈처럼 싫어해 묵묵히 손을 꽂고 단정히 앉아 있었다.

각 씨가 이때 치장한 것은 사족의 명부(命婦)[37] 차림이었으나 이

---

35) 백화수원삼(百花繡圓衫): 온갖 꽃모양을 수놓은 원삼. 원삼은 부녀 예복의 하나로, 흔히 비단이나 명주로 지으며 연두색 길에 자주색 깃과 색동 소매를 달고 옆을 튼 것으로 홑옷, 겹옷 두 가지가 있고 주로 신부나 궁중의 내명부들이 입었음.

36) 패옥(珮玉): 노리개 옥.

37) 명부(命婦): 봉작(封爵)을 받은 부인을 통틀어 이르는 말.

는 한낱 천인의 자식이었다. 그러니 오늘 옥 같은 군자를 대해 마음이 어찌 예사로울 것이며 또 무심하겠는가. 눈을 들어 한림을 자세히 보니 한림은 검은 두건에 흰 옷을 입고 눈썹을 찡그리고 단정히 앉아 있었는데 이는 바로 흰 달처럼 하얀 얼굴에 구름 같은 귀밑머리를 한 인물이었다. 시원스러운 풍채가 등불 아래에 빛나고 좋은 기질은 한 조각 얼음과 옥을 깎은 듯했으며 빼어난 태도는 바람 앞의 옥수(玉樹)와 물속의 연꽃 같았다. 그러면서도 또한 엄정한 모습이 쏘여 가을하늘에 서릿달을 띤 듯했으니 바라보면 두려울 정도였다. 각 씨가 이에 크게 놀라 헤아렸다.

'이는 신선이 희롱한 것이 아닌가.'

이처럼 여기고 또한 흠모하는 마음이 가득해 넋을 잃고 바라보는 눈이 뚫어질 듯했다. 한림이 한참 후에 눈을 들다가 그 모습을 보고 더욱 밉고 괘씸하게 여겨 생각했다.

'내 어찌 저 천인을 대해 고루함을 답습해 잠을 안 잘 수 있겠는가.'

그러고서 즉시 의관을 풀고 침상에 올랐다.

각 씨가 매우 기뻐해 또한 단장(丹粧)을 벗고 함께 휘장을 드리웠다. 생이 근래에 정신이 어지러워 전날 도타웠던 성정이 변해 있었는데 오늘밤에는 더욱 증(症)[38]에 겨워 당건을 반쯤 벗고 푸른색 이불을 반만 덮어 단잠이 한참 들었으니 옥 같은 골격이 더욱 기이했다. 각 씨가 넋이 몸에 붙어 있지 않아 염치불구하고 함께 이불을 같이해 정을 금하지 못했다.

한림이 새도록 자다가 새벽에 깨달으니 각 씨가 자기의 손을 잡고 몸을 붙여 잠이 들어 있는 것이었다. 한림이 매우 놀라 급히 떨

---

38) 증(症): 걸핏하면 화를 왈칵 내는 증세.

치고 일어나 앉아 의관을 찾아서 입고 밖으로 나갔다. 각 씨가 잠에서 깨어 한림이 이처럼 냉랭한 데 크게 한스러워해 잃은 것이 있는 듯 여겼다.

각 씨가 단장을 차리고 유 공에게 문안하니 유 공이 더욱 사랑했다. 각정이 곁에서 칭송하며 짐짓 각 씨가 생의 천정배필이라 하니 유 공이 더욱 기뻐했다. 그러나 생은 마음이 판이한 가운데 더욱 미운 마음이 더해져 유 공의 안전에서는 안색을 살펴 온화한 기운을 이루었으나 사실(私室)에서는 남을 보는 듯했으니 한 달 남짓이 되도록 각 씨에게 앵혈이 그대로 있었다.

각 씨가 스스로 음욕을 이기지 못해 밤낮으로 울고 싶어하는 낯빛을 유 공 안전에서 보이고 각정의 곁에서 한림의 불효를 일러 유 공의 마음을 돋우도록 참소하게 했다.

유 공은 본디 어리석은 위인인데 고초를 겪어 정신이 소모되어 어리석은 것이 매우 더해졌으므로 각정의 한 글자, 한마디를 다 받아들여 한림을 크게 꾸짖었다. 한림은 증자(曾子)[39]와 왕상(王祥)[40]의 효성을 본받았으며 심지는 천균(千鈞)처럼 무겁고, 괴로운 일을 좋은 일 보듯이 했으므로 유 공의 말을 겸손히 좇아 조금도 불평한 기색을 보이지 않았다. 각 씨를 후하게 대하라 하는 꾸짖음이 있으면 즉시 침소에 들어가 자고 나왔다. 만일 꾸짖음이 그치면 들어가지 않으니 각정이 더욱 야속하게 여겨 점점 큰 곳을 범했다.

하루는 한림이 서당에 있는 때를 타 현아가 각 씨 방에 들어가니

---

39) 증자(曾子): 증삼(曾參, B.C.505~B.C.436?)을 높여 부른 이름. 중국 춘추시대 노(魯)나라의 유학자. 자는 자여(子輿). 공자의 덕행과 사상을 조술(祖述)하여 공자의 손자인 자사(子思)에게 전함. 효성이 깊은 인물로 유명함.

40) 왕상(王祥): 중국 동한(東漢), 위(魏), 서진(西晉)의 삼대에 걸쳐 살았던 인물(184~268). 자는 휴징(休徵). 위나라에서의 벼슬은 사공(司空), 태위(太尉)까지 올랐고, 진나라에서는 태보(太保) 벼슬까지 이름. 계모에 대한 효성이 깊은 인물로 유명함.

각 씨는 바야흐로 단잠이 들어 있었다. 현아가 이에 넌지시 일렀다.

"요망한 여자를 오늘 죽일 때다."

이렇게 말하니 각 씨가 놀라 깨어 일어나 앉았다. 현아가 짐짓 너른 소매를 들어 불을 꺼 버리고 달려들어 각 씨를 잡아 끌어 엎어뜨린 채 주먹으로 수없이 쳤다. 각 씨가 뜻밖에 이런 독한 일을 당해 능히 막지 못하고 크게 부르짖어 말했다.

"낭군이 이 무슨 일입니까?"

현아가 듣지 않고 각 씨를 무수히 치자 각 씨가 견디지 못해 크게 우니 그 소리가 진동했다. 유 공이 침소에서 이 소리를 듣고 놀라서 연고를 물으니 각정이 말했다.

"심야에 울음소리가 나는 것이 괴이하니 소첩이 가서 보고 오겠습니다."

그러고서 즉시 일어나 영설정에 가 이 모습을 보고 거짓으로 크게 놀라 말했다.

"대상공께서는 이 무슨 일입니까?"

이렇게 말하고 우김질로 밀어내는 체하고 시비를 시켜 바삐 불을 켜라 했다. 각 씨를 붙들어 그 상처와 기색이 비참한 것을 보고 어루만져 크게 울며 말했다.

"조카가 지란(芝蘭)⁴¹⁾과 옥수(玉樹) 같은 기질로써 이와 같은 놀라운 일을 당했으니 어찌 슬프지 않은가? 네가 무슨 죄를 지은 일이 있더냐?"

각 씨가 겨우 정신을 차려 슬피 울며 말했다.

"제가 무슨 죄를 지은 것이 있겠습니까? 야심토록 낭군이 들어오

---

41) 지란(芝蘭): 지초(芝草)와 난초(蘭草)를 아울러 이르는 말로, 똑똑하고 영리한 남의 자식을 이르는 말.

지 않아 혼자 누워 첫잠이 들었더니 별 생각이 없는 상태에서 낭군이 들어와 이처럼 잔인하게 쳤으니 숙모가 아니었다면 거의 죽을 뻔했습니다."

각정이 말했다.

"이는 너와 나를 다 죽이려 하는 흉계다. 네 당당히 내일 이리이리 한다면 후일을 징계할 수 있을 것이다."

각 씨가 울고 말했다.

"낭군이 저에게 젊은 날에 한을 끼치고 저를 까닭 없이 죽이려 했으니 이는 하늘을 함께 이지 못하는 원수입니다. 마땅히 법부에 청해서라도 이 한을 씻을 것입니다."

각정이 속으로 기뻐해 돌아오니 유 공이 말했다.

"누가 심야에 울더냐?"

각정이 발을 구르고 가슴을 두드리며 말했다.

"조카가 죽게 되었습니다."

유 공이 크게 놀라 벌떡 앉으며 말했다.

"무슨 까닭에 각 씨 며느리가 죽게 되었단 말이냐?"

각정이 말했다.

"대상공이 당초부터 각 씨 얻는 것을 꺼렸으나 첩이 한갓 그 재주와 외모가 어울림을 기뻐해 힘써 양가의 인연을 이루도록 했으니 이는 전혀 좋은 뜻에서 한 일이었습니다. 그런데 대상공은 혼인을 한 지 몇 달이 되도록 각 씨에 대한 박대가 매우 심하다가 오늘밤에는 공연히 침소에 들어가 첩의 이름을 걸며 욕이 참담하고 철편으로 조카를 쳐서 조카가 지금 생사를 모르는 중에 있습니다. 천하에 불효자가 흔하다 한들 한림 같은 이가 어디에 있으며, 불쌍한 조카는 이리 소굴에 든 것이 아니겠습니까? 이는 다 첩이 그릇해 한림이 저토록 하는 줄을 모르고 숙모와 조카가 의지해 지내려 해 어설프게 생각했기 때문입니다. 첩의 앞날의 신세를 생각하면 어찌 서럽지 않겠습니까?"

말을 마치자 가슴을 두드리고 정신을 잃고 쓰러지니 눈물은 강물 같고 소리는 더없이 슬퍼 등불이 빛을 감출 정도였다. 이러한 행동을 대해서는 사광(師曠)의 귀밝음[42]이라도 깨닫지 못할 것인데 더욱이 어리석고 주색에 빠진 유 공이 어찌 깨닫겠는가. 유 공이 벌컥 화를 내 말했다.

"더러운 자식이 위를 두려워하지 않아 이처럼 흉악하니 부자의 정이 비록 크나 용서하지 못하겠다."

각정이 말했다.

"어르신이 비록 한림이 안 듣는 데서는 말씀이 이처럼 시원하시나 내일 한림의, 눈을 어리어리하게 하는 옥 같은 외모와 아첨하는 낯빛을 보신다면 오늘 품은 마음이 하나도 없게 될 것이니 어르신은 헛된 위엄을 자랑하지 마소서."

유 공이 더욱 분노해 칼로 책상을 치며 말했다.

"내 너에게 맹세하니 현명이를 이와 같이 할 것이다."

각정이 속으로 기뻐해 유 공을 돋워 말했다.

"첩이 한림을 미워해서 하는 말이 아닙니다. 한림이 근래에 크게 외입해 첩을 매우 미워하고 현아를 없애려 했습니다. 또 각 씨는 비록 첩의 조카딸이나 용모와 위인이 태임(太姙)[43]과 태사(太姒)[44]와

---

42) 사광(師曠)의 귀밝음: 사광은 중국 춘추시대 진(晉)나라 사람으로 자는 자야(子野)로 저명한 악사(樂師)임. 눈이 보이지 않아 스스로 맹신(盲臣), 명신(瞑臣)으로 부름. 진(晉)나라에서 대부(大夫) 벼슬을 했으므로 진야(晉野)로 불리기도 함. 음악에 정통하고 거문고를 잘 탔으며 음률을 잔 변별했다 함

43) 태임(太姙): 중국 주(周)나라 왕계의 아내이자 문왕의 어머니. 며느리 태사(太姒)와 함께 현모양처의 대명사로 일컬어짐.

같은 모습을 갖추었거늘 첩의 연좌로 한림이 박대를 매우 심하게 하다가 필경에는 칼을 들고 내당에 돌입해 처자를 살해하려 했으니 천하에 저런 미친 선비가 어디에 있겠습니까? 만일 경계하지 않는다면 가문이 망하기 쉬울 것입니다."

유 공이 더욱 노해 말했다.

"네가 이르지 않아도 내 다 아니 장차 어떻게 다스려야 징계할 수 있겠느냐?"

각정이 말했다.

"집안에 쇠막대기가 하나 있으니 이것으로 50대를 치면 그 죄를 상쇄할 수 있을 것입니다."

유 공이 순순히 응락했다.

이튿날 현아와 한림이 들어와 유 공에게 문안했다. 이때 각 씨가 영설정에서 나와 자리에 이르니 피 묻은 옷이 처참하고 피눈물이 가득했다. 각 씨가 이에 자리 밖에 꿇어 슬피 울며 고했다.

"첩이 비록 슬기롭지 못하나 부모의 명령으로 귀한 가문에 들어와 일찍이 대인의 사랑이 하늘 같고 아주머니가 안에서 어질게 도와 죄를 얻은 일이 없었습니다. 그런데 낭군의 박대와 미워하는 기색은 이르지도 말고 어젯밤에는 갑자기 철편을 들고 첩의 침소에 이르러 첩을 매우 쳐 죽이려 했습니다. 첩이 약한 기질로 장부의 위엄을 막기 어렵고 한밤중에 구해 주는 이가 없어 낭군의 독한 수단을 벗어나기 어려워 속절없이 십삼 청춘이 매 아래의 놀란 넋이 될 뻔했습니다. 아주머니가 이르러 겨우 첩을 구해 실낱같은 목숨이 끊어지지 않았으나 죽음이 조석에 있습니다. 대인께서는 소첩을 친정에 보내

---

44) 태사(太姒): 중국 주(周)나라 문왕의 후비이자 무왕의 어머니.

남은 삶을 편히 마치게 하소서."

말을 마치자 오열하며 눈물을 흘렸다. 유 공이 이 모습을 보고 노기가 더욱 불이 일어나듯 해 한림을 보고 소리 질러 말했다.

"불초한 자식이 오늘 무슨 낯으로 나를 보는 것이냐?"

한림이 이 광경을 보고 놀라움을 이기지 못하다가 공이 분노하는 것을 보고 천천히 물러나 엎드려 대답했다.

"제가 비록 어리석으나 지난 밤의 일은 모르는 일이라 놀라움과 의심됨을 이기지 못하겠습니다."

유 공이 대로해 말했다.

"더러운 자식이 이제는 아주 시치미를 이처럼 능란하게 떼는 것이냐? 네가 죄 없는 처자를 저 모양으로 만들었으니 너도 시원하게 맞아 보라."

말을 마치고 시노(侍奴)를 호령해 생을 잡아 내리라 했다.

한림이 유 공의 행동을 보니 자기 말이 부질없고 말을 다투어 유 공의 단점을 평하는 것이 잘못되었으므로 문득 일어나 띠와 관을 벗고 계단 아래에 내려가 벌을 받으려 했다. 유 공이 건장한 노자에게 호령해 쇠막대기를 가져오라 해 죄를 하나하나 따져 치면서 꾸짖어 말했다.

"더러운 자식이 사랑으로 자라 배운 것이 없어 어진 처를 박대하고 끝내는 쳐 죽이려고 계교했으니 흉악함이 오기(吳起)[45]보다 심하다. 내 불행해서 이런 패악한 자식을 두어 선조를 욕먹였으니 네 이후에는 아픈 것을 알아 이런 무식하고 해괴한 행동을 마라."

---

45) 오기(吳起): 중국 전국시대 위(衛)나라의 상(相)이자 정치가(B.C.440 ~ B.C.301). 노(魯)나라에서 장수를 하기 위해 제(齊)나라 출신인 자기 아내를 죽여 믿음을 주고 결국 노나라의 장수가 됨. 저서로 병법서 『오자(吳子)』가 있음.

한림이 한마디도 대답하지 않고 공순히 엎드려 꾸짖는 말을 들었다. 이 노자는 각정의 심복이었으므로 힘을 다해 매 한 대에 살가죽이 찢어지고 피가 흐르도록 쳤다. 만일 다른 사람 같았으면 차마 어찌 견디겠는가마는 한림은 전혀 옥으로 만들고 나무로 만든 사람 같아 소리를 지르기는커녕 눈썹도 찡그리지 않았다. 그 견고함이 도리어 무지한 데에 가까웠으니 만일 연왕의 아들이 아니라 유 공이 낳은 자식이라면 이렇듯 기특하겠는가. 30대에 이르러는 생의 목숨이 위태했으나 각정이 곁에서 돋워 거짓으로 저러는 것이라 하니 유 공의 노기가 더해 생을 죽일 뜻이 있었다.

천행으로 문이 시끄러우며 이 상서가 이르러 현은을 부르는 소리가 미미하게 들렸다. 유 공이 저의 위엄과 세력을 우러러보았으므로 마지못해 생을 풀어놓으며 나가서 접대하라 했다. 한림이 정신이 아득한 중이었으나 자기 모습이 부끄러웠으므로 차마 나갈 마음이 없어 고개를 조아리고 말했다.

"아버지와 아들 사이에는 고요함을 귀하게 여기니 저 사람은 조정의 대신이라 이 모습을 보이는 것이 해로울까 합니다."

유 공이 대로해 말했다.

"네 내가 다스린 것을 원망해 조정 대신을 공경하지 않으니 장차 무슨 죄를 더 얻고 싶은 것이냐?"

한림이 이 말을 듣고 하릴없어 죽을힘을 다 들여 의관을 고치고 밖으로 나갔다. 상서가 뜰에서 배회하다가 한림의 손을 잡고 말했다.

"현은이 어찌 더디게 나왔는고?"

한림이 문득 한 말도 못 하고 혼절해 엎어지니 입에서 무수한 피가 쏟아졌다. 이는 대개 경문이 어렸을 적에 어혈증(瘀血症)[46]을 앓았는데 몸이 평안하지 않으면 때도 없이 토하기 때문이었다. 상서가 이 모습을 보고 크게 놀라 스스로 안아 방 안에 들어가 편히 눕히고 구호했다. 한편으로는 옷 사이에 혈흔이 은은한 것을 보니 필시 연고가 있음을 짐작하고 시동을 시켜 유 공을 청했다.

유 공이 이에 이르자 상서가 공경하는 태도로 일어나 맞아 말했다.

"소생이 오늘 한가해 현은을 찾아 이르렀는데 현은의 모습이 이와 같으니 어찌 놀랍지 않습니까? 현은이 어디가 평안하지 않습니까?"

유 공이 낯을 붉히고 말했다.

"아들이 본디 제 모친을 여의고 슬픔이 과도해 상을 치르는 중에 몸을 상해 이따금 저러니 이 늙은이가 밤낮으로 근심이 풀리지 않습니다."

상서가 고개를 끄덕이고 친히 회생약을 풀어 한림의 입에 넣으며 구호했다. 두어 식경(食頃)⁴⁷⁾ 후 한림이 숨을 내쉬고 정신을 차려 이 상서의 놀라고 슬퍼하는 안색과 곡진한 행동을 보고는 감사한 마음과 부끄러움이 섞여 일어났다. 이에 겨우 몸을 일으켜 사례해 말했다.

"소제가 우연히 혼미해 형의 귀한 몸을 수고롭게 했으니 황공함을 이기지 못하겠습니다."

상서가 말했다.

"이는 벗 사이에 예삿일이니 어찌 일컬을 바이겠는가? 그러나 형의 모습을 보면 큰 병이 몸에 있는 듯하니 영대인께 불효를 끼칠까 걱정되네."

한림이 겸손히 사양하고 억지로 일어나 아버지 앞에 꿇어 상서와 한담하며 온화한 기운이 자약했다. 유 공이 잠깐 감동하고 상서가

---

46) 어혈증(瘀血症): 타박상 따위로 살 속에 피가 맺히는 증상.
47) 식경(食頃): 밥을 먹을 동안이라는 뜻으로, 잠깐 동안을 이르는 말.

그 뜻을 측량하지 못해 잠시 앉아 있다가 즉시 돌아갔다.

한림이 아버지 앞에 꿇어 벌 주기를 청하니 유 공은 본디 자기 주장이 없는 어른이었으므로 그 공손하고 온화한 모습을 보고 마음이 풀어져 일렀다.

"내 너와 정이 없는 것이 아니라 너의 행실이 매우 패악하기에 너를 다스린 것이다. 너의 상처가 깊으니 조심히 조리하라."

한림이 사례했다.

한림이 이로부터 자리에 누우니 병세가 위독해 인사를 차리지 못했다. 그러나 유 공은 다시 들이밀어 병세를 묻는 일이 없고 현아는 의기양양해 한림이 죽기를 손꼽으니 어찌 곁에서 약을 먹일 마음이 있겠는가.

한림이 종일토록, 그리고 밤이 새도록 정신이 아주 혼미해 날로 위태로운 지경에 이르렀다. 서동 난복이 한림의 이와 같은 몰골을 보고 경황이 없어 이씨 집안에 가 약을 청하려고 이씨 집안 쪽으로 뛰어갔다. 그런데 중서사인 이중문이 마침 인대(引對)[48]하러 대궐로 가다가 난복을 보고 물었다.

"네 어른께서 댁에 계시느냐?"

난복이 울고 대답했다.

"주인이 괴이한 병을 얻어 위태로운 증상이 더해졌으나 소상공이 약도 다스려 주지 않습니다. 그래서 소복(小僕)이 망극함을 이기지 못해 존부(尊府)로 가 상서 어른께 이를 고하려 하던 중이었습니다."

중문이 다 듣고 크게 슬퍼했으나 바야흐로 승패(承牌)[49]해 가고

---

48) 인대(引對): 신하가 임금에게 가서 뵘.

49) 승패(承牌): 명패(命牌)를 받듦. 명패는 임금이 벼슬아치를 부를 때 보내던 나무패. '命' 자를 쓰고 붉은 칠을 한 것으로, 여기에 부르는 벼슬아치의 이름을 써서 돌림.

있었으므로 바삐 대궐로 갔다. 임금께서 여러 시신(侍臣)[50]을 모아 글을 짓게 하며 우열을 논하시다가 홀연히 이르셨다.

"한림학사 유현명의 문장이 기특하니 불러서 함께 글을 짓게 하라."

중문이 틈을 타 아뢰었다.

"유현명이 근래에 독한 병을 얻어 매우 위태하다 하나이다."

임금께서 다 듣고 매우 놀라셔서 태의 심윤수를 시켜 간병하라 하셨다. 이 사인이 또한 조회를 파하고 태의와 함께 유씨 집안으로 갔다.

이때 난복이 이씨 집안에 이르러 상서를 보고 사유를 고했다. 이 상서는 이때 아이의 병 때문에 접때 유 한림의 모습을 보고 돌아와 마음속에 잊지 못하고 있었으나 가지 못하고 있었다. 그러다가 이 말을 듣고 매우 경악해 수레를 재촉해 유씨 집안으로 가려 했다. 마침 예부 홍문이 이르러 가는 곳을 물으니 상서가 대답했다.

"유현명의 병세가 가볍지 않다 하므로 가서 보려 합니다."

예부가 놀라 학사 세문과 함께 모두 유씨 집안으로 갔다.

한림이 자리에서 정신이 혼미해 있다가 사람들이 이르렀다는 말을 듣고 마지못해 겨우 정신을 거둬 일어나 맞았다. 사람들이 한림의 훤칠한 풍채와 준수한 골격이 한 해골이 되어 있음을 보고 크게 놀라 모두 한림의 손을 잡고 일렀다.

"며칠 인형(仁兄)[51]을 보지 못했더니 어찌 그사이에 병세가 이토록 될 줄 알았겠는가?"

한림이 마지못해 대답했다.

"우연히 감기에 걸려 오래 낫지 않아 증세가 괴이하니 우울함을 이기지 못하겠습니다."

---

50) 시신(侍臣): 임금을 가까이 모시는 신하.
51) 인형(仁兄): 친구 사이에, 상대편을 높여 이르는 이인칭 대명사.

말이 끝나지 않아서 동자가 태의가 이르렀음을 고했다. 유 공이 이때 각정과 풍악에 잠겨 있다가 천사(天使)가 이르렀다는 말을 듣고 마지못해 함께 병소(病所)에 이르러 한림을 보았다. 태의가 나아가 한림을 진맥하고 문득 놀라고 의아해 물러나 앉으며 말했다.

"어른의 환후는 찬바람에 상한 것이 아니요, 또 다른 증세가 아니라 장독(杖毒)이 중해 육맥(六脈)[52]이 다 움직여 생긴 것이니 바삐 침으로 종기가 난 곳을 찢고 조리한다면 살아날 도리를 얻을 것입니다."

태의가 말을 마치자 한림이 일부러 정색하고 말했다.

"내 본디 초상 때문에 몸이 상해 묵었던 병이 재발한 것인데 태의는 어찌 이런 괴이한 말을 하는 것인가?"

예부 등이 유 공의 추잡한 행동과 한림의 놀라는 안색을 보고 한림에게 말했다.

"태의가 그릇 볼 리가 없을 텐데 형이 속이는 것은 무슨 뜻인가?"

한림이 말했다.

"소제가 어리석어 혹 매를 맞는 일이 없는 것은 아니나 지금은 실로 그런 일이 없나이다."

예부가 홀연히 웃고 유 공을 향해 말했다.

"무릇 자식이 마음에 맞지 않으면 치는 것이 옳으나 병을 감추어 종기까지 생기도록 한 것은 그릇되었으니 대인께서는 모름지기 진실한 말을 하소서."

유 공이 이 예부의 바른 말에 문득 대답했다.

"과연 자식 녀석이 인륜을 중히 여기지 않아 아내를 박대하는 아름답지 않은 행실이 있어 매로 쳤더니 태의 말이 이와 같으니 어찌

---

52) 육맥(六脈): 여섯 가지 맥박. 부(浮), 침(沈), 지(遲), 삭(數), 허(虛), 실(實)의 맥을 이름.

신기하지 않습니까? 어쨌거나 태의를 시켜 병을 낫도록 시험해 보라 하는 것이 옳겠습니다."

예부가 말을 다 듣고는 심윤수에게 상처를 보라 하니 한림이 민망해 태의를 막으며 말했다.

"내 본디 오래된 병이 있고 맞은 곳이 대단하지 않으니 태의를 수고롭게 할 수 있겠습니까?"

예부가 일부러 정색하고 말했다.

"현은이 일찍이 성리를 달통했으니 또한 윤리를 모르지 않을 것이네. 대인께서 설사 너를 다스리셨으나 너의 도리로 역정내어 스스로 몸을 썩혀 죽는 것이 옳으냐?"

말을 마치고 비단 도포와 각모(角帽)를 벗고 한림의 곁에 나아가 상처를 보았다. 살과 가죽이 다 없고 흰 뼈가 은은해 썩은 내가 진동하니 예부가 매우 놀라 말했다.

"두어 날 더 두었다면 살지 못했을 것이다. 대인께서 비록 엄부(嚴父)로서의 소임을 하셨으나 이 일은 진실로 잘못하신 것입니다. 현은의 행실을 경계하려고 치셨으나 이토록 죽을 지경에 이르게 하신 것은 의외입니다."

말을 마치자 눈에 찬 빛이 크게 일어났다. 이어 아우들에게 말했다.

"현은의 운명 기박한 것이 이와 같아, 위로는 엄한 아버지가 있고 아래로 아우가 있으나 그 몸이 죽을 지경에 이르렀으니 천하의 의로운 선비로 하여금 슬퍼하게 할 일이다. 우리가 천자 치하에서 같은 신하로서 동렬에 있고 사해(四海) 안이 한 형제라 했으니 홀로 현은에게만 야박하게 할 수 있겠느냐? 너희가 함께 나아와 현은을 붙들고 태의가 현은이 종기를 터트리도록 두우라."

중문은 놀라는 기색을 참지 못했으나 상서와 세문은 안색이 자약해 모두 비단 도포를 벗고 나아가 한림을 붙들었다. 태의가 나아가 침으로 상처를 시험하자 독혈(毒血)이 금침(金針)에 가득하고 생이 기절하니 예부 등 네 명이 눈물이 비 오듯 했다. 이때를 맞아 유 공이 무안해하는 모습은 마치 수리에게 채인 매 같았으니 두 눈을 뚜렷이 뜬 채 차가운 땀이 늙은 가죽에 잠겨 말을 못 했다. 예부가 유 공을 향해 말했다.

"영랑의 빼어난 기질은 세상 사람이 다 아는 바입니다. 뭇 선비가 칭송하고 우러러보는 것은 이르지도 말고 천자께서 예우하시는 사람이니 설사 영랑이 잘못한 일이 있어도 존공(尊公)께서는 천자께 고하고 다스리는 것이 옳았습니다. 그런데 이제 쇠막대기로 시험해 영랑의 목숨이 끊어지게 되었습니다. 만일 구하지 못한다면 살인(殺人)은 한(漢) 고조(高祖)53)의 약법삼장(約法三章)54)도 면치 못했으니 선생은 이를 알고 계십니까? 선생께서 영랑을 낳았으나 임금께서 위에 계시니 사사로이 쳐서 죽이는 것은 법을 범한 것입니다. 오늘 영랑이 살지 못한다면 존공의 한 몸이 무사하지 못할 것이니 존공께서는 이를 어떻게 여기십니까?"

유 공이 자기도 깨닫지 못하는 사이에 울고 말했다.

"명공의 말씀이 다 옳으시나 쇠막대기로 쳤다 하신 말씀은 애매합니다."

예부가 문득 얼굴에 어린 눈물을 씻은 후 잠시 웃고 말했다.

---

53) 한(漢) 고조(高祖): 중국 한(漢)나라의 제1대 황제(B.C.247~B.C.195). 성은 유(劉). 이름은 방(邦). 자는 계(季). 시호는 고황제(高皇帝). 고조는 묘호. 진시황이 죽은 다음 해 항우와 합세하여 진(秦)나라를 멸망시키고 그 후 해하(垓下)의 싸움에서 항우를 대파하여 중국을 통일하고 제위에 오름. 재위 기간은 기원전 206~기원전 195년임.

54) 약법삼장(約法三章): 중국 한(漢)나라 고조가 진(秦)나라의 가혹한 법을 폐지하고 이를 세 조목으로 줄인 것. 곧 사람을 살해한 자는 사형에 처하고, 사람을 상해하거나 남의 물건을 훔친 자는 처벌한다는 것임.

"학생이 일찍이 의서의 깊은 것을 잠깐 섭렵해 묘한 것을 잠깐 깨달았으니 보는 것이 거의 헛되지 않습니다. 오늘 영랑의 상처는 철편으로 맞은 형상이 은은하니 노선생께서는 학생의 당돌함을 용서하소서. 영랑은 노선생이 낳으신 자식이니 아들이 하늘을 붙드는 것은 윤리에 마땅합니다. 그러나 또 노선생이 박정하게 한 일을 본 김에 지난 일을 역력히 헤아려 본다면, 선생이 예전에 천하에 죄를 얻은 사람으로서 목숨이 칼 아래 마칠 것이었는데 영랑이 스스로 대신하기를 원해 천자께서 감동하신 적이 있었습니다. 또 임금께서 보내신 사자가 강주에 이르러 유적(流賊)을 칠 때 영랑이 몸소 화살과 돌을 감당해 도적을 막아 드디어 명공께서 향리에 돌아가셨으니 대개 부자의 큰 자애를 더함이 있을 듯했습니다. 그런데 영랑에게 비록 불초한 일이 있었으나 이토록 인정이 없으실 수가 있습니까? 더욱이 영랑처럼 세상을 뒤덮을 만한 출중한 재주를 지닌 이가 지은 죄가 얼마나 대단하기에 철편으로 맞도록까지 한 것입니까?"

유 공이 예부의 거울에 비치는 듯하고 옥을 단련한 듯한 하나하나 현명한 말에 할 말이 막혀 묵묵히 있으니 상서가 말려 말했다.

"현은의 평소 효행으로 오늘 형님의 말씀은 현은이 죽은 중에도 서러워할 것이니 이는 저의 어진 뜻을 저버리는 일이 아니겠습니까?"

예부가 탄식하고 한림을 구호하더니 해가 서쪽 고개에 넘은 후 한림이 겨우 숨을 내쉬고 인사를 차렸다. 사람들이 이에 매우 기뻐 뛰놀며 즐기니 이는 대개 예부 등의 위인이 드물게 어질기도 해서이지만 깊은 천륜이 자연히 움직였기 때문이다. 한림이 정신을 차려 이 사람들의 이러한 의기에 감격했으나 그 부친의 허물이 나타난 것을 너무 불쾌하게 여겨 유 공에게 사뢰었다.

"소자가 불의에 혼미해져 아버님께 큰 염려를 끼쳤으니 불효를 슬퍼합니다."

이 사인 중문이 웃으며 말했다.

"영대인께서 엄하셔서 예의가 아닌 일을 조금도 용납하지 않으시니 형의 죄로 그만해 죽는 것이 지은 죄에 옳을 것이네. 그러니 영대인처럼 예를 중시하는 분이 어찌 근심하겠는가? 영대인께서는 반석처럼 평안하시고 봄바람에 즐기시며 이에 더해 음악이 진동하니 그대는 염려 말게."

한림이 다 듣고는 낯빛이 변하고 유 공은 마치 꿀 먹은 벙어리 같아 말을 못 했다.

날이 저물자, 사람들이 이날 밤에 이곳에 머물렀다. 유 공은 사람들이 권해 들어가고 상서 등이 머무르며 한림을 구호하니 이 학사 세문이 말했다.

"그대의 상처가 저토록 심한데 영제(令弟)는 치료해 준 적이 없었는가?"

한림이 말했다.

"사제(舍弟)가 한가한 몸이 아니라 관청에 출입해 한때도 틈을 내지 못하네. 내가 또 스스로 낫기를 기다리다가 크게 덧나 이토록 위독해져 아버님께 불효를 끼쳤으니 어찌 부끄럽지 않은가?"

사람들이 이에 잠깐 웃었다.

석양에 현아가 네 마리 말이 끄는 수레를 타고 골을 울리며 술에 대취해 미녀를 쌍쌍이 세우고 들어오니 예부가 매우 한심해 눈썹 사이에 엄숙한 기운이 맺혔다. 현아가 내당에 들어갔다가 상서 등이 와 있음을 듣고 놀라 바삐 서당에 이르러 한림을 문병하고 사람들을 향해 은혜에 감사했다. 그 아첨하는 안색과 으쓱거리는 모습은 비록 사광(師曠)55)처럼 귀밝은 사람이라도 깨닫지 못할 것이었다. 그러나 이씨 집안의 사람들은 육률(六律)56)에 정통하고 귀신처럼 밝았으니 요괴가 감히 자취를 숨기지 못했으므로 현아의 그 모습을 보고 각각 더럽게 여겼다. 그러나 한림의 우애를 상하게 하지 않으려 해 억지로 참고 내색하지 않았다.

밤이 깊은 후에 현아가 침소에 들어간 후 사람들이 우스운 말을 하며 병든 사람을 위로하고 침수(寢需)57)를 자주 물으며 자리를 편하게 해 주었다. 그 사랑하는 정은 진정에서 지극히 우러나온 것이었으나 한림이 은혜를 마음에 새길 뿐이요, 입 밖에 내어 사례하는 일이 없었으니 이는 그 부형에게 대놓고 모욕을 주는 듯해 꺼려했기 때문이다.

이튿날 천자께서 태의의 말을 들으시고 전지(傳旨)를 내려 유 공을 엄히 꾸짖었다.

'현명은 짐이 총애하는 자이고 조정의 주인이다. 그러한데 경이 비록 그 아비지만 현명을 엄히 다스렸단 말인가? 만일 현명이 살 방법을 얻지 못한다면 경의 죄와 책임이 가볍지 않을 것이다.'

유 공이 조서를 보고 크게 두려워해 한림 보채는 것을 그치고 약을 다스리는 체했다. 이부상서 성문은 벼슬이 없으므로 이곳에 와 밤낮으로 한림을 붙들어 구호하고 예부 등도 날마다 이르러 문병하니 한림이 잠깐 마음을 놓아 조리했다. 현아가 이에 크게 분노했다.

현아가 하루는 이 상서가 아침에 자기 집에 간 사이에 독을 약에

---

55) 사광(師曠): 중국 춘추시대 진(晉)나라 사람으로 자는 자야(子野)로 저명한 악사(樂師)임. 눈이 보이지 않아 스스로 맹신(盲臣), 명신(瞑臣)으로 부름. 진(晉)나라에서 대부(大夫) 벼슬을 했으므로 진야(晉野)로 불리기도 함. 음악에 정통하고 거문고를 잘 탔으며 음률을 잘 분변했다 함.

56) 육률(六律): 십이율 가운데 양성(陽聲)에 속하는 여섯 가지 소리. 황종, 태주, 고선, 유빈, 이칙, 무역을 이름.

57) 침수(寢需): 먹고 자는 데에 필요한 물건을 통틀어 이르는 말.

넣어 달였다. 마침 본 마을에 공적인 일이 생겨 급히 일어나 나가면서 서동 희재에게 당부해 때에 맞춰 약을 달여 한림에게 드리라 하고 총총이 갔다.

상서가 이르러 약 달이는 것을 보고 친히 살펴 명령해 약을 다 짜게 한 후 그릇을 들어 잠깐 보고 문득 의심이 생겨 약을 없애려 하다가 생각하기를,

'유 형이 내 마음을 알지만 그래도 그 마음을 채 알지 못하니 이 일을 일러 그 하는 모습을 보아야겠다.'

라 하고 약 그릇을 가지고 한림의 곁에 가 나직이 일렀다.

"형은 정신을 차려 약을 먹는 것이 어떠한가?"

한림이 즉시 일어나 앉아 그릇을 내오게 하니 상서가 바삐 한림을 붙들고 잠깐 웃으며 말했다.

"자세히 보고 먹는 것이 해롭지 않을 것이네."

한림이 그 말이 수상함을 보고 잠깐 두 눈으로 거들떠보다가 낯빛을 잃고 그릇을 놓았다. 이에 상서가 천천히 일렀다.

"형이 집안에 원한 맺은 사람이 있는가? 오늘의 일은 큰 변고니 약 달이던 서동을 벌주는 것이 어떠한가?"

한림이 한참 후에 말했다.

"소제가 위인이 어리석으나 집안에 어진 아우가 있으니 누구와 원한을 맺겠습니까? 이는 불과 약 지을 때 잘못해서 그런가 싶으니 애매한 서동을 벌주는 것은 부질없을까 합니다."

상서가 탄식하고 말했다.

"형의 큰 덕이 이와 같으니 소제가 어찌 또 도리에 맞지 않는 일을 권하겠는가? 저 푸른 하늘이 형에게 무심하지 않을 것이니 다만 하늘의 도가 순환하기를 볼 따름이네."

한림이 탄식하고 대답하지 않으니 상서가 그 약을 가져 멀리 없애고 그 생사가 위태로움을 참혹히 여겨 더욱 떠날 뜻이 없이 한림을 구호했다.

이튿날, 마침 상서의 모친 소후가 잠을 자고 일어나 평안하지 않다는 소식에 상서가 돌아갔다. 한림만 홀로 침상 위에 편안히 누워 독약 한 가지 일을 생각하니 심장이 굳고 뼈가 시려 속으로 탄식했다.

'내가 덕이 없어 한 명의 동생을 교화하지 못해 변이 이 지경에 미쳤으니 어찌 이 일을 남에게 들리게 할 수 있겠는가. 구차히 살아 있는 것이 죽는 것만 같지 못하다.'

그러고서 슬피 흘리는 눈물이 낯을 가리더니 목이 말라 시동을 불러 차를 가져오라 했다. 각정이 급히 차에 독을 넣어 내보내니 한림이 독약 한 가지 일을 본 후에는 매사에 매우 자세히 살폈으므로 차를 받아서 곁에 놓고 자세히 보았다. 또 수상했으므로 즉시 창을 열고 버리니 자욱한 불꽃이 공중에 일어나는 것이었다. 크게 놀라 도로 문을 닫고 침상에 누워 번뇌하기를 마지않아 죽을 것을 생각하다가 홀연 분연히 생각했다.

'저 모자가 밤낮으로 헤아려 생각하는 것은 날 죽이려 하는 것인데 내 어찌 부모님이 낳아 길러 주신 몸을 저들의 뜻에 맞춰 죽게 하겠는가. 아무쪼록 살아서 아버님이 깨달으시는 날을 기다리고 돌아가신 모친 제사를 그치지 않는 것이 효다.'

이처럼 한 번 마음을 정하니 마음이 금처럼 굳고 옥석처럼 강개해 스스로 마음을 넓게 하고 미음을 찾았다.

또 하루 후에 상서가 이르러 함께 지냈다. 병든 사람의 먹을 것을 다 스스로 가져와 한림을 젖먹이 아이처럼 보호했다. 한림이 감사함을 이기지 못했으나 자기 집의 일을 제 아는가 부끄러워서 말했다.

"먹을 것은 내 집에도 넉넉히 있어 먹으면 되는데 그것조차 형이 어찌 근심합니까?"

상서가 웃으며 말했다.

"소제가 형과 마음을 서로 비추니 형이 또 마음을 속이는 것은 옳지 않네. 접때 독약 한 가지 일을 보니 형의 형세가 난처하고 절박한 줄을 소제가 다 알고 있네. 그러니 형은 앞으로 부끄러워하지 말게. 지금 시대에 월희(越姬)58)와 번희(樊姬)59) 같은 무리가 쉽게 나오겠는가? 예로부터 부자 사이를 떳떳이 이간하는 일이 없지 않았으니 형이 만난 일이 이와 같은 것이네. 이는 다 그대의 액운이니 영대인의 총명을 뜬구름이 가려서 그런가 하네."

한림이 다 듣고는 상서가 자기 집 일을 밝게 아는 것을 크게 부끄러워 사례해 말했다.

"형의 지우(知遇)60)는 감사하나 그간 일은 실제가 아니니 형은 어디로부터 그런 허무한 말을 들었습니까?"

상서가 웃고 대답하지 않았다.

각 씨가 이때 상처를 조리해 평상시와 같아지자 즉시 생의 병소에 이르러 문병했다. 이에 시녀가 생에게 나와 고했다.

"각 부인이 어른께 문후하러 오십니다."

---

58) 월희(越姬): 중국 춘추시대 초(楚)나라 소왕(昭王)의 첩으로 월왕(越王) 구천(句踐)의 딸. 소왕이 연회를 즐기자 선군인 장왕(莊王)의 예를 들면서 좋은 정치를 펴라 조언하고, 소왕이 전쟁터에서 병에 걸리자 대신 죽겠다며 자결함. 소왕의 아우들이 왕위 계승자를 정할 적에 어머니가 어질면 자식도 어질 것이라 하여 월희의 아들을 후왕으로 세우니 이가 혜왕(惠王)임.

59) 번희(樊姬): 중국 춘추시대 초(楚)나라 장왕(莊王)의 비(妃). 장왕이 사냥을 즐기자 간하였으나 듣지 않자 고기를 먹지 않으니 왕이 잘못을 바로잡아 정사에 힘씀. 왕을 위해 첩들을 모아 주고 왕이 현인(賢人)으로 일컬은 우구자(虞丘子)가 현인의 진로를 막는다고 간함. 초 장왕이 이 말을 우구자에게 전하자 우구자가 부끄러워하고 손숙오(孫叔敖)를 추천하니 손숙오가 영윤(令尹)이 되어 삼 년 만에 장왕을 패왕(霸王)으로 만듦.

60) 지우(知遇): 남이 자신의 인격이나 재능을 알고 잘 대우함.

이때 한림이 상서와 말하다가 이 말을 듣고 문득 눈썹 사이에 엄숙한 기운이 어리고, 상서는 급히 일어났다. 이에 한림이 말리며 말했다.

"외당 후미진 곳은 여자가 나올 곳이 아니니 형은 움직이지 마소서."

상서가 대답하지 않고 일어났다.

무수한 시녀가 장막과 채화석(彩花席)61)과 비단 병풍을 많이 가져다가 서당에 둘렀다. 이윽고 각 씨가 칠보로 단장을 영롱히 꾸미고 여나믄 시녀가 향을 잡아 천천히 나아오니 패옥 소리는 쟁그랑 울리고 향기는 원근에 쏘였다.

각 씨가 들어와 인사를 하니 한림이 그 모양에 분노해 잠자코 본체하지 않았다. 각 씨가 낯빛을 바로 하고 이에 한림을 꾸짖었다.

"그대가 첩을 매우 쳐 거의 죽었다가 겨우 살아났으니 인사에 남편의 병을 염려하지 않을 수 없어 여기에 이르렀습니다. 그대는 차후에나 그런 사납고 막된 행실을 그치소서."

한림이 그 염치가 이와 같은 데 한심해 이불에 기대 괴로이 신음할 뿐 대답하지 않았다. 각 씨가 저의 맑은 눈과 좋은 골격이 허튼 머리 사이에 더욱 시원한 모습을 보고 연모하는 정이 미칠 듯해 나아가 생의 머리를 짚으며 말했다.

"이는 낭군이 스스로 지어 생긴 재앙이나 오늘 이 같은 광경을 보니 여자의 마음이 편하겠습니까? 오늘은 원컨대 첩이 여기에 머무르며 그대를 정성껏 구호할 것입니다."

한림이 이 같은 음란한 행동을 대해 분노와 한이 가득했다. 그래서 발끈 성을 내 손을 뿌리치고 일어나 앉아 각 씨를 꾸짖으려 하는

---

61) 채화석(彩花席): 여러 가지 색깔로 무늬를 놓아서 짠 돗자리.

데 홀연히 동자가 아뢰었다.

"연왕 전하께서 이르러 계십니다."

각 씨가 놀라서 들어가고 생이 또한 억지로 일어나 맞이했다.

왕이 천천히 들어와 자리를 이루고 눈을 들어 한림의 모습이 예전과 완전히 다르고 옥 같은 얼굴에 광채가 없는 것을 보고 놀라서 말했다.

"내 근래에 우환이 많이 네 병이 중하다 하되 묻지 못했더니 병세가 이처럼 위태롭게 되었단 말이냐?"

한림이 절하고 말했다.

"조카가 우연히 얻은 병이 오래 낫지 않아 대왕의 지우(知遇)를 갚지 못하고 구천에 돌아가는 일이 있을까 해 슬퍼하더니 근래에는 적이 차도를 얻었으므로 다행함을 이기지 못하겠습니다."

왕이 위로해 말했다.

"너의 기상으로 어찌 열넷 청춘에 요절한다는 말을 이를 수 있겠느냐?"

말이 끝나지 않아서 유 공이 관복을 입고 안에서 나와 왕과 서로 보았다. 유 공이 인사를 마치고 이전의 은혜에 사례하니 왕이 잠시 웃고 말했다.

"그것은 과인이 사사로이 은혜를 판 것이 아닙니다. 명공이 싸우면 반드시 이기고 공을 반드시 취해 그 지혜가 고금에 드물었으므로 과인은 한갓 대궐에 아뢰었을 따름입니다. 그러니 오늘 과인을 대해 치사하실 일이 아닙니다."

유 공이 기쁜 빛으로 사례하고 술과 안주를 갖추어 대접하니 왕이 이어 말했다.

"오늘 영랑의 병세를 보니 가볍지가 않아 과인의 우려가 적지 않으니 더욱이 명공의 심려가 적지 않을 듯합니다."

유 공이 마지못해 대답했다.

"아들이 우연히 얻은 병으로 자못 위태하나 제 아직 소년의 굳센 골격을 지니고 있으니 차도를 근심할 바는 아닙니다."

왕이 그 말이 까닭 없음을 괴이하게 여겨 잠깐 눈을 들어 유 공과 한림을 보고는 다시 말을 않고 이윽히 앉아 있다가 돌아갔다. 이는 대개 상서의 사람됨이 기특해 한림의 지극한 효성에 감동해 그간 있었던 아름답지 않은 일을 부모에게도 고하지 않았으므로 왕이 전혀 모르고 있다가 오늘 이르러 그 기색을 보고 잠깐 알게 되어 놀랍게 여겼기 때문이다.

한림이 한 달을 고생하다가 겨우 차도가 있어 일어났다. 각정과 현아가 여러 번 계교를 베풀었으나 성공하지 못하고 한림이 저렇듯 예전과 같아진 데 새로이 분해 비밀리에 도모할 것을 생각했다.

한림이 한 번 뜻을 크게 정하자 생각이 활달해져 유 공의 행동이 비록 매우 괴이해도 간하지를 않고 일일이 따랐다. 또 각 씨를 잘 대우해 그 음탕한 행동이 극진해도 따져 꾸짖지 않고 행실 닦기를 더욱 옥같이 했다. 그래서 비록 열 눈과 아홉 입이 있어도 일을 꾀해 단점을 잡기 어려웠고 공자(孔子), 맹자(孟子), 정자(程子), 주자(朱子)[62]가 위에 있어도 폄하해 논하지 못할 정도였다. 그래서 각정과 현아가 다시 그 몸을 밀어 구덩이에 넣을 꾀를 생각지 못해 밤낮으로 고민했다.

한림은 이씨 집안에 자주 왕래해 관포의 지기를 이루었다. 집에 있으면 차마 보리죽 한 그릇을 먹지 못했으므로 이씨 집안에 가 상

---

62) 공자(孔子), 맹자(孟子), 정자(程子), 주자(朱子): 모두 유학의 성현으로 불림.

서 성문이 매양 술과 안주를 권하면 거리끼지 않고 남김없이 다 먹으니 상서가 일일이 기미를 알고 스스로 한림의 사정을 참혹하게 여겼다.

하루는 한림이 이씨 집안에 이르렀는데 이때는 마침 중양절(重陽節)[63]이었다. 예부 홍문 등 모든 형제가 연왕부의 서당에 모여 술자리를 열어 즐기다가 한림이 오는 것을 보고 기뻐해 서로 술잔을 권했다. 한림은 이날에도 전날 저녁과 당일 아침을 먹지 못했으므로 사양하지 않고 권하는 대로 다 먹으며 자약히 담소했다.

이윽고 옥토끼가 부상(扶桑)[64]에 오르고 저녁해가 서쪽 고개에 떨어지니 한림이 집으로 돌아가려 했다. 그러자 사인 이중문이 경문의 손을 잡고 희롱해 말했다.

"비록 집안에 정을 둔 사람이 있더라도 오늘은 여기 머물러 야화(夜話)[65]하고 가게."

한림이 웃으며 말했다.

"자기가 본디 미녀와 풍악에 잠겨 있으니 남도 자기와 같을까 여기는 것인가?"

예부 등이 웃으며 말했다.

"사제(舍弟)의 말은 희롱이지만 오늘밤에 달빛이 아름답고 따스한 바람이 한가하니 함께 담소하는 것이 어떠한가?"

한림이 실로 집에 돌아가면 어두컴컴한 방에 서동만 데리고 심사를 태울 일을 생각하고는 기꺼이 이에 머물렀다. 석양에 생들이 문안 인사를 하러 들어가고 소공자 백문만 남아 있었다. 한림이 술에

---

63) 중양절(重陽節): 세시 명절의 하나로 음력 9월 9일을 이르는 말.
64) 부상(扶桑): 해가 뜨는 동쪽 바다. 여기에서는 달이 뜨는 것을 이름.
65) 야화(夜話): 밤에 모여서 하는 가벼운 이야기.

피곤함을 이기지 못해 잠깐 안석(安席)에 기대 자기 한 몸이 부모의 사랑을 입지 못하고 두루 방황함을 생각해 신세를 슬퍼하고 운명을 한탄했다. 비록 팔 척 대장부로서 굳센 마음을 지니고 있었으나 한없이 민천(旻天)의 울음66)이 났다. 이에 넓은 소매로 낯을 덮고 누우니 눈물이 귀 밑에 흘렀다. 백문이 비록 나이는 어렸으나 자못 총명이 남보다 뛰어났으므로 그 행동을 보고는 문득 물었다.

"명공(明公)께서 무슨 소회가 있으신 것입니까? 우는 것은 어찌해서입니까?"

한림이 아이의 영리함을 보고 문득 눈물을 거두고 웃으며 말했다.

"마침 술 마신 후에 미친 마음이 일어나 눈물이 흘러내린 것이니 내 무슨 소회가 있겠느냐?"

백문이 웃으며 말했다.

"한림께서는 이 어린아이를 속이지 마소서. 술 마신 후에 호탕한 사람은 흥이 배나 더하고 소회가 있는 사람은 울음이 나는 것이니 선생의 행동이 또 이와 같습니다."

한림이 그 총명함을 꺼려 잠자코 자는 듯이 있으니 백문이 말했다.

"선생의 잠자리가 불편하신가 싶으니 제가 구호하겠습니다."

그러고서 곁에 앉아 한림의 손을 주무르며 또 웃고 말했다.

"선생의 손이 저에게 닿으니 선생을 귀하게 여기는 마음이 흘러나오는 것은 어째서입니까?"

한림이 그 어린아이가 이처럼 인자한 데 감동해 마지못해 웃으며 말했다.

---

66) 민천(旻天)의 울음: 하늘을 우러러 울부짖음. 부모에게서 박대를 받으나 오히려 효도를 다하는 자식의 울음을 이름. 중국 고대 순(舜)임금이 제위에 오르기 전에 부모에게 효도를 다하지만 오히려 박대를 받아 하늘을 보고 울부짖었다는 데서 유래함.

"내 네 형님의 절친한 벗이라 그러하다."

이렇게 말하고서 취한 끝에 정신이 가물가물해 잠을 잤다. 백문이 비록 영민했으나 어린아이였으므로 문득 곁에 누워 그 주머니를 뒤져 여러 편지를 다 보았다. 그중에 한 서간이 있었는데 필획이 정묘하고 글자마다 착상이 기발했으며 시원하고 고와서 본 바 처음이었다. 놀라서 그 사연을 보고는 더욱 놀라 연고를 몰라 하고 있었는데 문득 예부 등 네 명과 이부가 나오는 것이었다. 백문이 일어나 맞이하니 사인이 말했다.

"현은이 어찌 무례하게 누워서 자는 것인가?"

백문이 가만히 일렀다.

"유 한림이 아까 까닭 없이 울다가 갓 잠들었으니 깨우지 마소서."

예부가 슬픈 빛으로 말했다.

"그 아이가 근래에 행동거지가 다른 사람이 되어 홀린 듯, 취한 듯해 마음이 바깥 일에 신경쓰지 못하니 필시 순임금의 화(禍)[67]를 만나 민천의 울음이 있는 것이다."

백문이 웃고 그 서간을 주며 말했다.

"형님들은 이 서간을 보소서."

사람들이 모두 보니 대강 위 씨의 서찰로, 한림이 감회에 젖어 서찰 끝에 절구(絶句) 네 구를 쓴 것이니, 그 내용은 대개 위 씨를 그저 버린 것을 슬퍼하고 후세에 만나기를 기약하며 그 절개 있는 행실을 이른 것이었다. 사람들이 다 보고 묵묵히 있으니 예부가 말했다.

"참으로 군자의 좋은 짝이로구나. 다만 지금의 운세가 고르지 않아 규방의 아녀자가 이처럼 떠돌아다니니 어찌 참혹하지 않으냐? 그

---

67) 순임금의 화(禍): 중국 고대 순(舜)임금이 제위에 오르기 전에 아버지 고수(瞽瞍)와 계모에게서 죽임을 당할 뻔한 일.

런데 글 가운데 부모를 모른다고 했으니 어찌 된 까닭인고?"

이부 성문이 말했다.

"남의 부녀 글을 한 번 본 것은 잘못한 일이니 빨리 도로 넣어 두는 것이 좋겠습니다."

그러고서 또 백문을 꾸짖었다.

"네 어찌 사람이 자는 때를 타 엿보면 안될 서간을 펼쳐본 것이냐?"

백문이 두려워해 서간을 다 거두워 예전에 있던 것처럼 주머니 속에 넣어 두었다. 사람들은 이에 한림의 외로운 사정을 매우 딱하게 여겼다.

이윽고 한림이 깨어 하품하고 기지개를 켜며 일어나 앉으니 예부가 웃고 희롱해 말했다.

"몇 잔 향기로운 술에 이렇게 되도록 취한 것인가?"

한림이 말했다.

"아우가 본디 주량이 한 잔을 넘지 못하는데 여러 형들의 권유에 십여 잔을 먹었으니 약골이 견디지 못한 것입니다."

사람들이 크게 웃고서 말을 할 적에 예부가 홀연히 물었다.

"너의 전부인 위 씨는 어떤 사람이었던고?"

한림이 대답했다.

"사족의 여자로서 어려서 부모를 잃고 천한 집에서 자라다가 아우를 좇았더니 중간에 쫓겨났습니다."

예부가 또 물었다.

"무슨 죄로 쫓겨난 것인고?"

한림이 말했다.

"이우기 경사에 온 뒤에 일어난 일이라 알지 못합니다."

예부가 웃고 말했다.

"내 일찍이 들으니 위 부인에게 여와(女媧)[68]의 용모와 임사(姙姒)[69]의 덕이 있어 네가 존경하고 우러러보았다고 하더니 필시 옥을 아끼고 봄을 느끼는 한이 너에게 있겠구나."

한림이 또한 웃고 대답했다.

"상공은 어디에 가서 이렇듯 자세히 알아왔습니까? 위 씨가 이 아우에게 왔을 적에 몸에 특별히 나쁜 병이 없어 거의 부부의 의리를 온전히 했습니다. 그런데 제가 남창을 떠난 후에 까닭 없이 우리 집안을 하직하고 간 곳을 알지 못하니 이는 필시 정을 둔 곳이 있어 간 것이라 저는 위 씨를 찾지도 않습니다."

원래 한림이 이 말을 한 것은 그 부친의 허물을 가리려 해서이니 예부가 탄식하고 그 손을 잡아 말했다.

"그대를 군자로 알았더니 대개 헛말을 잘하는구나. 위 부인의 이름난 절개와 덕행을 두고 그 남편이 이처럼 말을 하니 아는 자로 하여금 위 부인을 위해 슬퍼하게 할 만하구나."

한림이 예부가 위 씨의 일을 아는 것을 수상히 여겨 묵묵히 있었다. 이부가 모든 말이 진정된 후 이에 물었다.

"위 부인이 만일 본부모를 잃으셨다면 그 성은 어찌 아는 겐가?"

한림이 말했다.

"제 마침 팔에 붉은 표식으로 글 쓴 것이 있어서 아는 것입니다."

상서가 놀라서 말했다.

"무엇이라 써져 있었는가?"

---

68) 여와(女媧): 중국 고대 신화에서 인간을 창조한 것으로 알려진 여신이며, 삼황오제 중 한 명이기도 함. 인간의 머리와 뱀의 몸통을 갖고 있으며 복희와 남매라고도 알려져 있음. 처음으로 생황이라는 악기를 만들었고, 결혼의 예를 제정하여 동족 간의 결혼을 금하였음.

69) 임사(姙姒): 중국 고대 주(周)나라 문왕(文王)의 어머니 태임(太姙)과, 문왕의 아내이자 무왕(武王)의 어머니인 태사(太姒)를 아울러 이르는 말로 이들은 현모양처로 유명함.

한림이 문득 수상히 여겨 말했다.

"형이 묻는 것은 어째서입니까?"

상서가 말했다.

"승상 위 공이 어느 해에 한 딸을 잃고 지금까지 상심해 있는데 자네가 위 부인의 표지를 일러 준다면 위 공에게 말해 혹 같은지 알려고 해서이네."

한림이 문득 정색하며 말했다.

"위 공이 딸을 잃은 것은 내 알 바가 아니나 만일 아내가 지금 있었다면 이 아우가 분명히 살펴보았을 것입니다. 그런데 이제 아내가 대해의 부평초와 같으니 만일 위 공이 이 일을 안다면 아우를 또 죽일 것이니 형은 이 일을 입 밖에 내지 마소서."

상서가 말했다.

"저의 사정이 자못 참담하고 가친과는 절친한 사이로 정이 두터우니 그 뜻을 받들려 하는 것이니 어쨌든 일러 보게. 영부인 팔 위에 무슨 글이 있던가?"

한림이 끝까지 대답하지 않으니 이 학사 세문이 말했다.

"천지간에 부자 사이가 크니 그대는 마땅히 자세히 일러 혹 자네 아내가 위 공의 딸이라면 그 의리를 온전히 하도록 하는 것이 옳거늘 잠자코 있는 것은 무슨 마음에서인가?"

한림이 말했다.

"세월이 오래 되어 정말로 생각이 나지 않아 그러네."

이부 성문이 미소 짓고 말했다.

"이 말은 참으로 속이는 말이네. 형이 올해 봄에 남창에서 왔는데 정말로 알지 못하는가? 원래 위 부인이 위 공의 딸이라면 형이 그 절개와 덕을 공경하며 흠모하고 후세에 만나기를 기약하는 마당에 위 부인을 어떻게 하겠는가?"

한림이 문득 놀라 발끈 낯빛이 변해 말했다.

"위 씨의 거처를 내 찾으려 하지 않고 제 또 심규(深閨)의 약질로서 대해에 떠다니는 부평초와 같으니 이생에 만날 기약이 끊겼습니다. 그러나 만일 위 씨가 위 승상의 딸이라면 아우가 맹세코 한곳에 함께 있지 않을 것입니다. 위 공을 이따금 조정에 가 보아도 마음이 싸늘한데, 그 딸이 임사의 덕과 빼어난 외모를 지니고 있더라도 이 아우는 결코 위 씨를 용납하지 않을 것입니다."

말을 마치자 분한 기운이 가득해 자리에 거꾸러졌다. 모두가 놀라서 말을 그치고 한림을 붙들어 구호하니 한참 지나 한림이 정신을 차렸다. 이에 이부가 홀연 일부러 말했다.

"위 공이 태평성대에 무슨 일로 딸을 잃었겠는가? 형의 뜻이 위 부인을 공경하고 우러러보는 마음이 발분망식(發憤忘食)[70]한 데 미쳤으므로 잠깐 속인 것이네. 그러니 형은 다시 번뇌하지 말게."

한림이 바야흐로 사례하고 말했다.

"쫓겨난 죄인을 내 어찌 공경하고 우러러봄이 발분망식한 데 미쳤을 것이라고 형들의 말이 이와 같은 것입니까?"

예부가 부채를 쳐 크게 웃으며 말했다.

"현은을 밝은 군자로 알았더니 대개 간사한 도적놈이로구나. 네 나를 보고 맹세하라. 네 진실로 위 부인과 마음을 서로 아는, 정이 깊은 부부가 아니냐?"

한림이 이에 이르러는 말이 막혀 옥 같은 얼굴을 숙이고 한가히 웃었다. 예부가 그 모습을 한참 보다가 말했다.

---

70) 발분망식(發憤忘食): 어떤 일에 열중하여 끼니까지 잊고 힘씀.

"이상하구나. 이 아이가 어찌 숙부와 그토록 닮았는고?"

한림이 말했다.

"형은 괴이한 말을 마십시오. 저처럼 비루한 자질을 가진 사람이 연국 대왕의 해와 같은 풍모를 우러러나 볼 수 있겠습니까?"

예부가 말했다.

"이는 정말 듣기 좋으라고 한 말이 아니다. 숙부께서 여러 자녀를 두셨는데 하나하나가 다 곤륜산의 아름다운 옥과 같으니 각각 좋은 부분이 있다. 현보는 우리 숙모와 조금도 차이 나지 않게 비슷하고 백문이는 숙부와 닮았으나 혹 다른 곳이 있는데 너는 숙부와 조금도 다르지 않으니 이 괴이하지 않으냐?"

한림이 의심해 말을 그치고 상서는 슬피 눈물을 흘리니 이는 경문을 생각해서였다. 이날 사람들이 밤새도록 말하며 술잔을 날리다가 이튿날 헤어졌다.

각설. 순무어사 철수가 밤낮으로 달려 절강에 이르러 한 고을을 다스렸다. 일하는 것이 분명하고 백성 사랑하기를 못 미칠 듯이 하니 몇 년 동안 옥중에 밀려 있던 여러 죄인이 한 명도 없게 되고 백성들이 길에 다니면서 남풍가(南風歌)[71]를 부르며 요순 시절에 비겼다. 철생이 비록 소년으로서 재주가 남보다 뛰어났지만 이렇게까지 기특한 것은 하남공에게서 수학했기 때문이다.

순무가 공적인 일을 다스린 여가에는 미복(微服)으로 절강의 오나라, 초나라 산천을 구경하며 마음을 시원하게 했다.

하루는 유생의 복장을 하고 아전 두어 명을 데리고 두루 노닐다가

---

71) 남풍가(南風歌): 중국 고대 순(舜)임금이 부른 노래로 백성들의 안녕을 기원하는 내용임.

석양이 되어 관아에 돌아가지 못하고 날이 어두웠으므로 길가의 가게에 들어가 저녁밥을 찾아 먹었다. 그런데 홀연 벽을 사이에 두고 은은히 말소리가 들려오는 것이었다.

"상인의 생업이 이곳의 물건을 가져다 대주에 가서 팔면 삼분 중 이분의 이익이 남으니 그런 기특한 일이 어디에 있는가?"

한 사람이 웃으며 말했다.

"그대가 천금을 가지고 길 위에서 고생해 그중 백금의 이익이 남는 것을 가지고 이처럼 기뻐하니 내 말을 듣는다면 필시 침을 삼킬 것이네."

그 사람이 물으니 상대가 자신이 들은 말을 일러 주었다.

순무가 이에 남창 수령에게[72] 당부해 이경문을 찾아 줄 것을 일렀다. 수령이 저 학사가 재주 있는 소년으로서 조정에 들어간 위엄을 추앙할 뿐만 아니라 찾는 사람이 연왕의 아들이라는 말을 듣고 마음을 다해 방을 부쳐 찾았다.

학사가 길을 빨리 가 경사에 이르러 대궐에 사은하고 집안에 돌아가 부모와 집안 어른을 뵈었다. 할아버지인 상서 철염과 아버지 시랑 철연수는 학사가 집안의 큰 사람이 되어 스무 살 안팎에 명망이 이러한 데 기뻐하고 남쪽 지방을 일 년 이내에 다스린 것을 듣고는 학사의 손을 잡고 사랑하는 마음을 능히 이기지 못했다.

학사가 한참을 모셔 이별의 정을 고하고 이씨 집안에 이르니 일가 사람들이 크게 반겼다. 하남공의 사랑이 비길 데 없고 장 부인은 더

---

72) 상대가~남창 수령에게: 원문과 이본인 규장각본에는 이 부분이 누락되어 있어 옮긴이가 내용을 추정해 간략히 삽입함. 이 부분에는 뒷부분의 내용을 고려하면, 옥란이 보낸 자객 나숭이 이경문을 납치해 남창에 가 팔았다(전편 <쌍천기봉>에 나오는 내용임)는 상인들의 대화 내용이 나오고 이를 들은 순무어사 철수가 다음 날 상인들을 찾았으나 찾지 못하고 경사로 돌아가는 길에 남창 수령에게 가 상황 설명을 한 서사가 있었을 것으로 추정됨.

욱이 그 복색이 숭고하고 벼슬이 높은 것을 기뻐했다.

학사가 또한 다스린 정치를 이르고 모든 말이 진정된 후에 눈을 들어 좌우를 살피니 소후와 연왕이 없었다. 이에 연고를 묻자 남공이 말했다.

"소후께서 지병이 요사이에 심해져 오래 낫지 않으시므로 사제(舍弟)가 아까 태의를 데리고 문병하러 들어갔다."

학사가 이에 즉시 일어나 숙현당으로 갔다. 연왕은 태의를 보내고 아들들과 함께 그곳에서 약을 의논하고 소후는 억지로 일어나 앉아 있었다. 학사가 나아가 절하니 왕과 후가 크게 반겼다. 왕이 이에 학사의 손을 잡고 말했다.

"내 아까 네 숙모를 문병하느라 네가 온 줄을 알지 못했구나. 어느 때 조정에 돌아온 것이냐?"

학사가 대답했다.

"아침에 갓 들어왔거니와 숙모님께 환후가 있으신가 싶으니 놀랍습니다."

소후가 잠시 웃고 말했다.

"내 병은 매양 그러하니 새로이 놀랄 게 있겠느냐? 그러나저러나 조카가 소년으로 조정에 들어간 것을 치하한다."

학사가 웃고 사례해 말했다.

"미미한 몸에 폐하의 총애가 지나치니 복이 없어질까 두렵습니다."

왕이 웃으며 말했다.

"네 남쪽 지방에 가 일 년을 지냈으니 우울한 마음이 병이 되었겠구나."

학사가 웃고 대답했다.

"멀리 타향에 이르러 임금님과 어버이를 생각하는 데 미쳐 처자 생각까지는 하지 못했습니다."

왕이 흐뭇하게 웃고 백성을 다스리던 말을 듣고는 칭찬해 말했다.

"네가 소년으로서 재주가 이와 같으니 이는 모두 운계[73] 형의 교훈 덕분이구나."

생이 사례하고서 소후에게 고했다.

"전에 얼핏 들으니 경문이 배에 '경문' 두 글자가 있어서 이름을 그리 지으셨고 가슴에 붉은 점이 있다고 했으나 등에 사마귀 일곱이 있다는 말은 듣지 못했으니 그것도 맞는 말입니까?"

소후가 이 말을 듣고는 마음이 새로이 요동쳐 버들 같은 눈썹에 온화한 기운이 없어져 마지못해 대답했다.

"그대가 이른 것이 다 옳으니 이제 묻는 것은 어째서냐?"

학사가 드디어 자신이 들은 말을 다 고하니 소후가 다 듣지 않아서 옥 같은 얼굴에 눈물이 줄줄 흘러내렸다. 그리고 문득 침상에서 내려와 사례해 말했다.

"나의 운명이 험해 삼강(三綱)[74]과 오상(五常)[75]이 그쳐져 골육이 이역(異域)에 던져진 후 생사 소식을 듣지 못하고 어느 곳으로 가 찾을 길이 아득해 속절없이 15년 동안 애를 썩일 따름이었다. 그런데 오늘 그대 덕분에 천 년에 얻지 못할 말을 들었으니 이 은혜를 장차 무엇으로 갚을 수 있겠는가?"

왕이 또한 눈썹에 슬픈 빛이 어리고 눈에 눈물이 어린 채 말했다.

"아비와 아들이 서로 얼굴을 알지 못하니 아득한 정이 꿈을 좇아

---

73) 운계: 철수의 아버지인 철연수의 자(字).

74) 삼강(三綱): 군위신강(君爲臣綱), 부위부강(夫爲婦綱), 부위자강(父爲子綱)을 이름. 곧, 임금은 신하의 벼리가 되고, 남편은 아내의 벼리가 되며, 아버지는 아들의 벼리가 됨.

75) 오상(五常): 오륜(五倫). 부자유친(父子有親), 군신유의(君臣有義), 부부유별(夫婦有別), 장유유서(長幼有序), 붕우유신(朋友有信)을 이름.

넋을 놀라게 했으나 일찍이 그 생존 여부를 알지 못했더니 오늘 너의 말을 들으니 경문이가 독한 수단을 벗어나 살아 있는가 싶구나. 너는 틀림없이 그 말을 들은 것이냐?"

학사가 왕 부부의 이와 같은 모습을 보고 역시 슬픔을 이기지 못해 말했다.

"그날 밤에 그 말을 들으니 바로 잡아서 묻고 싶었으나 이 조카가 두 명의 아전만 데리고 있었으므로 저 여러 사람을 당해낼 길이 없어 새벽에 관아에 돌아가 다시 찾았으나 이미 간 곳을 알지 못했습니다. 애달픔을 이기지 못해 급히 사방으로 수색했으나 끝내 찾지 못하고, 그 후 두루 방문했으나 그 사람들의 행방이 마침내 대해의 부평초와 같았으니 조카가 그때 한스러워하고 뉘우쳤던 마음을 어찌 헤아릴 수 있겠습니까? 그 사람이 남창에 가 팔았다 하므로 경사로 오는 길에 남창에 들러 본관에게 부탁하고 왔으니 혹 소식을 듣는 것이 쉬울까 합니다."

왕이 슬픈 빛으로 말했다.

"제 설사 남창에 팔렸다 한들 세월이 한참 지났으니 그곳에 있기가 쉽겠느냐?"

소후가 눈물을 흘리며 말했다.

"오늘 조카에게 이 소식을 들은 것은 하늘이 도우셔서 그런가 하니 마침내 푸른 하늘이 도우셔서 아들을 생전에 만난다면 저녁에 죽어도 한이 없을 것이다. 조카가 그곳을 방문한 것이 총명하고 신기하나 어느 사람이라도 벌써 15년을 길렀다면 까닭 없이 자식을 내어 놓을 것이며, 살 적에 값을 그리 많이 주었다면 필시 보통 사람이 아닐 것이므로 천금을 아끼지 않고 샀는데 또 어찌 그 찾는 이에게 주려 하겠느냐? 이는 헛계교인가 한다."

학사가 깨달아 절하고 말했다.

"숙모님의 현명하신 소견이 자못 옳으십니다. 다만 하늘이 돕지 않아 송상집을 잡지 못한 것이 한스럽습니다."

왕과 후가 슬피 눈물을 흘려 말을 안 하니 이부 성문이 눈물을 머금고 나아가 아뢰었다.

"둘째아우의 생사를 모를 적이 있다가 이제 살아 있다는 기별을 들었고 그 팔린 곳과 도적의 성명을 알았으니 찾는 것은 칠팔 분 가망이 있을 것입니다. 제가 마땅히 천하를 다 돌아다니면서 경문이를 찾을 것이니 심려하지 마소서."

왕이 슬픈 빛으로 말했다.

"네 벼슬이 없으니 원대로 하라. 다만 요사이 우환이 계속되니 또한 남창현의 소식을 알아 나가는 것이 옳을 것이다."

상서가 두 번 절해 명령을 듣고 소후는 구슬 같은 눈물이 꽃 같은 뺨에 그치지 않았다. 학사가 이에 간했다.

"조가가 부질없는 말씀을 드려 심려를 끼쳤으니 죄가 깊습니다. 숙모께서는 원컨대 마음을 놓으소서. 경문이 숙모와 인연이 있다면 얻지 않겠습니까?"

소후가 억지로 겸손히 사례하고 왕은 슬픈 빛을 하고 좋은 기색이 없이 밖으로 나갔다.

소후가 전에는 경문을 생각하는 것이 어이없어 슬픈 낯빛을 드러내지 않더니 이 말을 들은 후에는 스스로 오장이 끊어지는 듯해 걱정하는 빛이 날로 더해졌다. 상서가 또한 수족(手足)의 정을 가지고 이 소식을 듣고는 마음이 홀린 듯해 속으로 설움을 이기지 못해 천하를 돌아 경문을 찾고 그치려 했다. 경문은 지척에 있는데 알지 못하고 부모와 형제가 애를 태우니 안타까움이 심하다. 다음 회를 보라.

이에 앞서 한림 설최가 변방으로 귀양갔다가 정통(正統)[76] 황제가 북쪽 변방에서 돌아와[77] 즉위하시고 천하의 죄인들을 크게 사면하실 적에 한림이 이역에서 10년을 머무르며 고생하다가 임금의 은혜로 풀려나게 되었다. 한림이 황제의 사면을 입었으나 어전(御前)에서 모실 길이 없고 조정에서 저의 과실과 악행을 침 뱉어 꾸짖어 다시 발탁해 쓰려는 이가 없으며 누이 설 귀비는 죽은 지 오래고 두 장군[78]이 또한 죽어 그 부인이 고향으로 돌아갔으므로 동서로 돌아보아도 의지할 곳이 없었다. 그래서 남창 옛 고향에 돌아가 겨우 밭 갈며 강의 물고기를 낚아 팔아서 생계를 유지했다.

그러던 중 그 사위 유 감찰이 높이 벼슬해 부귀가 혁혁하다는 소식을 들었다. 설최는 본디 부귀 속에서 맛있는 음식에 둘러싸여 있다가 하루아침에 배고픔과 추위를 겪게 되었으니 이를 참지 못해 처자를 두고 홀로 경사에 가 그 사위를 보았다.

현아는 장인이 이른 것에 매우 기뻐해 장인을 별사에 머무르게 하고 대접을 두텁게 했다. 아내 설 씨는 현아가 당초에 서얼인 것을 몰랐다가 마침내 알고 설움을 이기지 못했으나 하릴없었고 또 남편이 그 부친을 잘 대접하는 것에 마음을 놓아 그 아비를 보아도 이런 말을 하지 않았다. 그래서 설최는 정말로 명사 사위를 둔 것인 양 매우

---

76) 정통(正統): 중국 명(明)나라 제6대 황제인 영종(英宗) 때의 연호(1435~1449). 영종의 이름은 주기진(朱祁鎭, 1427~1464)으로, 후에 연호를 천순(天順, 1457~1464)으로 바꿈.

77) 정통(正統)~돌아와: 정통 황제가 1449년에 오이라트 부족을 토벌하러 가 붙잡혔다가[토목의 변] 명나라에 복귀한 것을 이름. 역사서에서는 바로 다음해(1450)에 석방된 것으로 나오나 <이씨세대록>이 저편이 <쌍천기봉>에서는 붙잡힌 지 몇 년 지나 이관성이 의병을 이끌어 황제를 복귀시킨 것으로 설정되어 있음.

78) 두 장군: 전편 <쌍천기봉>에 옥란의 언니 금란의 남편으로 등장하나 설최와는 무관한 인물임.

기뻐하고 또한 술과 고기, 맛있는 음식을 하루에도 수없이 먹었으므로 기쁜 마음에 격양가(擊壤歌)[79]를 부를 지경이었다. 그윽이 벼슬에 나갈 마음이 있어서 현아와 의논하니 현아가 말했다.

"대인께서 본디 이씨 집안과 원한 맺은 것이 심상치 않으신데 이제 이씨 집안 사람들이 권력을 잡았으니 대인께서 벼슬길에 나가시는 것은 참으로 어려운 일입니다. 다만 한 가지 일이 있으니 대인께 의논합니다. 이제 가형(家兄)의 기특한 재주는 이 사위의 위에 있고 가형이 소년으로 과거에 급제해 명망이 조야를 흔들고 우리 가문의 대종(大宗)이 가형의 몸에 있어 무궁한 재산이 가형에게 속해 있습니다. 그래서 이 사위는 속절없이 조정에 나갔으나 한갓 좋은 일이 없으니 눈썹을 휘날리며 울분을 토할 지경입니다. 밤낮으로 궁리하며 가형을 없애려 해도 그의 행동이 기이해 비록 소장(蘇張)[80]의 말솜씨가 있어도 구실을 잡을 길이 없고 엄친께서 비록 꾸짖으시는 때가 있으나 대단한 잘못을 잡히는 일이 없습니다. 만일 대인께서 기특한 계교로 가형을 없애 주신다면 소생이 죽을 때까지 대인을 즐겁게 모실 것이니 족히 벼슬이 귀하다 하겠습니까?"

한림이 이 말을 듣고 웃으며 말했다.

"이처럼 쉬운 일을 아직까지 이르지 않은 것인가? 접때 조정에 다닐 적에 한번 계교를 베풀어 규방에 있는 명부(命婦)를 변방에 귀양 가게 했는데,[81] 현명 한 사람을 없애는 것은 대나무를 쪼개는 듯할

79) 격양가(擊壤歌): 풍년이 들어 농부가 태평한 세월을 즐기는 노래. 중국의 요임금 때에, 태평한 생활을 즐거워하여 불렀다고 함.

80) 소장(蘇張): 중국 전국시대의 변론가인 소진(蘇秦, ?~?)과 장의(張儀, ?~B.C.309). 소진은 합종(合從)을, 장의는 연횡(連橫)을 주장했음. 합종은 서쪽의 강국 진(秦)나라에 대항하기 위하여 남북으로 위치한 한·위·조·연·제·초의 여섯 나라가 동맹하자는 것이고, 연횡은 진나라가 이들 여섯 나라와 횡(橫)으로 각각 동맹을 맺어 화친하자는 것임.

81) 접때~했는데: 전편 <쌍천기봉>에서, 설최가 자신이 흠모하던, 이몽현의 아내 장옥경을 탈취하

것이니 사위는 대강 듣게나. 아비와 아들 사이에는 비록 참소를 하나 이간을 하나 대단하지 않고 또 영형이 영대인 위엄을 두려워하고 겁내 죽을 리가 만무하네. 마땅히 죄를 국가에서 간섭하게 해 송사를 맡은 관리가 법을 엄정히 하게 해야 할 것이네. 묘한 계교를 여기에서 다 말하기 어렵고 보는 눈이 많아 다 말하지 못하니 그대는 다만 나중을 보게."

현아가 이 말을 듣고는 봄꿈에서 처음으로 깬 듯해 몸을 일으켜 두 번 절해 말했다.

"오늘이 무슨 날이기에 이처럼 묘한 계교를 들어 소생의 눈엣가시를 없앨 수 있게 되었으니 어찌 기쁘지 않습니까? 만일 하늘이 도우셔서 저 사람을 없애는 날 마땅히 대인께 미녀와 비단을 받들어 드리고 해마다 모셔 봉안(奉安)[82]을 게을리하지 않을 것입니다. 대인께서는 오로지 계교를 생각하셔서 저 사람을 지하의 놀란 넋으로 삼으신다면 소생이 마땅히 베개를 높이고 백 년을 평안히 누릴까 합니다."

한림이 웃고는 현아의 귀에 대고 두어 말을 하니 현아가 매우 좋아하며 틈을 엿보았다.

이때 한림 경문은 조정에 나간 여가에는 벗들과 사귀면서 행동이 빨라 집에 든 때가 적었으므로 현아가 쉬 계교를 이루지 못해 여러 달을 그냥 보냈다.

하루는 한림 경문이 서당에서 자려 하는데 이때는 춘삼월 보름이었다. 보름달이 떠 낮과 같았으므로 심사가 우울해 계단에서 산보하고 있는데 시녀가 와 급히 아뢰었다.

기 위해 누이 설 귀비와 짜고 장옥경을 시가에서 출거되도록 한 일을 이름.
82) 봉안(奉安): 신주(神主)나 화상(畫像)을 받들어 모심.

"부인이 뜻밖에도 기운이 막히셔서 어른께 약을 청하십니다."

한림이 말을 듣고 정신없이 약을 소매에 넣고 정당으로 갔다. 각정이 이불에 감겨 누워 있으니 한림이 곁에 나아가 나직이 안부를 물었다. 그러자 각정이 갑자기 몸을 일으켜 앉으며 말했다.

"이 무슨 말이오?"

한림이 놀라서 말을 하려 하자 각정이 한림을 붙들고 발악하며 말했다.

"첩이 그대를 어려서부터 길러 비록 적자와 서모의 분수로 그대를 공경했으나 실은 어미와 아들의 의리가 있거늘 어찌 첩을 겁탈하려 하는 것이오?"

한림이 이 말을 듣고 그 심술을 크게 깨달아 뼈가 저리고 넋이 놀랐다. 그래서 소매를 떨쳐 나오려 했으나 각정이 굳이 잡고 발악을 그치지 않았다.

이때 현아가 한림을 유인해 제 어미 방으로 보낸 후 급히 서헌에 가 울며 말했다.

"형이 까닭 없이 모친을 겁탈하려 하니 참으로 위급합니다. 대인은 빨리 가서 보소서."

유 공이 이 말을 듣고 혼비백산해 급히 몸을 일으켜 각정의 침소로 가니 바로 각정과 아들이 맺어져 있었다. 유 공이 분노와 한이 가슴에 가득해 급히 달려들어 아들을 박차고 말했다.

"불초자가 아비의 첩과 정을 통하고 끝내는 어디로 가려 하는 것이냐?"

각정이 바야흐로 생을 놓고 유 공을 향해 크게 통곡하며 말했다.

"천첩이 오늘날 이런 망극한 일을 볼 줄 알았겠습니까?"

유 공이 분노해 생에게 말했다.

"네가 장차 아비의 계집을 도적해 어디로 가려 한 것이냐?"

한림이 별 생각이 없는 상태에서 이 모습을 보고 놀라운 마음에 앞서 어이가 없어 천천히 대답했다.

"제가 아까 서모의 환후가 평안하지 않다면서 시녀가 약을 청하기에 여기에 들어왔습니다. 그런데 의외에 서모가 저를 붙들고 이처럼 발악하니 제가 비록 사리에 어두우나 눈으로 만 권의 책을 보고 차마 이런 노릇을 해 죄를 명교(名教)[83]에 얻겠습니까? 엎드려 바라건대 아버님은 살펴 주소서."

각정이 크게 소리를 질렀다.

"그대가 말을 이처럼 자기에게 이롭게 꾸미니 어찌 놀랍지 않습니까?"

유 공이 어지럽게 소리 지르며 꾸짖었다.

"내일 법부(法部)에 고소장을 올려 네 죄를 다스릴 것이니 너는 잡말 말고 물러나라."

한림이 다시 말을 않고 물러나니 각정이 말했다.

"오늘 일은 강상(綱常)의 큰 변고입니다. 어르신께서는 정말로 고소장을 올리려 하시는 것입니까?"

유 공이 말했다.

"당(唐) 고종(高宗)[84]이 무후(武后)[85]를 음간(淫姦)한 것은 아비가

---

83) 명교(名教): 유교.

84) 당(唐) 고종(高宗): 중국 당(唐)나라의 제3대 황제인 이치(李治, 628~683). 태종 이세민의 막내아들이고 어머니는 문덕황후 장손씨. 아버지 태종의 후궁이었던 무씨를 총애하여 후궁인 소의로 봉하고 후에는 황후로 봉함. 무씨는 바로 측천무후(則天武后)임.

85) 무후(武后): 중국의 황제 중 유일한 여자황제였던 측천무후(則天武后, 624~705)를 이름. 이름은 무조(武曌)이니, 이명(兒名)은 무미랑(武媚娘)이며, 황제라 즉위하자 자신의 이름을 조(曌)로 개명함. 당나라 고종 이치의 황후이자 무주(武周)의 황제. 그녀가 통치했던 15년을 '무주의 치'라 부름.

이미 죽고 황제가 된 후의 일인데도 후세 사람들이 그 일을 논하며 침 뱉고 꾸짖었다. 그런데 오늘 현명이의 행동은 당 고종과 비길 수가 없으니 내 어찌 사사로운 정이 있다 해 현명이를 다스리지 않겠느냐?"

각정이 속으로 기뻐하며 다만 말했다.

"어르신은 가서 편히 쉬소서."

유 공이 그 말을 곧이듣고 서헌으로 나오니 현아가 모시고 잤다. 그런데 삼경(三更)은 해서 한 장사가 몸에 비수를 차고 처마로부터 내려와 말하는 것이었다.

"유영걸이 어디에 있는가?"

현아가 이에 거짓으로 놀라 급히 일어나 도적을 잡아 목을 움켜쥐고 칼을 빼앗으며 시노(侍奴)를 불러 불을 밝히도록 했다. 유 공이 허둥지둥 당황하다가 정신을 가다듬고 분노해 일렀다.

"내 일찍이 사람과 원한을 맺은 일이 없는데 어떤 사람이 나를 해치려 하는 것이냐? 마땅히 벌을 내리는 것이 옳다."

그러고서 종에게 호령해 그 사람에게 벌을 주니 그 사람이 서너 대를 맞지 않아서 승복했다.

"소인은 하동 사람 이연명인데 경사에 와 노는 것으로 일삼고 있었습니다. 그러던 중에 유 한림과 사귀어 정이 깊어져 족히 관중과 포숙아를 부러워하지 않을 정도였습니다. 그런데 어제 한림이 소인에게 천금을 주고 어르신을 찔러 죽이라고 하니 소인이 마지못해 여기에 왔으나 진실로 소인의 본뜻은 아닙니다."

현아가 다 듣고 안색이 흙과 같이 되어 말했다.

"형이 끝내 어찌 차마 부친을 죽이려 꾀하고 모친을 앗으려고 하는 마음을 둔 줄을 알았겠습니까? 오늘 일은 심상한 일이 아닙니다.

소자가 차라리 머리를 깎아 산간에 다니며 이런 난처한 광경을 보지 않으려 합니다."

유 공이 이때 연명의 초사(招辭)[86]와 현아의 홀리는 말을 듣고 분한 기운이 하늘 같아 말했다.

"더러운 자식이 이처럼 강상을 크게 범했으니 이는 나라를 어지럽히는 도적의 무리다. 내 홀로 다스릴 일이 아니니 마땅히 담당 관청에 부쳐 왕법(王法)을 바르게 하겠다."

그러고서 앉아서 날이 새기를 기다렸다.

새벽이 되자, 한 장의 소지(訴紙)를 써 형부에 나아가니 소지의 내용이 흉하고 참혹해 차마 보지 못할 정도였다.

이때 형부상서 소형이 좌기(坐起)를 열었다. 이 소 상서는 원래 전임 예부상서 소문의 아들이요, 연왕비의 아우니 위인이 현명해 일세에 뛰어났다. 문득 유 공의 소지가 올라온 것을 보고 천천히 낭관을 시켜 읽도록 했다.

'전임 승상이요, 신임 복직한 재상 유 모는 두 아들을 두었습니다. 장자 현명이 일찍이 그 어머니를 잃고 행실이 어려서부터 도리에 어긋나고 마음이 음흉했으나 제가 어루만져 사랑하기를 자못 과도하게 했습니다. 나이 열다섯에 이르러 벼슬을 해 조정에 들어가니 문득 아비를 생각지 않고 늘 공손하지 않은 말이 많아 노인의 몸이 견디지 못할 정도였습니다. 그런데 어젯밤에 술을 먹고 지나치게 취해 그 서모와 정을 통하려 하다가 듣지 않자 서모를 크게 쳐 서모가 지금 거의 죽을 지경에 있습니다. 또 어젯밤에 도적 이연명을 시켜 이 늙은이를 죽이려 하다가 천행으로 작은아들의 구함을 입고 이제 도

---

86) 초사(招辭): 죄인이 자기의 범죄 사실을 진술한 말.

적을 벌주어 승복을 받아 두었습니다. 자고로 아비를 죽이려 꾀하는 것은 만고에 대역(大逆)입니다. 늙은 몸이 어찌 처치할 줄 몰라 법부에 고하니 모름지기 패륜의 자식을 잡아 간악한 정황을 조사하시고 오형(五刑)[87]으로 다스려 그 수족을 사방에 전해 훗사람을 경계하소서.'

소 상서가 다 보고 놀라움을 이기지 못해 즉시 차사(差使)[88]를 시켜 유생을 잡아 오도록 했다. 한림이 이에 이르자 꿈속에 이런 변을 만나 스스로 죽지 못함을 한스러워하고 살아서 하늘을 볼 낯이 없어 낯빛이 찬 재와 같았다. 계단 아래에 무릎을 꿇으니 상서가 그 모습을 보고 홀연히 마음이 서늘하고 기운이 떨어져 의자에 엎어졌다. 이에 모든 하리(下吏)와 낭관(郎官)[89]이 급히 구해 집으로 모셔 가고 한림을 옥에 가둔 후 모두 헤어졌다.

형부시랑 이기문이 이 광경을 보고 크게 놀라 바삐 집에 가 모든 사람에게 이 말을 고하니 하남공 등 다섯 명과 예부 등이 놀라며 서로 얼굴을 바라보았다. 하남공이 먼저 탄식하고 말했다.

"유 씨 아이처럼 기이한 골격과 출천(出天)한 행실을 가진 사람에게 인륜의 변고가 이에 미쳤으니 우리 무리가 구하지 않는다면 어진 사람을 속절없이 진흙에 버리는 일이 아니겠는가?"

예부 흥문이 분한 빛으로 말했다.

"흉한 유 씨 놈이 그 자식을 이처럼 해치니 예전에 숙모를 해친

---

87) 오형(五刑): 다섯 가지 형벌. 묵형(墨刑), 의형(劓刑), 월형(刖刑), 궁형(宮刑), 대벽(大辟)을 이르는데, 묵형은 죄인의 이마나 팔뚝 따위에 먹줄로 죄명을 써넣던 형벌이고 의형은 코를 베는 형벌이며 월형은 발꿈치를 자르는 형벌이고, 궁형은 생식기를 자르는 형벌이며, 대벽은 목을 베는 형벌임.
88) 차사(差使): 중요한 임무를 위해 파견하던 임시 벼슬.
89) 낭관(郎官): 시종관(侍從官).

것은 오히려 작은 일이었습니다. 우리 무리가 마땅히 힘을 다해 구할 것이니 유 씨 놈이 자식을 죽이려 해도 계교를 이루지 못할 것입니다."

연왕이 이때 놀란 낯빛을 진정하고 말했다.

"너는 그리 이르지 마라. 유 씨 아이는 대단한 효자니 어찌 스스로 옳다 하고 아비를 그른 곳에 넣겠느냐? 죄가 없어도 있다고 할 것이니 그때는 네가 무어라 하겠느냐? 이 와중에 비밀리에 계교를 베풀어 유 씨 아이의 목숨이나 보전하게 하는 것이 옳다."

상서 등이 깨달아 사례했다.

이때 위 승상이 왔음을 고하니 모두 일시에 맞이해 인사를 마쳤다. 승상이 이에 분한 기운이 가득해 말했다.

"내 아까 들으니 유영걸이 그 아들을 강상을 범한 큰 죄목으로 형부에 고해 죽이려 한다 하니 어찌 놀랍지 않은가? 어리석은 유 씨 놈이 비록 자기 아들이지만 자기가 죽을 뻔한 위기를 살려 낸 공을 잊고 끝내 이처럼 저버리니 어찌 한심하지 않은가?"

연왕이 말했다.

"유 씨 아이처럼 기이한 사람이 인륜의 변을 만난 것이 이와 같은 지경에 이르렀으니 참으로 천하의 선비로 하여금 슬퍼하게 할 일이네. 국법은 사사로움이 없으니 이곳에서 의논할 바가 아니라 상국은 다만 공변된 도리를 쓰게나."

위 공이 웃고 말했다.

"전하의 말이 소생을 부끄럽게 하니 죽으려 해도 죽을 곳이 없네. 전날 혈기에서 나왔던 분노를 이런 큰 옥사에 이르러 펴겠는가?"

왕이 또한 웃고 말했다.

"우연히 한 말을 너무 유심히 듣는도다."

위 공이 크게 웃고 한나절을 술을 마시다가 돌아갔다.

이때 상서 성문은 유 한림이 큰 변고 만났다는 소식을 듣고 참혹하고 슬픈 마음을 헤아릴 수 없었다. 이에 내당에 들어가 모친에게 고했다.

"벗 하나가 옥에 갇혀 있으니 요사이에 조석으로 밥을 해 주시는 것이 어떠합니까?"

소후가 말했다.

"어떤 사람이며 가족이 없는 것이냐?"

상서가 슬픈 빛으로 탄식하고 실상을 다 고했다. 소후가 아들의 의리에 감동해 운아에게 명령해 저녁밥을 짓게 해 상서를 불러서 밥을 한림에게 보내라 했다. 상서가 심복 시노 기학을 시켜 밥을 옥중에 보내고 글을 부쳤다. 상서가 이미 저 집의 일을 자세히 알고 있었으므로 한림이 굶주려 죽기 쉬울 줄 알고 마음이 미어지는 듯해 한림이 감옥에 있을 동안 필요한 것을 스스로 감당하려 해 밥을 보낸 것이다.

이때 경문이 천만뜻밖에 몸이 강상을 무너뜨린 죄수가 되어 옥중 고초를 겪으니 하늘을 우러러보고 땅을 내려다보나 원통함을 하소연할 곳이 없어 바로 죽어 이 일을 모르고자 했다. 그러나 자기의 애매함이 청천백일 같은데 지레 죽으면 돌아가신 모친 묘소의 풀도 벨 사람이 없을 것을 생각하고 나중에 상황을 보아 결단하려 했다.

이씨 집안의 종이 이르러 상서의 서간을 드리고 저녁밥을 올리니 한림이 슬픈 중에도 반가움이 넘쳐 흘렀다. 바삐 서간을 뜯어 보니 서찰에는 정성스럽고 곡진한 마음과 위로하는 뜻이 가득했고 글자마다 정이 머금어져 있었다. 한림이 서찰을 다 보고는 크게 감동하고 상서의 의리에 깊이 감사했다. 슬픔을 이기지 못해 천 줄기 눈물이 흘렀는데 겨우 정신을 거둬 상서가 죄인을 생각해 주는 것을 사례하는 내용으로 급히 답간을 써서 돌려보냈다.

사내종이 돌아가 상서에게 답간을 드리니 상서가 다 보고 눈물을 줄줄 흘리며 말했다.

"저의 행실이 이처럼 높은데 끝내 운세가 고르지 않으니 아득한 하늘은 이토록 무심한 것인가?"

그러고서 비록 참으려 해도 눈물이 어지럽게 흘렀다. 식음을 폐하고 옥중에 필요한 물품을 못 미칠 듯이 공급하며 열흘마다 글을 부쳐 한때 설움을 참아 천지가 맑아지기를 기다리라 했다.

한림이 억지로 참아 살려고 생각했으나 돌아보면 부모가 있어도 세상 밖에 있어 자기의 처지를 근심해 주지 못하고 한 명의 형제가 없어 설움을 나누지 못하며 자기의 죄가 어느 곳에 미칠 줄 알지 못했으니 비록 대장부의 굳센 마음을 지녔으나 자연히 기운이 꺾이는 것을 이기지 못했다. 그래서 마디마디 애를 태우니 그 모습은 천고에 없을 정도였다. 만일 이런 때 연왕 부부가 이 사정을 알았다면 차마 설움을 참겠는가마는 아득히 알지 못했으니 조물의 시기 많은 것이 한이다.

이때 소 공의 기운이 날로 좋지 않아 좌기를 못 했으므로 이부에서 드디어 장옥지로 교대했다. 이는 하남 사람이고 정국공 장세걸의 장자이니 위인이 총명하고 정직해 당대 사람들이 칭찬했다. 당일에 벼슬에 나가 좌기를 베푸니 시랑 이기문이 허다한 공사(公事)를 가져와 일일이 보고했다. 장 상서가 유영걸의 옥사에 이르러는 깊이 생각해 말을 하지 않았다.

이에 주시 유 공을 잡아아 한림과 대면시켜 실상을 물었다. 유 공이 팔을 뽐내며 한림의 허물을 꾸며서 말하니 그 속에 들어 있는 말은 차마 듣지 못할 정도여서 듣는 사람들이 귀를 가리며 참혹히 여겼다.

장 상서는 유 공이 자세히 하는 말을 듣고 속으로 분노해 생각했다.

'자식이 설사 그른 일을 했다 한들 아비가 되어 이와 같이 하니 참으로 유 씨 놈의 위인을 알겠구나.'

그러고서 한림을 보았다.

이때 한림의 기색은 찬 재와 같았다. 눈을 낮추고 고개를 숙여 자신이 살아 온 것을 한스러워하고 하늘을 우러러보기를 부끄러워했으니 관옥(冠玉)[90]과 같은 얼굴이 초췌해 보는 사람이 슬픔을 참지 못하게 할 정도였다. 장 공이 그윽이 분개하는 마음이 흘러 손으로 가리켜 물었다.

"그대는 세상을 뒤덮을 만한 영재로서 조정의 높은 손이 되어 비단옷에 금띠를 하고서 폐하의 총애가 가득하므로 우리가 우러러 공경하던 인물이다. 그런데 어찌 오늘날 강상의 큰 죄를 지어 부형의 고소장이 여기에 이르도록 한 것인가?"

한림이 천천히 평안한 빛으로 대답했다.

"소생의 어리석은 허물은 가친께서 잘 이르셨으니 다시 변명할 길이 없습니다. 이는 참으로 태양이 중천에 밝으니 요사스러운 기운이 자취를 감추지 못하는 것과 같습니다. 원컨대 어르신께서는 소생을 빨리 죽여 집안의 명성을 추락시킨 죄와 강상을 무너뜨린 죄를 엄히 다스리소서."

장 공이 그 말이 모호함을 보고 태반이나 짐작했다.

즉시 두 사람의 초사를 거두어 임금께 아뢰고 계사(啓辭)[91]를 올

---

90) 관옥(冠玉): 관의 앞을 꾸미는 옥으로 남자의 아름다운 얼굴을 이르는 말.
91) 계사(啓辭): 논죄(論罪)에 관하여 임금에게 올리던 글.

렸다.

'복이(伏以)[92] 신이 처음으로 벼슬에 나와 공사를 살피니, 승상 유영걸이 그 아들 한림학사 유현명을 강상의 죄에 얽어 원정(原情)[93]이 명백하고 현명의 초사가 이와 같아 법률로 의논한다면 현명의 죄는 목을 베어 죽일 만합니다. 그러나 신이 그윽이 생각건대 의심쩍은 곳이 없지 않나이다. 현명이 비록 불초하나 그 아비 된 자가 어찌 아들의 악행을 들추어 죽을 곳에 넣는 것을 편안히 할 것이며, 현명이 정말 불초하다면 그 아비 말에 하나도 다투는 것이 없고 법부가 엄히 추문(推問)[94]한 것이 없이 스스로 죄가 있다 해 죽기를 구하겠습니까? 신의 어리석은 소견으로는 이 가운데 의심 된 점이 있으니 성상께서는 밝히 처치해 주소서.'

임금이 다 보고 크게 놀라 탄식하고 말씀하셨다.

"유현명과 같은 인물이 어찌 오늘날 인륜의 큰 변고를 만났단 말인가?"

드디어 모든 초사를 칠 각로에게 내리시니 이 승상이 먼저 아뢰었다.

"이제 국가의 대옥(大獄)을 당해 신 등이 소견이 없는 것이 아니나 진실로 일의 형세가 난처합니다. 아비를 옳다 하면 아들이 죽을 곳에 빠지고 아들을 옳다 하면 아비가 대역(大逆)에 떨어짐을 면치 못할 것이니 피차에 시원하게 해결되지 않습니다. 그러니 국가의 불행이 아니겠나이까? 그러나 유현명이 재주가 뛰어나고 효행이 출천(出天)하다는 것은 전에 현명이 영걸을 구하던 혈표(血表)[95]를 통해

---

92) 복이(伏以): '엎드려 생각건대'의 뜻으로 임금에게 올리던 글의 처음에 상투적으로 쓰이던 말.
93) 원정(原情): 사정을 하소연함.
94) 추문(推問): 어떠한 사실을 자세하게 캐며 꾸짖어 물음.
95) 혈표(血表): 피로 쓴 표문(表文). 유영걸이 죽게 되었을 때 유현명이 등문고를 쳐 임금에게 혈서를 올린 일을 말함.

폐하께서 자세히 알고 계십니다. 그런 위인이 이런 윤상(倫常)을 무너뜨리는 큰 죄를 짓지는 않았을 것이니 이는 모두 고수(瞽瞍)96)가 상(象)을 사랑해 순(舜)을 죽이려 하던 일97)이 있었던가 합니다. 대개 유영걸의 비복(婢僕)을 잡아 벌을 준다면 간악한 정황을 파악하는 것이 쉬울까 하나이다."

위 승상이 아뢰었다.

"유현명이 전에 연왕을 따라 군중에 종사할 적에, 유 씨 놈이 일찍이 주색에 빠진 무리로 병법을 알지 못했으나 현명이 스스로 몸을 대신해서, 싸우면 반드시 이기고 공을 반드시 취해 그 공을 아비에게 돌려보내 아비의 무궁한 죄를 갚도록 했습니다. 신이 당초에 도임해서 유 씨 놈의 흉악함을 괘씸하게 여겨 약간 곤장을 때리고 죽이려 하니 유현명이 그 때문에 신을 원수로 치부해 끝까지 신과 한자리에 있지 않았습니다. 그 아비를 곁에서 모셔 효성이 남보다 빼어난 것은 강주 한 고을에 자자했습니다. 경사에 온 후에도 소신에게 원한을 풀지 않아 신의 성정이 과격함을 면치 못했으므로 신이 현명을 꾸짖는 중에도 그 효성에 감탄함을 이기지 못했습니다. 근래에 현명이 미치지 않은 다음에야 그런 패륜의 죄를 저지를 리 있겠나이까? 이는 전혀 유영걸의 어리석음 때문에 빚어진 일입니다."

임금께서 이에 대답하셨다.

"경 등의 말이 이와 같으니 짐의 의심이 풀렸도다. 마땅히 친히 물어 간악한 실정을 조사할 것이다."

드디어 유씨 집의 아비와 아들을 올리라 하고 형벌 기구와 집행하

---

96) 고수(瞽瞍): 중국 고대 순(舜)임금의 아버지.

97) 고수(瞽瞍)가~일: 중국 고대의 순임금이 제위에 오르기 전에 그 아버지 고수가 후처의 자식인 상만 사랑하고 전처 소생인 순을 죽이려 한 일을 말함.

는 사람들을 엄히 차려 두고 먼저 유 공에게 물으셨다.

"경이 전날 국가를 저버린 죄가 등한하지 않은데 오늘 자식을 대역(大逆)으로 관청에 고소한 것은 희한한 변고다. 현명은 조정의 아름다운 재목이요, 짐이 총애하는 신하인데 경이 현명을 싫어하는 것이 이 지경에 미쳤단 말인가?"

유 공은 임금이 이처럼 하시는 데 황공해 머리를 조아려 아뢰었다.

"신이 전에 국가를 저버린 죄는 만 번 죽어도 아깝지 않사옵니다. 오늘 더러운 자식의 죄는 터럭을 빼어 헤아려도 남을 지경이요, 신을 해치려던 도적이 지금 신의 집에 있으니 성상께서 한번 물으신다면 신의 말이 그르지 않음을 아실 것입니다. 자식을 위한 신의 마음이 덜한 것이 아니나 불초자의 죄악이 산과 같아서 강상을 범한 후에는 진실로 가문을 근심해 사사로운 정을 그쳐 법부에 고한 것이니 신의 어리석음 때문만이 아닙니다."

임금께서 들으시니 그 말이 자못 일리가 있었다. 그래서 즉시 이연명을 잡아다 엄한 형벌로 문초하도록 하니 형부상서가 이연명에게 물었다.

"네 만일 사람의 청을 듣고 유현명을 해하려 했다면 한마디 말도 숨기지 마라."

연명이 오늘 임금 앞에서 엄한 위엄이 가득한 것을 보고 크게 두려워했으나 오직 말을 지어 말했다.

"유 한림이 값을 주고 유 씨 어른을 해치라 하므로 소인이 마지못해 한 것입니다."

장 공이 대로해 호령했다.

"네가 범한 것이 이뿐만이 아니니 바른 대로 말한다면 네 목숨을 구할 것이다."

연명이 매를 견디지 못해 문득 크게 소리치기를,

"소인이 바른 대로 말하겠나이다. 유 한림은 애매하고 설 한림……."

이라고 말하다가 문득 피를 흘리고 거꾸러져 즉사했다. 좌우 사람들이 크게 놀라 급히 일으켜 보니 벌써 숨이 져 있었다. 장 상서가 이상하게 여겨 말했다.

"지금 간악한 사람의 흉악함이 이와 같으니 어찌 한심하지 않은가?"

그러고서 즉시 임금께 아뢰었다.

"도적이 사실을 말하다가 즉사했으니 이도 필시 흉한 사람이 독을 넣어 연명을 죽게 한 것입니다. 마땅히 유영걸을 문초하시는 것이 어떠합니까?"

임금께서 말씀하셨다.

"경의 아뢰는 말이 옳으니 그대로 하리라."

장 공이 즉시 중한 형벌 기구를 벌여 놓으니, 한림은 이때 죽으려 해도 죽을 곳이 없어 간장이 다 타서 재가 될 지경이었다. 겨우 정신을 거둬 아뢰었다.

"신이 어리석고 본디 미친 증상이 있어 삼가지 못한 일이 많아 아비에게 죄를 얻은 것이 적지 않으므로 아비가 문호를 근심해 대궐에 아뢰어 신의 죄를 다스리도록 한 것은 그르지 않습니다. 그런데 성상께서는 만백성의 부모가 되시어 어찌 불초자를 다스리지 않으시고 강상을 바로하려는 아비에게 죄를 주려 하시나이까? 신이 연명을 보내 아비를 해한 것도 옳고 서모와 정을 통하려 한 것도 옳으니 원컨대 성상께서는 신을 삼목(三木)98)의 형벌로 죽이소서."

---

98) 삼목(三木): 죄인의 목·손·발에 각각 채우던 세 형구(刑具). 칼, 수갑, 차꼬를 이름.

장 공이 즉시 이대로 아뢰니 임금께서 깊이 생각하셨다. 이에 이 승상이 아뢰었다.

"연명이 설가를 입에 올렸으니 마땅히 설가를 찾는다면 간악한 정황이 드러날까 하나이다."

임금께서 유 공에게 물으셨다.

"설가는 어떤 사람인가?"

유 공이 미처 대답하지 않아서 한림이 대답했다.

"설가는 본디 아비와 신이 알지 못하오니 이는 불과 연명이 형벌을 견디지 못해 지어낸 말입니다."

임금께서 말씀하셨다.

"이제 현명의 초사(招辭)가 이처럼 명백하니 법으로 다스려 사지(四肢)를 찢어 죽여야 할 것이나 그 가운데 의심된 일이 있으니 이를 어찌 처치해야 할꼬?"

이 승상이 아뢰었다.

"현명의 말은 효자로서 응당 해야 할 도리니 참으로 믿을 것이 못 되고, 법을 쓴다면 죄가 영걸에게 갈 것입니다. 신의 소견으로는 현명의 죄를 사형에서 감해 안팎의 시비를 막으시는 것이 좋을 듯합니다. 현명이 만일 정말로 불초자라면 오늘 형벌 아래 죽는 것을 두려워하지 않아 아비를 구하려는 말이 간절하겠나이까? 이를 참작하면 현명의 기특함을 알 수 있나이다."

말이 끝나지 않아서 도어사 여박이 아뢰었다.

"이 승상의 말이 자못 옳으나 나라의 법률은 지극히 엄합니다. 유현명이 지었다는 큰 죄는 세력을 무릅쓰고 억울함을 씻어버리기 전에는 어찌 감히 죽을죄를 덜어 귀양을 보내 국법이 나태해지게 할 수 있겠습니까? 신의 소견으로는 유영걸을 문초하시는 것이 옳은가 하나이다."

유 공이 분노해 말했다.

"불초자가 서모의 방에 가 서모를 붙들고 핍박하려는 것을 신이 친히 보았으니 만일 신이 헛소리를 하는 것이라면 하늘의 해가 신을 죽일 것입니다."

이 승상이 또 아뢰었다.

"국법이 여박의 말과 같으나 이 경우에는 그렇지 않습니다. 유영걸을 문초해 실상을 알아도 현명을 버리지는 못할 것이니 차라리 넓은 하늘과 같은 큰 의리 때문에 일이 그른 곳에 빠진들 설마 어찌하겠습니까? 유현명을 사형에서 감하고 유 씨 놈이 스스로 간악한 실상 잡는 것을 기다리신다면 이것은 신하 된 자의 의리를 온전히 하는 도리가 될 것입니다."

임금께서 옳게 여기셔서 현명을 수주로 귀양 보내라 하시고 유 씨 놈에게는 일을 묻지 않으셨다.

제2부

주석 및 교감

니시셰디록(李氏世代錄) 권지칠(卷之七)

‥‥

1면

  이적의 니(李) 안뮈(按撫ㅣ) 강쥐(江州)[1] 이셔 국스(國事)를 힘뼈 다스리나 일념(一念)의 부친(父親) 존문(尊問)을 몰나 울울(鬱鬱)흔 심시(心思ㅣ) 병(病)이 되엿더니 오라디 아냐 연왕(-王)이 즉위(卽位)흐믈 듯고 부야흐로 방심(放心)흐야 디니더니,

  일일(一日)은 흔 낫 쇼션(小船)을 틱고 심양강(潯陽江)의 니르러 츄경(秋景)을 슬필식, 초시(此時) 듕츄(仲秋) 념오간(念五間)[2]이라. 단풍(丹楓)과 국홰(菊花ㅣ) 믈 가온대 써러디고 츄텬(秋天)의 놉흐미 뎜운(點雲)[3]이 업고 프른 믈결이 フ을 아디 못ᄒ니, 안뮈(按撫ㅣ) 머리 뎨향(帝鄉)[4]을 브라보와 군친(君親)[5]을 싱각ᄒ고 쳥시(淸詩)[6]를 지어 음영(吟詠)ᄒ며 현금(絃琴)[7]을 농(弄)ᄒ니 이 진짓 뎨슌(帝舜)[8]의 남훈곡(南薰曲)[9]과 흡亽(恰似)ᄒ더라. 듯

---

1) 강쥐(江州): 강주. 중국 역사상의 옛 행정구역으로, 지금의 강서성, 복건성에 걸쳐 있었던 강주로 판단됨. 중심지는 심양(潯陽)에 두었음.

2) 념오간(念五間): 염오간. 이십오일 즈음.

3) 뎜운(點雲): 점운. 한 점의 구름.

4) 뎨향(帝鄉): 제향. 황제가 있는 곳. 황성(皇城).

5) 군친(君親): 임금과 어버이.

6) 쳥시(淸詩): 청시. 맑은 운치를 느끼게 하는 시.

7) 현금(絃琴): 거문고나 비파 등의 현악기.

8) 뎨슌(帝舜): 제순. 중국 고대의 순(舜)임금을 이름. 순임금은 성(姓)은 요(姚), 씨(氏)는 유우(有虞), 이름을 중화(重華)이고 역사서에서는 우순(虞舜)이나 순(舜)으로 칭함. 요(堯)임금에게서 임금 자리를 물려받고 후에 우(禹)임금에게 임금 자리를 눌려줌. 창오(蒼梧)에서 죽음.

9) 남훈곡(南薰曲): 순(舜)임금이 오현금(五絃琴)을 타며 불렀다는 <남풍가(南風歌)>를 이름. 그 노

느니 귀를 기우려 긔이(奇異)히 너기더라.

 져므도록 노다가 셕양(夕陽)의 쟝츠(將次ㅅ) 빅롤 저어 강변(江邊)의 다히더니, 홀연(忽然) 샹뉴(上流)로셔 흔 죽엄이 은은(隱隱)[10]이 써ᄂ려와 빅의 브드티며 숨 다ᄋᄂ 소래 뇨연(窈然)[11]이 들리니,

 원릭(元來) 녀 쇼졔(小姐ㅣ) 즈악산(--山)의셔 빅롤 틔매 하람(河南)으로 가는 쇼로(小路)ᄂ 잠간(暫間) 스이로 드러 힝(行)ᄒ고 바로 흐르ᄂ 믈결은 심양(潯陽)으로 년(連)ᄒ엿ᄂ디라, 죵일죵야(終日終夜)토록 모딘 믈결의 밀리여 ᄂ려오딕 하ᄂᄅ의 도ᄋᄆ를 닙어 채 숨이 디든 아녓더라.

 안딕(按臺) 이쎠의 그 죽엄과 숨 훈(暈)[12]이 이시믈 보고 일단(一段) 즈비심(慈悲心)이 발(發)ᄒ야 친(親)히 거두어 빅 우희 올리니 이 곳 흔 낫 녀직(女子ㅣ)라.

 안뮈(按撫ㅣ) 홀연(忽然) 놀나고 난쳐(難處)ᄒ나 홀 일이 업셔

하리(下吏)를 분부(分付)ᄒ야 교즈(轎子)를 가져 소져(小姐)를 틱와 아듕(衙中)의 니ᄅ러ᄂ 관비(官婢)[13]를 분부(分付)ᄒ야 고요흔

  래에 "따사로운 남풍이여, 우리 백성 불만을 풀어 줄 만하여라. 南風之薰兮, 可以解吾民之慍兮." 라고 하였으니, 곧 성군이 정치하여 국가가 태평성대를 누리는 것을 노래한 것임. 『공자가어(孔子家語)』, 「변악해(辯樂解)」.

10) 은은(隱隱): 겉으로 뚜렷하게 드러나지 아니하고 어슴푸레하며 흐릿함.

11) 뇨연(窈然): 요연. 보이는 것이나 들리는 것이 희미하고 매우 멂.

12) 훈(暈): 흔적. 자취.

방(房)의 드리고 약뉴(藥類)를 ᄀ초와 구호(救護)ᄒ라 ᄒ니, 모든 녀기(女妓) 명(命)을 드러 쇼져(小姐)를 구(救)ᄒ매 두어 식경(食頃)[14] 후(後) 믈을 토(吐)ᄒ고 인ᄉ(人事)를 출혀 눈을 떠 모든 녀기(女妓)를 보고 크게 고이(怪異)히 너겨 므러 ᄀ로ᄃ,

"이 집이 어ᄂ 곳이며 너희ᄂ 엇던 사ᄅᆷ인다?"

모다 ᄃ답ᄒᄃ,

"이곳은 강쥐(江州) 안무ᄉ(按撫使) 아듕(衙中)이라. 안무(按撫) 노애(老爺ㅣ) 선유(船遊)ᄒ시다가 낭ᄌ(娘子ㅣ) 믈 우희 떠ᄂ려오시믈 보고 건뎌 구(救)ᄒ시니이다."

쇼데(小姐ㅣ) 이 말을 듯고 크게 놀나 믄득 벽(壁)의 걸닌 칼흘 드러 ᄌ결(自決)코져 ᄒ니 모다 크게 놀나 붓잡고 말린대 쇼졔(小姐ㅣ) 왈(曰),

"ᄂ 임의 외간(外間)

• • •

4면

남ᄌ(男子)의 손의 몸을 건뎌시니 ᄎ마 엇디 인셰(人世) 간(間)의 머믈리오? 쾌(快)히 죽으미 올흐니 너희 등(等)은 말리디 말나."

모다 안무(按撫)의 녕(令)을 드럿ᄂ 고(故)로 더러흔 붓들고 잇고 ᄒ나히 나가 안무(按撫)긔 이 ᄉ연(事緣)을 고(告)ᄒ니 안뮈(按撫ㅣ) 그 뜻을 놉히 너겨 말ᄉᆷ을 뎐(傳)ᄒ야 ᄀ로ᄃ,

"쇼싱(小生)이 비록 슈듕(水中)의셔 쇼져(小姐)를 구(救)ᄒ나 일즉 당돌(唐突)ᄒ 죄(罪)를 엇디 아냐시니 쇼졔(小姐ㅣ) 엇디 이러틋 과

13) 관비(官婢): 관가에서 부리던 여자 종.
14) 식경(食頃): 한 끼의 밥을 먹을 만한 잠깐 동안.

도(過度)히 구른시노뇨? 본향(本鄕)과 귀죡(貴族)을 드러 뫼셔 도라
보녀고져 ᄒᆞᄂᆞ이다.”

쇼졔(小姐ㅣ) 즉시(卽時) 딕답(對答)ᄒᆞ딕,

“쳔쳡(賤妾)이 감히(敢-) 대인(大人)을 원(怨)ᄒᆞ미 아니라, 임의 대
인(大人) 손의 몸을 잡히매 ᄎᆞ마 ᄂᆞᆾ출 드러 인셰(人世)의 잇디 못ᄒᆞ
리니 대인(大人)은 원(願)컨딕 쳔

5면

쳡(賤妾)의 죽기를 막디 마르시고 젼(前) 쇼ᄉᆞ(少師) 하람(河南) 졀
도ᄉᆞ(節度使) 녀 공(公)을 ᄎᆞ쟈 신톄(身體)를 주쇼셔.”

안뮈(按撫ㅣ) ᄎᆞ언(此言)을 듯고 대경(大驚)ᄒᆞ야 다시 므르딕,

“녀 졀되(節度ㅣ) 쇼져(小姐)긔 엇던 사ᄅᆞᆷ이며 명직(名字ㅣ) 뫼(某
ㅣ)니잇가?”

쇼졔(小姐ㅣ) 딕왈(對曰),

“연(然)ᄒᆞ이다. 쳡(妾)의 부친(父親)이라. 쳡(妾)이 하람(河南)으로
갈 적 믈의 ᄲᅢ뎟더니 겨유 승니(僧尼)의 구(救)ᄒᆞᄆᆞᆯ 닙어 암ᄌᆞ(庵子)
의 머므러 슌풍(順風)을 좃차 니고(尼姑) 졍심으로 더브러 하람(河
南)으로 가다가 도적(盜賊)을 만나 낙슈(落水)[15]ᄒᆞ여시니 쳔인(賤人)
이 죽은 후(後) 노야(老爺)ᄂᆞᆫ 아븨게 이 ᄯᅳᆺ을 니르쇼셔.”

안뮈(按撫ㅣ) ᄎᆞ언(此言)을 듯고 깃븜과 즐거오미 교집(交集)[16]ᄒᆞ
니 ᄆᆞᄋᆞᆷ이 비록 텰셕(鐵石) ᄀᆞᆺ트나 나히 쇼년(少年)이오, 반싱(半生)
ᄉᆞ모(思慕)ᄒᆞ던 슉녀(淑女)를 만나 하로도 편(便)

---

15) 낙슈(落水): 낙수. 믈에 ᄲᅡ짐.
16) 교집(交集): 이런저런 생각이 뒤얽히어 서림.

6면

히 안자 얼골도 딕(對)치 못ㅎ고 속졀업시 천하(泉下)¹⁷⁾의 더디니 촌심(寸心)¹⁸⁾이 어히는 듯ㅎ야 댱야댱일(長夜長日)¹⁹⁾의 잠시(暫時)도 닛디 못ㅎ다가 금일(今日) 이 긔별(奇別)을 드르니 반가옴과 희힝(喜幸)²⁰⁾ㅎ미 뎐도(顚倒)²¹⁾ㅎ야 밧비 쇼져(小姐)의 곳의 니르니,

쇼제(小姐ㅣ) 미황(未遑) 듕(中) 모든 녀기(女妓)의 슛두어려 노얘(老爺ㅣ) 니르신다 ㅎ믈 듯고 실싴(失色)ㅎ야 혼졀(昏絶)ㅎ여 겟구러디니 입으로조차 피 무수(無數)히 흐르는디라. 안뮈(按撫ㅣ) 이 거동(擧動)을 보고 참담(慘憺)²²⁾ㅎ미 부오는 듯ㅎ야 나아가 붓드러 친(親)히 피를 슷고 붓드러 슈족(手足)을 쥐므르고 약믈(藥物)을 티디 쇼제(小姐ㅣ) 숨이 졈졈(漸漸) ᄀ늘고 싱긔(生氣) 업스니 싱(生)이 무음의 데 도듕(途中) 곤노(困勞)²³⁾를 만히 겻거시니 살미 쉽디 아닐가 황겁(惶怯)²⁴⁾ㅎ며 원긔(元氣)

7면

실낫 ᄀᆺ트여시믈 우려(憂慮)ㅎ야 그 몸으로써 ᄌ가(自家)의 몸의

---

17) 천하(泉下): 천하. 황천(黃泉)의 아래라는 뜻으로, 죽어서 가는 저승을 이르는 말.
18) 촌심(寸心): 속으로 품은 작은 뜻.
19) 댱야댱일(長夜長日): 장야장일. 긴 밤과 긴 날.
20) 희힝(喜幸): 희행. 기쁘고 다행스러움.
21) 뎐도(顚倒): 전도. 엎어져 넘어지거나 넘어뜨림. 허둥지둥하는 모양.
22) 참담(慘憺): 가슴 아플 정도로 비참함.
23) 곤노(困勞): 곤로. 곤경과 괴로움.
24) 황겁(惶怯): 겁이 나고 두려움.

다히니 츳기 어룸도곤 더흐더라.

안뮈(按撫 |) 더옥 참연(慘然)호야 년(連)호야 옥슈(玉手)를 녀흐며 친(親)히 손으로 문뎌 새도록 경과(經過)호디 죠곰도 인스(人事)를 모르더니, 밤이 반(半)이나 된 후(後) 쇼제(小姐 |) 숨을 내쉬고 겨유 눈을 드러 이 거동(擧動)을 보매 혼미(昏迷) 듕(中) 안무(按撫)를 젼혀(全-) 모르고 다만 년쇼(年少)훈 남직(男子 |) 핍박(逼迫)호민가 호야 더옥 죽고져 뜻이 급(急)호야 몸을 썰텨 니러 안거늘, 안뮈(按撫 |) 크게 깃거 이에 그 거동(擧動)을 보니 쇼제(小姐 |) 다시 노흘 드러 결항(結項)²⁵⁾코져 호는디라 싱(生)이 웃고 손을 잡아 위로(慰勞) 왈(曰),

"부인(夫人)이 비록 익환(厄患)²⁶⁾을 궃초 겻고 즉금(卽今) 반싱(半生) 듕(中)이나 지아비를 몰나보고

• • •

8면

거죄(擧措 |) 고이(怪異)호뇨? 혹싱(學生)이 비록 블민(不敏)호나 부인(夫人)이 내 쳐직(妻子 |) 아닐딘대 이런 거조(擧措)를 호야 인셰(人世) 간(間) 죄인(罪人)이 되리오?"

쇼제(小姐 |) 츳언(此言)을 듯고 크게 놀나 눈을 드러 냥구(良久)히 보고 보야흐로 니(李) 시랑(侍郎)을 분변(分辨)호니 영힝(榮幸)²⁷⁾호나 뎌의 친압(親狎)²⁸⁾호믈 블쾌(不快)호고 붓그려 믁연(默然) 브답

---

25) 결항(結項): 목숨을 끊기 위하여 목을 매어 닮.
26) 익환(厄患): 액환. 재앙과 환난.
27) 영힝(榮幸): 영행. 기쁘고 다행스러움.
28) 친압(親狎): 버릇없이 너무 지나치게 친함.

(不答)이어늘, 시랑(侍郎)이 또 웃고 다시 종젼(從前) 슈말(首末)을 므르니 쇼졔(小姐ㅣ) 강잉(强仍)호야 조시 니른대 시랑(侍郎) 왈(曰),

"부인(夫人)이 셜ᄉ(設使) 눔의 구(救)호여시나 비홍(臂紅)29)이 이신 후(後)야 므ᄉ 혐의(嫌疑) 이실 거시라 그리 급(急)히 죽어 부모(父母) 유톄(遺體)를 도라보디 아닌ᄂ뇨?"

쇼졔(小姐ㅣ) 졍ᄉᆡᆨ(正色) 왈(曰),

"군ᄌ(君子)의 녜듕(禮重)30)호시므로 이 말솜은 의외(意外)로소이다. 쳡(妾)이 ᄉ죡(士族) 부녀(婦女)로 타문(他門) 남ᄌ(男子)의

＊＊＊

9면

손의 구(救)호믈 닙고 ᄎ마 어이 잠신(暫時ㄴ)들 인셰(人世)의 머믈니오?"

시랑(侍郎)이 미쇼(微笑)호고 심하(心下)의 믜밧다가 그 녈녈(烈烈)호 언ᄉ(言辭)를 드르매 항복(降服)호고 또 그 어리로온 ᄉᆡᆨ틱(色態)31) 심간(心肝)을 녹이니 ᄌ연(自然) 은졍(恩情)이 심솟듯 ᄒ믈 면(免)티 못ᄒᄂ더라. 손을 잡고 상(牀)의 나아가 평안(平安)이 됴리(調理)호믈 권(勸)호니 쇼졔(小姐ㅣ) 슈습(收拾)호미 듕(重)호나 진실로(眞實-) 몸이 혼곤(昏困)호야 통셩(痛聲)을 이긔디 못ᄒ니 시랑(侍郎)이 감히(敢-) 범(犯)티 못ᄒ고 다만 평안(平安)이 밤을 디내매,

---

29) 비홍(臂紅): 팔뚝의 붉은 점. 앵혈(鴬血)을 이름. 장화(張華)의 『박물지(博物志)』에서 그 출처를 찾을 수 있음. 근세 이전에 나이 어린 처녀의 팔뚝에 찍던 처녀성의 표시를 말하는 것으로 도마뱀에게 주사(朱沙)를 먹여 죽이고 말린 다음 그것을 찧어 어린 처녀의 팔뚝에 찍으면 첫날밤에 남자와 잠자리를 할 때에 없어진다고 함.

30) 녜듕(禮重): 예중. 예를 중시함.

31) ᄉᆡᆨ틱(色態): 색태. 여자의 곱고 아리따운 자태.

명일(明日) 의쟈(醫者)를 블러 딘믹(診脈)ᄒᆞ고 약뉴(藥類)를 ᄀᆞ초아 구호(救護)ᄒᆞ믈 극진(極盡)이 ᄒᆞ니 쇼졔(小姐ㅣ) 비록 몸이 듕(重)히 샹(傷)ᄒᆞ여시나 이ᄯᅢ 시랑(侍郞)을 만나 ᄆᆞ음이 평안(平安)ᄒᆞ매 드ᄃᆡ여 수

10면

일(數日) 후(後) 향차(向差)[32]ᄒᆞ니,

시랑(侍郞)이 크게 깃거 ᄂᆡ외(內外)를 엄격(嚴格)게 ᄒᆞ고 모든 녀기(女妓)로 부인(夫人)긔 ᄉᆞ환(使喚)[33]킈 ᄒᆞ며 ᄌᆞ개(自家ㅣ) 외당(外堂)의 이셔 관ᄉᆞ(官事)를 다ᄉᆞ리니 쇼졔(小姐ㅣ) 더옥 ᄯᅳᆺ의 마자 ᄆᆡᄉᆞ(每事)를 정돈(整頓)ᄒᆞ며 시랑(侍郞)의 의건(衣巾)을 힘뻐 밧드니 시랑(侍郞)이 ᄯᅩᄒᆞᆫ 공경(恭敬)ᄒᆞ믈 극진(極盡)이 ᄒᆞ고 ᄉᆞ침(私寢)의 모다 셜만(褻慢)[34]ᄒᆞ미 업더니,

일삭(一朔)이 디나매 쇼졔(小姐ㅣ) 긔뵈(肌膚ㅣ)[35] 여샹(如常)[36]ᄒᆞ고 골격(骨格)이 윤틱(潤澤)ᄒᆞ야 이 진짓 츄틱(秋澤) 부용(芙蓉)이 이슬을 마시고 옥년(玉蓮)이 향슈(香水)의 저젓ᄂᆞᆫ ᄃᆞᆺᄒᆞ니,

시랑(侍郞)이 ᄇᆡ야흐로 다른 념녜(念慮ㅣ) 업서 ᄎᆞ야(此夜)의 ᄂᆡ당(內堂)의 드러가 쇼져(小姐)로 말숨ᄒᆞ야 밤이 깁흐매 ᄒᆞᆫᄀᆞ디로 상요(牀-)의 나아가고져 ᄒᆞᆫᄃᆡ 쇼졔(小姐ㅣ) 경구(驚懼)[37]ᄒᆞ야 안ᄉᆡᆨ(顏色)이

---

32) 향차(向差): 병이 회복됨.

33) ᄉᆞ환(使喚): 사환. 심부름을 함.

34) 셜만(褻慢): 설만. 하는 짓이 무례하고 거만함.

35) 긔뵈(肌膚ㅣ): 기부. 피부.

36) 여샹(如常): 여상. 평상시와 같음.

37) 경구(驚懼): 놀라고 두려워함.

평샹(平常)티 아니ᄒᆞ미 시랑(侍郎)이 ᄌᆞ못 슬피고 므러 글오ᄃᆡ,
"부인(夫人)이 므슴 소회(所懷) 잇ᄂᆞ냐? 싱(生)을 ᄃᆡ(對)ᄒᆞ야 니ᄅᆞ
미 방해(妨害)롭디 아니ᄒᆞ도다."

쇼졔(小姐ㅣ) 안셔(安舒)[38]히 ᄃᆡ왈(對曰),

"쇼쳡(小妾)[39]이 브릉누질(不能陋質)[40]로 군ᄌᆞ(君子)의 비위(配
偶ㅣ)[41] 되미 블ᄉᆞ(不似)[42]ᄒᆞ거늘 젼후(前後)의 도로(道路)의 뉴리
(流離)[43]ᄒᆞ던 몸으로 군ᄌᆞ(君子)긔 이걸(哀乞)[44]ᄒᆞ매 허(許)ᄒᆞ시믈
어덧더니 이번(-番) 익화(厄禍)[45]ᄂᆞ 더옥 몽ᄆᆡ(夢寐) 밧기라, 강어(江
魚)의 밥이 되믈 면(免)티 못ᄒᆞᆯ너니 군ᄌᆞ(君子)의 ᄒᆡ활지덕(海闊之
德)[46]을 닙어 일명(一命)이 투싱(偸生)[47]ᄒᆞ야 반셕(盤石)[48]ᄀᆞ티 머므
니 부뫼(父母ㅣ) 블쵸녀(不肖女)ᄅᆞᆯ 죽은 줄로 아ᄅᆞ샤 이샹(哀傷)[49]ᄒᆞ
시ᄂᆞ니 쳡(妾)이 엇디 ᄆᆞ음이 안안(晏晏)[50]ᄒᆞ야 군ᄌᆞ(君子)의 은혜

---

38) 안셔(安舒): 안서. 마음이 편안하고 조용함.
39) 쇼쳡(小妾): 소첩. 아내가 남편에 대해 자기를 낮추어 부르던 말.
40) 브릉누질(不能陋質): 불능누질. 능력이 없는 비루한 자질.
41) 비위(配偶ㅣ): 배우. 배필.
42) 블ᄉᆞ(不似): 불사. 꼴이 격에 맞지 않음.
43) 뉴리(流離): 유리. 이리저리 떠돌아다님.
44) 이걸(哀乞): 애걸. 애처롭게 하소연하며 빎.
45) 익화(厄禍): 액화. 액으로 입는 재앙.
46) ᄒᆡ활지덕(海闊之德): 해활지덕. 바다처럼 넓은 은덕.
47) 투싱(偸生): 투생. 구차하게 산다는 뜻으로, 죽어야 마땅할 때에 죽지 아니하고 욕되게 살기를 꾀함을 이르는 말.
48) 반셕(盤石): 반석, 넓고 펀펀하게 된 큰 돌.
49) 이샹(哀傷): 애상. 슬퍼하고 가슴 아파함.
50) 안안(晏晏): 즐겁고 화평함.

(恩惠)를 바드리오? 원(願)컨딕 군주(君子)는 첩(妾)의 구구(區區)[51]

혼 졍亽(情事)를 슬피쇼셔."

싱(生)이 텽파(聽罷)의 졍싁(正色) 왈(曰),

"부인(夫人)이 비록 도로(道路)의 뉴리(流離)하나 그 몸ᄀ다미 빅옥(白玉) ᄀ거늘 브졀업슨 고집(固執)으로 나의 졍(情)을 믈리티리오? 젼(前)브터 고이(怪異)혼 고집(固執)으로 부인(夫人)의 익(厄)이 이 디경(地境)ᄀ디 니르러시니 닉 결연(決然)이 부인(夫人) 뜻을 밧디 아니리니 다시 고이(怪異)혼 말을 말나. 셰샹(世上) 사롬이 부인(夫人) ᄀ트면 뉘 유주싱녀(有子生女)하리오? 뉴리(流離)하믈 붓그러오믈 삼아시나 싱(生)의 모음은 부인(夫人)을 붉히 아ᄂ니 고이(怪異)혼 말을 그칠디어다."

셜파(說罷)의 의관(衣冠)을 그르고 쇼져(小姐)를 잇그러 샹샹(牀上)의 나아가매 이 진짓 원앙(鴛鴦)이 믈을 만나고 비취(翡翠) 수플의 깃드리는 둧하며 시랑(侍郎)의 견권(繾綣)[52]혼 졍(情)이

하히(河海) ᄀ트여 부용(芙蓉) 금당(金塘) 속의 년니지(連理枝)[53]

---

51) 구구(區區): 잘고 많아서 일일이 언급하기가 구차스러움.

52) 견권(繾綣): 생각하는 정이 두터워 서로 잊지 못하거나 떨어질 수 없음.

53) 년니지(連理枝): 연리지. 서로 맞닿은 두 나무의 가지라는 뜻으로 화목한 부부나 남녀 사이를 비유적으로 이르는 말.

되엿ᄂᆞᆫ디라. 쇼제(小姐ㅣ) 크게 공구(恐懼)[54]ᄒ고 두려 능히(能-) 정신(精神)을 슈습(收拾)디 못ᄒ니 시랑(侍郎)이[55] 이젼(以前) 임시(氏)로 동낙(同樂)ᄒ매 비록 졍욕(情慾)을 도도미 업ᄉᆞ나 냥졍(兩情)[56]이 환흡(歡洽)[57]ᄒ더니 녀 쇼져(小姐)의 거동(擧動)을 보매 그 고졀[58](苦節)[59] 쳥심(淸心)을 놉히 너기고 셰졍(世情)[60]을 모ᄅᆞᆯ믈 가련(可憐)이 너기나 졍(情)이 듕(重)ᄒ매 능히(能-) 금(禁)티 못ᄒ더라.

냥인(兩人)이 이 밤을 디ᄂᆡ고 명일(明日)의 니러나 쇼셰(梳洗)[61]ᄒᆞᆯ ᄉᆡ 시랑(侍郎)은 밧그로 나가고 쇼제(小姐ㅣ) 스스로 옥비(玉臂)[62]의 홍졈(紅點)이 흔젹(痕迹) 업ᄉᆞᄆᆞᆯ 보고 심(甚)히 즐겨 아냐 겨유 장소(粧梳)[63]를 일우고 쵸연(愀然)[64] 단좌(端坐)ᄒᆞ야 일흥(一興)[65]이 ᄉᆞ연(捨然)[66]ᄒ더니,

냥구(良久) 후(後) 안뮈(按撫ㅣ) 드러오니 쇼제(小姐ㅣ) 니러 마자

---

54) 공구(恐懼): 몹시 두려움.
55) 시랑이: [교] 원문에는 '샹셰'로 되어 있으나 이성문이 '시랑' 벼슬을 하고 있으므로 이와 같이 수정함.
56) 냥졍(兩情): 양정. 두 사람의 정. 여기서는 부부의 정을 뜻함.
57) 환흡(歡洽): 즐겁고 흡족함.
58) 졀: [교] 원문에는 '결'로 되어 있으나 오기로 보임.
59) 고졀(苦節): 고절. 어려운 지경에 빠져도 변하지 아니하고 끝까지 지켜 나가는 굳은 절개.
60) 셰졍(世情): 세정. 세상의 사정이나 형편. 또는 세상 사람들의 인심.
61) 쇼셰(梳洗): 소세. 머리를 빗고 낯을 씻음.
62) 옥비(玉臂): 여자의 고운 팔.
63) 장소(粧梳): 몸단장.
64) 쵸연(愀然): 초연. 얼굴에 근심스러운 빛이 있음.
65) 일흥(一興): 한 가닥 흥취.
66) ᄉᆞ연(捨然): 사연. 없어짐.

나 새로이 슈괴(羞愧)⁶⁷⁾ᄒ야 옥면(玉面)이 취홍(聚紅)ᄒ고 츄패(秋
波ㅣ) ᄂ즉ᄒ야 눈을 드디 아니ᄒ니 시랑(侍郎)이 심하(心下)의 우
읍기를 춤디 못ᄒ야 잠간(暫間) 단엄(端嚴)ᄒ 안싴(顔色)을 여러
미쇼(微笑)ᄒ고 희롱(戲弄)ᄒ야 글오딕,

"부인(夫人)이 어제 신뷔(新婦ㅣ) 아니니 금일(今日) 싱(生)을 보고
슈싴(羞色)⁶⁸⁾ᄒ믄 므슴 뜻이뇨?"

쇼졔(小姐ㅣ) 믁연(默然) 브답(不答)ᄒ니, 시랑(侍郎)이 나아가 옥
슈(玉手)를 쥐고 ᄌ못 이련(愛憐)⁶⁹⁾ᄒ야 비록 입으로 니ᄅ디 아니나
은졍(恩情)을 억졔(抑制)티 못ᄒ여ᄒ니 녀 쇼져(小姐)의 긔이(奇異)
ᄒ 싴틱(色態)와 덕(德)을 니(李) 안무(按撫) ᄀᆞ튼 군ᄌ(君子)도 능히
(能-) 밈몰비 못ᄒ니 녀지(女子ㅣ) 만일(萬一) 긔이(奇異)홀진딕 탕진
(蕩子ㅣ)ᄂᆞᆯ 감동(感動)티 아니리오. 쇼졔(小姐ㅣ) 더옥 블쾌(不快)ᄒ
야 옥뫼(玉貌ㅣ) 닝졍(冷情)ᄒ야 죠곰도 가랍(嘉納)⁷⁰⁾디 아니

터라.

이후(以後) 시랑(侍郎)이 쇼져(小姐)로 화락(和樂)ᄒ매 하히(河海)
ᄀᆞ튼 은졍(恩情)을 능히(能-) 억졔(抑制)티 못ᄒ야 관ᄉ(官事)를 다ᄉ

---

67) 슈괴(羞愧): 수괴. 부끄럽고 창피함.
68) 슈싴(羞色): 수색. 부끄러운 기색.
69) 이련(愛憐): 애련. 가엾게 여기어 사랑함.
70) 가랍(嘉納): 가납. 기꺼이 받아들임.

린 여가(餘暇)의는 쇼져(小姐)로 더브러 써나디 아니ᄒ더니,

히 진(盡)ᄒ고 오라디 아냐 경ᄉ(京師)의셔 치관(差官)이 니르러 시랑(侍郞)을 니부통직(吏部冢宰) 겸(兼) 문연각(文淵閣) 태ᄒᆨᄉ(太學士)를 ᄒ여 역마(驛馬)로 브르시니 시랑(侍郞)이 븍향(北向) 샤은(謝恩)ᄒ고 ᄒᆡᆼ장(行裝)을 출혀 븍(北)으로 도라갈ᄉᆡ, 부인(夫人)으로 더브러 위의(威儀)를 졍졔(整齊)71)히 ᄒ야 길히 오르니 영요(榮耀)72)ᄒᆫ 광ᄎᆡ(光彩) 일노(一路)의 조요(照耀)73)ᄒ니 뉘 아니 흠앙(欽仰)74) ᄒ리오.

쇼졔(小姐ㅣ) 임의 경ᄉ(京師) 됴보(朝報)를 보와 녀 쇼싀(少師ㅣ) 샹경(上京)ᄒᆫ 줄 드럿ᄂᆞ디라 다시 념녀(念慮)티 아니ᄒ고 ᄌ옥산(--山) 월호암(--庵)의 니르러ᄂᆞ 하리(下吏)를 명(命)ᄒ야 쳔금(千金)

···

16면

으로 졍심 니고(尼姑)를 샤례(謝禮)ᄒ야 은혜(恩惠)를 갑ᄒ니 졍심이 녀 쇼져(小姐) 죽은 줄로 알고 홀로 도라와 서르 앗기며 슬허ᄒ더니 이 쇼식(消息)을 듯고 긔특(奇特)이 너기를 마디아니ᄒ더라. 쇼졔(小姐ㅣ) 졍심을 못 보고 그저 디나믄 샹셔(尙書) 경계(警戒) 산승(山僧)을 샹졉(相接)디 못ᄒ게 ᄒ미라.

연ᄎᆞ(緣此)로75) 서르 보디 못ᄒ고 ᄒᆡᆼ(行)ᄒ야 븍경(北京)의 니르러

---

71) 졍졔(整齊): 정제. 정돈하여 가지런히 함.

72) 영요(榮耀): 빛나고 아름다움.

/3) 소요(照耀): 밝게 비쳐서 빛남.

74) 흠앙(欽仰): 공경하여 우러러 사모함.

75) 연ᄎᆞ(緣此)로: 연차로. 이 때문에.

는 샹셔(尙書)는 궐하(闕下)로 가고 쇼져(小姐)는 바로 니부(李府)의 니르니,

이째 니부(李府)의셔 샹셰(尙書)) 니르믈 크게 깃거 오기를 기드리더니 믄득 좌위(左右)) 분분(紛紛)76)ᄒ며 일(一) 승(乘)77) 치교(彩轎)78)를 노코 일위(一位) 녀지(女子)) 화장셩복(華裝盛服)79)으로 예예(裔裔)80)히 당(堂)의 오르니 모다 대경(大驚)ᄒ야 일시(一時)의 눈을 들매 이 다르니 아냐 이(二) 년(年)을 죽은가

너기던 녀 시(氏)라. 좌위(左右)) 더옥 놀나 밋쳐 말을 못 ᄒ여셔 녀 시(氏) 존당(尊堂) 구고(舅姑)긔 비례(拜禮)를 뭇고 좌(座)의 들러 고두(叩頭)81) 쳥죄(請罪) 왈(曰),

"쇼쳡(小妾)이 거년(去年)의 녀힝(女行)을 니뎌 대의(大義)를 펴(廢)ᄒ고 ᄉ졍(私情)을 참디 못ᄒ오매 하늘이 믜이 너기샤 낙슈(落水)ᄒ야 ᄉ싱(死生)을 ᄇ렷더니 겨유 도싱(圖生)82)ᄒ야 산ᄉ(山寺) 야뎜(野店)의 분주(奔走)ᄒ다가 쏘 낙미지환(落眉之患)83)을 만나 일명(一命)이 강듕(江中) 어육(魚肉)이 되엿더니 가부(家夫)를 만나 구

---

76) 분분(紛紛): 어지러운 모양.

77) 승(乘): 수레 따위를 세는 단위.

78) 치교(彩轎): 채교. 채색 가마.

79) 화장셩복(華裝盛服): 화장성복. 화려한 복색.

80) 예예(裔裔): 걷는 모양. 걸음걸이가 가볍고 어여쁨.

81) 고두(叩頭): 공경하는 뜻으로 머리를 땅에 조아림.

82) 도싱(圖生): 도생. 살기를 도모함.

83) 낙미지환(落眉之患): 눈썹에 떨어진 환난이란 뜻으로 눈앞에 닥친 재앙을 이름.

(救)ᄒᆞ믈 닙어 두 번(番) ᄌᆡᄉᆡᆼ(再生)ᄒᆞ야 금일(今日) 존젼(尊前)의 뵈오니 인ᄉᆡᆼ(人生)이 명완(命頑)[84]ᄒᆞ믈 가(可)히 알리로소이다."

셜파(說罷)의 좌위(左右ㅣ) 반기고 긔특(奇特)이 너기니 더옥 연왕(-王)과 소후(-后)의 ᄆᆞᄋᆞᆷ이며 존당(尊堂)을 니ᄅᆞ리오. 뉴 부인(夫人)이 밧비 나아오라 ᄒᆞ야 집

⬦⬦⬦

18면

슈(執手) 왈(曰),

"ᄋᆞ부(阿婦)의 익운(厄運)이 듕(重)ᄒᆞ야 방신(芳身)[85]을 믈의 더디매 뉘 금일(今日) 사라 도라올 줄 아라시리오? 쇽졀업시 쳔ᄃᆡ(泉臺)[86] 영결(永訣)로 아라 익통(哀痛)ᄒᆞᄂᆞᆫ 심ᄉᆞ(心思ㅣ) 니ᄅᆞ 긔록(記錄)디 못ᄒᆞ너니 오늘날 다시 만날 줄 ᄉᆡᆼ각ᄒᆞ여시리오?"

연왕(-王)이 화긔(和氣) 미우(眉宇)[87]의 ᄀᆞ득ᄒᆞ야 닐오ᄃᆡ,

"현부(賢婦)를 어ᄃᆞ 하로도 슬하(膝下)의 두디 못ᄒᆞ고 쇽졀업시 강어(江魚)의 복(腹)을 치오니 당초(當初)의 하남(河南)으로 보ᄂᆡᄆᆞᆯ 열 번(番) 뉘웃ᄎᆞ나 쇽졀 이시리오? ᄒᆞ갓 나의 쳐ᄉᆞ(處事ㅣ) 너모 뎐도(顚倒)ᄒᆞ믈 탄(嘆)ᄒᆞ고 너의 셩음(聲音) 거디(擧止) 눈 알픽 암암(暗暗)[88]ᄒᆞ야 비록 대댱뷔(大丈夫ㅣ)나 심담(心膽)이 지금(只今)의 니ᄅᆞ히 촌졀(寸絕)[89]ᄒᆞ믈 춤디 못ᄒᆞ러니 오늘날 연평(延平)의 칼[90]이 도라

---

84) 명완(命頑): 목숨이 질김.
85) 방신(芳身): 꽃다운 몸이라는 뜻으로, 귀하고 아름다운 여자의 몸을 높여 이르는 말.
86) 쳔ᄃᆡ(泉臺): 천대. 사람이 죽은 뒤에 그 혼이 가서 산다고 하는 세상.
87) 미우(眉宇): 이마의 눈썹 근처.
88) 암암(暗暗): 기억에 남은 것이 눈앞에 아른거리는 듯함.
89) 촌졀(寸絕): 촌절. 마디마디 끊어짐.

오며 낙[91]창(樂昌)의 거울[92]이 온젼(穩全)홀 줄 알리오? 이 도시 (都是)[93] 오부(阿婦)의 셩덕(盛德)을 하늘이 감동(感動)ᄒᆞ미라 엇 디 다힝(多幸)티 아니리오?"

소휘(-后ㅣ) 옥안(玉顔)의 희ᄉᆡᆨ(喜色)이 ᄀᆞ득ᄒᆞ야 위로(慰勞)ᄒᆞ며 졔(諸) 죡당(族黨)이 환쇼(歡笑ㅣ)[94] 여류(如流)ᄒᆞ야 티하(致賀)ᄒᆞᆷ을 마디아니ᄒᆞ니 녀 시(氏) 부복(俯伏)[95]ᄒᆞ야 셩은(盛恩)을 칭사(稱 謝)[96]ᄒᆞ고 말ᄉᆞᆷ을 ᄃᆡ답(對答)ᄒᆞ매, 옥셩(玉聲)이 낭낭(朗朗)ᄒᆞ고 어 리로온 ᄐᆡ되(態度ㅣ) 새로이 긔이(奇異)ᄒᆞ니 구고(舅姑)의 ᄉᆞ랑ᄒᆞᄂᆞᆫ ᄯᆞᆺ이 어이 측냥(測量)ᄒᆞ리오.

이윽고 샹셰(尚書ㅣ) 드러와 모든 ᄃᆡ ᄇᆡ알(拜謁)ᄒᆞ고 좌(座)의 나

---

90) 연평(延平)의 칼: 보검을 이름. 『진서(晉書)』, <장화열전(張華列傳)>에 다음과 같은 이야기가 전함. 장화와 예장 사람 뇌환(雷煥)이 감옥의 터를 파고 땅속으로 네 길 정도를 들어가 석함 (石函) 하나를 얻었는데 빛의 기운이 비상하고 속에는 쌍검(雙劍)이 들어 있어 하나는 용천(龍 泉)이라 써져 있고 다른 하나는 태아(太阿)라 써져 있었음. 장화가 목 베여 죽은 후 검의 소재 를 몰랐는데 뇌환이 죽은 후 그 아들 화(華)가 한 고을의 벼슬을 하러 연평진(延平津)을 지나 다가 차고 있던 칼이 물에 빠지자, 사람들을 시켜 물에 들어가 찾도록 했으나 검은 보이지 않 고 다만 각각 몇 길이나 되는 쌍룡(雙龍)을 봄. 사람들은 <장화전>의 이야기를 토대로 장화와 뇌환이 죽은 후 쌍검이 변해 용이 되어 연평진 속에 있었던 것으로 전함.

91) 낙: [교] 원문에는 '무'로 되어 있으나 고사를 고려하여 이와 같이 수정함.

92) 낙창(樂昌)의 거울: 부부가 헤어짐을 이름. 낙창공주(樂昌公主)가 깨진 반쪽 거울로 헤어졌던 남편 서덕언(徐德言)을 찾은 이야기에서 유래함. 곧, 중국 진(陳)나라 말에 태자사인(太子舍人) 서덕언이 왕의 누이인 낙창공주 진 씨를 아내로 맞았는데, 진나라가 곧 망할 것임을 예감한 서덕언이 거울을 반으로 갈라 낙창공주와 나눠 가지며 신표로 삼고, 나라가 망한다면 정월 보 름에 반쪽의 거울을 도읍의 시장에서 비싼 값으로 팔라고 함. 그후 진나라가 망해 서덕언은 도망하고 낙창공주는 양소(楊素)에게 사로잡히는데, 서덕언이 정월 보름에 도읍의 시장에서 반쪽 거울을 비싼 가격에 파는 사람을 보고 낙창공주를 만나 양소의 배려로 함께 고향으로 돌 아감. 『태평광기(太平廣記)』, <양소(楊素)>.

93) 도시(都是): 모두.

94) 환쇼(歡笑ㅣ): 환소. 즐겁게 담소함.

95) 부복(俯伏): 고개를 숙이고 엎드림.

96) 칭사(稱謝): 칭사. 고마움을 표현함.

아가매, 모다 쳔(千) 리(里) 발셥(跋涉)[97]을 무亽(無事)히 ᄒᆞ믈 티하
(致賀)ᄒᆞ고 녀 시(氏)로 직합(再合)ᄒᆞ믈 하례(賀禮)ᄒᆞ니 샹셰(尙書ㅣ)
피셕(避席)[98] 샤례(謝禮)ᄒᆞ야 ᄃᆡ답(對答)이 온화(溫和)ᄒᆞ더라. 승샹
(丞相)이

20면

샹셔(尙書)ᄃᆞ려 다시 녀 시(氏) 엇던 곡졀(曲折)[99]을 뭇고 탄식(歎
息)ᄒᆞ야 굴오ᄃᆡ,

"아뷔(阿婦ㅣ) 년쇼지인(年少之人)으로 화란(禍亂) 겻그믈 이러틋
시 ᄒᆞ엿ᄂᆞ뇨? 연(然)이나 녀 공(公)의 일야(日夜) 쵸젼(焦煎)[100]ᄒᆞ던
졍ᄉᆞ(情事ㅣ) 참담(慘憺)ᄒᆞ니 밧비 통(通)ᄒᆞ미 가(可)ᄒᆞ다."

샹셰(尙書ㅣ) 듕심(中心)이 비록 녀 공(公)을 블쾌(不快)ᄒᆞ나 흔연
(欣然)[101] 슈명(受命)[102]ᄒᆞ고 하리(下吏)로 ᄒᆞ여곰 녀부(-府)의 긔별
(奇別)을 고(告)ᄒᆞ라 ᄒᆞ니 녜뷔(禮部ㅣ) 쇼왈(笑曰),

"현뎨(賢弟)ᄂᆞᆫ 진실로(眞實-) 오활(迂闊)[103]ᄒᆞᆫ 위인(爲人)이로다.
날 ᄀᆞᆺ여셔야 녀 공(公)으로 인(因)ᄒᆞ야 녀쉬(-嫂ㅣ) 슈ᄉᆞ(水死)ᄒᆞ야
ᄒᆞ마 너의 거믄고 줄이 슨허딜 번ᄒᆞ엿거ᄂᆞᆯ 이런 깃븐 긔별(奇別)을
통(通)코 시브리오?"

---

97) 발셥(跋涉): 발섭. 산을 넘고 물을 건너 길을 감.

98) 피셕(避席): 피석. 공경의 뜻을 나타내기 위하여 웃어른을 모시던 자리에서 일어남.

99) 곡졀(曲折): 곡절. 복잡한 사정이나 이유.

100) 쵸젼(焦煎): 초전. 애가 타고 답답함.

101) 흔연(欣然). 기뻐하는 모양

102) 슈명(受命): 수명. 명령을 받음.

103) 오활(迂闊): 우활. 사리에 어둡고 세상 물정을 잘 모름.

시랑(侍郞)이 잠쇼(暫笑) 무언(無言)ᄒ니 연왕(-王)이 샹셔(尙書)의 쯧을 알고 닐오듸,

"현딜(賢姪)

은 이리 니ᄅ디 말라. 부ᄌ텬졍(父子天情)이 직작(在作)ᄒ 녜(例)니 녀 공(公)이 셜ᄉ(設使) 거연(去年)의 그릇 ᄋ부(阿婦)를 ᄃ려가시나 구틱여 죽이려 ᄒ미 아니어늘 ᄋ직(兒子ㅣ) 당당(堂堂)ᄒ 니부텬관(吏部天官)의 거(居)ᄒ야 고셔(古書)를 닑어시니 유감(遺憾)ᄒ미 이시리오? 만일(萬一) 이런 쯧곳 이시면 내 ᄌ식(子息)이 아니라 ᄒ리니 현딜(賢姪)은 업ᄉ ᄆᆞᆷ을 니ᄅ디 말라."

녜뷔(禮部ㅣ) 쇼이퇴좨(笑而退座ㅣ)오, 샹셰(尙書ㅣ) 당초(當初) 쯧이 녀 시(氏)를 본부(本府)로 아니 보닐 쯧을 구디 뎡(定)ᄒ엿더니 야애(爺爺) 말ᄉᆷ을 듯ᄌᆸ고 한츌텸비(汗出沾背)[104]ᄒ야 ᄌ긔(自己) 쯧을 셰우디 못홀 줄로 아더라.

좌위(左右ㅣ) 각각(各各) 말을 다 못 ᄒ여셔 시녜(侍女ㅣ) 녀 쇼ᄉ(少師)의 니ᄅ러시믈 고(告)ᄒ니 연왕(-王)이 급(急)히 몸을 니러 듕헌(中軒)의 와 셔

로 볼시 녀 공(公)이 깃븐 ᄆᆞᆷ이 동(動)ᄒ여 미쳐 한훤(寒暄)[105]

---

104) 한츌텸비(汗出沾背): 한출첨배. 땀이 나 등에 밴다는 뜻으로 몹시 두려워함을 이르는 말.

도 나디 아니ᄒ고 거죄(擧措ㅣ) 실조(失措)[106]ᄒ야 닐오ᄃᆡ,

"녀ᄋᆡ(女兒ㅣ) 쟝ᄎᆞ(將次ㅅ) 어ᄃᆡ 이시며 앗가 긔별(奇別)ᄒ신 말ᄉᆞᆷ이 진짓 말ᄉᆞᆷ이니잇가?"

왕(王)이 희연(喜然)이 웃고 ᄀᆞᆯ오ᄃᆡ,

"ᄋᆞ부(阿婦)의 싱존(生存)ᄒᆞ미 진짓 거시니 괴(孤ㅣ) 엇디 거즛말ᄒᆞ리오?"

셜파(說罷)의 쇼져(小姐)와 샹셔(尙書)ᄅᆞᆯ 브르니 쇼졔(小姐ㅣ) 이에 니르러 야야(爺爺)ᄅᆞᆯ 보고 비희(悲喜) 교극(交極)[107]ᄒ야 누쉬(淚水ㅣ) 옥안(玉顏)의 어릐믈 ᄭᅵ둣디 못ᄒᆞᄃᆡ 이 엄구(嚴舅) 좌젼(座前)인 고(故)로 안쉭(顏色)을 참아 됴용이 비례(拜禮)ᄒ고 겨ᄐᆡ 시립(侍立)[108]ᄒ매 녀 공(公)이 밧비 손을 잡고 도로혀 의ᄉᆡ(意思ㅣ) 당황(唐惶)ᄒ야 다만 샹셔(尙書)ᄅᆞᆯ 향(向)ᄒ야 대은(大恩) 두 ᄌᆞ(字)ᄅᆞᆯ 무슈(無數)히 일ᄏᆞ르니 샹셰(尙書ㅣ) 안쉭(顏色)이 ᄌᆞ약(自若)ᄒ야 공

• • •

23면

슈(拱手)[109] 샤례(謝禮) 왈(曰),

"ᄆᆞᆺ춤 쇼셰(小壻ㅣ) 실인(室人)[110]의 급(急)ᄒ믈 만나 구(救)ᄒ니 요힝(僥倖)ᄒ미 오문(吾門)의 잇ᄉᆞᆸᄂᆞᆫ디라 대인(大人)이 이에 쇼셔(小壻)ᄅᆞᆯ ᄃᆡ(對)ᄒ야 과칭(過稱)[111]ᄒ실 배 아니로소이다."

---

105) 한훤(寒暄): 날씨의 춥고 더움을 말하는 인사.

106) 실조(失措): 예법을 잃음.

107) 교극(交極): 감정이 지극할 정도로 섞임.

108) 시립(侍立): 웃어른을 ᄆᆞ시고 셤.

109) 공슈(拱手): 공수. 절을 하거나 웃어른을 모실 때, 두 손을 앞으로 모아 포개어 잡음.

110) 실인(室人): 자기의 아내를 일컫는 말.

쇼시(少師ㅣ) 다시 샤례(謝禮)ᄒ고 웃고 굴오디,

"노뷔(老夫ㅣ) 그릇ᄒ야 쇼녀(小女)를 ᄃ려다가 죽이미 되니 ᄎ마 사라셔 현보룰 볼 ᄂᆺ치 업고 다시 부녜(父女ㅣ) ᄎᄉᆼ(此生)의 음용 (音容)112)을 어더보기 어려오니 듀야(晝夜) 촌심(寸心)이 어히ᄂ 듯 ᄒ더니 오늘날 ᄭᅮᆷ의도 ᄉᆡᆼ각디 아냐 죽엇던 녀ᄋ(女兒)를 보니 엇디 힝희(幸喜)ᄒᄆᆯ 이긔여 니ᄅ리오?"

샹셰(尚書ㅣ) 공슈(拱手) 무언(無言)이오, 연왕(-王)이 쇼왈(笑曰),

"현부(賢婦)를 만일(萬一) 다ᄅᆫ 사ᄅᆷ이 구(救)ᄒ야 도라와시면 현 형(賢兄)의 뎌 티새(致謝ㅣ) 가(可)ᄒ려니와 ᄋ부(阿婦)의 살미 그 지

24면

아비 형(兄)의게셔 깃거ᄒᄆᆯ 덜ᄒ리오?"

녀 공(公)이 크게 웃고 다시 닐오디,

"대왕(大王)의 관인(寬仁)113)ᄒ시믄 혹ᄉᆼ(學生)이 다시 말이 업거 니와 내 그윽이 보건대 현뵈 날을 미온114)(未穩)115)ᄒ미 깁흐니 샤죄 (謝罪)116)를 쳥(請)ᄒ고 녀ᄋ(女兒)의 귀령(歸寧)117)을 쳥(請)ᄒ노라."

샹셰(尚書ㅣ) ᄌᄋᆨ(自若)히 디왈(對曰),

"실인(室人)의 당년(當年) 운쉬(運數ㅣ) 블일(不一)118)ᄒ야 그릇

---

111) 과칭(過稱): 과도하게 칭찬함.

112) 음용(音容): 음성과 용모.

113) 관인(寬仁): 너그럽고 인자함.

114) 온: [교] 원문에는 '운'으로 되어 있으나 오기로 보임.

115) 미온(未穩): 아직 평온하지 않음.

116) 샤죄(謝罪): 사죄. 지은 죄나 잘못에 대하여 용서를 빎.

117) 귀령(歸寧): 귀녕. 시집간 딸이 친정에 가서 부모를 뵘.

낙슈(落水)호나 쇼셰(小壻ㅣ) 유소취무소귀(有所取無所歸)[119] 아니니 엇디 감히(敢-) 대인(大人)을 원(怨)홀 거시라 샤죄(謝罪) 두 주(字)를 가부야이 호시노뇨? 실인(室人)의 거취(去就) 부모(父母)긔 이시니 쇼셔(小壻)의 댱듕(掌中)[120]이 아니라 대인(大人)이 쇼싱(小生)을 뒤(對)호야 브졀업슨 말솜을 호시노뇨?"

녀 공(公)이 대쇼(大笑)호고 연왕(-王)이 쏘흔 웃고 왈(曰),

"돈으(豚兒)[121]의 말이 올흐

•••

25면

니 형(兄)은 다소(多少) 셜화(屑話)[122]를 긋치고 으부(阿婦)를 십여(十餘) 일(日) 별회(別懷)[123]를 베픈 후(後) 보닉리라."

공(公)이 샤례(謝禮) 왈(曰),

"죽은 줄로 아던 모음으로써 비록 십(十) 년(年)을 아니 보닉나 므슴 한(恨)이 이시리오?"

드딕여 반일(半日)을 통음(痛飮)[124]호다가 도라가다.

연왕(-王)이 명(命)호야 녀 쇼져(小姐) 신위(神位)[125]를 블 디르고

---

118) 블일(不一): 불일. 한결같지 않음.

119) 유소취무소귀(有所取無所歸): 유소취무소귀. 행실에 취할 점이 있고 돌아갈 곳이 없음. 여자에게 칠거지악(七去之惡)이 있어도 내쫓을 수 없는 세 가지 사유, 즉 삼불거(三不去) 중의 하나.

120) 댱듕(掌中): 장중. 움켜쥔 손아귀의 안이라는 뜻으로 마음대로 다룰 수 있는 권한이 미치는 테두리의 안을 말함.

121) 돈으(豚兒): 돈아. 남에게 자기의 아들을 낮추어 이르는 말.

122) 셜화(屑話): 설화. 자질구레한 이야기.

123) 별회(別懷). 이별의 회포

124) 통음(痛飮): 술을 썩 많이 마심.

125) 신위(神位): 신주(神主)를 모셔 두는 자리.

새로이 무음이 비감(悲感)126)후야 후(后)로 더브러 슉현당(--堂)의셔 주녀(子女)를 모화 두굿기믈 마디아니후며 녀 시(氏)의 툐셰(超世)127)훈 골격(骨格)과 샹셔(尚書)의 긔이(奇異)훈 풍취(風采) 서로 빗출 두토니 왕(王)의 부뷔(夫婦ㅣ) 더옥 두굿기러라.

이날 녀 쇼제(小姐ㅣ) 넷 침소(寢所)로 가고 샹셔(尚書)는 치운당(--堂)의 니르러 임 시(氏)로 별늬(別來)128)를 니르고 녀우(女兒)를 유희(遊戲)후야 화긔(和氣) 주약(自若)

* * *

26면

후니 임 시(氏) 구장 팀음(沈吟)129)후다가 녀 시(氏)로 지합(再合)후믈 하례(賀禮)훈디 샹셰(尚書ㅣ) 미쇼(微笑) 브답(不答)이러라.

이날 임 시(氏)로 구정(舊情)을 니르고 궐하(闕下)의 가 됴참(朝叅)130)후고 도라오는 길히 술위를 미러 녀부(-府)의 가 악모(岳母)를 보니 부인(夫人)이 시랑(侍郎)을 보고 대참(大慙)131)후야 옥누(玉淚)132)를 방방(滂滂)133)이 흘니고 샤죄(謝罪)후믈 은근(慇懃)134)이 후니 샹셰(尚書ㅣ) 피셕(避席)후야 디답(對答)이 온슌(溫順)후고 흔연(欣然) 위로(慰勞)후다가 도라가니 부인(夫人)이 져기 무음 노화 다만 녀우(女兒)

___

126) 비감(悲感): 슬프게 느낌.
127) 툐셰(超世): 초세. 한 세상에서 뛰어남.
128) 별늬(別來): 별래. 이별 후의 회포.
129) 팀음(沈吟): 침음. 속으로 깊이 생각함.
130) 됴참(朝叅): 조참. 조회에 참석함.
131) 대참(大慙): 매우 부끄러워함.
132) 옥누(玉淚): 옥루. 구슬 같은 눈물.
133) 방방(滂滂): 줄줄 흐르는 모양.
134) 은근(慇懃): 생각하는 정도가 깊고 간절함.

롤 수이 드려오믈 계교(計巧)ᄒ더라.

샹셰(尙書ㅣ) 녀 부인(夫人)을 죡수(足數)[135]홀 거슨 아니나 후일
(後日)을 두리고 ᄯᅩ 쇼졔(小姐ㅣ) 잉틱(孕胎) ᄉ오(四五) 삭(朔)이라
근심ᄒᄂ는 ᄆᆞᄋᆞᆷ이 이시ᄃᆡ 우인(爲人)이 쳐ᄌᆞ(妻子)의게 셰쇄(細瑣)[136]
ᄒᆞ믈 ᄭᅥ리

· · ·

27면

ᄂᆞᆫ 고(故)로 부모(父母)긔도 고(告)ᄒᆞ미 업더니 치운당(--堂)의 년
(連)ᄒᆞ야 삼ᄉᆞ(三四) 일(日) 드러가 밤을 디ᄂᆡ고,

일일(一日)은 치셩당(--堂)의 니ᄅᆞ니, 이ᄣᅢ 쇼져(小姐) 유모(乳母)
시비(侍婢) 등(等)이 다 녀부(-府)로조차 왓ᄂᆞᆫ디라. 쇼졔(小姐ㅣ) 심
ᄉᆡ(心思ㅣ) 곤뇌(困惱)[137]ᄒᆞᄆᆞ로 일즉 의샹(衣裳)을 그르고 침금(寢
衾)의 감겻다가 샹셔(尙書)ᄅᆞᆯ 보고 크게 놀나 밧비 몸을 니러 안ᄌᆞ며
유모(乳母)ᄅᆞᆯ 도라보니 유뫼(乳母ㅣ) 의샹(衣裳)을 나오려 ᄒᆞ거ᄂᆞᆯ 샹
셰(尙書ㅣ) 닐오ᄃᆡ,

"부인(夫人)이 원노(遠路) 발셥(跋涉)[138]과 풍상간고(風霜艱苦)[139]
ᄅᆞᆯ 만히 디ᄂᆡ여 질병(疾病)이 미류(彌留)[140]ᄒᆞ미 고이(怪異)티 아니
ᄒᆞ니 평안(平安)이 쉬게 ᄒᆞ라."

---

135) 죡수(足數): 죡수. 따지고 꾸짖음.

136) 셰쇄(細瑣): 세쇄. 시시하고 자질구레함.

137) 곤뇌(困惱): 고달프고 괴로움.

138) 발셥(跋涉): 발섭. 산을 넘고 물을 건너 길을 감.

139) 풍상간고(風霜艱苦): 찬 바람과 찬 서리를 맞는 괴고웁게 아픔이라는 뜻으로, 온갖 모진 시련
과 고난을 비유적으로 이르는 말.

140) 미류(彌留): 병이 오래 낫지 않음.

유랑(乳娘)이 쇼져(小姐)를 여히고 듀야(晝夜) 셜워ᄒ다가 이제 서로 만남도 다힝(多幸)ᄒ믈 이긔디 못ᄒ더니 이제 이 거동(擧動)

•••

28면

을 보고 지미로오미[141] 심솟듯 ᄒ야 웃고 믈러나니 쇼제(小姐ㅣ) ᄀ장 참괴(慙愧)[142]ᄒ야 취미(翠眉)[143]를 ᄂ초고 몸둘 곳을 업서ᄒ니 샹셰(尙書ㅣ) 웃고 나아가 옥슈(玉手)를 쥐여 왈(曰),

"부뷔(夫婦ㅣ) 비록 공경(恭敬)ᄒ나 부인(夫人)의 거동(擧動)은 싱(生)을 외딕(外待)[144]ᄒ미 심(甚)ᄒ도다. 텬셩(天性)이 게얼러 히타(懶惰)[145]ᄒ믄 가(可)티 아니나 임의 블평(不平)ᄒ미 이신 후(後)야 평안(平安)이 됴리(調理)ᄒ미 므슴 가(可)티 아니미 이시리오?"

쇼제(小姐ㅣ) 더옥 붓그려 믁연(默然)ᄒ니 샹셰(尙書ㅣ) 안싴(顔色)이 흔연(欣然)ᄒ야 유랑(乳娘)을 블러 침금(寢衾)을 포셜(鋪設)[146]ᄒ고 의관(衣冠)을 그른 후(後) 쇼져(小姐)의 손을 잡아 동침(同寢)의 나아가니 은졍(恩情)이 태산(泰山) 븍히(北海) ᄀ튼디라. 유뫼(乳母ㅣ) 댱(帳) 밧긔서 여어보고 크게 두굿겨ᄒ

---

141) 지미로오미: 아기자기하게 즐겁고 유쾌한 느낌이 꽤 있음이.
142) 참괴(慙愧): 매우 부끄러워함.
143) 취미(翠眉): 취미. 푸른 눈썹이라는 뜻으로, 화장한 눈썹을 이르는 말.
144) 외딕(外待): 외대. 정성을 들이지 않고 아무렇게나 대접을 함.
145) 히타(懶惰): 해타. 게으름.
146) 포셜(鋪設): 포설. 펴서 베풂.

나 또 당년(當年) 그딕도록 박딕(薄待)ᄒ던 쓰즐 몰나 고이(怪異)히 너기더라.

이러구러 십여(十餘) 일(日)이 되엿더니 녀부(-府)의셔 근졀(懇切)이 연왕(-王)의게 쳥(請)ᄒ야 녀ᄋ(女兒) 보닉믈 비니, 왕(王)이 허락(許諾)ᄒ매 쇼졔(小姐 l) 희힝(喜幸)ᄒ야 침소(寢所)의 도라와 힝도(行途)147)를 출히더니 샹셰(尚書 l) 심하(心下)의 민망(憫惘)이 너기딕 계괴(計巧 l) 업서 치셩당(--堂)의 이날 드러갓더니, ᄆᆞᄎ 최 슉인(淑人)이 곡난(曲欄)148) 뒤히 셧거늘 계교(計巧)를 싱각고 쇼져(小姐)를 향(向)ᄒ야 졍싴(正色)고 글오딕,

"흑싱(學生)이 부인(夫人) 친뎡(親庭) 힝도(行途)를 막고져 ᄒ미 아니라 부인(夫人)의 몸이 스스로 몸이나 복듕(腹中) ᄋ(兒)ᄂᆞ 니시(李氏) 골육(骨肉)이라. 고인(古人)이 닐오딕 칠(七) 삭(朔) 젼(前)은 움즉이믈 과려(過慮)149)이 너겨시니 이제 부인(夫人)

의 잉틱(孕胎)ᄒ마 ᄉ오(四五) 삭(朔)이 되엿거늘 가ᄇᆞ야이 움즉이려 ᄒᄂᆞ뇨? 당당(堂堂)이 몸을 흔 곳의 두미 올흐니 니기 혜아릴 디어다."

---

147) 힝노(行途). 힝도. 멀키 가늘 길 ᄯᅩ는 그 길의 이수(里數).

148) 곡난(曲欄): 곡란. 굽이진 난간.

149) 과려(過慮): 지나치게 염려함.

쇼졔(小姐ㅣ) 텽파(聽罷)의 뎌의 아라시믈 대참(大慙)ᄒ야 옥면(玉面)이 담홍(淡紅)ᄒ야 감히(敢-) 답(答)디 못ᄒ거늘 샹셰(尚書ㅣ) 심하(心下)의 실쇼(失笑)ᄒ고 짐짓 졍ᄉᆡᆨ(正色) 왈(曰),

"흑ᄉᆡᆼ(學生)의 말이 쟝ᄎᆞᆺ(將次ㅅ) 엇더ᄒ관ᄃᆡ 부인(夫人)이 우이 너겨 답(答)디 아니ᄒᄂᆞ뇨?"

쇼졔(小姐ㅣ) 참슈(慙羞)[150] 냥구(良久)의 ᄃᆡ왈(對曰),

"우연(偶然)이 월ᄉᆡ(月事ㅣ)[151] 브죠(不調)[152]ᄒ믈 스스로 미더 히포 모젼(母前)의 뵈옵디 못ᄒ엿거늘 칭질(稱疾)[153]ᄒ리오?"

샹셰(尚書ㅣ) 미쇼(微笑) 왈(曰),

"ᄉᆡᆼ(生)이 비록 붉디 못ᄒ나 잉부(孕婦)를 잠간(暫間) 아라보ᄂᆞ니 부뫼(父母ㅣ) 비록 허락(許諾)ᄒ시나 스스로 조심(操心)ᄒᆯ디어다."

쇼졔(小姐ㅣ) 슈ᄉᆡᆨ(羞色)

• • •

31면

ᄆᆞᆨ연(默然)이어늘 최 슉인(淑人)이 임의 다 듯고 뎌 부부(夫婦)의 거동(擧動)을 ᄀᆞ장 어엿비 너기고 일변(一邊)[154] ᄆᆞ스 일을 어든 ᄃᆞᆺᄒ야 급(急)히 졍당(正堂)의 드러가 모든 ᄃᆡ ᄉᆞ연(事緣)을 ᄌᆞ시 고(告)ᄒ니 좌위(左右ㅣ) ᄯᅩᄒᆞᆫ 일시(一時)의 크게 웃고 왕(王)의 부부(夫婦)ᄂᆞ 크게 깃거 닐오ᄃᆡ,

---

150) 참슈(慙羞): 참수. 부끄러워함.

151) 월ᄉᆡ(月事ㅣ): 월사. 월경.

152) 브죠(不調): 부조. 상태가 고르지 못함.

153) 칭질(稱疾): 병이 있다고 핑계함.

154) 일변(一邊): 한편.

"이럴딘대 현부(賢婦)를 엇디 보뉘리오? 연(然)이나 ᄋᆞ직(兒子 l)
우리ᄃᆞ려 니ᄅᆞ디 아니믄 엇딘 ᄯᅳᆺ인고?"

하람공(--公)이 쇼왈(笑曰),

"이 말이 쉬온 일이라. 현뵈 비록 긔골(氣骨)이 슉셩(熟成)ᄒᆞ나 나
히 져므므로 슈미지ᄉᆞ(羞采之事 l)155) 이시미오, 텬셩(天性)이 셰쇄
(細瑣)티 못ᄒᆞ미로다."

왕(王)이 웃고 샹셔(尙書)를 블러 녀 시(氏) 잉틴(孕胎) 뎍실(的實)
ᄒᆞ믈 므ᄅᆞ니 샹셰(尙書 l) 피셕(避席) 디왈(對曰),

"뎌의 신음(呻吟)ᄒᆞ미 오라고 긔뵈(肌膚 l) 날로 쵸고(憔枯)156)ᄒᆞ
며 복듕(腹中)

⁂

32면

이 졈졈(漸漸) 실(實)ᄒᆞ니 대강(大綱) 의심(疑心) 업ᄉᆞᆫ가 ᄒᆞᄂᆞ이다."

왕(王)이 더옥 깃거ᄒᆞ고 녜뷔(禮部 l) 쇼왈(笑曰),

"현뎨(賢弟)ᄂᆞᆫ 수수(嫂嫂)의 잉틴(孕胎)ᄒᆞ시믈 엇디 뎌리 ᄌᆞ시 아
ᄂᆞ뇨?"

쇼뷔(少傅 l) 쇼왈(笑曰),

"금금(錦衾) 동침(同寢)의 므ᄉᆞ 일을 모로리오?"

좌위(左右 l) 크게 웃고 샹셰(尙書 l) 대쇼(大笑) 왈(曰),

"눈이 잇고 일방(一房)의셔 보매 빈 브ᄅᆞᆫ 줄을 모로리오?"

쇼뷔(少傅 l) 박쟝대쇼(拍掌大笑) 왈(曰),

---

155) 슈미지ᄉᆞ(羞采之事 l): 수미지사. 맥락을 고려하면 '부끄러움이 깊은 일'의 뜻으로 보이나 미
상임.

156) 쵸고(憔枯): 초고. 안색이 초췌하고 몸이 마름.

"네 발명(發明)ᄒ나 먼리ᄒ고 복듕(腹中)이 브르랴? 너는 친(親)티 아닛노라 ᄒ니157) 필연(必然) 녀 시(氏) 복듕(腹中)의 개나 돗치나 드럿도다."

좌위(左右ㅣ) 대쇼(大笑)ᄒ고 싱(生)이 쏘ᄒᆫ 어히업서 머리를 수기고 함쇼(含笑)ᄒ니 승샹(丞相)이 날호여 웃고 왈(曰),

"현뎨(賢弟)는 나히 만흐듸 고이(怪異)ᄒᆫ 말도 셜파(說破)ᄒᆫ는도다."

긔국공(--公)이 쏘 쇼왈(笑曰),

"셩문의 말

. . .

33면

도 올흐니 셩문이 녀 시(氏) 박듸(薄待)ᄒ믄 유명(有名)ᄒ거든 일됴(一朝)의 어이 후듸(厚待)158)ᄒ리오? 친(親)티 아닛노라 말이 ᄀ장 올흐니 녀 시(氏)의 복이(腹兒ㅣ) 필연(必然) 아비 이시리로다."

좌위(左右ㅣ) 손벽 텨 대쇼(大笑)ᄒ고 연왕(-王)이 쏘 우어 왈(曰),

"슉부(叔父)와 빅운은 엇디 말숨이 나는 대로 ᄒ야 오부(吾婦)의 신샹(身上)을 욕(辱)ᄒᄂ뇨?"

긔국공(--公) 왈(曰),

"쇼뎨(小弟) 말이 그러ᄒ미 아냐 셩문의 언ᄉ(言辭ㅣ) 그러ᄒ니 히셕(解析)ᄒ미로소이다."

왕(王)이 미쇼(微笑)ᄒ고 뉴 부인(夫人)이 쇼왈(笑曰),

"일업순 아ᄒ(兒孩)들이 브졀업시 져믄 것들을 보채ᄂ뇨? 이러나 져러나 녀 시(氏) 잉티(孕胎)ᄒ미 챵ᄋ(-兒)의 경ᄉ(慶事ㅣ)로다."

---

157) 니: [교] 원문에는 '나'로 되어 있으나 문맥을 고려해 이와 같이 수정함.

158) 후듸(厚待): 후대. 후하게 대접함.

왕(王)이 피셕(避席) 샤례(謝禮)ᄒ더라.

왕(王)이 믈러나 녀 시(氏)를 블너 위로(慰勞)ᄒ고 가디 못ᄒᆯ 뜻

을 니르니 녀 시(氏) 비록 아연(啞然)[159]ᄒ나 감히(敢-) 쳥(請)ᄒ야
가디 못ᄒ니,

녀 공(公) 부뷔(夫婦ㅣ) 이 긔별(奇別)을 듯고 크게 깃거ᄒ고 부인
(夫人)이 비록 깃븐 가온듸나 그려도 의심(疑心)이 업디 아냐 유랑
(乳娘)을 블러 샹셔(尙書)의 후박(厚薄)[160]을 므르니 유뫼(乳母ㅣ) 샹
셔(尙書)의 쇼져(小姐) 향(向)ᄒ야 구는 거동(擧動)을 일일히(一一-)
뎐(傳)ᄒ니 부인(夫人)이 크게 두굿겨 즐기거늘, 녀 시랑(侍郞) 박이
글오듸,

"니(李) 현뵈 믹즈(妹子)로 뎌만 ᄒᆞᆫ 졍니(情理)[161]로 당년(當年)은
그리 박(薄)ᄒ던고?"

유랑(乳娘) 왈(曰),

"이 곡졀(曲折)은 비즈(婢子)도 아디 못ᄒ옵ᄂᆞ니 이 반드시 부부
(夫婦) 유합(有合)도 씩 잇는가 ᄒᆞᄂᆞ이다."

부인(夫人)이 올타 ᄒ니 군즈(君子)와 슉녀(淑女)의 놉흔 뜻을 뉘
알리오.

녀 쇼졔(小姐ㅣ) 임의 만삭(滿朔)ᄒ매 녀 쇼식(少師ㅣ) 본부(本府)
의 드려와 히

---

159) 아연(啞然). 너무 놀가거나 어이가 없어서 또는 기가 막혀서 입을 딱 벌리고 말을 못 하는 모양.

160) 후박(厚薄): 후하게 구는 일과 박하게 구는 일.

161) 졍니(情理): 정리. 인정과 도리.

만(解娩)162)흐믈 쳥(請)흐니 왕(王)이 허락(許諾)고 쇼져(小姐)를 도라보닉니 샹셰(尚書ㅣ) 비록 블평(不平)흔 쯧이 이시나 막디 못흐더라.

쇼졔(小姐ㅣ) 본부(本府)의 니르러 모친(母親)을 보매 새로온 비회(悲懷)163) 측냥(測量)업고 부인(夫人)이 쇼져(小姐)의 만삭(滿朔)흐여시믈 두굿겨 만ᄾ(萬事)를 다 닛더라.

부인(夫人)이 일일(一日)은 죠용이 쇼져(小姐)ᄃ려 므르딕,

"당년(當年)의 니싱(李生)이 너를 그딕도록 박딕(薄待)흐다가 이제 후딕(厚待)흐믄 므슴 쯧이뇨?"

쇼졔(小姐ㅣ) 붓그려 답(答)디 아니니 부인(夫人)이 다시 므르딕,

"친(親)흐미 모녀간(母女間) ᄀᆞᄐ니 업ᄉ니 내 아희(兒孩)ᄂᆞ 어미를 긔이디 말라."

쇼졔(小姐ㅣ) 팀음(沈吟) 냥구(良久)의 딕왈(對曰),

"쇼녜(小女ㅣ) 도로(道路)의 뉴리(流離)흐던 몸으로 스스로 붓그려 졍ᄉ(情事)를 익걸(哀乞)흐매 그씩 허(許)흐미라

---

162) 히만(解娩): 해만. 아이를 낳음. 해산(解産).
163) 비회(悲懷): 슬픈 회포.

진졍(眞情)으로 박딕(薄待)ᄒ미 아니니이다."

부인(夫人)이 놀나 왈(曰),

"이런 연괴(緣故ㅣ) 이딜딘대 날ᄃ려 닐너 요란(擾亂)ᄒ미 업게 ᄒ
미 엇더ᄒ더뇨? 네 어미 대ᄉ(大事)를 그릇ᄒ야 취졸(取拙)¹⁶⁴⁾을 눔
의게 뵈미 만ᄒ니 도금(到今)ᄒ야 샹셔(尚書)를 보미 붓그려ᄒ노라."

쇼제(小姐ㅣ) 유유(儒儒)¹⁶⁵⁾ᄒ야 답(答)디 못ᄒ더라.

쇼ᄉ(少師ㅣ) 두어 날 후(後) 사름으로 ᄒ여곰 연왕(-王)긔 샹셔(尚
書) 보ᄂ믈 쳥(請)ᄒ니 왕(王)이 샹셔(尚書)를 블러 가라 ᄒ니 샹셰
(尚書ㅣ) 슈명(受命)ᄒ야 녀부(-府)의 니르니,

쇼ᄉ(少師ㅣ) 졔ᄌ(諸子)로 더브러 흔연(欣然)이 이딕(愛待)¹⁶⁶⁾ᄒ
미 지극(至極)ᄒ고 쇼져(小姐) 방듕(房中)으로 인도(引導)ᄒ니 쇼졔
(小姐ㅣ) 가ᄇ야온 단장(丹粧)¹⁶⁷⁾으로 니러 마ᄌ니 샹셰(尚書ㅣ) 폴
을 미러 좌(座)를 명(定)ᄒ고 ᄌ긔(自己) ᄯᄒ 먼니 좌(座)를 일워 피
치(彼此ㅣ) 긔ᄉ(氣色)이 단엄(端嚴)ᄒ고 싱

소(生疏)¹⁶⁸⁾ᄒ미 부부(夫婦) ᄀᆺ디 못ᄒ니 녀 부인(夫人)이 ᄀ장 의

---

164) 취졸(取拙): 취졸. 졸렬함을 취함.

165) 유유(儒儒): 모든 일에 딱 잘라 결정을 내리지 못하고 어물어물한 데가 있음.

166) 이딕(愛待): 해내. 사냥스럽게 대우함.

167) 단장(丹粧): 단장. 얼굴, 머리, 옷차림 따위를 곱게 꾸밈.

168) 싱소(生疏): 생소. 어떤 대상이 친숙하지 못하고 낯이 섦.

심(疑心)ᄒ야 유모(乳母)ᄃ려 왈(曰),

"니랑(李郞)의 긔ᄉᆡᆨ(氣色)이 젼일(前日)과 다ᄅᆞ미 업ᄉ니 네 아니 헛말ᄒᆞ미냐?"

유모(乳母) ᄯᅩᄒᆞᆫ 의심(疑心)ᄒᆞ더니 샹셰(尙書ㅣ) 밤이 깁도록 효경(孝經)을 닑어 줌탁169)(潛度)170)ᄒᆞ니 쇼졔(小姐ㅣ) 약질(弱質)의 곤(困)ᄒᆞᆷᄅᆞᆯ 이긔디 못ᄒᆞᄃᆡ 감히(敢-) 눕디 못ᄒᆞ고 슈렴(收斂)171)ᄒᆞ야 안자시매 ᄌᆞ연(自然)이 졍신(精神)이 어리고 슈죡(手足)이 ᄎᆞᄆᆞᆯ 면(免)티 못ᄒᆞ야 셔안(書案)의 업더디니, 샹셰(尙書ㅣ) 놀나 ᄎᆡᆨ(冊)을 덥고 좌우(左右)ᄅᆞᆯ 둘러보매 인젹(人跡)이 고요ᄒᆞ고 경뎜(更點)172) 소ᄅᆡᆷ만 들리니 능히(能-) 사ᄅᆞᆷ을 브ᄅᆞ디 못홀 줄 혜아리고 나아가 쇼져(小姐)ᄅᆞᆯ 븟드러 자리ᄅᆞᆯ 편(便)히 ᄒᆞ고 옥슈(玉手)ᄅᆞᆯ 쥐므ᄅᆞ매 샹셔(尙書)의 초옥(楚玉)173) ᄀᆞᄐᆞᆫ

38면

셤슈(纖手)174)와 쇼져(小姐)의 응지(凝脂)175) ᄀᆞᄐᆞᆫ 손이 연화(煙

---

169) 탁: [교] 원문에는 '탁'으로 되어 있으나 문맥을 고려해 이와 같이 수정함.

170) 줌탁(潛度): 잠탁. 조용히 헤아림.

171) 슈렴(收斂): 수렴. 심신을 다잡음.

172) 경뎜(更點): 경점. 북이나 징을 쳐서 알려 주던 시간. 하룻밤의 시간을 다섯 경(更)으로 나누고, 한 경은 다섯 점(點)으로 나누어서, 매 경을 알릴 때에는 북을, 점을 알릴 때에는 징을 침.

173) 초옥(楚玉): 초나라의 옥. 중국 춘추시대 초(楚)나라 형산(荊山)에서 난 화씨벽(和氏璧)을 이름. 초나라의 변화(卞和)라는 이가 박옥(璞玉)을 발견하여 초나라 왕인 여왕(厲王)과 그 후의 무왕(武王)에게 바쳤으나 왕들이 그것을 돌멩이로 간주하여 각각 변화의 왼쪽 발과 오른쪽 발을 자름. 이후 문왕(文王)이 즉위하자 변화는 왕에게 갈 수 없어 통곡하니, 문왕이 그 소문을 듣고 옥공(玉工)을 시켜 박옥을 반으로 가르게 해 진귀한 옥을 얻고 이를 화씨벽(和氏璧)이라 칭함. 『한비자(韓非子)』.

174) 셤슈(纖手): 섬수. 가냘프고 아름다운 손.

175) 응지(凝脂): 엉긴 기름.

火)[176] 밧 사름 곳트니 녀 부인(夫人)이 벽(壁) 틈의셔 유모(乳母)로 더브러 뎌 거동(擧動)을 보고 쇼져(小姐)의 혼미(昏迷)호믈 념녀(念慮)홀 줄을 닛고 크게 두굿겨 다시 보니,

이윽고 쇼제(小姐ㅣ) 정신(精神)을 거두어 샹셔(尚書)의 이 곳트믈 불승참괴(不勝慙愧)[177]호야호거늘 샹셰(尚書ㅣ) 누즉이 닐오딕,

"긔운이 블평(不平)홀딘딕 편(便)히 쉴 거시어늘 강잉(强仍)호믄 엇디오?"

쇼제(小姐ㅣ) 부답(不答)호고 앙침(鴦枕)[178]의 업딕여 통셩(痛聲)을 굿티디 못호니 샹셰(尚書ㅣ) 고장 놀나 쵹(燭)을 나오혀고 그 손을 잡아 믹(脈)을 보다가 경희(驚喜)[179]호야 소릭를 누즉이 호야 유랑(乳娘)을 브르니,

녀 부인(夫人)이 샹셰(尚書ㅣ) 녀ᅌᆞ(女兒)로 몸을 굴와 쵹하(燭下)의 손을 드러 그 이련(愛戀)호는

●●●

39면

졍(情)이 뉴동(流動)호믈 딕희과망(大喜過望)[180]호더니 브르믈 조차 유뫼(乳母ㅣ) 나아가 딕답(對答)호니 샹셰(尚書ㅣ) 왈(曰),

"네 부인(夫人)이 블평(不平)호시니 네 이에셔 구호(救護)호라."

유뫼(乳母ㅣ) 승명(承命)[181]호야 쇼져(小姐)를 붓드럿더니 홀연(忽

---

176) 연화(煙火): 인가에서 불을 때어 나는 연기라는 뜻으로, 속세를 말함.

177) 블승참괴(不勝慙愧): 불승참괴. 부끄러움을 이기지 못함.

178) 앙침(鴦枕): 원앙 베개.

179) 경희(驚喜): 놀라고 기뻐함.

180) 딕희과망(大喜過望): 대희과망. 바라던 것 이상이라 크게 기뻐함.

181) 승명(承命): 명령을 받듦.

然) 쇼제(小姐ㅣ) 긔절(氣絶)ᄒ며 히ᄋ(孩兒)의 우름 소ᄅᆡ 급(急)ᄒ니 유뫼(乳母ㅣ) 대경(大驚)ᄒ고 샹셰(尚書ㅣ) ᄯ호 놀나 즉시(卽時) 몸을 니러 밧긔 나오고 일개(一家ㅣ) 진동(振動)ᄒ야 녀 쇼ᄉ(少師)와 녀싱(-生) 등(等)이 창황(倉黃)[182]이 분주(奔走)ᄒ야 의약(醫藥)을 다ᄉ리더니,

이윽고 쇼제(小姐ㅣ) 정신(精神)을 출히고 부인(夫人)이 드러가 보와 남ᄋᆡ(男兒ㅣㄴ) 줄 보고 대희(大喜)ᄒ야 밧비 나와 희보(喜報)[183]를 모든 ᄃᆡ 고(告)ᄒ니 쇼ᄉ(少師ㅣ) 크게 깃거ᄒ고 녀싱(-生) 등(等)이 일시(一時)의 웃고 샹셔(尚書)를 향(向)ᄒ야 티하(致賀)ᄒ니 샹셰(尚書ㅣ) 미미(微微)히 우슬 ᄯᆞ이

•••

40면

러라. 즉시(卽時) 연왕부(-王府)의 쇼제(小姐ㅣ) 싱남(生男)ᄒᄆᆞᆯ 보(報)ᄒ고 샹셔(尚書)ᄂᆞᆫ 이에 머므러 약(藥)을 ᄉᆞᆯ피더라.

이적의 니부(李府)의셔 녀 시(氏)의 싱ᄌᆞ(生子)ᄒᄆᆞᆯ 듯고 일개(一家ㅣ) 대희(大喜)ᄒ고 연왕(-王)이 크게 깃거 가(駕)를 ᄌᆡ촉ᄒ야 녀부(-府)의 니ᄅᆞ니 쇼ᄉ(少師ㅣ) 마자 녜필한훤(禮畢寒暄)[184] 후(後) 왕(王)이 ᄀᆞᆯ오ᄃᆡ,

"ᄋᆞ뷔(阿婦ㅣ) 풍샹간고(風霜艱苦)를 ᄀᆞᆺ초 겻고 히만(解娩)[185]ᄒ니 근심이 젹디 아니ᄒ더니 일야지간(一夜之間)[186]의 히만(解娩)을 무

---

182) 창황(倉黃): 허둥지둥 당황하는 모양.

183) 희보(喜報): 기쁜 소식.

184) 녜필한훤(禮畢寒暄): 예필한훤. 날씨의 춥고 더움을 말하는 예를 마침.

185) 히만(解娩): 해만. 아이를 낳음. 해산.

ᄉ(無事)히 ᄒ고 ᄇ라던 바 옥동(玉童)을 어드니 엇디 긔특(奇特) 희힝(喜幸)티 아니리오?"

쇼ᄉᆞᆸ(少師ㅣ) 웃고 샤례(謝禮) 왈(曰),

"이 도시(都是) 뎐하(殿下) 홍복(洪福)[187]과 현보의 운쉬(運數ㅣ) 통(通)ᄒ미라 홀노 녀ᄋ(女兒)의 긔특(奇特)ᄒ미리오?"

왕(王)이 쇼왈(笑曰),

"과인(寡人)의 문운(門運)이 블힝(不幸)ᄒ야 통뷔(冢婦ㅣ)[188] 긋기믈 심(甚)히 ᄒ니 듀야(晝夜) 근심ᄒᆞᆫ 배

· · ·

41면

러니 이제 무ᄉ(無事)ᄒ야 싱남(生男)ᄒᆞᄂᆞᆫ 경ᄉᆞᆸ(慶事ㅣ) 이시니 내 집의 이밧긔 경ᄉᆞᆸ(慶事ㅣ) 업ᄂᆞᆫ디라 비록 황금(黃金)이 뫼ᄀᆞᆺ티 ᄡᅡ혀신들 므어시 쓰리오?"

쇼ᄉᆞᆸ(少師ㅣ) 흔연(欣然)이 웃고 손샤(遜謝)[189]ᄒ며 쥬비(酒杯)를 나와 통음(痛飮)ᄒ더니 쇼ᄉᆞᆸ(少師ㅣ) 신ᄋ(新兒)의 삼긴 졔도(諸度)를 옴겨 니르니 왕(王)이 웃고 왈(曰),

"형(兄)의 늘닌 혜 소진(蘇秦)[190] 댱의(張儀)[191] ᄀᆞᆺ트나 늬 아마도 ᄒᆞᆫ번(-番) 보니만 ᄀᆞᆺ디 못ᄒ니 칠(七) 일(日)이 일야(一夜) ᄂᆡ(內)로

---

186) 일야지간(一夜之間): 하룻밤 사이.

187) 홍복(洪福): 큰 복록.

188) 통뷔(冢婦ㅣ): 총부. 종자(宗子)나 종손(宗孫)의 아내. 곧 종가(宗家)의 맏며느리.

189) 손샤(遜謝): 손사. 겸손히 사양함.

190) 소진(蘇秦): 중국 전국시대의 유세가(遊說家, ?~?). 진(秦)에 대항하여 산동(山東)의 6국인 연(燕), 조(趙), 한(韓), 위(魏), 제(齊), 소(楚)의 합종(合縱)을 선도함.

191) 댱의(張儀): 장의. 중국 전국시대 위(魏)나라의 유세가(遊說家, ?~B.C.309). 진(秦)나라의 재상이 되어 연횡책을 6국에 유세(遊說)하여 진나라에 복종하도록 힘씀.

디니과져 ᄒ노라.”

쇼ᄉᆡ(少師ㅣ) 크게 웃고 왈(曰),

“뎐하(殿下)의 팀듕(沈重)[192]ᄒ시므로 손ᄋᆞ(孫兒) 향(向)ᄒᆞᆫ ᄆᆞᄋᆞᆷ이 여ᄎᆞ(如此)ᄒ시니 만일(萬一) 그 션풍(仙風)을 보실딘대 미치기 쉬올소이다.”

왕(王)이 역쇼(亦笑) 무언(無言)이러라.

쇼졔(小姐ㅣ) 산후(産後) 각별(各別) 여ᄂᆞ[193] 병(病)이 업서 긔븨(肌膚ㅣ) 여샹(如常)ᄒ니 쇼ᄉᆞ(少師) 부뷔(夫婦ㅣ) 깃브믈 이긔디 못

•••

42면

ᄒᆞ야,

삼(三) 일(日) 후(後) 방듕(房中)을 쇄쇼(刷掃)[194]ᄒ고 쇼ᄉᆡ(少師ㅣ) 샹셔(尙書)로 더브러 산실(産室)의 드러가 신ᄋᆞ(新兒)ᄅᆞᆯ 볼ᄉᆡ 유랑(乳娘)이 아ᄒᆡ(兒孩)ᄅᆞᆯ 안아 샹셔(尙書) 알픠 노ᄒ니 샹셰(尙書ㅣ) 잠간(暫間) 셩안(星眼)을 들매 기ᄋᆡ(其兒ㅣ) 긔골(氣骨)이 크게 녕형신이(瑩炯神異)[195]ᄒ미 비록 강보(襁褓) 히ᄋᆡ(孩兒ㅣ)나 쇽인(俗人)으로 크게 다ᄅᆞ미 이시니 그 아비 되여 깃브미 젹디 못ᄒᆞᆯ 거시로ᄃᆡ ᄉᆞᄉᆡᆨ(辭色)[196]이 타연(泰然)ᄒ니 녀ᄉᆡᇰ(-生) 등(等)이 웃고 왈(曰),

“그ᄃᆡ 눈의 이 아ᄒᆡ(兒孩) 엇더뇨?”

---

192) 팀듕(沈重): 침중. 성격, 마음, 목소리 따위가 가라앉고 무게가 있음.

193) ᄂᆞ: [교] 원문에는 ‘ᄀᆞ’로 되어 있으나 문맥을 고려해 규장각본(7:29)을 따름.

194) 쇄쇼(刷掃): 쇄소. 쓸고 닦아 깨끗이 함.

195) 녕형신이(瑩炯神異): 영형신이. 밝게 빛나고 기이함.

196) ᄉᆞᄉᆡᆨ(辭色): 사색. 말과 얼굴빛.

샹셰(尙書ㅣ) 미쇼(微笑) 브답(不答)ㅎ니 쇼ᄉᆞ(少師ㅣ) 크게 ᄉᆞ랑
ᄒᆞ여 샹셔(尙書)ᄃᆞ려 왈(曰),

"ᄎᆞ이(此兒ㅣ) 이러틋 긔이(奇異)ᄒᆞ니 네 집 쳔니귀(千里駒ㅣ)어늘
현셰(賢壻ㅣ) 엇디 무심무졍(無心無情)이 볼 만ᄒᆞᄂᆞ다?"

샹셰(尙書ㅣ) 잠쇼(暫笑) 왈(曰),

"쇼셰(小壻ㅣ) 비록 블민(不敏)ᄒᆞ나 엇디 골육(骨肉)의 귀(貴)ᄒᆞᄆᆞᆯ
모ᄅᆞ리잇고마ᄂᆞᆫ 악댱(岳丈) 말ᄉᆞᆷ이 여ᄎᆞ(如此)ᄒᆞ시니 슈괴(羞愧)ᄒᆞ이

43면

다."

녀 공(公)이 크게 두굿겨 아ᄒᆡ(兒孩)ᄅᆞᆯ 다시곰 어ᄅᆞ만져 ᄉᆞ랑홈과
귀듕(貴重)ᄒᆞᄆᆞᆯ 이긔디 못ᄒᆞ더라.

이리구러 칠(七) 일(日)이 디나니 연왕(-王)이 니ᄅᆞ러 손ᄋᆞ(孫兒)ᄅᆞᆯ
보려 홀ᄉᆡ 쇼ᄉᆞ(少師ㅣ) 마자 빈쥐(賓主ㅣ) 녜필(禮畢)[197] 후(後) 왕
(王)이 ᄀᆞᆯ오ᄃᆡ,

"ᄋᆞ뷔(阿婦ㅣ) 약질(弱質)의 산후(産後) 긔븨(肌膚ㅣ) 여상(如常)타
ᄒᆞ니 깃브미 극(極)ᄒᆞ도다."

쇼ᄉᆞ(少師ㅣ) 되왈(對曰),

"이 다 대왕(大王)의 권념(眷念)[198]ᄒᆞ신 덕(德)인가 ᄒᆞᄂᆞ이다."

왕(王)이 신손(新孫)[199]의[200] 긔이(奇異)ᄒᆞᄆᆞᆯ ᄇᆞ비 보고져 ᄒᆞ니,

---

197) 녜필(禮畢): 예필. 인사를 마침.
198) 권념(眷念): 돌보며 염려함.
199) 신손(新孫): 새로 생긴 손자.
200) 의: [교] 원문에는 '을'로 되어 있으나 문맥을 고려해 규장각본(7:30)을 따름.

쇼시(少師ㅣ) 깃거 흐는대로 쇼져(小姐) 침소(寢所)의 니르니 쇼졔
(小姐ㅣ) 엄구(嚴舅)의 니르시믈 듯고 의샹(衣裳)을 졍돈(整頓)흐고
돗글 졍졔(整齊)흐야 마자 비례(拜禮)흐고 황공(惶恐)홈과 붓그리믈
씌여 느즉이 존후(尊候)201)를 뭇즈온 후(後) 말셕(末席)의 꾸러시니
왕(王)이 흔연(欣然)이 평신(平身)202)흐믈 니르고 위로(慰勞)흐믈 두

- ● ●

44면

터이 흐며 신으(新兒)를 친(親)히 기슬 헤여 안아 즈시 보매 긔샹
(氣像)이 비범(非凡)흐미 진짓 닌으봉취(鱗兒鳳雛ㅣ)203)라. 왕(王)
이 십분(十分) 대희(大喜)흐야 글오딕,

"츠으(此兒ㅣ) 이러틋 비범(非凡)흐니 오문(吾門)을 흥긔(興起)204)
흐리로다. 현뷔(賢婦ㅣ) 화란지여(禍亂之餘)205)의 이런 영즈(英子)206)
를 싱(生)흐니 텬되(天道ㅣ) 어진 사룸 도으미 여츠(如此)흐도다."

드딕여 일홈 지어 봉닌이라 흐고 쇼스(少師)를 딕(對)흐야 서로 자
랑흐며 스랑흐미 극(極)흐니 쇼스(少師)의 쾌(快)흔 므음이야 더옥 니
르리오. 흔희(欣喜)207)흐미 비길 곳 업고 녀 부인(夫人)이 본딕(本-)
임 시(氏)를 듀야(晝夜) 아쳐흐야 제 힝혀(幸-) 아들을 몬져 나하 종스
(宗嗣)208)를 밧들가 흐다가 의외(意外)의 녀이(女兒ㅣ) 싱즈(生子)흐

---

201) 존후(尊候): 어른의 건강 상태.
202) 평신(平身): 엎드려 절한 뒤에 몸을 그 전대로 펴는 것.
203) 닌으봉취(鱗兒鳳雛ㅣ): 인아봉추. 기린의 새끼와 봉황의 새끼라는 뜻으로 빼어난 아이를 이름.
204) 흥긔(興起): 흥기. 세력이 왕성해짐.
205) 화란지여(禍亂之餘): 재앙을 겪은 끝.
206) 영즈(英子): 영자. 뛰어난 아들.
207) 흔희(欣喜): 매우 기뻐함.

니 이후(以後)는 임 시(氏) 아모만 아돌을 나하도 근심이 업슬디라

45면

깃브미 하늘의도 오를 듯ᄒᆞ더라.

일삭(一朔) 후(後) 니부(李府)의셔 소져(小姐)를 브릭니 쇼제(小姐)ㅣ) 비록 부모(父母) 써나는 심ᄉᆞ(心思ㅣ) 차아(嗟訝)[209]ᄒᆞ나 회듕(懷中)의 긔린(麒麟)을 안아 구가(舅家)로 가는 영광(榮光)이 어이 비(比)홀 딕 이시리오.

쇼제(小姐ㅣ) 밋 니부(李府)의 니릭매 일개(一家ㅣ) 봉닌을 보고 놀나 칭찬(稱讚)ᄒᆞᄆᆞᆯ 마디아니코 존당(尊堂)과 승샹(丞相)의 ᄉᆞ랑이 더옥 비길 곳이 업스며 소 부인(夫人)이 그런 부귀영화(富貴榮華) 가온대도 ᄆᆞ음 펴 희락(喜樂)[210]ᄒᆞ미 업더니 손ᄋᆞ(孫兒)를 보매 만심(滿心) 환열(歡悅)ᄒᆞ야 종일(終日)토록 친(親)히 안아 언쇠(言笑ㅣ)[211] 낭낭(朗朗)ᄒᆞ니 ᄌᆞ녜(子女ㅣ) 희힝(喜幸)ᄒᆞ고, 화쇠 이재 삼(三) 셰(歲)라 말을 능히(能-)ᄒᆞ고 영오(穎悟)[212]ᄒᆞ미 뉴(類)다른 고(故)로 봉닌을 지극(至極)히 ᄉᆞ랑ᄒᆞ야 빵(雙)으로 부인(夫人) 알픠셔 유희(遊戲)ᄒᆞ니 녀 쇼제(小姐ㅣ) ᄉᆞ

---

208) 종ᄉᆞ(宗嗣): 종사. 종가 계통의 후손.

209) 차아(嗟訝): 슬프고 의아해함.

210) 희락(喜樂): 기뻐하고 즐거워함.

211) 언쇠(言笑ㅣ): 언소. 담소(談笑).

212) 영오(穎悟): 남보다 뛰어나게 영리하고 슬기로움.

랑ᄒᄆᆯ 간격(間隔)이 업시 ᄒ고 임 시(氏) 비록 쵸독(楚毒)213)ᄒ나
텬셩(天性)이 대가(大家) ᄌ뎨(子弟)로 쳥고(淸高)ᄒᆫ 고(故)로 봉닌
ᄉ랑을 심(甚)히 ᄒ고 너 쇼져(小姐)ᄅᆯ 극진(極盡) 공경(恭敬)ᄒ나
지심(知心)ᄒᆫ 업서 언언(言言)이 쵹휘(觸諱)214)ᄒ나 녀 쇼졔(小
姐ㅣ) 모ᄅᄂᆫ 사ᄅᆷ ᄀᄐ야 후ᄃᆡ(厚待)215)ᄒᆷ를 동긔(同氣)ᄀ치 ᄒ니
소 부인(夫人)이 더옥 녀 시(氏)ᄅᆯ 긔특(奇特)이 너기고 ᄉ랑ᄒ니,

샹셔(尙書)의 하ᄒᆡ(河海) ᄀᄐᆫ 졍(情)이 어이 혈(歇)ᄒ리오마ᄂᆫ 외
면(外面)으로 공경(恭敬)ᄒᄆᆡ 피ᄎᆡ(彼此ㅣ) 손 ᄀᆺ고 임 시(氏)로 ᄃᆡ졉
(待接)이 층등(層等)216)티 아냐 다만 침셕(寢席)의 은ᄋᆡ(恩愛) 최듕
(最重)217)ᄒ야 놉히 너기고 심복(心服)ᄒᄂᆫ 뜻이 타류(他類)와 ᄀᆺ지
아닐 ᄲ니러라.

각셜(却說). 뉴 공(公)이 경문과 각졍을 ᄃᆞ리고 남챵(南昌)의 니ᄅ
매, 위 시(氏), 취218)향으로 더브러 녜(禮)ᄅᆯ ᄀ

초와 마ᄎᆞ니, 당초(當初) 경문이 뉴 공(公)을 ᄃᆡ(對)ᄒ야 위 시(氏)

---

213) 쵸독(楚毒): 초독. 매섭고 독함.
214) 쵹휘(觸諱): 촉휘. 삼가야 할 말이나 행동을 함.
215) 후ᄃᆡ(厚待): 후대. 후하게 대접함.
216) 층등(層等): 서로 구별되는 층과 등급.
217) 최듕(最重): 최중. 가장 깊음.
218) 취: [교] 원문에는 '츄'로 되어 있으나 앞의 예를 따라 이와 같이 수정함.

근본(根本)과 취쳡(取妾)ᄒ엿던 줄 고(告)티 아니코 다만 명(命)을 좃차 취실(娶室)ᄒ엿노라 ᄒ더라 뉴 공(公)이 위 시(氏)를 보고 크게 깃거 지극(至極) ᄉᆞ랑ᄒ며 경문ᄃᆞ려 왈(曰),

"네 안해 이러툿 특이(特異)ᄒ니 가문(家門)을 흥긔(興起)ᄒ리로다."

ᄒ고 칭찬(稱讚) ᄋᆡ지(愛之)ᄒᄃᆡ 각정은 그윽이 아쳐ᄒ야 업시홀 쾌를 싱각ᄒ더라.

이날 싱(生)이 침소(寢所)의 니ᄅᆞ매 쇼졔(小姐ㅣ) 니러나 마자 뉴 공(公)의 복직(復職) 환소219)(還巢)220)ᄒ믈 티하(致賀)ᄒ니 싱(生)이 흔연(欣然) 답왈(答曰),

"텬은(天恩)이 초목(草木)의 다 밋ᄎᆞ샤 대인(大人)이 원뎍(遠謫)221)을 프러 고토(故土)의 도라오시니 흑싱(學生)의 깃브미 닐러 알 배 아니로다."

인(因)ᄒ야 눈을 드러 쇼져(小姐)를 보매 쇼졔(小姐ㅣ) 긔

•••

48면

골(氣骨)이 슉셩(熟成)ᄒ고 안ᄉᆡ(顔色)이 망월(望月)222) ᄀᆞᄐᆞ야 윤틱(潤澤)ᄒ 안ᄉᆡ(顔色)이 더욱 특츌(特出)ᄒ니 싱(生)이 ᄌᆞ연(自然)이 우음을 춤디 못ᄒ야 나아가 옥슈(玉手)를 잡고 글오ᄃᆡ,

"그ᄃᆡ 부모(父母) 츳기ᄂᆞ 머럿고 싱(生)이 뎡장(丁壯)223) 남ᄌᆞ(男

---

219) 소: [교] 원문에는 '쇄'로 되어 있으나 문맥을 고려해 이와 같이 수정함.

220) 환소(還巢): 원래 자기집에 돌아온 것을 낮추어 부르는 말이나 여기에서는 집에 돌아왔다는 의미로 쓰임.

221) 원뎍(遠謫): 원적. 멀리 귀양감.

222) 망월(望月): 보름달.

223) 뎡장(丁壯): 정장. 나이가 젊고 혈기가 왕성한 남자.

子)로 독쳐(獨處)ᄒ미 괴로오니 금일(今日)은 마디못ᄒ야 원앙(鴛鴦)의 법(法)을 힝(行)홀로다."

쇼졔(小姐ㅣ) 추언(此言)을 듯고 크게 놀나 손을 썰텨 믈러안자 정식(正色) 왈(曰),

"군직(君子ㅣ) 당당(堂堂)ᄒᆫ 대댱뷔(大丈夫ㅣ) 되야 젼후(前後)의 변약(變約)[224]ᄒ시미 여ᄎ(如此)ᄒ시니 쳡(妾)이 비록 ᄋ녀직(兒女子ㅣ)나 항복(降服)디 아니ᄒᄂ이다. 만일(萬一) 쳡(妾)의 고고(孤苦)[225]ᄒᆫ 쯧을 아ᄉ실딘대 초로잔쳔(草露殘喘)[226]을 긋는 날이라. 쳡(妾)의 군(君)을 조추미 아비 알오미 업고 어미 명(命)ᄒ미 아니니 타일(他日) 하늘이 도ᄋ샤 부

○●●

49면

모(父母)를 촛는 날 추마 홍뎜(紅點)을 업시ᄒ고 므슴 ᄂᆺᄎ로 보며 쳡(妾)이 군(君)의게 도라오믈 녜(禮)를 출히디 아냣고 군(君)이 녜(禮)를 빙(聘)ᄒ미 업스니 쳡(妾)이 죽으믄 감슈(甘受)[227]ᄒ려니와 ᄎ(此)는 뎡(正)코 듯디 못홀소이다."

언파(言罷)의 흐르는 눈믈은 오월(五月) 댱슈(長水) ᄀᆺ고 녈녈(烈烈)ᄒᆫ 언ᄉ(言辭)는 옥반(玉盤)의 구슬이 징징(錚錚)[228]홈 ᄀᆺ트니 싱(生)의 의ᄉ(意思ㅣ) 더옥 흔연(欣然)ᄒ야 다만 위로(慰勞) 왈(曰),

---

224) 변약(變約): 약속을 바꿈.
225) 고고(孤苦): 외롭고 괴로움.
226) 초로잔쳔(草露殘喘): 초로잔천. 풀잎에 맺힌 이슬처럼 아주 끊어지지 아니하고 겨우 붙어 있는 숨.
227) 감슈(甘受): 감수. 달게 받아들임.
228) 징징(錚錚): 쟁쟁. 옥이 부딪쳐 맑게 울리는 소리.

"앗가 말은 희롱(戲弄)이라. 너 비록 무상(無狀)ᄒ나 그듸 ᄯᅳᆺ을 아ᄉ며 진실노(眞實-) 아슬 거시면 동방(洞房) 아름다온 밤을 허송(虛送)ᄒ여시랴? 그듸ᄂᆞᆫ 념녀(念慮) 말나."

쇼졔(小姐ㅣ) ᄆᆞᆨᄆᆞᆨᄇᆞ답(黙黙不答)ᄒ고 미우(眉宇)의 일쳔(一千) ᄀᆞ지 셜우믈 ᄯᅴ여시니 긔이(奇異)ᄒᆞᆫ 졍틱(情態)229) 쵹하(燭下)의 승졀(勝絶)230)ᄒ니 니홰(梨花ㅣ)231) 광풍(光風)232)

• • •

50면

을 만나며 소월(素月)이 운니(雲裏)의 ᄀᆞᆷ초이미 가(可)히 긔특(奇特)디 아니ᄒ고 쇼져(小姐)의 수식(愁色)233)ᄒᆞᆷ믄 그림을 그려도 모샤(模寫)ᄒ기 어려오니 경문이 비록 군직(君子ㅣ)오 심댱(心腸)이 쇠돌 ᄀᆞᆺᄐᆞ나 엇디 이 거동(擧動)을 딕(對)ᄒ야 능히(能-) 미몰ᄒ리오. 밧비 옥슈(玉手)를 년(連)ᄒ야 위로(慰勞)ᄒ며 년ᄋᆡ(憐愛)ᄒ야 왈(曰),

"그듸 ᄆᆞᄎᆞᆷ 시운(時運)이 블ᄒᆡᆼ(不幸)ᄒ야 부모(父母)를 일흐미 이신들 디하(地下)의 영결(永訣)이 아닌 후(後)야 이디도록 셜워ᄒ리오? 조만(早晚)의 경ᄉᆞ(京師)의 간죽 그듸 풀의 쓴 거슬 의지(依支)ᄒ야 너비 광문(廣問)234)ᄒ리라."

쇼졔(小姐ㅣ) ᄆᆞᆨ연(默然) ᄇᆞ답(不答)ᄒ니 공직(公子ㅣ) 지극(至極)히 위로(慰勞)ᄒ며 ᄒᆞᆫᄀᆞ디로 상샹(牀上)의 나아가 ᄋᆡ듕(愛重)ᄒᄂᆞᆫ 졍

---

229) 졍틱(情態): 정태. 아리따운 모습.

230) 승졀(勝絶): 승절. 매우 빼어남. 절승(絶勝).

231) 니홰(梨花ㅣ): 이화. 배꽃.

232) 광풍(光風): 비가 갠 뒤의 시원한 바람.

233) 수식(愁色): 수색. 근심스러운 빛을 띰.

234) 광문(廣問): 널리 여러 사람에게 물어 봄.

(情)이 비길 곳 업더라.

이째 뉴 공(公)을 복직(復職)ᄒᆞ여 경

• • •

51면

슈(京師)의셔 브릭ᄂᆞᆫ 명(命)이 셩화(星火)ᄀᆞᆺ튼니 뉴 공(公)이 가고
져 ᄒᆞ거늘 경문 왈(曰),

"가(可)티 아니ᄒᆞ니 야애(爺爺ㅣ) 당년(當年)의 형댱(刑杖) 아래 남
은 목숨으로 쏘 졀역(絶域)의 츙군(充軍)235)ᄒᆞ엿다가 놉흔 벼슬의 거
(居)ᄒᆞ미 가(可)티 아니ᄒᆞ니 맛당이 ᄉᆞ양(辭讓)ᄒᆞ시미 가(可)ᄒᆞ도소
이다."

뉴 공(公)이 올히 너겨 경문으로 ᄒᆞ여곰 소(疏)를 일워 역뎡(驛
程)236)으로 올니니 그 소(疏)의 왈(曰),

'죄신(罪臣) 뉴영걸은 셩황셩공(誠惶誠恐)237) 돈슈빅ᄇᆡ(頓首百拜)238)
ᄒᆞ야 감히(敢-) 샹표(上表)ᄒᆞᄂᆞ이다. 죄신(罪臣)이 셕년(昔年)의 국가
(國家)의 지은 죄(罪) 터럭을 쌔혀 혜여도 남을지니 엇디 죽기를 면(免)
ᄒᆞ리잇고마ᄂᆞᆫ 텬디호ᄉᆡᆼ디덕(天地好生之德)239)을 닙어 신(臣)의 큰 죄
(罪)를 샤(赦)ᄒᆞ

---

235) 츙군(充軍): 충군. 죄를 범한 자를 벌로서 군역에 복무하게 하던 제도.

236) 역뎡(驛程): 역정. 역과 역 사이의 거리 또는 이수(里數).

237) 셩황셩공(誠惶誠恐): 성황성공. 진실로 황공하다는 뜻으로, 임금에게 올리는 글의 첫머리에
쓰는 표현.

238) 돈슈빅ᄇᆡ(頓首百拜): 돈수백배. 고개를 조아리고 백 번 절함.

239) 텬디호ᄉᆡᆼ디덕(天地好生之德): 천지호생지덕. 하늘과 땅만큼 큰, 죽을 목숨을 살린 제왕의 큰 덕.

시니 신(臣)이 형댱(刑杖)의 남은 목숨이 졀역(絶域)의 닉티여 기리 북신(北辰)[240]을 우러고 셩샹(聖上)의 은혜(恩惠)를 간뇌도디(肝腦塗地)[241]ᄒ나 갑흘 바를 아디 못ᄒ더니 의외(意外)의 밋친 도적(盜賊)이 챵궐(猖獗)[242]ᄒ매 죄신(罪臣)의 몸이 항오(行伍)의 이셔 요힝(僥倖) 두어 슈급(首級)[243]을 어드미 셩샹(聖上)이 그 공(功)을 과(過)히 아ᄅ샤 큰 벼슬을 주시니 신(臣)이 비록 무샹(無狀)ᄒ나 젼일(前日) 죄악(罪惡)을 싱각건대 황숑(惶悚)ᄒᄂ 므음이 업스리잇고? ᄎ마 다시 ᄂᆞᆺ출 드러 몱은 됴뎡(朝廷)의 셔디 못홀디라 특별(特別)이 관유(寬諭)[244]ᄒ시ᄂ 은명(恩命)[245]을 승슌(承順)[246]티 못ᄒ오믈 황공(惶恐) 디죄(待罪)ᄒᄂ이다. ᄒᄆᆯ며 신(臣)이 나히 늙고 슉병(宿病)[247]이 ᄌᆞᆫ 가온

디 졀역(絶域)의 슈퇴(水土ㅣ) 닉디 못ᄒ고 젼딘(戰塵) 풍상간고

---

240) 북신(北辰): 북신. 북극성. 임금이 북쪽에서 남쪽을 바라보고 있으므로 임금이 있는 곳을 가리킬 때 쓰임.

241) 간뇌도디(肝腦塗地): 간뇌도지. 참혹한 죽임을 당하여 간장(肝臟)과 뇌수(腦髓)가 땅에 널려 있다는 뜻으로, 나라를 위하여 목숨을 돌보지 않고 애를 씀을 이르는 말.

242) 챵궐(猖獗): 창궐. 못된 세력이나 전염병 따위가 세차게 일어나 걷잡을 수 없이 퍼짐.

243) 슈급(首級): 수급. 전쟁에서 베어 얻은 적군의 머리.

244) 관유(寬諭): 너그러이 위로함.

245) 은명(恩命): 임금이 관리를 임명하거나 용서할 때 내리는 은혜로운 명령.

246) 승슌(承順): 승순. 웃어른의 명을 살 좇음.

247) 슉병(宿病): 숙병. 오래전부터 앓고 있는 병.

(風霜艱苦)를 ᄀᆞ초 디ᄂᆡ매 천(賤)ᄒᆞᆫ 몸이 이긔디 못ᄒᆞ야 천질(賤疾)248)이 위위(危危)249)ᄒᆞ야 명ᄌᆡ됴셕(命在朝夕)250)ᄒᆞ오니 능히(能-) 니러 움ᄌᆞ일 길이 업ᄂᆞᆫ디라. 복원(伏願) 셩샹(聖上)은 신(臣)의 남은 ᄲᅣ를 향니(鄕里)의 믓게 ᄒᆞ쇼셔. 신(臣)이 녯날 죄(罪)를 ᄉᆞᆼ각ᄒᆞ고 금(今)의 폐하(陛下)의 은명(恩命)을 목도(目睹)ᄒᆞ매 비록 인면슈심(人面獸心)251)이나 터럭과 ᄲᅣ 숫그러ᄒᆞ디252) 아니리잇가? 신(臣)이 ᄎᆞ싱(此生)의 몸ᄀᆞ디믈 그룻ᄒᆞ야 폐하(陛下)를 져ᄇᆞ리미 만ᄉᆞ온디라. 다시 뇽누(龍樓)를 쳠망(瞻望)253)ᄒᆞ올 길히 업ᄉᆞᆫᄂᆞᆫ디라 기리 븍(北)을 ᄇᆞ라보와 눈믈을 흘리ᄂᆞ이다. 신(臣)이 셩샹(聖上)의 위

* **●●**

54면

유(慰諭)ᄒᆞ시ᄂᆞᆫ 은명(恩命)을 밧ᄌᆞ오니 당당(堂堂)이 관(棺)을 메예 궐하(闕下)의 ᄃᆡ죄(待罪)ᄒᆞᆯ 거시로ᄃᆡ 일병(一病)이 고황254)(膏肓)255)을 침노(侵擄)256)ᄒᆞ니 능히(能-) 니러 움ᄌᆞ이디 못ᄒᆞ야 향니(鄕里)의 업ᄃᆡ여 쳑소(尺疏)257)로 뇽뎡(龍廷)258)을 더러인 죄(罪)

---

248) 천질(賤疾): 천질. 자신의 병을 낮추어 부르는 말.

249) 위위(危危): 병이 깊은 모양.

250) 명ᄌᆡ됴셕(命在朝夕): 명재조석. 목숨이 아침저녁에 있다는 뜻으로 곧 죽을 것 같다는 말임.

251) 인면슈심(人面獸心): 인면수심. 사람의 얼굴을 하고 있으나 마음은 짐승과 같다는 뜻으로, 마음이나 행동이 몹시 흉악함을 이르는 말.

252) 숫그러ᄒᆞ디: 곤두서지.

253) 쳠망(瞻望): 첨망. 높은 곳을 멀거니 바라다봄.

254) 황: [교] 원문에는 '항'으로 되어 있으나 오기로 보임.

255) 고황(膏肓): 심장과 횡격막의 사이. 고는 심장의 아랫부분이고, 황은 횡격막의 윗부분으로, 이 사이에 병이 생기면 낫기 어렵다고 함.

256) 침노(侵擄): 성가시게 달라붙어 손해를 끼치거나 해침.

만亽유경(萬死猶輕)259)이라 혈읍뉴톄(血泣流涕)260) 브디소운(不知所云)261)이로소이다.'

ᄒ엿더라.

듕셔싱(中書省)262)이 뉴 공(公)의 표(表)ᄅ 바다 샹(上)긔 드리오니 샹(上)이 보시기ᄅ 뭇고 그 언ᄉ(言辭ㅣ) 강개(慷慨)ᄒ고 격졀(激切)263)ᄒᄆ를 아름다이 너기샤 일이(一二) 년(年)을 됴병(調病)264)ᄒ라ᄒ시다.

뉴 공(公)이 비답(批答)265)의 위유(慰諭)ᄒ시믈 깃거 남챵(南昌)의 인(因)ᄒ야 머믈ᄉ,

각뎡이 가권(家權)을 잡아 싱(生)의 부부(夫婦)ᄅ 심(甚)히 박ᄃ(薄待)ᄒᄃ 싱(生)의 공슌(恭順)266)ᄒ

●●●

55면

믄 니ᄅ도 말고 더옥 위 시(氏)의 긔특(奇特)ᄒ미 삼(三) 일(日)을 굴머도 능히(能) 견딀디니 더옥 됴셕(朝夕)의 믹쥭(麥粥)267)을 못 견

---

257) 쳑소(尺疏): 척소. 짧은 상소.

258) 뇽뎡(龍廷): 용정. 궁궐.

259) 만亽유경(萬死猶輕): 만사유경. 만 번 죽어도 오히려 가벼움.

260) 혈읍뉴톄(血泣流涕): 혈읍유체. 피눈물을 흘림.

261) 브디소운(不知所云): 부지소운. 이를 바를 알지 못함.

262) 듕셔싱(中書省): 중서성. 중국 수나라·당나라·송나라·원나라 때에, 일반 행정을 심의하던 중앙 관아. 삼국 시대에 위(魏)나라에서 처음 두었으며, 원나라 때에 상서성으로 고쳤다가 명나라 초기에 없앰.

263) 격졀(激切): 격절. 말이나 글 따위가 격렬하고 절실함.

264) 됴병(調病): 조병. 병을 조리함.

265) 비답(批答): 임금이 상주문의 말미에 적는 가부의 대답.

266) 공슌(恭順): 공순. 공손하고 온순함.

딕리오. 각뎡이 뎌 부부(夫婦)의 공슌(恭順)ᄒ믈 더옥 믜여 뉴 공(公)의 귀예 참쇼(讒訴ㅣ) 년쇽(連續)ᄒ대 뉴 공(公)이 화란(禍亂)을 ᄀ초 겻고 경문으로 인(因)ᄒ야 몸이 무ᄉ(無事)ᄒ 고(故)로 간대로 치텽(採聽)268)티 아니ᄒ니 각뎡이 앙앙(怏怏)269)ᄒ야 셜셜이(屑屑-)270) 도모(圖謀)키를 ᄇ라더라.

일일(一日)은 뉴 공(公)이 경문으로 더브러 근쳐(近處) 산슈(山水)를 유람(遊覽)ᄒ야 가니 각뎡이 이ᄊᆡ를 타 위 시(氏)를 잡아다가 쳘편(鐵鞭)271)으로 무수(無數)히 티고 수죄(數罪)272)ᄒ딕,

"네 남ᄌ(男子)를 그릇 인도(引導)ᄒ야 모ᄌ(母子ㅣ) 블화(不和)ᄒ게 ᄒ다?"

ᄒ니 이ᄂᆞᆫ 그 얼골이 고으믈 싀긔(猜忌)ᄒ야 죽이려 ᄒᄂᆞᆫ 계

* * *

56면

괴(計巧ㅣ)라. 쇼졔(小姐ㅣ) 죵시(終是)273) ᄒ 말을 아니코 티ᄂᆞᆫ 대로 잇더니 이날 져므도록 굴므니 약질(弱質)이 능히(能-) 견딕디 못ᄒ야 상샹(牀上)의 곤(困)ᄒ야 누엇더니,

셕양(夕陽)의 싱(生)이 도라와 이에 드러오니 쇼졔(小姐ㅣ) 겨유 니러 마ᄌ니 싱(生)이 그 긔식(氣色)을 보니 필연(必然) 굴믄 줄 아

---

267) 믹죽(麥粥): 맥죽. 보리죽.
268) 치텽(採聽): 채청. 의견을 받아들임.
269) 앙앙(怏怏): 매우 마음에 차지 아니하거나 야속함.
270) 셜셜이(屑屑-): 설설이. 세밀하게.
271) 쳘편(鐵鞭): 철편. 쇠채찍.
272) 수죄(數罪): 범죄 행위를 들추어 세어 냄.
273) 죵시(終是): 종시. 끝내.

라 블샹이 너겨 스매를 더드며 두어 낫 실과(實果)를 닌야 위 시(氏)
의 손을 잡고 입의 너흐며 굴오듸,

"야야(爺爺)를 쓸와가 산슈(山水)를 유람(遊覽)ᄒ야 먹던 거시 남
아시니 이를 먹으라."

쇼졔(小姐ㅣ) 강잉(强仍)ᄒ야 바다 입의 너흐니 싱(生)이 더옥 이련
(哀憐)274)ᄒ야 옥비(玉臂)를 잡아 년이(憐愛)ᄒ다가 홀연(忽然) 보니
가죽이 버셔디고 혈육(血肉)이 낭쟈(狼藉)ᄒ엿거늘 대경(大驚)ᄒ야

• • •

57면

두로 보니 셩ᄒ 곳이 업ᄂ디라. 싱(生)이 차악(嗟愕)275)ᄒ야 연고
(緣故)를 므른대 쇼졔(小姐ㅣ) 미쇼(微笑) 무언(無言)이어늘 췬276)
향이 나아가 슈말(首末)을 고(告)ᄒ고 눈믈을 흘리니 싱(生)이 텽
파(聽罷)의 시비(是非)를 아니코 즉시(卽時) 셔당(書堂)의 가 금챵
약(金瘡藥)277)을 어더다가 븟티고 조심(操心)ᄒ야 됴리(調理)ᄒ라
홀278) 분이러라.

뉴 공(公)이 현이를 위(爲)ᄒ야 며ᄂ리를 구(求)ᄒ더니 이째 젼(前)
한님(翰林) 셜최 정통(正統)279) 황뎨(皇帝) 븍시(北塞)로셔 와 즉위

---

274) 이련(哀憐): 애련. 가엾고 애처롭게 여김.

275) 차악(嗟愕): 몹시 놀람.

276) 췬: [교] 원문에는 '츄'로 되어 있으나 앞의 예를 따라 이와 같이 수정함.

277) 금챵약(金瘡藥): 금창약. 칼, 창, 화살 따위로 생긴 상처에 바르는 약. 석회를 나무나 풀의 줄
기와 잎에 섞어 이겨서 만듦.

278) 홀: [교] 원문에는 'ᄒ고'로 되어 있고 '고'를 지운 표시가 있으나 문맥을 고려해 규장각본
(7:40)을 따름.

279) 정통(正統): 정통. 중국 명(明)나라 제6대 황제인 영종(英宗) 때의 연호(1436~1449). 영종의
이름은 주기진(朱祁鎭, 1427~1464)으로, 후에 연호를 천순(天順)으로 바꿈.

(卽位)ᄒᆞ시고280) 대샤(大赦)281)ᄒᆞᆯ 적 노혀와 고향(故鄕)이므로 이
에 왓더니 각명이 뉴 공(公)을 다래여 쳡셜(妾-)282)인 줄 긔이고 두
로 구혼(求婚)ᄒᆞ니 과연(果然) 셜최 고디듯고 그 뎨삼녀(第三女)로
셩친(成親)ᄒᆞ니 현이 뉴 공(公)의 아ᄃᆞᆯ로 어이 비

• • •

58면

샹(非常)ᄒᆞᆫ 곳이 이시리오. 녜ᄉᆞ(例事) 평평(平平)ᄒᆞᆫ 아ᄒᆡ(兒孩)오,
셜 시(氏) ᄯᅩᄒᆞᆫ 그대도록디 아니ᄒᆞ니 경문의 부부(夫婦)로 비(比)
ᄒᆞ매 텬디(天地) ᄀᆞᆺᄐᆞ니 각명이 크게 애ᄃᆞᆯ와 경문 부부(夫婦) 믜여
ᄒᆞ미 구슈(仇讎)283) ᄀᆞᆺ고 현이 ᄯᅩ 어믜 블쵸(不肖)ᄒᆞᆷ을 달마 경문
을 죠곰도 존ᄃᆡ(尊待)284)ᄒᆞᄂᆞᆫ 일이 업고 언단(言端)의 가형(家兄)
이라 ᄒᆞ야 뎍셔(嫡庶)285) 분의(分義)286) 업ᄉᆞᄃᆡ 경문이 모ᄅᆞᄂᆞᆫ 사
ᄅᆞᆷ ᄀᆞᆺ더라.

명년(明年) 츈(春)의 경ᄉᆞ(京師)의셔 알셩(謁聖)287)ᄒᆞ시니 ᄉᆞ방(四
方) 현ᄉᆡ(賢士ㅣ) 구름 못ᄃᆞᆺ ᄒᆞᄃᆡ 경문이 스스로 됴뎡(朝廷)의 ᄡᅳ이
믈 붓그려 나디 아니ᄒᆞ려 ᄒᆞ더니 각명이 현이ᄅᆞᆯ 발젹(拔迹)288)고져

---

280) 븍ᄉᆡ(北塞)로셔 와 즉위(卽位)ᄒᆞ시고: 북새로서 와 즉위하시고. 북쪽 변방에서 돌아와 즉위하
시고. 정통 황제가 1449년에 오이라트 부족을 토벌하러 가 붙잡혔다개[토목의 변] 복귀한 일
을 이름.

281) 대샤(大赦): 대사. 크게 사면함.

282) 쳡셜(妾-): 첩설. 첩의 소생이라는 뜻으로 보이나 미상임.

283) 구슈(仇讎): 구수. 원수.

284) 존ᄃᆡ(尊待): 존대. 존경하여 받들어 대접하거나 대함.

285) 뎍셔(嫡庶): 적서. 적자와 서자.

286) 분의(分義): 분수와 의리.

287) 알셩(謁聖): 알성. 황제가 문묘에 참배한 뒤 실시하던 비정규적인 과거 시험. 알성과(謁聖科).

288) 발젹(拔迹): 높은 벼슬에 오름.

ᄒᆞ디 현이 글이 겨유 소지(所志)[289]를 쓰라 ᄒᆞ면 쓰고 고풍(古風)이
나 지을 ᄯᆞ름이니 엇디 과거(科擧) 의ᄉᆞ(意思)나

•••

59면

ᄒᆞ리오. 스ᄉᆞ로 계교(計巧)를 싱각고 뉴 공(公)을 다래여 ᄀᆞᆯ오디,
"이제 노얘(老爺ㅣ) 향곡(鄕曲)[290]의 ᄲᅢ뎌 계시고 현이 뎌러ᄐᆞᆺ 미
거(未擧)[291]ᄒᆞ니 조선(祖先)을 흥(興)ᄒᆞᆯ 길히 업ᄂᆞ이다. 이제 공ᄌᆞ(公
子ㅣ) 니쳥년(李靑蓮)[292]의 일두시ᄇᆡᆨ편(一斗詩百篇)[293]ᄒᆞᄂᆞᆫ 지죄(才
操ㅣ) 이시니 가(可)히 경ᄉᆞ(京師)의 보내야 응과(應科)[294]키 ᄒᆞ쇼셔."
뉴 공(公)이 올히 너기고 ᄯᅩ 본(本)이 공명(功名)[295]을 탐(貪)ᄒᆞᄂᆞᆫ
고(故)로 즉시(卽時) 경문을 블너 닐오디,
"노뷔(老父ㅣ) 이제 나히 늙고 젼됴(前朝)의 죄악(罪惡)이 심(甚)히
만흔 고(故)로 다시 환노(宦路)를 더위잡을 길히 업ᄉᆞ니 조선(祖先)
을 영양(榮揚)[296]ᄒᆞ미 너 ᄒᆞᆫ 몸의 이시니 가(可)히 응과(應科)ᄒᆞ야
요힝(僥倖) 참방(叅榜)[297]ᄒᆞᆷ믈 어들딘디 노뷔(老父ㅣ) 금일(今日) 죽

---

289) 소지(所志): 예전에, 청원이 있을 때에 관아에 내던 서면.

290) 향곡(鄕曲): 시골 구석.

291) 미거(未擧): 철이 없고 사리에 어두움.

292) 니쳥년(李靑蓮): 이청련. 이백(李白, 701~762)을 말함. 청련은 이백의 호이고 본명은 이태백
(李太白)임. 젊어서 여러 나라를 돌아다니고, 뒤에 출사(出仕)하였으나 안녹산의 난으로 유배
되는 등 불우한 만년을 보냄. 칠언절구에 특히 뛰어났으며, 이별과 자연을 제재로 한 작품을
많이 남겼음. 시성(詩聖) 두보(杜甫)에 대하여 시선(詩仙)으로 칭하여짐.

293) 일두시ᄇᆡᆨ편(一斗詩百篇): 일두시백편. 한 말의 술을 마시고 시 백 편을 지음. 두보(杜甫, 712~
770)가 <음중팔선가(飮中八仙歌)>에서 이백을 두고 한 말임. "한 말 술에 시 백 편을 짓는 이
백, 장안의 저자 주막에서 잠을 자는구나. 李白一斗詩百篇, 長安市上酒家眠."

294) 응과(應科): 과거에 응시함.

295) 공명(功名): 공을 세워 이름이 널리 알려짐.

296) 영양(榮揚): 빛내고 드날림.

어도 한(恨)이 업슬가 ᄒᆞ노라."

경문이 그 말ᄉᆞᆷ을 감

•••

60면

동(感動)ᄒᆞ야 ᄌᆡᄇᆡ(再拜) 슈명(受命)ᄒᆞ고 ᄒᆡᆼ장(行裝)을 출혀 현익
로 더브러 갈ᄉᆡ, 각뎡이 공ᄌᆞ(公子)를 ᄶᆞᆯ와 듕당(中堂)의 와 옷기
슬298) 잡고 웃고 닐오ᄃᆡ,

"현익의 무ᄌᆡ(無才)299)ᄒᆞᆷ은 공ᄌᆡ(公子ㅣ) 본ᄃᆡ(本-) 아ᄅᆞ시니 공ᄌᆞ
(公子ㅣ) ᄒᆡᆼ혀(幸-) 동긔지졍(同氣之情)을 슬펴 ᄒᆞᄆᆞ디로 계화(桂
花)300)를 ᄭᅩᄌᆞ쇼셔."

공ᄌᆡ(公子ㅣ) 답왈(答曰),

"득의(得意)ᄒᆞ미 운쉬(運數ㅣ) 이시니 미리 알기 어렵거니와 나의
셕은 글귀(-句)로 윤ᄉᆡᆨ(潤色)ᄒᆞ미 므어시 어려워 셔모(庶母)의 말을
기ᄃᆞ리리이오? 념녀(念慮) 마ᄅᆞ쇼셔."

각뎡이 깃거 웃고 ᄌᆡ삼(再三) 당보(當付)ᄒᆞ며 ᄀᆞᆯ오ᄃᆡ,

"위 쇼져(小姐)ᄂᆞ ᄂᆡ 셜 시(氏)로 층등(層等)301)티 아니키 거ᄂᆞ릴
거시니 공ᄌᆞ(公子)ᄂᆞ 다만 현익를 발쳔(發闡)302)ᄒᆞ쇼셔."

공ᄌᆡ(公子ㅣ) 응낙(應諾)ᄒᆞ고 뉴 공(公)을 하딕(下直)ᄒᆞ매 심ᄉᆡ(心

---

297) 참방(叅榜): 과거에 급제하여 이름이 방목(榜目)에 오름.

298) 슬: [교] 원문에는 이 글자를 지운 표시가 있고 뒤에 '을'이 있으나 지우기 전의 표기가 맞는
것으로 판단해 이와 같이 수정함.

299) 무ᄌᆡ(無才): 무재. 재주가 없음.

300) 계화(桂花): 계수나무의 꽃. 과거급제자가 계화를 머리에 쓰는 데서 유래하여 계화는 과거에
급제함을 이름.

301) 층등(層等): 서로 구별되는 층과 등급.

302) 발쳔(發闡): 발천. 앞길이 열려 세상에 나섬.

思ㅣ) 차아(嗟訝)303)ㅎ믈 이긔디

61면

못ㅎ더라.

　침소(寢所)의 드러가 위 시(氏)로 니별(離別)ㅎ시 피츠(彼此ㅣ) 써
나는 정(情)이 의의(依依)304)ㅎ믈 어이 フ을ㅎ리오. 싱(生)이 또흔 가
듕(家中) 형세(形勢)를 도라보건딘 무소(無事)ㅎ믈 긔필(期必)305)티
못ㅎ디라, 미우(眉宇)를 뗑긔고 손을 잡아 フ만이 당보(當付)ㅎ딘,

　"싱(生)이 집을 써난 후(後) 즈(子)의 몸이 무소(無事)ㅎ기를 긔필
(期必)티 못ㅎ니 그딘는 즈레 몸을 브려 싱(生)의 평일(平日) 밋던
바를 져브리디 말라."

　쇼제(小姐ㅣ) 이째 방촌(方寸)306)이 어즈러오딘 강잉(强仍)ㅎ야 위
로(慰勞) 왈(曰),

　"첩(妾)이 비록 간뇌도디(肝腦塗地)ㅎ나 군즈(君子)의 말솜은 닛디
아니ㅎ리니 첩(妾)으로써 념녀(念慮) 마른시고 원노(遠路)의 무양(無
恙)307)이 득달(得達)308)ㅎ쇼셔."

　싱(生)이 지삼(再三) 보듕(保重)ㅎ믈 당보(當付)ㅎ고 스매를 썰쳐 밧긔

---

303) 차아(嗟訝): 슬프고 놀라움.

304) 의의(依依): 헤어지기가 서운함.

305) 긔필(期必): 기필. 꼭 이루어지기를 기약함.

306) 방촌(方寸): 사람의 마음은 가슴속의 한 치 사방의 넓이에 깃들어 있다는 뜻으로, '마음'을 달
　　리 이르는 말.

307) 무양(無恙): 몸에 병이나 탈이 없음.

308) 득달(得達): 목적한 곳에 도달함.

나와 믈을 틋매 니친(離親)³⁰⁹⁾ㅎ는 졍ᄉᆡ(情事ㅣ) 차아(嗟訝)ㅎ더라.

듀야(晝夜)로 경ᄉᆞ(京師)의 니르니, 이째 뉴 공(公)이 녯 집이 구외(區外)예 쇽(屬)ㅎ고 업ᄂᆞᆫ 고(故)로 쥬인(主人)을 잡아 현이로 너브러 머믈ᄉᆡ 과게(科擧ㅣ) 오히려 머럿더라.

ᄉᆡᆼ(生)이 본ᄃᆡ(本-) 명가(名家)를 ᄉᆞ랑ㅎ고 븍경(北京)은 번화지디(繁華之地)라 날마다 현이로 더브러 미복(微服)으로 두로 귀경ㅎ며 디긔(志氣)를 소탕(消暢)³¹⁰⁾ㅎ더니,

일일(一日)은 현이 발 앏파 가디 못ㅎ거늘 스ᄉᆞ로 초리(草履)를 들메고 ᄒᆞᆫ 낫 동ᄌᆞ(童子)로 더브러 두로 노라 ᄒᆞᆫ 곳의 니르니 큰 뫼히 구름의 소사 층암졀벽(層巖絶壁)이 싹근 듯ㅎ거늘 ᄉᆡᆼ(生)이 됴히 너겨 측뎡울 더위잡아 놉흔 ᄃᆡ 오르니, 쥬회(周回)³¹¹⁾ 십(十) 니(里)의 버럿더라.

ᄎᆞ시(此時)

모츈(暮春) 회간(晦間)³¹²⁾이라. 도홰(桃花ㅣ) 졈졈(點點)이 ᄯᅥ러뎌 프른 닙 ᄉᆞ이로 놀고 호뎝(胡蝶)은 분분(紛紛)이 왕ᄂᆡ(往來)ㅎ며 쳥풍(淸風)은 슬슬(瑟瑟)ㅎ고 슈양(垂楊)은 프른 실을 드리온 듯ㅎ

---

309) 니친(離親): 이친. 어버이와 헤어짐.
310) 소탕(消暢): 소창. 심심하거나 답답한 마음을 풀어 후련하게 함.
311) 쥬회(周回): 주회. 둘레.
312) 회간(晦間): 그믐께.

고 폭픽(瀑布ㅣ) 잔완(潺緩)313)이 흐르니, 싱(生)이 크게 깃거 깁히 드러가는 줄을 씌듯디 못ᄒ야 졈졈(漸漸) 드러가더니 ᄒᆞᆫ 곳의 다ᄃᆞ르니 큰 뎡ᄌᆡ(亭子ㅣ) 표묘(縹緲)314)ᄒ야 운각(雲閣)의 다흘 듯 ᄒᆞ고 ᄎᆡ식단쳥(彩色丹靑)이 녕농(玲瓏)ᄒ니 희빗쳐 ᄇᆡ이ᄂᆞᆫ디라. 싱(生)이 놀나 혜오ᄃᆡ,

'아니 뉘 집 화원(花園)이런가? 연(然)이나 왕공(王公) 대신(大臣)의 긔믈(嗜物)315)이로다. 쇽인(俗人)이야 뉘 이러틋 ᄒᆞᆫ 너른 동산을 두리오?'

ᄒ고 잠간(暫間) 거름을 머추어 셔셔 보ᄃᆡ 인젹(人跡)이 업거늘 ᄆᆞ음 노화 쏘 두어 보(步)ᄂᆞᆫ

* * *

64면

드러가니 ᄀᆞ디록 경개(景槪) 층츌(層出)ᄒ고 빅홰(百花ㅣ) 만발(滿發)ᄒᆞ며 층층(層層) ᄒᆞᆫ 화계(花階) 본 바 쳐음이라, 스스로 흔희(欣喜)ᄒ믈 이긔디 못ᄒ야 암샹(巖上)의 안자 시귀(詩句)를 읍쥬어리더니,

홀연(忽然) 셰 낫 쇼년(少年)이 빅포흑관(白袍黑冠)으로 압셔고 뒤ᄒᆡ 십여(十餘) 셰(歲) ᄋᆞ동(兒童) 칠팔(七八) 인(人)이 ᄉᆞ매를 년(連)ᄒ야 뎡ᄌᆞ(亭子)로 올나오거늘 싱(生)이 대경(大驚)ᄒ야 밧비 몸을 녹님(綠林) 듕(中)의 곰초고 ᄌᆞ시 보니 그 쇼년(少年)들이 개개(箇箇)히 관옥(冠玉)316)이 징윤(爭潤)317)ᄒᆞ며 공산(空山)의 새별이 쩌러진

---

313) 잔완(潺緩): 잔잔하고 느릿함.

314) 표묘(縹緲): 끝없이 넓거나 멀어서 있는지 없는지 알 수 없을 만큼 어렴풋함.

315) 긔믈(嗜物): 기물. 즐기는 것들.

316) 관옥(冠玉): 관의 앞을 꾸미는 옥으로 남자의 아름다운 얼굴을 이르는 말.

듯ᄒ야 표표(飄飄)318)히 등션(登仙)319)홀 긔샹(氣像)이 이시니,

싱(生)이 칭찬(稱讚)ᄒ고 그 거동(擧動)을 볼시 모다 일시(一時)의 뎡ᄌ(亭子)의 올나안자 쥬렴(珠簾)을 것고 경개(景槪)를 슬피며 동ᄌ(童子) 십여(十餘) 인(人)이

• • •

65면

쥬호(酒壺)를 메여 와 각각(各各) 알픠 노흐니 제인(諸人)이 통음(痛飮)ᄒ야 담쇼(談笑ㅣ) ᄌ약(自若)ᄒ더니 기듕(其中) 우희 안즌 쇼년(少年)이 눈을 드러 보다가 글오ᄃᆡ,

"이 알픠 사름의 발자최 이시니 필연(必然) 외인(外人)이 든니는 도다."

즉시(卽時) 원ᄌ(院者)를 브르라 ᄒ야 외인(外人)을 누통(漏通)320)ᄒ믈 대칙(大責)321)ᄒ니 원재(院者ㅣ) 황망(慌忙)322)이 고두(叩頭) 왈(曰),

"쇼복(小僕)이 장원(莊園)323)을 딕희매 엇디 잡사름(雜--)을 드리리잇고?"

쇼년(少年)이 노왈(怒曰),

"면젼(面前)의 인적(人跡)이 잇거늘 네 엇디 쇼기는다?"

---

317) 징윤(爭潤): 쟁윤. 아름다움을 다툼.
318) 표표(飄飄): 가볍게 날아오르는 모양.
319) 등션(登仙): 등선. 하늘로 올라가 신선이 됨.
320) 누통(漏通): 비밀을 누설하여 알려 줌.
321) 대칙(大責): 대책. 크게 꾸짖음.
322) 황망(慌忙): 마음이 몹시 급하여 당황하고 허둥지둥함.
323) 장원(莊園): 귀족 집안의 별장.

원지(院者]) 구연(懼然)324)ᄒ야 두로 슬피다가 녹님(綠林)의 사름
의 오시 비최믈 보고 ᄃ라ᄃ러 ᄶ어ᄂ며 글오ᄃᆡ,

"이 쇼튝(小畜)이 원ᄂᆡ(元來) 드러왓닷다? 네 뉘 화원(花園)이라고
방ᄌᆞ(放恣)히 드러왓ᄂ뇨?"

이째 경문이 졍(正)

* * *

66면

히 나갈 길히 업셔 민망(憫惘)이 너기다가 원ᄌᆞ(院者)의 욕(辱)ᄒ
믈 통한(痛恨)325)ᄒ야 죠용히 닐오ᄃᆡ,

"나ᄂ 므ᄎᆷ 원방(遠方) 사름이러니 길을 그릇 드러 이곳의 와시니
힝혀(幸-) 용샤(容赦)ᄒ라."

원지(院者]) 어ᄌᆞ러이 ᄶ을며 ᄶ지뎌 왈(曰),

"이 쇼튝(小畜)이 눈의 구슬이 업더냐? ᄒ마면 널로 ᄒ여 죄(罪)를
입을 번ᄒ여시니 엇디 용샤(容赦)ᄒ리오?"

드듸여 ᄶᄋ러ᄂᆡ야 쇼년(少年)의 알픽 니ᄅ니 이 쇼년(少年)은 원
ᄂᆡ(元來) 니(李) 혹ᄉ(學士) 셰문이오, 기여(其餘) 긔문, 등문과 빅문,
원문, 진문 등(等)이니 이 화원(花園)은 계양궁(--宮) 화원(花園)과 승
샹부(丞相府) 화원(花園)과 연왕부(-王府) 화원(花園)이 흐듸 년(連)
ᄒ야시니 쥬회(周回) 바다 ᄀᆞᆺ고 경개(景槪) 긔특(奇特)ᄒ니 산명(山
名)은 치운산(--山)이라. 당초(當初)의 승

---

324) 구연(懼然): 두려워하는 모양.
325) 통한(痛恨): 몹시 분하고 한스럽게 여김.

샹(丞相)이 경티(景致)를 ᄉ랑ᄒ야 이 아래 집을 일우니 ᄉ쳘(四-)의
긔이(奇異)ᄒᆫ 곳과 ᄲᅢ혀난 경개(景槪) 텬하뎨일(天下第一) 명승디(名
勝地)라. 그 횐츌코 긔특(奇特)ᄒ미 대궐(人闕) 후원(後苑)노 일분(一
分) 밋디 못ᄒ더라. 문졍공(--公) 등(等)이 당초(當初) 쇼년(少年) 적
놉흔 누(樓)를 여러흘 셰워 ᄉ쳘(四節)의 유람(遊覽)ᄒ니 뎡ᄌ(亭子ㅣ)
굴온 계양궁(--宮)과 승샹부(丞相府)와 연왕부(-王府)의 쇽(屬)ᄒᆫ 배
빅화뎡(--亭), 난초뎡(--亭), 셔뉴뎡(--亭), 만화뎡(--亭), 만니뎡(--亭),
숑듁뎡(--亭)이니 만화뎡(--亭), 셔뉴뎡(--亭)은 계양궁(--宮) 화원(花
園)의 잇고 숑듁뎡(--亭), 만리뎡(--亭)은 승샹부(丞相府)의 잇고 빅화
뎡(--亭), 난초뎡(--亭)은 연왕부(-王府)의 이시니 그 긔특(奇特)ᄒ미
층등(層等)326)티 아니ᄒ더라. 이ᄂᆞᆫ 계양궁(--宮) 만화뎡(--亭)이니 이

째 ᄇᆞ야흐로 빅홰(百花ㅣ) 만발(滿發)ᄒ야 경치(景致) 긔이(奇異)
ᄒ니 졔ᄉᆡᆼ(諸生)이 날마다 이에 올나와 귀경ᄒ더니 금일(今日)도
왓더라.

니(李) 흑ᄉ(學士) 셰문이 흔번(-番) 경문을 보매 뇽안봉미(龍眼鳳
眉)327)오 늉쥰일각(隆準日角)328)으로 관옥(冠玉) 안ᄉᆡᆨ(顏色)이 뎐디

---

326) 층등(層等): 서로 구별되는 층과 등급.

327) 뇽안봉미(龍眼鳳眉): 용안봉미. 용의 눈에 봉황의 눈썹.

328) 늉쥰일각(隆準日角): 융준일각. 우뚝 솟은 왼쪽 이마. 융준은 우뚝 솟은 모양을 의미함. 일각
(日角)은 이마 왼쪽의 두둑한 뼈 또는 이마 뼈가 불쑥 나온 모양으로 왕자(王者)나 귀인의 상

(天地) 졍긔(精氣)를 타나 동탕(動蕩)329)ᄒ고 슈려(秀麗)ᄒᆫ 긔샹(氣像)이 호호(浩浩)히 구만(九萬) 리(里) 댱쳔(長天)의 ᄒᆫ330) 뎜(點) 구름이 업순 ᄃᆞᆺ 녕형신이(瑩炯神異)ᄒᆫ 골격(骨格)이 쇼쇄한아(瀟灑閑雅)331)ᄒ야 사람의 눈을 놀닉고 냥비(兩臂) 과슬(過膝)ᄒ며 신댱(身長)이 광딕(廣大)ᄒ야 본 바 쳐음이오, 두 번(番) 눈을 거두ᄯᅳ매 연왕(-王)으로 더브러 분호(分毫)332)도 다ᄅᆞ디 아니ᄒ니 셰문이 크게 놀나 이의 므러 ᄀᆞᆯ오딕,

"네 엇던 사롬이완딕 이리 깁히 드러왓ᄂᆞᆫ다?"

경문이

안셔(安舒)333)히 딕왈(對曰),

"쇼싱(小生)은 원방(遠方) 과긱(過客)으로 경ᄉᆞ(京師)의 왓더니 향촌(鄕村)의 무된 눈이 산경(山景)을 탐(貪)ᄒ야 깁히 드러와시나 만일(萬一) 존틱(尊宅)이 갓가이 계실딘대 죄(罪)를 범(犯)ᄒ여시리오?"

셰문이 그 소리 한아(閑雅)ᄒᆞᆯ 크게 심복(心服)ᄒ딕 쇼년(少年) 호승(好勝)334)이 보치고져 ᄒ야 미미(微微)히 웃고 금슈광삼(錦繡纊

(相)이라고 함. 이에 비해 월각(月角)은 오른쪽 이마의 불쑥 나온 모양을 의미함. 크게 귀하게 될 골상.

329) 동탕(動蕩): 평범하지 않음. 기운이 호탕함.

330) ᄒᆫ: [교] 원문에는 '홈'으로 되어 있으나 오기로 보이므로 규장각본(7:48)을 따름.

331) 쇼쇄한아(瀟灑閑雅): 소쇄한아. 시원하고 전아함.

332) 분호(分毫): 작은 터럭이라는 뜻으로 썩 적은 것의 비유.

333) 안셔(安舒): 안서. 편안하고 조용함.

334) 호승(好勝): 남 이기기를 좋아하는 마음.

衫)335)을 드러 フ른쳐 왈(曰),

"네 눈을 드러 자시 보라. 뎌 집이 뉘 집고?"

문이 그 소릭를 조차 누리와다보니 고루걸각(高樓傑閣)336)이 놉히 반공(半空)의 소사 봉황(鳳凰)이 늘개를 편 둧ㅎ야 큰 궁궐(宮闕)이 듕듕(重重)337)ㅎ야 오(五) 리(里)의 니어시니 이는 대강(大綱) 문이 경(景)을 탐(貪)ㅎ야 몰나보둧더라. 문이 이를 보고 딕경(大驚)ㅎ야 자시 보니 동구(洞口)338)의 여슷

• • •

70면

문(門)이 놉기 하늘 ᄀ고 치식단청(彩色丹靑)이 일광(日光)의 브이 는디 금자(金字)로 문(門)마다 크게 뻐 붓텨시디 그는 아라보디 못ㅎ고 거매(車馬ㅣ) 낙역브졀(絡繹不絶)339)ㅎ며 인셩(人聲)이 훤쟈(喧藉)340)ㅎ더라. 문이 놀나 싱각ㅎ디,

'이 필연(必然) 공후(公侯) 대신(大臣)의 집이로다.'

ㅎ고 쥰슌(逡巡)341)ㅎ야 고두(叩頭) 왈(曰),

"쇼싱(小生)이 눈이 이셔도 구슬이 업서 죄(罪)를 범(犯)ㅎ여시니 대인(大人)은 일반지덕(一飯之德)342)을 드리오샤 노하 보닉시미 엇

---

335) 금슈광삼(錦繡纊衫): 금수광삼. 수를 놓은 비단 광삼. 광삼은 고운 솜을 넣고 짓던 옷.

336) 고루걸각(高樓傑閣): 높이 솟은 웅장한 누각.

337) 듕듕(重重): 중중. 겹쳐 있는 모양.

338) 동구(洞口): 동네 어귀.

339) 낙역브졀(絡繹不絶): 낙역부절. 왕래가 끊임이 없이 이어짐.

340) 훤쟈(喧藉): 훤자. 왁자지껄함.

341) 쥰슌(逡巡): 준순. 어떤 일을 단행하지 못하고 우물쭈물함.

342) 일반지덕(一飯之德): 밥 한 끼를 베푸는 덕이라는 뜻으로, 아주 작은 은덕을 이르는 말.

더니잇고?"

흑시(學士ㅣ) 미미(微微)히 웃고 왈(曰),

"너의 죄(罪) 듕(重)ᄒ니 엇디 경(輕)히 노ᄒ리오? 당당(堂堂)이 듕(重)ᄒ 법(法)으로 다스리리라."

문이 이 말을 듯고 그 얼골을 티미러보와 심슐(心術)이 곱디 아니코 얼골이 녀러ᄒᆞ믈 개탄(慨嘆)ᄒ고 믄득 노(怒)ᄒ온 ᄯᅳᆺ이 니러나

••

71면

믄득 불연(勃然)[343) 왈(曰),

"샹공(相公)이 소싱(小生)을 므슴 법(法)으로 다스리려 ᄒ시ᄂᆞ뇨?"

흑시(學士ㅣ) 쇼왈(笑曰),

"너 다스릴 법(法)이 므슴 법(法)의 못 가리오? 다만 니르라. 네 셩명(姓名)이 하(何)인고?"

문이 닝쇼(冷笑) 왈(曰),

"셩명(姓名)이란 거시 사ᄅᆞᆷ을 되(對)ᄒ야 니르리니 군(君)은 셩명(姓名) 못 니를 사ᄅᆞᆷ이로소이다."

흑시(學士ㅣ) 양노(佯怒)[344) 왈(曰),

"ᄎᆞ인(此人)이 왕궁(王宮) 귀퇵(貴宅)의 와 죄(罪)를 짓고 말좃차 완만(頑漫)[345)ᄒ니 좌우(左右)ᄂᆞ 날을 위(爲)ᄒ야 큰 매를 가져와 시험(試驗)ᄒ라."

모든 시뇌(侍奴ㅣ) 소리를 응(應)ᄒ야 싱(生)을 잡아 쓸리고 풀을

---

343) 불연(勃然): 발연. 왈칵 성을 내는 태도나 일어나는 모양이 세차고 갑작스러움.

344) 양노(佯怒): 거짓으로 화를 냄.

345) 완만(頑漫): 성질이 모질고 거만함.

메여 티려커늘 싱(生)이 쇼왈(笑曰),

"늬 죄(罪) 임의 깁흐니 네 집 노쥬(奴主ㅣ) 아모만이나 티고 셜리 노화 보닐디어다."

혹시(學士ㅣ) 그 안셔(安舒)훈 거동(擧動)을 보고 더옥 긔특(奇特)이 너겨 다

72면

만 웃고 티기를 날회라 훈 후(後) 닐오디,

"네 댱칙(杖責) 밧기 두렵거든 가(可)히 조ᄌ건(曹子建)346)의 칠보시(七步詩)347)를 빙쟈(憑藉)ᄒ여 나의 면젼(面前)의셔 지으라."

문이 쇼왈(笑曰),

"가구보댱(佳句寶章)348)은 사름으로 더브러 챵화(唱和)349)ᄒ리니 엇디 군(君)으로 더브러 앗가온 글을 의논(議論)ᄒ리오?"

혹시(學士ㅣ) 대쇼(大笑) 왈(曰),

"네 엇던 놈이완디 됴뎡(朝廷) 즁신(重臣)을 디(對)ᄒ야 면욕(面辱)350)ᄒᄂ뇨?"

문이 년(連)ᄒ야 웃고 왈(曰),

---

346) 조ᄌ건(曹子建): 조자건. 조식(曹植, 192~232)을 이름. 자건은 조식의 자. 중국 삼국시대 위나라 조조의 셋째 아들로 문장이 뛰어났음.

347) 칠보시(七步詩): 조식이 지은 시. 형 문제(文帝)가 일곱 걸음을 걷는 사이에 시 한 수를 짓지 못하면 대법(大法)으로 다스리겠다고 하자, 곧바로 칠보시를 지었다 함. "콩을 삶기 위하여 콩대를 태우니, 콩이 가마 속에서 소리 없이 우는구나. 본디 한 뿌리에서 같이 났거늘 서로 괴롭히기가 어찌 이리 심한고. 煮豆燃豆萁, 豆在釜中泣. 本是同根生, 相煎何太急."『세설신어(世說新語)』에 실려 있음.

348) 가구보댱(佳句寶章): 가구보장. 아름다운 시구와 훌륭한 문장.

349) 챵화(唱和): 창화. 남의 시에 운(韻)을 맞추어 시를 짓거나 시사(詩詞)를 서로 주고받는 일.

350) 면욕(面辱): 면전에서 욕을 보임.

230 (이씨 집안 이야기) 이씨세대록 4

"됴뎡(朝廷) 대샹(大相)이라도 위인(爲人)이 군(君) ᄀᆞᄐᆞ니ᄂᆞᆫ 경(輕)히 너기ᄂᆞ니 쇼싱(小生)을 엇던 우인(爲人)만 너기ᄂᆞ뇨? 매ᄅᆞᆯ 드러 협비(劫非)351)ᄒᆞᆯ 재(者ㅣ) 아니로다."

흑ᄉᆡ(學士ㅣ) 믁연(默然)ᄒᆞ다가 글오ᄃᆡ,

"너 쇼튝(小畜)의 입이 이대도록 사오나오뇨? 당당(堂堂)이 듕(重)히 다ᄉᆞ리라."

다시 시노(侍奴)ᄅᆞᆯ 명(命)ᄒᆞ야 티라 ᄒᆞ니 제

뇌(諸奴ㅣ) 매ᄅᆞᆯ 들거ᄂᆞᆯ 싱(生)이 조곰도 구겁(懼怯)352)디 아니코 ᄉᆞ매ᄅᆞᆯ 썰텨 매 아래 나아가 닐오ᄃᆡ,

"대댱뷔(大丈夫ㅣ) 엇디 져근 댱척(杖責)을 못 견듸리오? 연(然)이나 군(君) ᄀᆞᄐᆞᆫ 지샹(宰相)이 됴뎡(朝廷)의 이실딘댄 현ᄉᆡ(賢士ㅣ) 셜리 도라와 나라흘 보익(輔翼)353)ᄒᆞ미 젹디 아니리로다."

셜파(說罷)의 크게 웃기ᄅᆞᆯ 마디아니ᄒᆞ니 흑ᄉᆡ(學士ㅣ) 믄득 당(堂)의 ᄂᆞ려 친(親)히 븟드러 올녀 왈(曰),

"흑싱(學生)이 일즉 텬하(天下)의 열인(閱人)354)ᄒᆞ미 젹디 아니ᄒᆞ되 군(君) ᄀᆞᄐᆞ니ᄂᆞᆫ 처엄이로다. 흑싱(學生)이 비록 무샹(無狀)355)ᄒᆞ나 글을 닑어 ᄌᆞ못 ᄉᆞ리(事理)ᄅᆞᆯ 아ᄂᆞ니 셜스(設使) 군(君)만 못ᄒᆞᆫ

---

351) 협비(劫非): 겁비. 겁박하고 비난함.

352) 구겁(懼怯): 두려워하고 겁을 냄.

353) 보익(輔翼): 도와서 올바른 데로 이끌어 감.

354) 열인(閱人): 사람을 봄.

355) 무샹(無狀): 무상. 어리석어 사리에 밝지 못함.

사룸인들 이러툿 ᄒ미 이시리오? 앗가ᄂᆞ 잠간(暫間) 시험(試驗)ᄒ야
희롱(戲弄)ᄒ미라.”

드듸여 플을

74면

미러 오ᄅ기ᄅᆞᆯ 청(請)ᄒ니 경문이 ᄯ오ᄒᆫ 니(李) 흑ᄉᆞ(學士)의 의푀
(儀表 ᅵ) 관옥(冠玉) ᄀᆞ고 언ᄉᆡ(言辭 ᅵ) 낭낭(朗朗)ᄒᄆᆞᆯ ᄉᆞ랑ᄒ야
ᄉᆞ양(辭讓)티 아니ᄒ고 오ᄅ매 긔문, 듕문 등(等)이 일시(一時)의
니러나 녜(禮)ᄅᆞᆯ 필(畢)ᄒᆫ 후(後) 흑ᄉᆡ(學士 ᅵ) ᄆᆞ러 ᄀᆞᆯ오ᄃᆡ,

“일즉 서로 일면(一面)의 분(分)이 업시셔 금일(今日) 만나니 평ᄉᆡᆼ
(平生)의 영ᄒᆡᆼ(榮幸)356)이라 존셩(尊姓)과 대명(大名)을 듯고져 ᄒᄂᆞ
이다.”

경문이 피셕(避席) ᄉᆞ양(辭讓) 왈(曰),

“쇼ᄉᆡᆼ(小生)은 이 ᄒᆞᆫ낫 포의ᄒᆞᆫᄉᆡ(布衣寒士 ᅵ)357)어ᄂᆞᆯ 샹공(相公)의
이러툿 과(過)히 ᄃᆡ졉(待接)ᄒ시믈 닙으리오? 쳔(賤)ᄒᆫ 셩명(姓名)은
뉴현명이로소이다.”

흑ᄉᆡ(學士 ᅵ) ᄆᆞᆫ득 놀나 왈(曰),

“이 아니 젼년(前年)의 복직(復職)ᄒ신 뉴 승샹(丞相) 녕낭(令郞)이
신가?”

경문이 몸을 굽혀 ᄃᆡ왈(對曰),

“연(然)ᄒ이다.”

---

356) 영ᄒᆡᆼ(榮幸): 영행. 기쁘고 다행스러움.
357) 포의ᄒᆞᆫᄉᆡ(布衣寒士 ᅵ): 포의한사. 베옷을 입은 가난한 선비라는 뜻으로, 벼슬이 없는 가난한
  선비를 이르는 말.

흑시(學士])

심하(心下)의 경아(驚訝)358)ᄒ야 손을 잡고 차탄(嗟歎)359) 왈(曰),

"공ᄌ(公子)의 놉흔 일홈을 드런 디 오래고 가형(家兄)과 현보 아오로 교되(交道]) 두터오딕 우리 등(等)은 시러곰 션풍(仙風)을 우러러보믈 ᄯᅳᆺᄒ디 아낫더니 오늘날 옥면(玉面)을 딕(對)ᄒ 줄 알리오? 나ᄂ 다른 사름이 아니라 하람공(--公) 뎨이ᄌ(第二子) 태흑ᄉ(太學士) 니셰문이오, 아래로 둘흔 다 흑싱(學生)의 아이니 긔문, 듕문이오."

ᄋ동(兒童)을 ᄀᄅ쳐 왈(曰),

"우흐로 셰흔 흑싱(學生)의 곤계(昆季)360)니 진문, 유문, 관문이오 기여(其餘)ᄂ 빅문, 챵문, 원문, 탕문, 닌문이니 현보의 제뎨(諸弟)361) 와 계부(季父)의 싱(生)ᄒ신 배362)니이다."

경문이 ᄎ언(此言)을 듯고 바야흐로 씩ᄃ라 공슈(拱手) 샤례(謝禮) 왈(曰),

"쇼싱(小生)이 눈이 이셔도 태산(泰山)을

---

358) 경아(驚訝): 놀라고 의아해함.

359) 차탄(嗟歎): 탄식하고 한탄함.

360) 곤계(昆季): 형제.

361) 현보의 제뎨(諸弟): 현보의 제제. 현보 이성문의 아우들. 이백문은 이몽창의 셋째아들이고, 이창문은 이몽창의 넷째아들로 모두 이몽창의 첫째아들 이성문의 아우들임.

362) 계부(季父)의~배: 계부께서 낳으신 바. 여기에서 계부는 아버지 이몽현의 막내아우라는 뜻이 아니라 아버지의 동생들이라는 의미로 쓰임. 이원문은 이몽현의 셋째동생 이몽원의 첫째아들이고 이인문은 이몽현의 넷째동생 이몽상의 둘째아들임. 이탕문은 작품의 다른 부분에 나오지 않는 인물임.

몰나보와 녈위(列位) 샹공(相公)이 왕부(王府) 귀인(貴人)이신 줄
᙮ᢆ디 못거이다.”

흑시(學士ㅣ) ᄌᆞ약(自若)히 우어 ᄀᆞᆯ오ᄃᆡ,

“죡하(足下)의 영ᄎᆡ(映彩)363) 비범(非凡)ᄒᆞᄆᆞᆯ 목도(目睹)ᄒᆞ매 ᄇᆞ야
흐로 바다 ᄇᆞᆺ긔 바다히 이시믈 ᄭᆡᄃᆞᄅᆞ며 우리 등(等)이 념복(念
服)364)ᄒᆞ야 비호믈 원(願)ᄒᆞ거ᄂᆞᆯ 딘토(塵土) 죠고마흔 공명(功名)을
일ᄏᆞᄅᆞ리오? 가형(家兄)과 현보 아이, 군(君)을 일야(日夜) 닛디 못ᄒᆞ
야 ᄒᆞᄂᆞ니 이제 셔당(書堂)의 가 보미 엇더뇨?”

문이 ᄃᆡ왈(對曰),

“존명(尊命)을 밧들고져 ᄒᆞᄃᆡ 쇼싱(小生)이 향곡(鄕曲)의 ᄂᆞ즌 자
최로 ᄒᆞᄆᆞᆯ며 응과(應科)ᄒᆞ라 온 손이라 시러곰 대신(大臣)의 틱듕(宅
中)의 니ᄅᆞ미 가(可)티 아니ᄒᆞ고 ᄯᅩ 샹셔(尙書) 형뎨(兄弟)만 계실딘
대 무해(無害)ᄒᆞ려니와 이목(耳目)이 번거ᄒᆞ리니 저컨ᄃᆡ 명공(明公)

ᄂᆡ긔도 됴티 아니미 이실가 ᄒᆞᄂᆞ니 당당(堂堂)이 과게(科擧ㅣ) 디
난 후(後) 나아가 뵈리이다.”

셰문이 그 의논(議論)을 더옥 놉히 너겨 칭샤(稱謝) 왈(曰),

“군(君)의 말ᄉᆞᆷ이 금옥(金玉) ᄀᆞᆺ트니 다시 강청(强請)365)티 아니려

---

363) 영ᄎᆡ(映彩): 영채. 환하게 빛나는 고운 빛깔.
364) 념복(念服): 염복. 마음으로 복종함.

니와 햐쳐(下處)를 니르셔든 명일(明日) 형뎨(兄弟) 죠용히 나아가 뵐가 ᄒᆞᄂᆞ이다."

싱(生)이 뎌 사름들의 의긔(義氣)를 긔특(奇特)이 너겨 셩듕(城中) 옥화교(--橋) ᄀᆞ의 쥬인(主人)ᄒᆞ여시믈 니르고 하딕(下直)ᄒᆞ니 셰문이 손을 잡고 년년(戀戀)ᄒᆞ야 골오딕,

"ᄒᆡᆼ혀(幸-) 금일(今日) 하ᄒᆡᆼ(何幸)으로 인형(仁兄)366) ᄀᆞᄐᆞᆫ 긔ᄌᆡ(奇才)를 만나 교도(交道)를 여니 평싱(平生) 막혓던 흉금(胸襟)이 쇄무(灑無)367)ᄒᆞᆫ디라. 족하(足下)ᄂᆞᆫ 비루(鄙陋)히 너기디 말고 ᄉᆞ싱(死生)이 서ᄅᆞ 져ᄇᆞ리디 말미 엇더뇨?"

경문이 거슈(擧手) 칭샤(稱謝) 왈(曰),

"샹공(相公)은 금

· · ·

78면

누ᄐᆡ각(金樓大閣) 듕신(重臣)으로 쇼싱(小生) ᄀᆞᄐᆞᆫ 쇼ᄋᆞ(小兒)를 보시고 딕졉(待接)ᄒᆞ시ᄂᆞᆫ 놉흔 ᄠᅳᆺ이 여ᄎᆞ(如此)ᄒᆞ시니 쇼싱(小生)이 셜ᄉᆞ(設使) 무샹(無狀)ᄒᆞ나 지극(至極)ᄒᆞᆫ ᄠᅳᆺ을 져ᄇᆞ리미 이시리오? 더옥 연왕(-王) 뎐하(殿下)와 니부(李府) 대인(大人)은 쇼싱(小生)의 은인(恩人)이라. 샹공(相公)이 그 딜ᄌᆞ(姪子)와 죵형(從兄)이시니 기리 감은(感恩)ᄒᆞᆫ ᄆᆞ음이 샹공(相公)권들 업ᄉᆞ리오?"

드듸여 졔싱(諸生)을 향(向)ᄒᆞ야 녜(禮)ᄒᆞ고 완완(緩緩)이 원문(園門)을 좃차 나가니,

365) 강쳥(强請): 강청. 억지로 청함.
366) 인형(仁兄): 친구 사이에, 상대편을 높여 이르는 이인칭 대명사.
367) 쇄무(灑無): 시원함이 비할 바가 없음.

혹시(學士ㅣ) 심하(心下)의 익경(愛敬)368)호야 즉시(卽時) 제뎨(諸弟)로 더브러 집의 느려와 녜부(禮部)와 샹셔(尙書)를 츠즈니 흔골디로 연왕부(-王府) 셔당(書堂) 미쥭헌(--軒)의 잇거늘 혹시(學士ㅣ) 드러가 웃고 닐오디,

"오늘 뉴노(-奴)의 즈(子) 현명쟈(--者)를 보니 과연(果然) 고금(古今)의 업슨 긔지(奇才)

*●●

79면

니 진짓 돈견(豚犬)이 봉황(鳳凰)을 나핫더라."

녜뷔(禮部ㅣ) 놀나 왈(曰),

"네 어디 가 본다?"

혹시(學士ㅣ) 슈말(首末)을 고(告)호니 모다 크게 웃고 샹셰(尙書ㅣ) 왈(曰),

"과거(科擧) 보라 왓다소이다마는 모로고 못 츠자보니 가탄(可嘆)이로소이다. 연(然)이나 그 즈식(子息)이 그만호거든 엇디 미양 뉴뇌(-奴ㅣ)라 호시느뇨?"

녜뷔(禮部ㅣ) 크게 웃고 왈(曰),

"현보는 실로(實-) 고톄(固滯)369)로온 말도 호는도다. 무춤 뉴즈(-子)를 보와 뉴노(-奴) 굿튼 추비음패지인(麤鄙淫悖之人)370)을 저히 듯는 디 공경(恭敬)혼들 못 듯는 디조차 노야(老爺)라 호미 가(可)호냐?"

샹셰(尙書ㅣ) 역쇼(亦笑) 왈(曰),

---

368) 익경(愛敬): 애경. 사랑하고 공경함.

369) 고톄(固滯): 고체. 성질이 편협하고 고집스러워 너그럽지 못함.

370) 추비음패지인(麤鄙淫悖之人): 행실이 추악하고 비루하며 음란한 사람.

"쇼뎨(小弟) 뉴 공(公)을 형댱(兄丈)ᄃ려 노야(老爺)라 ᄒ라 ᄒᄂᆫ 거시 아냐 임의 그 아들을 붕우(朋友)로 ᄃᆡ졉(待接)ᄒ며 그 아비ᄅᆞᆯ 미양 하쟈(瑕疵)ᄒᄆᆡ 가(可)ᄒ니잇고?"

네

뷔(禮部ㅣ) 대쇼(大笑)ᄒ고 졍논(正論)이라 ᄒ더라.

이튼날 녜부(禮部) 등 ᄉ(四) 인(人)과 샹셰(尚書ㅣ) 뉴싱(-生)의 햐쳐(下處)의 니ᄅ니 현명이 현이로 더브러 마자 누샤(陋舍)의 님(臨)ᄒᆞᆷᄋᆞᆯ 샤례(謝禮)ᄒ고 ᄒᆞᆫᄀᆞ디로 말ᄉᆞᆷᄒᆞᆯᄉᆡ 녜부(禮部)와 니뷔(吏部ㅣ) 닐오ᄃᆡ,

"족하(足下)ᄅᆞᆯ 강쥐(江州)셔 니별(離別)ᄒᆞᆫ 후(後) 그 후(後) 음신(音信)371)이 졀원(絶遠)372)ᄒ니 미양 남녁(南-) 구름을 ᄇᆞ라보와 고풍(高風)373)을 싱각더니 오늘날 만나 다시 디긔(志氣)ᄅᆞᆯ 소챵(消暢)374)ᄒᆞᆯ 줄 어이 아라시리오?"

경문이 샤례(謝禮) 왈(曰),

"쇼싱(小生)이 ᄯᅩᄒᆞᆫ 두 샹공(相公) 은혜(恩惠)ᄅᆞᆯ 닙으미 등한(等閑)375)티 아니ᄒ니 비록 몸이 향니(鄕里)의 이시나 ᄆᆞ음은 미양 븍경(北京)의 니ᄅᆞ더니 셕은 ᄌᆡ조(才操)ᄅᆞᆯ ᄀᆞ디고 등과(登科)376)ᄒ라

---

371) 음신(音信): 먼 곳에서 전하는 소식이나 편지.

372) 졀원(絶遠): 절원. 동떨어지게 멂.

373) 고풍(高風): 고상하고 뛰어난 풍채나 품격.

374) 소챵(消暢): 소창. 심심하거나 답답한 마음을 풀어 후련하게 함.

375) 등한(等閑): 무엇에 관심이 없거나 소홀함.

376) 등과(登科): 과거에 급제함.

경수(京師)의 오매 즉시(卽時) 나아가 뵈암 죽ᄒᆞ되 귀ᄐᆡᆨ(貴宅)이

•••

81면

한ᄉᆞ(寒士)의 집과 달나 이목(耳目)이 호번(浩繁)[377] ᄒᆞᆯ디라 능히
(能-) 나아가 빈알(拜謁)티 못ᄒᆞ더니 금일(今日) 존개(尊駕ㅣ)[378]
누샤(陋舍)의 왕굴(枉屈)[379]ᄒᆞ샤 쇼싱(小生)을 ᄎᆞᄌᆞ시니 놉흔 의긔
(義氣)를 ᄎᆞ싱(此生)의 다 갑디 못ᄒᆞᆯ가 ᄒᆞᄂᆞ이다."

모다 그 말ᄉᆞᆷ의 절당(切當)[380]ᄒᆞᆷ믈 더욱 칭찬(稱讚)ᄒᆞ고 샹셰(尚書
ㅣ) ᄯ 굴오ᄃᆡ,

"근ᄂᆡ(近來)의ᄂᆞᆫ 녕존대인(令尊大人) 평휘(平候ㅣ)[381] 엇더ᄒᆞ시뇨?"

싱(生)이 ᄃᆡ왈(對曰),

"가친(家親)이 전진(戰塵) 풍상(風霜)의 간고(艱苦)를 ᄀᆞᆺ초 겻그시
니 슉질(宿疾)[382]이 침면(沈綿)[383]ᄒᆞ샤 상요(牀-)를 ᄯ나디 아니ᄒᆞ시
니 쇼싱(小生)의 형뎨(兄弟) 일시(一時)의 ᄯᅥ나 이러틋 먼니 와시니
ᄉᆞ향지심(思鄉之心)이 일일(日日) 심고(甚高)ᄒᆞᄂᆞ이다."

녜뷔(禮部ㅣ) 현이를 보고 문왈(問曰),

"군(君)의 동복(同腹) 형뎨(兄弟)냐?"

---

377) 호번(浩繁): 넓고 크며 번거롭게 많음.
378) 존개(尊駕ㅣ): 지위가 높고 귀한 사람의 탈것이라는 뜻으로, 지위가 높고 귀한 사람의 행차를
비유적으로 이르는 말.
379) 왕굴(枉屈): 남이 자기 있는 곳으로 찾아옴을 높여 이르는 말.
380) 절당(切當): 절당. 사리에 꼭 들어맞음.
381) 평휘(平候ㅣ): 몸과 마음의 형편.
382) 슉질(宿疾): 슉질. 오래전부터 앓고 있는 병.
383) 침면(沈綿): 병이 오래도록 낫지 않음.

디왈(對曰),

"아니라. 쇼싱(小生)의 얼뎨(孽弟)384)로

●●●

82면

소이다."

녜뷔(禮部ㅣ) 고개 좃고 그 용샹(容相)385)이 블냥(不良)ㅎ믈 심하(心下)의 차탄(嗟歎)ㅎ며 현이는 뎌 사룸들의 신션(神仙) 굿튼 용모(容貌)를 딕(對)ㅎ야 저의 용뫼(容貌ㅣ) 갓디 못ㅎ믈 붓그리는딕 경문이 셔얼(庶孽)이라 니르믈 크게 분노(憤怒)ㅎ더라.

졔인(諸人)이 반일(半日)을 통음(痛飮)ㅎ다가 도라가니 현이 경문 드려 왈(曰),

"형(兄)이 엇디 날을 얼뎨(孽弟)라 ㅎ느뇨?"

문이 쇼왈(笑曰),

"늬 집의셔 동싱(同生)의 지극(至極)ㅎ 졍니(情理)로 존비(尊卑) 업손들 놈을 딕(對)ㅎ야 구구(區區)히 긔이리오?"

현이 무언(無言)ㅎ나 심듕(心中)은 분노(憤怒)ㅎ믈 마디아니ㅎ더라.

과일(科日)386)이 다드르니 경문이 현이로 더브러 댱옥졔구(場屋諸具)387)를 출혀 드러가니 샹(上)이 셩묘(聖廟)388)의 비알(拜謁)ㅎ시고 인직(人材)를 샌

---

384) 얼뎨(孽弟): 얼제. 서모에게서 난 동생.

385) 용샹(容相): 용상. 관상.

386) 과일(科日): 과거 보는 날.

387) 댱옥졔구(場屋諸具): 장옥제구. 과거를 볼 때 과시장에서 쓰는 붓 벼루 등.

388) 셩묘(聖廟): 성묘. 공자를 모신 사당. 문묘(文廟).

실시 구룡금궐(九龍禁闕)389)의 놉히 뎐좌(殿座)390)ᄒ시고 기여(其餘) 제(諸) 빅관(百官)이 안항(雁行)391)을 ᄀ초와 반녈(班列)을 버려시니 샹셔(祥瑞)의 안개ᄂ 농누(龍樓)를 덥혓고 향연(香煙)392)은 애애(靄靄)393)ᄒᄃ 경필(警蹕)394) 쇼래 뇨랑(嘹喨)395)ᄒ더라.

니부샹셔(吏部尚書) 홍문관(弘文館) 태흑ᄉ(太學士) 니셩문이 글제(-題)를 내고 시각패(時刻牌)396)를 쇼즈니 겨유 삼ᄉ(三四) 시각(時刻)은 ᄒ 가온ᄃ 뎨(題)ᄂ 오운(五韻)을 두고 지어시니 극(極)히 어려온다라. 모든 거ᄌ(舉子ㅣ)397) 글제(-題)와 시각(時刻)을 보고 붓을 ᄭ고 믈너나고져 ᄒᄃ 뉴ᄉ(-生)이 홀로 훗거ᄅ며 ᄂᄎ출 우러러 뎐398)샹(殿上) 경티(景致)만 탐관(耽觀)399)ᄒ니 현이 쵸조(焦燥)ᄒ야 굴오ᄃ,

"공ᄌ(公子ㅣ) 뎌리 ᄒ고 시각(時刻)이 다ᄃᄅ면 엇디려 ᄒ시ᄂ뇨?"

공ᄌ(公子ㅣ) 다만 미쇼(微笑)ᄒ더니 이윽

---

389) 구룡금궐(九龍禁闕): 대궐.
390) 뎐좌(殿座): 전좌. 임금 등이 정사를 보거나 조하를 받으려고 정전(正殿)이나 편전(便殿)에 나와 앉던 일. 또는 그 자리.
391) 안항(雁行): 기러기의 행렬. 열을 지어 앉은 것을 이름.
392) 향연(香煙): 향을 피우는 연기.
393) 애애(靄靄): 안개나 구름, 아지랑이 따위가 짙게 끼어 자욱함.
394) 경필(警蹕): 임금이 거동할 때에 경호하기 위하여 통행을 금하던 일.
395) 뇨랑(嘹喨): 요량. 소리가 맑고 낭랑함.
396) 시각패(時刻牌): 과거 시간을 적은 패.
397) 거ᄌ(舉子ㅣ): 거자. 과거 시험에 응시하던 사람.
398) 뎐: [교] 원문에는 '텬'으로 되어 있으나 오기로 보임.
399) 탐관(耽觀): 즐겨 봄.

고 뎐문(殿門)의 북이 크게 울거늘, 싱(生)이 힝듕(行中)⁴⁰⁰⁾의 두
복(幅) 명지(名紙)⁴⁰¹⁾를 취(取)ᄒ야 치봉믁(彩鳳墨)⁴⁰²⁾을 농난(濃
爛)⁴⁰³⁾이 골고 산호필(珊瑚筆)을 썰텨 경긱(頃刻)⁴⁰⁴⁾의 ᄂ리두로니
명지(名紙)의 글이 ᄌ옥ᄒ야 다시 곳틸 거시 업ᄉ믄 ᄂ릭도 말고
글 우히 황뇽(黃龍)이 어릭며 금슈(錦繡)를 펼친 돗ᄒ야 대히창파
(大海滄波)⁴⁰⁵⁾ ᄀᆺ트니,

　현이 크게 놀나 정신(精神)이 오히려 어려 말을 못 밋쳐 ᄒ여⁴⁰⁶⁾
셔 싱(生)이 임의 두 댱(張)을 쓰기를 ᄆ차 부슬 더디고 현이를 주어
밧티라 ᄒ니 현이 믄득 흉(凶)ᄒ 의ᄉ(意思)를 내야 싱(生)의 글은
ᄀᆷ초고 제 글만 밧티려 ᄒ더니 뎐듕(殿中)의 금괴(金鼓ㅣ)⁴⁰⁷⁾ ᄌ로
울고 글 밧티ᄂ 셩비 ᄒᆫ곳의 모히여 인셩(人聲)이 진

동(振動)ᄒ니 분황(奔惶)⁴⁰⁸⁾ 급거(急遽)⁴⁰⁹⁾ 듕(中) 밋쳐 슬피디 못

---

400) 힝듕(行中): 행중. 행낭 중.

401) 명지(名紙): 과거 시험에 쓰던 종이.

402) 치봉믁(彩鳳墨): 채봉묵. 빛깔이 곱고 아름다운 봉황새가 그려진 먹.

403) 농난(濃爛): 농란. 진함.

404) 경긱(頃刻): 경각. 눈 깜빡할 사이. 또는 아주 짧은 시간.

405) 대히창파(大海滄波): 대해창파. 큰 바다의 맑고 푸른 물결.

406) 여: [교] 원문에는 '며'로 되어 있으나 오기로 보이므로 규장각본(7:59)을 따름.

407) 금괴(金鼓ㅣ): 징과 북.

408) 분황(奔惶): 어수선하고 정신이 없음.

409) 급거(急遽): 급히 서두름.

ᄒ야 도로혀 저의 일홈 쓴 거슬 ᄲᅢ히니 엇디 우읍디 아니리오. 요
힝(僥倖) 현명이라 쓴 것만 너겨 의긔양양(意氣揚揚)ᄒ야 ᄉ매의
구긔여 녀코 싱(生)의 겨틱 니르러 서로 쥬과(酒果)를 먹으며 현이
글오ᄃᆡ,

"과게(科擧ㅣ)란 거시 극(極)히 어려온 거시라 형댱(兄丈)과 ᄂᆡ 둘
듕(中)의 ᄒ나히나 ᄲᅢ면 엇디 깃브디 아니리오?"

싱(生)이 쇼왈(笑曰),

"네 말이 실로(實-) 올토다. 형뎨(兄弟) ᄒᆞᆫ 방(榜)의 고등(高等)410)
ᄒ미 쉬오리오? 더옥 나ᄂᆞᆫ 환노(宦路)411)의 ᄠᅳᆺ이 업스니 네나 ᄲᅢ히
면 셔모(庶母)의 깃거ᄒᆞᄂᆞᆫ ᄂᆞᆺ출 보미 다힝(多幸)홀가 ᄒ노라."

현이 뎌의 타연(泰然)이 거릿기미 업ᄉᆞ믈 보고 ᄀ만이 깃거 신방
(新榜) 급뎨(及第) 제 손의

86면

쥐인 줄로 알고 양양ᄌᆞ득(揚揚自得)412)ᄒ야 희ᄉᆡᆨ(喜色)을 금초디
못ᄒ며 뎐샹(殿上)을 티미러보니,

칠(七) 각노(閣老)와 니부샹셔(吏部尙書), 녜부샹셔(禮部尙書), 모
든 대신(大臣)이 ᄒᆞᆫ곳의 녈좌(列坐)413)ᄒ야 교의(交椅)예 의디(依支)
ᄒ엿ᄂᆞᆫᄃᆡ, 한님흑ᄉ(翰林學士) 당하쇼관(堂下小官)414)들은 홍포(紅

---

410) 고등(高等): 과거에서 우수한 성적으로 급제함.
411) 환노(宦路): 환로. 벼슬길.
412) 양양ᄌᆞ득(揚揚自得): 양양자득. 의기양양하여 뽐내며 우쭐거림.
413) 녈좌(列坐): 열좌. 벌여 앉음.
414) 당하쇼관(堂下小官): 당하소관. 당하관 등의 지위가 낮은 관리.

袍)415)를 졍(正)히 ᄒ고 옥씌(玉-)를 놉히며 각모(角帽)를 졍(正)히 ᄒ야 압마다 ᄭ우러 명지(名紙)마다 잡아 넑으니 그 소ᄅᆡ 심(甚)히 웅장(雄壯)ᄒ더라. 닐곱 대신(大臣)이 장년(壯年)이 져므디 아냣ᄂᆞ 가온대 두 낫 쇼년(少年)이 금관됴복(錦冠朝服)으로 교의416)(交椅)417)를 의지(依支)ᄒ야 엇게를 글와 안자 옥슈(玉手)의 봉모필(鳳毛筆)418)을 드러 어즈러이 그어 ᄂᆞ리티매 미급(未及) ᄉᆞ이419)의 수천(數千) 댱(張)이나 ᄒ니 그 얼골의 긔이(奇異)ᄒ기 텬디(天地) 강산(江山)의 ᄆᆞᆰ은 거슬 타나 ᄆᆞᆰ

∴

87면

은 빗치 두우(斗牛)420)의 ᄲᅳ이니 쳔만고(千萬古)의 어이 비(比)ᄒᆞᆯ 곳이 이시리오. 현이 더옥 츔이 ᄆᆞᄅᆞ고 블워ᄒᆞᄆᆞᆯ 이긔디 못ᄒᆞ야 ᄆᆞᄋᆞᆷ이 쵸조(焦燥)ᄒᆞᄆᆞᆯ 이긔디 못ᄒᆞ며 ᄯᅩ 뎌의 낙복(落幅)421)을 수이 ᄒᆞᄆᆞᆯ 의심(疑心)ᄒᆞ니 니른바 연쟉(燕雀)이 홍곡(鴻鵠)의 ᄯᅳᆺ을 모름 ᄀᆞᆺ더라.

니부(李府) 형뎨(兄弟) 일즉 스스로 문쟝(文章)을 ᄌᆞ허(自許)422)ᄒᆞ매 눈 놉기 태산(泰山) ᄀᆞᆺᄐᆞᆫ 고(故)로 눈의 드ᄂᆞ니를 어드려 ᄒᆞ매 어

---

415) 홍포(紅袍): 붉은 도포.

416) 의: [교] 원문에는 '위'로 되어 있으나 오기로 보임.

417) 교위(交椅): 교의. 의자.

418) 봉모필(鳳毛筆): 매우 귀한 붓. '봉모'는 봉황의 깃털이라는 뜻으로, 진귀하고 희소한 물건을 이르는 말.

419) 이: [교] 원문에는 '시'로 되어 있으나 문맥을 고려해 규장각본(7:60)을 따름.

420) 두우(斗牛): 북두성과 견우성.

421) 낙폭(落幅): 과끼에 밀어뜨림. 닉빙.

422) ᄌᆞ허(自許): 자허. 자기의 장점을 스스로 인정함.

이 쉬오리오. 흔 댱(張)도 눈의 드디 아니흐므로 다 그어 ᄂ리티고 진짓 직조(才操)를 못 어더 민망(憫惘)이 너기다가 현명의 글을 보고 대희(大喜)ᄒ야 밋 ᄂ리 보매 ᄌᄌ(字字)히 금쉬(錦繡ㅣ)오 언언(言言)이 쥬옥(珠玉)이라. 명지(名紙) 우희 댱강(長江)과 딕희(大海)를 헤틴 듯ᄒ고 귀귀(句句) 셩인(聖人)의 말을

· •

88면

인증(引證)[423]ᄒ야 범인(凡人)의 의ᄉ(意思) 밧기니 니뷔(吏部ㅣ) 크게 깃거 홍뎜(紅點)을 ᄌ옥이 그어 ᄆ라 겻틱 노코 ᄯ 둘흘 겨유 어더 ᄉᆡ노기ᄅᆞᆯ 못ᄎᄆᆡ 뎐두관(殿頭官)[424]이 홍포오사(紅袍烏紗)[425]를 졍졔(整齊)[426]히 ᄒ고 홀(笏)[427]을 솟고 뎨일(第一) 비봉(祕封)[428]을 ᄲᅥ히니 현이 이재 ᄇ라보고 크게 깃거 춤이 흐ᄅᆞ믈 ᄭ ᅢᆺ디 못ᄒ더니 뎐두관(殿頭官)이 놉히 블러 왈(曰),

"쟝원(壯元)은 남창인(南昌人) 뉴현명이오, 부(父)ᄂ 젼임(前任) 승상(丞相) 뉴영걸이라."

ᄒ니 현이 ᄎ언(此言)을 드ᄅᆞ매 대경실ᄉᆡᆨ(大驚失色)ᄒ야 ᄂᆞᆺ빗치 흙 ᄀᆞᆺ고 현명이 ᄯ흔 놀나 요동(搖動)티 아니ᄒ더니 년(連)ᄒ야 브ᄅᆞᄂ 소래 진동(振動)ᄒ고 듕문이 니ᄅᆞ러 티하(致賀)ᄒ고 ᄲᆞᆯ리 승슈(承

---

423) 인증(引證): 인용해 증거를 삼음.

424) 뎐두관(殿頭官): 전두관. 궁전에서 임금의 명을 받아 널리 알리거나 일을 하는 내시.

425) 홍포오사(紅袍烏紗): 붉은 도포와 오사모. 오사모는 벼슬아치들이 관복을 입을 때에 쓰던 모자로, 검은 사(紗)로 만들었음.

426) 졍졔(整齊): 정제. 정돈하여 가지런히 함.

427) 홀(笏): 벼슬아치가 임금을 만날 때에 손에 쥐던 물건. 조복(朝服), 제복(祭服), 공복(公服) 따위에 사용함.

428) 비봉(祕封): 남이 보지 못하게 단단히 봉함. 또는 그렇게 한 것.

受)429)호믈 권(勸)호니 싱(生)이 가연이 몸을 니러 만인총듕(萬人叢中)을 헤티

• • •

89면

고 완완(緩緩)이 거러 옥계(玉階) 하(下)의 다드르니,

이씨 경문의 녕형신이(瑩炯神異)430)혼 골격(骨格)이 반인(班人)431) 듕(中) 쌔혀나 비(比)홀 고디 업고 셕양(夕陽)의 눗치 브애매 아름다온 얼골이 녕농화려(玲瓏華麗)호야 부용(芙蓉) 혼 가지 녹파(綠波)의 내와돈 둣호니 뎐샹뎐해(殿上殿下ㅣ) 블승경아(不勝驚訝)432)호고 칭찬(稱讚)호믈 마디아니호더라.

모든 집식(執事ㅣ) 청삼계화(靑衫桂花)433)룰 가져와 졍(正)히 호매 드딕여 어뎐(御前)의 나아가 스빅(四拜) 고두(叩頭)호니 샹(上)이 옥안영풍(玉顔英風)434)이 츌뉴발췌435)(出類拔萃)436)호믈 크게 깃거호샤 위유(慰諭)호시믈 두터이 호시고 도라 졔신(諸臣)드려 닐오샤딕,

"오늘날 또혼 이 곳툰 인지(人材)룰 어드니 국가(國家)의 보익(輔翼)437)호미 젹디 아니호리로다."

칠(七) 각뇌(閣老ㅣ) 돗글

---

429) 승슈(承受): 승수. 아랫사람이 윗사람의 명령을 받들어 이음.

430) 녕형신이(瑩炯神異): 영형신이. 밝게 빛나고 기이함.

431) 반인(班人): 반열의 사람.

432) 블승경아(不勝驚訝): 불승경아. 놀라고 의아해함을 이기지 못함.

433) 청삼계화(靑衫桂花): 청삼계화. 남색 도포와 계수나무 꽃.

434) 옥안영풍(玉顔英風): 옥 같은 얼굴과 영걸스러운 풍채.

435) 췌: [교] 원문에는 '최'로 되어 있으나 오기로 보임.

436) 츌뉴발췌(出類拔萃): 축류발췌. 무리 중에서 매우 뛰어남.

437) 보익(輔翼): 도와서 올바른 데로 이끌어 감.

쩌나 하례(賀禮)ᄒ더라.

이ᄲᅴ 경문이 계화(桂花)를 곳고 관복(官服)을 가(加)ᄒ여시매 대쇼(大小ㅣ) 비록 다른나 얼골이 연왕(-王)으로 더브러 츄호(秋毫)⁴³⁸⁾도 차착(差錯)⁴³⁹⁾디 아니ᄒ니 시위인(侍衛人)⁴⁴⁰⁾이 고이(怪異)히 너기나 연왕(-王)은 나로시 길기 가슴의 ᄂᆞ려디고 구각(軀殼)⁴⁴¹⁾이 장대(壯大)ᄒᄆ로 죠곰 다른 ᄃᆞᆺᄒ더니, 션시(先時)의 연왕(-王)이 등뎨(登第)ᄒ야 곳츨 쇼자 이곳의셔 진퇴(進退)⁴⁴²⁾ᄒᆞᆯ 적 영풍쥰골(英風俊骨)⁴⁴³⁾이 만인(萬人)을 묘시(藐視)⁴⁴⁴⁾ᄒ니 샹(上)이 긔이(奇異)히 너기샤 화장(畵匠)⁴⁴⁵⁾으로 ᄒ여곰 그 얼골을 그려 병풍(屛風)을 믠ᄃᆞ라 계시더니, 이날 어좌(御座)의 둘럿ᄂᆞᆫ디라 샹(上)이 우연(偶然)이 눈을 드러 그림을 보시더니 경문을 보시고 대경(大驚) 왈(曰),

"경(卿)의 얼골이 엇디 셕년(昔年) 연왕(-王)의

---

438) 츄호(秋毫): 추호. 가을철에 털갈이하여 새로 돋아난 짐승의 가는 털로, 매우 적거나 조금인 것을 비유적으로 이르는 말.
439) 차착(差錯): 어그러져서 순서가 틀리고 앞뒤가 서로 맞지 아니함.
440) 시위인(侍衛人): 곁에서 지키는 사람.
441) 구각(軀殼): 몸.
442) 진퇴(進退): 과거에 급제한 사람을 축하하는 뜻으로 그 선진(先進)이 찾아와서 과거 급제자에게 세 번 앞으로 나오고 세 번 뒤로 물러나게 했던 일.
443) 영풍쥰골(英風俊骨): 영풍준골. 영걸스러운 풍채와 준수한 골격.
444) 묘시(藐視): 업신여기어 깔봄.
445) 화장(畵匠): 화공(畵工).

얼골과 그리 방블(髣髴)ᄒᆞᄂᆈ?"

문이 고두(叩頭) 왈(曰),

"소신(小臣)의 부릉누질(不能陋質)446)이 연왕(-王) 뎐하(殿下)의 션풍(仙風)을 우러러 볼 거시라 셩괴(聖敎ㅣ) 이 ᄀᆞᆺᄐᆞ시니잇고?"

시위인(侍衛人)이 샹(上)의 말ᄉᆞᆷ으로조차 일시(一時)의 보니 과연(果然) 그림으로 더브러 호홀(毫忽)447)도 차착(差錯)448)디 아니ᄒᆞ니 모다 고이(怪異)히 너기고 연왕(-王)은 ᄌᆞ로 샹감(傷感)ᄒᆞ믈 마디아니ᄒᆞ니, 대개(大槪) 경문이 ᄌᆞ가(自家)로 더브러 ᄀᆞᆺ다 ᄒᆞ매 금일(今日) 뉴싱(-生)을 의심(疑心)ᄒᆞ더라.

ᄯᅩ 둘을 블러드리니 둘재ᄂᆞᆫ 니듕문이러라. 샹(上)이 각각(各各) ᄉᆞ쥬(賜酒)ᄒᆞ시고 실ᄂᆡ(新來)449)를 압셰워 환궁(還宮)ᄒᆞ시니 뉴싱(-生)의 옥모영풍(玉貌英風)을 도로(道路) 인인(人人)이 손등을 두ᄃᆞ려 칭찬(稱讚)ᄒᆞ믈 마디아니ᄒᆞ더라.

샹(上)이

환궁(還宮)ᄒᆞ신 후(後) 장원(壯元)이 궐문(闕門)을 나매 허다(許多) 집ᄉᆞ(執事) 아역(衙役)이 옹후(擁後)450)ᄒᆞ야 ᄆᆞᆯ게 올리고, 문이 햐

---

446) 부릉누질(不能陋質): 불능누질. 능력 없는 비루한 자질.

447) 호홀(毫忽): 매우 적음.

448) 차착(差錯): 어그러져서 순서가 뒤틀리고 앞뒤가 서로 맞지 아니함.

449) 실ᄂᆡ(新來): 신래. 과거에 급제한 사람.

쳐(下處)로 가고져 ᄒᆞ더니,

문득 알도(喝道)451) 소ᄅᆡ 뇨량(嘹喨)ᄒᆞ며 니(李) 녜부(禮部) 등(等)
형뎨(兄弟) 술위를 모라 궐문(闕門)을 나며 신ᄅᆡ(新來)를 블러 압셰
우고 본부(本府)의 니ᄅᆞᄂᆞᆫ 연왕(-王) 등(等) 곤계(昆季) 승샹부(丞
相府) 대셔헌(大書軒)의 부친(父親)을 뫼시고 녈좌(列坐)ᄒᆞ야 신ᄅᆡ
(新來)를 보채며 쏘 듕문이 득의(得意)ᄒᆞ매 만됴(滿朝ㅣ)452) 문(門)의
메여 하람공(--公)을 ᄃᆡ(對)ᄒᆞ야 티해(致賀ㅣ) 분분(紛紛)453)ᄒᆞ고 거
매(車馬ㅣ) 낙역브졀(絡繹不絶)454)ᄒᆞ야 오음팔악(五音八樂)455)이 곡
됴(曲調)를 됴화(調和)ᄒᆞ야 일시(一時)의 발(發)ᄒᆞ니 즐거온 흥(興)이
졀로 나믈 ᄭᆡᆺ듯디 못ᄒᆞ리러라.

이윽이 진퇴(進退)ᄒᆞ다가 당(堂)의 올녀 쥬과(酒果)로 ᄃᆡ졉(待接)
ᄒᆞ고 모다 그

· · ·

93면

ᄌᆡ조(才操)를 칭찬(稱讚)ᄒᆞ더라. 연왕(-王)이 뉴ᄉᆡᆼ(-生)을 보ᄃᆡ 각
별(各別)이 말ᄒᆞ미 업고 녜ᄉᆞ(例事)로이 ᄃᆡ졉(待接)ᄒᆞ니 이ᄂᆞᆫ 이목
(耳目)을 저허ᄒᆞ미러라.

장원(壯元)이 쏘흔 말셕(末席)의 이셔 녀ᄂᆞ 말을 못 ᄒᆞ더니 이윽고

---

450) 옹후(擁後): 많은 사람이 보호하며 따름.

451) 알도(喝道): 갈도. 높은 벼슬아치가 다닐 때 길을 인도하는 하인이 앞에서 소리를 질러 행인
들을 비키게 하던 일.

452) 만됴(滿朝ㅣ): 만조. 조정의 모든 관료.

453) 분분(紛紛): 어지러운 모양.

454) 낙역브졀(絡繹不絶): 낙역부절. 왕래가 끊임이 없이 이어짐.

455) 오음팔악(五音八樂): 오음은 궁(宮), 상(商), 각(角), 치(徵), 우(羽)의 다섯 음률이고, 팔악은 금
석사죽포토혁목(金石絲竹匏土革木), 즉 쇠, 돌, 실, 대, 박, 흙, 가죽, 나무의 악기 재료를 이름.

벽디(辟除)456) 소리 골을 터디오는 듯ᄒ며 혼재(閽者ㅣ) 급보(急報)
왈(曰),

"위 승샹(丞相)이 니ᄅ러 계시이다."

제인(諸人)이 일시(一時)의 니러 마ᄌ니 경문이 위 승샹(丞相) 셰
ᄌ(字)를 듯고 심혼(心魂)이 스스로 비월(飛越)457)ᄒ야 모든 ᄃᆡ 하딕
(下直)고 나가더니 승샹(丞相)의 옥뉸게(玉輪車ㅣ)458) 볼셔 문(門)의
니ᄅ러 경문을 보고 닐오ᄃᆡ,

"군(君)이 게 왓더냐?"

문이 톄면(體面)의 마디못ᄒ야 술위 알ᄑᆡ셔 졀ᄒ고 몸을 ᄲᅢ혀 나
가고져 ᄒ니 위 공(公)이 쇼왈(笑曰),

"닉 이리 오믄 군(君)을 ᄎᆞ자

• • •

94면

져근덧 놀리고져 ᄒ미라."

드듸여 싱(生)을 ᄃᆞ리고 셔헌(書軒)의 드러가 크게 놀릴ᄉᆡ 뉴싱(-
生)이 비록 ᄆᆞ음의 원가(怨家)459)로 지목(指目)ᄒ나 뎨 명듕(廷中)460)
대신(大臣)이오 ᄌ긔(自己) ᄯᅩᄒᆞᆫ 등뎨(登第)ᄒ야 빅뇨(百僚)461)의 츙
수(充數)ᄒ여시니 ᄉᆞ원(私怨)462)을 금일(今日) 만좌(滿座) 듕(中) 발

---

456) 벽디(辟除): 벽제. 지위가 높은 사람이 행차할 때, 구종(驅從) 별배(別陪)가 잡인의 통행을 금
   하던 일.
457) 비월(飛越): 아득함.
458) 옥뉸게(玉輪車ㅣ): 옥륜거. 수레를 아름답게 이른 말.
459) 원가(怨家): 원수.
460) 명듕(廷中): 졍즁, 조졍,
461) 빅뇨(百僚): 백료. 백관(百官).

(發)ᄒᆞ미 됴티 아냐 다만 그 시기ᄂᆞᆫ 대로 ᄒᆞ더니 위 공(公)이 이윽이 보채다가 당(堂)의 올리고 닐오ᄃᆡ,

"군(君)으로 더브러 손을 ᄂᆞᆫ혼 후(後) 믜양 그 션풍(仙風)을 침좌간(寢坐間)463) 닛디 못ᄒᆞ더니 금일(今日) 일홈이 구듕(九重)464)의 ᄉᆞᆻ고 포의(布衣)로써 금의(錦衣)를 밧고ᄂᆞᆫ 영홰(榮華ㅣ) 이실 줄 알리오? 노뷔(老夫ㅣ) 위(爲)ᄒᆞ야 티하(致賀)ᄒᆞ노라."

장원(壯元)이 부복(俯伏)ᄒᆞ야 듯기를 ᄆᆞᆺ고 다만 피셕(避席) 손샤(遜謝)465)ᄒᆞᆯ ᄲᅮᆫ이오, 입을 여디 아니ᄒᆞ더

● ● ●

95면

니 문득 니러 하딕(下直) 왈(曰),

"어린 아이 집의 잇더니 기ᄃᆞ리미 심(甚)ᄒᆞ리니 도라가믈 고(告)ᄒᆞᄂᆞ이다."

드ᄃᆡ여 도라가니 위 공(公)이 웃고 연왕(-王)ᄃᆞ려 닐오ᄃᆡ,

"뉴ᄋᆡ(-兒ㅣ) 쇼뎨(小弟)의게 원(怨)을 먹음으미 이러ᄐᆞᆺ 심(甚)ᄒᆞ야 뭇ᄂᆞᆫ 말도 ᄃᆡ답(對答)디 아닛ᄂᆞᆫ도다."

왕(王)이 쇼왈(笑曰),

"아이와466) 결원(結怨)467)ᄒᆞ기 브졀업시 ᄒᆞ매 내 아니 말니더냐?"

위 공(公)이 크게 우어 왈(曰),

---

462) ᄉᆞ원(私怨): ᄉᆞ원. 사사로운 원한.

463) 침좌간(寢坐間): 눕거나 앉아 있을 때. 늘.

464) 구듕(九重): 구중. 문이 겹겹이 달린 깊은 대궐. 구중궁궐(九重宮闕).

465) 손샤(遜謝): 손사. 겸손히 사양함.

466) 와: [교] 원문에는 '의'로 되어 있으나 오기로 보이므로 이와 같이 수정함.

467) 결원(結怨): 원한을 맺음.

"저 쇼 (小兒]) 장원(壯元)ᄒ여도 내 ᄆᆞᄋᆞᆷ은 홍모(鴻毛)468) ᄀᆞᆺ도다. 저 위(爲)ᄒ야 법(法)을 굽히리잇가?"

긔국공(--公)이 쇼왈(笑曰),

"우리 형댱(兄丈)은 온갓 일의 신명(神明)ᄒ고 녁으시매469) 사ᄅᆞᆷ으로 더브러 결원(結怨)470)홀 일도 잘 프러뎌 데 스스로 원심(怨心)이 프러디게 ᄒ시딕 혹ᄉᆡᆼ(學生)은 존형(尊兄) 말ᄉᆞᆷ ᄀᆞᆺᄐ

° ° °

96면

야 법(法)을 다ᄉᆞ리노라 ᄒ매 쇼뎨(小弟)ᄂᆞᆫ 뉴ᄌᆞ(-子)로 더브러 원(怨)을 지엇ᄂᆞ니이다."

하람공(--公)이 날호여 쇼왈(笑曰),

"삼뎨(三弟)ᄂᆞᆫ 다만 텬명(天命)으로 뉴노(-奴)ᄅᆞᆯ 다ᄉᆞ려시니 혐의(嫌疑)로 알시 올커니와 위 형(兄)텨로 니ᄅᆞᆯ ᄀᆞ라 원(怨)튼 아니리라."

위 공(公)이 대쇼(大笑)ᄒ고 말을 아니ᄒ더라.

이ᄢᅢ 현이 그 형(兄)의 계화금의(桂花錦衣)로 영광(榮光)을 ᄯᅴ여 봉뎐(鳳殿)471) 아래 입시(入侍)ᄒ야 텬동ᄡᅡᆼ개(天童雙蓋)472)와 오악(五樂)을 세우고 완완(緩緩)이 힝(行)ᄒ믈 보니 분긔(憤氣) 가ᄉᆞᆷ의 막혀 급급(急急)히 햐쳐(下處)로 도라와 비봉473)(祕封)을 ᄯᅥ히고 보니 과연(果然) 제 일홈ᄌᆡ(--字])라. 스스로 하ᄂᆞᆯ이 돕디 아니믈 탄(嘆)

---

468) 홍모(鴻毛): 기러기의 털이라는 뜻으로 극히 가벼운 사물을 비유한 말.

469) 녁으시매: 영리하시니. '녁다'는 '영리하다'의 뜻임.

470) 결원(結怨): 원한을 맺음.

471) 봉뎐(鳳殿): 봉전. 대궐.

472) 텬동ᄡᅡᆼ개(天童雙蓋): 천동 쌍개. 궁궐에서 임신을 빌는, 님금이 하사한 소년를.

473) 봉: [교] 원문에는 '동'으로 되어 있으나 문맥을 고려해 규장각본(7:67)을 따름.

호고 빅번(百番) 뉘웃춘들 홀 일 이시리오. 다만 가슴을 두드려 호읍
(號泣)[474] 호더니,

셕

양(夕陽)의 장원(壯元)이 이에 니르러 현이 손을 잡고 글오디,

"긔약(期約)디 아닌 몸이 농계(龍階)롤 붋고 너는 써러디니 텬되
(天道 ㅣ) 엇디 고히(怪異)티 아니리오? 연(然)이나 혼 손으로 쁜 글이
너는 써러디니 고이(怪異)호도다."

현이 분결(憤-)의 디답(對答)호디,

"진실로(眞實-) 형(兄)의 말 굿투야 혼 손의 글로 형(兄)은 색이고
쇼뎨(小弟)는 쌔디리오마는 필연(必然) 니부샹셰(吏部尙書 ㅣ) 인정
(人情) 두도소이다."

장원(壯元)이 텽파(聽罷)의 구연(懼然)호야 날호여 글오디,

"니셩문이 닉 필덕(筆跡)을 모르니 이럴 리(理) 이시리오?"

언필(言畢)의 눈을 드러 보니 셔안(書案)의 명지(名紙) 일(一) 복(幅)
이 잇는지라 장원(壯元)이 의심(疑心)이 동(動)호야 나오혀 보니 곳 현
이 명지(名紙)라. 당초(當初) 심(甚)히 의심(疑心)호던 츳(次) 이롤

보고 그 심슐(心術)을 크게 씪두라 이에 문왈(問曰),

---

474) 호읍(號泣): 목 놓아 큰소리로 욺.

"이룰 아니 밧티고 도로 가져오믄 어인 일이뇨?"

현이 심신(心身)이 황황(遑遑)⁴⁷⁵⁾혼 가온딕 밋쳐 흔적(痕迹)을 금초디 못ᄒ엿다가 장원(壯元)의게 픽루(敗漏)⁴⁷⁶⁾ᄒ니 더옥 당황(唐惶)ᄒ야 거줏 우서 글오딕,

"형(兄)의 두 글이 맛치 ᄀᆺ트니 쇼데(小弟) 혹시(或是) 장원(壯元)이 될가 블열(不悅)ᄒ야 밧티디 아니ᄒ이다. 홋 과거(科擧)라타 못 보리잇가?"

장원(壯元)이 줌줌(潛潛)키룰 오래 ᄒ다가 글오딕,

"그럴 쟉시면 날로써 고이(怪異)혼 딕로 밀위믄 엇디오?"

현이 쇼왈(笑曰),

"젼(前) 말은 희롱(戲弄)ᄒ미라. 동긔지간(同氣之間)일시 허믈 업서 ᄒ미로소이다."

장원(壯元)이 입으로 다시 말을 아니ᄒ나 심듕(心中)은 블쾌(不快)ᄒ

● ● ●

99면

야ᄒ더라.

삼일유가(三日遊街)⁴⁷⁷⁾룰 맞고 샹소(上疏)ᄒ야 근친(覲親)⁴⁷⁸⁾을 청(請)ᄒ니 샹(上)이 블윤(不允)ᄒ시고 됴셔(詔書) 왈(曰),

'경부(卿父)룰 임의 복직(復職)ᄒ여시니 맛당이 ᄉ신(使臣)으로 ᄒ여곰 블러오리라.'

---

475) 황황(遑遑): 갈팡질팡 어쩔 줄 모르게 급함.

476) 픽루(敗漏): 패루. 일이 드러남.

477) 삼일유가(三日遊街): 과거 급제자가 삼 일 동안 시험관과 선배 급제자, 친척을 방문하던 일.

478) 근친(覲親): 어버이를 뵘.

ᄒᆞ시고 경문으로 한림슈찬(翰林修撰)을 ᄒᆞ이시고 집금오(執金吾)[479] 노한으로 남챵(南昌)의 보ᄂᆡ야 뉴 공(公)을 블러오라 ᄒᆞ시니, 뇨 금외(金吾ㅣ) 즉일(卽日)의 남챵(南昌)으로 가니 현이 ᄯᅩᄒᆞᆫ ᄯᆞ라가ᄂᆞᆫ디라 한님(翰林)이 부친(父親)긔 셔간(書簡)을 븟티더라.

현이 뇨 금오(金吾)로 더브러 동힝(同行)ᄒᆞ더니 원ᄅᆡ(元來) 노한의 ᄌᆞ(字)ᄂᆞᆫ 유앙이니 농셔(隴西) 사ᄅᆞᆷ이라. 금년(今年)이 이십팔(二十八)이오 급뎨(及第)ᄒᆞ연 디 오(五) 년(年)이러라. 사ᄅᆞᆷ이 론디 크게 혼암블명(昏闇不明)[480]ᄒᆞ며 간악음샤(奸惡陰邪)[481]ᄒᆞᄃᆡ 글이 문

∙∙∙

100면

쟝(文章)이러라. 현이 ᄒᆞᆫ번(-番) 말ᄒᆞ매 서르 의긔(義氣) 상합(相合)ᄒᆞ더니,

일일(一日)은 뎜(店)의 드러 밤을 잘ᄉᆡ ᄎᆞ시(此時) 하ᄉᆞ월(夏四月) 망시(望時)라. 명월(明月)이 낫 ᄀᆞᆺ고 혜풍(惠風)[482]이 한가(閑暇)ᄒᆞ니 뇨 금외(金吾ㅣ) 시흥(詩興)을 ᄂᆡ여 칠언뉼시(七言律詩)ᄅᆞᆯ 지어 을프니 소ᄅᆡ 심(甚)히 웅장(雄壯)ᄒᆞ더라. 현이 ᄌᆡ조(才操)ᄅᆞᆯ 자랑코져 ᄒᆞ야 그 형(兄)의 평일(平日) 지은 시(詩)ᄅᆞᆯ ᄉᆡᆼ각ᄒᆞᄃᆡ 경문이 ᄋᆞ시(兒時)로브터 ᄉᆞ시(四時)의 경(景)을 두고 지은 글이 무궁(無窮)ᄒᆞ니 월하(月下)의 안자 을픈 글이 ᄌᆞ못 만흔디라, 그 됴흔 것 두어 귀(句)ᄅᆞᆯ

---

479) 집금오(執金吾): 원래 중국 한나라 때에, 대궐 문을 지켜 비상사(非常事)를 막는 일을 맡아보던 벼슬.
480) 혼암블명(昏闇不明): 혼암불명. 어리석고 못나 사리에 어두움.
481) 간악음샤(奸惡陰邪): 간악음사. 간악하고 음흉함.
482) 혜풍(惠風): 화창하게 부는 봄바람.

긔억(記憶)ᄒ야 ᄆᆰ게 읇흐니 뇨 공(公)이 듯기를 못고 크게 놀나 닐오ᄃᆡ,

"족하(足下)로 여러 날 동ᄒᆡᆼ(同行)ᄒᄃᆡ 아디 못ᄒ엿더니 시ᄌᆡ(詩才) 이러톳 츌범(出凡)ᄒ 줄 아디 못ᄒ

· ● ●

101면

엿닷다."

현이 샤례(謝禮) 왈(曰),

"명공(明公)의 웅ᄌᆡ(雄才)를 보ᄆᆡ 스스로 ᄌᆡ죄(才操ㅣ) 셧긔믈 아디 못ᄒ고 시흥(詩興)이 발(發)ᄒ야 우연(偶然)이 읊프미 과(過)히 위쟈(慰藉)483)ᄒ시믈 당(當)ᄒ리오?"

금외(金吾ㅣ) 다시 칭찬(稱讚)ᄒ야 ᄀᆞᆯ오ᄃᆡ,

"만ᄉᆡᆼ(晩生)이 ᄌᆡ조(才操) ᄉᆞ랑흐믈 셩명(性命)484) ᄀᆞᆺ티 ᄒ고 ᄯᅩ 본 배 적디 아니ᄒᄃᆡ 족하(足下) ᄀᆞᆺᄐᆞ니ᄂᆞᆫ 쳐엄이로다. 아디 못게라, 녕형(令兄) 쟝원낭(壯元郞)긔 비호미 잇ᄂᆞ냐?"

현이 ᄀᆞᆯ오ᄃᆡ,

"가형(家兄)은 쇼ᄉᆡᆼ(小生)으로 문법(文法)이 다ᄅᆞ고 쇼ᄉᆡᆼ(小生)이 ᄯᅩ 스승을 어더 슈ᄒᆨ(修學)ᄒ엿ᄂᆞ이다."

금외(金吾ㅣ) 왈(曰),

"만ᄉᆡᆼ(晩生)이 스스로 고이(怪異)히 너기ᄂᆞ니 뎌러톳 흔 인ᄌᆡ(人材)를 가지고 금방(今榜) 쟝원(壯元)을 녕형(令兄)의게 아이뇨? 필연

---

483) 위쟈(慰藉): 위사. 위로하고 도와줌.
484) 셩명(性命): 성명. 목숨.

(必然) 지은 글이 긔특(奇特)ᄒ리니 듯기를 원(願)

ᄒ노라.”

현이 즉시(卽時) 제 글을 외와 니ᄅᄃᆡ 금외(金哥ㅣ) 대찬(大讚) 왈(曰),

“이ᄂ 고요(皐陶),485) 직셜(稷契)486)을 인증(引證)ᄒ야 크게 범인 (凡人)의 의ᄉ(意思) 밧기니 아모 눈 먼 시관(試官)인들 엇디 낙복(落幅)487)의 ᄂ리오리오? 녕형(令兄)의 글은 엇더터뇨?”

현이 즉시(卽時) 제 의ᄉ(意思)로 ᄶ며 니ᄅ니 그 좁고 고이(怪異)ᄒ믈 측냥(測量)ᄒ리오. 금외(金哥ㅣ) 듯고 우어 왈(曰),

“이 글을 ᄀ디고 장원(壯元)ᄒ미 고이(怪異)토다.”

현이 왈(曰),

“가형(家兄)의 직조(才操)도 헐(歇)티 아니커니와 니부샹셰(吏部尙書ㅣ) 인졍(人情) 두니이다.”

금외(金哥ㅣ) 왈(曰),

“녕형(令兄)이 니셩문을 언제 아더냐?”

현이 쇼왈(笑曰),

“응과(應科)ᄒ라 경ᄉ(京師)의 미리 가셔 수오(數五) 일(日) 헤딜러 니셩문을 보고 황금(黃金)을 ᄲᅡ 드리ᄂ니이다. 쇼ᄉᆡᆼ(小生)이 대인(大人)의 친ᄋᆡ(親愛)ᄒ시믈 미더 이 말ᄉᆞᆷ을 ᄒ거

---

485) 고요(皐陶): 중국 고대의 전설상의 인물. 순(舜)임금의 신하로, 구관(九官)의 한 사람임. 법을 세우고 형벌을 제정하였으며, 옥(獄)을 만들었다고 함.

486) 직셜(稷契): 직설. 후직(后稷)과 설(契). 각각 요임금과 순임금 때의 어진 신하로 알려짐.

487) 낙복(落幅): 낙방.

니와 누셜(漏泄)티 마른소셔."

뇨 금외(金吾ㅣ) 듯고 크게 블측(不測)[488]이 너겨 닐오딕,

"니개(李家ㅣ) 원릭(元來) 너모 번셩(繁盛)ᄒᆞ므로 교죵방ᄌᆞ(驕縱放恣)[489]ᄒᆞ더니 이런 일이 잇닷다. 셩딕지치(聖代之治)의 니부텬관(吏部天官) 대신(大臣)이 갑 밧고 인쥐(人材)를 ᄲᅵ며 무쥐(無才)를 취(取)ᄒᆞ니 만싱(晚生)이 극(極)히 통완(痛惋)[490]ᄒᆞᄂᆞ니 경ᄉᆞ(京師)의 도라가 ᄒᆞᆫ 댱(張) 표문(表文)[491]을 뇽젼(龍殿)의 올리리라."

현이 제 일이 패루(敗漏)[492]ᄒᆞᆯ가 저허 급(急)히 말녀 글오딕,

"대인(大人)의 정도(正道)를 잡으시면 감격(感激)ᄒᆞ나 쇼싱(小生)이 형(兄)의 단쳐(短處)를 됴뎡(朝廷)의 품주(稟奏)[493]ᄒᆞᄂᆞᆫ 냥(樣)을 ᄎᆞ마 보리오? 대인(大人)은 원(願)컨딕 쇼싱(小生)의 형뎨(兄弟)의 의(義)를 샹(傷)히오디 마른쇼셔."

뇨 금외(金吾ㅣ) 격절탄샹(擊節嘆賞)[494] 왈(曰),

"그딕는 진실로(眞實-) 쥐덕(才德)이 겸비(兼備)ᄒᆞᆫ 군쥐(君子ㅣ)

---

488) 블측(不測): 불측. 생각이나 행동 따위가 괘씸하고 엉큼함.

489) 교죵방ᄌᆞ(驕縱放恣): 교종방자. 교만하고 방자함.

490) 통완(痛惋): 괘씸해하고 한탄함.

491) 표문(表文): 임금에게 표로 올리던 글.

492) 패루(敗漏): 일이 드러남.

493) 품주(稟奏): 임금께 말씀을 올림.

494) 격절탄샹(擊節嘆賞): 격절탄상. 무릎을 치며 감탄하고 칭찬함.

로다.”

현이 인(因)ᄒ야 눈믈을 흘리고 경문의 온갓 허믈을 주언(做言)[495] ᄒ야 됴왕(趙王)의 환(患)[496]이 쉬워시믈 니ᄅ미니 인(因)ᄒ야 여이 사름 어리오ᄃᆺ ᄒ니 뇨 금외(金吾ㅣ) 크게 분완(憤惋)[497]ᄒ야 이에 위로(慰勞) 왈(曰),

“그ᄃᆡ의 만난 배 인셰(人世)의 드믄 변괴(變故ㅣ)라. 흑ᄉᆡᆼ(學生)이 드ᄅᆞ매 경희(驚駭)[498]ᄒ믈 이긔디 못ᄒ고 뎌런 지죄(才操ㅣ) 니토(泥土)의 곤(困)ᄒ믈 앗기ᄂᆞ니 당당(堂堂)이 경ᄉᆞ(京師)의 도라가 그ᄃᆡ로써 청현(淸顯)[499]ᄒᆞᆫ 벼슬의 쳔거(薦擧)ᄒ야 운노(雲路)[500]의 길을 트리라.”

현이 심듕(心中)의 대희(大喜)ᄒ야 이에 샤례(謝禮) 왈(曰),

“쇼ᄉᆡᆼ(小生)이 대인(大人)의 디우(知遇)[501]를 밋고 ᄆᆞ음의 졀박(切迫)ᄒᆞᆫ 졍유(情由)[502]를 고(告)ᄒ엿더니 뉴렴(留念)ᄒ시미 여ᄎᆞ(如此)ᄒ시니 이ᄂᆞᆫ 죽은 남기 닙히 다시 나미로

---

495) 주언(做言): 없는 사실을 꾸며 만든 말.
496) 됴왕(趙王)의 환(患): 조왕의 환. 중국 전국시대 조(趙)나라 혜문왕(惠文王)이 화씨(和氏)의 구슬[화씨벽(和氏璧)]을 얻자 진(秦) 소왕(昭王)이 그 구슬을 탐내 열 다섯 고을과 바꾸자고 하여 근심한 일을 이른 듯함. 결국 혜문왕의 신하 인상여(藺相如)가 화씨벽을 들고 진나라에 가 담판을 짓고 화씨벽을 무사히 가지고 돌아옴. 사마천, 『사기(史記)』, <염파인상여열전>.
497) 분완(憤惋): 몹시 분하게 여김.
498) 경희(驚駭): 경해. 뜻밖의 일로 몹시 놀람.
499) 청현(淸顯): 청현. 청환(淸宦)과 현직(顯職)을 아울러 이르는 말. ‘청환’은 학식과 문벌이 높은 사람에게 시키던 벼슬이고 ‘현직’은 높고 중요한 벼슬임.
500) 운노(雲路): 운로. 구름이 오고 가는 길이라는 뜻으로, 사관(仕官)하여 입신출세함을 비유적으로 이르는 말.
501) 디우(知遇): 지우. 남이 자신의 인격이나 재능을 알고 잘 대우함.
502) 졍유(情由): 정유. 사유.

소이다."

금외(金吾ㅣ) 왈(曰),

"이는 흑싱(學生)이 직조(才操) 스랑ᄒᆞᄂᆞᆫ ᄆᆞ음이 엿디 아니미라 가(可)히 일ᄏᆞᆷ 죽하리오? 연(然)이나 명즈(名字)의 ᄌ즈(-字)ᄂᆞᆫ 됴티 아니ᄒᆞ니 뉴현셕이라 ᄒᆞ미 엇더ᄒᆞ뇨? 사ᄅᆞᆷ의 일홈이 궁달(窮達)503)로 가ᄂᆞ니 ᄌ즈(-字)ᄂᆞᆫ 아희(兒孩)로 이시미라. 군(君)이 ᄯᅩ 니기 혜아리리라. 아희(兒孩) 놉히 된 ᄃᆡ 잇ᄂᆞ냐?"

현이 크게 깃거 칭사(稱謝) 왈(曰),

"놉히 ᄀᆞᄅᆞ치시미 이러틋 지극(至極)ᄒᆞ시니 엇디 봉힝(奉行)티 아니리잇고?"

인(因)ᄒᆞ야 서ᄅᆞ 소회(所懷)ᄅᆞᆯ 니ᄅᆞ고 긔일 일이 업더라.

이적의 뉴 공(公)이 남챵(南昌)의 홀로 이셔 ᄋᆞ즈(兒子)의 쇼식(消息)을 몰나 듀야(晝夜) 우민(憂悶)504)ᄒᆞ고 각뎡은 위 시(氏) 해(害)ᄒᆞᆯ 모칙(謀策)505)을 듀야(晝夜) 싱각ᄒᆞ야 싱(生)이 잇디 아닌 ᄶᆡ 업

시키ᄅᆞᆯ 계교(計巧)ᄒᆞ고 뉴 공(公) 귀예 춤쇠(讒訴ㅣ) 년쇽(連續)ᄒᆞ니 뉴 공(公)이 비록 미안(未安)ᄒᆞ나 ᄋᆞ직(兒子ㅣ) 잇디 아닌 고(故)

---

503) 궁달(窮達): 빈궁(貧窮)과 영달(榮達).

504) 우민(憂悶): 근심하고 번민함.

505) 모칙(謀策): 모책. 어떤 일을 처리하거나 모면할 꾀를 세움. 또는 그 꾀.

로 대단이 치텽(採聽)506)티 아니ᄒ니, 각졍이 흔(恨)ᄒ여 흉(凶)흔 계교(計巧)ᄅᆞᆯ 싱각ᄒ더니,

홀연(忽然) 좌위(左右ㅣ) 도쳥의 니ᄅ러시믈 고(告)ᄒ니507) 원ᄅᆡ(元來) 이ᄂᆞᆫ 다ᄅ니 아니라 근본(根本) 늄양산(--山) 쇼월암(--庵)의 잇ᄂᆞᆫ 도인(道人)이니 각뎡이 ᄌᆞ로 ᄃᆞ녀 사괴여 도관(道觀)의 공(功)을 드리고 현ᄋᆡᄅᆞᆯ 나코 졍의(情誼)508) 심밀(甚密)509)ᄒ더니 이날 니ᄅ러 각뎡으로 더브러 녜(禮)ᄅᆞᆯ ᄆᆞᆺᄎᆞ매 각뎡이 ᄀᆞᆯ오ᄃᆡ,

"션싱(先生)이 엇디 금일(今日) 이에 니ᄅ럿ᄂᆞ뇨?"

도쳥이 ᄀᆞᆯ오ᄃᆡ,

"ᄆᆞ츰 민간(民間)의 홀 일 이셔 갓다가 귀ᄐᆡᆨ(貴宅)을 디나매 그저 ᄀᆞ디 못ᄒ야 니ᄅ럿ᄂᆞ이

107면

다."

각뎡이 차과(茶菓)ᄅᆞᆯ ᄂᆡ여 ᄃᆡ졉(待接)ᄒ고 민간(民間)의 갓던 연고(緣故)ᄅᆞᆯ 므ᄅᆫ대 도쳥이 ᄀᆞᆯ오ᄃᆡ,

"부뫼(父母ㅣ) 일 죽고 오라비 ᄒᆞ나히 잇더니 수오(數五) 년(年) 젼(前)의 죽은 후(後) ᄒᆞᆫ 낫 아ᄃᆞᆯ이 이시니 이제야 나히 겨유 열다ᄉᆞᆺ시라. ᄀᆡ약(期約)ᄒ매 그곳의 잇ᄂᆞᆫ 댱 미파(媒婆)ᄅᆞᆯ 가 보고 아ᄅᆞᆷ다온 규슈(閨秀)ᄅᆞᆯ 쳔거(薦擧)ᄒ라 ᄒ고 니ᄅ라 갓더니이다."

---

506) 치텽(採聽): 채청. 의견을 받아들임.

507) 니: [교] 원문에는 '여'로 되어 있으나 문맥을 고려해 규장각본(7:74)을 따름.

508) 졍의(情誼): 정의. 서로 사귀어 친하여진 정.

509) 심밀(甚密): 아주 친밀함.

각뎡이 이 말을 듯고 대희(大喜)ᄒ야 닐오ᄃᆡ,

"내 일즉 아름다온 녀ᄌᆞ(女子)를 두어시니 ᄉᆞ뷔(師父ㅣ) 녕딜(令姪)510)을 주미 엇디뇨?"

도청이 깃거 근본(根本)을 뭇거늘 각뎡 왈(曰),

"내 므춤 길ᄀᆞ의 ᄇᆞ린 아ᄒᆡ(兒孩)를 어더 기ᄅᆞ니 시년(時年)이 십ᄉᆞ(十四) 셰(歲)라. 화용월뫼(花容月貌ㅣ)511) 고금(古今)의 무빵(無雙)ᄒ니 ᄉᆞ

뷔(師父ㅣ) 맛당이 ᄒᆞᆫ번(-番) 보고 뎡(定)ᄒ라."

드듸여 좌우(左右)로 위 시(氏)를 브ᄅᆞ니 위 시(氏) 연고(緣故)를 아디 못ᄒ고 좌(座)의 니ᄅᆞ매 도청이 ᄒᆞᆫ번(-番) 눈을 드러 보고 크게 놀나 소리 나믈 ᄭᆡᄃᆞᆺ디 못ᄒ다가 ᄀᆞᆯ오ᄃᆡ,

"쇼되(小道ㅣ) 일즉 녀염(閭閻)의 ᄃᆞᆫ녀 경국식(傾國色)512)을 본 배 젹디 아니ᄒᆞ되 일즉 낭ᄌᆞ(娘子) ᄀᆞᆺᄐᆞ니ᄂᆞᆫ 처엄이로소이다."

위 쇼제(小姐ㅣ) 각뎡을 향(向)ᄒ야 닐오ᄃᆡ,

"셔뫼(庶母ㅣ) 므ᄉᆞ 일로 브르시니잇가?"

각뎡이 그 셔뫼(庶母ㅣ)라 ᄒᆞ믈 듯고 종적(蹤迹)이 패루(敗漏)513)ᄒᆞ믈 저허 급(急)히 닐오ᄃᆡ,

---

510) 녕딜(令姪): 영질. 상대편의 조카를 높여 이르는 말.

511) 화용월뫼(花容月貌ㅣ): 꽃과 달처럼 아름다운 용모.

512) 경국식(傾國色): 경국색. 임금이 혹하여 나라가 기울어져도 모를 정도의 미인이라는 뜻으로, 뛰어나게 아름다운 미인을 이르는 말.

513) 패루(敗漏): 일이 드러남.

"그디를 브루디 아냐 셜 시(氏)를 블럿더니 시이(侍兒 l) 그릇 뎐(傳)ᄒ여시니 침소(寢所)로 도라가라."

위 시(氏) 즉시(卽時) 니러 침514)소(寢所)로 도라가니 도쳥이 그 긔샹(氣像)이 당당(堂堂)ᄒ믈 보고 크

●●●

109면

게 깃거 샤례(謝禮)ᄒ고 도라가,

이튼날 녜폐(禮幣)515) 삼빅(三百) 냥(兩)516)을 갓다가 각뎡을 주고 퇴일단ᄌ(擇日單子)517)를 보(報)ᄒ니 겨유 수오(數五) 일(日)은 ᄀ렷ᄂ디라.

각뎡이 만흔 지믈(財物)과 위 시(氏) 업시홀 일을 크게 다힝(多幸)ᄒ야 약속(約束)을 든든이 뎡(定)ᄒ니 뉘 알리오마ᄂ 일이 공교(工巧)ᄒ야 시녀(侍女) 난셤이 ᄆ춤 곡난(曲欄) 뒤히셔 이 ᄉ연(事緣)을 ᄌ시 듯고 크게 놀나 밧비 도라와 그 아ᄋ 난혜ᄃ려 ᄀ마니 니르고 아모리 홀 줄 모르니 난혜 골오디,

"쇼져(小姐)의 고절쳥심(高節淸心)518)이 샹공(相公)의 은졍(恩情)도 믈니티시거ᄂ 이런 욕(辱)을 보시고 엇디 살고져 ᄒ시리오?"

난셤 왈(曰),

"각 시(氏)의 무샹(無狀)ᄒ미 이 디경(地境)의 밋ᄎ니 노쥬(奴主 l) ᄀ만

---

514) 침: [교] 원문에는 '친'으로 되어 있으나 오기로 보이므로 규장각본(7:75)을 따름.

515) 녜폐(禮幣): 예폐. 고마움과 공경의 뜻으로 보내는 물건. 예물.

516) 냥(兩): 예전에, 엽전을 세던 단위. 한 냥은 한 돈의 열 배임.

517) 퇴일단ᄌ(擇日單子): 택일단자. 혼인할 날짜를 적은 문서.

518) 고절쳥심(高節淸心): 고절청심. 높은 절개와 맑은 마음.

이 남복(男服)으로 ᄃ라나미 샹칙(上策)일ᄀ ᄒ노라. ᄀ만이 고(告)
ᄒ야 션쳐(善處)ᄒ시게 ᄒ리라."

둘히 의논(議論)을 뎡(定)ᄒ고 쇼져(小姐)긔 고(告)코져 ᄒ딕 각뎡
의 요괴(妖怪)로오미 가듕(家中)의 규ᄉ(窺伺)[519]를 노화 만일(萬一)
가듕(家中) 비빅(婢輩) 듕(中)이라도 말만 ᄒ여도 ᄇ려두디 아니ᄒ니,
ᄎ고(此故)로 위 시(氏) 죵일(終日)토록 이시나 입을 열미 업고 시비
(侍婢) 등(等)이 ᄯ호ᄂ 이러ᄒ 듕(中) 더옥 난셥, 난혜ᄂ 취[520]향의 ᄯᆯ
이라 문ᄌ(文字)를 졍통(正統)ᄒ고 위인(爲人)이 노신(老愼)[521]ᄒ 듕
(中) 쥬인(主人) 위(爲)ᄒ 뜻이 슈화(水火)의 들나 ᄒ여도 ᄉ양(辭讓)
티 아닐디라.

이날 밤의 쇼져(小姐) 침소(寢所)의셔 밤 들기를 기ᄃ려 댱닉(帳
內)의 드러가니 쵹영(燭影)이 희미(稀微)ᄒ딕 쇼제(小姐ㅣ) 앙침(鴦
枕)[522]의

비겨 면시(眠始)[523]ᄒ엿거늘 냥인(兩人)이 감히(敢-) 씨오디 못ᄒ
고 상하(牀下)의 안자 이윽ᄒ 후(後) 쇼제(小姐ㅣ) 믄득 씨여 도라

---

519) 규ᄉ(窺伺): 규사. 엿봄.

520) 취: [교] 원문에는 '츄'로 되어 있으나 앞의 예를 따라 이와 같이 수정함.

521) 노신(老愼): 노련하고 신중함.

522) 앙침(鴦枕): 원앙 베개.

523) 면시(眠始): '잠이 비로소 듦'의 의미로 보이나 미상임.

눕거늘 잠간(暫間) 기춤ᄒᆞᆫ딕 쇼제(小姐 ㅣ) 놀나 니러 안자 눈을 드
러 보고 ᄇᆞ야흐로 난셤 등(等)인 줄 분변(分辨)ᄒᆞ매 정신(精神)을
뎡(靜)ᄒᆞ야 므르딕,

"여등(汝等)이 엇던 고(故)로 자디 아니코 이의 와 요란(擾亂)이
구ᄂᆞᆫ다?"

난셤이 갓가이 나아가 쇼져(小姐)의 나샹(羅裳)524)을 잡고 눈믈을
흘려 골오딕,

"낙미지익(落眉之厄)525)이 다ᄃᆞ라시니 쇼비(小婢) 등(等)이 능히
(能-) 줌을 자디 못ᄒᆞᄂᆞ이다."

쇼제(小姐 ㅣ) 텽파(聽罷)의 대경(大驚) 왈(曰),

"므스 일이뇨?"

난셤이 드딕여 ᄉᆞ매로서 뎍은 거슬 내야 쇼져(小姐)긔 드리니 쇼
제(小姐 ㅣ) ᄒᆞᆫ번(-番) 보매 각뎡이 도쳥의게 은(銀)

● ● ●

112면

밧고 셔로 약쇽(約束)ᄒᆞᆫ 셜홰(說話 ㅣ)라. 쇼제(小姐 ㅣ) 보기를 뭇
디 못ᄒᆞ여셔 면여토식(面如土色)526)ᄒᆞ고 슈족(手足)이 썰니믈 면
(免)티 못ᄒᆞ야 반향(半晌)527)이나 어린 둧ᄒᆞ니 난셤이 나아가 쥐므
ᄅᆞ며 우러 골오딕,

"쇼져(小姐)ᄂᆞᆫ 죽을 ᄯᅳᆺ을 두디 마ᄅᆞ쇼셔. 샹공(相公)이 샹해528) 쇼

---

524) 나샹(羅裳): 나상. 얇고 가벼운 비단으로 만든 치마.
525) 낙미지익(落眉之厄): 낙미지액. 눈썹에 떨어진 액운이란 뜻으로 눈앞에 닥친 재앙을 이름.
526) 면여토식(面如土色): 면여토색. 얼굴이 흙빛처럼 까맣게 됨.
527) 반향(半晌): 한나절의 반. 반나절.

져(小姐) 향(向)ᄒ신 뜻을 싱각ᄒ시거든 쇼제(小姐ㅣ) 셕목(石木) 간당(肝腸)이신들 ᄎ마 듕도(中途)의 져ᄇ리려 ᄒ시ᄂ뇨?"

위 시(氏) 냥구(良久) 후(後) 계유 닐오ᄃᆡ,

"참혹(慘酷)ᄒᆫ 욕(辱)이 목젼(目前)의 밋고 버셔날 계괴(計巧ㅣ) 업ᄉ니 ᄒᆫ 목숨을 긋츨 밧 홀일업거늘 네 엇디 이런 말을 ᄒᆞᄂ다?"

난혜 ᄂᆞᆺ빗츨 곳치고 간왈(諫曰),

"비ᄌᆞ(婢子) 등(等)의 쇼견(所見)이 녹녹(碌碌)ᄒ나 쇼져(小姐)ㅣ 그릇 숣디 아니ᄒ리니

• • •

113면

이제 소제(小姐ㅣ) 우흐로 싱아(生我)ᄒ신 부모(父母)를 아디 못ᄒ시며 속졀업시 져근 욕(辱)을 춤디 못ᄒ야 몸을 ᄇᆞ리실딘대 디하(地下) 음혼(陰魂)인들 인도(人道)의 충수(充數)ᄒ며 샹공(相公)이 쇼져(小姐)를 디심(知心)ᄒ시미 엇디 구ᄐᆞᆯ여 쳐ᄌᆞ(妻子ㅣ)오, 얼골을 과혹(過惑)ᄒ시미리오? 쇼져(小姐)의 녈녈(烈烈) 졍심(貞心)과 빙쳥(氷淸) ᄀᆞᆺᄐᆞᆫ 혜심(蕙心)[529]을 무빵(無雙)이 너기샤 빅년화락(百年和樂)기를 ᄇᆞ라시고 일시(一時) 츈졍(春情)을 춤으샤 향(香)이 ᄃᆞᆺᄉ[530]ᄒ고 옥(玉)이 션연(嬋娟)ᄒᆫ 긔질(氣質)을 믓춤ᄂᆡ 머리 ᄒ시니 쇼제(小姐ㅣ) 셜ᄉᆞ(設使) ᄋᆞ녀지(兒女子ㅣ)신들 가군(家君)의 이 ᄀᆞᆺᄐᆞᆫ 의긔(義氣)와 디우(知遇)를 져ᄇᆞ리시미 귀신(鬼神)도 붓그러올가 ᄒᆞᄂᆞ니 각 시(氏)의 ᄒᆞᄂᆞᆫ 일이 음비(淫鄙)[531]ᄒ고 ᄯᅩ

---

528) 샹해: 늘.

529) 혜심(蕙心): 난초처럼 고운, 미인의 마음씨.

530) ᄃᆞᆺᄉ: '조금 따뜻함'의 뜻으로 보이나 미상임.

대노야(大老爺) 명(命)이 아니시

니 당당(堂堂)이 남복(男服)으로 노쥬(奴主ㅣ) 망명(亡命)호야 아
모 되나 가셔 숨엇다가 타일(他日) 풍운(風雲)의 길시(吉時)를 만
나고 쇼인(小人)이 미양 평안(平安)호미 어렵고 믈셩이쇠(物盛而
衰)[532]는 ᄌ고(自古)로 덧덧ᄒ니 텬되(天道ㅣ) ᄎ마 쇼져(小姐)의
게 미몰ᄒ리오? 녜 구쳔(句踐)[533]이 능욕(凌辱)[534]을 춤고 필경(畢
竟)의 패제후(霸諸侯)[535]ᄒ엿거늘 쇼졔(小姐ㅣ) 젼일(前日) 텬균대
량(千鈞大量)[536]으로 싱각디 못ᄒ시ᄂ뇨?"

쇼졔(小姐ㅣ) 소리를 먹음어 오열(嗚咽) 왈(曰),

"너의 놉흔 말을 드르니 ᄉ리(事理) 진실노(眞實-) 그러ᄒ되 닉 심
규(深閨) 약질(弱質)이 일즉 연고(緣故) 업시 지게[537] 밧글 나 보디
아냐시니 어듸를 지향(指向)ᄒ야 가리오?"

난셤 왈(曰),

"텬해(天下ㅣ) 너르니 훈 목숨 의지(依支)홀 듸 어이 업ᄉ며 쇼졔

---

531) 음비(淫鄙): 지나치게 비루함.

532) 믈셩이쇠(物盛而衰): 물성이쇠. 사물이 성하면 쇠해짐.

533) 구쳔(句踐): 구천. 중국 춘추시대 월(越)나라의 왕(?~B.C.464). 구천이 오(吳)나라의 왕 합려(闔
閭)를 죽이자, 합려의 아들 부차(夫差)가 그 아버지의 원수를 갚기 위하여 섶 위에서 잠을 자
며 구천과 싸워 항복시키고, 구사일생으로 살아난 구천은 오왕 부차에게 복수하기로 다짐하고
곰의 쓸개를 핥으며 지내다가 끝내 부차를 죽임. 사마천, 『사기(史記)』, 「월세가(越世家)」.

534) 능욕(凌辱): 남을 업신여겨 욕보임.

535) 패제후(霸諸侯): 패제후. 제후 중에서 패권을 가진 자가 됨.

536) 텬균대량(千鈞大量): 천균의 큰 도량. 천균은 매우 무거운 무게 또는 그런 물건을 비유적으로
이르는 말. '균'은 예전에 쓰던 무게의 단위로, 1균은 30근임.

537) 지게: 옛날식 가옥에서, 마루와 방 사이의 문이나 부엌의 바깥문. 흔히 돌쩌귀를 달아 여닫는
문으로 안팎을 두꺼운 종이로 싸서 바름. 지게문.

(小姐ㅣ) 비록 녀쥐(女子ㅣ)시나 남

115면

복(男服)을 ᄒ고 갈딘대 뉘 알리오?"

쇼제(小姐ㅣ) 왈(曰),

"군쥐(君子)ᄂ 죽어도 망건(網巾)을 그르디 아니ᄒᄂ니 ᄂᆡ 비록 녀
쥐(女子ㅣ)나 빅희(伯姬)538)의 블타 죽으믈 감심(甘心)홀디언뎡 ᄎ마
도로(道路)의 뉴리(流離)ᄒ디 못ᄒ리로다."

난혜 다시 간왈(諫曰),

"이 말ᄉᆞᆷ이 ᄒ나흘 아르시고 둘흘 모르시미라. 쇼져(小姐)의 만나
신 배 빅희(伯姬)와 다르거ᄂᆞᆯ 고집(固執)저이 일도(一道)를 딕희시ᄂ
뇨? 다만 명일(明日) 원로댱(院老丈)539) 집의 가 의논(議論)ᄒ야 원
노댱(院老丈)으로 더브러 ᄃᆞ라나미 엇더뇨?"

쇼제(小姐ㅣ) 왈(曰),

"므릇 상인(常人)이란 거시 셰리(細利)540)를 탐(貪)ᄒ니 나의 녈
(烈)을 어이 귀(貴)히 너기리오? 동심(同心)ᄒ야 ᄠᅳᆺ을 아ᅀᆞ면 ᄂᆡ 더옥
좃디 못ᄒ리로다."

두 비쥐(婢子ㅣ) 다시 권(勸)

---

538) 빅희(伯姬): 백희. 중국 춘추시대 노(魯)나라 선공(宣公)의 딸로 송(宋)나라 공공(共公)의 부인
이 되어 공희(共姬) 또는 공백희(恭伯姬)라고도 불림. 공공이 죽은 후 수절하다가 경공(景公)
때에 궁전에 불이 났을 때 좌우에서 피하라고 권하였으나 백희는, 부인은 보모와 함께가 아
니면 밤에 당 아래로 내려가지 않는다 하며 불에 타 죽음. 유향(劉向), 『열녀전(列女傳)』, <송
공백희(宋恭伯姬)>.

539) 원로댱(院老丈): 인로킹. '고을의 노인'의 의미로 보이나 미상임.

540) 셰리(細利): 세리. 조그마한 이익.

ᄒᆞ야도 듯디 아니ᄒᆞ더니,

이튼날 본관(本官)으로셔 방목(榜目)541)이 와 경문의 장원(壯元)ᄒᆞ믈 긔별(奇別)ᄒᆞ고 ᄌᆞ싀(刺史ㅣ) 친(親)히 니르러 뉴 공(公)긔 티하(致賀)ᄒᆞ니, 합문(閤門) 노쇼(老少ㅣ) 믈 쓸틋 ᄒᆞ고 뉴 공(公)의 깃거ᄒᆞ미 어이 측냥(測量)ᄒᆞ리오마ᄂᆞᆫ 각명은 현이 써러디믈 듯고 분긔(憤氣) 츙텬(衝天)542)ᄒᆞ야 더옥 위 시(氏) 업시홀 ᄯᅳᆺ이 일시(一時) 급(急)ᄒᆞ더라.

쇼제(小姐ㅣ) 싱(生)의 등뎨(登第)ᄒᆞ믈 듯고 깃븜과 셜우미 교극(交極)ᄒᆞ야 당당(堂堂)이 ᄒᆞᆫ 번(番) 보고 죽기를 긔약(期約)ᄒᆞ더니,

이튼날 현이 뇨 금오543)(金吾)로 더브러 니르러ᄂᆞᆫ 뉴 공(公)이 향안(香案)을 빈셜(排設)544)ᄒᆞ고 뎐지(傳旨)545) 닑기를 ᄆᆞᆺᄎᆞ매 븍향(北向) ᄉᆞ비(四拜)ᄒᆞ고 현이 제 어미를 ᄃᆡ(對)ᄒᆞ야 경문의 글 아니 지어 준 말

을 온ᄀᆞ디로 ᄭᅮ며 니르니 각명이 대로(大怒)ᄒᆞ야 졀티(切齒)546)ᄒᆞ

---

541) 방목(榜目): 과거에 급제한 사람의 성명을 적은 책.
542) 츙텬(衝天): 충천. 분하거나 의로운 기개, 기세 따위가 북받쳐 오름.
543) 오: [교] 원문에는 '으'로 되어 있으나 오기로 보임.
544) 빈셜(排設): 배설. 연회나 의식(儀式)에 쓰는 물건을 차려 놓음.
545) 뎐지(傳旨): 전지. 황제의 명령서.
546) 졀티(切齒): 절치. 몹시 분하여 이를 갊.

며 닐오딕,

"내 위녀(-女)를 도청의 딜ᄌ(姪子)의게 ᄑ라시니 제 비록 급뎨(及第)ᄒ나 금슬(琴瑟)의 낙(樂)은 업ᄉ로다."

현이 왈(曰),

"ᄑ라 제 가셔 됴히 살면 원(怨)을 갑ᄂ 쟉이 아니니 ᄀ만이 도적(盜賊)을 보ᄂ야 죽이미 샹칙(上策)이니이다."

각뎡이 ᄎ언(此言)을 듯고 손벽 텨 묘(妙)타 ᄒ니 난셤이 ᄀ만이 곡난(曲欄) 뒤히셔 듯고 더옥 통흔(痛恨)[547]ᄒ야 급(急)히 도라와 쇼져(小姐)긔 고(告)ᄒ니 쇼뎨(小姐ㅣ) 더옥 챵황(倉黃)[548]ᄒ야 ᄌ결(自決)홀 쯧이 급(急)ᄒ더니 밧그로셔 난혜 싱(生)의 편지(便紙)를 가져 드러와 쇼져(小姐)긔 드리니 쇼제(小姐ㅣ) 바다 강잉(强仍)ᄒ야 ᄊ혀 보니 만편(滿篇)[549] ᄉ연(辭緣)이 다 쇼져(小姐)의

• • •

118면

몸을 근심ᄒ고,

'비록 위급지시(危急之時)를 당(當)ᄒ여도 미양[550]의 허믈 벗ᄂ 계교(計巧)를 의지(依支)ᄒ야 ᄒ 목숨을 ᄇ리디 아닐딘대 ᄎ싱(此生)의 다시 셔로 만나 흔(恨)이 업슬가 ᄒ노라.'

ᄒ엿더라.

쇼제(小姐ㅣ) 보기를 ᄆ츳고 샹연(爽然)이 눈믈을 ᄂ리와 ᄀ로딕,

---

547) 통흔(痛恨): 통한. 몹시 분하거나 억울하여 한스럽게 여김.

548) 챵황(倉黃): 창황. 허둥지둥 당황하는 모양.

549) 만편(滿篇): 편짓글에 가득함.

550) 미양: 매미.

"샹공(相公)의 \우 몸 뉴렴(留念)호미 여츳(如此)호니 \우 엇디 춤마 그 뜻을 져브리리오? 가다가 급(急)호야 죽으면 혼(恨)이 업스리로다."

드듸여 무음을 크게 먹고 양연(盎然)[551]이 심수(心思)를 뎡(定)호야 주장(資裝)[552]의 빅금(白金)을 취(取)호야 부대(負袋)[553]를 짓고 든든이 봉(封)호며 남의(男衣) 다엿 벌을 지어 노쥬(奴主ㅣ) 의논(議論)을 뎡(定)혼 후(後),

츳야(此夜)의 각뎡이 현익로 별후지졍(別後之情)[554]을 펴노라 스면(四面)이 고

119면

요호거늘 소졔(小姐ㅣ) 싱(生)의게 영결(永訣)호는 글을 지어 든든이 봉(封)호고 취[555]향을 블러 알픠 니르니 쇼졔(小姐ㅣ) 울고 젼후(前後) 수연(事緣)을 일일히(一一-) 니르고 글오듸,

"고고잔쳔(孤孤殘喘)[556]이 이런 위급지시(危急之時)를 당(當)호야 죽으미 올흐듸 춤마 부모(父母)를 춧디 못호고 가군(家君)의 젼일(前日) 뜻을 져브리디 못호야 일명(一命)을 디녀 문(門)을 나니 어미는 \우 몸을 념녀(念慮) 말고 비록 분(憤)혼 일이 이시나 입을 삼가 샹공(相公)의 일신(一身)을 도라보고 나의 졍수(情事)를 경수(京師)의 가

---

551) 양연(盎然): 사물이나 감정 따위가 넘친 상태임.

552) 주장(資裝): 자장. 시집갈 때 가지고 간 혼수.

553) 부대(負袋): 종이, 피륙, 가죽 따위로 만든 큰 자루.

554) 별후지졍(別後之情): 별후지정. 이별한 후의 회포.

555) 취: [교] 원문에는 '츄'로 되어 있으나 앞의 예를 따라 이와 같이 수정함.

556) 고고잔쳔(孤孤殘喘): 고고잔천. 아주 끊어지지 아니하고 겨우 붙어 있는 숨처럼 매우 외로운 형편.

샹공(相公)을 디(對)ᄒ야 니ᄅ라. 명년(明年)의 샹공(相公)이 원뎍(遠謫)557)ᄒᄂ 거죄(擧措ㅣ) 이시리니 유랑(乳娘)은 쳔만(千萬) 분(憤)ᄒ믈 셔리담아 집을 ᄯ나디 말고 잇다가 샹공(相公)을 보

● ● ●

120면

호(保護)ᄒ야 길시(吉時)ᄅᆯ 기ᄃ리라.”

취558)향이 이 말을 듯고 크게 놀나 븟들고 크게 우러 왈(曰),

“비ᄌᆡ(婢子ㅣ) 션부인(先夫人)을 여희고 공ᄌᆞ(公子)ᄅᆯ 계유 길러 쇼져(小姐)ᄅᆯ 어드니 용모(容貌)와 뎍ᄒᆡᆼ(德行)이 낭군(郎君)으로 샹칭(相稱)559)ᄒ시니 노쳡(老妾)이 빅(百) 년(年)을 뫼와 즐길가 ᄒ더니 오ᄂᆞᆯ날 화란(禍亂)이 참혹(慘酷)ᄒ야 쇼졔(小姐ㅣ) 집을 ᄯ나시니 노쳡(老妾)의 목숨이 질긔여 이런 일을 보고 능히(能) 사라시믈 흔(恨)ᄒᄂ이다.”

셜파(說罷)의 가슴을 두ᄃ리고 소ᄅᆡᄅᆯ 먹음어 뉴톄(流涕)ᄒ니 쇼졔(小姐ㅣ) ᄯ흔 톄읍(涕泣) 왈(曰),

“박명(薄命) 인ᄉᆡᆼ(人生)이 유랑(乳娘)의 은혜(恩惠)ᄅᆯ 갑디 못ᄒ고 이러ᄐᆺ 애ᄅᆯ 슬오게 ᄒ니 뎌 챵텬(蒼天)이 므ᄉ 일이뇨? 내 텬하(天下)ᄅᆯ 도라 부모(父母)ᄅᆯ ᄎᆞᄌᆞᆫ 후(後) 유랑(乳娘)

---

557) 원뎍(遠謫): 원적. 멀리 귀양을 감.

558) 취: [교] 원문에는 '肴'고 되어 있으나 앞의 예를 따라 이와 같이 수정함.

559) 샹칭(相稱): 상칭. 서로 걸맞음.

의 공(功)을 갑흐리라.”

취560)향 왈(曰),

“이런 일을 디노야(大老爺)긔 고(告)ᄒ고 경ᄉ(京師)로 가면 각 시
(氏) 제 엇디ᄒ리오?”

쇼제(小姐ㅣ) 왈(曰),

“블가(不可)ᄒ다. 대인(大人)이 엇디 우리 말을 드르시리오? 이번(-
番) 버셔나가 길히셔 목숨을 보젼(保全)티 못ᄒ리니 잠간(暫間) 혜아
리매 나의 운쉬(運數ㅣ) 삼(三) 년(年)이면 크게 통(通)ᄒ리니 그디ᄂᆞᆫ
날을 뼈 념녀(念慮) 말고 샹공(相公)을 뫼셔 보즁(保重)ᄒ라.”

셜파(說罷)의 난셤, 난혜로 더브러 문(門)을 날시, 난셤 등(等)이
취561)향을 향(向)ᄒ야 읍왈(泣曰),

“ᄎᆞᄉᆡᆼ(此生)의 쥬인(主人)을 위(爲)ᄒ야 ᄌᆞ식(子息)의 도(道)ᄅᆞᆯ 못
ᄒ고 목숨이 아모 디 가 ᄆᆞᄎᆞᆯ 줄 아디 못ᄒᄂᆞ니 후ᄉᆡᆼ(後生)의 어믜
ᄯᅡᆯ이 되리라.”

향이 손을 잡고 대곡(大哭) 왈(曰),

“너ᄂᆞᆫ 옥쥬(玉主)ᄅᆞᆯ 뫼셔 보

듕(保重)ᄒ라. 나의 형세(形勢) 쥬인(主人)을 보(保)티 못ᄒ고 너

---

560) 취: [교] 원문에는 ‘츄’로 되어 있으나 앞의 예를 따라 이와 같이 수정함.
561) 취: [교] 원문에는 ‘츄’로 되어 있으나 앞의 예를 따라 이와 같이 수정함.

천(賤)호 ᄌ식(子息)을 뉴렴(留念)ᄒ리오?"

인(因)ᄒ야 노쥬(奴主) ᄉ(四) 인(人)이 일댱(一場)을 호곡(號哭)ᄒ
니 미월(微月)이 몽농(朦朧)호 가온대 하늘이 위(爲)ᄒ야 빗츨 감초
더라.

겨유 손을 ᄂ화 써날ᄉ, 난셤이 마고(馬廏)의 가 나귀 일(一) 필
(四)을 글러 왓거ᄂᆯ 쇼졔(小姐ㅣ) 왈(曰),

"엄부지하(嚴父之下)의 도망(逃亡)홈도 죄(罪)를 하늘긔 어덧거ᄂᆯ
ᄯᅩ 엇디 특믈(畜物)562)을 도적(盜賊)ᄒ리오?"

드듸여 거러 문(門)을 나 촌촌(寸寸)이563) 힝(行)홀ᄉ 십여(十餘)
리(里)ᄂ 가셔 쇼졔(小姐ㅣ) 다리 브드럽고 발바당이 터디ᄂ 듯ᄒ야
능히(能-) 걷디 못ᄒ니 난셤 등(等)이 울며 좌우(左右)로 붓드러, ᄯᅩ
수오(數五) 리(里)ᄂ 힝(行)ᄒ니 동방(東方)이 새여 오며 도로(道路)
힝인(行人)이 드믄드믄 왕ᄂ(往來)ᄒ니 쇼졔(小姐ㅣ) 스스로 몸

• ● ●

123면

의 남복(男服)을 닙고 두려오믈 이긔디 못ᄒ야 ᄂᆺ츨 ᄀ리오고 ᄯᅩ 오
(五) 리(里)ᄂ 힝(行)ᄒ니 다리 알파 능히(能-) 가디 못ᄒ고 ᄯᅩ 알픠
큰 뫼히 가려시니 넘을 길히 업서 잠간(暫間) 암셕(巖石)의 쉬더니,

홀연(忽然) 난듸업손 노옹(老翁)이 셕댱(錫杖)564)을 ᄯᅵ을고 학챵의
(鶴氅衣)565)를 붓텨 날호여 나아가니 슈염(鬚髯)이 챵챵(蒼蒼)566)ᄒ

---

562) 특믈(畜物): 축물. 가축.

563) 촌촌(寸寸)이: 조금씩.

564) 셕댱(錫杖): 석장. 승려가 짚고 다니는 지팡이.

565) 학챵의(鶴氅衣): 학창의. 소매가 넓고 뒤 솔기가 갈라진 흰옷의 가를 검은 천으로 넓게 댄 웃옷.

야 흰 실을 드리온 둣 눈섭의 서리 밋치고 귀밋치 빙발(鬢髮)567) 굿
투야 표연(飄然)이 딘쇽(塵俗)의 므드디 아니ᄒ고 유싱(儒生)인 줄
알리러라. 쇼졔(小姐ㅣ) 그 늙은 사ᄅᆞᆷ인 줄 보고 마디못ᄒ야 알플 향
(向)ᄒ야 손을 곳고 공슌(恭順)이 녜(禮)ᄒ딕 노재(老者ㅣ) 거름을 머
추고 보기를 냥구(良久)히 ᄒ다가 ᄀᆞ로오딕,

"아디 못게라 그딕 사ᄅᆞᆷ인다? 얼골

이 뎌러틋 비샹(非常)ᄒᄂ뇨?"

쇼졔(小姐ㅣ) 손샤(遜謝) 왈(曰),

"쇼싱(小生)은 ᄆᆞᄎᆞᆷ 디나가ᄂ 힝킥(行客)이라 다리 알파 잠간(暫
間) 쉬더니이다."

노재(老者ㅣ) 보야흐로 셕댱(錫杖)을 드러 답녜(答禮)ᄒ고 ᄒᆞᆫᄀᆞ디
로 암샹(巖上)의 안자 말ᄉᆞᆷ홀ᄉᆞᆡ, 쇼져(小姐)의 셩명(姓名)을 뭇거ᄂᆞᆯ
쇼졔(小姐ㅣ) 딕왈(對曰),

"쇼싱(小生)의 셩명(姓名)은 위홍이니 경ᄉᆞ(京師) 사ᄅᆞᆷ이로소이다."

노재(老者ㅣ) 왈(曰),

"노부(老夫)의 셩명(姓名)은 위광협이오, 이 산명(山名)은 숑현산
(--山)이니 노뷔(老夫ㅣ) 예 이셔 사란 디 오십(五十) 년(年)이로딕 인
젹(人跡)이 이곳의 ᄌᆞ로 니ᄅᆞ디 아니코 호표(虎豹) 싀랑(豺狼)의 죵
횡(縱橫)ᄒᄂ 곳이라. 사ᄅᆞᆷ 두셰흔 왕ᄂᆡ(往來)티 못ᄒᄂ니 그딕 이에

---

566) 챵챵(蒼蒼): 짙푸르게 무성함.
567) 빙발(鬢髮): 빈발. 살쩍과 머리털을 아울러 이르는 말.

니르러시니 긔이(奇異)ᄒ야 앗가 녜(禮)룰 밋쳐 출히디 못ᄒ과라."

쇼제(小姐ㅣ) 놀나 답(答)ᄒ되,

"그럴딘되

이 산(山)을 뉘 넘어 ᄃ니며 이곳의셔 남창(南昌) 읍ᄂᆡ(邑內) 몃 니(里)나 ᄒ뇨?"

노옹(老翁)이 쇼왈(笑曰),

"그되 실로(實-) 인간(人間) 사ᄅᆞᆷ이 아니로다. 남ᄌᆡ(男子ㅣ) 되여 길흘 오며 니수(里數)ᄅᆞᆯ 모ᄅᆞᄂ냐? 이 산(山)이 비록 남창(南昌)의 속(屬)ᄒᆞᆫ 싸히라도 드러오ᄂᆞᆫ 길히 극(極)히 험악(險惡)ᄒ고 젼되(前途ㅣ) 빅(百) 니(里)나 ᄒ니 사ᄅᆞᆷ이 ᄃ니디 아니믄 댱사(長沙) 죵남(終南)다히로 가ᄂᆞᆫ 되 편(便)ᄒᆫ 고디 이리로셔 십(十) 니(里)만 가면 잇거늘 므ᄉ 일 이곳의 드러오리오? 이곳의 블과(不過) 호화(豪華) ᄌ뎨(子弟)들이 풍경(風景)을 귀경ᄒ라 서ᄅᆞ 므리 지어 놀고 더욱 밤은 빅여(百餘) 개(個) 사ᄅᆞᆷ이라도 못 ᄃ니ᄂᆞ니라. 이 산(山) 쥬회(周回) ᄉ십(四十) 니(里)의 니어시되 험(險)ᄒ미 이 ᄀᆞᆺᄐ니 업ᄉ되 그되 이 밤의 드러와시니 필

연(必然) 신인(神人)이로다."

쇼제(小姐ㅣ) 뎡필(聽畢)의 ᄀ세 놀나 셜ᄒᆞ고 ᄀᆞᆯ오되,

"쇼싱(小生)은 본듸(本-) 텬하(天下)의 의지(依支) 업손 쇼ᄋᆡ(小兒ㅣ)라. 죵젹(蹤迹)이 호호탕탕(浩浩蕩蕩)[568]ᄒᆞ야 ᄉᆞ히(四海)로 뉴리분주(流離奔走)[569]ᄒᆞ야 살기를 도모(圖謀)ᄒᆞ니 밤낫ᄌᆞ로 ᄃᆞ녀도 디명(地名)과 니수(里數)를 모ᄅᆞ고 금야(今夜) 도젹(盜賊)의게 좃쳐 동셔(東西)를 모ᄅᆞ고 헤질너 이에 니ᄅᆞ니 아모란 줄 아디 못ᄒᆞ더니 ᄇᆞᆰ이 ᄀᆞ릭치시믈 드ᄅᆞ니 모골(毛骨)이 숑연(悚然)ᄒᆞ믈 ᄭᆡᄃᆞᆺ디 못ᄒᆞ리로소이다. ᄯᅩ 이 길흘 나갈 일을 싱각ᄒᆞ니 ᄆᆞᄋᆞᆷ이 아득ᄒᆞᆷ믈 이긔디 못ᄒᆞ고 낭듕(囊中)의 푼젼(分錢)이 이시나 밥 사 먹을 길히 업서이다."

인(因)ᄒᆞ야 눈믈을 흘리니 노재(老者ㅣ) 어엿비 너겨 닐오듸,

"슈ᄌᆡ(秀才) 이런 험

• • •

127면

도(險道)의 밤의 무려(無慮)히 드러오시미 가(可)히 신인(神人)인 줄 ᄭᆡᄃᆞᆯ 거시오, 노뷔(老夫ㅣ) ᄯᅩᄒᆞᆫ 이 산듕(山中)의 은거(隱居)ᄒᆞ야 됴흔 일 ᄒᆞ기로 위업(爲業)ᄒᆞᄂᆞ니 홀로 슈ᄌᆡ(秀才)ᄯᆞ려 구(救)티 아니ᄒᆞ리오? 늬 집이 머디 아니ᄒᆞ니 ᄒᆞᆫᄀᆞᄃᆡ로 가셔 됴식(朝食)을 ᄒᆞ미 엇더ᄒᆞ뇨?"

쇼졔(小姐ㅣ) 샤례(謝禮)ᄒᆞ듸 노재(老者ㅣ) 즉시(卽時) 쇼져(小姐)를 ᄃᆞ리고 솔 ᄉᆞ이로 드러가니 옥(玉) ᄀᆞᄐᆞᆫ 바회 층층(層層)ᄒᆞ고 낙낙댱숑(落落長松)[570]이 울 셔ᄃᆞᆺ ᄒᆞ여시며 긔히(奇異)ᄒᆞᆫ 난쵸(蘭草) 썰기와 향내(香-) 나ᄂᆞ 시ᄂᆡ 깁히 드러갈ᄉᆞ록 졀승(絶勝)ᄒᆞ니 이 진

---

568) 호호탕탕(浩浩蕩蕩): 기세 있고 힘참.

569) 뉴리분주(流離奔走): 유리분주. 이리저리 떠돌아다님.

570) 낙낙댱숑(落落長松): 낙락장송. 가지가 길게 축축 늘어진 키가 큰 소나무.

실로(眞實-) 별유건곤(別有乾坤)[571]인 줄 씨드롤러라.

쇼제(小姐ㅣ) 길히 험(險)ᄒᆞᆯ 인(因)ᄒᆞ야 능히(能-) 것디 못ᄒᆞ되 겨유 보보(步步)히 쉬고 촌촌(寸寸)이 힝(行)ᄒᆞ야 빅여(百餘) 보(步)ᄂᆞᆫ 가니 비

· ● ●

128면

야흐로 그 녀염(閭閻)이 은은(隱隱)이 뵈거늘 갓가니 가 ᄌᆞ셔히 보니 흔골ᄀᆞᆺ티 대바ᄌᆞ[572]와 쒸집이 정쇄(精灑)[573]ᄒᆞ야 가(可)히 수빅(數百) 회(戶ㅣ)나 ᄒᆞ더라.

노재(老者ㅣ) 쇼져(小姐)로 더브러 집의 드러와 초당(草堂)의 와좌(坐)ᄒᆞ니 좌우(左右)로 화초(花草)로 울흘 ᄒᆞ고 년모시 소담(素淡)ᄒᆞ며 계쉬(溪水ㅣ) 자자뎟더라. 노재(老者ㅣ) 시녀(侍女)를 브르니 안흐로셔 소장(梳粧)[574] 시녜(侍女ㅣ) 나와 되답(對答)ᄒᆞ니 노재(老者ㅣ) 명(命)ᄒᆞ되,

"귀긱(貴客)이 산듕(山中)의 니르러 계시니 됴식(朝食)을 ᄒᆞ야 오라."

시녜(侍女ㅣ) 되답(對答)고 드러가더니 이윽고 상(牀)을 가져오니 흰 밥이 소담[575]ᄒᆞ고 산치(山菜)[576]와 어회(魚膾) 그릇마다 긔히(奇異)ᄒᆞ더라. 쇼제(小姐ㅣ) 피셕(避席)ᄒᆞ야 샤례(謝禮)ᄒᆞ되 노재(老者ㅣ) 왈(曰),

---

571) 별유건곤(別有乾坤): 특별히 경치가 좋거나 분위기가 좋은 곳.

572) 대바ᄌᆞ: 대바자. 대로 발처럼 엮거나 결어서 만든 물건.

573) 정쇄(精灑): 정쇄. 매우 맑고 깨끗함.

574) 소장(梳粧): 빗질하고 화장함.

575) 소담. 음식이 풍족하여 매음직함.

576) 산치(山菜): 산채. 산나물.

"귀긱(貴客)을 처엄으로 보매 ㅅ랑ㅎ온 ㅁ음이 졀노 나믈 면(免)티 못

ㅎ거늘 녹녹(碌碌)ㅎ 됴식(朝食)을 니르리오?"

ㅎ고 쏘 난셥 등(等)을 밥을 갓다가 먹이더라.

쇼졔(小姐ㅣ) 식상(食床)을 햐져(下箸)ㅎ기를 뭇고 샹(床)을 믈니매 노재(老者ㅣ) 다시 굴오딕,

"슈ᄌ(秀才)ᄂ 노부(老夫)ᄅ 긔이디 말디니 원릭(元來) 근본(根本)이 엇던 사름인다?"

쇼졔(小姐ㅣ) 딕왈(對曰),

"진실노(眞實-) 노댱(老長)을 긔이디 아니ᄒ옵ᄂ니 어려셔 부모(父母)ᄅ 일코 ᄂᆷ의게 길리다가 인(因)ᄒ야 죠고만 연고(緣故)ᄅ 만나 그곳을 써나 ᄉ방(四方)으로 뉴리(流離)ᄒ딕 ᄒ 몸 의지(依支)ᄒᆯ 딕 업시 셜워ᄒᄂ이다."

노재(老者ㅣ) 츄연(惆然) 왈(曰),

"진실로(眞實-) 슈ᄌ(秀才)의 말이 올흘딘딕 가(可)히 참담(慘憺)ᄒ도다. 진실로(眞實-) 본부모(本父母)ᄅ 모르ᄂ다?"

쇼졔(小姐ㅣ) 왈(曰),

"쇼싱(小生)이 어려셔브터 글을 넑어 ᄉ리(事理)

ᄅ ᄉ못 아옵ᄂ니 엇디 노션싱(老先生)을 딕(對)ᄒ야 두 ᄀ디로 소

기리오? 강보(襁褓)룰 면(免)티 못ᄒ여셔 다른 사름이 어더 길너 지금(至今) 부모(父母)룰 못 ᄎᆞ자 동셔(東西)로 분주(奔走)ᄒᄂ이다."

노재(老者ㅣ) 왈(曰),

"그ᄃᆡ 졍ᄉ(情事)룰 드ᄅ니 노부(老夫)의 ᄆᆞᄋᆞᆷ이 참연(慘然)ᄒ도다. 이제 쟝ᄎᆞᆺ(將次ㅅ) 거취(去就)룰 엇디코져 ᄒᄂ뇨?"

쇼제(小姐ㅣ) 곳텨 니러 절ᄒ고 ᄀᆞᆯ오ᄃᆡ,

"이제 대인(大人)의 거쳐(居處)와 고졀쳥심(高節淸心)을 목도(目睹)ᄒᄆ매 모ᄉᆡᆨ(茅塞)577)ᄒᆞᆫ 흉금(胸襟)이 상연(爽然)578)ᄒᆞᄆᆞᆯ ᄭᆡᆺ듯디 못ᄒ옵ᄂ니 원(願)컨ᄃᆡ 문하(門下)의 머므러 ᄡᅳ레질 뉴(類)의나 두시믈 원(願)ᄒᄂ이다."

노재(老者ㅣ) 흔연(欣然) 왈(曰),

"슈ᄌ(秀才)의 긔이(奇異)ᄒᆞᆫ 풍신(風神)579)을 보매 ᄇᆡᆨ(百) 년(年)을 ᄒᆞᆫᄃᆡ 잇고져 ᄒᄂ니 엇디 머믈기룰 허(許)티 아니ᄒ리

• • •

131면

오? ᄂᆡ 쏘 나히 늙고 ᄌᆞ식(子息) ᄒᆞ나히 잇더니 경ᄉ(京師)의 벼슬ᄒᆞ야 가시니 노인(老人)이 고뎍(孤寂)580)ᄒᆞᆷ믈 이긔디 못ᄒ더니 슈ᄌ(秀才)의 ᄠᅳ디 이러ᄒᆞᆯ딘대 다ᄒᆡᆼ(多幸)홀가 ᄒ노라."

쇼제(小姐ㅣ) 노쟈(老者)의 은근(慇懃)ᄒᆞᆷ믈 보고 깃브믈 이긔디 못

---

577) 모ᄉᆡᆨ(茅塞): 모색. 길이 띠로 인하여 막힌다는 뜻으로, 마음이 물욕에 가리어 어리석고 무지함을 비유적으로 이르는 말.

578) 상연(爽然): 시원한 모양.

579) 풍신(風神): 풍새.

580) 고뎍(孤寂): 고적. 외롭고 쓸쓸함.

ᄒᆞ야 힝니(行李)581)를 초당(草堂)의 머므르고 이에 머믈매 노재(老者ㅣ)
극(極)히 후ᄃᆡ(厚待)582)ᄒᆞ고 가듕(家中)이 고요ᄒᆞ니 안심(安心)ᄒᆞ야
아딕 일월(日月)583)을 디ᄂᆡ더라.

이적의 취584)향이 쇼져(小姐)로 더브러 손을 ᄂᆞ호매 ᄎᆞ싱(此生)의
다시 만날 긔약(期約)이 업ᄂᆞᆫ디라 제 방(房)의 도라와 머리를 브드이
ᄌᆞ며 우더니,

이튼날 칭병(稱病)585)ᄒᆞ고 니러나디 아니ᄒᆞ더니 각명이 ᄯᅩᄒᆞᆫ 위
시(氏) 늣도록 아니 나오믈 보고 어디를 알ᄂᆞᆫ가 너겨 드리

• •

132면

미러 보도 아니ᄒᆞ더니 셕양(夕陽)이 되도록 난셤 등(等)도 긔쳑이
업스믈 고이(怪異)히 너겨 친(親)히 드러가 보니 쇼져(小姐)와 난
셤 등(等)의 종뎍(蹤迹)이 업고 벽샹(壁上)의 두어 줄 글이 잇거늘
보니 ᄒᆞ여시ᄃᆡ,

'쳡(妾)이 비록 쳔(賤)ᄒᆞ나 ᄉᆞ족(士族)이어늘 셔뫼(庶母ㅣ) 결원(結
怨)ᄒᆞᆫ 일 업시 도청의게 풀녀 ᄒᆞ니 욕(辱)을 감심(甘心)ᄒᆞ여 밧디 아
니려 문(門)을 하딕(下直)고 가다가 믈을 만나면 목숨을 ᄇᆞ리노라.'
ᄒᆞ엿더라.

각명이 보기를 ᄆᆞᆺ고 대즐(大叱) 왈(曰),

---

581) 힝니(行李): 행리. 여행할 때 쓰는 물건과 차림. 행장(行裝).
582) 후ᄃᆡ(厚待): 후대. 후하게 대접함.
583) 일월(日月): 세월.
584) 취: [교] 원문에는 '츄'로 되어 있으나 앞의 예를 따라 이와 같이 수정함.
585) 칭병(稱病): 병을 핑계함.

"천(賤)혼 년이 엇디 이대도록 방주(放恣)ᄒ뇨?"

현이 나아가 닐오ᄃᆡ,

"위 시(氏) 이러나ᄃᆞ려나 목숨을 ᄇᆞ리니 다힝(多幸)ᄒ도소이다."

각뎡 왈(曰),

"늬 ᄯᅩ 아ᄂᆞᆫ 배로ᄃᆡ 도청의 삼ᄇᆡᆨ(三百) 금(金)을 속졀업시 도로

● ● ●

133면

주리로다."

현이 ᄃᆡ왈(對曰),

"이ᄂᆞᆫ 쉬오니 뎌 됴뎡ᄃᆞ려 ᄐᆡᆨ일(擇日)을 믈니라 ᄒᆞ고 우리 경ᄉᆞ
(京師)로 가면 제 엇디ᄒ리오?"

각뎡이 깃거 즉시(卽時) ᄂᆡᄃᆞ라 뉴 공(公)의 알ᄑᆡ 와 발을 구르며
통곡(慟哭) 왈(曰),

"가듕(家中)의 큰 변(變)이 낫ᄂᆞ이다."

뉴 공(公)이 본ᄃᆡ(本-) 화란(禍亂)을 ᄀᆞᆺ초 겻거 졍신(精神)이 쇼모
(消耗)[586]ᄒᆞ고 혼암(昏闇)[587]ᄒᆞ미 더ᄒᆞ엿ᄂᆞᆫ 고(故)로 놀나 눈이 둥그
러ᄒᆞ야 닐오ᄃᆡ,

"금부(禁府)의셔 날을 잡으라 왓ᄂᆞ냐?"

각뎡 왈(曰),

"이ᄂᆞᆫ 쇼ᄉᆞ(小事ㅣ)오, 위 쇼졔(小姐ㅣ) 음분(淫奔)[588]ᄒᆞ야 ᄃᆞ라나
거이다."

---

586) 쇼모(消耗): 소모. 써서 없앰.

587) 혼암(昏闇): 어리석고 못나서 사리에 어두움.

588) 음분(淫奔): 남녀가 음탕한 짓을 함.

뉴 공(公)이 더옥 놀나 자리의 것구러디며 닐오딕,

"이 진짓 말가?"

셜파(說罷)의 긔졀(氣絶)ᄒ니 각뎡이 황망(慌忙)이 쥐믈러 씨오니 뉴 공(公)이 겨유 정신(精神)을 출혀 니러 안ᄌ니 관(冠)

• • •

134면

이 다 버셔디고 샹퇴 프러뎌 흰 털이 어ᄌ럽고 똠이 믈 브은 ᄃ시 흐ᄅ더라. 다시 닐오딕,

"위 시(氏) 눌을 줌간(潛姦)589)ᄒ야 ᄃ라나다 말이뇨?"

각뎡 왈(曰),

"위 쇼졔(小姐ㅣ) 집안 경보(輕寶)590)를 다 서릿고 작야(昨夜)의 엇던 남ᄌ(男子)를 ᄯᆯ와가뎌라 ᄒ딕 아뫼 줄을 모ᄅᆯ소이다."

뉴 공(公) 왈(曰),

"그럴 쟉시면 잡을 것 아니냐?"

각뎡이 앙텬(仰天) 닝쇼(冷笑) 왈(曰),

"위 시(氏) 나가는591) 냥(樣)을 사ᄅᆷ마다 본 거시 아냐 슈문직이 (守門--)ᄒ나히 보딕 그 쇼년(少年)이 비검(匕劍)을 두로고 위 시(氏) 를 업고 가더라 ᄒ거든 뉘 항우(項羽)592) ᄀᆞᆮᄐ니 이셔 햐슈(下手)593)

---

589) 줌간(潛姦): 잠간. 몰래 간통함.

590) 경보(輕寶): 몸에 지니고 다니기에 편한 가벼운 보배.

591) 는: [교] 원문에는 'ᄂᆞ'로 되어 있으나 문맥을 고려해 이와 같이 수정함.

592) 항우(項羽): 중국 진(秦)나라 말기의 무장(B.C.232~B.C.202). 이름은 적(籍)이고 우는 자(字) 임. 숙부 항량(項梁)과 함께 군사를 일으켜 유방(劉邦)과 협력하여 진나라를 멸망시키고 스스 로 서초(西楚)의 패왕(霸王)이 됨. 그 후 유방과 패권을 다투다가 해하(垓下)에서 포위되어 자 살함. 힘이 세기로 유명함.

593) 햐슈(下手): 하수. 손을 씀.

ᄒ리오?"

뉴 공(公)이 어린 ᄃ시 말을 아니ᄒ다가 닐오ᄃᆡ,

"위 시(氏) ᄆ어시 셜워 간부(姦夫)ᄅᆞᆯ 쫄와가며 ᄋ직(兒子ㅣ) ᄃ른
들 엇디 놀나

• • •

135면

디 아니ᄒ리오?"

각뎡이 노왈(怒曰),

"위 시(氏)ᄅᆞᆯ 집안 사름이 심(甚)히 구러 ᄂᆡ여보닌 거시 아냐 제
ᄒᆡᆼ실(行實)이 사오나와 샹시(常時)도 블측(不測)이 굴거ᄂᆞᆯ 첩(妾)이
견ᄃᆡ디 못ᄒᆞ야 두어 번(番) 노야(老爺)ᄭᅵ 고(告)ᄒᆞᄃᆡ 거즛말이라 ᄒ
시더니 오늘을 보쇼셔."

뉴 공(公)이 다만 탄식(歎息)고 말을 아니ᄒ더라.

수삼(數三) 일(日) 후(後) 뉴 공(公)의 일ᄒᆡᆼ(一行)이 경ᄉᆞ(京師)로
갈ᄉᆡ 도쳥이 니ᄅᆞ러 위 시(氏) 마자 갈 일을 니ᄅᆞ니 각뎡 왈(曰),

"그 녀ᄌᆞ(女子ㅣ) ᄆ춤 풍한(風寒)의 쵹샹(觸傷)594) ᄒᆞ야 신음(呻吟)
ᄒᆞ니 두어 날 후(後) 의논(議論)ᄒᆞ리라."

ᄒᆞ니 쳥이 그 말을 고디듯고 도라간 후(後),

뉴 공(公)이 각뎡으로 더브러 경ᄉᆞ(京師)의 니ᄅᆞ니 한림(翰林)이 십
(十) 니(里)의 나 마자 영졉(迎接)ᄒᆞ며 부ᄌᆞ(父子ㅣ) 반기믈 이긔디 못

---

594) 쵹샹(觸傷): 촉상. 찬 기운이 몸에 닿아서 병이 생김.

ᄒ더라.

닉힝(內行)595)은 잠간(暫間) 쩌러져시므로 한님(翰林)이 부친(父親)으로 더브러 도셩(都城)의 드러가 궐하(闕下)의 슉비(肅拜)ᄒ고 집의 니ᄅ러 밋처 좌(座)ᄅᆯ 뎡(定)티 못ᄒ여셔 각명과 셜 시(氏) 교지(轎子ㅣ) 다ᄃ라 일시(一時)의 드러오ᄃᆡ 위 시(氏)의 거체(去處ㅣ) 업ᄉ니 한님(翰林)이 신ᄉᆡᆨ(神色)596)이 경동(驚動)597)ᄒᄃᆡ 아딕 ᄉᆞᄉᆡᆨ(辭色)을 ᄎᆞᆷ아 각명으로 더브러 한훤(寒暄)을 뭇고 ᄇᆞ야흐로 므러 ᄀᆞᆯ오ᄃᆡ,

"위 시(氏) 어ᄃᆡ 가니잇고?"

각명이 급(急)히 닉ᄃᆞ라 ᄭᅮ며 닐오ᄃᆡ,

"샹공(相公)이 이리 오신 후(後) 쳡(妾)이 보호(保護)ᄒᄆᆞᆯ 지셩(至誠)으로 ᄒᄃᆞ니 모일(某日)의 홀연(忽然)이 음분(淫奔)ᄒ야 가시니 고금텬하(古今天下)의 이런 일이 어ᄃᆡ 이시며 현마 ᄉᆞ족지녜(士族之女ㅣ) 그런 ᄒᆡᆼ실(行實)이 잇ᄂᆞ 줄 어이 아라시리잇가?"

뉴 공(公)이 말

을 니어 탄식(歎息) 왈(曰),

595) 닉힝(內行): 내행. 부녀자가 여행길에 오름. 또는 그 부녀자.
596) 신ᄉᆡᆨ(神色): 신색. 안색.
597) 경동(驚動): 놀라 움직임.

"가운(家運)이 블힝(不幸)ᄒ야 위 시(氏) 희한(稀罕)ᄒ 힝실(行實)을 지으니 엇디 차(嗟)홉디 아니리오? 노뷔(老父ㅣ) 지금(只今)의 니ᄅ도록 심담(心膽)이 썰녀 침식(寢食)이 다디 아니ᄒ니 너ᄂ 뼈 엇더키 너기ᄂ다?"

한님(翰林)이 말을 드ᄅ매 담(膽)이 쩌러디ᄂ 듯ᄒ디 강잉(强仍)ᄒ야 ᄂᆺ빗출 화(和)히 ᄒ고 입을 여러 시비(是非)를 아니코 다른 말을 시작(始作)ᄒ니 각명이 그 쯧을 몰나ᄒ더라. 뉴 공(公)이 냥구(良久) 후(後) 닐오디,

"ᄒ나히 뇽계(龍階)598)를 ᄇ롬도 깃브니 다 ᄇ라미 외람(猥濫)599)ᄒ나 오ᄋ(吾兒ㅣ) 엇디 현이를 글을 아니 지어 주뇨?"

한님(翰林)이 믄득 안셔(安舒)히 디왈(對曰),

"이 일관(一關)600)은 제 고(告)티 아니ᄒ더니잇가?"

현이 급(急)히 뉴 공(公)의 말을 막아 골오

• •

138면

디,

"이 말ᄉ 다시 ᄒ야 브졀업ᄂ이다."

뉴 공(公)이 다시 뭇디 아니ᄒ니 한님(翰林)도 ᄯᅩᄒ 만신(滿身)이 녹ᄂ 듯ᄒ야 다시 말을 아니코 믁연(默然)이 안잣더니,

이윽고 날이 져믈거ᄂ 셔당(書堂)의 도라오니 명월(明月)은 교교(皎皎)601)ᄒ야 곡난(曲欄)의 ᄇ이고 하일(夏日)이 훈화(薰和)602)ᄒ니

---

598) 뇽계(龍階): 용계. 궁궐의 섬돌.

599) 외람(猥濫): 하는 행동이나 생각이 분수에 지나침.

600) 일관(一關): 한 가지 일.

ㅂ야흐로 위 시(氏) 거쳐(去處)를 싱각ᄒ니 간댱(肝腸)이 아득ᄒ야 ᄉ매로 ᄂᆞᆾ츨 덥고 난간(欄干)을 베고 누어 말을 아니터니, 믄득 취603)향이 니르러 싱(生)을 흔드러 ᄭᆡ오거늘 싱(生)이 흠신(欠伸)604) ᄒ야 니러 안자 글오ᄃᆡ,

"어미 엇디 심야(深夜)의 자디 아니코 니르럿ᄂᆞ뇨?"

취605)향 왈(曰),

"ᄆᆞ츰 심시(心思ㅣ) 아ᄅᆞᆷ답디 아니ᄒ니 노야(老爺)ᄅᆞᆯ 뫼셔 말ᄉᆞᆷᄒ고져 ᄒᆞᄂᆞ이다."

싱(生)이 흔연(欣然)

●●●

139면

이 당(堂)의 오르라 ᄒ고 동ᄌᆞ(童子)로 쵹(燭)을 ᄇᆞᆰ히매 취606)향 왈(曰),

"노야(老爺ㅣ) 엇디 그리 고젹(孤寂)607)히 누어 계시뇨?"

싱(生) 왈(曰),

"ᄆᆞ츰 신긔(神氣)608) 블안(不安)ᄒ야 그러ᄒ도다."

향 왈(曰),

---

601) 교교(皎皎): 달이 썩 맑고 밝음.

602) 훈화(薰和): 따뜻함.

603) 취: [교] 원문에는 '츄'로 되어 있으나 앞의 예를 따라 이와 같이 수정함.

604) 흠신(欠伸): 하품을 하고 기지개를 켬.

605) 취: [교] 원문에는 '츄'로 되어 있으나 앞의 예를 따라 이와 같이 수정함.

606) 취: [교] 원문에는 '츄'로 되어 있으나 앞의 예를 따라 이와 같이 수정함.

607) 고젹(孤寂): 고적. 외롭고 쓸쓸함.

608) 신긔(神氣): 신기. 정신과 기운.

"위 쇼져(小姐)를 싱각ᄒ시ᄂ니잇가?"

한님(翰林)이 강잉(强仍) 쇼왈(笑曰),

"타문(他門)의 간 위 시(氏)를 싱각ᄒ야 브졀업도다. 연(然)이나 다만 니르라. 위 시(氏) 젼일(前日) 녈녈(烈烈) 혜심(蕙心)으로 싱각ᄒ매 그럴 니(理) 만무(萬無)[609]ᄒ니 ᄉ연(事緣)을 듯고져 ᄒ노라."

ᄎᆔ[610]향이 손으로 가슴을 티고 눈믈을 흘려 왈(曰),

"어엿븐 쇼져(小姐)를 노얘(老爺ㅣ) 엇디 이러툿 아르시ᄂ니잇가?"

드듸여 품으로좃차 서간(書簡)을 ᄂ니 한님(翰林)이 밧비 바다 ᄶ져 히매 몬져 봉미(鳳眉)[611] 참연(慘然)ᄒ고 옥안(玉顔)이 수쇠(愁色)ᄒ더니 밋 ᄂ

•••

140면

리 보매 ᄀᆞ와시디,

'뉴문(-門)의 득죄(得罪)ᄒᆞᆫ 망명(亡命) 죄인(罪人) 위 시(氏)ᄂᆞᆫ 혈누(血淚)를 먹음어 감히(敢-) 경셩(京城) 뉴 한님(翰林) 셔간(書簡)을 디(對)ᄒᆞᄂ니 천인(賤人)은 본디(本-) 인륜(人倫) 모ᄅᆞᄂᆞᆫ 금쉬(禽獸ㅣ)라. 사ᄅᆞᆷ이 셰샹(世上)의 나매 본셩(本姓)을 아디 못ᄒᆞᆨ고 몸을 타문(他門)의 가(嫁)ᄒᆞ매 녜(禮)를 출히디 못ᄒ니 텬디간(天地間) 비루(鄙陋)ᄒᆞᆫ 죄라. 당돌(唐突)이 군(君)의게 비러 스스로 ᄆᆞ음을 딕희더니 스스로 군(君)의 은혜(恩惠)를 폐간(肺肝)의 사겨 져ᄇᆞ리디 말믈 원(願)ᄒᆞ더니 ᄒᆞᆫ 번(番) 분슈(分手)ᄒᆞ매 애각(涯角)[612]이 알플 ᄀᆞ리오

---

609) 만무(萬無): 전혀 없음.

610) ᄎᆔ. [교] 원문에는 'ᄒᆔ'고 되어 있으나 앞의 예를 따라 이와 같이 수정함.

611) 봉미(鳳眉): 봉황의 눈썹이라는 뜻으로 남자의 아름다운 눈썹을 이르는 말.

니 남북(南北) 쳔(千) 니(里)의 음용(音容)613)을 보디 못ᄒ더니 놉히 농계(龍階)를 ᄇᆞᆯ신 긔별(奇別)이 일향(一鄕)의 진동(振動)ᄒ니

기리 놉흔 복녹(福祿)을 티ᄒ(致賀)ᄒᄂ이다. 비인(鄙人)의 익운(厄運)이 태심(太甚)ᄒ야 더러온 욕(辱)이 급(急)ᄒ니 ᄒ 번(番) 죽기를 뎡(定)ᄒ매 밋쳐 군(君)의 디우(知遇)614)도 갑흘 ᄯᅳᆺ이 나디 아니ᄒ더니 져근 비ᄌᆞ(婢子) 등(等)의 붓들니여 마디못ᄒ여 문(門)을 나ᄂ니 만일(萬一) 안신(安身)615)ᄒᆯ 곳을 어들딘대 만힝(萬幸)이오, 그러티 아니면 ᄆᆞᆰ은 믈 가온ᄃᆡ 몸을 ᄀᆞᆷ초리니 ᄉᆞᄉᆡᆼ(死生)의 영결(永訣)이라. 군(君)은 쳔쳡(賤妾)을 ᄉᆡᆼ각디 마ᄅᆞ시고 다른 부인(夫人)을 어드샤 쳔츄(千秋)를 누리쇼셔.'

ᄒ엿더라.

한님(翰林)이 견필(見畢)의 샹연(傷然)이 두어 줄 눈믈이 ᄯᅥ러뎌 굴오ᄃᆡ,

"ᄎᆞ인(此人)의 놉흔 ᄯᅳᆺ과 늠늠(凜凜)ᄒ 졀개(節槪) 여ᄎᆞ(如此)ᄒ나 내 져ᄇᆞ리미

---

612) 애각(涯角): 멀리 떨어져 있어 외지고 먼 땅.

613) 음용(音容): 목소리와 모습.

614) 디우(知遇): 지우. 남이 자신의 인격이나 재능을 알고 잘 대우함.

615) 안신(安身): 몸을 편안하게 함.

깁흐니 하(何) 면목(面目)으로 타일(他日) 쳔하(泉下)의 셔른 보리
오? 심규(深閨) ᄋ녀지(兒女子ㅣ) 수개(數箇) 시비(侍婢)로 더브러
문(門)을 나매 엇디 환(患)이 업스리오? 약(弱)ᄒᆞᆫ 녀지(女子ㅣ) 검
하(劍下) 녕혼(靈魂) 되미 여반장(如反掌)616)이라. 닉 복(福)이 업
셔 이런 녀ᄌ(女子)를 디니디 못ᄒᆞ도다.”

취617)향이 쏘 울고 굴오듸,

“쇼져(小姐)의 님힝(臨行)ᄒᆞ야 ᄒᆞ시던 말숨이 여ᄎᆞ여ᄎᆞ(如此如此)
ᄒᆞᆫ 고(故)로 노첩(老妾)이 입이 이시나 감히(敢-) 말을 못 ᄒᆞ옵ᄂᆞ니
쇼져(小姐)를 위(爲)ᄒᆞ야 엇디 붓그럽디 아니ᄒᆞ리오?”

싱(生)이 츄연(惆然) 탄식(歎息) 왈(曰),

“나의 팔지(八字ㅣ) 그만ᄒᆞ니 엇디 ᄒᆞᆫ 위 시(氏)를 개렴(介念)618)
ᄒᆞ리오? 어미는 브절업시 시비(是非)의 참예(參預)ᄒᆞ야 쇼쟝(蕭墻)의
화(禍)619)를 브른디 말라.”

취620)향이 톄읍(涕泣)ᄒᆞ고 밤이 깁도록 셔로 졍ᄉ(情事)를 닐러 늣

---

616) 여반장(如反掌): 손바닥을 뒤집는 것 같다는 뜻으로, 일이 매우 쉬움을 이르는 말.

617) 취: [교] 원문에는 '츄'로 되어 있으나 앞의 예를 따라 이와 같이 수정함.

618) 개렴(介念): 개념. 어떤 일 따위를 마음에 두고 생각하거나 신경을 씀.

619) 쇼쟝(蕭墻)의 화(禍): 소장의 화. 안으로부터 일어나는 재앙이나 근심. 소장은 원래 임금과 신하가 회견하는 곳에 설치하는 병풍으로, 소장의 화는 노(魯)나라의 계씨(季氏)가 부용국인 전유(顓臾)를 치려 하자 공자가 염유(冉有)와 계로(季路)를 꾸짖으며 “나는 계손의 근심이 전유에 있지 않고 병풍 안에 있을까 두렵다. 吾恐季孫之憂, 不在顓臾而在蕭墻之內也.”라 한 데서 유래함. 『논어(論語)』, 「계씨(季氏)」.

620) 취: [교] 원문에는 '츄'로 되어 있으나 앞의 예를 따라 이와 같이 수정함.

기다가 향이 도라간 후(後) 한님(翰林)이 홀로 방듕(房中)의 드러
가매 쵹블(燭-)이 희미(稀微)ㅎ고 앙금(鴦衾)621)이 무류(無聊)ㅎ니
츄연(惆然)이 벼개의 비겨 위 시(氏)의 난ㅈ혜질(蘭姿蕙質)622)과
화모옥영(花貌玉影)이 눈의 버러 잇고져 ㅎ여도 못 ㅎ야 기리 탄
식(歎息) 왈(曰),

"하늘이 위 시(氏)를 닉게 쇽(屬)ㅎ시믄 므슴 쯧이며 이러틋 분니
(分離)ㅎ게 ㅎ믄 또 므스 일인고? 저의 졍스(情事ㅣ) 참혹(慘酷)ㅎ야
텬디(天地)를 아디 못ㅎ고 ᄇᆞ라미 날분이어늘 그를 보젼(保全)티 못
ㅎ니 조믈(造物)의 희지으미 여츳(如此)ㅎ뇨?"

죵야(終夜)토록 탄식(歎息)ㅎ야 ᄒᆞᆫ 줌을 일우디 못ㅎ더라.

이후(以後) 한림(翰林)이 만시(萬事ㅣ) 여몽(如夢)ㅎ나 텬셩(天性)
이 대의(大義)를 아ᄂᆞᆫ 고(故)로 ㅈ약(自若)히 부친(父親)을 봉양(奉
養)ㅎ고 됴스(朝事)623)를 힘쓰더

라.

이ᄢᆡᄂᆞᆫ 금외(金吾ㅣ) 도라와 동뉴(同類)를 ᄃᆡ(對)ㅎ야 니(李) 샹셰
(尙書ㅣ) 뉴현명의 갑 밧고 급뎨(及第) 주믈 니르고 춤밧타 뎌를 ᄭᅮ

---

621) 앙금(鴦衾): 원앙 금침.
622) 난ㅈ혜질(蘭姿蕙質): 난자혜질. 난초와 같은 자질. 여자의 아름다운 자태와 빼어난 모습을 이름.
623) 됴스(朝事): 조사. 조정의 일.

지즈니 모르느니는 의논(議論)이 분분(紛紛)624)ᄒ고 아느니는 고이
(怪異)히 너기더니,

노 금외(金吾ㅣ) 또 상소(上疏)ᄒ야 뉴현셕의 인직(人材) 츌범(出
凡)ᄒ믈 기리고 거두워 쓰믈 ᄀᆞᆺ초 주(奏)ᄒ니 샹(上)이 즉시(卽時) 니
부(李府)의 됴셔(詔書)ᄒ샤 벼술을 주라 ᄒ시니,

니(李) 샹셰(尙書ㅣ) 일즉 현인를 보왓는 고(故)로 심하(心下)의 고
이(怪異)히 너겨 쥬뎌(躊躇)ᄒ고 또 강쥐(江州)로셔 갓 도라와 과거
(科擧)의 분주(奔走)ᄒ고 ᄉᆞ괴(事故ㅣ) 년텹(連疊)625)ᄒ야 님 시(氏)
와 위란의 위호(位號)626)를 올리디 아냣더니 근닉(近來)의 일이 됴용
ᄒ매 또 연국(-國) 군신(群臣)과 궁환(宮宦)이며 진샹(進上)이 니르니,
샹셰(尙書ㅣ) 드듸여 부친(父親)긔 품(稟)

· ● ●

145면

흔디 왕(王)이 팀음(沈吟)627)이러니 답왈(答曰),

"님 시(氏)는 일홈을 글려니와 위란은 브졀업도다."

샹셰(尙書ㅣ) ᄭᅮ러 ᄃᆡ왈(對曰),

"셩괴(盛敎ㅣ) 올흐시나 위 시(氏) 임의 ᄌᆞ식(子息)이 이시니 박졀
(迫切)628)티 못홀 거시오, 또 셰월(歲月)이 오래도록 졀개(節槪) 숑ᄇᆡᆨ
(松柏) ᄀᆞᆺ투야 고초(苦楚)를 겻그미 만흐니 이제 대인(大人)이 영귀

---

624) 분분(紛紛): 어지러운 모양.

625) 년텹(連疊): 연첩. 잇따라 겹쳐 있음. 또는 그렇게 함.

626) 위호(位號): 등급과 이름.

627) 팀음(沈吟): 침음. ᄉᆞᆷᄆᆞ로 깊이 생각함.

628) 박졀(迫切): 박절. 인정이 없고 쌀쌀함.

(榮貴)ᄒ시ᄂ 날을 당(當)ᄒ야 엇디 시녀(侍女) 등(等)과 ᄀᆞ티 ᄒ리잇가? 다시 명(命)을 쳥(請)ᄒᄂ이다."

왕(王)이 홀연(忽然) 잠간(暫間) 웃고 ᄆᆞ음으로 ᄒ라 ᄒ니 샹셰(尙書ㅣ) 비샤(拜謝)ᄒ고 믈너나 녜부(禮部)의 고(告)ᄒ고 님 시(氏)로 연국(-國) 좌슉빙(左淑嬪)을 봉(封)ᄒ고 위란으로 우현빙(右賢嬪)을 봉(封)ᄒ매 냥인(兩人)의 호호(浩浩)ᄒ 영광(榮光)이 어이 측냥(測量)이시리오. 사ᄅᆞᆷ마다 블워ᄒ고 더옥 교란이

· • •

146면

외로이 심당(深堂)의 이셔 텬샹(天上) 금모(金母)[629] ᄀᆞ티 너기믈 니ᄅᆞ리오.

연왕(-王)이 드듸여 본국(本國) 관뇨(官僚)의 됴하(朝賀)[630]ᄅᆞᆯ 밧고 각각(各各) 쟉ᄎᆞ(爵次)[631]ᄅᆞᆯ 명(定)ᄒ 후(後) 샹ᄉᆞ(賞賜)ᄒ야 도라보ᄂᆡ고 궁환(宮宦)의 뉴(類)ᄅᆞᆯ 더러 ᄊᆡ 복ᄉᆞ(服事)[632]ᄒ게 ᄒ며 샹셰(尙書ㅣ) 님 시(氏)와 위란을 놉흔 당(堂)의 쳐소(處所)ᄒ게 ᄒ고 궁녀(宮女) 이십(二十) 인(人)식 ᄉᆞ환(使喚)[633]킈 ᄒ며 진샹(進上)이 각각(各各) 드니 그 존귀(尊貴)ᄒ믈 니로 니ᄅᆞ디 못ᄒ더라.

연왕(-王)이 비록 ᄋᆞᄌᆞ(兒子)의 지극(至極)ᄒ 뜻을 막디 못ᄒ나 법

---

629) 금모(金母): 요지(瑤池)에 산다는 서왕모(西王母)를 가리킴. 서왕모는 『산해경(山海經)』에서는 곤륜산에 사는 인면(人面)·호치(虎齒)·표미(豹尾)의 신인(神人)이라고 하나, 일반적으로는 불사(不死)의 약을 가지고 있는 아름다운 선녀로 전해짐.

630) 됴하(朝賀): 조하. 경축일에 신하들이 조정에 나아가 임금에게 하례하던 일.

631) 쟉ᄎᆞ(爵次): 작차. 벼슬의 차례.

632) 복ᄉᆞ(服事): 복사. 좇아서 섬김.

633) ᄉᆞ환(使喚): 사환. 잔심부름을 함.

늅(法律)을 슴엄(森嚴)히 ㅎ야 감히(敢-) 교만(驕慢)티 못ㅎ게 ㅎ고 님 시(氏)는 본딕(本-) 통익(寵愛)ㅎ거니와 위란의 고초(苦楚) 겻그믈 츄연(惆然)ㅎ야 혹(或) 블너 셔헌(書軒)의 샹직(上直)게 ㅎ니 위란이 대희과망(大喜過望)634)ㅎ야 ᄀ디

•••

147면

록 덕(德)을 힘쓰고 위치(位次ㅣ) 님 시(氏)로 ᄀᆮ트나 공경(恭敬)ㅎ믈 소후(-后) 버금으로 ᄒ며 감히(敢-) 엇게를 ᄀᆯ오디 못ㅎ니 그 텬셩(天性)의 어딜미 여ᄎ(如此)ㅎ더라. 연왕(-王) 부뷔(夫婦ㅣ) 아름다이 너기고 샹셔(尚書)의 깃거ᄒ믄 형샹(形象)티 못ᄒᆞ러라.

샹셰(尚書ㅣ) 년일(連日) 이러틋 분주(奔走)ㅎ매 밋처 결을티 못ㅎ야 현이를 쓰디 못ㅎ엿더니 허다(許多) 시비(是非) 니러나니 샹셰(尚書ㅣ) 곤(困)ㅎ믈 디니니라.

---

634) 대희과망(大喜過望): 바라던 것 이상이라 크게 기뻐함.

니시셰디록(李氏世代錄) 권지팔(卷之八)

1면

각셜(却說). 뉴현이 노 금오(金吾)의 쳔거(薦擧)ᄒᆞ믈 인(因)ᄒᆞ야 놉흔 벼슬의 승탁(陞擢)[1]ᄒᆞ미 쉬올가 ᄒᆞ더니 주문(奏聞)[2]ᄒᆞ연 지 십여(十餘) 일(日)이 되도록 긔쳑이 업고 혹(或) 닐오ᄃᆡ,

"니부샹셰(吏部尙書 ㅣ) 블쾌(不快)히 너긴다."

ᄒᆞ니 현이 노 금오(金吾)로 더브러 졀치(切齒) 분완(憤惋)[3]ᄒᆞ야 노 금외(金吾 ㅣ) ᄯᅩ흔 보인즉 니(李) 샹셰(尙書 ㅣ) 은(銀) 밧고 과거(科擧)를 ᄑᆞ다 ᄒᆞ니 쟈쟈(藉藉)ᄒᆞ야 모로리 업서 녀 한님(翰林) 박 등(等)과 양 시랑(侍郞) 텰 등(等)이 이 ᄉᆞ연(事緣)을 듯고 십분(十分) 히연(駭然)[4]ᄒᆞ야 일시(一時)의 니부(李府)의 니ᄅᆞ니 니(李) 녜부(禮部) 등(等) 형뎨(兄弟) 마춤 왕부(王府) 셔당(書堂)의 모다 샹셔(尙書)로 더

2면

브러 환쇼(歡笑)[5]ᄒᆞ야 흥(興)이 놉핫더니 졔인(諸人)의 와시믈 듯

---

1) 승탁(陞擢): 승진시켜 발탁함.
2) 주문(奏聞): 임금에게 아룀.
3) 분완(憤惋): 몹시 분하게 여김.
4) 히연(駭然): 해연. 몹시 이상스러워 놀람.
5) 환쇼(歡笑 ㅣ): 환소. 즐겁게 담소함.

고 일시(一時)의 마자 녜필한훤(禮畢寒暄)6) 후(後) 녀 한님(翰林)이 샹셔(尙書)를 향(向)ᄒ야 글오디,

"현보는 더러온 말을 시러 가지고 므슴 흥(興)이 져대도록 놉흐뇨?"

샹셰(尙書ㅣ) 텽파(聽罷)의 경아(驚訝)ᄒ야 글오디,

"쇼뎨(小弟) 일즉 됴뎡(朝廷)의 승은(承恩)7)ᄒ야 뉵경(六卿)8)의 종ᄉ(從事)9)ᄒ매 호발(毫髮)도 비례(非禮)를 힝(行)티 아냐시니 엇던 사름이 쇼뎨(小弟)를 아라보미 잇ᄂ고? 가(可)히 감격(感激)다 ᄒ리로소이다."

녀 한님(翰林)이 텽파(聽罷)의 ᄉ식(辭色)을 고티고 우서 글오디,

"현보는 진실노(眞實-) 셰쇽(世俗)의 버셔난 우인(爲人)이로다. 현뵈 비록 대히(大海)의 냥(量)인들 이 말이야 듯고 춤을

* * *

3면

가 시브냐?"

드듸여 드른 말을 일일히(一一-) 니르니 녜부(禮部) 등(等) 형뎨(兄弟) 실식(失色)ᄒ고 샹셰(尙書ㅣ) 웃고 왈(曰),

"쇼뎨(小弟) 다른 일은 감슈(甘受)ᄒ려니와 이 일은 쇼뎨(小弟) 혼자 쥬댱(主張)ᄒ 거시 아냐 원임(元任) 대신(大臣)과 졔(諸) 빅관(百官)이 소공지(所共知)니 텬뎡(天廷)의셔 죄(罪)를 ᄂ리오시ᄂ 날 변

---

6) 녜필한훤(禮畢寒暄): 예필한훤. 날씨의 춥고 더움을 말하는 예를 마침.

7) 승은(承恩): 임금의 은혜를 입음.

8) 뉵경(六卿): 육경. 중국 주(周)나라 때에 둔 육관(六官)의 우두머리. 대총재·대사도·대종백·대사마·내사구·내사공을 이름. 공성 새상을 이름.

9) 종ᄉ(從事): 종사. 어떤 일에 마음과 힘을 다함.

빅(辨白)10)하리니 이제 노(怒)하야 엇디하리오?"

셜파(說罷)의 녜뷔(禮部ㅣ) 글오디,

"현뎨(賢弟) 말이 가장 유리(有理)하니 고어(古語)의 닐은바 사람은 붓그러오나 신기(神祇)11)는 붓그럽디 아니타 하여시니 이 엇디 지극(至極)하신 말슴이 아니리오?"

양 시랑(侍郎)이 글오디,

"셩보와 현보의 의논(議論)이 금옥(金玉) 갓트나 목젼(目前)의 시비(是非) 고이(怪異)하고 듕논(衆論)이 어즈러

* * *

4면

오니 심(甚)히 됴티 아닌디라 일신(一身)의 근심이 아니리오?"

샹셔(尚書ㅣ) 쇼왈(笑曰),

"발셔 일이 그러틋 된 후(後)는 근심하야 무익(無益)하니 져근 일도 쉬(數ㅣ)라 혹(或) 길운(吉運)을 만나 버슬 날이 이시면 힝(幸)이오 그러티 못한들 현마 엇디리오?"

녀 한님(翰林) 왈(曰),

"그디는 과연(果然) 완(頑)12)한 사람이로다. 그 의논(議論)도 올커니와 만일(萬一) 쇼인(小人)이 모계(謀計)13)하야 뎡위(廷尉)14) 그디를 뭇는 날은 쟝츳(將次ㅅ) 엇디려 하는다?"

---

10) 변빅(辨白): 변백. 잘못이나 실수에 대해 그 까닭을 말함. 변명(辨明).

11) 신기(神祇): 천신(天神)과 지기(地祇). 곧 하늘의 신령과 땅의 신령을 이름.

12) 완(頑): 둔함.

13) 모계(謀計): 계교를 꾸밈.

14) 뎡위(廷尉): 정위. 중국 진(秦)나라 때부터, 형벌을 맡아보던 벼슬. 구경(九卿)의 하나였던바, 나중에 대리(大理)로 고침.

샹셰(尚書ㅣ) 딕왈(對曰),

"쇼뎨(小弟) 쏘흔 혜아리는 배로딕 쇼뎨(小弟) 쟝츠(將次ㅅ) 므슴 계교(計巧)로 나셔 도라 버스리오?"

언필(言畢)의 연왕(-王)이 이에 니르니 졔인(諸人)이 하당(下堂)ᄒ야 마ᄌ매 왕(王)이 좌(座)를 뎡(定)ᄒ고 굴오딕,

"닉 앗가 위부(-府)의 가니 위

· ● ●

5면

후량이 도어부(都御部)로셔 도라와 닐오딕, 십삼(十三) 어ᄾᅵ(御史ㅣ) 년계(連啓)15)ᄒ야 닉 아히(兒孩)를 갑 밧고 과거(科擧) 픈 죄(罪)로 논녈(論列)16)ᄒ려 ᄒ거ᄂᆞᆯ 후량이 다토와 돈ᄋᆞ(豚兒)를 벗겨 노흐니 졔(諸) 어ᄾᅵ(御史ㅣ) 다토와 논박(論駁)ᄒ기를 마디아니ᄒ니 후량이 피혐(避嫌)17)ᄒ야 도라와 통흔(痛恨)ᄒ믈 마디아니ᄒ니 엇디 뻐 쳐티(處置)ᄒ리오?"

샹셰(尚書ㅣ) 믄득 관(冠)을 벗고 쳥죄(請罪) 왈(曰),

"히이(孩兒ㅣ) 대인(大人)의 ᄀᆞ르치시믈 져ᄇᆞ려 됴뎡(朝廷)의 입(立)ᄒ매 몸을 잘못 가져 이런 욕(辱)이 가문(家門)의 밋ᄎ니 히이(孩兒ㅣ) 하(何) 면목(面目)으로 대인(大人) 안젼(案前)18)의 폭ᄇᆡᆨ(暴白)19)ᄒ미 이시리잇가? 즉금(即今) 양 형(兄) 등(等)이 니르러 여ᄎᆞ여

---

15) 년계(連啓): 연계. 연이어 계(啓)를 올림. 계는 벼슬아치가 임금에게 올리는 말.

16) 논녈(論列): 논열. 죄목(罪目)을 들추어내어 늘어놓음.

17) 피혐(避嫌): 논핵하는 사건에 관련된 벼슬아치가 벼슬에 나가는 것을 피하던 일.

18) 안젼(案前): 안전. 높으신 어른이 앉아 있는 기리기 앞.

19) 폭ᄇᆡᆨ(暴白): 폭백. 죄나 잘못이 없음을 말하여 밝힘.

ᄎ(如此如此)ᄒᄃ 히ᄋ(孩兒)의 소견(所見)은 다ᄅ 쥬의(主義)20) 업서 ᄇᆡ일(白日)

· · ·
6면

을 우러러볼 분이로소이다."

왕(王)이 미우(眉宇)ᄅ 삥긔고 ᄀᆞ로ᄃᆡ,

"니 아ᄒᆡ(兒孩) 아비ᄅ 니외(內外)ᄒᆞ야 소견(所見)을 펴디 아니ᄒ ᄂᆞ뇨?"

언미필(言未畢)21)의 금의위(錦衣衛)22) 니르러 샹셔(尙書)ᄅ 나옥(拿獄)23)ᄒᆞᆯ 고(告)ᄒ니 좌위(左右ㅣ) 실ᄉᆡᆨ(失色)24)ᄒ고 가듕(家中)이 믈 ᄭᅳᆯ듯 ᄒ니 창황(倉黃)25)ᄒᆞᆯ 어이 측냥(測量)ᄒ리오.

하람공(--公) 등(等) 졔인(諸人)이 니ᄅ러 연고(緣故)ᄅ 뭇고 차악(嗟愕)26)ᄒᆞᆯ 이긔디 못ᄒᆞ야 말을 못 밋쳐 ᄒᆞ야셔 금의위(錦衣衛) 지촉ᄒ기ᄅ 마디아니ᄒ니 샹셰(尙書ㅣ) 금의(錦衣)ᄅ 벗고 포의초리(布衣草履)27)로 문(門)을 날ᄉᆡ 잠간(暫間) 모친(母親)긔 뵈옵고 ᄯᅥ나고져 ᄒ거늘 왕(王)이 ᄭᅮ지져 왈(曰),

---

20) 쥬의(主義): 주의. 굳게 지키는 주장이나 방침.
21) 언미필(言未畢): 말이 끝나기 전.
22) 금의위(錦衣衛): 중국 명나라 때에, 황제 직속으로 있던 정보 보안 기관. 1382년에 설치되어 황제의 시위(侍衛)와 궁정의 수호뿐만 아니라 정보의 수집, 죄인의 체포 및 신문 따위의 일도 맡아보았음.
23) 나옥(拿獄): 붙잡아 감옥에 넣음.
24) 실ᄉᆡᆨ(失色): 실색. 낯빛이 변함.
25) 창황(倉黃): 미처 어찌할 사이 없이 매우 급작스러움.
26) 차악(嗟愕): 슬픈 일을 당하여 몹시 놀란 상태에 있음.
27) 포의초리(布衣草履): 베옷과 짚신.

"텬명(天命)이 여츠(如此)ᄒ시니 엇디 감히(敢-) ᄉ정(私情)을 발븰
새리오? 샐리 가고 머므디 말나."

샹

• ● ●

7면

셰(尚書ㅣ) 긔용(改容) 샤례(謝禮)ᄒ고 나가니,

왕(王)의 곤계(昆季)28) 닉당(內堂)의 니ᄅ매 승샹(丞相) 부부(夫婦)
와 존당(尊堂)이 일시(一時)의 연고(緣故)를 므ᄅ니 왕(王)이 피셕(避
席)ᄒ야 일일히(一一-) 고(告)ᄒ니 승샹(丞相)이 ᄀᆞᆯ오ᄃᆡ,

"이ᄂᆞᆫ 뉴현명을 싀애(猜捱)29)ᄒᄂᆞᆫ 재(者ㅣ) 이 일을 비저ᄂᆡ여 드
듸여 셩문의게 미츠미나 죄(罪) 업ᄉ미 빅옥(白玉) ᄀᆞᆺ흘진대 관겨(關
係)티 아니리니 여등(汝等)이 즈레 요란(擾亂)이 구지 말나."

왕(王)이 빅샤(拜謝)ᄒ고 하람공(--公) 등(等)과 샹셔(尚書) 등(等)
ᄉ(四) 인(人)이 ᄒᆞᆫ가지로 금의(錦衣)를 벗고 궐하(闕下)의 대죄(待
罪)ᄒ니 그 번요(煩擾)ᄒ미 극(極)ᄒ더라.

이튿날 샹(上)이 문화뎐(文華殿)의 전좌(殿座)30)ᄒ시고 샹셔(尚書)
를 올니샤 친(親)히 샤힉(査覈)31)ᄒ실ᄉᆡ 금위(禁衛) 샹셔(尚書)를 인
(引)ᄒ야 전폐(殿陛)32)의 ᄭ울니고 샹(上)이 몬

---

28) 곤계(昆季): 형제.

29) 싀애(猜捱): 시애. 시기.

30) 전좌(殿座): 전좌. 임금 등이 정사를 보거나 조하를 받으려고 정전(正殿)이나 편전(便殿)에 나
와 앉던 일. 또는 그 자리.

31) 샤힉(査覈): 사핵. 실제 사정을 자세히 조사하여 밝힘.

32) 전폐(殿陛): 전폐. 전각의 섬돌.

져 제(諸) 어스(御史)의 소댱(疏狀)을 느리오시니 ᄒᆞ여시ᄃᆡ,

'신(臣) 등(等)이 듯ᄌᆞ오니 과거(科擧)란 거슨 공도(公道)³³⁾로 ᄒᆞ야 인ᄌᆡ(人材)를 취(取)ᄒᆞ미어늘 이제 니부샹셔(吏部尚書) 니셩문이 가문(家門) ᄌᆞ뎨(子弟)로 셰력(勢力)을 밋고 금방(今榜) 쟝원(壯元) 뉴현명의 빅은(白銀) 삼빅(三百) 냥(兩)을 밧고 그 지조(才操)의 용이(庸俚)³⁴⁾ᄒᆞ믈 혜디 아니코 과거(科擧)를 주매 인언(人言)³⁵⁾이 쟈쟈(藉藉)ᄒᆞ야 춤 밧타 ᄭᅮ짓디 아니리 업ᄉᆞᆫ디라 셩문을 졍위(廷尉)³⁶⁾예 ᄂᆞ리와 무러지이다.'

ᄒᆞ엿더라.

샹셰(尚書ㅣ) 보기를 맛고 안셔(安舒)히 주왈(奏曰),

"신(臣)이 본ᄃᆡ(本-) 블용누질(不用陋質)³⁷⁾로 소혹(所學)이 용녈(庸劣)ᄒᆞ거늘 셩샹(聖上)의 호텬지덕(昊天之德)³⁸⁾을

닙ᄉᆞ와 지위(地位) 튱ᄌᆡ(冢宰)³⁹⁾의 거(居)ᄒᆞ야 인ᄌᆡ(人材) ᄲᅢ시ᄂᆞᆫ ᄃᆡ

---

33) 공도(公道): 공평하고 바른 도리.

34) 용이(庸俚): 용리. 용렬하고 속됨.

35) 인언(人言): 세상에 오가는 소문.

36) 졍위(廷尉): 정위. 중국 진(秦)나라 때부터, 형벌을 맡아보던 벼슬. 구경(九卿)의 하나였는데, 나중에 대리(大理)로 고침.

37) 블용누질(不用陋質): 불용누질. 쓸모없는 비루한 자질.

38) 호텬지덕(昊天之德): 호천지덕. 큰 하늘처럼 넓은 덕.

39) 튱ᄌᆡ(冢宰): 총재. 이부의 으뜸 벼슬.

참예(參預)ᄒᆞ니 신(臣)이 비록 무상(無狀)ᄒᆞ나 어려셔브터 아비 ᄇᆞᆰ이 ᄀᆞᄅ치믈 바다 그 ᄒᆞ나둘흘 아옵ᄂᆞ니 이런 무거지ᄉᆞ(無據之事)[40]를 ᄒᆞ야 스ᄉᆞ로 가문(家門)을 욕(辱)먹이고 텬하(天下)의 죄인(罪人)이 되리잇가마ᄂᆞᆫ 이제 대간(臺諫)의 의논(議論)이 여ᄎᆞ(如此)ᄒᆞ니 그 드ᄅᆞ미 적실(的實)ᄒᆞᆫ 줄 가(可)히 알디라. 뉴현명이 신(臣)의게 회뢰(賄賂)[41]ᄒᆞᆯ 적 본 재(者ㅣ) 이시리니 입증(立證)을 어더 일이 명정(明正)ᄒᆞᆫ 후(後) 신(臣)이 형벌(刑罰)의 나아가믈 원(願)ᄒᆞᄂᆞ이다."

샹(上)이 원ᄂᆡ(元來) 경문의 글과 니셩문의 도혹군ᄌᆡ(道學君子ㅣ) 줄 알ᄋᆞ시ᄂᆞᆫ 고(故)로 모든 대간(臺諫)의 과격(過激)ᄒᆞᆷ믈 미안(未安)ᄒᆞ샤 ᄌᆞ시 샤힉(査覈)고져 ᄒᆞ시더니 ᄎᆞ언(此言)을 드

●●●

10면

ᄅᆞ시고 잠간(暫間) 우ᄋᆞ시고 즉시(卽時) 샹소(上疏)ᄒᆞᆫ 어ᄉᆞ(御史)를 ᄂᆞ리와 드ᄅᆞᆫ 곳을 무ᄅᆞ시니 모다 일시(一時)의 집금오(執金吾) 뇨한의게로셔 나시믈 고(告)ᄒᆞ니 샹(上)이 즉시(卽時) 금오(金吾)를 ᄂᆞ리와 무ᄅᆞ시ᄃᆡ,

"경(卿)이 니셩문의 회뢰(賄賂) 밧던 째 능히(能-) 보미 잇ᄂᆞ냐?"

뇨 금외(金吾ㅣ) ᄃᆡ왈(對曰),

"므릇 어린 사ᄅᆞᆷ도 과댱(科場) ᄉᆞ졍(私情)을 두매 사ᄅᆞᆷ을 몰ᄂᆡ거ᄂᆞᆯ 더옥 니셩문은 극(極)히 디뫼(智謀ㅣ) 갓거ᄂᆞᆯ 눔이 보게 ᄒᆞ리잇고? 뉴현명의 시동(侍童)을 잡아 므ᄅᆞ시면 진젹(眞迹)[42]이 나타나리니

---

40) 무거지ᄉᆞ(無據之事): 무거지사. 근거 없는 일. 황당한 일.

41) 회뢰(賄賂): 뇌물을 주고받음.

42) 진젹(眞迹): 진적. 실제의 자취.

뉴현명이 니셩문으로 더브러 문경(勿頸)의 디괴(至交ㅣ)[43] 두터오믄 거셰(擧世)[44] 다 아ᄂᆞ이다."

샹(上)이 즉시(卽時) 뉴 한님(翰林) 셔동(書童)[45] 난복을 잡아 졍실(情實)[46]을 므ᄅᆞ실ᄉᆡ 난복은 취[47]향의 아ᄃᆞᆯ

이라 위인(爲人)이 강딕(剛直)ᄒᆞ고 쥬군(主君) 위(爲)ᄒᆞᆫ 졍셩(精誠)이 난셤 등(等)의 우ᄒᆞᆫ 고(故)로 금일(今日) 텬위디하(天威之下)[48]의 위의(威儀) 슴엄(森嚴)ᄒᆞ야 졍신(精神)이 썰니믈 면(免)티 못ᄒᆞᆯ들 엇디 빅지(白地)[49] 허언(虛言)을 ᄭᅮ며 죽기를 면(免)ᄒᆞᆯ 재(者ㅣ)리오. 이에 고(告)ᄒᆞ되,

"아쥬(我主ㅣ) 처음으로 경ᄉᆞ(京師)의 와 향곡(鄕曲)의 무된 눈이 경ᄉᆞ(京師) 번화(繁華)를 처엄 보고 그 흠모(欽慕)ᄒᆞᄂᆞᆫ 뜻이 병(病)이 되여 날마다 산슈(山水)를 유람(遊覽)ᄒᆞ더니 모일(某日)의 계양궁(--

---

43) 문경(勿頸)의 디괴(至交ㅣ): 문경의 지교. 친구를 위해 목을 베어 줄 정도의 지극한 사귐. 문경지교(勿頸之交). 중국 전국(戰國)시대 조(趙)나라 염파(廉頗)와 인상여(藺相如)의 고사. 인상여가 진(秦)나라에 가 화씨벽(和氏璧) 문제를 잘 처리하고 돌아와 상경(上卿)이 되자, 장군 염파는 자신이 인상여보다 오랫동안 큰 공을 세웠으나 인상여가 자기보다 높은 지위에 앉았다 하며 인상여를 욕하고 다님. 인상여가 이에 대해 대응하지 않자 제자들이 그 까닭을 물으니, 두 사람이 다투면 국가가 위태로워지고 진(秦)나라에만 유리하게 되므로 대응하지 않은 것이었다 하니 염파가 그 말을 전해 듣고 가시나무로 만든 매를 지고 인상여의 집에 찾아가 사과하고 문경지교를 맺음. 사마천, 『사기(史記)』, <염파인상여열전(廉頗藺相如列傳)>.

44) 거셰(擧世): 거세. 온 세상.

45) 셔동(書童): 서동. 주인 자제가 독서할 때 곁에서 시중 들거나 또는 주인집의 잡일을 하던 미성년의 종.

46) 졍실(情實): 정실. 실제의 사실.

47) 취: [교] 원문에는 '츄'로 되어 있으나 앞의 예를 따라 이와 같이 수정함.

48) 텬위디하(天威之下): 천위지하. 임금의 위엄 아래.

49) 빅지(白地): 백지. 아무 턱도 없이.

宮) 화원(花園)의 가 모르고 유산(遊山)ᄒ다가 니(李) 흑ᄉ(學士) 노
애(老爺ㅣ) 잡으샤 짐줏 곤욕(困辱)ᄒ시니 아쥬(我主ㅣ) 굴강(屈
降)50)티 아니ᄒ니 심복(心服)ᄒ야 당(堂)의 올녀 후딕(厚待)51)ᄒ믈
극진(極盡)이 ᄒ시고 션시(先時)의 니(李) 샹셰(尙書ㅣ) 안무ᄉ(按撫
使ㅣ) 되여 계실 적 아쥬(我主ㅣ) 참군(叄軍)의 아돌노 군듕(軍中)의

●●●

12면

종ᄉ(從事)ᄒ니 니(李) 안뮈(按撫ㅣ) 아쥬(我主)의 영치(映彩)52) 츌
범(出凡)ᄒ믈 ᄉ랑ᄒ샤 지심(知心)53)으로 허(許)ᄒ미 잇더니 그날
니(李) 흑시(學士ㅣ) 여ᄎ여ᄎ(如此如此) ᄒ니 아쥬(我主ㅣ) 이러
틋 딕답(對答)ᄒ니 니(李) 흑시(學士ㅣ) 놉히 너겨 즉시(卽時) 도라
보닌디라 이런 일이 어이 이시며 아쥬(我主ㅣ) 경ᄉ(京師)의 온 후
(後) 대노애(大老爺ㅣ) 노양(路糧)54)만 츌혀 주어 계시니 어디 가
은(銀)을 삼빅(三百) 냥(兩)토록 어드리잇고? 가듕(家中)의 아쥬(我
主)를 뮈워ᄒᄂ니 만흐니 이 필연(必然) 듕간(中間)의 농슐(弄
術)55)ᄒ미라 텬디부모(天地父母)ᄂ 슬피쇼셔."

샹(上)이 텽흘(聽訖)의 그 언에(言語ㅣ) 격졀(激切)ᄒ믈 칭복(稱服)
ᄒ샤 다시 뇨 금오(金吾)ᄃ려 무러 글ᄋ샤딕,

"저 쳔(賤)ᄒᆫ 노ᄌ(奴子)의 소견(所見)도 여ᄎ(如此)ᄒ거늘 경(卿)

---

50) 굴강(屈降): 굴항. 굴복.
51) 후딕(厚待): 후대. 후하게 대접함.
52) 영치(映彩): 영채. 환하게 빛나는 고운 빛깔.
53) 지심(知心): 마음이 서로 통하여 잘 앎.
54) 노양(路糧): 노량. 노자와 식량.
55) 농슐(弄術): 농술. 술수를 부림.

이 엇던 고(故)로 망언(妄言)ᄒᆞ뇨?"

금외(金吾ㅣ) 황망(慌忙)이 고두(叩頭) 왈(曰),

"신(臣)이 엇디 감

•••

13면

히(敢-) 망언(妄言)ᄒᆞ리잇고? 드르미 적실(的實)ᄒᆞᆫ 고(故)로 춤디
못ᄒᆞ야 두로 픈푸56)ᄒᆞ미라 대강(大綱) 그런 글이 댱원(壯元)을 홀
쟉시니잇가?"

샹(上)이 쇼왈(笑曰),

"경(卿)이 가(可)히 외올소냐?"

뇨 금외(金吾ㅣ) 드듸여 현이 니르던 글을 외온되 샹(上)이 어슈
(御手)로 뇽샹(龍床)을 치시고 대쇼(大笑) 왈(曰),

"쟝ᄎᆞᆺ(將次ㅅ) 저 글을 뉘 경(卿)ᄃᆞ려 니르더뇨?"

금외(金吾ㅣ) 왈(曰),

"쟝원낭(壯元郎)의 글을 텬해(天下ㅣ) 뉘 모로리잇고? ᄯᅩ 니셩문이
공심(公心)57)이 이실진되 뉴현셕의 극(極)ᄒᆞᆫ 인ᄌᆡ(人材)로되 회뢰(賄
賂)티 아니ᄒᆞ니 텬명(天命)이 ᄂᆞ리되 벼슬을 주디 아니ᄒᆞ니 일노 보
와도 니셩문의 공변된58) 쟉시 아니니이다."

샹(上)이 니(李) 샹셔(尙書)ᄃᆞ려 문왈(問曰),

"딤(朕)이 임의 뉴현셕을 허(許)ᄒᆞ야 벼슬을 ᄒᆞ이라 ᄒᆞ엿거늘 봉

---

56) 픈푸: '전파'의 의미로 보이나 미상임.

57) 공심(公心): 공정한 마음.

58) 공변된: 공변된. 행동이나 일 처리가 사사롭거나 한쪽으로 치우치지 않고 공평한.

힝(奉行)티 아니믄 므슴 뜻고?"

샹셰(尙書ㅣ) 샹(上)의 말슴을 듯고 브야흐로 현이 흉계(凶計)를 씨드라 크게 블측(不測)이 너기고 쏘흔 군부지하(君父之下)[59]의 호발(毫髮)이나 인졍(人情)을 두리오. 이에 쳥죄(請罪) 왈(曰),

"믈읫 니뷔(吏部ㅣ) 쵸쳔(抄薦)[60]호야 쳥딕(淸職)[61]을 급제(及第) 젼(前) 주믄 이는 도연명(陶淵明),[62] 亽마샹여(司馬相如)[63] フ튼니를 니르미라. 신(臣)이 므춤 젼교(傳敎)를 밧즈온 후(後) 아븨 봉읍(封邑) 궁환(宮宦)과 군신(群臣)이 니르오니 다亽(多事)흐믈 인(因)흐야 니부(李府)의 좌긔(坐起)를 베프디 못흐옵고 실노(實-) 뉴현셕의 인직(人材) 츌범(出凡)흐믈 목도(目睹)티 못흐여시니 신(臣)이 만일(萬一) 뉴현명과 문경(勿頃)의 교(交)는 니르디 말고 회뢰(賄賂)를 만히 바다실진딕 엇디 그 아으ㅅ려 박(薄)흐리잇고마는 신(臣)

이 임의 셩샹(聖上)의 졔우(際遇)[64]흐시믈 닙亽와 큰 벼슬의 거

---

59) 군부지하(君父之下): 임금 앞.

60) 쵸쳔(抄薦): 초천. 인재를 가려 뽑아 천거함.

61) 쳥딕(淸職): 청직. 높은 관직.

62) 도연명(陶淵明): 중국 동진의 시인(365~427). 이름은 잠(潛)이고, 호는 오류선생(五柳先生)이며 연명은 그의 자(字)임. 405년에 팽택현(彭澤縣)의 현령이 되었으나, 80여 일 뒤에 <귀거래사>를 남기고 관직에서 물러나 귀향함. 자연을 노래한 시가 많으며, 당나라 이후 육조(六朝) 최고의 시인이라 불림.

63) 亽마샹여(司馬相如): 사마상여. 중국 전한(前漢) 사람(B.C.179~B.C.117)으로 자(字)는 장경(長卿). 그가 지은 <자허부(子虛賦)>를 무제가 보고 칭찬해 그늘 시종반으로 삼음. 사부(辭賦)를 잘 지은 것으로 유명함.

(居)ᄒ매 ᄆᆡᄉ(每事)ᄅᆞᆯ 슬펴디 못ᄒᆞ고 벼슬을 팔미 블가(不可)ᄒᆞ야 쥬져(躊躇)ᄒᆞᆫ 죄(罪) 만ᄉᆞ유경(萬死猶輕)[65]이로소이다."

샹(上)이 텽파(聽罷)의 글오샤ᄃᆡ,

"경(卿)의 말이 ᄌᆞ못 올흐니 뉴현명 형뎨(兄弟)ᄅᆞᆯ 블너 친(親)히 ᄌᆡ조(才操)ᄅᆞᆯ 시험(試驗)ᄒᆞ리라."

좌반(左班)의 니(李) 승샹(丞相)은 대죄(待罪)ᄒᆞ고 위 승샹(丞相)이 잇더니 부복(俯伏) 주왈(奏曰),

"셩샹(聖上)이 만일(萬一) 뉴가(-家) 아ᄒᆡ(兒孩)들을 블너 둘히 ᄌᆡ조(才操)ᄅᆞᆯ 보려 ᄒᆞ실진ᄃᆡ 뉴현명의 글은 임의 과거(科擧) 날 아라 계시고 신(臣)이 독뷔(督府ㅣ) 되여실 제 ᄌᆞ시 아옵ᄂᆞ니 다시 알 거시 업ᄉᆞᄃᆡ 그러나 이제 ᄌᆞ시 ᄉᆞ획(查覈)이 맛당ᄒᆞ오나 뉴현명이 만일(萬一) 셩

•••

16면

뎐(聖典)을 넑어실진ᄃᆡ 엇디 스ᄉᆞ로 ᄌᆡ조(才操)ᄅᆞᆯ 자랑ᄒᆞ고 아ᄋᆞᄅᆞᆯ 깅참(坑塹)[66]의 함닉(陷溺)[67]ᄒᆞ리 이시리오? ᄯᅩ 국ᄉᆞ(國事ㅣ) 져근 일이라도 입증(立證)이 이신 후(後) 가(可)ᄒᆞ리니 셩샹(聖上)이 가(可)히 뇨한을 힐문(詰問)[68]ᄒᆞ샤 ᄌᆞ셔(仔細)ᄒᆞᆫ 증참(證叅)[69]을 어더 ᄂᆡ샤 니셩문을 다ᄉᆞ리시고 현셕을 홀노 브ᄅᆞ샤 그 ᄌᆡ조

---

64) 뎨우(際遇): 제우. 임금과 신하 사이에 뜻이 잘 맞음.

65) 만ᄉᆞ유경(萬死猶輕): 만사유경. 만 번 죽어도 오히려 가벼움.

66) 깅참(坑塹): 갱참. 깊고 길게 판 구덩이.

67) 함닉(陷溺): 물속으로 빠져 들어감.

68) 힐문(詰問): 트집을 잡아 따져 물음.

69) 증참(證叅): 참고가 될 만한 증거(證據).

(才操)를 술피쇼셔."

샹(上)이 ㄱ장 올히 너기샤 즉시(即時) 위ᄉ(衛士)[70]로 현이를 드
려오라 ᄒ시니,

이째 뉴 한님(翰林)이 집의 이셔 이 ᄉ연(事緣)을 즈시 알고 골경
신히(骨驚神駭)[71]ᄒ며 현이ᄂ 흔흔쾌락(欣欣快樂)ᄒ더니 이윽고 위
ᄉ(衛士ㅣ) 현이를 드리라 니ᄅ니 한님(翰林)이 연고(緣故)를 무ᄅᄃ
ᄉ재(使者ㅣ) 일일히(一一-) 니ᄅ니 한님(翰林)이 탄식(歎息)고 드러
가 현이를 보고 닐오ᄃ,

* ● ●

17면

"닉 블쵸(不肖)ᄒ야 일이 이에 니ᄅ러시니 가(可)히 너를 보미 참
괴(慙愧)[72]티 아니랴? 성샹(聖上)이 필연(必然) 어려온 졔(題)를 닉샤
너를 시험(試驗)ᄒ실 거시니 닉 잠간(暫間) 좁은 소견(所見)으로 혜
아리건ᄃ 이밧긔 나디 아니리니 첫 졔(題)의 이 셰 슈(首)를 뻐 밧치
고 둘재 졔(題)의 이 네 슈(首)를 뻐 올니라. 연(然)즉 거의 환(患)을
면(免)ᄒ리라."

셜파(說罷)의 붓슬 드러 총총(悤悤)[73]이 칠언뉼시(七言律詩) 일곱
슈(首)를 뻐 ᄉ매의 너흐니 현이 밋처 답(答)디 못ᄒ고 총총(悤悤)이
ᄉ쟤(使者)를 ᄯ롸가니, 희(噫)라, 경문의 신이(神異)ᄒ미여! 연왕(-王)
을 습(襲)[74]ᄒ야 보디 아닌 바를 능히(能-) 아라 이러틋 ᄒ니 가(可)

---

70) 위ᄉ(衛士): 위사. 대궐, 능, 관아, 군영 따위를 지키던 장교.

71) 골경신히(骨驚神駭): 골경신해. 뼈가 저리고 넋이 놀람.

72) 참괴(慙愧): 매우 부끄러워함.

73) 총총(悤悤): 급하고 바쁜 모양.

히 셩심(聖心)을 맛칠가.

현이 스신(使臣)을 쏠와 태극뎐(太極殿)의 니르매 샹(上)이

ᄒ여곰 좌(座)를 주시고 옥음(玉音)을 여러 골오샤딕,

"이제 너의 직죄(才操ㅣ) 긔이(奇異)ᄒ미 됴뎡(朝廷)의 진동(振動)
ᄒ여시니 딤(朕)이 놉히 쓰고져 ᄒ딕 념(念)컨딕 진짓 거시 아닌가
의려(疑慮)75)ᄒ야 친(親)히 블너 시험(試驗)ᄒᄂ니 네 가(可)히 딤
(朕)의 쁫을 좃차 어그릇디 말나."

드딕여 친(親)히 제(題)를 뻐 닉시니 이 곳 밍직(孟子ㅣ)76) 공손츄
(公孫丑)77)로 더브러 관듕(管仲),78) 안ᄌ(晏子)79)를 의논(議論)ᄒᄂ
뜻이라. 샹(上)이 짐즛 현이 직조(才操)를 알으시려 ᄒ야 이 제(題)를
닉니 현이 비록 한님(翰林)의 일곱 슈(首) 글을 미더시나 뎐위지쳑
(天威咫尺)80)의 다ᄃ라 ᄌ연(自然) 한한(汗汗)이 텸빅(沾背)81)ᄒ믈

---

74) 습(襲): 이어받음.

75) 의려(疑慮): 의심하여 염려함.

76) 밍직(孟子ㅣ): 맹자. 중국 전국시대의 사상가(B.C.372~B.C.289). 자는 자여(子輿)·자거(子車).
공자의 인(仁) 사상을 발전시켜 '성선설(性善說)'을 주장하였으며, 인의의 정치를 권함. 유학의
정통으로 숭앙되며, '아성(亞聖)'이라 불림.

77) 공손츄(公孫丑): 공손추. 중국 전국시대 제(齊)나라 사람. 맹자의 제자로 만장(萬章) 등과 함께
『맹자』를 지음.

78) 관듕(管仲): 관중. 중국 춘추시대 제(齊)나라의 재상(?~B.C.645). 이름은 이오(夷吾). 중(仲)은
그의 자(字)임. 환공(桓公)을 도와 군사력의 강화, 상공업의 육성을 통하여 부국강병을 꾀하였
으며, 환공을 중원(中原)의 패자(霸者)로 만듦.

79) 안ᄌ(晏子): 안자. 중국 춘추시대 제(齊)나라의 대부 안영(晏嬰)을 높여 부른 이름. 자는 중(仲)이
고, 시호는 평(平)으로 안평중(晏平仲)으로 많이 불림. 춘추시대 4대 현자의 한 명으로 일컬어짐.

80) 뎐위지쳑(天威咫尺): 천위지척. 천자의 위광이 지척에 있다는 뜻으로, 임금과 매우 가까운 곳
또는 제왕의 앞을 이르는 말.

81) 텸빅(沾背): 첨배. 땀이 등을 적심.

면(免)티 못ᄒ더니, 이 글제(-題)ᄅᆞᆯ 보니 과연(果然) 한님(翰林)의 ᄀᆞ
ᄅ친 바 첫 셰 슈(首) 글이 공교(工巧)히 마

●●●

19면

잣ᄂᆞᆫ디라. 크게 놀나고 요ᄒᆡᆼ(僥倖)ᄒᆞᆯ 이긔디 못ᄒᆞ야 돈슈(頓首)
샤은(謝恩)ᄒᆞ고 아조 싱각도 아니ᄒᆞ고 ᄲᅥ 올니니 샹(上)이 보시매
범인(凡人)의 의ᄉᆞ(意思) 밧기라 ᄌᆞᄌᆞ(字字)히 경발(警拔)82)ᄒᆞ며
귀귀(句句)히 청신쥰일(淸新俊逸)83)ᄒᆞ야 호호(浩浩)히 놉기 구만
(九萬) 니(里) 댱텬(長天) ᄀᆞᆮᄐᆞ니 실ᄉᆡᆨ경찬(失色驚讚)84)ᄒᆞ야 졔신
(諸臣)을 뵈시니 위 승샹(丞相)이 주왈(奏曰),

"ᄎᆞ인(此人)의 ᄌᆡ죄(才操ㅣ) 이러ᄒᆞ니 뇨한의 천거(薦擧)ᄒᆞ미 고이
(怪異)ᄒᆞ리오? 연(然)이나 니셩문이 뉴현85)명의게 회뢰(賄賂) 바들시
젹실(的實)ᄒᆞᆯ 즉시 사ᄒᆡᆨ(査覈)ᄒᆞ샤 만일(萬一) 올흘진ᄃᆡ 니셩문을
졀도(絶島) 튱군(充軍)ᄒᆞ샤 후인(後人)을 딩계(懲誡)ᄒᆞ여지이다."

샹(上)이 올히 너기샤 뇨 금오(金吾)ᄃᆞ려 다시 힐문(詰問)ᄒᆞ시니
금외(金吾ㅣ) 졍(正)히 급급ᄒᆞ야 주

●●●

20면

왈(奏曰),

---

82) 경발(警拔): 착상 따위가 아주 독특하고 뛰어남.

83) 청신쥰일(淸新俊逸): 청신준일. 맑고 산뜻하며 뛰어남.

84) 실ᄉᆡᆨ경찬(失色驚讚): 실색경찬. 낯빛이 변하고 놀라서 칭찬함.

85) 현: [교] 원문에는 '형'으로 되어 있으나 앞의 예를 따라 이와 같이 수정함.

"신(臣)이 엇디 니셩문의 금(金) 바드믈 보앗시리잇고? 젼언(傳言)이 그러틋 ᄒᆞ매 춤디 못ᄒᆞ미러니이다."

샹(上)이 노왈(怒曰),

"믈읫 역적(逆賊)이라도 증참(證叅)이 이신 후(後)야 고변(告變)86) ᄒᆞ미 잇거늘 경(卿)이 ᄒᆞᆫ 쇼방(小邦) 문ᄉᆞ(文士)로 대신(大臣) 누욕(累辱)87)ᄒᆞ미 여ᄎᆞ(如此)ᄒᆞ뇨?"

ᄯᅩ 뉴 한님(翰林)을 명패(命牌)88)ᄒᆞ야 무러 글ᄋᆞ샤ᄃᆡ,

"경(卿)이 텬하(天下) 션비로 과거(科擧)의 쌘이매 엇딘 고(故)로 대신(大臣)과 누통(漏通)ᄒᆞ야 말이 아름답디 아니뇨? 가(可)히 실ᄉᆞ(實事)를 은휘(隱諱)티 말나."

한님(翰林)이 고두(叩頭) 청죄(請罪) 왈(曰),

"신(臣)이 위인(爲人)이 무샹(無狀)ᄒᆞ야 셩됴(聖朝)89)의 슈은(受恩)ᄒᆞ매 미셰(微細)ᄒᆞᆫ 일노 셩은(聖恩)을 갑습디 못ᄒᆞ고 셩녀(聖慮)를 번뇌(煩惱)ᄒᆞ시게 ᄒᆞ고 대신(大臣)으로써 옥니(獄裏)의 고초(苦楚)를 밧게

ᄒᆞ니 신(臣)의90) 죄(罪) 빅ᄉᆞ무셕(百死無惜)91)이로소이다. 연(然)

---

86) 고변(告變): 변고를 알림.

87) 누욕(累辱): 여러 차례 욕을 보거나 모욕을 당함.

88) 명패(命牌): 임금이 벼슬아치를 부를 때 보내던 나무패. '命' 자를 쓰고 붉은 칠을 한 것으로, 여기에 부르는 벼슬아치의 이름을 써서 돌림.

89) 셩됴(聖朝): 성조. 어진 임금이 다스리는 조정.

90) 의: [교] 원문에는 '이'로 되어 있으나 문맥을 고려해 규장각본(8:14)을 따름.

91) 빅ᄉᆞ무셕(百死無惜): 백사무석. 백 번 죽어도 아깝지 않음.

이나 신(臣)의[92] 집이 화가여싱(禍家餘生)[93]으로 도로(道路)의 뉴리(流離)ᄒᆞ매 됴셕(朝夕) 의식(衣食)을 니으디 못ᄒᆞ거늘 어듸 가금(金)을 어더 과거(科擧)를 사리잇고? 신(臣)이 비록 무샹(無狀)ᄒᆞ나 잠간(暫間) 녯 글을 닑어 식니(識理)를 통(通)ᄒᆞ옵거늘 춤아 대신(大臣)의게 쳥쵹(請囑)[94]ᄒᆞ고 급뎨(及第)를 ᄒᆞ리잇고마ᄂᆞᆫ 간관(諫官)의 븟긋치 ᄒᆞᆫ 번(番) 뎐졍(天廷)의 니ᄅᆞᆫ 후(後)ᄂᆞᆫ 신(臣)의 헛된 말솜이 무익(無益)ᄒᆞᆫ디라. 다만 창공(蒼空)을 우러러 말이 업ᄉᆞ믈 훈(恨)ᄒᆞᄂᆞ이다."

상(上) 왈(曰),

"뇨한이 ᄒᆞ되 경(卿)이 ᄌᆡ죠(才操ㅣ) 업ᄂᆞᆫ 거슬 니부샹셰(吏部尚書ㅣ) 인졍(人情) 두다 ᄒᆞ되 ᄯᅩᄒᆞᆫ 닙증(立證)이 업ᄉᆞ니 경(卿)이 가(可)히 칠보(七步)의 시(詩)[95]를 지어 과댱(科場) 날 지은

• • •

22면

글과 ᄀᆞ티 ᄒᆞᆯ진딕 딤(朕)이 특은(特恩)을 드리오고 만일(萬一) 짓지 못ᄒᆞᆯ진딕 경(卿)의 부ᄌᆞ(父子)로 홈긔 죄(罪)를 ᄂᆞ리오리라."

한님(翰林)이 젼교(傳敎)를 듯고 감히(敢-) 거역(拒逆)디 못ᄒᆞ야 슈명(受命)ᄒᆞ매 졔(題)를 쳥(請)ᄒᆞ니 샹(上)이 듁님칠현(竹林七賢)[96]을

---

92) 의: [교] 원문에는 '이'로 되어 있으나 의미를 명확히 하기 위해 규장각본(8:14)을 따름.

93) 화가여싱(禍家餘生): 화가여생. 죄화(罪禍)를 입은 집안의 남은 생명.

94) 쳥쵹(請囑): 청촉. 청을 넣어 부탁함.

95) 칠보(七步)의 시(詩): 일곱 걸음을 걸을 동안에 짓는 시. 중국 삼국시대 위나라의 조식(曹植)이 지은 시. 형 문제(文帝)가 일곱 걸음을 걷는 사이에 시 한 수를 짓지 못하면 대법(大法)으로 다스니겠다고 하자, 곧바로 칠보시를 지었다 함 "콩을 삶기 위하여 콩대를 태우니, 콩이 가마 속에서 소리 없이 우는구나. 본디 한 뿌리에서 같이 났거늘 서로 괴롭히기가 어찌 이리 심한고. 煮豆燃豆萁, 豆在釜中泣. 本是同根生, 相煎何太急."『세설신어(世說新語)』에 실려 있음.

무릇시니 경문이 반녈(班列)의 쑤러 믁(墨)을 갈싀 위 공(公)이 본딕 (本-) 겸퇴(謙退)ᄒ믈 아ᄂᆞᆫ 고(故)로 거줏 소겨 닐오딕,

"그딕 잠간(暫間)이나 고습(固襲)⁹⁷⁾ᄒᆞᆯ딘대 그딕 노부(老父)를 참(斬)ᄒᆞ리라."

경문이 ᄎᆞ언(此言)을 듯고 십분(十分) 대로(大怒)ᄒᆞ딕 이 군부(君父) 좌젼(座前)이오 제 쏘 일국(一國) 대샹(大相)으로 샹반(相班)⁹⁸⁾의 이시니 노(怒)를 참고 잠간(暫間) 닝쇼(冷笑)ᄒᆞ고 분결(憤-)의 붓 두로미 급(急)ᄒᆞ야 회두(回頭) ᄉᆞ이 칠언댱편(七言長篇) 두어 슈(首)를 뻐 어젼(御前)의 헌(獻)ᄒᆞ니 샹(上)이 보시기를 맛

···

23면

고 즉시(卽時) 댱원(壯元)ᄒᆞᆫ 글을 가져오라 ᄒᆞ여 ᄒᆞᆫ딕 노코 보시니 ᄌᆞ체(字體) 호홀(毫忽)⁹⁹⁾도 차착(差錯)¹⁰⁰⁾디 아냐 진실노(眞實-) ᄒᆞᆫ 손의셔 낫ᄂᆞᆫ디라. 샹(上)이 위 공(公)을 주시고 글오샤딕,

"쟝ᄎᆞᆺ(將次ㅅ) 이런 지조(才操)를 갑 드리고 ᄒᆞᆯ가 시브냐?"

위 공(公)이 주왈(奏曰),

"그날 니셩문이 혼자 쥬댱(主張)ᄒᆞᆫ 거시 아냐 신(臣) 등(等) 칠(七)인(人)과 뉵경(六卿)이 다 ᄒᆞᆫ가지로 본 배니 니셩문의 이미ᄒᆞ미 적실

---

96) 듁님칠현(竹林七賢): 죽림칠현. 중국 진(晉)나라 초기에 노자와 장자의 무위 사상을 숭상하여 죽림에 모여 청담으로 세월을 보낸 일곱 명의 선비. 곧 산도(山濤), 왕융(王戎), 유영(劉伶), 완적(阮籍), 완함(阮咸), 혜강(嵇康), 상수(向秀)임.

97) 고습(固襲): 상투적인 말을 인용함.

98) 샹반(相班): 상반. 재상의 반열.

99) 호홀(毫忽): 아주 적음.

100) 차착(差錯): 어그러져서 순서가 틀리고 앞뒤가 서로 맞지 아니함.

(的實)ᄒ고 평일(平日) 위인(爲人)을 싱각ᄒ매 이런 일을 져즐미 졍 (正)코 도쳥도셜(道聽塗說)[101]인가 ᄒᆞᆸᄂᆞ니 셩샹(聖上)은 원(願)컨 ᄃᆡ 노한을 형츄(刑推)[102] 구문(究問)[103]ᄒ샤 졍실(情實)[104]을 사힉 (查覈)ᄒ쇼셔."

샹(上)이 올히 너기시거ᄂᆞᆯ 뉴 한님(翰林)이 현이 졍젹(情迹)[105]이 패루(敗漏)[106]ᄒᆞᆯ 일을 민망(憫惘)이 너겨 이에 츌반(出班)

. ● ●

24면

주왈(奏曰),

"이제 위샹(-相)의 알외옵ᄂᆞᆫ 배 유리(有理)ᄒᄋᆞ나 금오(金吾)ᄂᆞᆫ 됴졍 (朝廷) 듕신(重臣)이라 이런 미셰(微細)ᄒᆞ온 일을 인(因)ᄒ야 쳔누(淺 陋)[107]히 져조미 ᄌᆞᆺ못 가(可)티 아니ᄒᆞ온ᄃᆞᆯ다. 원(願)컨ᄃᆡ 셩샹(聖上)은 신(臣)의 죄(罪)ᄅᆞᆯ 다ᄉᆞ리샤 법(法)을 졍(正)히 ᄒᆞ시믈 ᄇᆞ라ᄋᆞᆸᄂᆞ이다."

샹(上)이 올히 너기샤 이에 니(李) 샹셔(尙書)ᄅᆞᆯ 의관(衣冠)을 주어 편젼(便殿)의 오르라 ᄒ시고 닐러 ᄀᆞᆯ오샤ᄃᆡ,

"이제 뉴 경(卿)의 글을 보매 이미ᄒᆞ미 빅일(白日) ᄀᆞᆺ고 무죄(無 罪)ᄒᆞ미 쇼연(昭然)ᄒ니 엇디 오래 ᄯᅡ 아래 굴(屈)ᄒ게 ᄒ리오?"

---

101) 도쳥도셜(道聽塗說): 도청도설. 길에서 듣고 길에서 말한다는 뜻으로, 길거리에 퍼져 돌아다 니는 뜬소문을 이르는 말.

102) 형츄(刑推): 형추. 형장(刑杖)으로 죄인의 정강이를 때리던 형벌.

103) 구문(究問): 충분히 알 때까지 캐어물음.

104) 졍실(情實): 정실. 실제의 사실.

105) 졍젹(情迹): 정적. 사정의 흔적.

106) 패루(敗漏): 닐이 드디남.

107) 쳔누(淺陋): 천루. 천박하고 고루함.

샹셰(尙書ㅣ) 고두(叩頭) 스양(辭讓) 왈(曰),

"신(臣)의 위인(爲人)이 무상(無狀)ᄒ야 셰간(世間)의 더러온 말ᄉᆷ을 몸의 시ᄅ매 비록 뉴현명의 ᄌ략(才略)이 긔특(奇特)ᄒ나 졍실(情實)108)을 ᄉ획(查覈)디

25면

아닌 젼(前) 춤아 니부통지(吏部冢宰) 문연각(文淵閣) 태흑ᄉ(太學士) 큰 벼슬을 욕(辱)디 못ᄒ리니 원(願)ᄒ옵ᄂ니 신(臣)의 죄(罪)를 다ᄉ리쇼셔."

샹(上)이 위로(慰勞) 왈(曰),

"경(卿)의 말이 ᄉ리(事理) 당당(堂堂)ᄒ니 당당(堂堂)이 모든 대간(臺諫)과 뇨한을 져조리라."

샹셰(尙書ㅣ) 되왈(對曰),

"블가(不可)ᄒ이다. 신(臣)의 위인(爲人)이 블민(不敏)ᄒ야 대간(臺諫)이 논녈(論列)ᄒ미니 폐해(陛下ㅣ) 엇딘 고(故)로 신(臣)의 편(偏)을 드ᄅ샤 이미ᄒ 대신(大臣)을 져조시리오? 쇼신(小臣)이 스스로 황공뉵니(惶恐恧怩)109)ᄒ야 감히(敢-) 됴뎡(朝廷)의 셔디 못ᄒ옵ᄂ니 원(願)컨대 셩샹(聖上)은 졔(諸) 어ᄉ(御史)를 표댱(表章)110)ᄒ시고 신(臣)을 죄(罪)주쇼셔."

샹(上)이 블열(不悅)ᄒ신되 위 공(公)이 주왈(奏曰),

---

108) 졍실(情實): 졍실. 실제의 사실.

109) 황공뉵니(惶恐恧怩): 황공육니. 두렵고 부끄러움.

110) 표댱(表章): 표장. 어떤 일에 좋은 성과를 내었거나 훌륭한 행실을 한 데 대하여 세상에 널리 알려 칭찬함.

"니셩문의 말숨이 극(極)히 맛당ᄒᆞ온디라 셩문이 비록 임의

ᄒᆞ미 빅옥(白玉) ᄀᆞᆺᄐᆞᆯ들 누덕(累德)을 벗디 아닌 젼(前) 니부(吏部)의 거(居)ᄒᆞ디 못ᄒᆞ리니 그 원(願)을 조ᄎᆞ시미 ᄒᆡᆼ심(幸甚)토소이다. 간샹(奸狀)[111]이 ᄆᆡ양 그치기 어려오니 셰월(歲月)이 오ᄅᆞᆫ즉 ᄌᆞ연(自然) 누셜(漏泄)ᄒᆞ기 쉬올가 ᄒᆞᄂᆞ이다."

샹(上)이 올히 너기샤 니(李) 샹셔(尙書)를 ᄀᆞ라 주시고 뇨 금오(金吾)와 제(諸) 어ᄉᆞ(御史)를 칙(責)ᄒᆞ야 믈니치신 후(後) 다시 현ᄋᆞᆯ 드려 닐오ᄃᆡ,

"너의 ᄌᆡ죄(才操ㅣ) 긔특(奇特)ᄒᆞᄆᆞᆯ 딤(朕)이 만히 ᄋᆡ모(愛慕)ᄒᆞᄂᆞ니 ᄯᅩ 다시 네 슈(首) 글을 지어 딤심(朕心)을 깃기라."

ᄯᅩ 다시 제(題)를 ᄂᆡ시니 현ᄋᆞᆯ 제(題)를 보매 진실노(眞實-) 그 씨를 어더 만낫ᄂᆞᆫ디라, 즉시(卽時) ᄡᅥ 올니니 샹(上)이 크게 칭찬(稱讚)ᄒᆞ시고 즉시(卽時) 됴셔(詔書)ᄒᆞ야 감찰어ᄉᆞ(監察御史)를 ᄒᆞ이시니 현ᄋᆞᆯ

ᄌᆞ득양양(自得揚揚)[112]ᄒᆞ야 돈슈빅ᄇᆡ(頓首百拜)ᄒᆞ고 믈너나고 경문은 심하(心下)의 탄왈(歎曰),

---

111) 간샹(奸狀): 간상. 간악한 짓을 하는 모양.

112) ᄌᆞ득양양(自得揚揚): 자득양양. 뜻한 바를 이루어 만족한 마음이 얼굴에 나타난 모양. 의기양양(意氣揚揚).

'동긔(同氣)를 위(爲)ᄒ야 블의(不義)로 인군(人君)을 소기니 하늘이 두립도다.'

기리 차탄(嗟歎)ᄒ믈 마디아니ᄒ더라.

이째 샹셰(尙書ㅣ) 무ᄉ(無事)히 노혀 집의 도라오매 모다 그 신고(辛苦)ᄒ믈 일ᄏᄅ니 왕(王)이 홀노 탄왈(歎曰),

"한 번(番) 더러온 일홈을 시른 후(後) 동ᄒᆡ(東海)를 기우려도 씻기 어렵고 문호(門戶)의 욕(辱)이 비경(非輕)ᄒ니 출하리 죄(罪)를 닙음만 ᄀᆞᆺ디 못ᄒ도다."

샹셰(尙書ㅣ) 피셕(避席) 샤죄(謝罪) 왈(曰),

"이 다 히ᄋ(孩兒)의 슈신(修身)을 어디리 못ᄒ미라 므ᄉᆞᆷ ᄂᆞᆺᄎ로 이제야 됴뎡(朝廷)의 셔리잇고?"

녜부(禮部) 흥문이 ᄀᆞᆯ오ᄃᆡ,

"닉 뉴현셕 쟈(者)를 보니 ᄀᆞ장 흉(凶)ᄒᆞᆫ 거시오, ᄯᅩ 뉴 공(公)의 쳡직(妾子ㅣ)

· ● ●

28면

며 뇨한으로 더브러 동ᄒᆡᆼ(同行)ᄒ여시니 듕간(中間)의 농슐(弄術)[113]ᄒ미 잇ᄂᆞᆫ가 ᄒ노라."

연왕(-王)이 고개 좃고 하람공(--公)이 졍ᄉᆡᆨ(正色) 왈(曰),

"아ᄒᆡ(兒孩) 부허(浮虛)[114]ᄒ기 여ᄎᆞ(如此)ᄒ여 그릇 보디 아닌 일의 사름을 의심(疑心)ᄒᄂᆞ냐?"

---

113) 농슐(弄術): 농술. 술수를 부림.
114) 부허(浮虛): 마음이 들떠 있어 미덥지 못함.

네뷔(禮部ㅣ) 무언(無言) 샤죄(謝罪)ᄒ고 북쥐빅(--伯)이 ᄀᆞᆯ오ᄃᆡ,

"좌듕(座中)의 잇ᄂᆞᆫ 배 일가친쳑(一家親戚)도 아냐 다 동싱(同生) 슉친(叔親)이어늘 몽현은 ᄆᆡ양 ᄆᆡᄉᆞ(每事)ᄅᆞᆯ 긔이기로 계교(計巧)ᄒ니 진실노(眞實-) 의혹(疑惑)ᄒ노라."

하람공(--公)이 하셕(下席)115) 쳥죄(請罪) 왈(曰),

"쇼딜(小姪)이 엇디 감히(敢-) 동싱(同生) 슉당(叔堂)을 ᄂᆡ외(內外)ᄒ리오마ᄂᆞᆫ 셩인(聖人)이 운(云)ᄒ샤ᄃᆡ, '텬해(天下ㅣ) 다 올타 ᄒ나 눈으로 보디 아닌 젼(前)은 그르다 말나.' ᄒ시니 이 엇디 지극(至極)ᄒ신 말ᄉᆞᆷ이 아니리오? 쇼딜(小姪)이 다

●●●

29면

만 이를 아라 ᄋᆞᄌᆞ(兒子)ᄅᆞᆯ 경계(警戒)ᄒ미러니 슉부(叔父) 말ᄉᆞᆷ을 듯ᄌᆞ오니 황공(惶恐)ᄒ이다."

쇼뷔(少傅ㅣ) 잠쇼(暫笑) 무언(無言)이러라.

이ᄶᅢ 첫 봄이니 각도(各道)의 어ᄉᆞ(御史)ᄅᆞᆯ 보ᄂᆡ시ᄂᆞᆫ디라. ᄆᆞᄎᆞᆷ 텰쉬 졀강(浙江) 슌무어ᄉᆞ(巡撫御史)의 ᄲᅡ이여 즉일(卽日) 츌ᄉᆞ(出使)116)ᄒ니 일가(一家) 쳐ᄌᆞ(妻子)의 념녜(念慮ㅣ) 극(極)ᄒ더라.

이ᄶᅢ 뉴 한님(翰林)이 집의 도라오니 현이 미조차 와 거ᄌᆞᆺ 샤례(謝禮)ᄒ고 칭샤(稱謝)ᄒ야 ᄀᆞᆯ오ᄃᆡ,

"오늘날 벼슬을 어드믄 젼혀(專-) 형(兄)의 덕(德)이라 대덕(大德)을 감골(感骨)117)ᄒᄂᆞ이다."

---

115) 하셕(下席): 하석. 앉은 자리에서 내려감.

116) 츌ᄉᆞ(出使): 출사. 벼슬아치가 지방에 출장을 가던 일.

117) 감골(感骨): 감사한 마음이 골수에 맺힘.

한님(翰林) 왈(曰),

"현뎨(賢弟) ᄆᆞ춤 복(福)이 듕(重)ᄒᆞ야 이런 경ᄉᆞ(慶事)를 어드미라 엇디 나의 공(功)이리오?"

현이 ᄌᆡ삼(再三) 칭ᄉᆞ(稱謝)ᄒᆞ고 각졍의 깃거ᄒᆞ미 더옥 극(極)ᄒᆞ더라.

현이 즉시(卽時) 오사ᄌᆞ포(烏紗紫袍)[118]를 ᄀᆞᆺ

초고 쳥직(淸職)의 거(居)ᄒᆞ니 의긔양양(意氣揚揚)ᄒᆞ고 뉴 공(公)의 혹(酷)히 ᄉᆞ랑ᄒᆞ미 한님(翰林)이 밋디 못ᄒᆞ니,

한님(翰林)은 나히 차 갈ᄉᆞ록 션모친(先母親)을 싱각ᄒᆞ고 졍ᄉᆞ(情事)를 늣기며 쳐ᄌᆞ(妻子) 일(一) 인(人)을 보젼(保全)티 못ᄒᆞᆷ믈 차탄(嗟歎)ᄒᆞ고 그 셩현(聖賢) 유풍(遺風)과 긔이(奇異)ᄒᆞᆫ 용칙(容采)[119]를 ᄎᆞᄉᆡᆼ(此生)의 다시 보기 어려오믈 감회(感懷)[120]ᄒᆞ야 만ᄉᆞ(萬事ㅣ) 여몽(如夢)ᄒᆞᄂᆞᆫ 가온대,

각졍의 박ᄃᆡ(薄待) 날노 심(甚)ᄒᆞ여 됴셕(朝夕)의 ᄒᆞᆫ 그릇 믹쥭(麥粥)이 빅를 치오디 못ᄒᆞ고 부젼(父前)의 참쇠(讒訴ㅣ) 년속(連續)ᄒᆞ야 뉴 공(公)의 즐칙(叱責)[121]이 긋츨 날이 업ᄉᆞ니 듀야(晝夜) 심ᄉᆞ(心思ㅣ) 어득ᄒᆞ야 관ᄉᆞ(官事)를 다ᄉᆞ린 여가(餘暇)의ᄂᆞᆫ 심회(心懷)를 이긔디 못ᄒᆞ고 ᄯᅩ 쥬리믈 견ᄃᆡ디 못ᄒᆞ니 형용(形容)이 슈

---

118) 오사ᄌᆞ포(烏紗紫袍): 오사자포. 오사모와 자줏빛 도포. 오사모는 벼슬아치들이 관복을 입을 때에 쓰던 모자로, 검은 사(紗)로 만들었음.

119) 용칙(容采): 용채. 용모와 풍채.

120) 감회(感懷): 지난 일을 돌이켜 볼 때 느껴지는 회포.

121) 즐칙(叱責): 질책. 꾸지람.

고(瘦枯)[122]ᄒ다라. 취[123]향이 애ᄅᆞᆯ 슬오고 친(親)히 져직의 가 비러 혹(或) 보도라온 죽믈(粥物)을 ᄒᆞ야 ᄤ로 먹이니 한님(翰林)이 진실노(眞實-) 먹을 경(景)[124]이 업스ᄃᆡ 지셩(至誠)을 감동(感動)ᄒᆞ야 혹(或) 먹을 적이 잇더라.

현이 쳐(妻) 셜 시(氏) 그 싀모(媤母)의 블인(不仁)ᄒᆞᄆᆞᆯ 개탄(慨嘆)ᄒᆞ야 일일(一日)은 간(諫)ᄒᆞ야 ᄀᆞᆯ오ᄃᆡ,

"대샹공(大相公)은 가문(家門)의 큰 사ᄅᆞᆷ이어ᄂᆞᆯ 엇디 ᄃᆡ졉(待接)ᄒᆞᄆᆞᆯ 져굿티 ᄒᆞ시ᄂᆞ니잇고?"

각졍이 그 며ᄂᆞ리나 냥슌(良順)[125]ᄒᆞᄆᆞᆯ 슬희 너기ᄂᆞᆫ 고(故)로 다만 ᄀᆞᆯ오ᄃᆡ,

"노얘(老爺ㅣ) 벼슬을 ᄃᆞ니신 디 오래고 집안이 졈졈(漸漸) 빈곤(貧困)ᄒᆞ니 존졀(撙節)[126]ᄒᆞᄂᆞᆫ 도리(道理) 업디 못ᄒᆞᆯ디라 사ᄅᆞᆷ마다 어ᄃᆡ 가 비ᄅᆞ 추도록 먹으리오?"

셜 시(氏) 믁연(默然) 탄식(歎息)이러라.

한님(翰林)이 십여(十餘) 일(日) 디나도록 니부(李府)의 가디 아냣

---

122) 슈고(瘦枯): 수고. 수척함.

123) 취: [교] 원문에는 '츄'로 되어 있으나 앞의 예를 따라 이와 같이 수정함.

124) 경(景): 경황.

125) 냥슌(良順): 양순. 어질고 순함.

126) 존졀(撙節): 준절. 억제하고 절제함.

더니 니(李) 샹셔(尙書)를 오래 못 보매 ᄌ연(自然) 영모지졍(永慕
之情)을 춤디 못ᄒ고 심ᄉᆡ(心思ㅣ) 울울(鬱鬱)ᄒ미 병(病)이 되고
져 ᄒᄂ᷆더라.

일일(一日)은 니부(李府)의 나아가니 이째 샹셰(尙書ㅣ) 마춤 상한
(傷寒)으로 티료(治療)ᄒᄂ᷆ 고(故)로 모든 형뎨(兄弟)와 친븡(親朋)이
다 못고 위 승샹(丞相)도 마춤 왓더니,

혼재(閽者ㅣ)[127] 한님(翰林)의 명텹(名帖)을 드리니 샹셰(尙書ㅣ)
견파(見罷)[128]의 반겨 쳥(請)ᄒ니 한님(翰林)이 날호여 거러 드러가
매 좌우(左右)로 한원(翰苑)[129] 명공(明公)이 삼 버ᄃᆺ ᄒ고 위 공(公)
이 잇ᄂ᷆더라. 온 줄 십분(十分) 뉘읏ᄎᆞᄃᆡ 마디못ᄒ야 두로 녜필(禮
畢)ᄒ매 샹셰(尙書ㅣ) 흔연(欣然)이 ᄀᆞᆯ오ᄃᆡ,

"현형(賢兄)을 오래 보디 못ᄒ니 비린지밍(鄙吝之萌)[130]이 나ᄃᆡ 마

• • •

33면

춤 미양(微恙)[131]으로 신음(呻吟)ᄒ매 ᄎᆞᆺ디 못ᄒ엿더니 금일(今日)
니ᄅᆞ러시니 만히 다샤(多謝)ᄒ노라."

한님(翰林)이 강잉(强仍) 답왈(答曰),

---

127) 혼재(閽者ㅣ): 혼자. 문지기.

128) 견파(見罷): 다 봄.

129) 한원(翰苑): 조정.

130) 비린지밍(鄙吝之萌): 비린지맹. 더러운 마음이 생김. 후한(後漢) 황헌(黃憲)의 인품이 훌륭해
서 안자(顔子)에 비유되기까지 하였는데, 그와 같은 고을 사람인 진번(陳蕃)과 주거(周擧) 등
이 항상 그를 칭찬하며 "잠시라도 황생(黃生)을 보지 못하면 마음속에 더러운 생각이 싹튼다.
時月之間, 不見黃生, 則鄙吝之萌, 復存乎心."라고 했다는 고사가 전함. 『후한서(後漢書)』, <황
헌열전(黃憲列傳)>.

131) 미양(微恙): 가벼운 병.

"쇼뎨(小弟) 쏘흔 됴亽(朝事)의 분주(奔走)ᄒ야 오래 샹공(相公)을 샹견(相見)티 못ᄒ엿더니 환휘(患候ㅣ)132) 계신 줄 알니오?"

셜파(說罷)의 졍ᄉᆡᆨ(正色) 믁믁(默默)ᄒ니 옥안봉형(玉顔鳳形)이 산쳔(山川) 졍긔(精氣)를 ᄯᅴ여 긔이(奇異)ᄒᆫ 풍ᄎᆡ(風采) 이목(耳目)을 놀내니 이 곳 나롯 아니 도든 문졍공(--公)이라. 위 공(公)이 태산(泰山) ᄀᆞᆺ튼 혐원(嫌怨)133)을 잇고 믄득 손을 잡아 쇼왈(笑曰),

"현계(賢契)134)의 아름다오미 여ᄎᆞ(如此)ᄒ니 내 ᄯᆞᆯ이 이실진ᄃᆡ 엇디 사회를 삼디 아니리오?"

한님(翰林)이 텽파(聽罷)의 그 ᄂᆞ치 듯거오믈 블승통히(不勝痛駭)135)ᄒ야 안ᄉᆡᆨ(顔色)이 더옥 ᄲᅥᆨᄲᅥᆨᄒ고 츄패(秋波ㅣ) 몽농(朦朧)ᄒ

•••

34면

야 완완(緩緩)이 위 공(公)의 잡은 손을 밀고 슈렴(收斂)136) 단좌(端坐)ᄒ니 녜부샹셔(禮部尙書) 니흥문이 믄득 졍ᄉᆡᆨ(正色) 왈(曰),

"뉴 형(兄)의 젼일(前日)과 달나 한원137)(翰苑)의 튱수(充數)ᄒ니 이 당하쇼관(堂下小官)이라 엇디 감히(敢-) 대신(大臣)의 므ᄅᆞ시ᄂᆞᆫ 바를 ᄃᆡ답(對答)디 아니ᄒᄂᆞ뇨?"

한님(翰林)이 ᄂᆞᆺ빗츨 곳치고 ᄃᆡ왈(對曰),

"쇼ᄉᆡᆼ(小生)은 이 죄신(罪臣)의 ᄌᆞ식(子息)이라. 위샹(-相)의 죽이

---

132) 환휘(患候ㅣ): 웃어른의 병을 높여 이르는 말.

133) 혐원(嫌怨): 싫어하고 원망함.

134) 현계(賢契): 상대를 높여 이르는 말.

135) 블승통히(不勝痛駭): 불승통해. 몹시 이상스럽고 놀라워함을 이기지 못함.

136) 슈렴(收斂): 수렴. 심신을 나쉽음.

137) 원: [교] 원문에는 '훤'으로 되어 있으나 오기로 보임.

디 아니시미 다힝(多幸)ᄒ니 엇디 감히(敢-) 앗가 말ᄉᆞᆷ을 우러러나
볼 거시라 실언(失言)이 대단ᄒ신고 놀납고 의혹(疑惑)ᄒ야 아모리
ᄃᆡ답(對答)ᄒᆞᆯ 줄 모로미니 합하(閤下)ᄂᆞᆫ 고이(怪異)히 너기지 말으쇼
셔. 대신(大臣)이 됴당(朝堂)의셔 공ᄉᆞ(公事)를 무ᄅᆞ실 쌔 브답(不答)
ᄒ면 쇼ᄉᆡᆼ(小生)이 ᄉᆞ죄(死罪)를 당(當)ᄒᆞᆯ소이다.”

셜파(說罷)

···

35면

의 위 공(公)이 봉안(鳳眼)을 놉히 ᄠᅥ ᄭᅮ지져 왈(曰),

“빅쥬역신(背主逆臣)[138]의 ᄌᆞ(子ㅣ) 이러ᄐᆞᆺ 방ᄌᆞ(放恣)ᄒ뇨? 셜니
ᄯᅳ어 ᄂᆡ치라.”

샹셰(尚書ㅣ) 급(急)히 말녀 왈(曰),

“뉴 형(兄)이 쇼ᄉᆡᆼ(小生)을 보라 오미오, 대인(大人)긔 ᄇᆡ알(拜謁)
ᄒ라 오미 아니니 대인(大人)은 ᄉᆞᆯ피쇼셔.”

공(公)이 더옥 노왈(怒曰),

“져 ᄀᆞᆺᄐᆞᆫ 오만(傲慢)ᄒᆞᆫ 거슬 됴졍(朝廷)의 두어 ᄡᅳ디업ᄉᆞ니 제 아
비조차 죽이미 ᄂᆡ 원(願)이로다.”

언미파(言未罷)[139]의 한님(翰林)이 닝쇼(冷笑)ᄒ고 ᄉᆞ매를 썰티고
도라가니, 위 공(公)이 대로(大怒)ᄒ야 ᄭᅮ짓기를 마디아니코 제인(諸
人)은 그 강명(剛明)[140]ᄒᆞᄆᆞᆯ 항복(降服)ᄒ더라.

니(李) 샹셰(尚書ㅣ) ᄀᆞ장 섭섭ᄒ고 블쾌(不快)ᄒ야 ᄎᆞ일(此日) 져

---

138) 빅쥬역신(背主逆臣): 배주역신. 임금을 배신하고 반역한 신하.

139) 언미파(言未罷): 말이 끝나기 전.

140) 강명(剛明): 강직하고 사리가 분명함.

녁의 빅문을 보닉여 쳥(請)ᄒ니 한님(翰林)이 갓 도라와 위 공(公)을
분(憤)ᄒ야 셔당(書堂)의 누엇다가

• • •

36면

빅문을 보고 그 후졍(厚情)[141]을 감격(感激)ᄒ야 즉시(卽時) 니부
(李府)의 니ᄅ니 샹셰(尙書ㅣ) 홀노 잇다가 크게 반겨 손을 잡고
닐오ᄃᆡ,

"쇼뎨(小弟) 병(病)들기로 인(因)ᄒ야 오래 형(兄)을 ᄎ지 못ᄒ엿다
가 셕샹(席上)의 니ᄅ럿거ᄂᆞᆯ 듕심(中心)의 힝희(幸喜)ᄒ미 극(極)ᄒ
더니 그러톳 수이 가뇨?"

한님(翰林)이 ᄃᆡ왈(對曰),

"쇼뎨(小弟) ᄯᅩᄒᆞᆫ 형(兄)을 ᄉᆞ렴(思念)ᄒ야 겨유 틈을 어더 니ᄅ매
위 공(公)의 거동(擧動)이 통히(痛駭)ᄒ야 능히(能) 안잣지 못ᄒ이다."

샹셰(尙書ㅣ) 닐오ᄃᆡ,

"위 공(公)이 비록 당일(當日)의 그릇ᄒ여시나 대쟝뷔(大丈夫ㅣ)
너모 오래 유감(遺憾)ᄒ미 힝실(行實)의 휴손(虧損)[142]ᄒ미 될가 ᄒ
노라."

한님(翰林)이 믄득 눈믈을 흘니고 ᄀᆞᆯ오ᄃᆡ,

"형(兄)이 엇지 이런 말을 ᄒᆞᄂᆞ뇨? 위 공(公)이 만일(萬一) 쇼뎨(小
弟)의

---

141) 후졍(厚情): 후정. 두터운 정.

142) 휴손(虧損): 잃어버리거나 축나서 손해를 봄. 또는 그 손해.

몸을 그러툿 ᄒ여실진ᄃᆡ 쇼뎨(小弟) 셜ᄉᆞ(設使) 블민(不敏)ᄒ나 셩
인(聖人)이 원슈(怨讎)ᄅᆞᆯ 잇고 은혜(恩惠)ᄅᆞᆯ 미즈라 ᄒ신 말ᄉᆞᆷ을 싱
각ᄒ매 일편도이 포원(抱冤)[143]ᄒ리오마ᄂᆞᆫ 텬디(天地) 이리로 부ᄌᆞ
(父子ㅣ) 크니 ᄎᆞᆷ아 가친(家親)을 죽이려 ᄒ던 사ᄅᆞᆷ으로 더브러 슈
쟉(酬酌)ᄒ리오? 공당(公堂)의 다ᄃᆞ라 ᄒᆞᆫ가지로 공ᄉᆞ(公事)ᄅᆞᆯ 의논
(議論)ᄒ믄 닉 ᄒ려니와 ᄉᆞ실(私室)의셔 ᄂᆞᆺ빗츨 곳텨 담쇼(談笑)ᄅᆞᆯ
일우믄 쇼뎨(小弟) 졍(正)코 아니리니 형(兄)은 슬피라.”

샹셰(尙書ㅣ) 텽파(聽罷)의 쳐연(悽然) 탄식(歎息) 왈(曰),

“형(兄)의 졍ᄉᆞ(情事ㅣ) 이러ᄒ닷다. 위 공(公)이 비록 강한(強
悍)[144]ᄒ디 아니나 셩품(性品)이 너모 고상(高尙)ᄒᆫ 고(故)로 ᄂᆞᆷ의게
뮈이미 만ᄒ니 쇼뎨(小弟) 미양 차탄(嗟歎)ᄒ노라. 연(然)이나 그 아
ᄃᆞᆯ 후량 등(等)은

명현(明賢) 관인(寬仁)ᄒ미 일셰(一世)의 ᄲᅱ여나니라.”

한님(翰林)이 탄식(歎息)ᄒ고 말을 아니ᄒ더라.

이윽고 연왕(-王)이 이에 니ᄅᆞ러 샹셔(尙書)의 병(病)을 뭇고 한님
(翰林)의 손을 잡고 닐오ᄃᆡ,

“어ᄂᆞ ᄣᅢ 왓던다?”

---

143) 포원(抱冤): 원한을 품음.
144) 강한(強悍): 마음이나 성질이 굳세고 강함.

한님(翰林)이 디왈(對曰),

"앗가 갓 와셔 일죽 나아가 뵈오려 ᄒ더니 분요(紛擾)145)ᄒ믈 저허 쥬져(躊躇)ᄒ더니이다."

왕(王)이 이윽고 무러 굴오디,

"네 비록 등제(登第)ᄒ여시나 나히 겨유 이칠(二七)이라 취쳐(娶妻)를 아냣ᄂ냐?"

싱(生)이 디왈(對曰),

"취쳐(娶妻)ᄒ연 지 이(二) 년(年)이로소이다."

왕(王) 왈(曰),

"너의 풍치(風采) 이러틋 긔이(奇異)ᄒ니 쟝ᄎ(將次ㅅ) 엇던 재(者ㅣ) 너를 디두(對頭)146)ᄒ리 잇더뇨?"

한님(翰林)이 웃고 디왈(對曰),

"쇼딜(小姪)의 비루(鄙陋)ᄒ 용모(容貌)를 이디도록 위쟈(慰藉)147)ᄒ시니 가(可)히 우엄 즉

• • •

39면

ᄒ도소이다. 텬하(天下)의 쇼딜(小姪)만 ᄒᆫ 녀지(女子ㅣ) 엇디 업스리잇고?"

왕(王)이 쇼왈(笑曰),

"네 말 ᄀᆺ틀진디 너의 안해 긔이(奇異)ᄒ믈 가(可)히 알디라. 녕대인(令大人) 복녹(福祿)을 일ᄏ노라."

---

145) 분요(紛擾): 어수선하고 소란스러움.

146) 디두(對頭): 대두. 적이나 어떤 세력, 힘 따위와 맞서 기룹. 대저(對敵)

147) 위쟈(慰藉): 위자. 위로함.

한님(翰林)이 잠쇼(暫笑) 빅사(拜謝)ᄒᆞ더라.

이윽고 왕(王)이 도라가고 녜부(禮部) 등(等) 이(二) 싱(生)이 니르러 ᄒᆞᆫ가지로 자며 지극(至極)ᄒᆞᆫ 졍(情)이 동긔(同氣) 갓더라.

이튼날 도라오니 뉴 공(公)이 갓던 곳을 뭇거ᄂᆞᆯ 딕왈(對曰),

"니셩문이 ᄆᆞᄎᆞᆷ 병(病)드러 만뉴(挽留)ᄒᆞ매 머믈고 오이다."

뉴 공(公)이 줌줌(潛潛)ᄒᆞᆫ엿더라. 각졍이 혜오ᄃᆡ,

'저의 힝ᄉᆡ(行事ㅣ) 져러틋 긔특(奇特)ᄒᆞ니 하ᄌᆞ(瑕疵)ᄒᆞ야 잡을 길히 업ᄉᆞᆫ디라. 나의 딜ᄋᆞ(姪兒ㅣ) 댱셩(長成)ᄒᆞ여시니 가(可)히 져를 주어 후딕(厚待)[148]ᄒᆞ여도 닉 계괴(計巧ㅣ) 이실 거시오, 박딕(薄待)ᄒᆞ여도 참

. . .

40면

소(讒訴)ᄒᆞ리라.'

ᄒᆞ고 이날 뉴 공(公)긔 고(告)ᄒᆞᄃᆡ,

"대공ᄌᆞ(大公子ㅣ) 위 시(氏) 음분(淫奔)ᄒᆞᆫ 후(後) 홀노 이시니 가(可)히 념녀(念慮)로온디라. 쳡(妾)의 오라비 일(一) 녜(女ㅣ) 이시니 팀어낙안지용(沈魚落雁之容)[149]과 폐월슈화지뫼(閉月羞花之貌ㅣ)[150]이시니 가(可)히 공ᄌᆞ(公子)의 회포(懷抱)를 위로(慰勞)ᄒᆞ시미 엇더ᄒᆞ니잇고?"

---

148) 후딕(厚待): 후대. 후하게 대접함.

149) 팀어낙안지용(沈魚落雁之容): 침어낙안지용. 미인을 보고 물 위에서 놀던 물고기가 부끄러워서 물속 깊이 숨고 하늘 높이 날던 기러기가 부끄러워서 땅으로 떨어질 정도로 아름다운 여인의 용모.

150) 폐월슈화지뫼(閉月羞花之貌ㅣ): 폐월수화지모. 달이 숨고 꽃도 부끄러워할 정도로 아름다운 여인의 용모.

공(公)이 올히 너겨 싱(生)을 블너 이 말노 니르니, 싱(生)이 경아
(驚訝)[151]호야 골오딕,

"쇼직(小子ㅣ) 본딕(本-) 몸의 기친 병(病)이 이시므로 위 시(氏)
도 쳐즈(處子)[152]로 이시믈 대인(大人)이 보아 계신디라. 비록 셔즈
(西子),[153] 왕댱(王嬙)[154] 굿튼 계집이 이셔도 블관(不關)홀가 호느
이다."

공(公)이 노왈(怒曰),

"네 청츈(靑春)의 므슴 병(病)이 이시리오? 비록 블가(不可)홀디라
도 닉 명(命)을 조츠라."

싱(生)이 지삼(再三) 가(可)티 아니믈 주(奏)호니 각정이 겨틱셔 도
도와 골

· · ·

41면

오딕,

"노얘(老爺ㅣ) 너모 프러지시므로 공직(公子ㅣ) 져러툿 블슌(不
順)[155]호시니 쳡(妾)이 한심(寒心)호믈 이긔디 못홀소이다."

뉴 공(公)이 대로(大怒)호야 골오딕,

---

151) 경아(驚訝): 놀라고 의아해함.

152) 쳐즈(處子): 처자. 숫처녀.

153) 셔즈(西子): 서자. 중국 춘추(春秋)시대 월(越)나라의 미인인 서시(西施). 완사녀(浣紗女)로도
   불림. 월왕 구천(句踐)이 오(吳)나라 부차(夫差)에게 패하자 미녀로써 오나라 정치를 혼란하게
   하기 위해 범려(范蠡)를 시켜 서시를 오나라에 바침. 오왕 부차(夫差)가 서시를 좋아해 정사
   에 소홀하자 구천이 전쟁을 벌여 부차에게 승리하고 부차는 이에 자결함.

154) 왕댱(王嬙): 왕장. 중국 전한 원제(元帝)의 후궁(?~?). 자는 소군(昭君). 기원전 33년 흉노와의
   화친 정책으로 흉노의 호한야선우(呼韓邪單于)와 셩낙셜혼을 이겼으니 기살함.

155) 블슌(不順): 불순. 순종하지 않음.

"네 비록 몸이 영귀(榮貴)ᄒ고 날을 구(救)ᄒᆫ 공(功)이 큰들 간대로 닉 말을 치랍(採納)156)디 아닛ᄂᆞ뇨?"

싱(生)이 년망(連忙)157)이 샤죄(謝罪) 왈(曰),

"쇼직(小子ㅣ) 엇디 감히(敢-) 대인(大人) 엄명(嚴命)을 거역(拒逆)ᄒ미 이시리오?"

도라 각졍ᄃᆞ려 왈(曰),

"직(子ㅣ) 평싱(平生)의 말을 품고 발(發)티 아니ᄒᆞᄂᆞ 쟈(者)ᄅᆞᆯ 고이(怪異)히 너기ᄂᆞ니 녕딜(令姪)이 오문(吾門)의 드러온 후(後) 댱신궁(長信宮)158) 흔(恨)이 이셔도 날을 흔(恨)티 못ᄒ시리이다."

셜파(說罷)의 나가니 각졍이 계교(計巧)ᄅᆞᆯ 어들와 ᄌᆞ득(自得)ᄒᆞ야 뉴 공(公)을 쵹(囑)ᄒᆞ야 제 오라비 각완의게 구혼(求婚)ᄒ니 각개(-家ㅣ) 대열(大悅)ᄒᆞ야

○●●

42면

허락(許諾)ᄒ고 퇴일(擇日)ᄒ니 각졍이 스스로 빅냥(百兩)159)을 출히거ᄂᆞᆯ 공(公)이 무른딕 각졍 왈(曰),

"대공직(大公子ㅣ) 다른 ᄃᆡ 취쳐(娶妻)홀진딕 쳡(妾)의 형셰(形勢) 냥닙(兩立)디 못홀 거시므로 딜녜(姪女ㅣ) 비록 가문(家門)이 ᄂᆞᄌᆞ나

---

156) 치랍(採納): 채납. 의견을 받아들임.

157) 년망(連忙): 연망. 황급한 모양.

158) 댱신궁(長信宮): 장신궁. 중국 한(漢)나라 성제(成帝)의 궁녀 반첩여(班婕妤)가 성제의 총애를 받다가 궁녀 조비연(趙飛燕)의 참소를 받고 물러나 살던 궁의 이름. 반첩여는 장신궁(長信宮)에서 지내며 <자도부(自悼賦)>를 지어 자신의 처지를 하소연함.

159) 빅냥(百兩): 백량. 신부를 맞아 오는 일. 백 대의 수레로 신부를 맞이한다 하여 이와 같이 씀. 『시경(詩經)』, <작소(鵲巢)>에 "새아씨가 시집옴에 백량으로 맞이하도다. 之子于歸, 百兩御之."라는 구절이 있음.

네 한(漢) 무뎨(武帝) 위(衛) 황후(皇后)[160] 봉(封)ᄒ시 ᄒ야 서로 의지(依支)ᄒ야 살고져 ᄒᄂ이다.”

뉴 공(公)이 놀나 왈(曰),

“네 말도 올흐나 오문(吾門)이 쟝ᄎ(將次ㅅ) 엇더흔 가문(家門)이라 네 딜녀(姪女)로 종ᄉ(宗嗣)를 밧들니오?”

각졍이 노왈(怒曰),

“노야(老爺)ᄂ ᄒ나흘 알고 둘을 모로ᄂ는도다. 딜녜(姪女ㅣ) 만일(萬一) 아들을 나흘진디 그 아비를 쏠오리니 구ᄐ여 외가(外家) 가문(家門)을 보리오? 발셔 져곳의 빅냥(百兩)으로 고(告)ᄒ여시니 만일(萬一) 퇴탁[161](退托)[162] 홀진디 졍(正)코 져곳의셔 고관(告官)ᄒ

● ● ●

43면

미 쉬오리니 싱심(生心)도 이런 오활(迂闊)[163] 흔 말ᄉᆷ을 말으쇼셔.”

뉴 공(公)이 텽파(聽罷)의 과연(果然)ᄒ야 다시 근심티 아니ᄒ고 혼구(婚具)를 출히더니,

이째 니(李) 샹셰(尚書ㅣ) 오래 샹한(傷寒)이 미류(彌留)[164] ᄒ다가 계유 차복(差復)[165] ᄒ야 이에 니ᄅ러 한님(翰林)으로 서로 보고 뉴

---

160) 위(衛) 황후(皇后): 중국 전한 무제의 두 번째 황후(?~B.C.91)로, 자는 자부(子夫). 한미한 집안 출신으로 무제의 누이 평양공주의 집 가희로 있다가 무제의 눈에 띄어 후궁이 됨. 후에 한 무제의 정비 진아교(陳阿嬌)가 위자부를 죽이려 하다가 발각되어 폐출되고 위자부가 황후가 됨.

161) 탁: [교] 원문에는 '략'으로 되어 있으나 오기로 보이므로 규장각본(8:29)을 따름.

162) 퇴탁(退托): 물리침.

163) 오활(迂闊): 우활. 사리에 어둡고 세상 물정을 잘 모름.

164) 미류(彌留): 병이 오래 낫지 아니힘.

165) 차복(差復): 병이 회복됨.

공(公)을 보와 극진(極盡)이 존경(尊敬)ᄒ고 언언(言言)이 긔딕(機對)166)ᄒ니 뉴 공(公)이 어린 ᄆ음의 ᄌ못 감샤(感謝)ᄒ야 칭샤(稱謝)왈(曰),

"노부(老夫)ᄂ 텬하(天下)의 기인(棄人)이어늘 명공(明公)이 엇디 이디도록 과(過)ᄒ 말ᄉ음을 ᄒ시ᄂ니잇고?"

샹셰(尚書ㅣ) 피셕(避席) 빅샤(拜謝) 왈(曰),

"쇼싱(小生)이 비록 미(微)ᄒ 벼슬이 놉흐나167) 현은경문의 ᄌ(字)형(兄)으로 더브러 문경(刎頸)의 교도(交道)를 니르매 엇디 대인(大人) ᄌ딜(子姪)과 드르미 이시리잇고?"

뉴 공(公)이 손샤(遜謝)168)ᄒ고

○●●

44면

닐오딕,

"ᄋᄌ(兒子)의 길녜(吉禮) 금월(今月) 념ᄉ일(念四日)169)이니 명공(明公)ᄂ 요긱(繞客)170)이 되미 엇더ᄒ뇨?"

샹셰(尚書ㅣ) 흠신(欠身)171) 왈(曰),

"감히(敢-) 쳥(請)티 못ᄒ지언졍 엇디 ᄉ양(辭讓)ᄒ미 이시리잇가? 다만 젼일(前日) 현은이 닐오딕, 취쳐(娶妻)ᄒ엿노라 ᄒ더니 이 아니 지취(再娶)니잇가?"

---

166) 긔딕(機對): 기대. 응대가 기민함.
167) 나: [교] 원문에는 '니'로 되어 있으나 문맥을 고려해 규장각본(8:29)을 따름.
168) 손샤(遜謝): 손사. 겸손히 사양함.
169) 념ᄉ일(念四日): 염사일. 24일.
170) 요긱(繞客): 요객. 혼인 때에 가족 중에서 신랑이나 신부를 데리고 가는 사람.
171) 흠신(欠身): 공경하는 뜻을 나타내기 위하여 몸을 굽힘.

뉴 공(公) 왈(曰),

"과연(果然) 남챵(南昌)의 이실 적 춰쳐(娶妻)ᄒ엿더니 아름답디 아닌 힝실(行實)이 이셔 나가고 ᄋ지(兒子ㅣ) 환부(鰥夫) 공방(空房)을 격디 못홀 거시므로 각 쳐스(處士) 집과 졍혼(定婚)ᄒ엿ᄂ이다."

샹셰(尙書ㅣ) 고개 좃고 도라 한님(翰林)을 보고 웃고 왈(曰),

"형(兄)이 약관(弱冠)의 등졔(登第)ᄒ야 지위(地位) 옥당한원(玉堂翰苑)[172]의 튱수(充數)ᄒ고 기러기를 두 번(番) 도원(桃源)의 젼(奠)ᄒ니 그 유복(有福)ᄒ미 결우리 업도다."

한님(翰林)이 이째 각 시(氏)를 취

· ● ●

45면

쳡(取妾)ᄒ므로 아랏다가 금일(今日) 뉴 공(公)의 요긱(繞客) 쳥(請)ᄒᄂ 말과 각 쳐시(處士ㅣ)라 ᄒ믈 크게 히연(駭然)ᄒ야 만심(滿心)이 다 요동(搖動)ᄒ믈 면(免)티 못ᄒ되 강잉(强仍) 잠쇼(暫笑)ᄒ더니,

이윽고 니(李) 샹셰(尙書ㅣ) 도라간 후(後) 한님(翰林)이 부친(父親)긔 고왈(告曰),

"각 쳐스(處士)ᄂ 엇던 사름이니잇고?"

공(公) 왈(曰),

"이 곳 각완이라."

한님(翰林)이 ᄯ 딕왈(對曰),

"오문(吾門)이 능히(能-) 각완의 쏠을 요긱(繞客) 위요(圍繞)[173]로

---

172) 옥당한원(玉堂翰苑): 조정.

마즈미 맛당ㅎ니잇가?"

뉴 공(公) 왈(曰),

"니 쏘 이러케 너기되 네 셔뫼(庶母 l) 위(衛) 황후(皇后) 말을 인 증(引證)ㅎ야 말이 여츠여츠(如此如此)ㅎ 고(故)로 발셔 녜부(禮部) 의 고(告)ㅎ고 빙녜(聘禮)174)를 힝(行)ㅎ여시니 엇디ㅎ리오?"

한님(翰林)이 텽파(聽罷)의 도로혀 어히업스니 말이 아니 나는디 라 줌줌(潛潛)ㅎ고 믈러나니 뉴 공(公)이 심하(心下)

● ● ●

46면

의 그 말이 업스믈 깃거ㅎ더라.

싱(生)이 셔당(書堂)의 도라와 탄왈(歎曰),

"니 모친(母親)을 쓸와 죽디 못ㅎ고 오늘날 이런 일이 이시니 나 의 평싱(平生)을 금일(今日) 가지(可知)로다."

스스로 눈믈 ᄂ리믈 씻둣디 못ㅎ야 죵일(終日)토록 누어 말을 아 니ㅎ더라.

이러구러 길일(吉日)이 다ᄃ로니 뉴 공(公)이 위의(威儀)를 치 례175)ㅎ야 한님(翰林)을 보닐시 니(李) 녜부(禮部) 등(等) 형뎨(兄弟) 스(四) 인(人)과 샹셰(尙書 l), 이날 니르니 한님(翰林)은 참괴(慙愧) ㅎ믈 츠마 이긔디 못ㅎ되 뉴 공(公)은 흔흔쾌락(欣欣快樂)ㅎ야 니르 시믈 샤례(謝禮)ㅎ니 제인(諸人)이 즈약(自若)히 웃고 ᄀᆯ오되,

---

173) 위요(圍繞): 혼인 때에 가족 중에서 신랑이나 신부를 데리고 가는 사람.

174) 빙녜(聘禮): 빙례. 빙채(聘采)의 예의. 빙채는 빙물(聘物)과 채단(采緞)으로, 빙물은 결혼할 때 신랑이 신부의 친정에 주던 재물이고, 채단은 신랑 집에서 신부 집으로 미리 보내는 푸른색 과 붉은색의 비단임.

175) 치례: 치레. 잘 손질하여 모양을 냄.

"붕우(朋友)는 오륜(五倫)의 참예(參預)ᄒ여시니 현은이 쇼싱(小生) 등(等)으로 관포(管鮑)176)의 지긔(知己)177) 이신즉 그 길셕(吉席)의 블참(不參)ᄒ리오?"

뉴 공(公)은 흔연(欣然) ᄉ례(謝禮)

* * *

47면

ᄒ나 한님(翰林)은 옥면(玉面)이 ᄌ로 변(變)ᄒ니 니(李) 샹셔(尙書) 등(等)이 그윽이 슬피고 묘믹(苗脈)178)이 이시믈 슷치더라.

날이 느ᄌ매 신낭(新郞)이 길복(吉服)을 입고 한원179) 고취(鼓吹)180)를 거ᄂ려 갈ᄉ니 니(李) 샹셔(尙書) 등(等)이 요긱(繞客)이 되여 각가(-家)의 니르니 각 쳐ᄉ(處士ㅣ)라 ᄒ리 포의듁관(布衣竹冠)181)으로 나와 신낭(新郞)을 풀 미러 드러가거늘 녜부(禮部) 흥문이 ᄒ번(-番) 보고 대경(大驚)ᄒ야 샤뎨(舍弟)를 ᄃ릐여 왈(曰),

"너희 등(等)이 져놈의 ᄌ슬 보ᄂ다? 뎡 태감(太監)182) 싱딜(甥姪) 각완이 아닌가?"

제인(諸人)이 놀나 믁연(默然)이러니 녜뷔(禮部ㅣ) 왈(曰),

---

176) 관포(管鮑): 관중과 포숙아. 관중(管仲, ?~B.C.645)과 포숙아(鮑叔牙, ?~?). 관중은 중국 춘추시대 제(齊)나라의 재상으로 이름은 이오(夷吾). 환공(桓公)이 즉위할 무렵 환공의 형인 규(糾)의 편에 섰다가 패전하여 노(魯)나라로 망명하였는데, 당시 환공을 모시고 있던 친구 포숙아의 진언(進言)으로 환공에게 기용되어 환공(桓公)을 중원(中原)의 패자(霸者)로 만드는 데 일조함. 관중과 포숙아는 잇속을 차리지 않은 사귐으로 유명하여 이로부터 관포지교(管鮑之交)라는 말이 나옴. 사마천, 『사기(史記)』, <관안열전(管晏列傳)>.

177) 지긔(知己): 지기. 자기의 속마음을 참되게 알아주는 친구.

178) 묘믹(苗脈): 묘맥. 일의 실마리. 또는 일이 나타날 단서.

179) 한원: 미상임.

180) 고취(鼓吹): 고취. 북을 치고 피리를 붊.

181) 포의듁관(布衣竹冠): 포의죽관. 베옷과 내나무관.

182) 태감(太監): 중국 명나라·청나라 때에, 환관의 우두머리.

"우리 브졀업시 각완의 쏠 혼인(婚姻)ᄒᄂᆫ 요긱(繞客)이 되여시니 텬하(天下)의 이런 욕(辱)이 어딕 이시리오? 통히(痛駭)ᄒᆞ미 극(極)ᄒᆞ니 셜니 집으로 도라가미 엇더ᄒᆞ뇨?"

샹

• • •

48면

셰(尚書ㅣ) 왈(曰),

"가(可)티 아니ᄒᆞ이다. 져 각완이 비록 무샹(無狀)ᄒᆞᆫ들 감히(敢-) 지샹(宰相) 문미(門楣)[183]로 더브러 혼인(婚姻)ᄒᆞ리오마ᄂᆞᆫ 이 도시(都是)[184] 뉴 공(公)의 연괴(緣故ㅣ)오, 닌 젼일(前日) 드르니 뉴 공(公)의 쳡(妾) 각졍이 각완의 누의라 ᄒᆞ더니 반ᄃᆞ시 기간(其間)의 연괴(緣故ㅣ) 이시미라 엇디 현은의 본심(本心)이리오? 또 현은의 참괴(慙愧)ᄒᆞ야ᄒᆞ미 이 연괴(緣故ㅣ)런가 ᄒᆞᄂᆞ니 아딕 현은의 ᄂᆞᆺ츨 보와 줌줌(潛潛)코 나죵을 보미 올흘가 ᄒᆞᄂᆞ이다."

녜뷔(禮部ㅣ) 그 말을 올히 너겨 노(怒)를 ᄎᆞᆷ으나 각완의 방ᄌᆞ(放恣)ᄒᆞᆷ을 통ᄒᆞᆫ(痛恨)[185]ᄒᆞ야 줌줌(潛潛)코 셧더니 이윽고 신낭(新郎)이 신부(新婦)의 뎡 ᄌᆞᆷ기를 맛고 밧그로 나오매 뎡 태감(太監)이 고괴(古怪)[186]로온 얼골의 학발(鶴髮)을 붓티고 신낭(新郎)의 뒤히 나오다가 녜부(禮部) 등(等)

---

183) 문미(門楣): 가문의 지위와 명망.
184) 도시(都是): 모두.
185) 통ᄒᆞᆫ(痛恨): 통한. 몹시 분하거나 억울하여 한스럽게 여김.
186) 고괴(古怪): 예스럽고 괴이함.

을 보고 놀나 므르딕,

"노야(老爺)네 엇디 이에 와 계시뇨?"

녜뷔(禮部ㅣ) 이 거동(擧動)을 보니 우읍기를 도로혀 춤디 못ᄒ야 미미(微微)히 웃고 답(答)디 아니터니 각완이 ᄯ또 티미러보와 니(李)녜부(禮部) 형뎨(兄弟)를 분변(分辨)하고 크게 참괴(慙愧)[187]ᄒ며 ᄯ또 흔 마디못ᄒ야 도라드러 절ᄒ니 녜뷔(禮部ㅣ) 입을 ᄲᅮ고 닐오디,

"네 젼일(前日)은 궁관(宮官)의 결릭[188]나 오늘은 뉴 한님(翰林) 친옹(親翁)이니 권도(權道)[189]로 녜(禮)를 말나."

셜파(說罷)의 기리 웃고 술위에 오르며 뉴싱(-生)을 보니 한님(翰林)이 비록 천균[190](千鈞)[191]의 무거오미 잇고 하희(河海)의 대량(大量)인들 므슴 념치(廉恥)로 참괴(慙愧)티 아니리오. 옥면(玉面)이 츈지 ᄀᆺᄐ여 눈도 거듧ᄯᅳ미 업ᄉ니 녜부(禮部) 형뎨(兄弟) ᄯ또흔 그 졍ᄉ(情事)를 참혹(慘酷)히 너기

더라.

뉴부(-府)의 니르러는 흔가지로 교ᄇᆡ(交拜)[192]를 ᄆᆞᆺ고 각 시(氏)

---

187) 참괴(慙愧): 매우 부끄러워함.

188) 결릭: 겨레. 붙이.

189) 권도(權道): 상황에 따라 변통하는 도리.

190) 균: [교] 원문에는 '근'으로 되어 있으나 오기로 보임.

191) 천균(千鈞): 천균. 매우 무거움. '균'은 예전에 쓰던 무게의 단위로, 1균은 30근임.

단장(丹粧)을 티례193)ㅎ야 폐빅(幣帛)을 밧드러 뉴 공(公)과 각졍의
게 헌(獻)ㅎ니 고은 용뫼(容貌ㅣ) 뎌라(苧羅)의 셔시(西施)194)와 초국
(楚國) 무상(無祥)195)을 우을 식(色)이 이시니 뉴 공(公)이 대희(大喜)
ㅎ야 사랑ㅎ미 구이업더라.

폐빅(幣帛) 밧기를 맛고 뉴 공(公)이 밧긔 나가 손을 디졉(待接)ㅎ
시 뉴 공(公)이 오래 폐직(廢職)ㅎ야 알 니 업고 쏘 위인(爲人)이 취
(取)ㅎ 거시 업스니 뉘 그리 사괴고져 ㅎ리오. 한님(翰林)이 위인(爲
人)이 현196)명(賢明)ㅎ나 지개(志槪)197) 숑빅(松柏) ᄀᆺ트여 사름으로
더브러 논난(論難)ㅎ미 업ᄂᆫ 고(故)로 좌간(座間)의 니(李) 녜부(禮
部) 형뎨(兄弟)분 잇ᄂᆫ디라. 녜뷔(禮部ㅣ) 춤디 못ㅎ야 우음을 먹음
고 뉴 공(公)긔 고왈(告曰),

"존문(尊問)이 본디(本-) 좀영벌열(簪纓閥閱)198)

• • •

51면

이오 교목셰기(喬木世家ㅣ)199)며 현은이 새로 등졔(登第)ㅎ야 옥

---

192) 교빅(交拜): 교배. 혼인 때, 신랑과 신부가 서로 절을 하는 예.
193) 티례: 치레. 잘 손질하여 모양을 냄.
194) 뎌라(苧羅)의 셔시(西施): 저라의 서시. 서시는 중국 춘추시대 월(越)나라의 미녀. 저라는 그녀
    가 저라산(苧羅山) 근처에서 나무장수의 딸로 태어났으므로 그렇게 이른 것임,
195) 초국(楚國) 무상(無祥): 초국 무상. 중국 춘추시대 초나라 평왕(平王)의 부인. 진(秦)나라 목공
    (穆公)의 딸로 무상(無祥)은 그녀의 어렸을 때 이름. 후에는 백영(伯嬴) 공주로 불림. 애초에
    평왕이 자기 아들 태자(太子) 건(建)의 비를 구하려 소부 비무기(費無忌)를 진나라에 보냈는
    데 비무기가 공주 백영(伯嬴)의 아름다움을 보고, 평왕에게 백영을 측실로 삼을 것을 건의하
    자 평왕이 의견을 받아들여 백영을 측실로 삼고, 후에 후비(后妃)로 삼음.
196) 현: [교] 원문에는 '형'으로 되어 있으나 문맥을 고려해 규장각본(8:34)을 따름.
197) 지개(志槪): 의지와 기개. 지기(志氣).
198) 좀영벌열(簪纓閥閱): 잠영벌열. 나라에 공이 많고 높은 벼슬을 하는 집안.
199) 교목셰기(喬木世家ㅣ): 교목세가. 여러 대에 걸쳐 중요한 벼슬을 지내 나라와 운명을 같이하

당한원(玉堂翰苑)의 튱[200]수(充數)커늘 엇디 뎌 각완의 사회를 삼
으리잇고? 쇼싱비(小生輩) 의혹(疑惑)ᄒᆞ믈 졍(靜)티 못ᄒᆞᆯ소이다."

뉴 공(公)이 ᄎᆞ언(此言)을 듯고 참괴(慙愧)ᄒᆞ나 날호여 답왈(答曰),

"각완이[201] 이제 쳔(賤)ᄒᆞ나 녯날 츈츄(春秋) 젹 진(晉) 원슈(元帥)
각곡(郤穀)[202]의 후(後ㅣ)라. 본(本)은 가문(家門)이 극진(極盡)ᄒᆞ고
ᄋᆞ직(兒子ㅣ) 또 후취(後娶)를 구(求)ᄒᆞ매 인인(人人)이 구애(拘礙)ᄒᆞ
야 허락(許諾)디 아니ᄒᆞ니 마디못ᄒᆞ야 문회(門戶ㅣ) 브젹(不適)[203]ᄒᆞ
믈 혜디 아니ᄒᆞ이다."

샹셰(尚書ㅣ) 텽파(聽罷)의 크게 웃고 맛당ᄒᆞ믈 일ᄏᆞᆯ니 기여(其
餘) 졔싱(諸生)이 함쇼(含笑)ᄒᆞ더라.

셕양(夕陽)의 파연(罷宴)[204]ᄒᆞ매 한님(翰林)이 셔지(書齋)의 도라
와 거죄(擧措ㅣ) ᄀᆞᆺᄐᆞ믈 흔탄(恨歎)ᄒᆞ고 조초 위 시(氏)를 싱각ᄒᆞ
매 츄

· · ·

52면

연(惆然) 감샹(感傷)ᄒᆞ믈 마디아냐 글오ᄃᆡ,

"져ᄂᆞᆫ 날을 위(爲)ᄒᆞ야 죽기를 감심(甘心)ᄒᆞ거늘 나ᄂᆞᆫ 이제 져ᄇᆞ리
미 깁흐니 엇디 븟그럽디 아니리오?"

는 집안.

200) [교]: 원문에는 '튱'으로 되어 있으나 오기로 보임.

201) 이: [교] 원문에는 '의'로 되어 있으나 문맥을 고려해 규장각본(8:35)을 따름.

202) 각곡(郤穀): 중국 춘추시대 진(晉)나라의 인물(B.C.682~B.C.632). 진나라에서 첫 번째로 임
명된 중군장(中軍將).

203) 브젹(不適): 부적. 걸맞지 않음.

204) 파연(罷宴): 잔치를 마침.

ᄒᆞ야 밤이 깁도록 신방(新房)의 갈 의ᄉᆡ(意思ㅣ) 업더니 뉴 공(公)
이 알고 크게 노(怒)ᄒᆞ야 ᄉᆡᆼ(生)을 블너 ᄭᅮ지져 보너니,

한님(翰林)이 마디못ᄒᆞ야 영셜졍(--亭)의 니ᄅᆞ니 각 시(氏) 옥궤(玉
几)의 비겻다가 니러 마ᄌᆞ매 머리의 봉관(鳳冠)은 오ᄎᆡ(五彩)[205] 어
른기고 무궁(無窮)히 얽은 쥬ᄎᆔ(珠翠)[206]ᄂᆞᆫ 야명쥬(夜明珠)와 벽진쥬
(璧珍珠)오 엇게예 빅화슈원삼(百花繡圓衫)[207]을 입고 허리의 홍금
샹(紅錦裳)을 ᄯᅴ어시니 패옥(珮玉)[208]은 옷 ᄉᆞ이의셔 징연(錚然)[209]
이 울니고 향ᄎᆔ(香臭) 먼니 ᄡᅩ이니 한님(翰林)이 심듕(心中)의 제 ᄒᆞᆫ
낫 쳔인(賤人)으로 부귀(富貴)와 복ᄉᆡᆨ(服色)이

•••

53면

져 갓ᄐᆞ믈 만분(萬分) 통ᄒᆡ(痛駭)[210]ᄒᆞ고 필경(畢竟) 가문(家門)이
보젼(保全)티 못홀가 두리오미 니러나니, 졍흥(情興)[211]이 춘 ᄌᆡ
갓고 슬흐미 샤갈(蛇蝎)[212] ᄀᆞᆺ터여 믁연(默然)이 손을 곳고 단좌
(端坐)ᄒᆞ여시니,

각 시(氏) 이째 치장(治粧)[213]이 ᄉᆞ족(士族) 명뷔(命婦ㅣ)나 이 ᄒᆞᆫ

---

205) 오ᄎᆡ(五彩): 오채. 파랑, 노랑, 빨강, 하양, 검정의 다섯 가지 색.

206) 쥬ᄎᆔ(珠翠): 주취. 구슬과 비취.

207) 빅화슈원삼(百花繡圓衫): 백화수원삼. 온갖 꽃모양을 수놓은 원삼. 원삼은 부녀 예복의 하나
로, 흔히 비단이나 명주로 지으며 연두색 길에 자주색 깃과 색동 소매를 달고 옆을 튼 것으
로 홑옷, 겹옷 두 가지가 있고 주로 신부나 궁중에서 내명부들이 입었음.

208) 패옥(珮玉): 노리개 옥.

209) 징연(錚然): 쟁연. 옥이 울리는 소리.

210) 통ᄒᆡ(痛駭): 통해. 몹시 이상스러워 놀람.

211) 졍흥(情興): 정흥. 정과 흥취.

212) 샤갈(蛇蝎): 사갈. 뱀과 전갈.

213) 치장(治粧): 치장. 매만져 꾸밈.

낫 쳔인(賤人)의 ᄌ식(子息)이라 금일(今日) 옥인군ᄌ(玉人君子)를 딕(對)ᄒ야 ᄆ음이 엇디 녜ᄉ(例事)로오며 ᄯ 무심(無心)ᄒ리오. 눈을 드러 슉시(熟視)ᄒ매 한님(翰林)이 흑건빅의(黑巾白衣)로 뉴미(柳眉)214)를 ᄲ긔여 단좌(端坐)ᄒ여시니 이 졍(正)히 소월운빙(素月雲鬢)215)이라. 쇄락(灑落)216)ᄒ 졍치(精采)217) 쵹하(燭下)의 빗이고 묘ᄒ 긔딜(氣質)이 ᄒ 조각 빙옥(氷玉)을 ᄭᆨ근 ᄃᆺ 슈려(秀麗)ᄒ 긔되(氣度ㅣ)218) 풍젼(風前) 옥슈(玉樹)와 슈즁(水中) 년화(蓮花) ᄀᆺᄐᆞ디 ᄯ ᄒ 엄졍ᄲᅥᆨᄲᅥᆨ(嚴正--)ᄒ미 ᄲ이여 츄텬(秋天) 샹월(霜月)219)을 ᄭᅴ여시

• • •

54면

니 ᄇ라보매 숑연(悚然)ᄒ다라. 각 시(氏) 크게 놀나 혜오디,

'이 아니 신션(神仙)이 희롱(戲弄)ᄒᄂᆞᆫ가?'

너기고 ᄯᅩᄒ 흠모(欽慕)ᄒᄂᆞᆫ 졍신(精神)이 아득ᄒ야 넉슬 일코 ᄇ라보ᄂᆞᆫ 눈이 ᄲ러질 ᄃᆺᄒ니, 한님(翰林)이 냥구(良久) 후(後) 눈을 드다가 뎌 거동(擧動)을 보고 더옥 믜이 너기며 통히(痛駭)ᄒ야 싱각ᄒ디,

'닉 엇디 져 쳔인(賤人)을 딕(對)ᄒ야 고습(固襲)220)ᄒ고 잠을 아니 자리오.'

---

214) 뉴미(柳眉): 유미. 버들잎 같은 눈썹이란 뜻으로, 미인의 눈썹을 이르는 말. 여기에서는 이경문의 눈썹을 이름.

215) 소월운빙(素月雲鬢): 소월운빈. 흰 달처럼 하얀 얼굴에 구름 같은 귀밑거리.

216) 쇄락(灑落): 기분이나 몸이 상쾌하고 깨끗함.

217) 졍치(精采): 정채. 빛나는 풍채.

218) 긔되(氣度ㅣ): 기도. 기개와 도량.

219) 샹월(霜月): 상월. 서리가 내리는 밤의 차가워 보이는 달.

220) 고습(固襲): 고루함을 답습함.

즉시(卽時) 의관(衣冠)을 그루고 샹(牀)의 오루니,

각 시(氏) 크게 깃거 쏘훈 단댱(丹粧)을 그루고 훈가지로 댱(帳)을 지우며 싱(生)이 근뇌(近來) 심식(心思ㅣ) 번난(煩亂)²²¹⁾호야 젼일(前日) 돈후(敦厚)²²²⁾호던 셩졍(性情)이 변(變)호미 잇눈 고(故)로 금야(今夜)눈 더옥 증(症)²²³⁾을 겨워 당건(唐巾)을 반탈(半脫)호고 녹운금(綠雲衾)을 반(半)만 덥허 든줌이 바야히니 옥골

• •

55면

풍광(玉骨風光)이 더옥 긔이(奇異)호디라. 각 시(氏) 졍혼(精魂)이 니톄(離體)²²⁴⁾호야 블고념티(不顧廉恥)²²⁵⁾호고 훈가지로 동금(同衾)²²⁶⁾호야 스스로 졍(情)을 금(禁)티 못호더라.

한님(翰林)이 새도록 자다가 새비 씨두루니 각 시(氏) 주긔(自己)로 더브러 휴슈졉톄(携手接體)²²⁷⁾호야 줌을 드럿거눌 한님(翰林)이 만분(萬分) 통히(痛駭)호야 급(急)히 썰티고 니러 안자 의관(衣冠)을 츠자 입고 밧그로 나가니 각 시(氏) 줌을 씨여 한님(翰林)이 이 굿티 낙낙(落落)²²⁸⁾호믈 크게 훈(恨)호야 일흔 거시 잇눈 둣호더라.

각 시(氏) 단쟝(丹粧)을 티례²²⁹⁾호고 뉴 공(公)긔 문안(問安)호니

---

221) 번난(煩亂): 번란. 몸과 마음이 괴롭고 어지러움.

222) 돈후(敦厚): 인정이 두텁고 후함.

223) 증(症): 걸핏하면 화를 왈칵 내는 증세.

224) 니톄(離體): 이체. 몸에서 떨어짐.

225) 블고념티(不顧廉恥): 불고염치. 염치를 돌아보지 않음.

226) 동금(同衾): 동침(同寢).

227) 휴슈졉톄(携手接體): 휴수접체. 손을 잡고 몸이 닿음.

228) 낙낙(落落): 낙락. 남을 대하는 모습이 냉담함.

229) 티례: 치례. 잘 손질하여 모양을 냄.

뉴 공(公)이 더옥 ᄉ랑ᄒ고 각졍이 겨틔셔 찬양(贊襄)[230]ᄒ야 진짓 싱(生)의 텬뎡호귀(天定好逑ㅣ)[231]라 ᄒ니 뉴 공(公)이 더옥 깃거ᄒ되 싱(生)은 의ᄉ(意思ㅣ) 닉도(乃倒)[232]ᄒᆫ 가온되 더옥 믜온 ᄆᆞᄋᆞᆷ

56면

이 층가(層加)ᄒ야 안젼(案前)의셔 승안(承顔)[233]ᄒᄂᆞᆫ 화긔(和氣)를 일운 밧 ᄉ실(私室)의셔ᄂᆞᆫ 늄 본 듯ᄒ니 월여(月餘)의 니ᄅᆞ도록 쥬푀(朱標ㅣ)[234] 의연(依然)[235]ᄒ더라.

각 시(氏) 스ᄉ로 음욕(淫慾)[236]을 이긔디 못ᄒ야 듀야(晝夜) 울고져 ᄒᄂᆞᆫ ᄂ빗츨 뉴 공(公) 안젼(案前)의 뵈고 각졍의 겨틔셔 한님(翰林)의 블효(不孝)를 닐너 뉴 공(公)의 ᄯᆞᆺ을 도도와 춤소(讒訴)ᄒ니,

뉴 공(公)이 본되(本-) 혼암블명(昏闇不明)[237]ᄒᆫ 위인(爲人)의 풍샹(風霜)을 겻거 졍신(精神)이 쇼모(消耗)[238]ᄒ고 혼암(昏闇)ᄒ미 십분(十分)이나 더ᄒ엿ᄂᆞᆫ 고(故)로 일ᄌᆞ일언(一字一言)을 다 치랍(採納)[239]ᄒ야 한님(翰林)을 되칙(大責)ᄒ니 한님(翰林)의 효셩(孝誠)이

---

230) 찬양(贊襄): 도와서 일을 이룰 수 있게 함.

231) 텬뎡호귀(天定好逑ㅣ): 천정호구. 하늘이 정해 준 좋은 짝.

232) 닉도(乃倒): 내도. 판이함.

233) 승안(承顔): 어른의 안색을 살펴 그대로 좇음.

234) 쥬푀(朱標ㅣ): 주표. 붉은 표식. 앵혈(鶯血)을 이름. 앵혈은 장화(張華)의 『박물지』에서 그 출처를 찾을 수 있음. 근세 이전에 나이 어린 처녀의 팔뚝에 찍던 처녀성의 표시를 말하는 것으로 도마뱀에게 주사(朱沙)를 먹여 죽이고 말린 다음 그것을 찧어 어린 처녀의 팔뚝에 찍으면 첫날밤에 남자와 잠자리를 할 때에 없어진다고 함.

235) 의연(依然): 전과 다름 없음.

236) 음욕(淫慾): 음탕한 욕심.

237) 혼암블명(昏闇不明): 혼암불명. 어리석고 못나서 사리에 어둡고 현명하지 않음.

238) 쇼모(消耗): 소모. 써서 없앰.

증ᄌ(曾子),240) 왕샹(王祥)241)을 효측(效則)242)ᄒ며 심긔(心氣) 무거
오미 쳔균(千鈞)의 잇고 괴로오믈 됴흔 일 보ᄃ시 ᄒᄆ로 손슌(遜
順)243)ᄒ야 츄호(秋毫)244)

57면

도 블평(不平)흔 긔식(氣色)을 아니코 각 시(氏) 후ᄃᆡ(厚待)ᄒ라 ᄒ
ᄂ 칙(責)이 난ᄌᆨ 즉시(卽時) 드러가 자고 나오고 만일(萬一) 그친
즉 드러가디 아니니 각졍이 더옥 앙앙(怏怏)245)ᄒ야 졈졈(漸漸) 큰
곳을 범(犯)ᄒᄂ 고(故)로,

일일(一日)은 한님(翰林)이 셔당(書堂)의 잇ᄂ 째를 타 현이 각 시
(氏) 방(房)의 드러가니 각 시(氏) 든줌을 ᄇ야흐로 드렷거늘 현이
넌ᄌ시 닐오ᄃᆡ,

"요녀(妖女)246)를 금일(今日) ᄆ출 째로다."

---

239) 치랍(採納): 채납. 의견을 받아들임.

240) 증ᄌ(曾子): 증자. 증삼(曾叅, B.C.505~B.C.436?)을 높여 부른 이름. 중국 춘추시대 노(魯)나
라의 유학자. 자는 자여(子輿). 공자의 덕행과 사상을 조술(祖述)하여 공자의 손자인 자사(子
思)에게 전함. 효성이 깊은 인물로 유명함.

241) 왕샹(王祥): 왕상. 중국 동한(東漢), 위(魏), 서진(西晉)의 삼대에 걸쳐 살았던 인물(184~268).
자는 휴징(休徵). 위나라에서의 벼슬은 사공(司空), 태위(太尉)까지 올랐고, 진나라에서는 태
보(太保) 벼슬까지 이름. 계모에 대한 효성이 깊은 인물로 유명함. 계모 주 씨를 섬긴 여러
일화 가운데, 주씨가 겨울에 생선을 먹고 싶다고 하자 옷을 벗고 얼음 위에 누웠는데 이는
체온으로 얼음을 녹이려 한 것임. 이에 갑자기 얼음이 갈라지며 잉어 두 마리가 나와 주 씨
에게 바친 일이 민간에 전해짐. 다만 『진서(晉書)』에는 얼음 위에 누웠다는 말 대신 '옷을 벗
고 얼음을 갈랐다. 解衣剖冰'라고 되어 있음.

242) 효측(效則): 효칙. 본받아 법으로 삼음.

243) 손슌(遜順): 손순. 공손히 순종함.

244) 츄호(秋毫): 추호. 가을철에 털갈이하여 새로 돋아난 짐승의 가는 털이라는 뜻으로 매우 적거
나 조금인 것을 비유적으로 이르는 말.

245) 앙앙(怏怏): 매우 마음에 차지 아니하거나 야속함.

246) 요녀(妖女): 요사스러운 여자.

ㅎ니 각 시(氏) 놀나 씌야 니러 안거늘 현이 짐짓 너른 스매를 드
러 블을 쩌 브리고 드라드러 각 시(氏)를 잡아 씌어 업지르고 주머괴로
수(數)업시 티니 각 시(氏) 의외(意外)예 이런 독(毒)혼 슈단(手段)을 당
(當)ㅎ야 능(能)히 방차(防遮)[247]티 못ㅎ고 크게 브르지져 굴오디,

"낭군(郎君)이 이 엇던

일이잇가?"

현이 듯디 아니코 무수(無數)히 티니 각 시(氏) 견듸디 못ㅎ야 크
게 우니 그 소리 진동(振動)ㅎ는디라. 뉴 공(公)이 정침(正寢)의셔 이
소리를 듯고 놀나 연고(緣故)를 무르니 각정 왈(曰),

"심야(深夜)의 우름소리 고이(怪異)ㅎ니 닉 가셔 보고 오리이다."

즉시(卽時) 니러 영셜뎡(--亭)의 가 이 거동(擧動)을 보고 거짓 대
경(大驚) 왈(曰),

"대샹공(大相公)은 이 엇던 일이니잇가?"

ㅎ고 위김질노 미러닉는 톄ㅎ고 시비(侍婢)로 밧비 블을 혀라 ㅎ
고 각 시(氏)를 붓드러 그 샹쳐(傷處)와 긔샹(氣像)의 수참(愁慘)[248]
ㅎ믈 보고 어르만져 크게 우러 왈(曰),

"딜아(姪兒ㅣ) 지란(芝蘭)[249] 옥슈(玉樹) ㄱ튼 긔질(氣質)노 이 ㄱ
튼 경계(境界)[250]를 당(當)ㅎ니 엇디 슬프디 아니리오? 네 쟝ᄎᆞ(將次

---

247) 방차(防遮): 방차. 막아서 가림.

248) 수삼(愁慘): 을씨년스럽고 구슬픔, 또는 몹시 비참함.

249) 지란(芝蘭): 지초(芝草)와 난초(蘭草)를 아울러 이르는 말로, 똑똑하고 영리한 남의 자녀을 이
르는 말.

시) 므슴 득죄(得罪)ᄒᆞᆫ 일이 잇ᄂᆞ냐?"

각 시(氏)

겨유 정신(精神)을 출혀 슬피 우러 왈(曰),

"너 므슴 득죄(得罪)ᄒᆞ미 이시리오? 야심(夜深)토록 낭군(郎君)이
아니 드러오거늘 혼자 누어 첫ᄌᆞᆷ을 드럿더니 무망(無妄)[251]의 드러
와 이러틋시 잔잉(殘忍)히 치니 슉모(叔母)곳 아니런들 ᄒᆞ마 죽을 번
ᄒᆞ이다."

각졍 왈(曰),

"이ᄂᆞᆫ 너와 날을 다 죽이려 ᄒᆞᄂᆞᆫ 흉계(凶計)라. 네 당당(堂堂)이
명일(明日) 여ᄎᆞ(如此)ᄒᆞᆫ즉 후일(後日)을 딩계(懲誡)ᄒᆞ미 이시리라."

각 시(氏) 울고 왈(曰),

"낭군(郎君)이 날노뼈 홍안(紅顔)의 ᄌᆞ한(自恨)을 끼티고 무고(無
故)히 죽이려 ᄒᆞ니 이ᄂᆞᆫ 블공대텬지쉬(不共戴天之讎ㅣ)[252]라. 당당
(堂堂)이 법부(法部)ᄀᆞ디 졍(呈)[253]ᄒᆞ야도 이 흔(恨)을 삐스리라."

각졍이 심듕(心中)의 암희(暗喜)[254]ᄒᆞ야 도라오니 뉴 공(公) 왈(曰),

"뉘 심야(深夜)의 우더뇨?"

각졍이 발을 구

---

250) 경계(境界): 지경.
251) 무망(無妄): 별 생각이 없이 있는 상태.
252) 블공대텬지쉬(不共戴天之讎ㅣ): 불공대천지수. 하늘을 함께 이지 못하는 원수.
253) 졍(呈): 정. 소장(訴狀)을 제출함.
254) 암희(暗喜): 속으로 기뻐함.

르고 가슴을 두드려 왈(曰),

"딜이(姪兒ㅣ) 죽게 되엿ᄂ이다."

뉴 공(公)이 대경(大驚)ᄒ야 넓써 안ᄌ며 ᄀᆯ오ᄃᆡ,

"엇딘 고(故)로 각 현뷔(賢婦ㅣ) 죽단 말고?"

각정이 왈(曰),

"대샹공(大相公)이 당초(當初)브터 각 시(氏) 어드믈 ᄡᅥ리거ᄂᆞᆯ 첩(妾)이 ᄒᆞᆫ갓 그 ᄌᆡ뫼(才貌ㅣ) 샹젹(相適)²⁵⁵⁾ᄒᆞ믈 두굿겨 힘뼈 냥가(兩家) 인연(因緣)을 일우니 이 젼혀(專-) 됴흔 ᄯᅳᆺ이어ᄂᆞᆯ 대샹공(大相公)이 셩친(成親) 수월(數月)의 박ᄃᆡ(薄待) 태심(太甚)ᄒᆞ다가 금야(今夜)ᄂᆞᆫ 공연(空然)이²⁵⁶⁾ 드러와 첩(妾)을 거러 욕(辱)이 참담(慘憺)ᄒᆞ고 쳘편(鐵鞭)으로 딜ᄋᆞ(姪兒)를 텨 딜이(姪兒ㅣ) 즉금(卽今) 싱ᄉᆞ(生死) 듕(中) 이시니 텬하(天下)의 블효ᄌᆡ(不孝子ㅣ) 흔타 흔들 한님(翰林) ᄀᆞᆺ틀니 어ᄃᆡ 이시며 어엿븐 딜이(姪兒ㅣ) 낭혈(狼穴)의 들미 아니리오? 이 다 첩(妾)이 그릇ᄒᆞ야 한님(翰林)의 져ᄇᆞ리도록 ᄒᆞ믈 모로고

슉딜(叔姪)이 의지(依支)ᄒᆞ야 ᄃᆞᆫ니고져 ᄒᆞᄆᆞ로 서어(鉏鋙)²⁵⁷⁾히 싱각ᄒᆞ미라. 첩(妾)의 젼두(前頭)²⁵⁸⁾ 신셰(身世)를 싱각ᄒᆞ매 엇디 셟

---

255) 샹젹(相適): 상적. 서로 잘 맞음.

256) 공여(空然)이: 공연히. 괜히.

257) 서어(鉏鋙): 익숙하지 아니하여 서름서름함.

258) 젼두(前頭): 전두. 지금부터 나가오게 될 앞날.

디 아니리잇고?"

셜파(說罷)의 가슴을 두드리고 실셩운졀(失性殞絶)²⁵⁹⁾ᄒ니 눈믈이 강슈(江水) ᄀᆞᆺ고 소ᄅᆡ 비졀(悲絶)²⁶⁰⁾ᄒ야 쵹홰(燭火ㅣ) 위(爲)ᄒ야 빗츨 곰초니 이 거동(擧動)을 ᄃᆡ(對)ᄒ야ᄂᆞᆫ 슈광(師曠)의 총(聰)²⁶¹⁾이라도 ᄭᅢ닷디 못ᄒ려든 더옥 혼암(昏闇) 쥬ᄉᆡᆨ(酒色)의 뉴 공(公)이 엇디 ᄭᅢ닷ᄅᆞ리오. 발연(勃然)²⁶²⁾ 대로(大怒) 왈(曰),

"욕ᄌᆡ(辱子ㅣ) 이러틋 우흘 두리디 아냐 흉참(凶慘)²⁶³⁾ᄒᆞ미 여ᄎᆞ(如此)ᄒ니 부ᄌᆞ지졍(父子之情)이 비록 크나 용샤(容赦)티 못ᄒ리라."

각졍 왈(曰),

"노얘(老爺ㅣ) 비록 못 듯ᄂᆞᆫ ᄃᆡ 말ᄉᆞᆷ이 저러틋 쾌(快)ᄒ시나 ᄂᆡ일(來日) 한님(翰林)의 눈 어리오ᄂᆞᆫ 옥모(玉貌)와 아당(阿黨)²⁶⁴⁾ᄒᆞᄂᆞᆫ ᄂᆞᆺ 빗츨 보실진ᄃᆡ 오늘 ᄆᆞᄋᆞᆷ이

• • •

62면

ᄒᆞ나토 업ᄉᆞ리니 헛된 위엄(威嚴)을 쟈랑티 마ᄅᆞ쇼셔."

뉴 공(公)이 더옥 분연(憤然)ᄒᆞ야 칼노 칙상(冊床)을 치며 ᄀᆞᆯ오ᄃᆡ,

"ᄂᆡ 너ᄅᆞᆯ ᄃᆡ(對)ᄒ야 밍셰(盟誓)ᄒᆞᄂᆞ니 현명을 이ᄌᆞᆺ디 ᄒᆞ리라."

---

259) 실셩운졀(失性殞絶): 실성운절. 정신을 잃고 기절함.

260) 비졀(悲絶): 비절. 더할 수 없이 슬픔.

261) 슈광(師曠)의 총(聰): 사광의 총. 사광의 귀밝음. 사광은 중국 춘추시대 진(晉)나라 사람으로 자는 자야(子野)로 저명한 악사(樂師)임. 눈이 보이지 않아 스스로 맹신(盲臣), 명신(瞑臣)으로 부름. 진(晉)나라에서 대부(大夫) 벼슬을 했으므로 진야(晉野)로 불리기도 함. 음악에 정통하고 거문고를 잘 탔으며 음률을 잘 분변했다 함.

262) 발연(勃然): 왈칵 성을 내는 태도나 일어나는 모양이 세차고 갑작스러움.

263) 흉참(凶慘): 흉악하고 참혹함.

264) 아당(阿黨): 남의 비위를 맞추거나 환심을 사려고 다랍게 아첨함.

각정이 암희(暗喜)ᄒᆞ야 도도와 ᄀᆞᆯ오ᄃᆡ,

“쳡(妾)의 말ᄉᆞᆷ이 한님(翰林)을 믜워ᄒᆞ미 아니라 한님(翰林)이 근ᄂᆡ(近來) 크게 외입(外入)ᄒᆞ샤 쳡(妾) 뮈워ᄒᆞ시믈 심(甚)히 ᄒᆞ시고 현ᄋᆡ를 업시코져 ᄒᆞ시며 각 시(氏) 비록 쳡(妾)의 딜녜(姪女ㅣ)나 용모(容貌)와 위인(爲人)이 태임(太妊),[265] 태ᄉᆞ(太姒)[266]의 ᄀᆞᄌᆞᆨᄒᆞᆫ ᄒᆡᆼ실(行實)이 잇거ᄂᆞᆯ 쳡(妾)의 년좌(連坐)로 박ᄃᆡ(薄待) 태심(太甚)ᄒᆞ다가 필경(畢竟)은 칼을 들고 ᄂᆡ당(內堂)의 돌입(突入)ᄒᆞ며 쳐ᄌᆞ(妻子)ᄅᆞᆯ 살해(殺害)코져 ᄒᆞ시니 텬하(天下)의 뎌런 광ᄉᆡ(狂士ㅣ) 어ᄃᆡ 이시리잇고? 만일(萬一) 경계(警戒)

63면

티 아닌즉 가문(家門)이 망(亡)키 쉬오리이다.”

뉴 공(公)이 더옥 노왈(怒曰),

“네 니ᄅᆞ디 아냐도 내 다 아ᄂᆞ니 쟝ᄎᆞᆺ(將次ㅅ) 엇디 다ᄉᆞ려야 딩계(懲誡)ᄒᆞ리오?”

각정 왈(曰),

“가듕(家中)의 쇠치 ᄒᆞ나히 이시니 일노 오십(五十)을 친즉 그 죄(罪)ᄅᆞᆯ 속(贖)ᄒᆞ리이다.”

뉴 공(公)이 슌슌(順順) 응낙(應諾)ᄒᆞ더라.

이튼날 현ᄋᆡ와 한님(翰林)이 드러와 뉴 공(公)긔 문안(問安)ᄒᆞ매 각 시(氏) 영셜뎡(--亭)으로조차 나와 좌(座)의 니ᄅᆞ니 피 므든 오시

---

265) 태임(太妊). 중국 주(周)나라 왕계의 아내이자 문왕의 어머니. 며느리 태사(太姒)와 함께 현모양처의 대명사로 일컬어짐.

266) 태ᄉᆞ(太姒): 태사. 중국 주(周)나라 문왕의 후비이자 무왕의 어머니.

쳐창(悽愴)ᄒ고 혈뉘(血淚ㅣ) 숨숨(滲滲)²⁶⁷⁾ᄒ여 돗 밧긔 ᄭ러 슬피 울고 고(告)ᄒ여 ᄀᆲ오ᄃᆡ,

"쳡슈블혜(妾雖不慧)²⁶⁸⁾ᄒ나 부모(父母)의 명(命)으로 셩문(盛門)의 니ᄅ매 일즉 대인(大人)의 ᄌᆞᄋᆡ(慈愛)ᄒ시미 하ᄂᆞᆯ 갓고 아ᄌᆞ미 안흐로 어지리 도으니 일즉 득죄(得罪)ᄒᆫ 일이 업ᄉᆞᄃᆡ 낭군(郎君)의 박ᄃᆡ(薄待)

와 뮈어ᄒᄂᆞᆫ 긔식(氣色)은 니ᄅ도 말고 쟉야(昨夜)의 홀연(忽然)이 쳘편(鐵鞭)을 들고 쳡(妾)의 곳의 니ᄅ러 진수(塵數)²⁶⁹⁾히 쳐 죽이려 ᄒ니 쳡(妾)이 잔약(孱弱)²⁷⁰⁾ᄒᆫ 긔딜(氣質)노 댱부(丈夫)의 위엄(威嚴)을 막기 어렵고 심야(深夜)의 구(救)ᄒ리 업서 독슈(毒手)의 버셔나기 어려오니 쇽절업시 십삼(十三) 쳥츈(靑春)이 댱하(杖下) 경혼(驚魂)²⁷¹⁾이 될가 ᄒ더니 아ᄌᆞ미 니ᄅ러 겨유 구(救)ᄒ야 실 ᄀᆞᆺᄐᆫ 목숨이 ᄭᆞᆺ디 아니나²⁷²⁾ 죽으미 됴셕(朝夕)의 잇ᄉᆞᄂᆞᆫ디라. 대인(大人)은 쇼쳡(小妾)을 친졍(親庭)의 보ᄂᆡ여 여ᄉᆡᆼ(餘生)을 편(便)히 맛게 ᄒ쇼셔."

셜파(說罷)의 오열(嗚咽) 뉴톄(流涕)ᄒ니 뉴 공(公)이 이 거동(擧動)을 보고 노긔(怒氣) 더옥 블 니듯 ᄒ야 한님(翰林)을 보며 소릭

---

267) 숨숨(滲滲): 삼삼. 눈물이 흘러내리는 모양.

268) 쳡슈블혜(妾雖不慧): 첩수불혜. 첩이 비록 슬기롭지 못하나.

269) 진수(塵數): 매우 많음. 수의 많음을 먼지에 비유한 말. 무수(無數).

270) 잔약(孱弱): 가냘프고 약함.

271) 경혼(驚魂): 놀란 넋.

272) 나: [교] 원문에는 '니'로 되어 있으나 문맥을 고려해 규장각본(8:44)을 따름.

딜너 글오딕,

"블초직(不肖子ㅣ) 금일(今日) 므슴 ᄂᆞᆺ추로 날을 보ᄂᆞᆫᆫ?"

한

65면

님(翰林)이 ᄎᆞ경(此景)을 보고 경히(驚駭)[273]ᄒᆞᄆᆞᆯ 이긔디 못ᄒᆞ더니 공(公)의 노(怒)ᄅᆞᆯ 보고 안셔(安舒)히 믈너 업딕여 딕왈(對曰),

"히이(孩兒ㅣ) 비록 블초(不肖)ᄒᆞ나 쟉야지ᄉᆞ(昨夜之事)ᄂᆞᆫ 히이(孩兒ㅣ) 모ᄅᆞᄂᆞᆫ 배라 경혹(驚惑)[274]ᄒᆞᄆᆞᆯ 이긔디 못ᄒᆞᆯ소이다."

뉴 공(公)이 대로(大怒) 왈(曰),

"욕직(辱子ㅣ) 이제ᄂᆞᆫ 아조 쎄티기[275]ᄅᆞᆯ 능히(能-) ᄒᆞᄂᆞᆫ냐? 네 무죄(無罪)ᄒᆞᆫ 쳐ᄌᆞ(妻子)ᄅᆞᆯ 져 졍샹(情狀)[276]을 밍그라시니 너ᄂᆞᆫ 쾌(快)히 마자 보라."

셜파(說罷)의 시노(侍奴)ᄅᆞᆯ 호령(號令)ᄒᆞ야 ᄉᆡᆼ(生)을 잡아 ᄂᆞ리오라 ᄒᆞ니 한님(翰林)이 뉴 공(公)의 거동(擧動)을 보매 ᄌᆞ긔(自己) 구셜(口舌)[277]이 브졀업고 말을 다토와 뉴 공(公)의 흔단(釁端)[278]을 포폄(褒貶)[279]ᄒᆞ미 그른 고(故)로 믄득 니러나 ᄯᅴ와 관(冠)을 벗고 계하(階下)의 ᄂᆞ려 죄(罪)ᄅᆞᆯ 바들ᄉᆡ, 뉴 공(公)이 건쟝(健壯)ᄒᆞᆫ 노ᄌᆞ

---

273) 경히(驚駭): 경해. 뜻밖의 일로 몹시 놀람.

274) 경혹(驚惑): 놀라고 의혹함.

275) 쎄티기: 시치미 떼기.

276) 졍샹(情狀): 정상. 딱하거나 가엾은 상태.

277) 구셜(口舌): 구설. 말.

278) 흔단(釁端): 단점.

279) 포폄(褒貶): 옳고 그름이나 선하고 악함을 판단하여 결정함.

(奴子)ᄅᆞᆯ 호령(號令)ᄒᆞ야 쇠치ᄅᆞᆯ 가져오라

66면

ᄒᆞ야 고찰(考察)280) ᄒᆞ야 치며 ᄉᆞ지저 ᄀᆞᆯ오ᄃᆡ,

"욕ᄌᆡ(辱子ㅣ) 이리로 ᄌᆞ라 ᄇᆡ혼 고지 업ᄉᆞ므로 현쳐(賢妻)ᄅᆞᆯ 박ᄃᆡ(薄待)ᄒᆞ고 필경(畢竟)은 텨 죽이기ᄅᆞᆯ 계교(計巧)ᄒᆞ니 흉(凶)ᄒᆞ미 오긔(吳起)281)도곤 심(甚)ᄒᆞᆫ디라. ᄂᆡ 블ᄒᆡᆼ(不幸)ᄒᆞ야 이런 패ᄌᆞ(悖子)282)ᄅᆞᆯ 두어 조션(祖先)을 욕(辱)먹이니 네 ᄎᆞ후(此後) 알프믈 알라 이런 무거지ᄉᆞ(無擧之事)283)ᄅᆞᆯ 말나."

한님(翰林)이 ᄒᆞᆫ 말도 ᄃᆡ(對)티 아니코 공슌(恭順)이 업ᄃᆡ여 ᄎᆡᆨ(責)을 바ᄃᆞ니 이 노ᄌᆞ(奴子)ᄂᆞᆫ 각정의 심복(心腹)인 고(故)로 힘을 다ᄒᆞ야 일(一) 댱(杖)의 가족이 허여지고 피 흐ᄅᆞ도록 치니 만일(萬一) 다ᄅᆞᆫ 사ᄅᆞᆷ ᄀᆞᆺ틀진ᄃᆡ ᄎᆞᆷ아 엇디 견ᄃᆡ리오마ᄂᆞᆫ 한님(翰林)은 젼혀(專-) 옥(玉)으로 ᄆᆡᆫᄃᆞᆯ며 남그로 ᄆᆡᆫᄃᆞᆫ 사ᄅᆞᆷ ᄀᆞᆺᄐᆞ여 소ᄅᆡᄒᆞᄆᆞᆫ 멀고 눈셥도 찡긔디 아니ᄒᆞ니 그 견고(堅固)ᄒᆞ미 도로혀 무지(無知)ᄒᆞ기에

67면

갓가온디라 만일(萬一) 연왕(-王)의 아ᄃᆞᆯ이 아니오 뉴 공(公)의 싱

280) 고찰(考察): 하나하나 사실을 따짐.

281) 오긔(吳起): 오기. 중국 전국시대 위(衛)나라의 장수이자 정치가(B.C.440~B.C.381). 노(魯)나라에서 장수를 하기 위해 제(齊)나라 출신인 자기 아내를 죽여 믿음을 주고 결국 노나라의 장수가 됨. 저서로 병법서 『오자(吳子)』가 있음.

282) 패ᄌᆞ(悖子): 패자. 사람으로서 마땅히 지켜야 할 도리에 어긋나게 행동하는 자식.

283) 무거지ᄉᆞ(無擧之事): 무거지사. 무식하고 해괴한 행동.

(生)흔 밴죽 이러툿 긔특(奇特)ᄒ리오. 삼십(三十) 댱(杖)의 니르러
ᄂ 싱(生)의 명재위태(命在危殆)ᄒ딕 각졍이 겨틱셔 도도와 거즛
쎠리ᄒ미라 ᄒ니 뉴 공(公)이 노긔(怒氣) 더ᄒ야 죽일 ᄯᅳ시 잇더니,

텬ᄒᆡᆼ(天幸)으로 문졍(門庭)[284]이 여루(如縷)[285]ᄒ며 니(李) 샹셰
(尚書ㅣ) 니르러 현은 브르ᄂ 소리 미미(微微)ᄒ니 뉴 공(公)이 져의
위셰(威勢)ᄅᆞᆯ 츄앙(推仰)[286]ᄒᄂ 고(故)로 마디못ᄒ야 싱(生)을 글너
노ᄒ며 나가 졉ᄃᆡ(接對)ᄒ라 ᄒ니 한님(翰林)이 졍신(精神)이 아득
듕(中)이나 ᄌᆞ긔(自己) 형샹(形狀)이 수참(殊慘)[287]ᄒ니 ᄎᆞ마 나갈 ᄯᅳᆺ
이 업서 돈슈(頓首)[288] 왈(曰),

“부ᄌᆞ(父子)ᄂ 고요ᄒ미 귀(貴)ᄒ니 제 졍듕(廷中) 대신(大臣)이라
이 거조(擧措)ᄅᆞᆯ 뵈여 유해(有害)ᄒ이다.”

뉴 공(公)이 대로(大怒) 왈(曰),

“네 나의 다ᄉᆞ리

∘∘∘

68면

ᄅᆞᆯ 원망(怨望)ᄒ야 됴졍(朝廷) 대신(大臣)을 공경(恭敬)티 아니ᄒ
니 쟝ᄎᆞᆺ(將次ㅅ) 므슴 죄(罪)의 가(可)ᄒ뇨?”

한님(翰林)이 ᄎᆞ언(此言)을 듯고 홀일업서 죽을힘을 다 드려 의관
(衣冠)을 곳티고 밧그로 나가니 샹셰(尚書ㅣ) 졍듕(庭中)의 빅회(徘

---

284) 문졍(門庭): 문정. 대문이나 중문 안에 있는 뜰.

285) 여루(如縷): 실처럼 가늘면서도 끊어지지 아니하고 계속 이어짐. 부절여루(不絕如縷).

286) 츄잉(推仰): 추앙. 높이 받들어 우러러봄.

287) 수참(殊慘): 자못 참혹함.

288) 돈슈(頓首): 고개를 조아림.

徊)ᄒ다가 웃고 손을 잡아 글오ᄃᆡ,

"현은이 엇디 나오믈 더ᄃᆡ ᄒᆞᄂᆢ?"

한님(翰林)이 믄득 ᄒᆞᆫ 말도 못 ᄒᆞ고 혼졀(昏絶)ᄒᆞ야 업더지니 입으로셔 무수(無數)ᄒᆞᆫ 피 쏘다지니 이ᄂᆞᆫ 대강(大綱) 문이 어려신 젹 어혈증(瘀血症)289)으로 몸이 블평(不平)ᄒᆞᆫ죽 토(吐)키ᄅᆞᆯ 무샹(無常)290)이 ᄒᆞᄂᆞᆫ디라. 샹셰(尙書ㅣ) 이 거동(擧動)을 보고 대경(大驚)ᄒᆞ야 스스로 안아 방듕(房中)의 드러가 편(便)히 누이고 구호(救護)ᄒᆞ며 일변(一邊) 옷 ᄉᆞ이의 혈흔(血痕)이 은은(隱隱)ᄒᆞ믈 보매 필연(必然) ᄉᆞ괴(事故ㅣ) 이시믈 짐쟉(斟酌)고 시동(侍童)으로 뉴 공(公)을

⋯

69면

청(請)ᄒᆞ니 뉴 공(公)이 이에 니ᄅᆞ러ᄂᆞᆫ 샹셰(尙書ㅣ) 공경(恭敬)ᄒᆞ야 니러 마자 글오ᄃᆡ,

"쇼싱(小生)이 금일(今日) 흔가(閑暇)ᄒᆞ믈 인(因)ᄒᆞ야 현은을 ᄎᆞᄌᆞ니ᄅᆞ매 거죄(擧措ㅣ) 여ᄎᆞ(如此)ᄒᆞ니 엇디 놀납디 아니리잇고? 쟝ᄎᆞ(將次ㅅ) 어ᄃᆡ를 블평(不平)ᄒᆞ야 ᄒᆞ더니잇가?"

뉴 공(公)이 ᄂᆞᆺ츨 븕히고 글오ᄃᆡ,

"ᄋᆞ직(兒子ㅣ) 본ᄃᆡ(本-) 제 모친(母親)을 여히고 슈샹(愁傷)291)ᄒᆞ미 과도(過度)ᄒᆞ야 초토(草土)292)의 샹(傷)ᄒᆞ미 잇ᄂᆞᆫ 고(故)로 잇다감 져러ᄒᆞ니 노뷔(老夫ㅣ) 우민(憂悶)ᄒᆞ미 듀야(晝夜)로 플니디 아니ᄒᆞ

---

289) 어혈증(瘀血症): 타박상 따위로 살 속에 피가 맺히는 증상.

290) 무샹(無常): 무상. 일정한 때가 없음. 무상시(無常時).

291) 슈샹(愁傷): 수상. 근심으로 마음이 상함.

292) 초토(草土): 거적자리와 흙 베개라는 뜻으로, 상중에 있음을 이르는 말.

ᄂᆞ이다.”

샹셰(尙書ㅣ) 뎜두(點頭)293)ᄒᆞ고 친(親)히 회ᄉᆡᆼ약(回生藥)을 프러 너흐며 구호(救護)ᄒᆞ니 두어 식경(食頃) 후(後) 한님(翰林)이 숨을 ᄂᆡ쉬고 졍신(精神)을 출혀 니(李) 샹셔(尙書)의 경참(驚慘)294)ᄒᆞᆫ 안ᄉᆡᆨ(顏色)과 위곡(委曲)295)ᄒᆞᆫ 거동(擧動)을 보매 감은(感恩)ᄒᆞᆫ ᄆᆞᄋᆞᆷ과 붓그러오미 교집(交集)ᄒᆞ야 겨

· **·**

70면

유 몸을 니러 샤례(謝禮)ᄒᆞ야 ᄀᆞᆯ오ᄃᆡ,

“쇼뎨(小弟) 우연(偶然)이 혼미(昏迷)ᄒᆞ야 형(兄)의 귀톄(貴體) 슈고ᄒᆞ시게 ᄒᆞ니 황공(惶恐)ᄒᆞ믈 이긔디 못ᄒᆞᆯ소이다.”

샹셰(尙書ㅣ) 왈(曰),

“이ᄂᆞᆫ 붕우지간(朋友之間) 녜ᄉᆞ(例事ㅣ)라 엇디 일ᄏᆞᆯ 배리오? 연(然)이나 형(兄)의 거동(擧動)을 보니 큰 병(病)이 몸의 잇ᄂᆞᆫ디라 녕대인(令大人)긔 블효(不孝)ᄅᆞᆯ 위(爲)ᄒᆞ야 차셕(嗟惜)296)ᄒᆞ노라.”

한님(翰林)이 손샤(遜謝)ᄒᆞ고 강잉(强仍)ᄒᆞ야 부젼(父前)의 ᄭᅮ러 샹셔(尙書)로 한담(閑談)ᄒᆞ야 화긔(和氣) ᄌᆞ약(自若)ᄒᆞ니 뉴 공(公)이 잠간(暫間) 감동(感動)ᄒᆞ고 샹셰(尙書ㅣ) 그 ᄠᅳᆺ을 측냥(測量)티 못ᄒᆞ야 잠간(暫間) 안잣다가 즉시(卽時) 도라가니,

한님(翰林)이 부젼(父前)의 ᄭᅮ러 쳥죄(請罪)ᄒᆞᄃᆡ 뉴 공(公)은 본ᄃᆡ

---

293) 뎜두(點頭): 점두. 승낙하거나 옳다는 뜻으로 머리를 약간 끄덕임.
294) 경참(驚慘): 놀라고 참혹함.
295) 위곡(委曲): 인정이 넘치고 정성이 지극함.
296) 차셕(嗟惜): 차석. 애달프고 아까움.

(本-) 쥬댱(主張) 업슨 어룬이라 그 공근(恭謹) 온화(溫和)혼 거동(擧動)을 보고 프러 닐오디,

"내 널노 더브러

···

71면

졍(情)이 업슨 거시 아니라 너의 힝실(行實)이 극(極)히 패만(悖慢)[297]ᄒ니 다ᄉ렷ᄂ니 너의 샹톄(傷處ㅣ) 듕(重)ᄒ니 조심(操心)ᄒ야 됴리(調理)ᄒ라."

한님(翰林)이 샤례(謝禮)ᄒ고 인(因)ᄒ야 누으매 병세(病勢) 위듕(危重)[298]ᄒ야 인ᄉ(人事)ᄅᆞᆯ 출히디 못ᄒ디, 뉴 공(公)은 다시 드리미러 뭇ᄂᆞᆫ 일이 업고 현이ᄂᆞᆫ 양양(揚揚)ᄒ야 죽기ᄅᆞᆯ 죄오니 엇디 시약(侍藥)[299]ᄒᆞᆯ ᄯᅳᆺ이 이시리오.

한님(翰林)이 죵일죵야(終日終夜)토록 혼침(昏沈)[300]ᄒ야 날노 위경(危境)[301]의 니ᄅᆞ니 셔동(書童) 난복이 한님(翰林)의 이 ᄀᆞᆺ튼 경샹(景狀)[302]을 보고 창황(倉黃)[303]ᄒ야 니부(李府)로 가 의약(醫藥)을 쳥(請)코져 ᄒ야 니부(李府)로 ᄃᆞᆺ더니 듕셔샤인(中書舍人) 니듕문이 ᄆᆞᄎᆞᆷ 인디(引對)[304]ᄒ시믈 조차 대궐(大闕)노 가다가 난복을 보고 무

---

297) 패만(悖慢): 사람됨이 온화하지 못하고 거칠며 거만함.

298) 위듕(危重): 위중. 병세가 위험할 정도로 중함.

299) 시약(侍藥): 곁에서 모시며 약을 바침.

300) 혼침(昏沈): 정신이 아주 혼미함.

301) 위경(危境): 위태로운 지경.

302) 경샹(景狀): 경상. 좋지 못한 몰골.

303) 창황(倉黃): 허둥지둥 당황하는 모양.

304) 인디(引對): 인대. 신하가 임금에게 가서 뵘. 여기에서는 이중문에게 인대의 명을 내린 것을 의미함.

르딕,

"네 노얘(老爺ㅣ) 옥당(玉堂)의 계시냐?"

난복이 울고 딕

• • •

72면

왈(對曰),

"쥬인(主人)이 고이(怪異)ᄒᆞᆫ 병(病)을 어더 위증(危症)이 텸가(添加)ᄒᆞ딕 쇼샹공(小相公)이 의약(醫藥)도 다ᄉᆞ려 주디 아니시니 쇼복(小僕)이 망극(罔極)ᄒᆞᆷ을 이긔디 못ᄒᆞ야 존부(尊府)로 가 샹셔(尚書) 노얘(老爺)긔 고(告)코져 ᄒᆞᄂᆞ이다."

듕문이 텅파(聽罷)의 크게 참연(慘然)ᄒᆞ딕 ᄇᆞ야흐로 승패(承牌)305) ᄒᆞ야 가ᄂᆞᆫ 고(故)로 밧비 궐듕(闕中)의 니ᄅᆞ니 샹(上)이 여러 시신(侍臣)을 모ᄒᆞ샤 글을 지이시며 우렬(優劣)을 논난(論難)ᄒᆞ시다가 홀연(忽然) 닐ᄋᆞ샤딕,

"한님ᄒᆞᆨᄉᆞ(翰林學士) 뉴현명의 문댱(文章)이 긔특(奇特)ᄒᆞ던 거시니 ᄒᆞᆫ가지로 블너 글을 지이라."

듕문이 승시(乘時)306)ᄒᆞ야 주왈(奏曰),

"뉴현명이 근ᄂᆡ(近來)의 독질(毒疾)을 어더 ᄀᆞ장 위태(危殆)ᄒᆞ다 ᄒᆞᄂᆞ이다."

샹(上)이 텅파(聽罷)의 ᄀᆞ장 놀나샤 태의(太醫) 심윤슈로 ᄒᆞ여곰 간병(看病)ᄒᆞ라 ᄒᆞ시니

---

305) 승패(承牌): ᄲᅢ(牌)를 받듦. 명패ᄂᆞᆫ 임금이 벼슬아치를 부를 때 보내던 나무패. '命' 자를 쓰고 붉은 칠을 한 것으로, 여기에 부르는 벼슬아치의 이름을 씨시 딕림.

306) 승시(乘時): 틈을 탐.

니(李) 샤인(舍人)이 쏘흔 파됴(罷朝)ᄒ고 태의(太醫)로 더브러 뉴부(-府)로 가니라.

이째 난복이 니부(李府)의 니ᄅ러 샹셔(尙書)긔 뵈고 졍유(情由)307)를 고(告)ᄒ니 니(李) 샹셰(尙書ㅣ) 이째 ᄋᄌ(兒子)의 우환(憂患)으로 져젹 뉴 한님(翰林) 거동(擧動)을 보고 도라와 듕심(中心)의 잇디 못ᄒ디 가디 못ᄒ엿더니 ᄎ언(此言)을 듯고 ᄀ장 경악(驚愕)ᄒ야 술위를 지쵹ᄒ야 뉴부(-府)로 가려 ᄒ더니, ᄆᆞ춤 녜부(禮部) 흥문이 니ᄅ러 가ᄂᆞ 곳을 뭇거ᄂᆞᆯ 샹셰(尙書ㅣ) 딕왈(對曰),

"뉴현명이 병셰(病勢) 비경(非輕)타 ᄒ니 가셔 보려 ᄒᄂ이다."

녜뷔(禮部ㅣ) 놀나 ᄒᆞᆨᄉ(學士) 셰문으로 더브러 일시(一時)의 뉴부(-府)의 니ᄅ니,

한님(翰林)이 자리의 혼혼(昏昏)308)ᄒ엿다가 졔인(諸人)의 니ᄅ러 시믈 듯고 마디못ᄒ야 겨유 졍신(精神)을 거두워 니러 마ᄌᆞ니 졔인(諸人)이 한

님(翰林)의 영풍쥰골(英風俊骨)309)이 한 쵹뉘(髑髏ㅣ)310) 되여시믈 보고 크게 놀나 일시(一時)의 손을 잡고 닐오디,

---

307) 졍유(情由): 정유. 사유.
308) 혼혼(昏昏): 정신이 가물가물하고 희미함.
309) 영풍쥰골(英風俊骨): 영풍준골. 헌걸찬 풍채와 빼어난 골격.
310) 쵹뉘(髑髏ㅣ): 촉루. 해골.

"수일(數日) 인형(仁兄)311)을 보디 못ᄒᆞ엿더니 엇디 그ᄉᆡ이 병세 (病勢) 이디도록 ᄒᆞᆯ 줄 알니오?"

한님(翰林)이 강잉(强仍) 듸왈(對曰),

"우연(偶然)이 샹한(傷寒)이 미류(彌留)312)ᄒᆞ야 증졍(症情)이 고이 (怪異)ᄒᆞ니 민울(悶鬱)313)ᄒᆞᄆᆞᆯ 이긔디 못ᄒᆞᆯ소이다."

언미필(言未畢)의 동ᄌᆡ(童子ㅣ) 태의(太醫) 니ᄅᆞ러시믈 고(告)ᄒᆞ니 뉴 공(公)이 이ᄽᅢ 각졍으로 더브러 풍악(風樂)의 즘기엿더니 텬ᄉᆡ(天 使ㅣ) 니ᄅᆞ러시믈 듯고 마디못ᄒᆞ야 ᄒᆞᆫ가지로 병소(病所)의 니ᄅᆞ러 볼ᄉᆡ 태의(太醫) 나아가 한님(翰林)을 진ᄆᆡᆨ(診脈)ᄒᆞ고 믄득 경아(驚 訝)314)ᄒᆞ여 믈너안ᄌᆞ며 ᄀᆞᆯ오듸,

"노야(老爺) 환휘(患候ㅣ) 풍한(風寒)의 샹(傷)ᄒᆞ시미 아니오, ᄯᅩ 별증(別症)이 아니라 댱독(杖毒)이 듕(重)ᄒᆞ야 뉵

• • •

75면

ᄆᆡᆨ(六脈)315)이 다 동(動)ᄒᆞ여시니 밧비 침(針)으로 창쳐(瘡處)316)ᄅᆞᆯ 뽓고 됴호(調護)317)ᄒᆞᆯ진듸 ᄉᆡᆼ도(生道)ᄅᆞᆯ 어드리이다."

셜파(說罷)의 한님(翰林)이 강잉(强仍)ᄒᆞ야 졍ᄉᆡᆨ(正色)고 ᄀᆞᆯ오듸,

"ᄂᆡ 본듸(本-) 초토(草土)의 샹(傷)ᄒᆞᆫ 슉병(宿病)이 발(發)ᄒᆞ엿거ᄂᆞᆯ

---

311) 인형(仁兄): 친구 사이에, 상대편을 높여 이르는 이인칭 대명사.

312) 미류(彌留): 병이 오래 낫지 않음.

313) 민울(悶鬱): 안타깝고 답답함.

314) 경아(驚訝): 놀라고 의아해함.

315) 뉵ᄆᆡᆨ(六脈): 육맥. 여섯 가지 맥박. 부(浮), 침(沈), 지(遲), 삭(數), 허(虛), 실(實)의 맥을 이름.

316) 창쳐(瘡處): 창처. 종기가 난 곳.

317) 됴호(調護): 조호. 환자를 살 보양하여 병의 회복을 빠르게 함.

태의(太醫) 엇디 이런 고이(怪異)훈 말을 호ᄂᆞ뇨?"

녜부(禮部) 등(等)이 뉴 공(公)의 추잡(醜雜)훈 거동(擧動)과 한님
(翰林)의 경동(驚動)ᄒᆞᄂᆞᆫ 안식(顔色)을 보고 한님(翰林)ᄃᆞ려 골오ᄃᆡ,

"태의(太醫) 그릇 볼 니(理) 업거ᄂᆞᆯ 형(兄)이 긔이믄 므슴 ᄯᅳᆺ고?"

한님(翰林) 왈(曰),

"쇼뎨(小弟) 블쵸(不肖)ᄒᆞ니 혹(或) 슈댱(受杖)318)ᄒᆞ미 업디 아니
나 즉금(卽今)은 실노(實-) 그런 일이 업ᄂᆞ이다."

녜뷔(禮部ㅣ) 홀연(忽然) 웃고 뉴 공(公)을 향(向)ᄒᆞ야 골오ᄃᆡ,

"믈읏 ᄌᆞ식(子息)이 블합(不合)ᄒᆞ매 티믄 올ᄒᆞ나 곰초와 셩농(成
膿)319)ᄒᆞ게 ᄒᆞᆷ믄 그릇니 대인(大人)은 모ᄅᆞ미 진

•••

76면

실(眞實)훈 말을 ᄒᆞ쇼셔."

뉴 공(公)이 니(李) 녜부(禮部)의 정언(正言)320)의 다ᄃᆞ라 믄득 답
왈(答曰),

"과연(果然) 돈ᄋᆞ(豚兒ㅣ)321) 눈샹(倫常)을 듕(重)히 너기디 아냐
박쳐(薄妻)322)ᄒᆞᄂᆞᆫ 아름답디 아닌 힝실(行實)이 잇ᄂᆞᆫ 고(故)로 틱댱
(笞杖)ᄒᆞ엿더니 태의(太醫) 말이 여ᄎᆞ(如此)ᄒᆞ니 엇디 신긔(神奇)롭
디 아니리오? 아모커나 태의(太醫)로 ᄒᆞ여곰 시험(試驗)ᄒᆞ라 ᄒᆞ미 올

---

318) 슈댱(受杖): 수장. 매를 맞음.
319) 셩농(成膿): 성농. 고름이 남.
320) 정언(正言): 정언. 엄정한 말.
321) 돈ᄋᆞ(豚兒ㅣ): 돈아. 자기 아들을 낮추어 부르는 말.
322) 박쳐(薄妻): 박처. 아내를 박대함.

토소이다.”

녜뷔(禮部ㅣ) 텽파(聽罷)의 심윤슈로 ᄒ여곰 보라 ᄒ니 한님(翰林)이 민망(憫惘)ᄒ야 막아 ᄀᆞᆯ오ᄃᆡ,

“너 본ᄃᆡ(本-) 슉질(宿疾)이 잇고 댱쳐(杖處)ᄂᆞᆫ 대단티 아니ᄒ니 태의(太醫)ᄅᆞᆯ 슈고롭게 ᄒ리오?”

녜뷔(禮部ㅣ) 짐즛 졍식(正色) 왈(曰),

“현은이 일즉 셩니(性理)ᄅᆞᆯ 달통(達通)ᄒ니 ᄯᅩᄒᆞᆫ 눈니(倫理)ᄅᆞᆯ 모ᄅᆞ디 아닐디라. 대인(大人)이 셜ᄉᆞ(設使) 다ᄉᆞ리시나 너의 도리(道理) 역졍(逆情)ᄒ야 스ᄉᆞ로 셕

● ● ●

77면

어 니여 죽으미 올흐냐?”

셜파(說罷)의 금포(錦袍)와 각모(角帽)ᄅᆞᆯ 벗고 한님(翰林)의 겨ᄐᆡ 나아가 샹쳐(傷處)ᄅᆞᆯ 보니 ᄉᆞᆯ과 가족이 다 업고 흰 ᄲᅧ 은은(隱隱)ᄒ야 셕은 ᄂᆡ 진동(振動)ᄒ니 녜뷔(禮部ㅣ) 차악(嗟愕)ᄒ야 ᄀᆞᆯ오ᄃᆡ,

“두어 날 더 두던들 사디 못ᄒᆞᆯ낫다. 대인(大人)이 비록 엄부(嚴父)의 소임(所任)을 ᄒ시나 ᄎᆞᄉᆞ(此事)ᄂᆞᆫ 진실노(眞實-) 그릇ᄒ여 계신디라. 현은의 ᄇᆡᆨᄒᆡᆼ(百行)을 비록 경계(警戒)ᄒ시나 이ᄃᆡ도록 죽을 지경(地境)의 다ᄃᆞᆺ게 ᄒᆞ시믄 의외(意外)로소이다.”

셜파(說罷)의 안광(眼光)의 찬 빗치 대발(大發)ᄒ야 졔뎨(諸弟)ᄃᆞ려 왈(曰),

“현은의 명박(命薄)ᄒ미 여ᄎᆞ(如此)ᄒ여 우흐로 엄군(嚴君)323)이

---

323) 엄군(嚴君): 엄한 아버지.

잇고 아릭로 아이 이시딕 그 몸이 죽을 지경(地境)의 니르니 텬하(天下) 의ᄉ(義士)로 ᄒ여곰 늣길 배라. 아등(我等)

⋯

78면

이 텬ᄌ(天子) 티하(治下) 흔가지 제신(諸臣)으로 동녈(同列)의 잇고 ᄉ히(四海) 안히 흔 형데(兄弟)라 ᄒ여시니 홀노 현은의게ᄊ려 박(薄)ᄒ리오? 여등(汝等)이 흔가지로 나아와 붓들고 태의(太醫)로 ᄒ여곰 파종(破腫)324)ᄒ게 ᄒ라."

듕문은 통히(痛駭)ᄒᄂᆫ 긔식(氣色)을 춤디 못ᄒᄃᆡ 샹셔와 셰문은 안식(顔色)이 ᄌ약(自若)ᄒ야 일시(一時)의 금포(錦袍)ᄅᆞᆯ 벗고 나아와 한님(翰林)을 붓드니 태의(太醫) 나아가 침(針)으로 샹쳐(傷處)ᄅᆞᆯ 시험(試驗)ᄒ매 독혈(毒血)이 금침(金針)의 ᄉ못고 싱(生)이 긔졀(氣絶)ᄒ니 녜부(禮部) 등(等) ᄉ(四) 인(人)이 눈믈이 비 ᄀᆞᆺ트니 이째ᄅᆞᆯ 당(當)ᄒ야 뉴 공(公)의 무안(無顔)흔 거동(擧動)이 맛치 수리게 ᄎᆞ인 미 ᄀᆞᆺ트여 두 눈을 두려디 쓰고 찬 ᄯᆞᆷ이 늙은 가족의 ᄌᆞᆷ겨 말을 못ᄒ니 녜뷔(禮部ㅣ) 뉴 공(公)을 향(向)ᄒ야

⋯

79면

ᄀᆞᆯ오ᄃᆡ,
"녕낭(令郎)의 출셰(出世)흔 긔딜(氣質)은 히닉(海內) 소공디(所共知)325)라. ᄉ셔(士庶)326)의 칭앙(稱仰)327)ᄒᆞᆷ 니ᄅᆞᆯ도 말고 텬직(天

---

324) 파종(破腫): 종기를 터뜨림.

子(주)ㅣ) 녜우(禮遇)³²⁸)ᄒ시ᄂᆞ 배니 셜ᄉ(設使) 그릇ᄒᆞᆫ 일이 이셔도 존공(尊公)이 가(可)히 텬ᄌᆞ(天子)긔 고(告)ᄒᆞ고 다ᄉᆞ리미 올커ᄂᆞᆯ 이제 쇠미로 시험(試驗)ᄒᆞ야 명ᄌᆡ(命者ㅣ) 숮게 되엿ᄂᆞᆫ디라. 만일(萬一) 구(救)티 못ᄒᆞᆯ진ᄃᆡ 살인(殺人)은 한(漢) 고조(高祖)³²⁹)의 약법삼댱(約法三章)³³⁰)도 면(免)티 못ᄒᆞ여시니 션ᄉᆡᆼ(先生)이 능히(能-) 알으시ᄂᆞ냐? 션ᄉᆡᆼ(先生)이 녕낭(令郞)을 나핫시나 군뷔(君父ㅣ) 우희 계시니 ᄉᆞᄉᆞ(私私)로이 쳐 죽이믄 법(法)을 범(犯)ᄒᆞ리라. 금일(今日) 녕낭(令郞)이 ᄉᆞ디 못ᄒᆞᆯ진ᄃᆡ 존공(尊公)의 일신(一身)이 무ᄉᆞ(無事)티 못ᄒᆞ리니 쟝ᄎᆞ(將次ㅅ) 엇더킈 너기시ᄂᆞ뇨?"

뉴 공(公)이 브디블각(不知不覺)³³¹)의 울고 글오ᄃᆡ,

"명공(明公) 말ᄉᆞᆷ이 다 올흐시나 쇠매로

●●●

80면

치다 ᄒᆞ시믄 이미ᄒᆞ이다."

녜뷔(禮部ㅣ) 믄득 면모(面貌)의 어린 눈믈을 숫고 잠쇼(暫笑) 왈(曰),

"혹ᄉᆡᆼ(學生)이 일즉 의셔(醫書)의 깁흔 거슬 잠간(暫間) 셥녑(涉獵)

---

325) 소공디(所共知): 소공지. 함께 아는 바.

326) ᄉᆞ셔(士庶): 사서. 사대부와 양민.

327) 칭앙(稱仰): 칭송하고 우러러봄.

328) 녜우(禮遇): 예우. 예를 갖춰 대우함.

329) 한(漢) 고조(高祖): 중국 한(漢)나라의 제1대 황제(B.C.247~B.C.195). 성은 유(劉). 이름은 방(邦). 자는 계(季). 시호는 고황제(高皇帝). 고조는 묘호. 진시황이 죽은 다음 해 항우와 합세하여 진(秦)나라를 멸망시키고 그 후 해하(垓下)의 싸움에서 항우를 대파하여 중국을 통일하고 제위에 오름. 재위 기간은 기원전 206~기원전 195년임.

330) 약법삼댱(約法三章): 약법삼장. 중국 한(漢)나라 고조가 진(秦)나라의 가혹한 법을 폐지하고 이늘 세 ᄌᆞ목으로 줄인 젼 곧 사람을 살해한 자는 사형에 처하고, 사람을 상해하거나 남의 물건을 훔친 자는 처벌한다는 것임.

331) 브디블각(不知不覺): 부지불각. 자신도 모르는 결.

ᄒᆞ야 묘(妙)ᄒᆞᆫ 거술 잠간(暫間) 씌드ᄅᆞ매 거의 보는 배 헛되디 아닌
디라. 금일(今日) 녕낭(令郎)의 샹톄(傷處ㅣ) 쳘편(鐵鞭)으로 마즌 형
샹(形狀)이 은은(隱隱)ᄒᆞ니 노션ᄉᆡᆼ(老先生)은 혹ᄉᆡᆼ(學生)의 당돌(唐
突)ᄒᆞᄆᆞᆯ 용샤(容赦)ᄒᆞ쇼셔. 녕낭(令郎)이 비록 노션ᄉᆡᆼ(老先生) ᄉᆡᆼ(生)
ᄒᆞ신 바로 하늘을 붓들미 눈의(倫義) 당당(堂堂)ᄒᆞ나 ᄯᅩ 노션ᄉᆡᆼ(老先
生)의 박졍(薄情)을 본바다 녁녁(歷歷)히 혜아리건ᄃᆡ 션ᄉᆡᆼ(先生)이
당년(當年)의 텬하(天下)의 득죄인(得罪人)으로 목숨이 칼 아래 ᄆᆞᆺ출
거시어ᄂᆞᆯ 녕낭(令郎)이 스ᄉᆞ로 ᄃᆡ신(代身)ᄒᆞᄆᆞᆯ 원(願)ᄒᆞ야 텬ᄌᆞ(天子ㅣ)
감동(感動)ᄒᆞ신 비 되고 텬ᄉᆞ(天使ㅣ) 밋 강쥐(江州) 니ᄅᆞ러 뉴젹(流賊)

을 칠 제 녕낭(令郎)이 몸소 시셕(矢石)을 당(當)ᄒᆞ야 도적(盜賊)을
막아 드듸여 명공(明公)이 향니(鄕里)의 도라오시니 대강(大綱) 부
ᄌᆞ(父子)의 큰 ᄌᆞ의(慈愛)를 더으미 이실 ᄃᆺᄒᆞ디라. 비록 블쵸(不
肖)ᄒᆞᆫ 일이 이시나 이ᄃᆡ도록 인졍(人情) 업ᄉᆞ니잇고? 더옥 녕낭(令
郎)의 개셰영ᄌᆡ(蓋世英才)[332]로 블민(不敏)ᄒᆞᆫ 죄(罪) 그ᄃᆡ도록 대
단ᄒᆞ야 쳘편(鐵鞭)으로 맛도록 ᄒᆞ리오?"

뉴 공(公)이 녜부(禮部)의 거울을 비최며 옥(玉)을 단련(鍛鍊)ᄒᆞᆫ 개
개(箇箇) 현언(賢言)의 홀 말이 막혀 믁연(默然)ᄒᆞ니 샹셰(尙書ㅣ) 말
녀 왈(曰),

"현은의 샹시(常時) 효ᄒᆡᆼ(孝行)으로 금일(今日) 형댱(兄丈) 말ᄉᆞᆷ을 유
명지듕(幽冥之中)[333] 셜워ᄒᆞ리니 져의 어진 ᄯᅳᆺ을 져ᄇᆞ리미 아니리오?"

---

332) 개셰영ᄌᆡ(蓋世英才): 개세영재. 세상을 뒤덮을 만한 탁월한 재주.

녜뷔(禮部ㅣ) 탄식(歎息)ᄒ고 한님(翰林)을 구호(救護)ᄒ더니 일ᄉᆡᆨ
(日色)이 셔령(西嶺)의 넘은 후(後) 한님(翰林)이 겨유

숨을 뉘쉬고 인ᄉᆞ(人事)를 ᄎᆞᆯ히니 제인(諸人)이 대희(大喜)ᄒ야 ᄲᅱ
노라 즐겨ᄒ니 대강(大綱) 녜부(禮部) 등(等)의 위인(爲人)이 관후
(寬厚)ᄒᆞᆷ도 드믈거니와 텬눈(天倫)의 듕(重)ᄒᆞ미 ᄌᆞ연(自然) 동(動)
ᄒᆞ미러라. 한님(翰林)이 졍신(精神)을 ᄎᆞ려 져 사ᄅᆞᆷ들의 이러틋 ᄒᆞᆫ
의긔(義氣)를 감격(感激)ᄒ나 그 부친(父親) 허믈이 나타나믈 더옥
블쾌(不快)ᄒ여 뉴 공(公)긔 주왈(奏曰),

"쇼ᄌᆞ(小子ㅣ) 블의(不意)예 혼미(昏迷)ᄒ야 셩녀(盛慮)를 기티오
니 블효(不孝)를 슬허ᄒᆞᄂᆞ이다."

니(李) 샤인(舍人) 듕문이 쇼왈(笑曰),

"녕대인(令大人) 엄(嚴)ᄒ시미 호발(毫髮)도 비례(非禮)를 용납(容
納)디 아니시니 형(兄)의 죄(罪) 그만ᄒ고 죽으미 죄(罪)의 올흐니 녕
대인(令大人) 녜듕(禮重)ᄒ시므로 엇디 근심ᄒᆞ시리오? 평안(平安)ᄒ
시미 반셕(盤石) ᄀᆞᆺᄐᆞ시고 즐기시미 츈풍(春風)의 더어 오악(五樂)이

---

333) 유명지듕(幽冥之中): 유명지중. 저승.

진동(振動)ᄒ니 그딕는 념녀(念慮) 말나."

한님(翰林)이 텽파(聽罷)의 ᄂᆞᆺ빗ᄎᆞᆯ 변(變)ᄒ고 뉴 공(公)은 맛티 쑬 먹은 벙어리 ᄀᆞᆺᄐᅠ여 말을 못 ᄒ더라.

날이 져믈매 제인(諸人)이 ᄎᆞ야(此夜)를 머믈ᄉᆡ 뉴 공(公)은 제인 (諸人)의 권(勸)으로 드러가고 샹셔(尙書) 등(等)이 머므러 구호(救 護)홀ᄉᆡ 니(李) 흑ᄉᆞ(學士) 셰문 왈(曰),

"그딕 샹쳐(傷處ㅣ) 져딕도록 ᄒᄃᆡ 녕뎨(令弟) 티료(治療)ᄒ미 업 ᄂᆞ뇨?"

한님(翰林) 왈(曰),

"샤뎨(舍弟) ᄒ가(閑暇)ᄒ미 아니라 관ᄉᆞ(官舍)의 츌입(出入)ᄒ야 일시(一時)를 여가(餘暇)티 못ᄒ고 닉 ᄯᅩ 스스로 낫기를 기드리다가 크게 덧나 그러틋 위듕(危重)ᄒ야 가친(家親)긔 블효(不孝)를 기치니 엇디 붓그럽디 아니리오?"

제인(諸人)이 잠간(暫間) 웃더라.

셕양(夕陽)의 현이 ᄉᆞ마(駟馬)[334] 쌍곡(雙谷)을 울니고 술을 대취 (大醉)ᄒ야 미녀(美女)를 쌍쌍(雙雙)이 셰우

고 드러오거늘 녜뷔(禮部ㅣ) 십분(十分) 통히(痛駭)ᄒ야 미위(眉宇ㅣ) 쩍쩍ᄒ더니 현이 밋 닉당(內堂)의 드러가니 샹셔(尙書) 등(等)의

---

334) ᄉᆞ마(駟馬): 사마. 한 채의 수레를 끄는 네 필의 말.

와시믈 듯고 놀나 밧비 셔당(書堂)의 니르러 한님(翰林)을 문병(問病)ᄒ고 제인(諸人)을 향(向)ᄒ야 은혜(恩惠)ᄅᆞᆯ 칭샤(稱謝)ᄒ야 텀녕(諂佞)335)ᄒᄂᆞᆫ 안식(顔色)과 ᄋᆞ숨이ᄂᆞᆫ 거동(擧動)이 비록 ᄉᆞ광(師曠)의 총(聰)336)이라도 씨닷디 못ᄒᆞᆯ 거시로ᄃᆡ 니시(李氏) 제인(諸人)은 늌뉼(六律)337)이 졍(精)ᄒ고 붉기 귀신(鬼神) ᄀᆞᆮᄐᆞ니 요괴(妖怪) 감히(敢-) 자최ᄅᆞᆯ 숨기디 못ᄒᆞᄂᆞᆫ디라 뎌 거동(擧動)을 보고 각각(各各) 더러이 너길디언졍 한님(翰林)의 효의(孝義)ᄅᆞᆯ 샹(傷)ᄒᆡ오디 아니려 면강(勉强)338)ᄒ야 ᄉᆞ식(辭色)디 아니코 잇더니,

야심(夜深) 후(後) 현이 드러간 후(後) 제인(諸人)이 희담쇼어(戲談笑語)로 병심(病心)을 위로(慰勞)ᄒ고 침슈(寢需)339)ᄅᆞᆯ ᄌᆞ로 무르며 자리ᄅᆞᆯ

• • •

85면

편(便)히 ᄒᆞ야 그 ᄉᆞ랑ᄒᆞᄂᆞᆫ 졍(情)이 혈심소직(血心所在)340)로 지극(至極)ᄒ니 한님(翰林)이 은혜(恩惠)ᄅᆞᆯ 심골(心骨)의 삭일 ᄲᅮᆫ이오, 입 밧긔 ᄂᆡ여 칭샤(稱謝)ᄒ미 업ᄉᆞ니 이ᄂᆞᆫ 그 부형(父兄)을 공치(公恥)341)ᄒᆫ ᄃᆞᆺᄒᆞ야 구애(拘礙)ᄒᆞ미러라.

---

335) 텀녕(諂佞): 첨녕. 매우 아첨함.

336) ᄉᆞ광(師曠)의 총(聰): 사광의 총. 사광의 귀밝음. 사광은 중국 춘추시대 진(晉)나라 사람으로 자는 자야(子野)로 저명한 악사(樂師)임. 눈이 보이지 않아 스스로 맹신(盲臣), 명신(瞑臣)으로 부름. 진(晉)나라에서 대부(大夫) 벼슬을 했으므로 진야(晉野)로 불리기도 함. 음악에 정통하고 거문고를 잘 탔으며 음률을 잘 분변했다 함.

337) 늌뉼(六律): 육률. 십이율 가운데 양성(陽聲)에 속하는 여섯 가지 소리. 황종, 태주, 고선, 유빈, 이칙, 무역을 이름.

338) 면강(勉强): 억지로 함.

339) 침슈(寢需): 침수. 먹고 자는 데에 필요한 둘ᄭᆞᆫ을 뎡톄이 이르ᄂᆞᆫ 말.

340) 혈심소직(血心所在): 혈심소재. 진심에서 나오는 것.

이튿날 텬지(天子ㅣ) 태의(太醫) 말을 드르시고 엄지(嚴旨)로 뉴
공(公)을 쳑왈(責曰),

'현명은 딤(朕)의 툥이재(寵愛者ㅣ)오, 옥당(玉堂)의 쥬인(主人)이
어늘 경(卿)이 비록 그 아비나 다스리믈 엄(嚴)히 ᄒᆞᄂᆞ뇨? 만일(萬一)
싱도(生道)를 엇디 못홀진대 경(卿)의게 죄쳑(罪責)이 가ᄇᆞ얍디 아니
리라.'

뉴 공(公)이 죠셔(詔書)를 보고 크게 두려 보치기를 그치고 약(藥)
을 다스리ᄂᆞᆫ 톄ᄒᆞ며 니부샹셔(吏部尚書) 셩문이 벼술이 업ᄂᆞᆫ 고(故)
로 이에 와 밤낫 븟드러 구호(救護)ᄒᆞ며 녜부(禮部) 등(等)이 날마다
니ᄅᆞ러 문병(問病)ᄒᆞ니 한님(翰林)이

• • •

86면

잠간(暫間) 관심(寬心)342)ᄒᆞ야 됴리(調理)ᄒᆞ니 현이 크게 분연(憤
然)ᄒᆞ야,

일일(一日)은 니(李) 샹셰(尚書ㅣ) 아ᄎᆞᆷ의 본부(本府)의 간 ᄉᆞ이의
독(毒)을 약(藥)의 너허 달히더니, 마ᄎᆞᆷ 본 마을 공ᄉᆡ(公事ㅣ) 나 급
(急)히 니러 가며 셔동(書童) 희ᄌᆡ를 당부(當付)ᄒᆞ야 긔흔(期限)의 다
ᄃᆞᆺ게 달혀 한님(翰林)긔 드리라 ᄒᆞ고 총총(悤悤)이 간 후(後),

샹셰(尚書ㅣ) 니ᄅᆞ러 약(藥)을 달히믈 보고 친(親)히 슬퍼 긔걸343)
ᄒᆞ야 ᄠᅮ기를 ᄆᆞᄎᆞ 그ᄅᆞ슬 드러 잠간(暫間) 보고 믄득 의심(疑心)ᄒᆞ야
업시코져 ᄒᆞ다가 싱각ᄒᆞ디,

---

341) 공치(公恥): 대놓고 모욕을 줌.
342) 관심(寬心): 마음을 놓음.
343) 긔걸: 명령.

'뉴 형(兄)이 날을 지심(知心)ᄒ나 그러나 그 ᄆᆞᅀᆞᆷ을 채 아디 못ᄒ
니 닐너 그 ᄒᆞᄂᆞᆫ 양(樣)을 볼 거시로다.'

ᄒ고 약 그ᄅᆞ슬 가지고 한님(翰林)의 겨ᄐᆡ 가 나ᄌᆞᆨ이 닐오ᄃᆡ,

"형(兄)은 정신(精神)을 정(靜)ᄒᆞ야 약(藥)을 먹으미 엇더뇨?"

한님(翰林)

이 즉시(卽時) 니러 안자 그ᄅᆞ슬 나오거ᄂᆞᆯ 샹셰(尙書ㅣ) 밧비 붓들
고 잠간(暫間) 우어 ᄀᆞᆯ오ᄃᆡ,

"ᄌᆞ시 보고 먹으미 무해(無害)로다."

한님(翰林)이 그 말ᄉᆞᆷ의 슈상(殊常)ᄒᆞᆷ믈 보고 잠간(暫間) ᄡᅡᆼ셩(雙
星)을 거듭ᄯᅳ다가 신ᄉᆡᆨ(神色)이 져샹(沮喪)[344]ᄒᆞ야 그ᄅᆞ슬 노커ᄂᆞᆯ 샹
셰(尙書ㅣ) 날호여 닐오ᄃᆡ,

"형(兄)이 부듕(府中)의 결원(結怨)[345]ᄒᆞᆫ 사ᄅᆞᆷ이 잇ᄂᆞ냐? 금일지ᄉᆞ
(今日之事)ᄂᆞᆫ 큰 변괴(變故ㅣ)라 가(可)히 약(藥) 달히던 셔동(書童)
을 져조미 엇더뇨?"

한님(翰林)이 냥구(良久) 후(後) ᄀᆞᆯ오ᄃᆡ,

"쇼뎨(小弟) 위인(爲人)이 블민(不敏)ᄒ나 가듕(家中)의 어진 아이
아시니 눌과 결원(結怨)ᄒᆞ리오? 이 블과(不過) 약(藥) 지을 제 그릇ᄒ
미 잇는가 시브니 익미흔 셔동(書童)을 져주미 브졀업ᄉᆞᆫ가 ᄒᆞᄂᆞ이다."

샹셰(尙書ㅣ) 탄왈(歎曰),

---

344) 져샹(沮喪): 저상. 기운을 잃음.
345) 결원(結怨): 원한을 맺음.

"형(兄)의 셩덕(盛德)이 여츳(如此)ᄒ니 쇼뎨(小弟) 엇디 쏘 블

88면

도(不道)를 권(勸)ᄒ리오? 져 챵텬(蒼天)이 형(兄)의게 무심(無心)
티 아니시리니 다만 텬되(天道ㅣ) 슌환(循環)ᄒ믈 볼 ᄯᄅᆞᆷ이로다."

한님(翰林)이 탄식(歎息) 브답(不答)ᄒ니 샹셰(尙書ㅣ) 그 약(藥)을
가져 먼니 업시ᄒ고 그 ᄉᆞᆼ(死生)이 위태(危殆)ᄒ믈 참혹(慘酷)ᄒ야
더옥 쩌날 ᄯᅳᆺ이 업서 구호(救護)ᄒ더니,

이튼날 ᄆᆞᄎᆞᆷ 모친(母親) 소휘(-后ㅣ) 침쉬(寢睡ㅣ)346) 블평(不平)ᄒ
시믈 인(因)ᄒ야 도라가고 한님(翰林)이 홀노 상상(牀上)의 언와(偃
臥)347)ᄒ야 딤독(鴆毒)348) 일ᄉᆞ(一事)를 ᄉᆡᆼ각ᄒ니 심골(心骨)이 경한
(硬寒)349)ᄒ야 심하(心下)의 탄왈(歎曰),

'내 덕(德)이 업서 ᄒᆞᆫ 낫 동ᄉᆡᆼ(同生)을 화우(化雨)350)티 못ᄒ야 변
(變)이 이 지경(地境)의 밋ᄎᆞ니 엇디 ᄂᆞᆷ을 들녀 즉ᄒ리오? 구챠(苟
且)351)히 사라시미 죽음만 ᄀᆞᆺ디 못ᄒ도다.'

ᄒ고 쳐연(悽然)이 눈믈을 ᄀᆞ리오더

---

346) 침쉬(寢睡ㅣ): '잠'의 높임말.
347) 언와(偃臥): 편안히 누움.
348) 딤독(鴆毒): 짐독. 짐새의 깃에 있는 맹렬한 독.
349) 경한(硬寒): 놀라서 몸과 마음이 굳는 듯하고 싸늘해짐.
350) 화우(化雨): 교화. 교화가 사람에게 미치는 것을, 철을 맞추어 오는 비에 비유하여 이르는 말.
351) 구챠(苟且): 구차. 말이나 행동이 떳떳하거나 버젓하지 못함.

니 목이 갈(渴)ᄒ야 시동(侍童)을 블너 차(茶)를 가져오라 ᄒ니 각
졍이 급(急)히 차(茶)의 독(毒)을 두어 닉여보닉니, 한님(翰林)이
딤독(鴆毒) 일관(一關)352)을 본 후(後)ᄂ 믹ᄉ(每事)의 슬피미 십분
(十分) 샹심(詳審)ᄒ엿ᄂ 고(故)로 바다 겨틱 노코 즈시 보매 쏘 슈
샹(殊常)ᄒ다라 즉시(卽時) 창(窓)을 열고 ᄇ리니 블꼬치 즈옥ᄒ야
공듕(空中)의 니러나ᄂ디라. 크게 놀나 도로 문(門)을 닷고 샹(牀)
의 누어 번뇌(煩惱)ᄒᄆᆯ 마디아냐 죽기를 싱각ᄒ더니 홀연(忽然)
분연(憤然)ᄒ야 싱각ᄒᄃᆡ,

'져의 모직(母子ㅣ) 듀ᄉ야탁(晝思夜度)353)ᄒ야 싱각ᄂ 배 날 죽이
기를 계교(計巧)ᄒ거늘, 닉 엇디 부모(父母)의 싱육(生育)ᄒ신 몸을
저의 ᄯᆺ을 맛쳐 죽으리오. 아모조록 사라 야야(爺爺)의 씩두ᄅ시ᄂ
날을 기

ᄃ리고 션모친(先母親)의 졔ᄉ(祭祀)를 긋디 말미 회(孝ㅣ)라.'

ᄒ고 흔 번(番) ᄆᆞ음을 졍(正)ᄒ매 구드미 단련(鍛鍊)흔 금(金) ᄀᆺ
고 강개(慷慨)ᄒ미 옥셕(玉石) ᄀᆺᄐᆞ야 스스로 ᄆᆞ음을 널니고 스스로
미음(米飮)을 ᄎᄌ며,

쏘 일일(一日) 후(後) 샹셰(尙書ㅣ) 니ᄅ러 흔가지로 이셔 병인(病

---

352) 일관(一關): 한 가지 일.

353) 듀ᄉ야탁(晝思夜度): 주사야탁. 밤낮으로 생각하고 헤아림.

人)의 먹을 거술 다 스스로 가져와 보호(保護)ᄒᆞᄆᆞᆯ 유ᄋᆞ(乳兒)ᄀᆞᆺ티 ᄒᆞ니 한님(翰林)이 감샤(感謝)ᄒᆞᄆᆞᆯ 이긔디 못ᄒᆞ나 ᄌᆞ긔(自己) 가ᄒᆡᆼ (家行)을 제 아ᄂᆞᆫ가 붓그려 글오ᄃᆡ,

"식믈(食物)은 ᄂᆡ 집의 유여(裕餘)이 이울 거시어ᄂᆞᆯ 그조차 형(兄) 이 엇디 근심ᄒᆞᄂᆞ뇨?"

샹셰(尚書ㅣ) 쇼왈(笑曰),

"쇼뎨(小弟) 형(兄)으로 심ᄉᆞ(心思ㅣ) 서로 비최니 또 ᄆᆞ음을 긔이 든 가(可)티 아닌다. 져적 딤독(鴆毒) 일관(一關)을 보니 형(兄)의 형셰(形勢) 난쳐(難處)ᄒᆞ고 졀박(切迫)ᄒᆞᄆᆞᆯ 쇼뎨(小弟)

● ● ●

91면

다 아ᄂᆞ니 형(兄)은 일즉 참괴(慙愧)[354]ᄒᆞ여 말지어다. 당금(當今) 의 월희(越姬),[355] 번희(樊姬)[356] ᄀᆞᆺ튼 뉴(類ㅣ) 쉬오리오? 녜로브 터 부ᄌᆞ(父子) ᄉᆞ이 덧덧이 니간(離間)ᄒᆞᄂᆞᆫ 일이 업디 아니니 형 (兄)의 만난 배 이 ᄒᆞᆫ가지라. 이 도시(都是)[357] 그ᄃᆡ 운익(運厄)으 로 녕대인(令大人) 총명(聰明)을 부운(浮雲)이 ᄀᆞ리왓ᄂᆞᆫ가 ᄒᆞ노라."

---

354) 참괴(慙愧): 매우 부끄러워함.

355) 월희(越姬): 중국 춘추시대 초(楚)나라 소왕(昭王)의 첩으로 월왕(越王) 구천(句踐)의 딸. 소왕 이 연회를 즐기자 선군인 장왕(莊王)의 예를 들면서 좋은 정치를 펴라 조언하고, 소왕이 전쟁 터에서 병에 걸리자 대신 죽겠다며 자결함. 소왕의 아우들이 왕위 계승자를 정할 적에 어머 니가 어질면 자식도 어질 것이라 하여 월희의 아들을 후왕으로 세우니 이가 혜왕(惠王)임. 유 향, 『열녀전(列女傳)』, <초소월희(楚昭越姬)>.

356) 번희(樊姬): 중국 춘추시대 초(楚)나라 장왕(莊王)의 비(妃). 장왕이 사냥을 즐기자 간하였으나 듣지 않자 고기를 먹지 않으니 왕이 잘못을 바로잡아 정사에 힘씀. 왕을 위해 첩들을 모아 주고 왕이 현인(賢人)으로 일컫은 우구자(虞丘子)가 현인의 진로를 막는다고 간함. 초 장왕이 이 말을 우구자에게 전하자 우구자가 부끄러워하고 손숙오(孫叔敖)를 추천하니 손숙오가 영 윤(令尹)이 되어 삼 년 만에 장왕을 패왕(霸王)으로 만듦. 유향, 『열녀전(列女傳)』, <초장번희 (楚莊樊姬)>.

357) 도시(都是): 모두.

한님(翰林)이 텽파(聽罷)의 제 붉히 알믈 크게 붓그려 샤례(謝禮) 왈(曰),

"형(兄)의 지우(知遇)358)는 감샤(感謝)하나 기간(其間) 수에(辭語ㅣ) 실(實)이 아니라 형(兄)은 어듸로조차 져런 허무(虛無)한 말을 드럿느뇨?"

샹셰(尚書ㅣ) 웃고 답(答)디 아니하더라.

각 시(氏) 이째 창흔(瘡痕)을 됴리(調理)하야 여샹(如常)하매 즉시(卽時) 싱(生)의 병소(病所)의 니르러 문병(問病)할시 시녜(侍女ㅣ) 나와 고왈(告曰),

"각 부인(夫人)이 노야(老爺)긔 문후(問候)하라 오시느이다."

이째 한님(翰林)이 샹셔(尚書)

· · ·

92면

로 더브러 말솜하더니 추언(此言)을 듯고 믄득 미위(眉宇ㅣ) 씩씩하고 샹셔(尚書)는 급(急)히 니러느니 한님(翰林)이 말녀 왈(曰),

"외당(外堂) 벽쳐(僻處)의 녀직(女子ㅣ) 나올 고디 아니라 형(兄)은 움죽이디 말나."

샹셰(尚書ㅣ) 브답(不答)하고 니러나고 무수(無數) 시녜(侍女ㅣ) 댱막(帳幕)과 치화셕(彩花席)359)과 금슈병(錦繡屛)360)을 무수(無數)히 가져다가 셔당(書堂)을 두루더니 이윽고 각 시(氏) 칠보(七寶) 단당(丹粧)을 녕농(玲瓏)히 일우고 열아문 시녜(侍女ㅣ) 향(香)을 잡아

---

358) 지우(知遇): 남이 자신의 인격이나 재능을 알고 잘 대우함.

359) 치화셕(彩花席): 채화석. 여러 가지 색깔로 무늬를 놓이시 짠 돗자리.

360) 금슈병(錦繡屛): 금수병. 수를 놓은 비단 병풍.

날호여 나아오니 패옥(珮玉)이 징징(錚錚)³⁶¹⁾ᄒ고 향연(香煙)이 원근
(遠近)의 뽀이더라.

드러와 녜(禮)ᄒ니 한님(翰林)이 그 경식(景色)을 분(憤)ᄒ야 줌줌
(潛潛)코 본 체 아니ᄒ더니 각 시(氏) 낫빗츨 졍(正)히 ᄒ고 칙(責)ᄒ
여 굴오ᄃᆡ,

"그ᄃᆡ 쳡(妾)을 듕(重)히 텨 거의 죽엇다가 겨유 사라나매 인

• • •

93면

ᄉ(人事)의 가부(家夫)의 병(病)을 아니 념녀(念慮)티 못ᄒ야 이에 니
르럿ᄂᆞ니 그ᄃᆡᄂᆞ 추후(此後)나 광픽지ᄉ(狂悖之事)³⁶²⁾를 긋칠지어다."

한님(翰林)이 그 념티(廉恥) 이러틋 ᄒᆞᄆᆞᆯ 통히(痛駭)ᄒ야 금침(衾
枕)의 지혀 괴로이 신음(呻吟)ᄒᆞᆯ 분이오 답(答)디 아니ᄒ더니, 각 시
(氏) 져의 몽농(朦朧)ᄒᆞᆫ 셩안(星眼)과 조흔 골격(骨格)이 허튼 머리
ᄉᆞ이 더옥 동탕(動蕩)³⁶³⁾ᄒᆞᆷ을 보니 이련(愛戀)ᄒᆞᄂ 졍(情)이 미칠 듯
ᄒ야 나아가 머리ᄅᆞᆯ 딥흐며 굴오ᄃᆡ,

"낭군(郎君)이 ᄌᆞ작지얼(自作之孼)³⁶⁴⁾이나 금일(今日) 이 ᄀᆞ튼 경
식(景色)을 보매 녀ᄌ(女子)의 ᄆᆞᄋᆞᆷ이 가(可)히 편(便)ᄒ랴? 금일(今
日)은 원(願)컨ᄃᆡ 쳡(妾)이 이예 머므러 구호(救護)ᄒᆞᆷ을 졍셩(精誠)으
로 ᄒ리라."

한님(翰林)이 이 ᄀᆞ튼 음일(淫佚)ᄒ 거조(擧措)를 ᄃᆡ(對)ᄒ야 분한

---

361) 징징(錚錚): 쟁쟁. 쇠붙이 따위가 맞부딪쳐 맑게 울리는 소리.

362) 광픽지ᄉ(狂悖之事): 광패지사. 미친 사람처럼 말과 행동이 사납고 막된 행실.

363) 동탕(動蕩): 활달하고 호탕함.

364) ᄌᆞ작지얼(自作之孼): 자작지얼. 스스로 만든 재앙

(憤恨)이 튱쇡(充塞)ᄒ니 발연(勃然)이

• • •

쓰리티고 니러 안자 칙(責)고져 ᄒ더니, 홀연(忽然) 동ᄌ(童子ㅣ)
보왈(報曰),

"연왕(-王) 뎐해(殿下ㅣ) 니르러 계시이다."

각 시(氏) 놀나 드러가고 싱(生)이 ᄯᅩ흔 강잉(强仍)ᄒ야 니러 마ᄌᆞ
실ᄉᆡ 왕(王)이 날호여 드러와 좌(座)ᄅᆞᆯ 일우고 눈을 드러 한님(翰林)의
의형(儀形)365)이 환탈(換奪)366)ᄒ고 옥면(玉面)의 광치(光彩) 업ᄉᆞ믈
보고 놀나 ᄀᆞᆯ오ᄃᆡ,

"내 근ᄅᆡ(近來)의 우환(憂患)의 다ᄉᆞ(多事)ᄒ야 네 병(病)이 듕(重)
타 ᄒᆞᄃᆡ 시러곰 뭇디 못ᄒ엿더니 쟝ᄎᆞ(將次ㅅ) 병셰(病勢) 져러틋 위
위(危危)367)ᄒ뇨?"

한님(翰林)이 ᄇᆡᄉᆞ(拜謝) 왈(曰),

"쇼딜(小姪)이 우연(偶然)ᄒ 병(病)이 미류(彌留)368)ᄒ야 대왕(大
王)의 디우(知遇)ᄅᆞᆯ 갑ᄉᆞᆸ디 못ᄒ고 구원(九原)369)의 도라가ᄂᆞᆫ 일이
이실가 슬허ᄒᆞ옵더니 근간(近間)은 져기 차도(差度)ᄅᆞᆯ 엇ᄌᆞ온디라
영ᄒᆡᆼ(榮幸)370)ᄒᆞ믈 이긔디 못ᄒᆞᆯ소이다."

왕(王)이

---

365) 의형(儀形): 모습.

366) 환탈(換奪): 완전히 바뀜.

367) 위위(危危): 위태로움.

368) 미류(彌留): 병이 오래 낫지 않음.

369) 구원(九原): 사람이 죽은 뒤에 그 혼이 가서 산다고 하는 세상, 저승.

370) 영ᄒᆡᆼ(榮幸): 영행. 기쁘고 다행스러움.

위로(慰勞) 왈(曰),

"너의 긔샹(氣像)으로 엇디 십亽(十四) 쳥츈(靑春)의 요졀(夭折)키
를 니ᄅ리오?"

언미필(言未畢)의 뉴 공(公)이 관복(官服)을 입고 안으로조차 나와
왕(王)을 서로 볼ᄉᆡ 뉴 공(公)이 한훤녜필(寒暄禮畢)[371]의 이젼(以前)
은혜(恩惠)를 샤례(謝禮)ᄒ니 왕(王)이 잠쇼(暫笑) 왈(曰),

"이거시 과인(寡人)의 ᄉᆞᄉ(私私)로이 은혜(恩惠)를 플미 아니라
명공(明公)의 젼필승(戰必勝)[372] 공필ᄎᆔ(功必取)[373]ᄒ야 그 지혜(智
慧) 고금(古今)의 드믄 연고(緣故)로 과인(寡人)이 ᄒᆞᆫ갓 농졍(龍
廷)[374]의 주문(奏聞)[375]ᄒᆞᆯ ᄯᄅᆞᆷ이라 금일(今日) 과인(寡人)을 ᄃᆡ(對)
ᄒ야 티샤(致謝)ᄒ실 배 아니로소이다."

뉴 공(公)이 흔연(欣然) 샤례(謝禮)ᄒ고 쥬찬(酒饌)을 ᄀᆞᆺ초와 ᄃᆡ접
(待接)ᄒ니 왕(王)이 인(因)ᄒ야 ᄀᆞᆯ오ᄃᆡ,

"금일(今日) 녕낭(令郞)의 병셰(病勢)를 보니 가ᄇᆞ얍디 아닌디라
과인(寡人)의 우례(憂慮ㅣ) 젹디 아니니 더옥 명공(明公)의

---

371) 한훤녜필(寒暄禮畢): 한훤예필. 날이 찬지 따뜻한지 여부 등의 인사를 하며 예를 마침.

372) 젼필승(戰必勝): 전필승. 싸우면 반드시 이김.

373) 공필ᄎᆔ(功必取): 공필취. 공을 반드시 취함.

374) 농졍(龍廷): 용정. 대궐.

375) 주문(奏聞): 임금에게 아룀.

심녜(心慮ㅣ) 적디 아닐소이다.”

뉴 공(公)이 강잉(强仍) 딕왈(對曰),

“ᄋᆞ지(兒子ㅣ) 우연(偶然)ᄒᆞᆫ 병(病)이 ᄌᆞ못 위틱(危殆)ᄒᆞ나 제 아딕 쇼년(少年) 장골(壯骨)이라 차도(差度)를 근심ᄒᆞᆯ 배 아닐소이다.”

왕(王)이 그 말ᄉᆞᆷ의 무단(無端)ᄒᆞᆷ믈 고이(怪異)히 너겨 잠간(暫間) 봉안(鳳眼)을 드러 뉴 공(公)과 한님(翰林)을 보고 다시 말을 아니코 이윽이 안잣다가 도라가니, 대강(大綱) 샹셔(尚書)의 위인(爲人)이 긔특(奇特)ᄒᆞ미 한님(翰林)의 지극(至極)ᄒᆞᆫ 효셩(孝誠)을 감동(感動) ᄒᆞ야 기간(其間) 블미(不美)ᄒᆞᆫ 말을 부모(父母)긔도 고(告)티 아니ᄒᆞ니 왕(王)은 바히 모로다가 금일(今日) 니르러 그 긔식(氣色)을 보고 잠간(暫間) 아로미 이셔 히연(駭然)376)이 너기더라.

한님(翰林)이 일삭(一朔)을 신고(辛苦)ᄒᆞ야 겨유 향차(向差)ᄒᆞ여 니러나니 각졍과 현이 여러 번(番) 계교(計巧)를 베퍼 득(得)디

못ᄒᆞ고 제 져러틋 여샹(如常)ᄒᆞᆷ믈 새로이 분(憤)ᄒᆞ야 셜셜이377) 도모(圖謀)키를 싱각ᄒᆞ더라.

한님(翰林)이 ᄒᆞᆫ 번(番) ᄯᅳᆺ을 크게 졍(定)ᄒᆞ매 의ᄉᆞ(意思ㅣ) 활연 (豁然)ᄒᆞ야 뉴 공(公)의 말을 비록 큰 고이(怪異)ᄒᆞᆫ 곳의 다ᄃᆞ라도

---

376) 히연(駭然): 해연. 몹시 이상스러워 놀람.

377) 셜셜이: 설설히. 비밀리에.

간(諫)ᄒ기를 아니코 일일히(一一-) 승슌(承順)ᄒ며 각 시(氏)를 후딕
(厚待)378) ᄒ야 그 음탕(淫蕩)ᄒ 힝싁(行事 l) 극진지도379)(極盡之度)
의 니ᄅ러도 족가ᄒ야 칙(責)ᄒ기를 아니ᄒ며 힝실(行實) 닷그믈 더
옥 옥(玉)ᄀᆺ티 ᄒ니 비록 열 눈과 아홉 입이라도 모샤(謀事)ᄒ야 하
ᄌᆞ(瑕疵)ᄒ기 어렵고 공ᄆᆡᆼ졍쥬(孔孟程朱 l)380) 우희 계시나 가(可)히
논폄(論貶)을 못홀디라 각졍과 현이 다시 그 몸을 미러 깅참(坑
塹)381)의 너흘 쇠를 싱각디 못ᄒ야 듀야(晝夜) 우민(憂悶)ᄒ더라.

* * *

98면

한님(翰林)이 니부(李府)의 빈빈(頻頻)이 왕ᄂᆡ(往來)ᄒ야 관포(管
鮑)의 디긔(知己)를 니ᄅ며 집의 이시매 믹쥭(麥粥) 일(一) 죵(鍾)382)
이 ᄎᆞ마 먹디 못ᄒᄂᆫ 고(故)로 니부(李府)의 가면 샹셰(尙書 l) 믹
양 쥬찬(酒餐)을 권(勸)ᄒ죽 ᄡ리뎌 다 먹어 거릿기ᄂᆫ 일이 업스니
샹셰(尙書 l) 일일이(一一-) 디긔(知機)383)ᄒ고 스스로 참혹(慘酷)
히 너기더니,

일일(一日)은 한님(翰林)이 니부(李府)의 니ᄅ매 이재 ᄆᆞᄎᆞᆷ 듕양졀
(重陽節)384)이라. 녜부(禮部) 등(等) 모든 형뎨(兄弟) 연왕부(-王府)

---

378) 후딕(厚待): 후대. 후하게 대접함.

379) 도: [교] 원문에는 '두'로 되어 있으나 오기로 보이므로 규장각본(8:67)을 따름.

380) 공ᄆᆡᆼ졍쥬(孔孟程朱 l): 공맹정주. 유학의 네 성현인 공자(孔子), 맹자(孟子), 정자(程子), 주자
(朱子)를 이름.

381) 깅참(坑塹): 갱참. 깊고 길게 파 놓은 구덩이.

382) 죵(鍾): 종. 그릇의 단위.

383) 디긔(知機): 지기. 기미를 앎.

384) 듕양졀(重陽節): 중양절. 세시 명절의 하나로 음력 9월 9일을 이르는 말.

셔당(書堂)의 모다 쥬찬(酒餐)을 여러 즐기다가 한님(翰林)의 오믈 보고 깃거 셔로 쥬비(酒杯)를 권(勸)ᄒ니 한님(翰林)이 이날도 안날 져녁과 ᄎ일(此日) 아ᄎᆞᆷ을 그져 잇ᄂᆞᆫ 고(故)로 ᄉᆞ양(辭讓)티 아니코 권(勸)ᄒᄂᆞᆫ 되로 다 먹으며 ᄌᆞ약(自若)히 담쇼(談笑)ᄒ더니,

이윽고 옥퇴(玉兔ㅣ) 부상(扶桑)[385]의

오ᄅᆞ고 낙일(落日)이 셔령(西嶺)의 ᄂᆞ리니 한님(翰林)이 도라가려 ᄒᆞ되 니(李) 샤인(舍人) 듕문이 손을 잡고 희롱(戲弄) 왈(曰),

"비록 가듕(家中)의 졍인(情人)이 이시나 오ᄂᆞᆯ은 머므러 야화(夜話)ᄒ고 가라."

한님(翰林)이 쇼왈(笑曰),

"본되(本) 미녀(美女) 풍악(風樂)의 즐겨시매 눔도 ᄀᆞ틀가 너기ᄂᆞ냐?"

녜부(禮部) 등(等)이 쇼왈(笑曰),

"샤뎨(舍弟) 말은 희롱(戲弄)이어니와 금야(今夜) 월ᄉᆡᆨ(月色)이 아룸답고 혜풍(惠風)[386]이 흔가(閑暇)ᄒ니 흔가지로 담논(談論)ᄒ미 엇더뇨?"

한님(翰林)이 실노(實-) 집의 도라가매 어득흔 방(房)의 셔동(書童)만 ᄃᆞ리고 심ᄉᆞ(心思)를 슬올 일을 싱각ᄒ니 흔연(欣然)이 이에 머므더니 셕양(夕陽)의 졔싱(諸生)이 혼뎡(昏定)ᄒ라 드러가고 쇼공ᄌᆞ(小公子) 빅문이만 잇거늘 술의 곤(困)ᄒ믈 이긔디 못ᄒ야 잠간(暫間)

---

385) 부상(扶桑): 부상. 해가 뜨는 동쪽 바다. 여기에서는 달이 뜨는 것을 이름.
386) 혜풍(惠風): 온화하게 부는 바람.

안셕(案席)의

•••

100면

비기매 ㅈ긔(自己) 일신(一身)이 부모(父母)의 은익(恩愛)를 입디
못ㅎ고 두로 방황(彷徨)ㅎ믈 싱각ㅎ니 신셰(身世)를 늣기고 명도
(命途)387)를 탄(嘆)ㅎ니 비록 팔(八) 쳑(尺) 대쟝부(大丈夫)의 쟝
심388)(壯心)이나 히음업시 민텬(旻天)의 우름389)이 나ᄂ디라 광슈
(廣袖)390)로 ᄂᆺ츨 덥고 누어시매 눈믈이 귀 밋히 흐르니, 빅문이
비록 나히 어리나 ㅈ못 총명(聰明)이 과인(過人)ㅎ디라 져 거동(擧
動)을 보고 믄득 므ᄅᆮ디,

"명공(明公)이 므슴 소회(所懷) 계시냐? 우름은 엇디니잇고?"

한님(翰林)이 저의 영오(穎悟)ㅎ믈 보고 믄득 눈믈을 거두고 우어
왈(曰),

"ᄆᆞᄎᆞᆷ 쥬후(酒後)의 광심(狂心)이 니러나 눈믈이 ᄂᆞ리나 닉 므슴
소회(所懷) 이시리오?"

빅문이 쇼왈(笑曰),

"한님(翰林)은 쇼ᄋᆞ(小兒)를 긔이디 말나. 쥬후(酒後)의 호화(豪華)
ᄒᆞᆫ 사름은 흥(興)이 빅(倍)

387) 명도(命途): 운명과 재수를 아울러 이르는 말.

388) 심: [교] 원문과 규장각본(8:69)에 '신'으로 되어 있으나 문맥을 고려해 이와 같이 수정함.

389) 민텬(旻天)의 우름: 민천의 울음. 하늘을 우러러 울부짖음. 부모에게서 박대를 받으나 오히려
효도를 다하는 자식의 울음. 중국 고대 순(舜)임금이 제위에 오르기 전에 부모에게 효도를 다
하지만 오히려 박대를 받아 하늘을 보고 울부짖었다는 데서 유래함. 『서경(書經)』, 「대우모
(大禹謨)」에 "순 임금이 처음 역산에서 농사지을 때에 밭에 가서 날마다 하늘과 부모에게 울
부짖어 죄를 떠맡고 악을 자신에게 돌렸다. 帝初于歷山, 往于田, 日號泣于旻天于父母, 負罪引
慝."라는 구절이 있음.

390) 광슈(廣袖): 광수. 통이 넓은 소매.

ᄒ고 소회(所懷) 잇ᄂᆞ 사ᄅᆞᆷ은 취즁(醉中)의 우름이 나ᄂᆞ니 션ᄉᆞᆼ(先生)의 거동(擧動)이 ᄯ 이 ᄀᆞᆺ도다."

한님(翰林)이 그 총명(聰明)ᄒᆞᆷ믈 저허 즘즘(潛潛)코 자ᄂᆞ 듯ᄒᆞ거늘 빅문 왈(曰),

"션ᄉᆞᆼ(先生)이 침쉬(寢睡ㅣ) 블평(不平)ᄒᆞ신가 시브니 늬 구호(救護)ᄒᆞ리라."

ᄒ고 겨틱 안자 손을 쥐ᄆᆞ르며 ᄯ 웃고 왈(曰),

"션ᄉᆞᆼ(先生)의 손이 나의게 다흐니 엇디 귀(貴)ᄒᆞᆫ ᄆᆞ음이 뉴동(流動)391)ᄒᆞᄂᆞ뇨?"

한님(翰林)이 그 쇼ᄋᆞ지관후(小兒之寬厚)392)ᄒᆞ미 여ᄎᆞ(如此)ᄒᆞᆷ믈 감동(感動)ᄒᆞ야 강잉(强仍)ᄒᆞ야 웃고 왈(曰),

"늬 너의 형댱(兄丈) 문경지괴(勿頸之交ㅣ)393)매 그러ᄒᆞ도다."

인(因)ᄒᆞ야 취몽(醉夢)이 혼혼(昏昏)394)ᄒᆞ야 자거늘 빅문이 비록 총민(聰敏)ᄒᆞ나 어린아히(--兒孩)라 믄득 겨틱 누어 그 주머니를 뒤져 여러 화젼(華箋)395)을 다 보더니 기듕(其中) ᄒᆞᆫ 셔간(書簡)이 이

---

391) 뉴동(流動): 유동. 흘러 움직임.

392) 쇼ᄋᆞ지관후(小兒之寬厚): 소아지관후. 어린 아이의 너그러움.

393) 문경지괴(勿頸之交ㅣ): 친구를 위해 목을 베어 줄 정도의 사귐. 중국 전국(戰國)시대 조(趙)나라 염파(廉頗)와 인상여(藺相如)의 고사. 인상여가 진(秦)나라에 가 화씨벽(和氏璧) 문제를 잘 처리하고 돌아와 상경(上卿)이 되자, 장군 염파는 자신이 인상여보다 오랫동안 큰 공을 세웠으나 인상여가 자기보다 높은 지위에 앉았다 하며 인상여를 욕하고 다님. 인상여가 이에 대해 대응하지 않자 제자들이 그 까닭을 물으니, 두 사람이 다투면 국가가 위태로워지고 진(秦)나라에만 유리하게 되므로 대응하지 않은 것이었다 하니 염파가 그 말을 전해 듣고 가시나무로 만든 매를 지고 인상여의 집에 찾아가 사과하고 문경지교를 맺음. 사마천, 『사기(史記)』, <염파인상여열전(廉頗藺相如列傳)>.

394) 혼혼(昏昏): 깅ᄉᆞᆫ이 긔믈긔믈하고 희미한

395) 화젼(華箋): 화전. 남의 편지를 높여 이르는 말.

시되 필획(筆劃)이 정공(精工)[396] ᄒᆞ

고 ᄌᆞᄌᆞ(字字)히 경발(警拔)ᄒᆞ며 쇄락(灑落)[397] 향염(香艶)ᄒᆞ야 본
바 처엄이라. 놀나 그 ᄉᆞ연(事緣)을 보고 믄득 놀나 연고(緣故)ᄅᆞᆯ
몰나 ᄒᆞ더니 믄득 녜부(禮部) 등(等) ᄉᆞ(四) 인(人)과 니뷔(吏部ㅣ)
나오거ᄂᆞᆯ 빅문이 니러 마ᄌᆞ니 샤인(舍人) 왈(曰),

"현은이 엇디 무례(無禮)히 누어 자ᄂᆞ뇨?"

빅문이 ᄀᆞ마니 닐오ᄃᆡ,

"뉴 한님(翰林)이 앗가 무고(無故)히 우다가 ᄀᆞᆺ 잠드러시니 씨오디
말으쇼셔."

녜뷔(禮部ㅣ) 참연(慘然) 왈(曰),

"그 아ᄒᆡ(兒孩) 근ᄂᆡ(近來)의 거지(擧止) 다른 사름이 되야 어린
ᄃᆞᆺ 취(醉)ᄒᆞᆫ ᄃᆞᆺᄒᆞ야 ᄆᆞᄋᆞᆷ이 믈외(物外)에 잇디 아니ᄒᆞ니 필연(必然)
뎨슌(帝舜)의 화(禍)[398]ᄅᆞᆯ 만나 민텬(旻天)의 우름이 잇도다."

빅문이 웃고 그 셔간(書簡)을 주어 왈(曰),

"제형(諸兄)은 이ᄅᆞᆯ 보쇼셔."

제인(諸人)이 일시(一時)의 보니 대강(大綱) 위 시(氏) 셔찰(書札)
이오, 한님(翰林)이 감회(感懷)ᄒᆞᄆᆞᆯ 인(因)ᄒᆞ야 ᄭᅵᆺ튀

---

396) 정공(精工): 정공. 정교함.

397) 쇄락(灑落): 기분이나 몸이 상쾌하고 깨끗함.

398) 뎨슌(帝舜)의 화(禍): 제순의 화. 중국 고대 순(舜)임금이 제위에 오르기 전에 아버지 고수(瞽
叟)와 계모에게서 죽임을 당할 뻔한 일.

졀구(絶句) 네 귀(句)를 뻐시니 대강(大綱) 그져 브리믈 슬허ᄒ고 후셰(後世)의 만나믈 긔약(期約)ᄒ여 그 졀ᄒᆡᆼ(節行)과 ᄒᆡᆼ실(行實) 을 닐넛더라. 졔인(諸人)이 견필(見畢)의 믁믁(默默)ᄒ더니 녜뷔(禮 部ㅣ) ᄀᆞᆯ오ᄃᆡ,

"가(可)히 군ᄌᆞ(君子)의 조흔 ᄧᅡᆨ이랏다마ᄂᆞᆫ 시운(時運)이 브졔(不 齊)³⁹⁹⁾ᄒ야 심규(深閨) ᄋᆞ녀ᄌᆡ(兒女子ㅣ) 이러틋 뉴리(流離)ᄒ니 엇 디 참혹(慘酷)지 아니리오? 연(然)이나 글 가온ᄃᆡ 부모(父母)를 모로 노라 ᄒ여시니 엇던 연괸(緣故ㅣ)고?"

니뷔(吏部ㅣ) 왈(曰),

"ᄂᆞᆷ의 부녀(婦女)의 글을 ᄒᆞᆫ 번(番) 보기를 그릇ᄒ여시니 ᄲᅡᆯ니 도 로 슈댱(收藏)⁴⁰⁰⁾ᄒ미 가(可)토소이다."

ᄯᅩ 빅문을 ᄭᅮ지져 왈(曰),

"네 엇디 사ᄅᆞᆷ의 자는 째를 타 여어보디 못ᄒᆞᆯ 셔간(書簡)을 피람 (披覽)⁴⁰¹⁾ᄒᆞᄂᆈ?"

문이 황공(惶恐)ᄒ야 다 거두어 녜ᄃᆡ로 낭듕(囊中)의 녀흔 후(後) 졔인(諸人)이 그 고고(孤孤)ᄒᆫ 졍ᄉᆞ(情事)를

---

399) 브졔(不齊): 부제. 고르지 않음.

400) 슈댱(收藏): 수장. 거두어 깊이 간직함.

401) 피람(披覽): 책 따위를 펴서 봄.

참혹(慘酷)히 너기더니,

이윽고 한님(翰林)이 씨야 흠신(欠伸)⁴⁰²⁾ᄒᆞ야 니러 안거늘 녜뷔(禮部ㅣ) 웃고 희롱(戲弄) 왈(曰),

"이덤턱 된 거시 수비(數杯) 향온(香醞)⁴⁰³⁾의 그디도록 취(醉)ᄒᆞ뇨?"

한님(翰林) 왈(曰),

"쇼뎨(小弟) 본디(本-) 쥬량(酒量)이 일(一) 비(杯)의 넘디 못ᄒᆞ거늘 녈위(列位) 졔형(諸兄)의 권(勸)으로 십여(十餘) 비(杯)를 먹으니 약골(弱骨)이 견디디 못ᄒᆞ거이다."

제인(諸人)이 크게 웃고 인(因)ᄒᆞ야 말숨ᄒᆞᆯ시 녜뷔(禮部ㅣ) 홀연(忽然) 문왈(問曰),

"너의 젼부인(前夫人) 위 시(氏) 엇던 사ᄅᆞᆷ이더뇨?"

한님(翰林)이 디왈(對曰),

"졔 ᄉᆞ족(士族)의 녀지(女子ㅣ)로디 강보(襁褓)의 부모(父母)를 일코 쳔가(賤家)의 자라니 쇼뎨(小弟)를 조찻더니 듕간(中間)의 츌거(黜去)⁴⁰⁴⁾ᄒᆞ니이다."

녜뷔(禮部ㅣ) 우문(又問) 왈(曰),

"므슴 죄(罪)로 츌거(黜去)ᄒᆞ뇨?"

한님(翰林) 왈(曰),

---

402) 흠신(欠伸): 하품하고 기지개를 켬.

403) 향온(香醞): 찹쌀과 멥쌀을 찐 다음 끓는 물을 부어 그 밥이 물에 잠긴 뒤에 퍼서 식히고 녹두와 보리를 섞어서 디딘 누룩을 넣고 담근 술. 궁중 사온서(司醞署)에서 빚은 어용(御用)의 술임.

404) 츌거(黜去): 출거. 강제로 내쫓음.

"쇼졔(小姐ㅣ)는 경수(京師)의 온 수이니 아디 못홀소이다."

녜뷔(禮部ㅣ) 웃고

* * *

105면

왈(曰),

"닉 일죽 드르니 위 부인(夫人)이 녀와(女媧)405)의 용모(容貌)와 임수(姙姒)406)의 덕(德)이 이셔 너의 경앙(敬仰)ᄒᆞ미 되엿더라 ᄒᆞ니 필연(必然) 옥(玉)을 앗기고 봄을 늣기는 흔(恨)이 너의게 이실노다."

한님(翰林)이 역쇼(亦笑) 디왈(對曰),

"샹공(相公)은 어딕 가 져러틋 ᄌᆞ시 아르시ᄂᆞᇨ? 위 시(氏) 쇼뎨(小弟)의게 도라오매 각별(各別) 몸의 악딜(惡疾)이 업ᄉᆞ니 거의 항녀지의(伉儷之義)407)를 온젼(穩全)이 ᄒᆞ더니 닉 남챵(南昌)을 써난 후(後) 무고(無故)히 오문(吾門)을 하딕(下直)고 브디거쳐(不知去處)408)ᄒᆞ니 이 필연(必然) 졍(情) 잇는 고지 이셔 가미라 쇼뎨(小弟)는 챷도 아닛ᄂᆞ이다."

원닉(元來) 한님(翰林)의 이 말숨이 그 부친(父親) 허믈을 ᄀᆞ리오려 이러틋 ᄒᆞ니 녜뷔(禮部ㅣ) 탄식(歎息)고 그 손을 잡아 글오딕,

"그딕를 군ᄌᆞ(君子)로 아더니 대강(大綱) 허언(虛言)을 잘ᄒᆞ

---

405) 녀와(女媧): 여와. 중국 고대 신화에서 인간을 창조한 것으로 알려진 여신이며, 삼황오제 중 한 명이기도 함. 인간의 머리와 뱀의 몸통을 갖고 있으며 복희와 남매라고도 알려져 있음. 처음으로 생황이라는 악기를 만들었고, 결혼의 예를 제정하여 동족 간의 결혼을 금하였음.

406) 임수(姙姒): 임사. 중국 고대 주(周)나라 문왕(文王)의 어머니 태임(太姙)과, 문왕의 아내이자 무왕(武王)의 어머니인 태사(太姒)를 아울러 이르는 말로 이들은 현모양처로 유명함.

407) 항녀지의(伉儷之義): 항려지의. 부부의 의기. 항려(伉儷)는 짝을 가리킴.

408) 브디거쳐(不知去處): 부지거처. 간 곳을 알지 못함.

는도다. 위 부인(夫人) 명졀(名節)과 덕힝(德行)으로 그 가부(家夫ㅣ)
말을 여추(如此)이 ᄒ니 아ᄂᆞᆫ 쟈(者)로 ᄒ여곰 위 부인(夫人)을 위
(爲)ᄒ야 슬허홀 배로다."

한님(翰林)이 저의 알믈 슈샹(殊常)이 너겨 믁연(默然)ᄒ더니 니부
(吏部ㅣ) 모든 말이 진졍(鎭靜)ᄒᆞᆫ 후(後) 이에 무ᄅᆞ디,

"위 부인(夫人)이 만일(萬一) 본부모(本父母)를 일허 계실진디 그
셩(姓)을 어이 아ᄂᆞ?"

한님(翰林) 왈(曰),

"제 ᄆᆞ춤 풀히 쥬표(朱標)로 글 쁜 거시 잇ᄂᆞᆫ 고(故)로 아ᄂᆞᆫ 배라."

샹셰(尙書ㅣ) 놀나 왈(曰),

"무어시라 쓰엿더뇨?"

한님(翰林)이 믄득 슈샹(殊常)이 너겨 왈(曰),

"형(兄)이 무ᄅᆞ믄 엇디뇨?"

샹셰(尙書ㅣ) 왈(曰),

"승샹(丞相) 위 공(公)이 모년(某年)의 ᄒᆞᆫ ᄯᆞᆯ을 일코 지금(只今)ᄀᆞ
디 샹심(傷心)ᄒᆞᆫ 고(故)로 위 부인(夫人) 표젹(標迹)[409]을 니ᄅᆞᆯ진디
저ᄃᆞ려 닐너 혹(或) ᄀᆞᆺᄐᆞᆫ가 알고져 ᄒᆞ미라."

한님(翰林)이 믄득 졍

---

409) 표젹(標迹): 표적. 주표의 흔적.

싁(正色) 왈(曰),

"위 공(公)이 뚤을 일허시니 닉 알 배 아니로딕 만일(萬一) 폐체(弊妻 l) 이신즉 붉히 사획(查覈)고져 ᄒ나 이제 대ᄒ(大海) 부평초(浮萍草) ᄀᆺ투니 만일(萬一) 이런 일을 안즉 위 공(公)이 쇼뎨(小弟)를 쏘 죽이리니 형(兄)은 구외(口外)예 닉디 말나."

샹셰(尙書 l) 왈(曰),

"저의 졍식(情事 l) ᄌ못 참담(慘憺)ᄒ고 가친(家親)으로 문경(刎頸)의 디괴(至交 l) 금난(金蘭)⁴¹⁰)의 듯거오미 계시니 그 쁫을 밧즙고져 ᄒ미라 아모커나 니ᄅᆞ라. 녕부인(令夫人) 비샹(臂上)의 므ᄉᆞᆷ 글이더뇨?"

한님(翰林)이 ᄆᆞᄎ ᄂᆡ 답(答)디 아니ᄒ니 니(李) 흑ᄉ(學士) 셰문 왈(曰),

"텬디간(天地間)의 부ᄌ(父子 l) 크니 그딕 당당(堂堂)이 ᄌ시 닐너 혹쟈(或者) 위 공(公)의⁴¹¹) 녀일(女兒 l)진대 그 뉸의(倫義)를 온전(穩全)이 ᄒ미 올커늘 줌줌(潛潛)ᄒᄆᆞᆫ 므ᄉᆞᆷ 쯧고?"

한님(翰林) 왈(曰),

"셰월(歲月)이 오래니 진실노(眞實-) 싱각디 못홀소

---

410) 금난(金蘭): 금란. 친구 사이의 깊은 사귐. 금란지교(金蘭之交). 『주역(周易)』의 "두 사람이 마음을 같이하면 그 날카로움이 쇠를 끊고, 마음을 같이해 나오는 말은 그 향기가 난초와 같다. 二人同心, 其利斷金, 同心之言, 其臭如蘭"는 어구에서 유래함.

411) 의: [교] 원문에는 '이'로 되어 있으나 문맥을 고려해 규장각본(8:75)을 따름.

이다."

니뷔(吏部ㅣ) 미쇼(微笑) 왈(曰),

"이 말은 진실노(眞實-) 사언(詐言)412)이라. 형(兄)이 금츈(今春)의 남챵(南昌)으로서 와시니 일뎡(一定)413) 아디 못ᄒᆞᄂᆞ냐? 원ᄂᆡ(元來) 위 부인(夫人)이 위 공(公) 녀ᄌᆡ(女子ㅣ)면 형(兄)이 그 졀개(節槪)와 덕(德)을 경모(敬慕)ᄒᆞ고 후셰(後世)의 만나믈 긔약(期約)ᄒᆞᄂᆞ 쯧의 엇디코져 ᄒᆞᄂᆞ뇨?"

한님(翰林)이 믄득 놀나 발연(勃然)414) 변ᄉᆡᆨ(變色) 왈(曰),

"위 시(氏) 거쳐(去處)를 ᄂᆡ ᄎᆞᄌᆞ려 아니ᄒᆞ고 제 쏘 심규(深閨) 약질(弱質)노 대ᄒᆡ(大海)의 부평초(浮萍草) ᄀᆞᆺᄐᆞ니 ᄎᆞᄉᆡᆼ(此生)의 만날 긔약(期約)이 돈연(頓然)415)ᄒᆞ나 만일(萬一) 위 승샹416)(丞相) 녀일(女兒ㅣ)딘딕 쇼뎨(小弟) 밍셰(盟誓)ᄒᆞ야 ᄒᆞᆫ곳의 냥닙(兩立)디 아니리니 위 공(公)을 잇다감 됴당(朝堂)의 가 보아도 심긔(心氣) 서늘커늘 ᄒᆞ믈며 그 ᄯᅡᆯ이 임ᄉᆞ지덕(姙似之德)과 월모화안(月貌花顔)417)이라도 쇼뎨(小弟) 졍(正)코 용납(容納)디 아닐노다."

셜파(說罷)의 분긔(憤氣) 튱ᄉᆡᆨ(充塞)

---

412) 사언(詐言): 속이는 말.
413) 일뎡(一定): 일정. 반드시.
414) 발연(勃然): 왈칵 성을 내는 태도나 일어나는 모양이 세차고 갑작스러움.
415) 돈연(頓然): 끊김.
416) 승샹: [교] 원문에는 '샹셔'로 되어 있으나 앞의 예를 따라 이와 같이 수정함.
417) 월모화안(月貌花顔): 달과 꽃처럼 아름다운 여인의 모습과 얼굴.

ᄒᆞ야 좌듕(座中)의 것구러지니 모다 황망(慌忙)이 말을 긋치고 븟드러 구호(救護)ᄒᆞ니 반향(半晌) 후(後) 인ᄉᆞ(人事)를 출히거늘 니뷔(吏部ㅣ) 홀연(忽然) 도로혀 짐즛 글오ᄃᆡ,

"위 공(公)이 틱평셩딕(太平聖代)의 므슴 ᄒᆞ라 쑬을 일허시리오? 형(兄)의 ᄯᅳ지 위 부인(夫人) 흠앙(欽仰)⁴¹⁸⁾ᄒᆞᄂᆞᆫ 므음이 발분망식(發憤忘食)⁴¹⁹⁾ᄒᆞ매 미처시니 잠간(暫間) 소기미라. 형(兄)은 다시 번뇌(煩惱)티 말나."

한님(翰林)이 븟야흐로 샤례(謝禮)ᄒᆞ고 글오ᄃᆡ,

"츌부(黜婦)⁴²⁰⁾ 죄인(罪人)을 닉 엇디 흠앙(欽仰)ᄒᆞ미 발분망식(發憤忘食)ᄒᆞ매 미처실 거시라 제형(諸兄)의 언근(言根)이 여ᄎᆞ(如此)ᄒᆞ시뇨?"

녜뷔(禮部ㅣ) 부체를 텨 대쇼(大笑) 왈(曰),

"현은을 븕은 군ᄌᆞ(君子)로 아랏더니 대강(大綱) 간사(奸詐)ᄒᆞᆫ 도적놈(盜賊-)이로다. 네 날을 딕(對)ᄒᆞ야 밍셰(盟誓)ᄒᆞ라. 진실노(眞實-) 위 부인(夫人)으로 지심(知心)

졍듕(情重)⁴²¹⁾ᄒᆞᆫ 부뷔(夫婦ㅣ) 아닌다?"

---

418) 흠앙(欽仰): 공경하여 우러러 사모함.

419) 발분망식(發憤忘食): 어떤 일에 열중하여 끼니까지 잊고 힘씀.

420) 츌부(黜婦). 츌부. 쫓거난 아내

421) 졍듕(情重): 정중. 정이 깊음.

한님(翰林)이 이에 다드라는 말이 막혀 옥면(玉面)을 수기고 한가
(閑暇)히 우스니 녜뷔(禮部ㅣ) 냥구(良久)히 보다가 글오디,

"고이(怪異)타. 이 아히(兒孩) 어이 그디도록 슉부(叔父) 곳트뇨?"

한님(翰林) 왈(曰),

"형(兄)은 고이(怪異)한 말 말으쇼셔. 나의 용잔누질(庸孱陋質)⁴²²⁾이
연국(-國) 대왕(大王)의 텬일지풍(天日之風)⁴²³⁾을 우러러나 보리오?"

녜뷔(禮部ㅣ) 왈(曰),

"이는 실노(實-) 위쟈(慰藉)⁴²⁴⁾의 말이 아니라. 슉뷔(叔父ㅣ) 여러
ᄌ녀(子女)를 두시니 다 개개(箇箇)히 곤산(崑山)의 미옥(美玉) 곳트
디 각각(各各) 냥톄(良處ㅣ)⁴²⁵⁾ 이셔 현보는 우리 슉모(叔母)로 호발
(毫髮)도 차착(差錯)⁴²⁶⁾디 아니케 방블(髣髴)ᄒ고 빅문은 슉부(叔父)
로 곳트나 그러나 혹(或) 다른 고지 이시디 너는 호발(毫髮)도 차착
(差錯)디 아니니 이 아니 고이(怪異)ᄒ냐?"

한님(翰林)이 의려(疑慮)ᄒ야 말을 긋치고 샹셔(尚書)는 쳐연(悽
然) 함누(含淚)ᄒ니

●●●

111면

이는 경문을 싱각ᄒ미러라. 이날 제인(諸人)이 새도록 야화(夜話)
ᄒ야 쥬빈(酒杯)를 눌니더니 이튿날 허여디다.

---

422) 용잔누질(庸孱陋質): 용렬하고 비루한 자질.

423) 텬일지풍(天日之風): 천일지풍. 하늘의 태양과 같은 풍모.

424) 위쟈(慰藉): 위자. 위로함.

425) 냥톄(良處ㅣ): 양처. 좋은 점.

426) 차착(差錯): 어그러져서 순서가 틀리고 앞뒤가 서로 맞지 아니함.

각셜(却說). 털 순뮈(巡撫ㅣ) 듀야(晝夜)로 둘녀 졀강(浙江)의 니르러 일방(一方)을 졍티(整治)[427]ᄒ매 공ᄉᆡ(公事ㅣ) 신명(神明)ᄒ고 티민(治民) 익휵(愛畜)ᄒ믈 못 밋츨 ᄃᆞᆺᄒ니 수년(數年) 옥듕(獄中)의 밀니엿던 여러 죄인(罪人)이 ᄒ나토 업고 녀민(黎民)[428]이 길히 ᄃᆞ니며 남풍가(南風歌)[429]를 브르며 요슌(堯舜) 시졀(時節)을 비기니 텰ᄉᆡᆼ(-生)이 비록 쇼년(少年) 지략(才略)이 과인(過人)ᄒ나 이러틋 긔특(奇特)ᄒᆞᆷ믄 하람공(--公)긔 슈혹(修學)ᄒᆞᆷ미러라.

순뮈(巡撫ㅣ) 공ᄉᆞ(公事)를 다ᄉᆞ린 여가(餘暇)의ᄂᆞᆫ 미복(微服)으로 졀강(浙江) 오초(吳楚) 산쳔(山川)을 귀경ᄒᆞ야 디긔(志氣)를 소챵(消暢)[430]ᄒ더니,

일일(一日)은 유ᄉᆡᆼ(儒生)의 복ᄉᆡᆨ(服色)을 ᄒ고 아젼(衙前) 두어흘 ᄃᆞ리고 두

· · ·

112면

로 노다가 셕양(夕陽)의 미쳐 아(衙)의 도라오디 못ᄒ고 날이 어두오니 길ᄀᆞ 촌졈(村店)의 드러 셕식(夕食)을 구(求)ᄒᆞ야 먹고 밤을 디닉더니 홀연(忽然) 격벽(隔壁)의셔 은은(隱隱)이 닐오ᄃᆡ,

"상인(商人)의 ᄉᆡᆼ업(生業)이 이곳 믈화(物貨)를 갓다가 딕쥐 가[431]

---

[427] 졍티(整治): 정치. 잘 다스림.

[428] 녀민(黎民): 여민. 백성이나 민중.

[429] 남풍가(南風歌): 중국 고대 순(舜)임금이 부른 노래. 순임금이 오현금(五絃琴)을 처음으로 만들어 남풍가(南風歌)를 지어 부르면서 "훈훈한 남쪽 바람이여, 우리 백성의 수심을 풀어 주기를. 제때에 부는 남풍이여, 우리 백성의 재산을 늘려 주기를. 南風之薰兮, 可以解吾民之慍兮. 南風之時兮, 可以阜吾民之財兮."이라고 했다는 고사가 전함. 『예기(禮記)』, 「악기(樂記)」.

[430] 소챵(消暢): 소창. 답답한 마음을 풂.

[431] 가: [교] 원문에는 없으나 문맥을 고려해 규장각본(8:78)을 따름.

풀면 삼분(三分)의셔 이분(二分)이 버셔지니 그런 긔특(奇特)흔 일이
어딘 이시리오?"

일(一) 인(人)이 우어 왈(曰),

"그듸 천금(千金)을 가지고 노샹(路上)의셔 신고(辛苦)ᄒ야 빅금
(百金) 버셔지ᄂᆞᆫ 거ᄉᆞᆯ 져리 깃거ᄒ니 늬 말을 드룰진듸 필연(必然)
춤 슴키리라."

기재(其者ㅣ) 무러 왈(曰),

"그듸롤432)"

주고 당부(當付)ᄒ야 츄심(推尋)433)ᄒ믈 니ᄅᆞ니 본관(本官)이 져
흑ᄉᆞ(學士)의 쇼년(少年) 지ᄉᆞ(才士)로 입각(入閣)흔 위엄(威嚴)도 추
앙(推仰)홀 분 아냐 연왕(-王)의 ᄋᆞ직(兒子ㅣ)믈 듯고 진심(盡心)ᄒ야
방(榜) 브텨 츄심(推尋)ᄒ더라.

흑ᄉᆡ(學士ㅣ)

• • •

113면

빈도(倍道)434)ᄒ야 경ᄉᆞ(京師)의 니ᄅᆞ러 궐하(闕下)의 샤은(謝恩)
ᄒ고 부듕(府中)의 도라와 부모(父母) 존당(尊堂)의 뵈오매 텰 샹
셔(尚書)와 시랑(侍郞)이 흑ᄉᆡ(學士ㅣ) 문호(門戶)의 큰 사ᄅᆞᆷ으로

---

432) 그듸롤: [교] 맥락을 고려하면 원문에는 이 뒤에 누락된 부분이 있는 듯하고, 규장각본(8:78-79)
에도 이 부분이 '그듸 일 올'로 되어 있고 그 이하는 장서각본과 유사한 것으로 보아 역시 같은
부분이 누락된 것으로 보임. 이 부분에는 뒷부분의 내용을 고려하면, 옥란이 보낸 자객 나승이
이경문을 납치해 남창에 가 팔았다(전편 <쌍천기봉>에 나오는 내용임)는 상인들의 대화 내용이
나오고 이를 들은 순무어사 철수가 다음 날 상인들을 찾았으나 찾지 못하고 경사로 돌아오는
길에 남창 수령에게 가 상황 설명을 한 서사가 있었을 것으로 추정됨.

433) 츄심(推尋): 추심. 찾아냄.

434) 빈도(倍道): 배도. 이틀 갈 길을 하루에 감.

묘년(妙年)435) 아망(雅望)436)이 이러흐믈 두굿기고 남방(南方)을 일(一) 년(年) 닉(內)의 졍티(整治)흐믈 듯고 손을 잡고 亽랑흐는 뜻이 능히(能-) 이긔디 못흘러라.

흑亽(學士ㅣ) 냥구(良久)토록 뫼셔 별후지졍(別後之情)을 고(告)흐고 니부(李府)의 니르니 일개(一家ㅣ) 크게 반기고 하람공(--公)의 亽랑이 비길 뒤 업고 댱 부인(夫人)이 더옥 그 복싀(服色)이 슝고(崇高)흐고 쟉위(爵位) 고대(高大)흐믈 두굿기더라.

흑亽(學士ㅣ) 쏘흔 니졍득실(施政得失)437)을 닐너 모든 말이 진졍(鎭靜)흔 후(後) 눈을 드러 좌우(左右)를 슬피니 소후(-后)와 연왕(-王)이 업거늘 연고(緣故)를 뭇즈온대 남공(-公) 왈(曰),

"소휘(-后ㅣ)

∴

114면

슉딜(宿疾)438)이 요亽이 팀고(沈痼)439)흐샤 미류(彌留)440)흐시므로 샤뎨(舍弟)441) 앗가 태의(太醫)를 두리고 문병(問病)흐라 드러가니라."

흑亽(學士ㅣ) 즉시(卽時) 니러 슉현당(--堂)의 니르니 연왕(-王)이 태의(太醫)를 보뉘고 제주(諸子)로 더브러 이곳의셔 약(藥)을 의논(議論)흐고 소휘(-后ㅣ) 강잉(强仍)흐야 니러 안잣거늘, 흑亽(學士ㅣ)

---

435) 묘년(妙年): 원래 스무 살 안팎의 여자 나이를 가리킴. 여기에서는 학사 철수를 이름.

436) 아망(雅望): 훌륭한 인망.

437) 니졍득실(施政得失): 이정득실. 정치의 성공과 실패.

438) 슉딜(宿疾): 숙질. 오래전부터 앓고 있는 병.

439) 팀고(沈痼): 침고. 오랫동안 앓고 있어 고치기 어려운 병.

440) 미류(彌留): 병이 오래 낫지 않음.

441) 샤뎨(舍弟): 사제. 남에게 자기의 아우를 겸손하게 이르는 말.

나아가 절ᄒᆞ니 왕(王)과 휘(后ㅣ) 크게 반겨 왕(王)이 손을 잡고 글
오ᄃᆡ,

"ᄂᆡ 앗가 너의 슉모(叔母)의 문병(問病)ᄒᆞ노라 네 왓던 줄 아디 못
ᄒᆞ엿닷다. 어ᄂᆞ 새 환됴(還朝)442)ᄒᆞ뇨?"

흑ᄉᆡ(學士ㅣ) 디왈(對曰),

"아ᄎᆞᆷ의 ᄀᆞᆺ 드러왓ᄉᆞᆸ거니와 슉모(叔母) 환휘(患候ㅣ) 계신가 시브
니 경악(驚愕)ᄒᆞ이다."

휘(后ㅣ) 잠쇼(暫笑) 왈(曰),

"나의 병(病)은 ᄆᆡ양 그러ᄒᆞ니 새로이 놀나리오? 연(然)이나 현딜
(賢姪)이 쇼년(少年)의 입각(入閣)ᄒᆞ니 치하(致賀)ᄒᆞ노라."

흑ᄉᆡ(學士ㅣ) 웃고 샤례(謝禮) 왈(曰),

• • •

115면

"미(微)ᄒᆞᆫ 몸의 영통(榮寵)443)이 과(過)ᄒᆞ니 손복(損福)444)홀가
두리ᄂᆞ이다."

왕(王)이 쇼왈(笑曰),

"네 남방(南方)의 일(一) 년(年)을 구치(驅馳)445)ᄒᆞ매 쟝ᄎᆞ(將次ㅅ)
울울(鬱鬱)ᄒᆞᆫ 심ᄉᆞ(心思ㅣ) 병(病)이 되여실노다."

흑ᄉᆡ(學士ㅣ) 웃고 디왈(對曰),

"먼니 이향(異鄉)의 니ᄅᆞ러 군친(君親)을 ᄉᆞ렴(思念)ᄒᆞ매 미처 처

---

442) 환됴(還朝): 환조. 조정에 돌아옴.

443) 영통(榮寵): 영총. 임금의 은총.

444) 손복(損福): 복을 잃음.

445) 구치(驅馳): 남의 일을 위하여 힘을 다함.

주(妻子) 성각의 념(念)이 밋디 못후도소이다."

왕(王)이 흔연(欣然)이 웃고 민졍(民情)446)을 다스리던 말을 듯고 칭찬(稱讚) 왈(曰),

"너의 쇼년(少年) 직략(才略)이 여추(如此)후니 이 도시(都是) 운계447) 형(兄)의 교훈(敎訓)이로다."

싱(生)이 샤례(謝禮)후고 인(因)후야 소후(-后)긔 고왈(告曰),

"젼일(前日) 얼프시 듯주오니 경문이 빅의 '경문' 두 주(字)로 인(因)후야 일홈을 그리 지으시고 가슴의 븕은 졈(點)이 잇더라 후디 등의 사마괴 일곱 이시믄 듯디 못후여시니 이도 올흐니잇가?"

소후(-后 ㅣ) 추

• • •

116면

언(此言)을 듯고 식로이 심식(心思 ㅣ) 요동(搖動)후야 팔치(八彩)448) 뉴미(柳眉)의 화긔(和氣) 쇼삭(蕭索)449)후야 강잉(强仍) 답왈(答曰),

"그디 니르는 배 다 올흐니 이제 무르믄 엇디오?"

혹식(學士 ㅣ) 드디여 드른 말을 다 고(告)후니 소후(-后 ㅣ) 듯기를 맛디 못후여셔 옥안(玉顔)의 눈믈이 방방(滂滂)450)후여 믄득 샹(牀)의 느려 샤례(謝禮) 왈(曰),

---

446) 민졍(民情): 민정. 민심.

447) 운계: 철수의 아버지인 철연수의 자(字).

448) 팔치(八彩): 팔채. 여덟 빛깔의 눈썹이라는 뜻으로, 제왕의 얼굴을 찬미하는 말. 중국 고대 요(堯)임금의 눈썹에 여덟 가지 색채가 있었다는 데서 유래함. 여기에서는 소월혜 눈썹의 아름다움을 형용한 말로 쓰임.

449) 쇼삭(蕭索): 수삭. 다 사라짐.

450) 방방(滂滂): 눈물을 줄줄 흘림.

"나의 명운(命運)451)이 험(險)ᄒ야 삼강(三綱)452)과 오상(五常)453)
이 그쳐져 골육(骨肉)을 이역(異域)의 더진 후(後) 싱ᄉ존몰(生死存
沒)을 듯디 못ᄒ니 아모 곳으로 지향(指向)ᄒ야 ᄎ즐 길히 묘망(渺
茫)454)ᄒ다라 쇽졀업시 십오(十五) 년(年)을 애를 서길 ᄯ롬이러니
금일(今日) 그듸로 인(因)ᄒ야 쳔직(千載)455)의 엇디 못ᄒ홀 말을 드르
니 이 은혜(恩惠)를 쟝ᄎᆺ(將次ㅅ) 무어ᄉ로 갑흐리오?"

왕(王)이 ᄯᅩᄒ 봉미(鳳眉) 쳐창(悽愴)ᄒ고 셩안(星眼)의 눈믈이 어
리여 ᄀᆯ오듸,

"부

‥•••

117면

직(父子ㅣ) 서로 얼골을 아디 못ᄒ니 유유(幽幽)ᄒ 졍(情)이 ᄭᅮᆷ을
조차 넉술 놀ᄂ듸 일즉 그 싱존(生存)ᄒ여시믈 아디 못ᄒ더니 금
일(今日) 너의 말을 드르니 독슈(毒手)를 버셔 사랏ᄂ가 시븐다라.
네 쟝ᄎᆺ(將次ㅅ) 진적(眞的)456)ᄒ 긔별(奇別)을 드른다?"

혹ᄉ(學士ㅣ) 왕(王)의 부부(夫婦)의 이 ᄀᆺᄐᆫ 경상(景狀)을 보고 역
시(亦是) 비졀(悲絶)ᄒ믈 이긔디 못ᄒ야 ᄀᆯ오듸,

"그날 밤의 그 말을 드르니 경각(頃刻)457)의 잡아 뭇고 시브나 쇼

---

451) 명운(命運): 운명.

452) 삼강(三綱): 군위신강(君爲臣綱), 부위부강(夫爲婦綱), 부위자강(父爲子綱)을 이름. 곧, 임금은
   신하의 벼리가 되고, 남편은 아내의 벼리가 되며, 아버지는 아들의 벼리가 됨.

453) 오상(五常): 오륜(五倫). 부자유친(父子有親), 군신유의(君臣有義), 부부유별(夫婦有別), 장유유
   서(長幼有序), 붕우유신(朋友有信)을 이름.

454) 묘망(渺茫): 아득함.

455) 쳔직(千載): 천재. 천 년.

456) 진적(眞的): 진적. 참되고 틀림없음.

딜(小姪)이 이(二) 개(個) 아젼(衙前)을 드리고 잇ᄂᆞᆫ디라 저 여러 긱
인(客人)을 당(當)ᄒᆞᆯ 길히 업서 계명(雞鳴)의 아(衙)의 도라와 ᄎᆞ즌즉
임의 브디거쳐(不知去處)458)ᄒᆞ니 애들오믈 이긔디 못ᄒᆞ야 급(急)히
ᄉᆞ쳐(四處)459)로 슈검(搜檢)460)ᄒᆞ니 죵시(終是) ᄎᆞᆺ디 못ᄒᆞ고 그 후
(後) 두로 방문(訪問)ᄒᆞ되 ᄆᆞᄎᆞᆷᄂᆡ 대ᄒᆡ(大海)의 부평

118면

초(浮萍草) ᄀᆞᆺᄐᆞ니 쇼딜(小姪)이 그새 흔(恨)ᄒᆞ고 뉘웃ᄂᆞᆫ ᄆᆞᄋᆞᆷ이 어
이 측냥(測量)ᄒᆞ리잇가? 기인(其人)이 남챵(南昌)의 가 ᄑᆞ랏노라 ᄒᆞ
매 경ᄉᆞ(京師)로 올 길히 남챵(南昌)의 니ᄅᆞ러 여ᄎᆞ여ᄎᆞ(如此如此)
ᄒᆞ고 와시니 혹쟈(或者) 쇼식(消息)을 드ᄅᆞ미 쉬올가 ᄒᆞᄂᆞ이다.”

왕(王)이 참연(慘然) 왈(曰),

“제 셜ᄉᆞ(設使) 남챵(南昌)의 풀녀신들 셩상(星霜)461)이 여러 번
(番) 뒤이저시니 능히(能-) 그곳의 잇기 쉬오리오?”

소휘(-后ㅣ) 뉴톄(流涕) 왈(曰),

“오ᄂᆞᆯ날 현딜(賢姪)의게 이 쇼식(消息)을 드ᄅᆞ미 하ᄂᆞᆯ이 도으신가
ᄒᆞᄂᆞ니 ᄆᆞᄎᆞᆷᄂᆡ 챵텬(蒼天)이 도으셔 ᄉᆡᆼ젼(生前)의 만날진대 셕ᄉᆞ(夕
死)462)라도 흔(恨)이 업ᄉᆞ리로다. 현딜(賢姪)의 방문(訪問)ᄒᆞ미 총명

---

457) 경각(頃刻): 아주 짧은 시간.

458) 브디거쳐(不知去處): 부지거처. 간 곳을 알지 못함.

459) ᄉᆞ쳐(四處): 사처. 사방.

460) 슈검(搜檢): 수검. 수색함.

461) 셩상(星霜): 성상. 별은 일 년에 한 바퀴를 돌고 서리는 매해 추우면 내린다는 뜻으로, 한 해
동안이 세월이라는 뜻을 나타내는 말.

462) 셕ᄉᆞ(夕死): 석사. 저녁에 죽음.

(聰明) 신긔(神奇)ᄒ나 아모 사름이라도 발셔 십오(十五) 년(年)을 양휵(養畜)ᄒ야 무단(無端)이 닉여 노ᄒ며 살 적의 갑슬 그러틋 만히 주

119면

고 사실진ᄃᆡ 필연(必然) 범인(凡人)의 사름이 아닌 고(故)로 쳔금(千金)을 앗기디 아냐 삿거늘 ᄯᅩ 엇디 그 쳣ᄂᆞ니를 주고져 ᄒᆞ리오? 이ᄂᆞ 헛계괸(-計巧ㄴ)가 ᄒᆞ노라."

흑ᄉᆡ(學士ㅣ) 씌드라 ᄇᆡ샤(拜謝) 왈(曰),

"슉모(叔母)의 명달(明達)ᄒ신 소견(所見)이 ᄌᆞ못 올흐신ᄃᆡ다. 다만 하늘이 돕디 아냐 숑상집을 잡디 못ᄒᆞᆷᄅᆞᆯ 흔(恨)ᄒᆞᄂᆞ이다."

왕(王)과 휘(后ㅣ) 츄연(惆然) 슈루(垂淚)ᄒ야 말을 아니니 니뷔(吏部ㅣ) 눈믈을 먹음고 나아가 주왈(奏曰),

"ᄎᆞ뎨(次弟)의 싱ᄉᆞ존몰463)(生死存沒)을 모ᄅᆞᆯ 적이 잇ᄂᆞ니 이제 사랏ᄂᆞ 긔별(奇別)을 듯고 그 풀인 곳과 도적(盜賊)의 셩명(姓名)을 아라시니 ᄎᆞᄌᆞ미 칠팔(七八) 분(分) 가망(可望)이 잇ᄉᆞᆸᄂᆞᆫ디라. 히ᄋᆡ(孩兒ㅣ) 당당(堂堂)이 텬하(天下)를 다 도라 ᄎᆞᆺ고져 ᄒᆞᆸᄂᆞ니 셩녀(盛慮)를 번뇌(煩惱)티 마ᄅᆞ쇼셔."

왕(王)이 츄연(惆然) 왈(曰),

"네

---

463) 몰: [교] 원문에는 '문'으로 되어 있으나 맥락을 고려하여 이와 같이 수정함.

벼슬이 업스니 원(願)딕로 ᄒ려니와 요스이 우환(憂患)이 년텹(連疊)464)ᄒ고 ᄯᆞ흔 남챵현(南昌縣)의 쇼식(消息)을 아라 네 츌유(出遊)465)ᄒ미 올토다.”

샹셰(尚書ㅣ) 직ᄇᆡ(再拜) 슈명(受命)ᄒ고 소후(-后)ᄂᆞᆫ 쥬뤼(珠淚ㅣ) 화싀(花腮)466)의 굿들 아니ᄒ니 혹싯(學士ㅣ) 간왈(諫曰),

“쇼딜(小姪)이 브졀업슨 말ᄉᆞᆷ을 ᄒᆞ야 셩녀(盛慮)를 기티오니 죄(罪) 깁ᄉᆞ온디라 슉모(叔母)ᄂᆞᆫ 원(願)컨딕 안심(安心)ᄒ쇼셔. 경문이 슉모(叔母)긔 인연(因緣)이 이실진딕 아니 어드리잇가?”

휘(后ㅣ) 강인(強仍) 손샤(遜謝)467)ᄒ고 왕(王)은 쳐연(悽然)이 됴흔 ᄉᆞ싴(辭色)이 업서 밧그로 나가더라.

휘(后ㅣ) 전일(前日)은 어히업서 싱각ᄂᆞᆫ 빗츨 나타닉디 아니ᄒ더니 이 말을 드른 후(後)ᄂᆞᆫ 스스로 오닉(五內)468) 싯ᄂᆞᆫ ᄃᆞ시ᄒᆞ야 우싴(憂色)이 날노 더으고 샹셰(尚書ㅣ) ᄯᆞ흔 슈족(手足)의 졍니(情理)로 이 쇼식(消息)을 듯고 심ᄉᆡ(心思ㅣ) 어

린 ᄃᆞᆺᄒᆞ여 심하(心下)의 셜우믈 이긔디 못ᄒ야 텬하(天下)를 도라

---

464) 년텹(連疊): 연첩. 잇따라 겹쳐 있음. 또는 그렇게 함.
465) 츌유(出遊): 출유. 나가서 돌아다님.
466) 화싀(花腮): 화시. 꽃처럼 아름다운 뺨.
467) 손샤(遜謝): 손사. 겸손히 사례함.
468) 오닉(五內): 오내. 오장(五臟).

춧고 그치고져 ᄒ니 경문은 디척(咫尺)의 잇거늘 아디 못ᄒ고 부
모(父母) 형뎨(兄弟) 심ᄉ(心思)를 ᄉ로오니 차셕(嗟惜)ᄒ미 심(甚)ᄒ
다라. 하회(下回)를 보라.

선시(先時)의 한님(翰林) 셜최 극변(極邊)의 원젹(遠謫)⁴⁶⁹⁾ᄒ엿다
가 정통(正統)⁴⁷⁰⁾ 황뎨(皇帝) 븍싁(北塞)로브터 도라오샤⁴⁷¹⁾ 즉위(卽
位)ᄒ시고⁴⁷²⁾ 대샤텬하(大赦天下)⁴⁷³⁾ᄒ시니 한님(翰林)이 이역(異域)
풍진(風塵)⁴⁷⁴⁾의 십(十) 년(年)을 뉴톄(留滯)⁴⁷⁵⁾ᄒ엿ᄃ가 텬은(天恩)
으로 비록 도라오나 다시 텬ᄉ(天赦)를 잡아 어젼(御前)의 근시(近
侍)⁴⁷⁶⁾ᄒ 길이 업ᄉ며 됴뎡(朝廷)이 저의 과악(過惡)을 춤 밧타 ᄭ지
저 다시 쳔발(薦拔)⁴⁷⁷⁾ᄒ야 일위리 업고 셜 귀비(貴妃)⁴⁷⁸⁾ᄂ 죽은 지
오래고 두 쟝군(將軍)⁴⁷⁹⁾이 ᄯᅩᄒᆫ 기셰(棄世)ᄒ야 그 부인(夫人)이 고
향(故鄉)의 도라갓ᄂ디

---

469) 원젹(遠謫): 원적. 먼 곳으로 귀양을 보냄.

470) 정통(正統): 정통. 중국 명(明)나라 제6대 황제인 영종(英宗) 때의 연호(1435~1449). 영종의
이름은 주기진(朱祁鎭, 1427~1464)으로, 후에 연호를 천순(天順, 1457~1464)으로 바꿈.

471) 정통(正統)~도라오샤: 정통 황제가 북쪽 변방으로부터 돌아오시어. 정통 황제가 1449년에
오이라트 부족을 토벌하러 가 붙잡혔다가[토목의 변] 명나라에 복귀한 것을 이름. 역사서에
서는 바로 다음해(1450)에 석방된 것으로 나오나 <이씨세대록>의 전편(前篇)인 <쌍천기봉>에
서는 붙잡힌 지 몇 년 지나 이관성이 의병을 이끌어 황제를 복귀시킨 것으로 설정되어 있음.

472) 즉위(卽位)ᄒ시고: [교] 원문에는 '즉시호위'로 되어 있으나 문맥을 고려해 규장각본(8:85)을
따름.

473) 대샤텬하(大赦天下): 대사천하. 천하의 죄인들을 크게 사면(赦免)함.

474) 풍진(風塵): 바람과 먼지라는 뜻으로 세상에서 겪은 힘든 일을 말함.

475) 뉴톄(留滯): 유체. 한곳에 오래 머물러 있음.

476) 근시(近侍): 웃어른을 가까이에서 모심.

477) 쳔발(薦拔): 천발. 인재를 뽑아 추천함.

478) 셜 귀비(貴妃): 설 귀비. 설최의 손윗누이. 전편 <쌍천기봉>에 성종 황제의 후궁으로 등장함.

479) 두 쟝군(將軍): 두 장군. 전편 <쌍천기봉>에 옥란의 언니 금란의 남편으로 등장하나 설최와는
무관한 인물임.

라 동셔(東西)로 도라도 의뢰(依賴)[480]홀 곳이 업서 남챵(南昌) 녯 고향(故鄕)의 도라와 겨유 밧 갈며 강어(江魚)를 낫가 ᄑᆞ라 ᄌᆞ싱(資生)[481]ᄒᆞ더니,

그 ᄉᆞ회 뉴 감찰(監察)이 놉히 벼슬ᄒᆞ야 부귀(富貴) 혁혁(赫赫)ᄒᆞᆷ을 듯고 본ᄃᆡ(本-) 부귀(富貴) 고량(膏粱)[482]의 ᄲᅡ엿다가 일됴(一朝)의 긔한(飢寒)[483]을 춤디 못ᄒᆞ야 쳐ᄌᆞ(妻子)를 두고 홀노 경ᄉᆞ(京師)의 니르러 그 ᄉᆞ회를 보니,

현이 악공(岳公)의 니르러시믈 크게 깃거 별샤(別舍)의 머므르고 ᄃᆡ졉(待接)을 후(厚)히 ᄒᆞ니 셜 시(氏), 당초(當初)ᄂᆞᆫ 셔얼(庶孼)인 줄 모로다가 필경(畢竟)의 알고 셜우믈 이긔디 못ᄒᆞ나 홀일업고 ᄯᅩ 그 부친(父親)을 후ᄃᆡ(厚待)[484]ᄒᆞᆷ믈 방심(放心)ᄒᆞ야 그 아비를 보나 이런 말 ᄒᆞ미 업ᄉᆞ니 셜최 진짓 명ᄉᆞ(名士) ᄉᆞ회를 두엇ᄂᆞ 냥ᄒᆞ야 흔흔쾌락(欣欣快樂)ᄒᆞ고 ᄯᅩ

흔 쥬육진찬(酒肉珍饌)[485]을 하로도 수업시 먹으니 깃븐 ᄯᅳᆮ디 격

---

480) 의뢰(依賴): 남에게 의지함.

481) ᄌᆞ싱(資生): 자생. 생계를 유지함.

482) 고량(膏粱): 기름진 고기와 좋은 곡식으로 만든 맛있는 음식. 고량진미(膏粱珍味).

483) 긔한(飢寒): 기한. 굶주림과 추위.

484) 후ᄃᆡ(厚待): 후대. 후하게 대접함.

485) 쥬육진찬(酒肉珍饌): 주육진찬. 술, 고기와 맛있는 음식.

양가(擊壤歌)486)를 브롤디라. 그으기 발젹(拔迹)487)홀 의식(意思ㅣ)
이셔 현이로 의논(議論)ᄒ니 현이 왈(曰),

"대인(大人)이 본딕(本-) 니가(李家)로 결원(結怨)488)이 심샹(尋常)
티 아니신딕 이제 니개(李家ㅣ) 당국(當國)489)ᄒ야시니 이ᄂᆞᆫ 극(極)
히 어려온 일이라. 다만 ᄒᆞᆫ 일이 이시니 대인(大人)긔 의논(議論)ᄒ
ᄂᆞ이다. 이제 가형(家兄)의 긔특(奇特)ᄒᆞᆫ 직죄(才操ㅣ) 우셔(愚壻)490)
의 우희 잇고 쇼년(少年) 등제(登第)ᄒ야 믈망(物望)491)이 죠야(朝野)
를 흔들고 오문(吾門) 대종(大宗)이 저의 몸의 이셔 무궁(無窮)ᄒᆞᆫ 직
산(財産)이 다 저의게 쇽(屬)ᄒ야시니 쇼셰492)(小壻ㅣ) 쇽졀업시 됴
뎡(朝廷)의 나미 ᄒᆞᆫ낫 쾌(快)ᄒᆞᆫ 일이 업셔 양미토긔(揚眉吐氣)493)홀
배라. 듀ᄉᆞ야탁(晝思夜度)494)ᄒ매 져를 업시코져 ᄒᆞ디 저의 ᄒᆡᆼ식(行
事ㅣ) 긔이(奇異)ᄒ야 비록 소댱(蘇張)495)

---

486) 격양가(擊壤歌): 풍년이 들어 농부가 태평한 세월을 즐기는 노래. 중국의 요임금 때에, 태평한
  생활을 즐거워하여 불렀다고 함. 『논형(論衡)』, 「예증(藝增)」에 "해가 뜨면 일어나고 해가 지
  면 쉬고, 우물 파서 물 마시고 밭을 갈아서 밥 먹으니, 임금이 나에게 힘써 준 것이 무엇이
  있는가! 日出而作, 日入而息, 鑿井而飮, 耕田而食, 帝力於我何有哉"라는 구절이 있음.

487) 발젹(拔迹): 발적. 높은 벼슬에 오름.

488) 결원(結怨): 원한을 맺음.

489) 당국(當國): 나라의 정무를 맡음.

490) 우셔(愚壻): 우서. 장인에게 사위인 자신을 낮추어 부르는 말.

491) 믈망(物望): 물망. 여러 사람이 우러러보는 명망(名望).

492) 셰: [교] 원문에는 '졔'로 되어 있으나 문맥을 고려해 규장각본(8:86)을 따름.

493) 양미토긔(揚眉吐氣): 양미토기. 눈썹을 휘날리고 기염을 토함.

494) 듀ᄉᆞ야탁(晝思夜度): 주사야탁. 밤낮으로 생각하고 헤아림.

495) 소댱(蘇張): 소장. 중국 전국시대의 변론가인 소진(蘇秦, ?~?)과 장의(張儀, ?~B.C.309). 소진
  은 합종(合從)을, 장의는 연횡(連橫)을 주장했음. 합종은 서쪽의 강국 진(秦)나라에 대항하기
  위하여 남북으로 위치한 한·위·조·연·제·초의 여섯 나라가 동맹하자는 것이고, 연횡은
  진나라가 이들 여섯 나라와 횡(橫)으로 각각 동맹을 맺어 화친하자는 것임.

의 구변(口辯)⁴⁹⁶)이라도 하즈(瑕疵)홀 길히 업고 엄친(嚴親)이 비록 칙(責)ᄒ시ᄂᆞᆫ 째 이시나 대단이 취듕(取重)ᄒ시ᄂᆞᆫ 일이 업ᄉᆞ니 만일(萬一) 대인(大人)이 긔특(奇特)ᄒᆞᆫ 계교(計巧)로 져를 업시홀진ᄃᆡ 쇼싱(小生)이 죵신(終身)토록 즐거이 뫼시리니 죡(足)히 벼슬이 귀(貴)타 ᄒᆞ리잇고?"

한님(翰林)이 ᄎᆞ언(此言)을 듯고 우어 ᄀᆞᆯ오ᄃᆡ,

"이러툿 쉬온 일의 발셔 니ᄅᆞ디 아니ᄒᆞ뇨? 당년(當年)의 됴뎡(朝廷)의 ᄃᆞᆮ닐 적 ᄒᆞᆫ번(-番) 계교(計巧)를 베프매 규리(閨裏)의 잇ᄂᆞᆫ 명부(命婦)를 ᄉᆡ외(塞外)의 원젹(遠謫)⁴⁹⁷)케 ᄒᆞ엿거든 현명 일(一) 인(人) 업시키ᄂᆞᆫ 대 ᄡᆞ리듯 ᄒᆞ리니 현셰(賢壻ㅣ) 대강(大綱) 드ᄅᆞ라. 부ᄌᆞ(父子) ᄉᆞ이 비록 춤소(讒訴)ᄒᆞ나 니간(離間)ᄒᆞ나 대단티 아니ᄒᆞ고 ᄯᅩ 녕형(令兄)이 녕대인(令大人) 위엄(威嚴)을 구겁(懼怯)⁴⁹⁸)ᄒᆞ야 죽을 니(理) 만무(萬無)ᄒᆞ니

당당(堂堂)이 죄(罪)를 국가(國家)의 간섭(干涉)ᄒᆞ야 옥ᄉᆞ(獄司ㅣ) 법(法)을 졍(正)히 ᄒᆞ게 ᄒᆞ리니 묘(妙)ᄒᆞᆫ 계괴(計巧ㅣ) 도ᄎᆞ(到此)⁴⁹⁹)의 다ᄒᆞ기 어렵고 이목(耳目)이 번거ᄒᆞ니 다 못 ᄒᆞᄂᆞ니 그ᄃᆡᄂᆞᆫ 다만

---

496) 구변(口辯): 말솜씨.

497) 원젹(遠謫): 원적. 멀리 귀양을 감.

498) 구겁(懼怯): 누려워하고 겁냄.

499) 도ᄎᆞ(到此): 도차. 이에 다다름.

나죵을 볼디어다."

현이 추언(此言)을 듯고 츈몽(春夢)이 처엄으로 씬 듯ᄒ야 몸을 니러 두 번(番) 절ᄒ야 ᄀᆞᆯ오ᄃᆡ,

"금일(今日)이 하일(何日)이완ᄃᆡ 이러ᄐᆞᆺ 묘(妙)ᄒᆞᆫ 계교(計巧)ᄅᆞᆯ 드러 쇼싱(小生)의 안듕(眼中) 가싀ᄅᆞᆯ 업시ᄒᆞᆯ 긔약(期約)이 이시니 엇디 깃브디 아니ᄒ리오? 만일(萬一) 텬의(天意) 도으샤 져ᄅᆞᆯ 업시ᄒᄂᆞᆫ 날 당당(堂堂)이 대인(大人)긔 미녀(美女) 옥빅(玉帛)을 밧드러 드리고 셰셰(歲歲)로 뫼셔 봉안(奉安)500) ᄒᆞᆷ믈 게얼니 아니ᄒ리니 대인(大人)은 념ᄌᆞ직ᄌᆞ(念玆在玆)501)ᄒ샤 져ᄅᆞᆯ 디하(地下) 경혼(驚魂)502)을 삼으신죽 쇼싱(小生)이 당당(堂堂)이 벼

· · ·

126면

개ᄅᆞᆯ 놉히고 빅(百) 년(年)을 무흠(無欠)이 누릴가 ᄒᄂᆞ이다."

한님(翰林)이 웃고 귀예 다혀 두어 말을 ᄒ니 현이 다ᄒᆡᆼ(多幸)ᄒ야 조각을 엇더라.

이ᄶᅢ 한님(翰林)이 ᄉᆞ됴(事朝)503) 여가(餘暇)의 붕우(朋友)로 논난(論難)ᄒᆞ며 ᄒᆡᆼ젹(行蹟)이 훌훌504)ᄒ여 집의 든 ᄲᅢ 젹으니 수이 계교

---

500) 봉안(奉安): 신주(神主)나 화상(畫像)을 받들어 모심.

501) 념ᄌᆞ직ᄌᆞ(念玆在玆): 염자재자. 이를 생각해도 이에 있음. 하나만 생각한다는 뜻임. 순(舜)임금이 우(禹)에게 제위를 물려 주려 하자 우(禹)가 고요(皐陶)를 추천하면서 한 말. 즉,『서경(書經)』,「대우모(大禹謨)」에서 "이를 생각해도 이에 있으며, 이를 버려도 이에 있으며, 이를 명명하여 말함도 이에 있으며, 진실로 마음에서 나옴도 이에 있다. 念玆在玆, 釋玆在玆, 名言玆在玆, 允出玆在玆."라 함.

502) 경혼(驚魂): 놀란 넋.

503) ᄉᆞ됴(事朝): 사조. 조정을 섬김.

504) 훌훌: 재빠름.

(計巧)를 일우디 못ᄒ야 여러 ᄃᆞᆯ 천연(遷延)ᄒ더니,

일일(一日)은 한님(翰林)이 셔당(書堂)의셔 잘ᄉᆡ 츈삼월(春三月) 망간(望間)이라. 명월(明月)이 낫 ᄀᆞᆺᄐᆞ니 심ᄉᆡ(心思ㅣ) 울울(鬱鬱)ᄒ야 옥계(玉階)의 산보(散步)ᄒ더니 급보(急報) 왈(曰),

"긔신 부인(夫人)505)이 블의(不意)예 긔운이 막히샤 노야(老爺)긔 약(藥)을 쳥(請)ᄒ시ᄂᆞ이다."

한님(翰林)이 쳥파(聽罷)의 황망(慌忙)이 약(藥)을 ᄉᆞ매의 너코 졍당(正堂)의 니ᄅᆞ니 각졍이 침금(寢衾)의 감겨 누엇거ᄂᆞᆯ 한님(翰林)이 겨ᄐᆡ 나아가 나ᄌᆞ기 문침(問寢)506)ᄒ니

· · ·

127면

홀연(忽然) ᄂᆡ떠 안ᄌᆞ 닐오ᄃᆡ,

"이 어인 말이뇨?"

한님(翰林)이 놀나 말을 ᄒᆞ고져 홀 적 각졍이 붓들고 발악(發惡)ᄒ여 왈(曰),

"쳡(妾)이 그ᄃᆡ를 어려셔브터 길너 비록 젹셔지분(嫡庶之分)507)으로 공경(恭敬)ᄒ나 실(實)은 모ᄌᆞ지의(母子之義) 머므럿거ᄂᆞᆯ 엇디 겁틱(劫敕)508)ᄒᄂᆞ뇨?"

한님(翰林)이 ᄎᆞ언(此言)을 듯고 크게 그 심슐(心術)을 ᄭᅴ드라 골경신히(骨驚神駭)509)ᄒ니 ᄉᆞ매를 썰쳐 나오려 ᄒᆞᄃᆡ 각졍이 구지 잡

---

505) 긔신 부인(夫人): 기신 부인. '첩'을 높여 부르는 말로 보이나 미상임.

506) 문침(問寢): 문안.

507) 젹셔지분(嫡庶之分): 적서시분. 믹지의 서모이 분수.

508) 겁틱(劫敕): 겁칙. 겁박하여 탈취함.

고 발악(發惡)을 그티디 아니ᄒ더니,

이ᄯᆡ 현이 한님(翰林)을 유인(誘引)ᄒ야 제 어미 방(房)으로 보닌 후(後) 급(急)히 셔헌(書軒)의 가 울며 글오ᄃᆡ,

"형(兄)이 무고(無故)히 모친(母親)을 겁틱(劫敕)ᄒ니 이 졍(正)히 위급(危急)ᄒᆞ엿ᄂᆞᆫ디라 대인(大人)은 ᄲᆞᆯ니 가 보쇼셔."

뉴 공(公)이 이 말을 듯고 혼비빅산(魂飛魄散)ᄒ여 급(急)히 몸을 이러 각

◦●●

128면

졍의 곳의 니ᄅᆞ니 졍(正)히 각졍과 ᄋᆞ지(兒子ㅣ) 민쟈졋거늘 뉴 공(公)이 분한(憤恨)이 튱격(充格)[510]ᄒ야 급(急)히 드리ᄃᆞ라 박ᄎ고 글오ᄃᆡ,

"블초지(不肖子ㅣ) 음증부쳡(淫烝父妾)[511]ᄒ고 필경(畢竟)의 어ᄃᆡ로 가려 ᄒᆞ뇨?"

각졍이 ᄇᆞ야흐로 싱(生)을 노코 뉴 공(公)을 향(向)ᄒ야 크게 통곡(慟哭) 왈(曰),

"쳔쳡(賤妾)이 오늘날 이런 망극(罔極)ᄒᆞᆫ 형샹(形狀)을 볼 줄 알니오?"

뉴 공(公)이 분(憤)ᄒ여 싱(生)ᄃᆞ려,

"네 쟝ᄎᆞᆺ(將次ㅅ) 아비 계집을 도젹(盜賊)ᄒ고 어ᄃᆡ로 가려 ᄒᆞᄂᆞ뇨?"

---

509) 골경신ᄒᆡ(骨驚神駭): 골경신해. 뼈가 저리고 넋이 놀람.
510) 튱격(充格): 충격. 가득함.
511) 음증부쳡(淫烝父妾): 음증부첩. 아버지의 첩과 정을 통함.

한님(翰林)이 무망(無妄)512)의 이 경상(景狀)을 보고 놀나오믄 덜고 어히업서 늘호여 뒤왈(對曰),

"히익(孩兒ㅣ) 앗가 셔모(庶母)의 환휘(患候ㅣ) 블평(不平)타 ᄒ고 시녜(侍女ㅣ) 약(藥)을 청(請)ᄒ여늘 이에 드러왓더니 의외(意外)예 셔뫼(庶母ㅣ) 븟들고 발악(發惡)ᄒ미 여ᄎ(如此)ᄒ니 히익(孩兒ㅣ) 비록 무상(無狀)ᄒ나

•••

129면

눈으로 만권셔(萬卷書)를 보고 춤아 이런 노ᄅ슬 ᄒ야 죄(罪)를 명교(名敎)513)의 어드리잇고? 복원(伏願) 야야(爺爺)는 슬피쇼셔."

각정이 크게 소ᄅ 딜너 굴오디,

"그디 말ᄉᆷ을 니언514)(利言)515)이 ᄭᅮ미미 여ᄎ(如此)ᄒ니 엇디 통히(痛駭)516)티 아니리오?"

뉴 공(公)이 어ᄌ러이 소ᄅ햐야 ᄭᅮ지져 굴오디,

"명일(明日) 법부(法部)의 고장(告狀)517)ᄒ야 네 죄(罪)를 다ᄉ릴 거시니 잡말(雜-) 말고 믈너나라."

한님(翰林)이 다시 말을 아니코 믈너가거늘 각정 왈(曰),

"금일지ᄉ(今日之事)는 강샹(綱常)의 대변(大變)이라. 노얘(老爺ㅣ) 진실노(眞實-) 고장(告狀)ᄒ려 ᄒ시ᄂ니잇가?"

---

512) 무망(無妄): 별 생각이 없이 있는 상태.

513) 명교(名敎): 유교.

514) 언: [교] 원문에는 '연'으로 되어 있으나 문맥을 고려해 규장각본(8:90)을 따름.

515) 니언(利言): 이언. 말을 자신에게 이롭게 함.

516) 통히(痛駭): 통애. 몹시 이상스러워 놀람.

517) 고장(告狀): 고장. 고소장을 올림.

뉴 공(公) 왈(曰),

"당(唐) 고종(高宗)518)이 무후(武后)519)를 음간(淫姦)ᄒᆞᆫ520) 아비
임의 죽고 만승황뎨(萬乘皇帝)라도 후셰(後世) 의논(議論)이 춤 밧고
ᄭᅮ짓거늘 금일(今日) 현명의 거조(擧措)는 당(唐) 고종(高宗)으로 비
기디 못홀

• • •

130면

디라 니 엇디 ᄉᆞ졍(私情)으로 다ᄉᆞ리이디 아니ᄒᆞ리오?"

각졍이 암희(暗喜)521)ᄒᆞ야 다만 ᄀᆞᆯ오ᄃᆡ,

"노야(老爺)는 편(便)히 가 쉬쇼셔."

뉴 공(公)이 그 말을 고디듯고 셔헌(書軒)의 나오니 현이 뫼셔 자
더니 삼경(三更)은 ᄒᆞ여셔 ᄒᆞᆫ 쟝ᄉᆡ(壯士ㅣ) 몸의 비슈(匕首)를 ᄎᆞ고
텸하(檐下)로조차 ᄂᆞ려셔 ᄀᆞᆯ오ᄃᆡ,

"뉴영걸이 어ᄃᆡ 잇ᄂᆞᆫ뇨?"

ᄒᆞ니 현이 거즛 놀나 급(急)히 니러나 도적(盜賊)을 잡아 목을 드
ᄃᆡ고 칼을 아ᄉᆞ며 시노(侍奴)를 블너 블을 붉히니 뉴 공(公)이 챵황
(倉黃)522)ᄒᆞ여 졍신(精神)을 거두어 분노(憤怒)ᄒᆞ야 닐오ᄃᆡ,

---

518) 당(唐) 고종(高宗): 중국 당(唐)나라의 제3대 황제인 이치(李治, 628~683). 태종 이세민의 막
    내아들이고 어머니는 문덕황후 장손씨. 아버지 태종의 후궁이었던 무씨를 총애하여 후궁인
    소의로 봉하고 후에는 황후로 봉함. 무씨는 바로 측천무후(則天武后)임.

519) 무후(武后): 중국의 황제 중 유일한 여자황제였던 측천무후(則天武后, 624~705)를 이름. 이
    름은 무조(武照)이고, 아명(兒名)은 무미랑(武媚娘)이며, 황제로 즉위하자 자신의 이름을 조
    (曌)로 개명함. 당나라 고종 이치의 황후이자 무주(武周)의 황제. 그녀가 통치했던 15년을 '무
    주의 치'라 부름.

520) 당(唐) 고종(高宗)이~음간(淫姦)ᄒᆞᆫ: 당나라 고종이 측천무후를 간통함. 고종이 아버지 태
    종의 후궁이었던 무씨, 즉 후의 측천무후를 자신의 후궁으로 삼은 일을 말함.

521) 암희(暗喜): 속으로 기뻐함.

"니 일죽 사롬으로 더브러 결원(結怨)훈 일이 업거눌 엇던 사롬이 날을 해(害)ᄒᆞᄂᆞ뇨? 맛당이 져조미 올타."

ᄒᆞ고 노ᄌᆞ(奴子)를 호령(號令)ᄒᆞ야 기인(其人)을 져존대 기인(其人)이 삼ᄉᆞ(三四) 댱(杖)이 넘지 못

ᄒᆞ야셔 승복(承服)ᄒᆞᄃᆡ,

"쇼인(小人)은 일죽 하동인(河東人) 니연명이러니 경ᄉᆞ(京師)의 와 유협(遊俠)ᄒᆞ기를 일삼더니 뉴 한님(翰林)을 사괴여 정의(情誼) 심밀(深密)ᄒᆞ미 족(足)히 관포(管鮑)523)를 블워 아닐너니 작일(昨日) 천금(千金)을 주고 노야(老爺)를 딜너 죽이라 ᄒᆞ니 마디못ᄒᆞ야 이에 와시나 진실노(眞實-) 쇼인(小人)의 본뜻(本-)이 아니로소이다."

현이 텽필(聽畢)의 안식(顏色)이 여토(如土)ᄒᆞ여 글오ᄃᆡ,

"형(兄)이 필경(畢竟)의 엇디 춤아 부친(父親)을 모살(謀殺)524)ᄒᆞ고 모친(母親)을 아ᄉᆞ려 쯧이 잇는 쥴 알니잇가? 금일(今日) 식(事ㅣ) 심샹(尋常)티 아닌디라. 쇼ᄌᆞ(小子ㅣ) 츨하리 머리를 싹가 산간(山間)의 오유(遨遊)525)ᄒᆞ야 이런 난쳐(難處)훈 경샹(景狀)을 보디 말고져 ᄒᆞᄂᆞ이다."

---

522) 챵황(倉黃): 창황. 허둥지둥 당황하는 모양.

523) 관포(管鮑): 관중과 포숙아. 관중(管仲, ?~B.C.645)과 포숙아(鮑叔牙, ?~?). 관중은 중국 춘추 시대 제(齊)나라의 재상으로 이름은 이오(夷吾). 환공(桓公)이 즉위할 무렵 환공의 형인 규(糾)의 편에 섰다가 패전하여 노(魯)나라로 망명하였는데, 당시 환공을 모시고 있던 친구 포숙아의 진언(進言)으로 환공에게 기용되어 환공을 중원(中原)의 패자(霸者)로 만드는 데 일조함. 관중과 포숙아는 잇속을 차리지 않은 사귐으로 유명하여 이로부터 관포지교(管鮑之交)라는 말이 나옴. 사마천, 『사기(史記)』, <관안열전(管晏列傳)>.

524) 모살(謀殺): 죽이기를 모의함.

525) 오유(遨遊): 즐겁게 노닒.

뉴 공(公)이 이째 연명의 토스(招辭)526)와 현인의 어리오는 말을 듯고

분(憤)혼 긔운이 하늘 궃토여 글오딕,

"욕직(辱子ㅣ) 이러틋 강샹(綱常)을 대범(大犯)ᄒ니 ᄎ(此)ᄂ 난신 젹직(亂臣賊子ㅣ)527)라. 닉 홀노 다슬일 배 아니니 당당(堂堂)이 유스(攸司)528)의 브터 왕법(王法)을 졍(正)히 ᄒ리라."

ᄒ고 안자 새기를 기드려 평명(平明)의 흔 댱(張) 소지(訴紙)를 써 형부(刑部)의 나아가니 소듕(訴中) 스의(辭意) 흉참(凶慘)529)ᄒ야 춤 아 보디 못ᄒ리러라.

이째 형부샹셔(刑部尙書) 소형이 좌긔(坐起)를 여러시니 이 소 샹셔(尙書)ᄂ 원닉(元來) 젼임(前任) 녜부샹셔(禮部尙書) 소문의 직(子ㅣ)오 연왕비(-王妃) 데남(弟男)이니 우인(爲人)의 현명(賢明)ᄒ미 일세(一世)의 쒸여나더니 믄득 뉴 공(公)의 소지(訴紙) 졍(呈)ᄒ믈 보고 날호여 낭관(郎官)으로 닑으니 글와시딕,

'젼임(前任) 승샹(丞相)이오, 신임(新任) 복직(復職)혼 지샹(宰相) 뉴 뫼(某) 이(二) 즈(子)

---

526) 토스(招辭): 초사. 죄인이 자기의 범죄 사실을 진술한 말.

527) 난신젹직(亂臣賊子ㅣ): 난신적자. 나라를 어지럽히는 불충한 무리.

528) 유스(攸司): 유사. 담당 관청.

529) 흉참(凶慘): 흉하고 참혹함.

룰 두어 댱ᄌᆞ(長子) 현명이 일즉 그 모(母)룰 상(喪)ᄒᆞ고 ᄒᆡᆼ실(行
實)이 어려셔붓터 패악블측(悖惡不測)530)ᄒᆞ디 어ᄅᆞ문져 무ᄋᆡ(撫
愛)531)ᄒᆞ미 ᄌᆞ못 과도(過度)ᄒᆞ더니, 나히 십오(十五) 셰(歲)의 니ᄅᆞ
고 벼슬이 옥당(玉堂)의 튱수(充數)ᄒᆞ매 믄득 아비룰 혜지 아니ᄒᆞ
고 상해532) 블공(不恭)ᄒᆞᆫ 일이 만흐니 노인(老人)의 몸이 견듸디
못ᄒᆞ더니 작야(昨夜)의 슐을 과ᄎᆔ(過醉)ᄒᆞ고 그 셔모(庶母)룰 음증
(淫烝)533)코져 ᄒᆞ다가 듯디 아니ᄒᆞ니 크게 텨 즉금(卽今) 반싱반ᄉᆞ
(半生半死) 듕(中) 이시며 작야(昨夜)의 도적(盜賊) 니연명을 노부
(老夫)룰 죽이려 ᄒᆞ다가 텬ᄒᆡᆼ(天幸)으로 져근아들의 구(救)ᄒᆞᄆᆞᆯ 닙
고 이제 도적(盜賊)을 저조어 승복(承服)을 바다시니 ᄌᆞ고(自古)로
아비룰 모살(謀殺)ᄒᆞᆷᄋᆞᆫ 만고(萬古)의 대

역(大逆)이라 늙은 몸이 아모리 텨티(處置)홀 줄 몰나 법부(法部)
의 고(告)ᄒᆞᄂᆞ니 모로미 패ᄌᆞ(悖子)룰 잡아 간샹(奸狀)을 사힉(査
覈)ᄒᆞ시고 오형(五刑)534)으로 다ᄉᆞ려 그 슈족(手足)을 ᄉᆞ방(四方)

---

530) 패악블측(悖惡不測): 패악불측. 행실이 도리에 어긋나고 악하며 마음이 음흉함.
531) 무ᄋᆡ(撫愛): 무애. 어루만지며 사랑함.
532) 상해: 늘.
533) 음증(淫烝): 손위의 여자와 정을 통함.
534) 오형(五刑): 다섯 가지 형벌. 묵형(墨刑), 의형(劓刑), 월형(刖刑), 궁형(宮刑), 대벽(大辟)을 이
   르는데, 묵형은 죄인의 이마나 팔뚝 따위에 먹줄로 죄명을 써넣던 형벌이고 의형은 코를 베
   는 형벌이며 월형은 발꿈치를 끊는 형벌이고, 궁형은 생식기를 자르는 형벌이며, 대벽은
   목을 베는 형벌임.

의 젼(傳)ᄒᆞ야 그 후사ᄅᆞᆷ(後--)을 경계(警戒)ᄒᆞ쇼셔.'

ᄒᆞ엿더라.

소 샹셰(尙書ㅣ) 보기ᄅᆞᆯ ᄆᆞᆺ고 차악(嗟愕)[535]ᄒᆞ믈 이긔디 못ᄒᆞ야 즉시(卽時) 채ᄉᆞ(差使)ᄅᆞᆯ 발(發)ᄒᆞ야 뉴ᄉᆡᆼ(-生)을 잡아 이에 니ᄅᆞ니 한님(翰林)이 ᄭᅮᆷ쇽의 이런 변(變)을 만나니 ᄉᆞᄉᆞ로 죽디 못ᄒᆞ믈 ᄒᆞᆫ(恨)ᄒᆞ고 사라 하ᄂᆞᆯ도 볼 ᄂᆞᆺ치 업서 신ᄉᆡᆨ(神色)이 ᄎᆞᆫ 직 ᄀᆞᆺᄐᆞ여 뎐하(殿下)의 ᄭᅮᆯ매 샹셰(尙書ㅣ) 저 거동(擧動)을 보고 홀연(忽然) ᄆᆞᄋᆞᆷ이 서늘ᄒᆞ고 긔운이 져샹(沮喪)[536]ᄒᆞ야 교위(交椅)예 업더디니 모든 하리(下吏)와 낭관(郎官)[537]이 급(急)히 구(救)ᄒᆞ야 부듕(府中)의

135면

도라가고 한님(翰林)을 옥(獄)의 ᄂᆞ리오니 모다 허여딜ᄉᆡ,

형부시랑(刑部侍郎) 니긔문이 ᄎᆞ경(此景)을 보고 크게 놀나 밧비 집의 니ᄅᆞ러 모든 ᄃᆡ 이 말을 고(告)ᄒᆞ니 하람공(--公) 등(等) 오(五)인(人)과 녜부(禮部) 등(等)이 차악(嗟愕)ᄒᆞ며 면면샹괴(面面相顧ㅣ)[538]러니 람공(-公)이 몬져 탄왈(歎曰),

"뉴ᄋᆞ(-兒)의 긔이(奇異)ᄒᆞᆫ 골격(骨格)과 츌텬(出天)ᄒᆞᆫ ᄒᆡᆼ실(行實)노 인륜(人倫)의 변(變)이 이에 미ᄎᆞ니 우리 무리 구(救)티 아닌즉 쇽졀업시 현인(賢人)을 니토(泥土)의 ᄇᆞ리미 아니리오?"

녜부(禮部) 흥문이 분연(憤然) 왈(曰),

535) 차악(嗟愕): 몹시 놀람.

536) 져샹(沮喪): 저상. 기운을 잃음.

537) 낭관(郎官): 시종관(侍從官).

538) 면면샹괴(面面相顧ㅣ): 면면상고. 서로 말없이 얼굴만 물끄러미 바라봄.

"뉴노(-奴)의 흉(凶)ᄒ미 그 ᄌ식(子息)을 해(害)ᄒ미 여ᄎ(如此)ᄒ니 당년(當年)의 슉모(叔母)를 해(害)ᄒ믄 오히려 져근 일이로소이다. 우리 무리 당당(堂堂)이 극녁(極力)ᄒ야 구(救)ᄒ리니 저의 살ᄌ(殺子)ᄒ여도 계피(計巧ㅣ) 이디 못홀 분일가 ᄒᄂ이다."

연왕(-王)이 이째 차악(嗟愕)ᄒ

* * *

136면

ᄂ빗츨 졍(靜)ᄒ고 ᄀᆯ오ᄃᆡ,

"너히 그리 니ᄅ디 말디니 뉴ᄋ(-兒)ᄂ 대회(大孝ㅣ)라 엇디 스스로 올흐라 ᄒ고 아비를 그른 고ᄃᆡ 너흐리오? 죄(罪) 업스나 잇노라 ᄒ리니 너히 무어시라 ᄒ리오? 그 가온대 셜셜이539) 계교(計巧)를 베퍼 뉴ᄋ(-兒)로 셩명(性命)이나 보젼(保全)케 ᄒ미 올토다."

샹셔(尚書) 등(等)이 ᄭᅵᄃᆞ라 샤례(謝禮)ᄒ더니 홀연(忽然) 위 승샹(丞相)의 니ᄅ러시믈 고(告)ᄒ니 모다 일시(一時)의 마자 한훤(寒暄)을 ᄆᆞᄎ매 승샹(丞相)이 긔운이 분분(忿憤)ᄒ야 ᄀᆯ오ᄃᆡ,

"니 앗가 드ᄅ니 뉴영걸이 그 아ᄃᆞᆯ노 강샹(綱常) 대죄(大罪)로 형부(刑部)의 고(告)ᄒ야 죽이려 흔다 ᄒ니 엇디 놀납디 아니ᄒ리오? 뉴노(-奴)의 무샹(無狀)ᄒ미 비록 아ᄃᆞᆯ이나 저의 죽일 디를 벗겨 살녀 닌 공(功)을 잇고 필경(畢竟) 져

---

539) 셜셜이: 셜셜히. 비밀리에.

브리미 여ᄎ(如此)ᄒ니 엇디 통히(痛駭)티 아니ᄒ리오?"

연왕(-王)이 ᄀᆞᆯ오디,

"뉴ᄋ(-兒)의 긔이(奇異)ᄒᄆ로 인뉸(人倫)의 변(變) 만나미 여ᄎ디 경(如此之境)의 니ᄅ러시니 가(可)히 텬하지ᄉ(天下之士)로 ᄒ여곰 늣길 배라. 국법(國法)은 ᄉ시(私私ㅣ) 업ᄉ니 이곳의셔 의논(議論)ᄒᆞᆯ 배 아니니 샹국(相國)은 다만 공도(公道)를 ᄡᅵ쇼셔."

위 공(公)이 웃고 ᄀᆞᆯ오디,

"뎐하(殿下)의 말ᄉᆞᆷ이 쇼싱(小生)을 붓그럽게 ᄒ시니 욕ᄉ무지(欲死無地)540)로소이다. 젼일(前日) 혈긔지분(血氣之憤)이 이런 대옥(大獄)의 다ᄃ라 펴리오?"

왕(王)이 ᄯᅩᄒᆞᆫ 웃고 ᄀᆞᆯ오디,

"위연(偶然)이 ᄒᆞᆫ 말을 너모 유심(有心)이 듯ᄂᆞᆫ도다."

위 공(公)이 대쇼(大笑)ᄒᆞ고 반일(半日) 슈작(酬酌)ᄒᆞ다가 도라가다.

이ᄲᅢ 샹셰(尙書ㅣ) 뉴 한님(翰林)의 대변(大變) 만나믈 듯고 참졀(慘絶)ᄒᆞᆫ ᄆᆞᄋᆞᆷ이 측냥(測量)티 못ᄒ야 니당(內堂)의 드러가 모친(母親)

긔 고(告)ᄒᆞ디,

"벗 ᄒᆞ나히 옥듕(獄中)의 가텨시니 요ᄉᆞ이 죠셕(朝夕)을 다ᄉᆞ려 주시미 엇더ᄒᆞ니잇고?"

---

540) 욕ᄉ무지(欲死無地): 욕사무지. 죽으려 해도 죽을 곳이 없음.

휘(后ㅣ) 글오딕,

"엇던 사름이며 가속(家屬)이 업ᄂ냐?"

샹셰(尚書ㅣ) 참연(慘然) 탄식(歎息)고 실샹(實狀)을 다 고(告)ᄒ니
휘(后ㅣ) ᄋᄌ(兒子)의 의긔(義氣)롤 감동(感動)ᄒ야 운아롤 명(命)ᄒ
야 셕식(夕食)을 다ᄉ려 샹셔(尚書)롤 블너 보니라 ᄒ니 샹셰(尚書ㅣ)
심복(心腹) 시노(侍奴) 긔학으로 ᄒ여금 옥듕(獄中)의 보닉고 글을
붓티니 샹셰(尚書ㅣ) 임의 져 집 일을 ᄉ못 아ᄂ 고(故)로 쥬려 죽으
미 쉬울 줄 알고 심담(心膽)이 믜여지ᄂ 듯ᄒ야 옥듕(獄中) 공급(供
給)을 스ᄉ로 당(當)ᄒ려 ᄒ미라.

이째 경문이 천만의외(千萬意外)예 몸이 강샹(綱常) 죄쉬(罪囚ㅣ)
되여 옥듕(獄中) 고초(苦楚)롤 바드니 텬디(天地)롤 부앙(俯仰)[541]ᄒ
나 원통(冤痛)ᄒ믈 할 고디 업ᄂ디라 일긱(一刻)[542]

●●●

139면

의 죽어 모로고져 ᄒ딕 ᄌ긔(自己) 이미ᄒ미 쳥텬빅일(靑天白日)
ᄀᄐ니 ᄌ레 죽어 션모친(先母親) 묘하(墓下)의 플도 븨리 업ᄉ믈
싱각고 나종을 보아 결(決)ᄒ려 ᄒ더니,

니부(李府) 노ᄌ(奴子ㅣ) 니르러 샹셔(尚書)의 셔간(書簡)을 드리
고 셕식(夕食)을 올니니 비황(悲惶)[543] 듕(中)이나 반가오미 뉴동(流
動)ᄒ야 밧비 셔간(書簡)을 써혀 보니 만편(滿篇) 셔찰(書札)의 관곡
(款曲)[544]ᄒ ᄉ의(辭意)와 위로(慰勞)ᄒᄂ 언단(言端)이 ᄌᄌ(字字)이

---

541) 부앙(俯仰): 내려다보고 우러러봄.

542) 일긱(刻)인가 아주 짧은 동안. 바로.

543) 비황(悲惶): 슬프고 두려움.

정(情)을 먹음엇는디라. 보기를 맞추매 크게 감동(感動)ᄒ고 저의 의긔(義氣)를 극골(刻骨) 감샤(感謝)ᄒ니 슬프믈 이긔디 못ᄒ야 쳔(千) 항(行) 뉘(淚ㅣ) 흐르더니 겨유 졍신(精神)을 거두워 죄인(罪人)을 뉴렴(留念)ᄒ믈 샤례(謝禮)ᄒ야 초초(草草)545)히 답간(答簡)을 일워 도라보ᄂ니,

창뒤(蒼頭ㅣ)546) 도라가 샹셔(尙書)긔 드리니 샹셰(尙書ㅣ) 보기를 맞

• • •

140면

고 눈믈이 산연(潸然)547)ᄒ여 ᄀᆯ오디,

"저의 ᄒᆡᆼ실(行實)이 놉흐미 여ᄎᆞ(如此)ᄒ고 ᄆᆞᄎᆞᆷ니 시운(時運)이 이러틋 브졔(不齊)548)ᄒ니 유유(悠悠)549)ᄒᆞᆫ 창텬(蒼天)이 이러틋 무심(無心)ᄒ뇨?"

ᄒ고 비록 ᄎᆞ므려 ᄒ여도 누쉬(淚水ㅣ) 환란(渙亂)550)ᄒ야 식음(食飮)을 폐(廢)ᄒ고 저의 옥듕(獄中) 공급(供給)을 못 미출 ᄃᆞ시 ᄒ며 슌(旬)마다 글을 브텨 일시(一時) 셜우믈 ᄎᆞᆷ아 텬디(天地) 명낭(明朗)ᄒ믈 기ᄃᆞ리라 ᄒ니,

한님(翰林)이 강잉(强仍)ᄒ야 살기를 싱각ᄒ나 도라보건디 부뫼(父母ㅣ) 이시디 문(門) 밧긔 이셔 근심ᄒ디 못ᄒ고 ᄒᆞᆫ 낫 형뎨(兄弟)

---

544) 관곡(款曲): 정성스럽고 곡진함.
545) 초초(草草): 바쁘고 급함.
546) 창뒤(蒼頭ㅣ): 종살이를 하는 남자.
547) 산연(潸然): 눈물이 줄줄 흐르는 모양.
548) 브졔(不齊): 부제. 고르지 않음.
549) 유유(悠悠): 아득함.
550) 환란(渙亂): 어지럽게 흩어짐.

업서 셜우믈 난호디 못호며 즈긔(自己) 죄(罪) 아모 고되 미출 줄 아디 못호니 비록 대쟝부(大丈夫)의 쟝심(壯心)이나 즈연(自然) 최졀(摧折)[551]호믈 이긔디 못호야 촌촌(寸寸)이 넉술 슬오니 그 형샹(形狀)이 쳔고(千古)

· · ·

141면

의 업순디라. 만일(萬一) 이런 째 연왕(-王) 부뷔(夫婦ㅣ) 알진되 춤아 셜우믈 춤으리오마는 망연(茫然)이 아디 못호니 조믈(造物)의 다싀(多猜)[552]호미 흔(恨)이러라.

이째 소 공(公)이 긔운이 날노 블평(不平)호야 좌긔(坐起)를 못 호니 니뷔(吏部ㅣ) 드되여 댱옥[553]지를 교되(交代)호이니 이는 하람인(河南人)이오 졍국공(--公) 댱셰걸의 댱지(長子ㅣ)니 우인(爲人)이 총명(聰明)호고 졍딕(正直)호미 일시(一時)의 일콧더라. 즉일(卽日) 츌스(出仕)호야 좌긔(坐起)를 베프매 시랑(侍郎) 니긔문이 수다(數多) 공스(公事)를 가져 일일(——) 취품(就稟)[554]호매 댱 샹셰(尙書ㅣ) 뉴영걸의 옥스(獄事)의 다도라는 팀음(沈吟)[555]호야 말을 아니코,

즉시(卽時) 뉴 공(公)을 잡아 한님(翰林)과 흔가지로 면질(面質)[556]호며 실샹(實狀)을 무르니 뉴 공(公)이 풀을 쏌뇌여 한님(翰林)의 허

---

551) 최졀(摧折): 최절. 꺾임.

552) 다싀(多猜): 다시. 샘이 많음.

553) 옥: [교] 원문에는 '유'로 되어 있으나 전편인 <쌍천기봉>에 '쟝옥지'로 나와 있으므로 그 예를 따름.

554) 취품(就稟): 취품. 웃어른께 나아가 여쭘.

555) 팀음(沈吟): 침음. 속으로 깊이 생각함.

556) 면질(面質): 당사자 양쪽을 대면시켜 심문함.

믈을 주언(做言)[557]ᄒ야시니 기듕(其中) ᄉ

의(辭意) 참아 듯디 못ᄒᆞᆯ디라 텽문재(聽聞者ㅣ)[558] 귀를 ᄀᆞ리와 참
혹(慘酷)히 너기더라.

댱 샹셰(尙書ㅣ) 뉴 공(公)의 조초 히비(該備)[559]ᄒᆞᆫ 셜화(說話)를
듯고 심하(心下)의 분노(憤怒)ᄒ야 싱각ᄒᆞᄃᆡ,

'ᄌᆞ식(子息)이 셜ᄉ(設使) 그른 일이 이신들 아비 되여 이러ᄐᆞᆺ ᄒ
니 가(可)히 뉴노(-奴)의 우인(爲人)을 알니로다.'

드ᄃᆡ여 한님(翰林)을 보니 이ᄲᅢ 한님(翰林)의 긔식(氣色)이 춘 지
ᄀᆞᆺᄐ여 눈을 ᄂᆞᆺ초고 고개를 수겨 사라 오믈 흔(恨)ᄒ고 하늘을 우러
러보믈 붓그리니 관옥안면(冠玉顔面)[560]이 쵸체(憔悴)ᄒ야 사ᄅᆞᆷ으로
ᄒ여곰 ᄋᆡ경(哀傾)[561]ᄒᆞ믈 참디 못ᄒᆞᆯ 배라. 댱 공(公)이 그으기 개연
(慨然)ᄒᆞᄂᆞᆫ ᄆᆞᄋᆞᆷ이 뉴동(流動)ᄒ여 손으로 ᄀᆞᄅᆞ쳐 무ᄅᆞᄃᆡ,

"군(君)이 개셰영ᄌ(蓋世英才)[562]로 옥당(玉堂)의 놉흔 손이 되여
비의금ᄃᆡ(緋衣金帶)[563]의 통권(寵眷)[564]이 편만(遍滿)[565]ᄒ니 우리

---

557) 주언(做言): 꾸며서 말함.

558) 텽문재(聽聞者ㅣ): 청문자. 듣는 자.

559) 히비(該備): 해비. 자세히 갖춤.

560) 관옥안면(冠玉顔面): 관옥처럼 아름다운 얼굴. 관옥은 관의 앞을 꾸미는 옥.

561) 이경(哀傾): 애경. 슬픔이 깊음.

562) 개셰영ᄌ(蓋世英才): 개세영재. 세상을 뒤덮을 만한 탁월한 재주.

563) 비의금ᄃᆡ(緋衣金帶): 비의금대. 붉은 색 도포에 금색 띠라는 뜻으로 고위 관료의 복색을 말함.

564) 통권(寵眷): 총권. 임금의 총애와 은혜.

565) 편만(遍滿): 널리 그득 참.

등(等)이 우러러 흠탄(欽歎)566)ᄒ던 배러니 엇디 오늘날 강샹(綱
常)의 대죄(大罪)를 므릅뼈 부형(父兄)의 고관(告官)이 니르게 ᄒ
ᄂ뇨?"

한님(翰林)이 날호여 안셔(安舒)히 되(對)ᄒ여 ᄀᆞᆯ오되,

"쇼싱(小生)의 무상(無狀)ᄒᆞᆫ 허믈은 가친(家親)이 붉히 니르시니
다시 발명(發明)ᄒᆞᆯ 길 업ᄂᆞ이다. 이 졍(正)히 태양(太陽)이 듕텬(中
天)의 붉그매 요긔(妖氣) ᄌᆞ최를 금초디 못흠과 ᄀᆞᆮ튼디라. 원(願)ᄒ
옵ᄂᆞ니 노야(老爺)ᄂᆞᆫ ᄲᆞᆯ니 죽여 가셩(家聲)을 튜락567)(墜落)ᄒᆞᆫ 죄(罪)
와 강샹(綱常)을 문허ᄇᆞ린 죄(罪)를 엄(嚴)히 다ᄉᆞ리쇼셔."

댱 공(公)이 그 말ᄉᆞᆷ이 모호(模糊)ᄒᆞᆷ믈 보고 태반(太半)이나 짐쟉
(斟酌)ᄒᆞ고 즉시(卽時) 냥인(兩人)의 툐ᄉᆞ(招辭)를 거두어 샹젼(上前)
의 주달(奏達)ᄒᆞ고 계ᄉᆞ(啓辭)568) 왈(曰),

'복이(伏以)569) 신(臣)이 처음으로 츌ᄉᆞ(出仕)ᄒ야 공ᄉᆞ(公事)를 술
피매 젼(前)

승샹(丞相) 뉴영걸이 기ᄌᆞ(其子) 한님흑ᄉᆞ(翰林學士) 뉴현명을 강
샹(綱常)의 얼거 원졍(原情)570)이 명빅(明白)ᄒ고 현명의 툐ᄉᆞ(招

---

566) 흠탄(欽歎): 공경하고 감탄함.

567) 락: [교] 원문에는 '탁'으로 되어 있으나 문맥을 고려해 이와 같이 수정함.

568) 계ᄉᆞ(啓辭): 계사. 논죄(論罪)에 관하여 임금에게 올리던 글.

569) 복이(伏以): '엎드려 생각건대'의 뜻으로 임금에게 올리던 글의 처음에 상투적으로 쓰이던 말.

辭ㅣ) 이러툿 ㅎ니 삼쳑(三尺)571)의 뉼(律)노 의논(議論)ㅎ온즉 현
명의 죄(罪) 쳐참(處斬)572)ㅎ왐 즉ㅎ오나 그러나 신(臣)이 그으기
싱각건대 소범(所犯)이 업디 아니ㅎ온디라. 현명이 비록 블쵸(不
肖)ㅎ오나 그 아비 된 재(者ㅣ) 엇디 악힝(惡行)을 들츄어 죽을 고
디 너키를 안연(晏然)이 ㅎ며 현명이 진짓 블쵸(不肖)ㅎ즉 그 아비
말을 흔 말도 다토미 업고 법뷔(法部ㅣ) 엄(嚴)히 츄문(推問)573)ㅎ
미 업시 스ᄉ로 죄(罪)를 당(當)ㅎ야 죽기를 구(求)ㅎ리잇고? 신
(臣)의 암미(暗昧)흔 소견(所見)은 이 가온대 의심(疑心)이 잇ᄉᆞᆫ
디라 셩샹(聖上)은 붉히 쳐

• • •

145면

치(處置)ㅎ쇼셔.'

ㅎ엿더라.

샹(上)이 견필(見畢)의 대경(大驚)ㅎ샤 차탄(嗟歎) 왈(曰),

"뉴현명의 그러ㅎ므로 오늘날 인뉸(人倫)의 대변(大變)을 만나ᄂᆞ뇨?"

드디여 모든 툐안(招案)574)을 칠(七) 각노(閣老)의게 ᄂᆞ리오시니

니(李) 승샹(丞相)이 몬져 주왈(奏曰),

"이제 국가(國家)의 대옥(大獄)을 당(當)ㅎ야 신(臣) 등(等)이 소견
(所見)이 업ᄉᆞᆫ 거시 아니로디, 진실575)노(眞實-) ᄉ세(事勢) 난쳐(難處)

---

570) 원졍(原情): 원정. 사정을 하소연함.
571) 삼쳑(三尺): 삼척. 법률. 고대 중국에서 석 자 길이의 죽간(竹簡)에 법률을 썼던 데서 유래함.
572) 쳐참(處斬): 처참. 목을 베어 죽이는 형벌에 처함.
573) 츄문(推問): 추문. 어떠한 사실을 자세하게 캐며 꾸짖어 물음.
574) 툐안(招案): 초안. 초사(招辭).
575) [교]: 원문에는 '질'로 되어 있으나 오기로 보임.

ᄒ야 아비를 올타 ᄒ매 아ᄃᆞᆯ이 죽을 고ᄃᆡ ᄲᅢᆫ디고 아ᄃᆞᆯ을 올타 ᄒ매
아비 대역(大逆)의 ᄶᆞ러지믈 면(免)티 못ᄒᆞ니 피ᄎᆞ(彼此)의 쾌(快)ᄒᆞ미
업ᄉᆞ올디라 국가(國家)의 블ᄒᆡᆼ(不幸)이 아니리잇고? 연(然)이나 뉴현
명의 인ᄌᆡ(人材) 출범(出凡)홈과 효ᄒᆡᆼ(孝行)이 츌텬(出天)ᄒᆞᆷ믄 당년(當
年) 영걸을 구(救)ᄒᆞ던 혈표(血表)[576]의 셩심(聖心)이 ᄌᆞ시 아라 계

시니 그런 위인(爲人)으로 이런 뉸샹(倫常) 대범(大犯)을 아니리니
도시(都是) 고쉬(瞽叟ㅣ)[577] 익샹살슌(愛象殺舜)[578]ᄒᆞ던 일이 잇ᄂᆞᆫ
가 ᄒᆞ옵ᄂᆞ니 대강(大綱) 뉴영걸의 비복(婢僕)을 잡아 져존즉 간샹
(奸狀)이 쉬올가 ᄒᆞᄂᆞ이다.”

위 승샹(丞相)이 주왈(奏曰),

“뉴현명이 당년(當年)의 연왕(-王)을 ᄯᅡᆯ와 군듕(軍中)의 죵ᄉᆞ(從事)
ᄒᆞ매 뉴뇌(-奴ㅣ) 일즉 쥬ᄉᆡᆨ(酒色)의 침면(沈湎)[579]ᄒᆞᆫ 무리로 일즉 병
법(兵法)을 아디 못ᄒᆞ거늘 현명이 스ᄉᆞ로 몸을 ᄃᆡ(代)ᄒᆞ여 젼필승(戰
必勝)[580] 공필츄(功必取)[581]ᄒᆞ야 그 공(功)을 다 아비게 도라보ᄂᆡ여
무궁(無窮)ᄒᆞᆫ 죄(罪)를 쇽(贖)게 ᄒᆞ고 신(臣)이 당초(當初) 도임(到任)

---

576) 혈표(血表): 피로 쓴 표문(表文). 유영걸이 죽게 되었을 때 유현명이 등문고를 쳐 임금에게 혈
서를 올린 일을 말함. <이씨세대록> 4:123.

577) 고쉬(瞽叟ㅣ): 중국 고대 순(舜)임금의 아버지.

578) 익샹살슌(愛象殺舜): 애상살순. 상(象)을 사랑하고 순(舜)을 죽이려 함. 순임금이 제위에 오르
기 전에 그 아버지 고수가 후처의 자식인 상만 사랑하고 전처 소생인 순을 죽이려 한 일을
말함.

579) 침면(沈湎): 술에 절어서 아주 헤어나지 못함.

580) 젼필ᄒᆡᆼ(戰必勝): 전필승. 싸우면 반드시 이김.

581) 공필츄(功必取): 공필취. 공을 반드시 취함.

호여셔 뉴노(-奴)의 패악(悖惡)582)호믈 통히(痛駭)호야 약간(若干) 결곤(決棍)583)호고 죽이고져 호니 뉴현명이 글노 호야 신(臣)을 원슈(怨讎)로 티부(置簿)584)호야 죵시(終是) 졉파(接派)585)티 아니호고 그 아비

• ● ●

147면

를 시봉(侍奉)586)호야 효셩(孝誠)이 츌인(出人)호믄 강쥐(江州) 일경(一境)의 쟈쟈(藉藉)호고 밋 경스(京師)의 온 후(後) 쇼신(小臣)의게 원(怨)을 프디 아니호니 신(臣)의 셩졍(性情)이 과격(過激)호믈 면(免)티 못호므로 쑤짓는 가온대 감탄(感歎)호믈 이긔디 못호옵더니 근뇌(近來)의 현명이 슈광(遂狂)587)티 아닌 후(後)야 그런 패악지죄(悖惡之罪)를 저즐니잇가? 이 젼혀(專-) 뉴영걸의 무샹(無狀)호미로소이다."

샹(上)이 답(答)호야 글오디,

"경(卿) 등(等)의 말이 여추(如此)호니 딤(朕)의 ᄆ음이 셕연(釋然)588)호ᄂ니 당당(堂堂)이 친문(親問)호야 간졍(奸情)589)을 사힉(査覈)호리라."

드디여 뉴가(-家) 부즈(父子)를 올나라 호샤 형댱(刑杖)과 위의(威

___

582) 패악(悖惡): 도리에 어긋나고 흉악함.
583) 결곤(決棍): 곤장으로 죄인을 치는 형벌을 집행하던 일.
584) 티부(置簿): 치부. 마음속으로 그렇다고 여김.
585) 졉파(接派): 접파. '함께 말함'의 뜻으로 보이나 미상임.
586) 시봉(侍奉): 부모를 모셔 받듦.
587) 슈광(遂狂): 수광. 마침내 미침.
588) 셕연(釋然): 석연. 의혹이나 꺼림칙한 마음이 없이 환함.
589) 간졍(奸情): 간정. 간악한 실정.

儀)를 엄(嚴)히 비셜(排設)590)ᄒ시고 몬져 뉴 공(公)ᄃ려 무러 ᄀᆞᆯ오ᄃᆡ,

"경(卿)이 전일(前日) 국가(國家)를 저ᄇ린 죄(罪) 등흔(等閑)티 아니ᄒ고 금일(今日) ᄌᆞ식(子息)을 대역(大逆)

· • •

148면

으로 고관(告官)ᄒ미 희한(稀罕)ᄒᆫ 변괴(變故ㅣ)라. 현명은 옥당(玉堂)의 아름다은 ᄌᆡ목(材木)이오, 딤(朕)의 툥익(寵愛)ᄒᄂᆞᆫ 배어ᄂᆞᆯ 경(卿)의 염고(厭苦)591)ᄒ미 이 지경(地境)의 밋쳐ᄂᆞᆨ?"

뉴 공(公)이 샹(上)의 이러툿 ᄒ시믈 황공(惶恐)ᄒ야 고두(叩頭)ᄒ야 주(奏)ᄒ되,

"신(臣)이 당년(當年)의 국가(國家)를 져ᄇ린 죄(罪)ᄂᆞᆫ 만ᄉ무셕(萬死無惜)592)이옵거니와 금일(今日) 욕ᄌᆞ(辱子)의 죄(罪) 터럭을 쎄혀도 남ᄉ올 거시오, 신(臣)을 해(害)ᄒ려던 도적(盜賊)이 즉금(卽今) 신(臣)의 집의 이시니 셩샹(聖上)은 ᄒᆞᆫ번(-番) 하문(下問)ᄒ신죽 신(臣)의 말이 그ᄅᆮ디 아니ᄅᆞ리니 신(臣)이 ᄌᆞ식(子息) 위(爲)ᄒ 무음이 혈(歇)ᄒ 거시 아니로ᄃᆡ 블쵸ᄌᆞ(不肖子)의 죄악(罪惡)이 여산(如山)ᄒ야 강샹(綱常)을 범(犯)ᄒ 후(後)야 진실노(眞實-) 문호(門戶)를 근심ᄒ야 ᄉ졍(私情)을 긋쳐 법ᄉ(法司)의 고(告)ᄒ미니 홀노 신(臣)의 무상(無狀)ᄒ

---

590) 비셜(排設): 배설. 연회나 의식(儀式)에 쓰는 물건을 차려 놓음.

591) 염고(厭苦): 싫어하고 괴롭게 여김.

592) 만ᄉ무셕(萬死無惜): 만사무석. 만 번 죽어도 아깝지 않음.

미 아니로소이다.”

샹(上)이 드르시매 그 말이 즈못 유리(有理)ㅎ더라 즉시(卽時) 니연명을 잡아다가 엄형(嚴刑)으로 저조실ᄉᆡ 형부샹셔(刑部尙書 l) 무러 굴오ᄃᆡ,

“네 만일(萬一) 사름의 쳥(請)을 듯고 뉴현명을 해(害)ㅎ여실쟉시면 일ᄌᆞ일언(一字一言)을 은휘(隱諱)티 말나.”

연명이 금일(今日) 텬위지텩(天威咫尺)[593]의 엄(嚴)ᄒᆞ 위의(威儀)젼쥬(專主)[594]ᄒᆞᄆᆞᆯ 보니 크게 두리나 오딕 말을 지어 굴오ᄃᆡ,

“뉴 한님(翰林)이 갑슬 주고 뉴 노야(老爺)ᄅᆞᆯ 해(害)ᄒᆞ라 ᄒᆞ니 마디못ᄒᆞ야 ᄒᆡᆼ(行)ᄒᆞ이다.”

댱 공(公)이 대로(大怒)ᄒᆞ야 호령(號令)ᄒᆞᄃᆡ,

“너의 소범(所犯)이 이분 아니니 즈시 딕툐(直招)[595]ᄒᆞᆯ딘ᄃᆡ 살기ᄅᆞᆯ 어드리라.”

연명이 형댱(刑杖)을 견ᄃᆡ디 못ᄒᆞ여 믄득 크게 웨ᄃᆡ,

“쇼인(小人)이 바ᄅᆞᆫ 말 ᄒᆞ리이다. 뉴 한님(翰林)은 이믜ᄒᆞ고 셜 한님(翰林)……”

ᄒᆞ

다가 문득 피를 흘니고 것구려져 즉ᄉ(卽死)ᄒ니 좌위(左右 ㅣ) 대경(大驚)ᄒ야 급(急)히 니르혀고 보니 발셔 숨이 졋더라. 댱 샹셰(尙書 ㅣ) 히연(駭然)ᄒ야 글오디,

"목금(目今)596)의 간인(奸人)의 흉(凶)ᄒ미 여ᄎ(如此)ᄒ니 엇디 통히(痛駭)티 아니ᄒ리오?"

즉시(卽時) 샹젼(上前)의 주(奏)ᄒ디,

"도적(盜賊)이 복쵸(服招)ᄒ려다가 즉ᄉ(卽死)ᄒ니 이도 필연(必然) 흉인(凶人)이 독(毒)을 두어 연명을 죽게 ᄒ미라 당당(堂堂)이 뉴영걸을 져조미 엇더ᄒ니잇고?"

샹(上)이 글오샤디,

"경(卿)의 주ᄉ(奏辭 ㅣ) 올ᄒ니 그디로 ᄒ리라."

댱 공(公)이 즉시(卽時) 듕(重)ᄒ 형벌(刑罰)을 버린디 한님(翰林)이 이째 욕ᄉ무지(欲死無地)ᄒ야 간댱(肝腸)이 다 타 ᄌ 되ᄂ디라. 겨유 정신(精神)을 거두어 주(奏)ᄒ야 글오디,

"신(臣)이 무샹(無狀)ᄒ고 본디(本-) 미친 증(症)이 이셔 삼가지 못ᄒ 일이 만흔 고(故)

로 아븨게 죄(罪)를 어드미 등한(等閑)티 아니ᄒ니 아비 문호(門戶)를 근심ᄒ야 텬졍(天廷)의 주(奏)ᄒ여 죄(罪)를 다ᄉ리미 그ᄅ

---

596) 목금(目今): 눈앞에 닥친 현재.

디 아니하니 셩샹(聖上)이 만민(萬民)의 부뫼(父母ㅣ) 되샤 엇디 블쵸즈(不肖子)를 다스리디 아니시고 강샹(綱常)을 졍(正)히 하는 아비를 죄(罪) 주시리잇고? 신(臣)이 연명을 보뉘여 아비를 해(害)흠도 올코 셔모(庶母)를 음증(淫烝)[597]코져 흠도 올흐니 원(願)컨 디 셩샹(聖上)은 삼목(三木)[598]의 형벌(刑罰)노 죽이쇼셔."

당 공(公)이 즉시(卽時) 이딕로 주(奏)하니 샹(上)이 팀음(沈吟)하시거늘 니(李) 승샹(丞相)이 주왈(奏曰),

"연명이 셜가(-哥)를 드노흐니 맛당이 추주 져존죽 간샹(奸狀)이 나타날가 하누이다."

샹(上)이 뉴 공(公)드려 무르샤딕,

"셜가(-哥)는 엇던 사룸이뇨?"

뉴 공(公)이 미처 답(答)디 못하야셔 한님(翰林)이

딕왈(對曰),

"셜가(-哥)는 본딕(本-) 가부(家父)와 신(臣)이 아디 못하옵누니 이 블과(不過) 연명이 형당(刑杖)을 견딕디 못하여 헷말하미로소이다."

샹(上)이 글오샤딕,

"이제 현명의 툐식(招辭ㅣ) 이러툿 명빅(明白)하니 가(可)히 법(法)으로 다스려 스족(四足)을 이(離)홀 거시로딕 기듕(其中) 의심(疑心)이 이시니 엇디 쳐티(處置)하리오?"

---

597) 음증(淫烝): 손위의 여자와 정을 통함.
598) 삼목(三木): 죄인의 목·손·발에 각각 채우던 세 형구(刑具). 칼, 수갑, 차꼬를 이름.

니(李) 승샹(丞相)이 주왈(奏曰),

"현명의 말은 효ᄌ(孝子)의 응당(應當)ᄒ 도리(道理)니 가(可)히 취신(取信)599)티 못ᄒᆯ 거시오, 법(法)을 ᄡᆞᆫ즉 죄(罪) 영걸의게 가리니 신(臣)의 쇼견(所見)은 현명을 감ᄉ(減死)600)ᄒ샤 듕외(中外)601) 시비(是非)를 막으시미 힝심(幸甚)토소이다. 현명이 만일(萬一) 진짓 블쵸진(不肖子ㅣ)즉 금일(今日) 형댱(刑杖) 아ᄅᆡ 죽기를 두려 아녀 아비를 구(救)ᄒᄂᆞ 말이 근졀(懇切)ᄒ리잇고? 참작(參酌)ᄒ여 현명의 긔

* * *

153면

특(奇特)ᄒᆞᆷᄂ 알니로소이다."

언미필(言未畢)의 도어ᄉ(都御使) 녀박이 주왈(奏曰),

"니샹(李相)의 말ᄉᆞᆷ이 ᄌᆞᆷ 올흐나 국법(國法)은 삼쳑(三尺)602)이 지엄(至嚴)ᄒ니 뉴현명이 큰 죄(罪) 셰(勢)ᄅᆞᆯ 무릅ᄡᅳ고 신빅(伸白)603)디 아닌 젼(前) 엇디 감히(敢-) 감ᄉ졍비(減死定配)604)ᄒ야 국법(國法)이 히틱(懈怠)605)케 ᄒ리잇고? 신(臣)의 소견(所見)은 뉴영걸을 져조시미 올토소이다."

뉴 공(公)이 분연(憤然) 왈(曰),

599) 취신(取信): 취신. 믿을 만함.

600) 감ᄉ(減死): 감사. 사형을 면하게 형벌을 감하여 주던 일.

601) 듕외(中外): 중외. 안과 밖.

602) 삼쳑(三尺): 삼척. 법률. 고대 중국에서 석 자 길이의 죽간(竹簡)에 법률을 썼던 데서 유래함.

603) 신빅(伸白): 신백. 가슴에 맺힌 원한을 풀어 버림. 신원(伸寃).

604) 감ᄉ졍비(減死定配): 감사정배. 죽을죄를 지은 죄인을 처형하지 아니하고, 장소를 지정하여 귀양을 보내던 일.

605) 히틱(懈怠): 해태. 기일을 이유 없이 넘겨 책임을 나ᄡᅡ서 이끼하는 일.

"블쵸지(不省子ㅣ) 셔모(庶母)의 방(房)의 가 븟들고 핍박(逼迫)ᄒ 믈 신(臣)이 친(親)히 보아ᄂ니 만일(萬一) 신(臣)이 허언(虛言)을 ᄒᆞ 진디 빅일(白日)이 신(臣)을 죽이리이다."

니(李) 승샹(丞相)이 ᄯ 주왈(奏曰),

"국법(國法)이 녀박의 말과 ᄀᆞᆺᄌ오나 이ᄂ 그러티 아냐 뉴영걸을 져조어 실샹(實狀)을 아나 현명을 ᄇ리니 츌ᄒ리 호텬(昊天) 대의(大 義)로 인(因)ᄒ야 그른 고디 ᄊᆞᆷ진들

현마 엇디ᄒ리잇가? 뉴현명을 감ᄉ(減死)ᄒ고 뉴뇌(-奴ㅣ) 스스로 간졍(奸情)을 잡기를 기ᄃ리시면 신ᄌ(臣子)의 뉸의(倫義)를 온젼 (穩全)이 ᄒᄂ 도리(道理)이다."

샹(上)이 올히 너기샤 현명을 슈쥐 원찬(遠竄)ᄒ라 ᄒ시고 뉴노 (-奴)를 뭇디 아니시다.

역자 해제

1. 머리말

<이씨세대록>은 18세기에 창작된 것으로 추정되는 작가 미상의 국문 대하소설로, <쌍천기봉>[1]의 후편에 해당하는 연작형 소설이다. '이씨세대록(李氏世代錄)'이라는 제목은 '이씨 가문 사람들의 세대별 기록'이라는 뜻인데, 실제로는 이관성의 손자 세대, 즉 이씨 집안의 4대째 인물들인 이흥문·이성문·이경문·이백문 등과 그 배우자의 이야기에 서사가 집중되어 있다. 이는 전편인 <쌍천기봉>에서 이현[2](이관성의 아버지), 이관성, 이관성의 자식들인 이몽현과 이몽창 등 1대에서 3대에 걸쳐 서사가 고루 분포된 것과 대비되는 모습이다. 또한 <쌍천기봉>에서는 중국 명나라 초기의 역사적 사건, 예컨대 정난지변(靖難之變)[3] 등이 비중 있게 서술되고 <삼국지연의>의 영향을 받은 군담이 흥미롭게 묘사되는 가운데 가문 내적으로 혼인담, 부부 갈등, 처첩 갈등 등이 배치되어 있다면, <이씨세대록>에서는 역사적 사건과 군담이 대폭 축소되고 가문 내적인 갈등 위주로

---

1) 필자가 18권 18책의 장서각본을 대상으로 번역 출간한 바 있다. 장시광 옮김, 『팔찌의 인연, 쌍천기봉』 1-9, 이담북스, 2017-2020.

2) <쌍천기봉>에서 이현의 아버지로 이명이 설정되어 있으나 실체적 인물이 등장하지 않고 서술자의 요약 서술로 짧게 언급되어 있으므로 필자는 이현을 1대로 설정하였다.

3) 중국 명나라의 연왕 주체가 제위를 건문제(재위 1399-1402)로부터 탈취해 영락제(재위 1402-1424)에 오른 사건을 이르는다. 1399년부터 1402년까지 지속되었다

서사가 전개된다는 점에서 큰 차이가 있다.

2. 창작 시기 및 작가, 이본

<이씨세대록>의 정확한 창작 연도는 알 수 없고, 다만 18세기의 초중반에 창작되었을 것으로 추정된다. 온양 정씨가 정조 10년(1786)부터 정조 14년(1790) 사이에 필사한 것으로 추정되는 규장각 소장 <옥원재합기연>의 권14 표지 안쪽에 온양 정씨와 그 시가인 전주 이씨 집안에서 읽었을 것으로 보이는 소설의 목록이 적혀있다. 그중에 <이씨세대록>의 제명이 보인다.[4] 이 기록을 토대로 보면 <이씨세대록>은 적어도 1786년 이전에 창작된 것으로 추측할 수 있다. 또, 대하소설 가운데 초기본인 <소현성록> 연작(15권 15책, 이화여대 소장본)이 17세기 말 이전에 창작된바,[5] 그보다 분량과 등장인물의 수가 훨씬 많은 <이씨세대록>은 <소현성록> 연작보다는 후대의 작품일 가능성이 높다. 요컨대 <이씨세대록>은 18세기 초중반에 창작된 작품으로, 대하소설 중에서는 비교적 이른 시기의 창작물이다.

<이씨세대록>의 작가는 알려져 있지 않다. 다만 작품의 문체와 서술시각을 고려하면 전편인 <쌍천기봉>과 마찬가지로 경서와 역사서, 소설을 두루 섭렵한 지식인이며, 신분의식이 강한 사대부가의 일원으로 추정할 수 있다. <이씨세대록>은 여느 대하소설과 마찬가지로 국문으로 표기되어 있으나 문장이 조사나 어미를 제외하면 대개 한자어로 구성되어 있고, 전고(典故)의 인용이 빈번하다. 비록 대하소

---

4) 심경호, 「樂善齋本 小說의 先行本에 관한 一考察 -온양정씨 필사본 <옥원재합기연>과 낙선재본 <옥원중회연>의 관계를 중심으로-」, 『정신문화연구』 38, 한국정신문화연구원, 1990.

5) 박영희, 「소현성록 연작 연구」, 이화여대 박사논문, 1994 참조.

설 <완월회맹연>(180권 180책)의 수준에는 미치지 못하지만, 다른 유형의 고전소설에 비하면 작가의 지식 수준이 매우 높은 편이다. <이씨세대록>에는 또한 강한 신분의식이 드러나 있다. 집안에서 주인과 종의 차이가 부각되어 있고 사대부와 비사대부의 구별짓기가 매우 강하다. 이처럼 <이씨세대록>의 작가는 학문적 소양을 갖추고 강한 신분의식을 지닌 사대부가의 남성 혹은 여성으로 추정되며, 온양 정씨의 필사본 기록을 통해 유추할 수 있듯이 사대부가에서 주로 향유된 것으로 보인다.

<이씨세대록>의 이본은 현재 2종이 알려져 있다. 한국학중앙연구원의 장서각에 소장된 26권 26책본과 서울대학교 규장각에 소장된 26권 26책본이 그것이다. 장서각본과 규장각본 모두 표제는 '李氏世代錄', 내제는 '니시셰ᄃᆡ록'으로 되어 있고 분량도 대동소이하다. 두 이본은 문장이나 어휘 단위에서 매우 흡사하고 오탈자(誤脫字)도 두 이본에 고루 있어 어느 이본이 선본(善本) 혹은 선본(先本)이라 단언할 수 없다.

3. 서사의 특징

<이씨세대록>에는 가문의 마지막 세대로 등장하는 4대째의 여러 인물이 병렬적으로 구성되어 있다는 서사적 특징이 있다. 인물과 그 사건이 대개 순차적으로 등장하지만 여러 인물의 사건이 교직되어 설정되기도 하여 서사에 다채로움을 더하고 있다. 이에 비해 <쌍천기봉>에서는 1대부터 3대까지 1명, 3명, 5명으로 남성주동인물의 수가 점차 확대되어 가고 서사의 양도 그에 비례해 세대가 내려갈수록 확장되어 있나. 곧, <쌍천기봉>에서는 1대인 이현, 2대인 이관성·

이한성·이연성, 3대인 이몽현·이몽창·이몽원·이몽상·이몽필 서사가 고루 등장한다는 점에서 <이씨세대록>과 차이가 난다. <이씨세대록>에도 물론 2대와 3대의 인물이 등장하기는 하나 그들은 집안의 어른 역할을 수행할 뿐이고 서사는 4대의 인물 중심으로 전개된다. 이를 보면, '세대록'은 인물의 서사적 비중과는 무관하게 2대에서 4대까지의 인물을 등장시켰다는 점에서 붙인 제목으로 이해할 필요가 있다.

이처럼 <이씨세대록>에 가문의 마지막 세대 인물이 주로 활약한다는 설정은 초기 대하소설로 분류되는 삼대록계 소설 연작6)과 유사한 면이다. <소씨삼대록>에서는 소씨 집안의 3대째7) 인물인 소운성 형제 위주로, <임씨삼대록>에서는 임씨 집안의 3대째 인물인 임창흥 형제 위주로, <유씨삼대록>에서는 유씨 집안의 4대째 인물인 유세형 형제 위주로 서사가 전개된다.8) <이씨세대록>이 18세기 초중반에 창작된 초기 대하소설임을 감안하면 인물 배치가 이처럼 삼대록계 소설과 유사한 것은 이상하지 않다.

한편, <쌍천기봉>에서는 군담, 토목(土木)의 변(變)과 같은 역사적 사건, 인물 갈등 등이 고루 배치되어 있다. 구체적으로, 작품의 앞과 뒤에 역사적 사건을 배치하고 중간에 부부 갈등, 부자 갈등, 처첩(처처) 갈등 등 가문에서 벌어질 수 있는 다양한 갈등을 배치하였다. 이에 반해 <이씨세대록>에는 군담 장면과 역사적 사건이 거의 보이지

---

6) 후편의 제목이 '삼대록'으로 끝나는 일군의 소설을 지칭한다. <소현성록>·<소씨삼대록> 연작, <현몽쌍룡기>·<조씨삼대록> 연작, <성현공숙렬기>·<임씨삼대록> 연작, <유효공선행록>·<유씨삼대록> 연작이 이에 해당한다.

7) 소운성의 할아버지인 소광이 전편 <소현성록>의 권1에서 바로 죽는 것으로 설정되어 있어 1대로 보기 어려운 면이 있으나 제명을 존중해 1대로 보았다.

8) 다만 <조씨삼대록>에서는 3대와 4대의 인물인 조기현, 조명윤 등이 활약한다는 점에서 차이가 난다.

않는다. 군담은 전편 <쌍천기봉>에 이미 등장했던 장면을 요약 서술하는 데 그쳤고, 역사적 사건도 <쌍천기봉>에 설정된 사건을 환기하는 정도이고 새로운 사건은 보이지 않는다. <쌍천기봉>이 역사적 사실에 허구를 가미한 전형적인 연의류 작품인 반면, <이씨세대록>은 가문에서 발생할 수 있는 다양한 갈등, 예컨대 처처(처첩) 갈등, 부부 갈등, 부자 갈등 위주로 서사를 구성한 작품으로, <이씨세대록>은 <쌍천기봉>과는 다른 측면에서 대중에게 흥미를 유발할 만한 요소로 구성되어 있음을 알 수 있다.

여느 대하소설과 마찬가지로 <이씨세대록>에도 혼사장애 모티프, 요약 모티프 등 다양한 모티프가 등장해 서사 구성의 한 축을 이루고 있다. 이 가운데 가장 눈에 띄는 것은 기아(棄兒) 모티프이다. 대표적으로는 이경문의 경우를 들 수 있는데 기아 모티프가 매우 길게 서술되어 있다. <쌍천기봉>의 서사를 이은 것으로 <쌍천기봉>에서 간간이 등장했던 이경문의 기아 모티프를 본격적으로 다루고 있다. 즉, <쌍천기봉>에서 유영걸의 아내 김 씨가 어린 이경문을 사서 자기 아들인 것처럼 꾸미는 장면, 이관성과 이몽현, 이몽창이 우연히 이경문을 만나는 장면, 이경문이 등문고를 쳐 양부 유영걸을 구하는 장면이 나오는데, <이씨세대록>에서는 그 장면들을 모두 보여주면서 여기에 덧붙여 이경문이 유영걸과 그 첩 각정에게 박대당하지만 유영걸을 효성으로써 섬기는 모습이 강렬하게 나타나 있다. 이경문이 등문고를 쳐 유영걸을 구하는 장면은 효성의 정점에 해당한다. 이경문은 후에 친형인 이성문에 의해 발견돼 이씨 가문에 편입된다. 이때 이경문과 가족들과의 만남 장면은 매우 감동적으로 그려져 있다. 이처럼 이경문이 가족과 헤어졌다가 만나는 과정은 연작의 전후편에 걸쳐 등장하며 연작의 핵심직인 모티프 중의 하나로 기능하고 있고, 특히 <이씨세대록>에서는 결합에 초점이 맞춰져 있어 그 감동이 배가되어 있다.

4. 인물의 갈등

<이씨세대록>에는 다양한 갈등이 등장하는데 이 가운데 핵심은 부부 갈등이다. 대표적으로 이몽창의 장자인 이성문과 임옥형, 차자인 이경문과 위홍소, 삼자인 이백문과 화채옥의 갈등을 들 수 있다. 이성문과 이경문 부부의 경우는 반동인물이 개입되지 않은, 주동인물 사이의 갈등이라는 공통점이 있다. 이성문의 아내 임옥형은 투기 때문에 이성문의 옷을 불지르기까지 하는 인물이다. 이성문이 때로는 온화하게 때로는 엄격하게 대하나 임옥형의 투기가 가시지 않자, 그 시어머니 소월혜가 나서서 임옥형을 타이르니 비로소 그 투기가 사라진다. 이경문과 위홍소는 모두 효를 중시하는 인물인데 바로 그러한 이념 때문에 혹독한 부부 갈등을 벌인다. 이경문은 어려서 부모와 헤어져 양부(養父) 유영걸에게 길러지는데 이 유영걸은 벼슬은 높으나 품행이 바르지 못해 쫓겨나 수자리를 사는데 위홍소의 아버지인 위공부가 상관일 때 유영걸을 매우 치는 일이 발생한다. 이 때문에 이경문은 위공부를 원수로 치부하는데 아내로 맞은 위홍소가 위공부의 딸인 줄을 알고는 위홍소를 박대한다. 위홍소 역시 이경문이 자신의 아버지를 욕하자 이경문과 심각한 갈등을 벌인다. 효라는 이념이 두 사람의 갈등을 촉발시킨 원인이 된 것이다. 두 사람은 비록 주동인물로 설정되어 있지만, 이들을 통해 경직된 이념이 주는 부작용이 만만치 않음을 보여준다.

이백문 부부의 경우에는 변신한 노몽화(이흥문의 아내였던 여자)

가 반동인물의 역할을 해 갈등을 벌인다는 특징이 있다. 이백문은 반동인물의 계략으로 정실인 화채옥을 박대하고 죽이려 한다. 애초에 이백문은 화채옥을 마음에 들어하지 않았는데 이유는 화채옥이 자신을 단명하게 할 상(相)이라는 것 때문이었다. 화채옥에게는 잘못이 없는데 남편으로부터 박대를 받는다는 설정은 가부장제의 질곡을 드러내 보이는 장면이다. 여기에 이흥문의 아내였다가 쫓겨난 노몽화가 화채옥의 시녀가 되어 이백문에게 화채옥을 모함하고 이백문이 곧이들어 화채옥을 끝내 죽이려고까지 하는 데 이른다. 이러한 이백문의 모습은 이몽현의 장자 이흥문과 대비된다. 이흥문은 양난화와 혼인하는데 재실인 반동인물 노몽화가 양난화를 모함한다. 이런 경우 대개 이백문처럼 남성이 반동인물의 계략에 속아 부부 갈등이 벌어지지만 이흥문은 노몽화의 계교에 속지 않고 오히려 노몽화의 술수를 발각함으로써 정실을 보호한다. <이씨세대록>에는 이처럼 상반되는 사례를 설정함으로써 흥미를 배가하는 동시에 가부장제의 문제점을 드러내고 있다.

5. 서술자의 의식

<이씨세대록>의 신분의식은 이중적이다. 사대부와 비사대부 사이의 구별짓기는 여느 대하소설과 마찬가지지만 사대부 내에서 장자와 차자의 구분은 표면적으로는 존재하나 서술의 실상은 그렇지 않다. 사대부로서 그렇지 않은 신분의 사람을 차별하는 모습은 경직된 효의 구현자인 이경문의 일화에서 두드러진다. 예컨대, 이경문은 자기 친구 왕기가 적적하게 있자 아내 위홍소의 시비인 난섬을 주어 정을 맺도록 하는데(권11) 천한 신분의 여성에게는 정절을 전혀 배

려하지 않는 것을 엿볼 수 있다. 또한 이경문이 양부 유영걸의 첩 각
정의 조카 각 씨와 혼인하게 되자 천한 집안과 혼인한 것을 분하게
여겨 각 씨에게 매정하게 구는 것(권8)도 그러한 신분의식이 여실히
드러나는 장면이다. 기실 이는 <이씨세대록>이 창작되던 당시의 사
회적 모습이 반영된 것이라 추측할 수 있는 장면들이다.

사대부와 비사대부 사이의 구별짓기는 이처럼 엄격하나 사대부
내에서의 구분은 꼭 그렇지만은 않다. 서사적으로 등장인물들은 장
자와 비장자의 구분을 하고 있고, 서술의 순서도 그러한 구분을 따
르려 하고 있다. 서술의 순서를 예로 들면, <이씨세대록>은 이관성
의 장손녀, 즉 이몽현 장녀 이미주의 서사부터 시작된다. 이미주가
서사적 비중이 그리 크지 않음에도 이미주부터 이야기가 시작되는
것은 그만큼 자식들 사이의 차례를 중시한다는 점을 의미한다. 다만,
특기할 만한 것은 남자부터 먼저 시작하지 않았다는 점이다. 여자든
남자든 순서대로 서술했다는 점이 중요하다. 이미주의 뒤로는 이몽
현의 장자 이흥문, 이몽창의 장자인 이성문, 이몽창의 차자 이경문,
이몽창의 장녀 이일주, 이몽원의 장자 이원문, 이몽창의 삼자 이백
문, 이몽현의 삼녀 이효주 등의 서사가 이어진다. 자식들의 순서대
로 서술하려 하는 강박증이 있다고 생각될 정도로 서술자는 순서에
집착한다. 이원문이나 이효주 같은 인물은 서사적 비중이 매우 미미
하지만 혼인했다는 사실을 서술하고 있는 것이다. 그런데 이러한 순
서 집착에도 불구하고 서사 내에서의 비중을 보면 장자 위주로 서술
되어 있지 않음을 알 수 있다. 전편 <쌍천기봉>의 주인공이 이관성
의 차자 이몽창이었던 것과 마찬가지로 후편에서도 주인공은 이성
문, 이경문, 이백문 등 이몽창의 자식들로 설정되어 있다. 이몽현의
자식들인 이미주와 이흥문의 서사는 그들에 비하면 미미한 편이다.

이처럼 가문의 인물에 대한 서술 순서와 서사적 비중의 괴리는 <이씨세대록>을 특징짓는 한 단면이다.

<이씨세대록>에는 꿈이나 도사 등 초월계가 빈번하게 등장해 사건을 진행시키고 해결한다. 특히 사건이나 갈등의 해소 단계에 초월계가 유독 많이 보인다. 예를 들어 이경문이 부모와 만나기 전에 그 죽은 양모 김 씨가 꿈에 나타나 이경문의 정체를 말하고 그 직후에 이경문이 부모를 찾게 되는 장면(권9), 형부상서 장옥지의 꿈에 현아(이경문의 서제)에게 죽은 자객들이 나타나 현아의 죄를 말하고 이성문과 이경문의 누명을 벗겨 주는 장면(권9-10), 화채옥이 강물에 빠졌을 때 화채옥을 호위해 가던 이몽평의 꿈에 법사가 나타나 화채옥의 운명에 대해 말해 주는 장면(권17) 등이 있다. 이러한 초월계의 빈번한 등장은 이 세계의 질서가 현실적 국면으로는 해결할 수 없을 정도로 질곡에 빠져 있음을 의미한다. 현실계의 인물들은 얽히고설킨 사건들을 해결할 능력이 되지 않고 이는 오로지 초월계가 개입되어야만 해소될 수 있는 성질의 것임을 보여주고 있는 것이다.

6. 맺음말

<이씨세대록>은 조선 후기의 역동적인 사회에서 산생된 소설이다. 양반을 돈으로 살 수 있을 정도로 양반에 대한 권위가 땅에 떨어지고 양반과 중인 이하의 신분 이동이 이루어지던 때에 생겨났다. 설화 등 민중이 향유하던 문학에 그러한 면이 잘 드러나 있다. 그러나 이 작품에는 그러한 시대적 변동에 맞서 기득권을 유지하려는 사대부 계층의 의식이 강하게 드러나 있다. 사대부와 사대부 이하의 계층을 구별짓는 강고한 신분의식은 그 한 단면이다.

그렇지만 한편으로는 가부장제의 질곡에 신음하는 여성들의 목소리가 드러나 있기도 하다. 까닭 없이 남편에게 박대당하는 여성, 효라는 이데올로기 때문에 남편과 갈등하는 여성 들을 통해 유교적 가부장제가 여성에게 가하는 억압적 모습이 서술의 이면에 흐르고 있다. <이씨세대록>이 주는 흥미와 그 서사적 의미는 바로 이러한 데에서 찾을 수 있지 않을까 한다.

장시광

서울대 강사, 아주대 강의교수 등을 거쳐 현재 경상국립대학교 국어국문학과 교수로 재
직 중이다. 논문으로 「대하소설의 여성반동인물 연구」(박사학위논문), 「여성영웅소설
에 나타난 여화위남의 의미」, 「대하소설 갈등담의 구조 시론」, 「운명과 초월의 서사」 등
이 있고, 저서로『한국 고전소설과 여성인물』이 있으며, 번역서로『조선시대 동성혼 이
야기 방한림전』,『여성영웅소설 홍계월전』,『심청전: 눈먼 아비 홀로 두고 어딜 간단 말
이냐』,『팔찌의 인연: 쌍천기봉 1-9』 등이 있다.

(이씨 집안 이야기) 이씨세대록 4

초판인쇄 2022년 04월 15일
초판발행 2022년 04월 15일

지은이 장시광
펴낸이 채종준
펴낸곳 한국학술정보㈜
주   소 경기도 파주시 회동길 230(문발동)
전   화 031) 908-3181(대표)
팩   스 031) 908-3189
홈페이지 http://ebook.kstudy.com
E-mail 출판사업부 publish@kstudy.com
출판신고 2003년 9월 25일 제406-2003-000012호

ISBN 979-11-6801-441-1 04810
     979-11-6801-227-1 (전 13권)